Las correcciones

Sobre el autor

Jonathan Franzen (Western Springs, Illinois, 1959) fue elegido en 1996 entre los Mejores Jóvenes Novelistas Norteamericanos por la prestigiosa revista *Granta*. Hasta esa fecha había escrito las novelas *Ciudad veintisiete* (1988) y *Movimiento fuerte* (1992), pero la eclosión de su enorme talento narrativo tuvo lugar en 2001 con la aparición de *Las correcciones* (Salamandra, 2012), que marcó un punto de inflexión en su trayectoria: obtuvo el National Book Award y el Premio James Tait Black Memorial, fue finalista de los premios Pulitzer y PEN/Faulkner, y fue descubierto por millones de lectores en todo el mundo. El espaldarazo definitivo le llegó el año 2010 con su novela *Libertad* (Salamandra, 2011), que fue objeto de los más encendidos elogios por parte de un amplísimo abanico de críticos y expertos de los más diversos países. En España, obtuvo el Premio a la Mejor Novela del Año, otorgado por los lectores de la revista *Qué Leer*. Cinco años más tarde, en el otoño de 2015, la publicación de *Pureza* (Salamandra, 2015) lo consagra como uno de los grandes escritores norteamericanos de nuestra época. Asimismo, Salamandra ha publicado sus obras de no ficción *Más afuera* (2012), *El fin del fin de la Tierra* (2019) y *Encrucijadas* (2021).

Títulos publicados

Libertad - Las correcciones - Más afuera
Pureza - El fin del fin de la Tierra
Encrucijadas

JONATHAN FRANZEN

Las correcciones

Traducción del inglés de
Ramón Buenaventura

Papel certificado por el Forest Stewardship Council®

Penguin
Random House
Grupo Editorial

Título original: *The Corrections*
Segunda edición en este formato: octubre de 2015
Primera reimpresión: octubre de 2021

El autor expresa su agradecimiento por la ayuda prestada en este libro a las siguientes
personas e instituciones: Susan Golomb, Kathy Chetkovich, Donald Antrim, Leslie Bienen,
Valerie Cornell, Mark Costello, Göran Ekström, Gary Esayian, Henry Finder,
Irene Franzen, Bob Franzen, Jonathan Galassi, Helen Goldstein, James Golomb,
John Simon Guggenheim Foundation, MacDowell Colony, Siobhan Reagan
y Rockefeller Foundation Bellagio Center.

Printed in Spain – Impreso en España

ISBN: 978-84-9838-578-6
Depósito legal: B-23.475-2015

Impreso en RODESA
Villatuerta (Navarra)

SB8578A

para David Means y Genève Patterson

ST. JUDE

La locura de un frente frío que barre la pradera en otoño. Se palpaba: algo terrible iba a ocurrir. El sol bajo, en el cielo: luminaria menor, estrella enfriándose. Ráfagas de desorden, sucesivas. Árboles inquietos, temperaturas en descenso, toda la religión nórdica de las cosas llegando a su fin. No hay aquí niños en los jardines. Largas las sombras en el césped espeso, virando al amarillo. De los robles rojos y los robles palustres y los robles blancos de los pantanos llovían bellotas sobre casas libres de hipoteca. Las ventanas a prueba de temporal se estremecían en los dormitorios vacíos. Y el zumbido y el hipo de un secador de ropa, la discordia nasal de un soplador de hojas, el proceso de maduración de unas manzanas lugareñas en una bolsa de papel, el olor de la gasolina con que Alfred Lambert había limpiado la brocha, tras su sesión matinal de pintura del confidente de mimbre.

Las tres de la tarde era hora de riesgos en estos barrios residenciales y gerontocráticos de St. Jude. Alfred acababa de despertarse en el sillón azul, de buen tamaño, en que llevaba durmiendo desde después de comer. Ya había cumplido con su siesta, y las noticias locales no empezaban hasta las cinco. Dos horas vacías eran un criadero de infecciones. Se incorporó trabajosamente y se detuvo junto a la mesa de ping-pong, tratando de oír a Enid, sin lograrlo.

Resonaba por toda la casa un timbre de alarma que sólo Alfred y Enid eran capaces de oír directamente. Era el timbre de alarma de la ansiedad. Era como una de esas enormes campanas de hierro fundido, con percutor eléctrico, que echan a los colegiales a la calle en los simulacros de incendio. En aquel momento llevaba resonando tantas horas, que los Lambert habían dejado de oír el mensaje de «timbre sonando»: como ocurre con todo sonido lo suficientemente prolongado como para permitir que nos aprendamos los sonidos que lo componen (como ocurre con cualquier palabra cuando nos quedamos mirándola hasta que se descompone en una serie de letras muertas), los Lambert percibían un percutor golpeando rápidamente contra un resonador metálico, es decir: no un tono puro, sino una secuencia granular de percusiones con una aguda superposición de connotaciones. Llevaba tantos días resonando que se integraba en la atmósfera de la casa, sencillamente, salvo a ciertas horas de la mañana, muy temprano, cuando uno de los dos se despertaba sudoroso para darse cuenta de que el timbre llevaba resonando en su cabeza desde siempre, desde hacía tantos meses que el sonido se había visto reemplazado por una especie de metasonido cuyas subidas y bajadas no eran el golpear de las ondas de compresión, sino algo mucho más lento: las crecidas y las menguas de su *conciencia* del sonido. Una conciencia que se hacía especialmente aguda cuando las condiciones climatológicas se ponían de humor ansioso. Entonces, Enid y Alfred —de rodillas ella en el comedor, abriendo cajones; en el sótano él, inspeccionando la desastrosa mesa de ping-pong—, ambos al mismo tiempo, se sentían a punto de explotar de ansiedad.

La ansiedad de los cupones, en un cajón lleno de velas de otoñales colores de diseño. Los cupones estaban sujetos con una goma elástica, y Enid se daba cuenta entonces de que sus fechas de vencimiento (que muchas veces venían marcadas de fábrica, con un círculo rojo alrededor) habían quedado muy atrás en el tiempo, no ya meses, sino incluso años. Los ciento y pico cupones, por un valor total de más de sesenta dólares (ciento veinte, potencialmente, en el supermercado de Chiltsville, que los valoraba doble), se habían desperdiciado. Tilex, sesenta centavos de descuento. Excedrina PM, un dólar de descuento. Las fechas ni siquiera eran *cercanas*. Las fechas eran *históricas*. El timbre de alarma llevaba *años* sonando.

Volvió a guardar los cupones con las velas y cerró el cajón. Estaba buscando una carta que había llegado unos días atrás, certificada. Alfred oyó que el cartero llamaba a la puerta y gritó «¡Enid, Enid!», tan alto, que no pudo oír el grito con que ella le respondió: «Ya voy yo, Al, ya voy yo.» Alfred siguió gritando su nombre, mientras se acercaba cada vez más, y, dado que el remitente de la carta era la Axon Corporation, 24 East Industrial Serpentine, Schwenksville, Pensilvania, y dado que había aspectos de la situación de la Axon que Enid conocía, pero Alfred no, o eso esperaba ella, se apresuró a esconder la carta en algún lugar situado a unos cinco pasos de la puerta. Alfred emergió del sótano aullando como una máquina de nivelar terrenos «¡Hay alguien a la puerta!», y ella le gritó, elevando aún más el tono de voz, «¡Es el cartero, es el cartero!», mientras él meneaba la cabeza ante lo complicado que era todo.

Enid estaba convencida de que se le aclararía la cabeza sólo con no tener que averiguar, cada cinco minutos, lo que podía estar haciendo Alfred. Pero, por mucho empeño que pusiera, no lograba que él se interesase en la vida. Cada vez que lo animaba a empezar de nuevo con la metalurgia, él se quedaba mirándola como si hubiera perdido la cabeza. Cada vez que le preguntaba si no tenía nada que hacer en el jardín, él contestaba que le dolían las piernas. Cada vez que ella le recordaba que los maridos de sus amigas tenían, todos ellos, un hobby (Dave Schumpert con sus vidrieras, Kirby Root con sus intrincados chalecitos para pinzones morados, Chuck Meisner con el seguimiento horario de su cartera de inversiones), Alfred se comportaba como si ella estuviera distrayéndolo de alguna importantísima ocupación. Y ¿qué ocupación era ésa? ¿Darles una mano de pintura a los muebles del porche? Llevaba desde el Día del Trabajo con la pintura del canapé. Enid creía recordar que no había tardado más de dos horas en acabarlo la última vez que pintó los muebles. Ahora acudía a su taller, todas las mañanas, una tras otra, y, transcurrido un mes, cuando ella se arriesgó a pasar por allí para ver cómo iba la cosa, se encontró con que lo único que había pintado del canapé eran las patas.

Daba la impresión de que a él le apetecía que se marchase. Dijo que se le había secado la brocha, que por eso estaba tardando tanto. Dijo que raspar mimbre era como pelar un arándano. Dijo que había grillos. Ella notó entonces la falta de aire, pero quizá fuera el olor a gasolina y la humedad del taller, que olía a orines (aunque no podían ser orines). Subió las escaleras a toda prisa, a ver si encontraba la carta de la Axon.

Todos los días de la semana, menos el domingo, llegaban kilos de correo por la rendija de la puerta, y ya que no estaba permitido que nada accesorio se apilase en el sótano —porque la ficción de vivir en aquella casa era que nadie vivía en ella—, Enid se enfrentaba a un desafío táctico fundamental. No es que se tomase por una guerrillera, pero eso es lo que era, una guerrillera. Durante el día, transportaba materiales de depósito en depósito, yendo muchas veces sólo un paso por delante del poder establecido. De noche, a la luz de un aplique precioso, pero poco potente, utilizando la mesa del desayuno, demasiado pequeña, cumplía con una diversidad de tareas: pagar facturas, cuadrar las cuentas, descifrar los recibos de copago de Medicare y tratar de comprender un amenazador Tercer Aviso de un laboratorio médico que le requería el pago inmediato de 0,22 dólares pero adjuntaba un balance de 0,00 dólares, con lo cual venía a indicar que no existía tal deuda, pero es que además tampoco daba ninguna dirección a la que pudiera remitirse el pago. Podía ocurrir que el Primer Aviso y el Segundo Aviso estuvieran en algún lugar del sótano; y, por culpa de las limitaciones con que Enid llevaba adelante su campaña, lo cierto era que apenas alcanzaba a figurarse adónde podían haber ido a parar, cualquier tarde, los otros dos avisos. Si le daba por sospechar, por ejemplo, del armario del cuarto de estar, allí estaba el poder vigente, en la persona de Alfred, viendo un noticiario, con el televisor puesto al volumen suficiente para mantenerlo despierto, y con todas las luces del cuarto de estar encendidas, y había una nada despreciable probabilidad de que si ella abría la puerta del armario se deslizase una avalancha de catálogos, de revistas *House Beautiful*, y extractos bancarios de Merrill Lynch, provocando la cólera de Alfred. También existía la posibilidad de que los Avisos no estuvieran en el armario, porque el poder vigente hacía incursiones al azar en sus escondites, amenazando con «tirarlo» todo si Enid no ponía orden en el asunto; pero ella estaba demasiado ocupada burlando las incursiones como para poner orden en nada, y en la sucesión de migraciones y deportaciones forzosas había ido perdiéndose toda apariencia de orden, de modo que en una bolsa cualquiera de los Almacenes Nordstrom oculta tras los volantes del somier, con una de las asas de plástico semiarrancada, bien podía contenerse todo el patético desbarajuste de una existencia de refugiado: ejemplares no consecutivos de la revista *Good Housekeeping*, fotos en blanco y negro de Enid en los años cuarenta, recetas oscurecidas, escritas en papel de alto contenido ácido, uno de cuyos ingredientes era la lechuga reblandecida, las últimas facturas del teléfono y del gas, un detallado Primer Aviso del laboratorio médico dando instrucciones a los abonados de que hicieran caso omiso de toda factura por debajo de los cincuenta centavos que en adelante pudiera llegarles, una foto de Enid y Alfred, cortesía de los organizadores, en un crucero, cada uno con su collar hawaiano y bebiendo de un coco hueco, y el único ejemplar existente de las partidas de nacimiento de dos de sus hijos, por ejemplo.

El enemigo visible de Enid era Alfred, pero quien hacía de ella una guerrillera era la casa que ocupaba a ambos. El mobiliario era de los que no admiten que nada se acumule. Había sillas y mesas de Ethan Allen. Spode & Waterford en el aparador. Ficus obligatorios, araucarias obligatorias. Un abanico de ejemplares de la revista *Architectural Digest* en una mesita de centro con tablero de cristal. Trofeos turísticos: objetos esmaltados procedentes de China, una caja de música procedente de Viena que Enid, de vez en cuando, se levantaba a poner en marcha, alzando la tapa tras haberle dado cuerda, llevada por el sentido del deber y de la caridad. La música era *Strangers in the Night*.

A Enid, por desgracia, le faltaba el temperamento necesario para mantener semejante casa, mientras que a Alfred le faltaban los recursos neurológicos. Los alaridos de rabia de Alfred cada vez que descubría pruebas de una acción guerrillera —una bolsa de Nordstrom sorprendida a plena luz del día en las escaleras del sótano, en un tris de provocar un serio tropezón— eran los propios de todo gobierno que ya es incapaz de gobernar. Últimamente le había dado por hacer que su máquina calculadora imprimiese grandes columnas con números de ocho cifras, totalmente desprovistos de sentido. Cuando Alfred dedicó toda una tarde, o casi, a calcular cinco veces seguidas los pagos a la seguridad social por la señora de la limpieza, obteniendo cuatro resultados diferentes, y al final se quedó con el número que le había salido repetido (635,78 dólares, cuando la cifra exacta era 70,00), Enid organizó una incursión nocturna en el archivador de Alfred y lo despojó de todas las carpetas relativas al pago de impuestos, lo cual habría contribuido notablemente al más eficaz funcionamiento de la casa, de no ser porque las carpetas encontraron el modo de meterse en una bolsa de Nordstrom, con unos cuantos *Good Housekeeping* engañosamente antiguos bajo los cuales se ocultaban documentos más relevantes; pérdidas de guerra que trajeron como consecuencia que la señora de la limpieza se ocupase ella misma de rellenar los formularios y que Enid se limitara a firmar los cheques, mientras Alfred meneaba la cabeza ante lo complicado que era todo.

El destino de casi todas las mesas de ping-pong que hay en los sótanos de las casas estriba en ponerse al servicio de otros juegos más desesperados. Tras su jubilación, Alfred se apropió del lado oriental de la mesa para sus cuentas y su correspondencia. En el lado occidental había un televisor portátil en color, que en principio iba a servirle para ver allí sentado, en su sillón azul de buen tamaño, las noticias locales, pero que ahora estaba sepultado por ejemplares de *Good Housekeeping* y las latas de dulcería propias de cada época, más unos candelabros tan barrocos como baratos, que Enid nunca había encontrado tiempo para transportar a la tienda de objetos casi nuevos, Nearly New. La mesa de ping-pong era el único escenario en que la guerra civil se manifestaba abiertamente. En el lado oriental, la máquina calculadora de Alfred permanecía emboscada entre manoplas de cocina con motivos florales y posavasos recuerdo del Epcot Center, y un aparato para deshuesar cerezas que llevaba treinta años en posesión de Enid y que ésta jamás había llegado a utilizar; mientras él, a su vez, en el lado occidental, por ningún motivo que Enid alcanzara a discernir, iba desmenuzando una corona hecha de piñas, de avellanas y nueces del Brasil pintadas con spray.

Al este de la mesa de ping-pong se encontraba el taller donde Alfred tenía instalado su laboratorio metalúrgico. Ahora, el taller estaba habitado por una colonia de grillos mudos, de color polvo, que, cuando se alarmaban por alguna razón, salían disparados en todas direcciones, como canicas cuando se caen al suelo, perdiéndose alguno de ellos en la dirección equivocada, desplomándose, los más, bajo el peso de su copioso protoplasma. Reventaban con demasiada facilidad, y, luego, para limpiar la mancha, hacía falta más de un Kleenex. Enid y Alfred padecían muchos males que a ellos se les antojaban extraordinarios, descomunales —bochornosos—, y uno de esos males eran los grillos.

El polvo grisáceo del mal de ojo y las telarañas del encantamiento revestían de espesa alfombra el viejo horno de arco eléctrico, y los botes de exótico rodio, de siniestro cadmio, de leal bismuto, y las etiquetas escritas a mano, oscurecidas por los vapores procedentes de una botella de agua regia con tapón de cristal, y el cuaderno de cuadrícula en que la última anotación de Alfred databa de una época, hacía quince años, anterior al inicio de las traiciones. Algo tan cotidiano y familiar como un lápiz seguía ocupando el mismo lugar aleatorio del banco de trabajo donde Alfred lo había colocado en otro decenio; el transcurso de tantísimos años impregnaba el lápiz de una especie de hostilidad. De un clavo, bajo dos certificados de la oficina de patentes de Estados Unidos con los marcos deformados y sueltos por la humedad, colgaban dos mitones de amianto. Sobre el estuche de un microscopio binocular yacían grandes trozos de pintura descascarillada del techo. Los únicos objetos libres de polvo que había en la habitación eran el canapé de mimbre, una lata de Rust-Oleum y varias brochas, así como un par de latas de café Yuban que, a pesar de la creciente evidencia olfativa, Enid había decidido no creer que estuviesen llenas de pis de su marido: ¿por qué razón iba a orinar en una lata de Yuban, teniendo a siete pasos un pequeño servicio donde podía hacerlo?

Al oeste de la mesa de ping-pong estaba el sillón azul de Alfred, grande, con un exceso de relleno, con cierto aspecto gubernamental. Era de cuero, pero olía como el interior de un Lexus: a algo moderno y clínico e impermeable de lo cual resultaba muy fácil borrar el olor de la muerte, con un paño húmedo, antes de que se sentara el siguiente, para morir en él.

El sillón era la única compra de consideración que Alfred había hecho en su vida sin aprobación de Enid. Cuando tuvo que ir a China a hablar con los ingenieros de los ferrocarriles chinos, Enid lo acompañó, y juntos visitaron una fábrica de alfombras, con idea de comprar una para el cuarto de estar. No tenían ninguna costumbre de gastar dinero en sí mismos, de modo que eligieron una de las alfombras menos caras, con un dibujo azul muy simple, tomado del *Libro de los cambios*, sobre fondo beige. Unos años más tarde, cuando Alfred se jubiló de la Midland Pacific Railroad, le vino la idea de cambiar el viejo sillón de cuero negro, con olor a vaca, en que se sentaba a ver la tele y echar sus cabezaditas. Quería algo verdaderamente cómodo, claro, pero, tras una vida entera dedicada a atender a los demás, lo que necesitaba era algo más que comodidad, necesitaba un monumento a tal necesidad. De modo que allá se fue, solo, a una tienda de muebles, y eligió un sillón de permanencia. Un sillón de ingeniero. Un sillón de tales dimensiones que uno, por grande que fuera, se perdía dentro; un sillón concebido para superar los más duros requerimientos. Y, dado que el azul del sillón hacía juego, más o menos, con el azul de la alfombra china, Enid no tuvo más remedio que tolerar su despliegue en el cuarto de estar.

Y, sin embargo, no pasó mucho tiempo antes de que a Alfred le diera por derramar café descafeinado en las extensiones beige de la alfombra, y a los nietos asilvestrados por tirar cerezas y lápices de cera, para que el primero que llegara los pisase, y Enid empezó a pensar que la alfombra había sido un error. Tenía la impresión de que así, por ahorrar, había cometido muchos errores en la vida. Incluso llegó a la conclusión de que habría sido mejor dejarse de alfombras y no comprar ninguna, antes que ésa. Finalmente, a medida que las cabezaditas de Alfred fueron derivando hacia el encantamiento, acabó de animarse. Su madre le había dejado una pequeña herencia, hacía unos años. Con los intereses añadidos al capital, más unas acciones que se habían comportado muy bien en bolsa, ahora disponía de ingresos propios. Replanteó el cuarto de estar en tonos verdes y amarillos. Encargó telas. Al llegar el empapelador, Alfred, que, por el momento, dormía sus siestas en el comedor, se puso en pie como quien despierta de un mal sueño.

—¿*Otra vez* estás cambiando la decoración?

—Es mi dinero —dijo Enid—. Y me lo gasto como quiero.

—Sí, ¿y qué me dices de todo el dinero que gané *yo*? ¿Y de todo lo que yo trabajé?

Este argumento le había funcionado bien en el pasado —era, por así decirlo, el fundamento constitucional que legitimaba su tiranía—, pero esa vez no funcionó.

—Esta alfombra tiene cerca de diez años, y las manchas de café no hay quien las quite —replicó Enid.

Alfred hizo gestos en dirección a su sillón azul, que allí, bajo los plásticos del empapelador, tenía toda la pinta de un objeto de los que se entregan a una central eléctrica en un camión de plataforma. Le entraron temblores de incredulidad, no podía creer que Enid hubiera olvidado aquella aplastante refutación de sus argumentos, los abrumadores impedimentos a sus planes. Era como si toda la no libertad en que él había pasado siete decenios de su existencia estuviera contenida en aquel sillón que ya tenía seis años, pero que, en esencia, seguía nuevo. Esbozó una sonrisa y, con ella, le resplandecía en el rostro la tremenda perfección de su lógica.

—¿Y el sillón, qué? —dijo—. ¿Qué pasa con el sillón?

Enid miró el sillón. Su expresión era de mero padecimiento, y nada más.

—Nunca me ha gustado ese sillón.

Era, con toda probabilidad, lo más terrible que podía haberle dicho a Alfred. El sillón era la única señal que él había dado, en toda su vida, de poseer una visión personal del futuro. Las palabras de Enid le causaron tanta pena, le hicieron sentir tanta lástima por el mueble, tanta solidaridad con él, lo dejaron tan atónito ante la traición, que apartó de un tirón el plástico, se hundió en los brazos del sillón y se quedó dormido.

(Así se queda uno dormido en los sitios encantados, y así nos damos cuenta de que están encantados.)

Cuando quedó claro que la alfombra y el sillón tenían que desaparecer, la alfombra no supuso ningún problema. Enid insertó un anuncio en el periódico local y cayó en sus redes una señora nerviosa como un pájaro, que aún estaba en edad de cometer errores y cuyos billetes de cincuenta salieron del bolso en un fajo desordenado, que ella procedió a despegar y alisar con dedos temblorosos.

¿Y el sillón? El sillón era monumento y símbolo, y no se podía alejar de Alfred. Como no había otro sitio, fue a parar al sótano, y Alfred con él. Y, así, en casa de los Lambert, como en St. Jude, como en todo el país, la vida empezó a vivirse bajo tierra.

• • •

Enid oía a Alfred en el piso de arriba, abriendo y cerrando cajones. Le sobrevenía una especie de agitación cada vez que iban a ver a sus hijos. Ver a sus hijos era lo único que parecía importarle ya.

En las ventanas del comedor, inmaculadamente limpias, había un caos. El viento enloquecido, las sombras negadoras. Enid ya había buscado por todas partes la carta de la Axon Corporation, y seguía sin encontrarla.

Alfred estaba en el dormitorio de matrimonio, preguntándose por qué estarían abiertos los cajones de su cómoda, quién los había abierto, si no sería él mismo quien los había abierto. Sin poder evitarlo, era a Enid a quien le echaba la culpa de su confusión. Por otorgarle existencia con su testimonio. Por existir, en cuanto persona que bien podía haber abierto los cajones.

—¿Qué haces, Al?

Se volvió hacia la puerta por donde ella acababa de aparecer. Empezó una frase —«Estoy...»—, pero así, cuando lo pillaban por sorpresa, cada frase se convertía en una especie de aventura en el bosque: en cuanto perdía de vista la luz del claro por donde acababa de adentrarse, se daba cuenta de que ya no estaban las miguitas que había ido dejando como rastro, que se las habían comido los pájaros, unas cosas silenciosas, muy hábiles, muy rápidas, que apenas distinguía en la oscuridad, pero que eran tan numerosas y estaban tan apiñadas, en su hambre, que era como si ellas fuesen la propia oscuridad, como si la oscuridad no fuera uniforme, no fuera la ausencia de luz, sino algo repleto y corpuscular, y, de hecho, en su estudiosa juventud, cuando encontró la palabra «crepuscular» en el *McKay's Treasury of English Verse*, los corpúsculos de la biología se entretejieron en su comprensión de la palabra, de modo que se pasó el resto de su vida adulta percibiendo corpúsculos en el crepúsculo, algo parecido al grano que dan las películas muy sensibles, indispensables en condiciones de escasa luminosidad ambiental, algo parecido a una lúgubre decadencia; de ahí su pánico de hombre traicionado en lo más profundo del bosque, cuya oscuridad era oscuridad de estorninos que emborronan el ocaso, o de hormigas negras que toman por asalto el cadáver de una zarigüeya, una oscuridad que no se limitaba sólo a existir, sino que consumía activamente los puntos de referencia que él se había ido construyendo, con mucho sentido común, para no perderse;

pero, nada más darse cuenta de que estaba perdido, el tiempo se hacía deliciosamente lento, y a partir de ahí se le desvelaban eternidades insospechadas entre una palabra y la siguiente, o más bien se quedaba atrapado en el espacio entre palabra y palabra, y lo único que podía hacer era quedarse mirando la velocidad a que el tiempo se desplazaba sin él, la juvenil e irreflexiva parte de sí mismo que se proyectaba hacia delante por el bosque, ciegamente, hasta perderse de vista, mientras él, el Alfred hecho y derecho, quedaba atrapado, esperando, en una suspensión extrañamente impersonal, a ver si el muchachito presa del pánico —a pesar de que ya no sabía dónde estaba, o por dónde había penetrado en el bosque de aquella frase— aún conseguía abrirse camino hasta el claro donde lo esperaba Enid, inconsciente del bosque.

—Haciendo la maleta —se oyó decir.

Sonaba lógico. Gerundio, artículo, sustantivo. Delante de él había una maleta, importante confirmación. No había revelado nada.

Pero Enid acababa de hablar otra vez. Según el otorrino, Alfred padecía un leve problema de audición. Se quedó mirando a Enid con el ceño fruncido, sin entenderla.

—¡Es *jueves*! —dijo ella, levantando la voz—. ¡No salimos hasta el *sábado*!

—El sábado —repitió él.

Luego, ella le echó una regañina y se retiraron por un momento los pájaros crepusculares. Fuera, sin embargo, el viento había logrado que el sol se desvaneciese, y empezaba a hacer muchísimo frío.

EL FRACASO

Avanzaban por la sala central con paso inseguro, Enid procurando no dañarse la cadera lesionada, Alfred remando en el aire con aquellas manos suyas de goznes sueltos y pateando la moqueta del aeropuerto con sus pies mal controlados; ambos con bolsas de mano de las Nordic Pleasurelines y concentrados en la parte del suelo que tenían delante, midiendo la azarosa distancia de tres en tres pasos. Cualquiera que los hubiese visto apartar los ojos de los neoyorquinos de pelo oscuro que los adelantaban a toda prisa, cualquiera que se hubiera fijado por un momento en el sombrero panamá de Alfred, que asomaba a la misma altura que el maíz de Iowa en el Día del Trabajo, a primeros de septiembre, o en los pantalones de lana amarilla que cubrían la cadera dislocada de Enid, se habría percatado inmediatamente de que venían del Medio Oeste y de que estaban intimidados. Para Chip Lambert, que los esperaba al otro lado de los controles de seguridad, eran, sin embargo, un par de asesinos.

Chip tenía los brazos cruzados, a la defensiva. Levantó una mano para tirarse del remache de hierro forjado que llevaba en una oreja. Lo ponía muy nervioso la posibilidad de desgarrarse el lóbulo con él: de que el máximo dolor que los nervios de su pabellón auditivo pudieran generar quedara por debajo del mínimo que él necesitaba ahora para tranquilizarse. Desde su situación, junto a los detectores de metal, vio que una chica de pelo azulado adelantaba a sus padres, una chica de pelo azulado y en edad de estar estudiando, una desconocida muy deseable, con *piercings* en los labios y en las cejas. Se puso a pensar que si pudiese tener relaciones sexuales con esa chica durante un segundo, sería capaz de afrontar a sus padres confiadamente, y que si pudiese seguir teniendo relaciones sexuales con esa chica una vez por minuto mientras sus padres permanecieran en Nueva York, conseguiría sobrevivir a la visita. Chip era un hombre alto, de constitución como trabajada en gimnasio, con patas de gallo y un pelo amarillo manteca que ya raleaba. Si aquella chica se hubiese fijado en él, quizá habría pensado que ya era demasiado talludo para vestirse de cuero. Mientras ella pasaba de largo, Chip se tiró con más fuerza del remache, para contrarrestar el dolor de verla marcharse para siempre de su vida y para concentrar luego la atención en su padre, cuyo rostro iba iluminándose al descubrir a un hijo suyo entre aquella multitud de personas extrañas. Braceando como quien se hunde en el agua, Alfred cayó sobre Chip y se agarró a su mano y su muñeca como a un cable que le hubieran arrojado.

—¡Vaya! —dijo—. ¡Vaya!

Enid llegó detrás de él, renqueando.

—¡Chip! —gritó—. ¿Qué te has hecho en las orejas?

—Mamá, papá —murmuró Chip entre dientes, esperando que la chica del pelo azulado estuviese ya demasiado lejos para haberlo oído—. Me alegro de veros.

Aún le quedó tiempo para un pensamiento subversivo sobre las bolsas Nordic Pleasurelines de sus padres (una de dos: o bien la Nordic Pleasurelines enviaba una bolsa a todo el que compraba un billete para un crucero suyo, como procedimiento bastante cínico para obtener publicidad andante y gratuita, o como procedimiento para llevar etiquetados a sus viajeros y así manejarlos mejor en los puntos de embarque, fomentándoles de paso, graciosamente, el espíritu corporativo; o bien Enid y Alfred habían conservado a propósito esas bolsas, de algún viaje anterior, y ahora, dejándose guiar por un equivocado sentido de la lealtad, habían decidido llevarlas también en su próximo crucero. Fuera cual fuese el caso, a Chip le resultaba horrorosa la facilidad con que sus padres se avenían a convertirse en vectores de la publicidad comercial), antes de echarse las bolsas al hombro y asumir el peso de ver el aeropuerto de LaGuardia y la ciudad de Nueva York y su vida y su ropa y su cuerpo a través de los ojos decepcionados de sus padres.

Se fijó, como por primera vez, en el linóleo sucio, los chóferes con pinta de asesinos mostrando carteles en los que se leía el nombre de otras personas, la maraña de alambres que colgaba de un agujero del techo. Oyó con toda claridad la palabra «cabrón». Al otro lado de los ventanales de la planta de equipajes, dos bangladesíes empujaban un taxi averiado bajo la lluvia y el estrépito de las bocinas airadas.

—Tenemos que estar en el muelle a las cuatro —le dijo Enid a Chip—. Y creo que papá quería ver tu lugar de trabajo en el *Wall Street Journal*. —Elevó el tono de voz—: ¿Al? ¿Al?

Aunque ahora se le estaba torciendo el cuello hacia abajo, Alfred seguía siendo una figura imponente. Tenía el pelo blanco y espeso y lustroso, como un oso polar, y los largos y potentes músculos de sus hombros, que Chip recordaba en ejercicio, dándole azotes a un niño —el propio Chip, las más de las veces—, aún llenaban los hombros de tweed gris de su chaqueta sport.

—Al, ¿no querías ver el sitio donde trabaja Chip? —gritó Enid.

Alfred negó con la cabeza.

—No hay tiempo.

El carrusel del equipaje daba vueltas en vacío.

—¿Te has tomado la píldora? —le preguntó Enid.

—Sí —contestó Alfred.

Cerró los ojos y repitió muy despacio:

—Me he tomado la píldora. Me he tomado la píldora. Me he tomado la píldora.

—El doctor Hedgpeth le ha cambiado la medicación —le explicó Enid a Chip, quien estaba seguro de que su padre no había expresado el más mínimo interés por ver su despacho.

Y, dado que Chip no tenía relación alguna con el *Wall Street Journal* —la publicación en que colaboraba sin cobrar era el *Warren Street Journal: A Monthly of the Transgressive Arts*, revista mensual de las artes transgresivas; también había terminado, muy recientemente, un guión cinematográfico, y trabajado a tiempo parcial como corrector de textos legales en Bragg Knuter & Speigh, durante los casi dos años siguientes a su cese como profesor ayudante de Artefactos Textuales en el D—— College de Connecticut, de resultas de una falta cometida contra una estudiante, comportamiento al que había faltado muy poco para hacerle incurrir en responsabilidad penal y que sus padres nunca llegaron a conocer, pero que había bastado para poner fin al desfile de logros de que pudiera presumir su madre, allá en St. Jude; les había dicho a sus padres que había abandonado la enseñanza para dedicarse a escribir y, más recientemente, ante el acoso de su madre para que le diera más detalles, mencionó el *Warren Street Journal*, nombre que su madre oyó mal y del que instantáneamente empezó a alardear delante de sus amigas Esther Root y Bea Meisner y Mary Beth Schumpert, y aunque Chip, que llamaba por teléfono a su casa todos los meses, muy bien podría haberla sacado de su error, lo cierto es que más bien contribuyó a fortalecer el malentendido; y aquí se complica el asunto, no sólo porque el *Wall Street Journal* se vendía en St. Jude y su madre nunca le había dicho que hubiera buscado algo de Chip en sus páginas, sin encontrarlo (lo cual significaba que, en su fuero interno, sabía que no colaboraba en el periódico), sino también porque el autor de artículos como «Adulterio creativo» y «En alabanza de los moteles pringosos» estaba siendo cómplice de mantener vivo en su madre precisamente el tipo de espejismo que el *Warren Street Journal* rebatía, y ya había cumplido los treinta y nueve años, y seguía echándoles la culpa a sus padres de ser como era—, le pareció muy bien que su madre cambiara de conversación.

—Está mucho mejor de los temblores —añadió Enid en un tono de voz inaudible para Alfred—. El único efecto secundario es que *puede* tener alucinaciones.

—Pues menudo efecto secundario —dijo Chip.

—El doctor Hedgpeth dice que lo que tiene es muy leve y que se puede controlar casi por completo con la medicación adecuada.

Alfred vigilaba la gruta de los equipajes, mientras los pálidos pasajeros se situaban estratégicamente ante el carrusel. Había una confusión de líneas indicadoras de marcha en el linóleo, que se había vuelto de color gris por efecto de los contaminantes arrastrados por la lluvia. La luz tenía el color del mareo en coche.

—¡Nueva York! —exclamó Alfred.

Enid miró con gesto torvo los pantalones de Chip.

—No serán de cuero, ¿verdad?

—Sí, son de cuero.

—¿Cómo los lavas?

—Son cuero, como una segunda piel.

—Tenemos que estar en el muelle no más tarde de las cuatro —dijo Enid.

El carrusel soltó unos cuantos bultos.

—Ayúdame, Chip —dijo Alfred.

Poco después, Chip se adentraba en la lluvia traída por el viento, llevando las cuatro maletas de sus padres. Alfred iba un paso por delante, dando traspiés, con el andar de un hombre a quien le consta que si tiene que pararse le va a costar ponerse en marcha otra vez. Enid los seguía como a rastras, atenta al dolor de la cadera. Había engordado un poco y perdido quizá algo de altura desde la última vez que Chip la había visto. Siempre había sido una mujer guapa, pero a ojos de Chip era, más que ninguna otra cosa, una personalidad, hasta el punto de que podía mirarla de hito en hito y seguir ignorando cuál era su verdadero aspecto.

—¿Qué es, hierro forjado? —le preguntó Alfred mientras la cola de los taxis iba avanzando poco a poco.

—Sí —contestó Chip, tocándose la oreja.

—Parece un remache de un cuarto de pulgada, de los de toda la vida.

—Sí.

—¿Cómo se pone? ¿Se achata a martillazos?

—Sí, a martillazos —dijo Chip.

Alfred esbozó una mueca de dolor y emitió un silbido bajo, inhalando el aire.

—Vamos a hacer el crucero de lujo Colores del Otoño —dijo Enid cuando ya iban los tres en un taxi amarillo, atravesando Queens a toda marcha—. Subimos hasta Quebec y luego vamos todo hacia abajo, disfrutando de cómo cambian de color las hojas de los árboles. Papá se lo pasó tan bien en el último crucero que hicimos. ¿Verdad, Alfred? ¿A que te lo pasaste muy bien en aquel crucero?

La lluvia aplicaba un severo correctivo a las empalizadas de ladrillo del East River. Chip habría preferido un día de sol, un claro panorama de sitios famosos y agua azul, sin nada que ocultar. Aquella mañana, los únicos colores del camino eran los rojos corridos de las luces de freno.

—Ésta es una de las grandes ciudades del mundo —dijo Alfred, muy emocionado.

—¿Cómo te encuentras últimamente, papá? —logró preguntarle Chip.

—Un poco mejor y estaría en el paraíso. Un poco peor y estaría en el infierno.

—Estamos muy contentos con tu nuevo trabajo —dijo Enid.

—Uno de los grandes periódicos de este país —dijo Alfred—. El *Wall Street Journal.*

—¿No huele a pescado?

—Estamos muy cerca del océano —dijo Chip.

—No, eres tú.

Enid se inclinó hacia delante y acercó la nariz a la manga de Chip.

—Tu cazadora huele *muchísimo* a pescado —dijo.

Él apartó el brazo.

—Mamá. Por favor.

El problema de Chip era haber perdido la confianza. Atrás quedaban los días en que pudo permitirse *épater les bourgeois.* Dejando aparte su apartamento en Manhattan y su muy agraciada chica, Julia Vrais, ahora no poseía casi nada capaz de convencerlo de que era un hombre adulto en buen estado de funcionamiento, ningún logro que comparar con los de su hermano, Gary, que era banquero y tenía tres hijos, ni con los de su hermana, Denise, que con treinta y dos años era jefa de cocina de un restaurante de primera categoría recién inaugurado en Filadelfia. Había abrigado la esperanza de tener vendido el guión cuando llegaran sus padres, pero la verdad era que no había terminado el primer borrador hasta pasadas las doce de la noche del martes, y luego había tenido que trabajar tres turnos de catorce horas en Bragg Knuter & Speigh, para pagar el alquiler de agosto y tranquilizar al dueño de su apartamento (Chip estaba subarrendado) en cuanto a los pagos sucesivos de septiembre y octubre, y luego había unas compras que hacer, para la comida, y una casa que limpiar, y, por último, un poco antes del amanecer, esa misma mañana, un Xanax, largo tiempo en reserva, que echarse al cuerpo para alivio de la ansiedad. A todo esto, se había pasado casi una semana sin ver a Julia ni hablar directamente con ella. En respuesta a los muchos mensajes acongojados que le había dejado en el buzón de voz en las últimas cuarenta y ocho horas, pidiéndole que fuera a conocer a sus padres y a Denise, el sábado a las doce, en su apartamento, y que por favor, si no le importaba, no mencionase delante de sus padres el hecho de que estaba casada, Julia había mantenido el teléfono y el correo electrónico en un silencio total, de lo cual incluso una persona más estable que Chip habría podido extraer conclusiones muy inquietantes.

En Manhattan llovía de tal modo que el agua caía en cataratas por las fachadas de los edificios y se arremolinaba en las bocas de las alcantarillas. Delante de su casa de la calle Nueve Este, Chip tomó el dinero que le daba Enid y se lo pasó al taxista por la ranura, pero antes de que el enturbantado chófer le diera las gracias ya comprendió que se había quedado corto con la propina. Se sacó dos billetes de dólar del bolsillo y los dejó en equilibrio cerca del hombro del taxista.

—Ya está bien, ya está bien —chilló Enid, tratando de sujetar a Chip por la muñeca—. Ya ha dado las gracias.

Pero el dinero ya no estaba a la vista. Alfred intentaba abrir la puerta tirando de la manivela de la ventanilla.

—Espera, papá, que es aquí —le dijo Chip, alargando el brazo por encima de las rodillas de su padre para abrirle la puerta.

—¿Cuánta propina le has dado en total? —le preguntó Enid a Chip cuando ya estaban en la acera, bajo la marquesina de su casa, mientras el taxista iba sacando el equipaje del maletero.

—Quince por ciento, más o menos —dijo Chip.

—Más bien veinte por ciento, diría yo —contestó Enid.

—Anda, sí, vamos a pelearnos un poco. No te prives.

—Veinte por ciento es demasiado, Chip —sentenció Alfred en un tono de voz muy resonante—. No es razonable.

—Ustedes lo pasen bien —dijo en ese momento el taxista, sin ninguna ironía discernible.

—La propina es por el servicio y el trato que recibes —dijo Enid—. Si el servicio y el trato son especialmente buenos, no me importa llegar al quince por ciento. Pero si la propina se convierte en algo *automático*...

—Llevo toda la vida sufriendo por culpa de la depresión —dijo Alfred, o pareció que lo decía.

31

—¿Perdón? —dijo Chip.

—Los años de la depresión me cambiaron la vida. Cambiaron el sentido del dólar.

—Hablamos de depresión económica.

—Luego, si el servicio es especialmente malo o especialmente bueno —prosiguió Enid—, no hay forma de expresarlo monetariamente.

—Un dólar sigue siendo mucho dinero —dijo Alfred.

—El quince por ciento de propina tiene que ser algo excepcional, verdaderamente excepcional.

—Me gustaría saber por qué nos hemos metido en este tema —le dijo Chip a su madre—. Por qué este tema, precisamente, y no otro cualquiera.

—Estamos los dos muriéndonos de ganas de ver el sitio en que trabajas —replicó Enid.

Zoroaster, el portero de Chip, acudió corriendo a recoger el equipaje e instaló a los Lambert en el renuente ascensor del edificio. Enid dijo:

—El otro día me encontré en el banco con tu amigo Dean Driblett. Siempre que me lo encuentro me pregunta por ti, sin falta. Se ha quedado impresionadísimo con tu nuevo trabajo de redactor.

—Dean Driblett nunca fue amigo mío. Era un simple compañero de clase —dijo Chip.

—Su mujer y él acaban de tener el cuarto hijo. Ya te lo he dicho, ¿verdad?, se han construido una casa *enorme* en Paradise Valley... ¿No fueron ocho los dormitorios que contaste, Al?

Alfred se quedó mirándola, sin pestañear. Chip se inclinó hacia delante para pulsar el botón de Cerrar Puerta.

—Papá y yo estuvimos en la inauguración de la casa, en junio. Tenían cáterin y sirvieron verdaderas *pirámides* de gambas. Eran gambas, sin ningún añadido, en pirámides. Nunca había visto una cosa igual.

—Pirámides de gambas —dijo Chip. Por fin se había cerrado la puerta del ascensor.

—Total, que es una casa preciosa —dijo Enid—. Tiene por lo menos seis dormitorios, y qué quieres que te diga, da la impresión de que van a acabar ocupándolos todos. Hay que ver lo bien que le va a Dean. Se metió en el negocio de cuidar jardines en cuanto vio que eso de las pompas fúnebres no era lo suyo, ya sabes que Dale Driblett es su padrastro, el de la Capilla Driblett, y ahora se ven carteles publicitarios suyos por todas partes y ha abierto un centro de salud. Vi en el periódico dónde está el centro de salud de mayor índice de crecimiento de St. Jude, y se llama DeeDeeCare, igual que el servicio de cuidado de jardines, y ahora también se ven carteles publicitarios del centro de salud. Es una persona muy emprendedora, me parece a mí.

—Qué ascensor tan le-eento —dijo Alfred.

—Es un edificio de antes de la guerra —explicó Chip con voz tensa—. Un edificio extremadamente apetecible.

—Y ¿sabes qué regalo de cumpleaños me ha dicho que le va a hacer a su madre? Ella todavía no lo sabe, pero a ti sí puedo decírtelo. Ocho días en París, llevándola él. Ida y vuelta en primera, ocho noches en el Ritz. Muy propio de Dean. Para él, la familia siempre es lo primero. Pero ¿te das cuenta, qué regalo de cumpleaños? Al, ¿no me has dicho tú que sólo la casa ya vale un millón de dólares? ¿Al?

—Es una casa muy grande, pero de construcción barata —dijo Alfred, con súbito vigor—. Las paredes son de papel.

—Todas las casas modernas son así —dijo Enid.

—Tú me preguntaste si la casa me había impresionado. A mí me pareció muy ostentosa. Y también las gambas me parecieron una ostentación. Una cosa barata.

—Puede que fueran congeladas —dijo Enid.

—La gente se deja impresionar muy fácilmente con esas cosas —dijo Alfred—. Las pirámides de gambas pueden dar que hablar durante meses. Ya lo ves tú mismo —le dijo a Chip, como dirigiéndose a un espectador neutral—: tu madre aún no ha dejado de hablar de ellas.

Por un momento, Chip tuvo la impresión de que su padre se había transformado en un agradable desconocido; pero sabía que Alfred, en el fondo, era una persona autoritaria y vociferante. La última vez que había estado en St. Jude, para hacerles una visita a sus padres, hacía ya cuatro años, Chip había ido con su chica de aquel momento, una tal Ruthie, una marxista del norte de Inglaterra con el pelo oxigenado, y ella, tras haber cometido innumerables ofensas a la sensibilidad de Enid (encender un cigarrillo dentro de la casa, reírse a carcajadas de las acuarelas de Buckingham Palace que a Enid le encantaban, presentarse a la hora de la cena sin sujetador, no probar siquiera la «ensalada» de castañas de agua y guisantes y cubitos de queso cheddar, con salsa mayonesa muy densa, especialidad de Enid para las grandes ocasiones), se había pasado el rato pinchando y provocando a Alfred, hasta que consiguió hacerle decir que «los negros» iban a ser la ruina de este país, que «los negros» eran incapaces de coexistir con los blancos, que se creían con derecho a que el gobierno se ocupara de ellos, que no sabían lo que era trabajar de verdad, que, más que ninguna otra cosa, lo que les faltaba era *disciplina*, que todo aquello iba a terminar en una matanza callejera, *una matanza callejera*, y que le importaba un rábano lo que Ruthie pudiera pensar o dejar de pensar de él, porque Ruthie estaba de visita, en *su* casa y en *su* país, de modo que no tenía ningún derecho a criticar lo que no entendía; tras lo cual, Chip, que ya había advertido a Ruthie de que sus padres eran las personas más retrógradas de Estados Unidos, le dirigió a la chica una de esas sonrisas que quieren decir: «¿Lo ves? No digas que no te había avisado.» Cuando Ruthie rompió con él, apenas tres semanas más tarde, le dijo a Chip que se parecía a su padre mucho más de lo que él creía.

—Al —dijo Enid, mientras el ascensor se detenía dando bandazos—, tienes que reconocer que fue una fiesta estupenda, y que igual de *estupendo* fue el detalle que tuvo Dean al invitarnos.

Alfred dio la impresión de no haberla oído.

Junto a la puerta del piso de Chip, apoyado contra la pared, había un paraguas de plástico transparente que él, con alivio, identificó como propiedad de Julia Vrais. Aún estaba tratando de encaminar el equipaje de sus padres desde el ascensor hasta la puerta, cuando ésta se abrió de pronto y por ella apareció Julia.

—¡Ay, ay! —dijo, como aturullándose—. Llegas antes de lo previsto.

En el reloj de Chip eran las 11.35. Julia llevaba un impermeable color lavanda, sin forma, y una bolsa de mano de DreamWorks. Tenía el pelo largo y del color del chocolate oscuro, abullonado ahora por la humedad y la lluvia. En el tono de quien se dirige a un animal de buen tamaño, tratando de llevarse bien con él, le dijo «Hola» a Alfred y luego «Hola» a Enid, por separado. Alfred y Enid le mascullaron sus nombres y le tendieron las respectivas manos, arrastrándola con ellos hacia el interior de la casa, donde Enid empezó a acribillarla a preguntas en las que Chip, mientras entraba con el equipaje a cuestas, detectó toda una serie de mensajes entre líneas y segundas intenciones:

—¿Vives en la ciudad? —dijo Enid—. *(No cohabitarás con nuestro hijo, ¿verdad?)* ¿Y también trabajas en la ciudad? *(¿Tienes un empleo remunerado? ¿No serás de alguna de esas familias raras y cursis y ricas que hay en el este?)* ¿Te criaste aquí? *(¿O procedes de algún estado de más allá de los Apalaches, donde la gente es afectuosa y está llena de sentido común y no suele pertenecer a la raza judía?)* Ah, ¿y sigues teniendo familia en Ohio? *(¿O tus padres han optado por la moderna y muy objetable opción de divorciarse?)* ¿Tienes hermanos? *(¿Eres una niña mimada, o perteneces a una de esas familias católicas con montones y montones de hijos?)*

Después de que Julia aprobara el examen inicial, Enid trasladó su foco de atención a la casa. Chip, en una crisis de confianza de última hora, había hecho un intento por adecentarla, eliminando la aparatosa mancha de semen de la tumbona roja, con un juego de quitamanchas recién comprado, desmontando el muro de corchos de botella que había ido levantando en la hornacina de la parte superior de la chimenea, a un ritmo de media docena de Merlot y otra media de Pinot Grigio por semana, retirando de las paredes del cuarto de baño los primeros planos de genitales masculinos y femeninos que eran la flor y nata de su colección de arte y sustituyéndolos por los tres diplomas que Enid se había empeñado en enmarcar, hacía ya mucho tiempo.

Aquella mañana, pensando que ya se había sometido lo suficiente, decidió reajustar su presentación vistiéndose de cuero para ir al aeropuerto.

—Esta habitación viene a ser como el cuarto de baño de Dean Driblett —dijo Enid—. ¿Verdad, Alfred?

Alfred giró sus movedizas manos y se puso a examinarlas por el dorso.

—Nunca había visto un cuarto de baño tan enorme.

—No tienes ningún tacto, Enid —dijo Alfred.

A Chip podría habérsele pasado por la cabeza que aquella observación tampoco demostraba ningún tacto, porque de ella se desprendía que su padre estaba de acuerdo con la actitud crítica de su madre ante la casa y que lo único que le parecía mal era que la hubiese expresado en voz alta. Pero Chip en lo único que podía fijarse era en el secador de pelo que asomaba de la bolsa de mano de DreamWorks. Era el secador de pelo que Julia guardaba en el cuarto de baño de Chip. De hecho, ahora parecía encaminarse hacia la puerta.

—Dean y Trish tienen jacuzzi *y* ducha *y* bañera, cada cosa por separado —prosiguió Enid—. Y cada uno su propio lavabo.

—Lo siento mucho, Chip —dijo Julia.

Él alzó la mano para retenerla.

—Comeremos en cuanto llegue Denise —informó a sus padres—. Nada del otro mundo. Ahora, haced como si estuvieseis en vuestra propia casa.

—Ha sido un placer conocerlos —les dijo Julia a Enid y Alfred. A Chip, bajando el tono, le dijo—: Va a estar contigo Denise. No te preocupes.

Abrió la puerta.

—Mamá, papá —dijo Chip—, perdonadme un momento.

Salió de la casa con Julia y cerró la puerta.

—Esto es lo que se llama elegir el peor momento —dijo—. El peor posible.

Julia se sacudió el pelo de las sienes.

—Por lo menos, me gusta el hecho de que ésta sea la primera vez en mi vida en que he actuado por propio interés en una relación.

—Eso está muy bien. Un gran paso adelante. —Chip se esforzó por sonreír—. Pero ¿qué ocurre con el guión? ¿Lo está leyendo Eden?

—Puede que se ponga a ello en algún momento de este fin de semana.

—¿Y tú?

—Yo lo he leído... —Julia apartó la vista— casi todo.

—Mi idea —dijo Chip— era poner una especie de obstáculo que el espectador tuviera que superar. Poner algo disuasorio al principio. Es un procedimiento moderno clásico. Pero al final hay un intenso suspense.

Julia se volvió hacia el ascensor y no contestó.

—¿Has llegado ya al final? —le preguntó Chip.

—Mira, Chip —soltó ella, penosamente—, tu guión empieza con una conferencia de seis folios sobre la ansiedad fálica en el teatro de la época Tudor.

Le constaba. De hecho, llevaba semanas despertándose casi todas las noches antes del alba, con el estómago revuelto y los dientes apretados, para a continuación enfrentarse con la tremebunda certeza de que un largo monólogo erudito sobre el teatro de la época Tudor no tenía sitio en el acto primero de un guión comercial. Solía costarle horas —tenía que salir de la cama, ponerse a dar vueltas por la casa, beber Merlot o Pinot Grigio— recuperar el convencimiento de que abrir con un monólogo teorizante no sólo no era una equivocación, sino que constituía el más favorable argumento de venta del guión; y ahora le había bastado mirar a Julia para convencerse de su error.

Diciendo que sí con la cabeza, para mostrar que agradecía de todo corazón la crítica, abrió la puerta de su piso y les dijo a sus padres:

—Un segundo, mamá, papá. Sólo un segundo.

No obstante, mientras cerraba de nuevo la puerta le volvió con toda su fuerza la anterior convicción.

—Pero mira —dijo—, toda la historia viene prefigurada en el monólogo. Ahí está cada uno de los temas posteriores, en píldoras: lo masculino y lo femenino, el poder, la identidad, la autenticidad... Y la cosa es... Espera, Julia, espera.

Agachando la cabeza mansamente, como esperando que él, así, no se diera cuenta de su marcha, Julia le volvió la espalda para situarse frente al ascensor.

—La cosa es —dijo Chip— que la chica está en la primera fila del aula, *escuchando* la conferencia. Es una imagen de vital importancia. El hecho de que sea él quien controla el discurso...

—Y también da un poco de repelús —dijo Julia— eso de que te pases el rato hablando de sus pechos.

También era verdad. Y que fuera verdad se le antojaba muy injusto y muy cruel a Chip, porque nunca habría tenido impulso suficiente para escribir el guión sin el acicate de estar todo el tiempo imaginando los pechos de la joven protagonista.

—Seguramente tienes razón —dijo—. Aunque lo físico, en parte, es intencionado. Porque ésa es la ironía, comprendes, que ella se siente atraída por la mente de él, mientras que a él lo atrae...

—Ya, pero leído por una mujer —dijo Julia, obstinadamente— es como la sección de aves de corral: pechuga, pechuga, pechuga, muslo, pata.

—Puedo eliminar algunas de esas referencias —dijo Chip en voz baja—. También puedo abreviar la conferencia inicial. El caso es que haya ese obstáculo que...

—Sí, que el espectador tiene que superar. Es una idea muy ingeniosa.

—Por favor, quédate a comer. Por favor, Julia.

Acababan de abrirse las puertas del ascensor.

—Lo que digo es que una se siente un poquito insultada.

—Pero la cosa no va contigo. Ni siquiera está inspirado en ti, el guión.

—Estupendo. Está inspirado en las tetas de alguna otra.

—Dios. Por favor. Un segundo.

Chip volvió ante la puerta de su apartamento y, cuando la abrió, se llevó la sorpresa de encontrarse cara a cara con su padre, cuyas enormes manos temblaban con mucha violencia.

—Hola, papá. Sólo un minuto más, por favor.

—Chip —dijo Alfred—, ¡pídele que se quede! ¡Dile que nosotros queremos que se quede!

Chip asintió con la cabeza y cerró la puerta en las narices del anciano; pero en los pocos segundos que permaneció de espaldas el ascensor se había tragado a Julia. Apretó inútilmente el botón de llamada y luego abrió la salida de incendios y se lanzó por la espiral de la escalera de servicio. *Tras una serie de deslumbrantes conferencias en que se celebraba la incansable búsqueda de la felicidad en cuanto estrategia para subvertir la burocracia del racionalismo,* BILL QUAINTENCE, *un joven y atractivo profesor de Artefactos Textuales, es seducido por* MONA, *una bella estudiante que lo adora. No obstante, apenas acaba de iniciarse su relación, desenfrenadamente erótica, cuando son descubiertos por* HILLAIRE, *la mujer a quien Bill ha abandonado. En una tensa confrontación, que representa el conflicto entre la visión Terapéutica y la visión Transgresiva del mundo, Bill y Hillaire pelean por el alma de la joven Mona, que yace desnuda entre ambos, en una cama con las sábanas revueltas. Hillaire consigue seducir a Mona con su retórica criptorrepresiva, y Mona denuncia en público a Bill. Bill pierde su trabajo, pero no tarda en descubrir unos archivos de correo electrónico en que se demuestra que Hillaire ha pagado a Mona para que eche a perder su carrera. Cuando Bill se dirige a ver a su abogado, llevando un disquete con la prueba incriminatoria, su automóvil se sale de la carretera y cae en las furiosas aguas del río D———, de modo que el disquete emerge del automóvil y es arrastrado por la indomable e incesante corriente hacia el proceloso y erótico/caótico mar abierto. El accidente recibe la clasificación de suicidio vehicular y, en las últimas secuencias de la película, vemos que Hillaire, contratada por el centro de enseñanza en sustitución de Bill, está pronunciando una conferencia sobre los males del placer incontrolado; y entre los alumnos se halla Mona, su diabólica amante lesbiana.* Éste era el tratamiento de un folio que Chip había conseguido preparar con ayuda de unos cuantos manuales baratos sobre cómo escribir un guión, y que había enviado por fax, una mañana de invierno, a una productora cinematográfica radicada en Manhattan, una tal Eden Procuro. Cinco minutos después sonó el teléfono, y al contestarlo oyó la voz, tan guay como neutra, de una señorita que le decía «un momento, por favor, le paso con Eden Procuro», seguida por la propia Eden Procuro, gritando:

—¡Me encanta, me encanta, me encanta, me *encanta*!

Pero de eso ya hacía un año y medio. El tratamiento de un folio se había trocado en un guión de 124, titulado *La academia púrpura*, y ahora Julia Vrais, la del pelo color chocolate, dueña también de aquella voz tan guay y tan neutra de ayudante personal, acababa de abandonarlo, y él, mientras se precipitaba escaleras abajo tras ella, colocando los pies de medio lado, para saltar los peldaños de tres en tres o de cuatro en cuatro, agarrándose al pasamanos en cada rellano para ayudarse a invertir la trayectoria de un solo movimiento brusco, lo único que recordaba o tenía en mente era una serie de anotaciones condenatorias en su índice mental casi fotográfico de aquellas 124 páginas:

3:	labios hinchados, **pechos** altos y redondos, caderas estrechas y
3:	por encima del jersey de cachemira que sostenía firmemente sus **pechos**
4:	hacia delante, arrebatadoramente, con sus perfectos **pechos** adolescentes deseando
8:	(mirándole los **pechos**)
9:	(mirándole los **pechos**)
9:	(atraídos sus ojos, sin remedio, por los perfectos **pechos** de ella)
11:	(mirándole los **pechos**)
12:	(acariciando mentalmente sus **pechos** perfectos)
13:	(mirándole los **pechos**)
15:	(mirando una y otra vez sus perfectos **pechos** adolescentes)
23:	(agarrar, con sus perfectos **pechos** emergiendo de su
24:	el represivo sujetador, para librar de trabas sus **pechos** subversivos.)
28:	para lamer rosadamente el **pecho** resplandeciente de sudor.)
29:	los pezones, emergentes como falos, de sus **pechos** empapados de sudor
29:	me gustan tus **pechos**.
30:	siento una total adoración por tus **pechos** henchidos de miel.
33:	(los **pechos** de HILLAIRE, como balas gemelas de la Gestapo, pueden
36:	una mirada puntiaguda, capaz de pinchar y dejar desinflados sus **pechos**
44:	los **pechos** arcádicos, bajo la austera y puritana felpa
45:	recogiendo, avergonzada, la toalla que apretaba contra su **pecho**.)
76:	sus **pechos** inocentes, envueltos ahora en una camisa de aspecto militar
83:	echo de menos tu cuerpo, echo de menos tus **pechos** perfectos, yo
117:	los faros que se hundían y que iban desvaneciéndose como un par de **pechos** blanquísimos

¡Y más que habría, seguramente! Muchos más de los que recordaba. Y los dos únicos lectores que ahora contaban eran mujeres. Pensó Chip que Julia rompía con él porque en *La academia púrpura* había demasiadas referencias a los pechos y porque el arranque era muy penoso, y que si lograba corregirlo, tanto en el ejemplar de Julia como, más importante aún, en el ejemplar de Eden Procuro, que él mismo había hecho en su impresora láser, utilizando papel marfil de alto gramaje, quizá quedara alguna esperanza de salvar no sólo su situación financiera, sino también de volver a liberar alguna vez, y acariciarlos luego, los pechos de Julia, blanquísimos e inocentes. Lo cual, en ese momento del día, como prácticamente todos los días, entrada la mañana, en los últimos meses, era una de las últimas actividades de este mundo a que podía aspirar razonablemente para consuelo y solaz de sus fracasos.

Al salir de la escalera al rellano, vio que el ascensor ya estaba a la espera de su próximo usuario. Por la puerta abierta vio que un taxi apagaba la luz de libre y se ponía en marcha. Zoroaster secaba con una fregona el agua de lluvia que se había colado en el vestíbulo de mármol ajedrezado.

—Adiós, Mister Chip —dijo, cuando vio que Chip se marchaba, y no era ni mucho menos la primera vez que se lo decía.

Las gruesas gotas de lluvia que batían la acera levantaban una fresca y fría neblina de pura humedad. A través del cortinaje de goterones que caía de la marquesina, Chip vio que el taxi de Julia se detenía ante un semáforo en ámbar. Al otro lado de la calle se estaba quedando libre otro taxi, y a Chip se le pasó por la cabeza la idea de subirse a él y de decirle al conductor que siguiera a Julia. La idea era muy tentadora, pero tenía sus dificultades.

La primera dificultad consistía en que al perseguir a Julia bien se podría afirmar que estaba incurriendo en la peor de las faltas por las que el Consejo General del D—— College, mediante una seca y muy moralizante carta de los abogados, lo había amenazado con ponerle una demanda y llevarlo a juicio. Algunas de las supuestas faltas eran fraude, incumplimiento de contrato, secuestro, acoso sexual tipificable en el Título IX, servir alcohol a una estudiante legalmente no autorizada a beber y posesión y venta de sustancias prohibidas; pero lo que más había aterrorizado a Chip, y seguía aterrorizándolo, fue la acusación de «acoso», de haber efectuado llamadas telefónicas «obscenas» y «amenazadoras» e «injuriosas», con ánimo de violar la intimidad de una joven.

Otra dificultad, más inmediata, era que sólo tenía cuatro dólares en la cartera, menos de diez en la cuenta corriente y una disponibilidad igual a cero en sus principales tarjetas de crédito, sin posibilidad alguna de obtener dinero corrigiendo pruebas antes del lunes siguiente por la tarde. Teniendo en cuenta que la última vez que había visto a Julia, seis días atrás, ella se había quejado, muy en concreto, de que él *siempre* quisiera quedarse en casa y comer pasta y pasarse el día dándole besos y copulando (llegó a decir que a veces tenía la impresión de que Chip utilizaba el sexo como una especie de medicina y que lo único que le impedía no seguir adelante y automedicarse, metiéndose crack o heroína, era que el sexo le salía gratis, porque es que se estaba volviendo un auténtico gorrón; llegó a decir que, ahora que ella estaba siguiendo su propio tratamiento, a veces tenía la impresión de estar siguiéndolo por los dos, por Chip y por ella, lo cual resultaba doblemente injusto, porque era ella quien corría con los gastos de la medicación, y porque la medicación estaba haciendo que su interés por el sexo no fuera tan fuerte como solía; llegó a decir que, si de Chip dependiera, ya ni siquiera irían al cine y que se pasarían las tardes en la cama, con las persianas echadas, y luego cenarían pasta recalentada), cabía sospechar que lo menos que le iba a costar una nueva charla con ella sería un carísimo almuerzo de verduras de otoño hechas a la plancha sobre leña de mezquite, más una botella de Sancerre, bienes para cuyo pago no disponía de ningún medio concebible.

De modo que allí se quedó, sin hacer nada, mientras el semáforo se ponía verde y el taxi de Julia iba desapareciendo de su vista. La lluvia blanqueaba la acera con sus gotas de apariencia infecta. En la acera de enfrente, una mujer de piernas largas, embutida en un par de vaqueros y luciendo unas botas negras de excelente calidad, acababa de bajarse de un taxi.

Que aquella mujer fuera su hermana pequeña, Denise —es decir: que fuera la única mujer atractiva de este planeta con la que no podía ni quería alegrarse la vista, figurándose que se la tiraba—, no le pareció sino una mera injusticia más en aquella larga mañana de injusticias.

Denise llevaba un paraguas negro, un ramo de flores y una caja de pasteles atada con un bramante. Sorteando los charcos y torrenteras de la calzada, llegó hasta donde estaba Chip, bajo la protección de la marquesina.

—Oye —le dijo Chip, con una sonrisa nerviosa, sin mirarla—, tengo que pedirte un gran favor. Necesito que hagas tú la guardia mientras yo localizo a Eden y recupero mi guión. Tengo que introducirle una serie de correcciones rápidas, muy importantes.

Como si Chip hubiera sido su cadi o su criado, Denise le puso en las manos el paraguas, para sacudirse el agua y las salpicaduras de los bajos del pantalón. Denise tenía, de su madre, el pelo oscuro y la tez pálida, y, de su padre, el intimidatorio aspecto de autoridad moral. Era ella quien le había dado instrucciones a Chip de que invitara a sus padres a hacer un alto en su viaje y almorzar en Nueva York. Oyéndola, parecía el Banco Mundial imponiéndole las condiciones para el pago de su deuda a un país latinoamericano; porque, desgraciadamente, Chip le debía dinero. Tanto como lo que fuera que sumasen diez mil dólares, más cinco mil quinientos, más cuatro mil, más mil.

—Mira —trató de explicarle él—, Eden quiere leer el guión esta tarde, y, desde el punto de vista financiero, no hará falta decir lo importante que es para ti y para mí...

—No puedes marcharte ahora —dijo Denise.

—Será cosa de una hora —dijo Chip—. Una hora y media, como máximo.

—¿Está Julia arriba?

—No, se ha marchado. Dijo hola y se marchó.

—¿Habéis roto?

—No sé. Se ha puesto en tratamiento y ni siquiera me fío de...

—Espera un minuto. Espera un minuto. ¿Vas a localizar a Eden o a perseguir a Julia?

Chip se tocó el remache de la oreja izquierda.

—En un noventa por ciento, a localizar a Eden.

—¡Chip!

—No, pero escucha —dijo él—, es que ahora le ha dado por utilizar la palabra «salud» como si tuviera un sentido absoluto e intemporal.

—¿A quién? ¿A Julia?

—Lleva tres meses tomando unas píldoras que la dejan totalmente obtusa, y luego esa obtusidad se define a sí misma como buena salud mental. Igual que si la ceguera se definiese a sí misma como facultad de ver. «Ahora que estoy ciego, veo muy bien que no hay nada que ver.»

Denise exhaló un suspiro y dejó que se le inclinase el ramo de flores en dirección a la acera.

—¿Qué estás diciendo, que quieres darle alcance y quitarle la medicación?

—Estoy diciendo que hay un fallo estructural en la cultura entera —dijo Chip—. Estoy diciendo que la burocracia se ha arrogado el derecho de adjudicar el calificativo de «patológicos» a ciertos estados mentales. La falta de ganas de gastar dinero se convierte en síntoma de una enfermedad que requiere una medicación carísima. Medicación que, luego, destruye la libido o, en otras palabras, elimina el apetito del único placer gratuito que hay en este mundo, lo que significa que el afectado tiene que invertir aún *más* dinero en placeres compensatorios. La definición de salud mental es estar capacitado para tomar parte en la economía de consumo. Cuando inviertes en terapia, inviertes en el hecho de comprar. Y lo que estoy diciendo es que yo, personalmente, en este mismísimo momento, estoy perdiendo la batalla contra una modernidad comercializada, medicalizada y totalitaria.

Denise cerró un ojo y abrió de par en par el otro. El ojo abierto era como un abalorio de vinagre balsámico casi negro en un cuenco de porcelana blanca.

—Si te doy la razón y te digo que todo eso es muy interesante —dijo—, ¿vas a callarte de una vez y subir conmigo?

Chip negó con la cabeza.

—Hay salmón escalfado en la nevera. Hay acederas con *crème fraîche*. Una ensalada de judías verdes y avellanas. Ya verás el vino y la baguette y la mantequilla. Es mantequilla fresca de Vermont, buenísima.

—¿Se te ha ocurrido tener en cuenta que papá está muy enfermo?

—Va a ser una hora. Hora y media, como mucho.

—Digo que si se te ha ocurrido tener en cuenta que papá está muy enfermo.

44

A Chip le vino a la memoria la reciente visión de su padre en el umbral de su casa, tembloroso e implorante. Para eliminarla, trató de concentrarse en una imagen de cama con Julia, con la desconocida del pelo azul, con Ruthie, con cualquiera, pero lo único que consiguió fue conjurar una horda de pechos separados de sus cuerpos, acosándolo como Furias vengativas.

—Cuanto antes vaya a ver a Eden e introduzca las correcciones —dijo—, antes estaré de vuelta. Si verdaderamente quieres ayudarme.

Por la calle bajaba un taxi libre. Cometió el error de mirarlo, haciendo que Denise lo interpretara mal.

—No puedo darte más dinero —dijo.

Chip retrocedió como si su hermana acabara de escupirle a la cara.

—Dios, Denise...

—Me gustaría, pero no puedo.

—No pensaba pedirte dinero.

—Porque es el cuento de nunca acabar.

Chip dio media vuelta, se adentró en el chaparrón y echó a andar hacia University Place, con una sonrisa de rabia en el rostro. Iba hundido hasta los tobillos en un lago en forma de acera, hervoroso y gris. Llevaba agarrado el paraguas de Denise, sin abrirlo, y seguía pareciéndole injusto, seguía pareciéndole que *no era culpa suya* estar calándose hasta los huesos.

Hasta hacía poco, y sin haber dedicado nunca mucha reflexión al asunto, Chip había vivido en el convencimiento de que era posible tener éxito en Estados Unidos sin ganar dinero a espuertas. Siempre había sido buen estudiante, pero desde la más tierna infancia había dado claras muestras de falta de talento para cualquier tipo de actividad económica que no fuese comprar algo (eso sí que sabía hacerlo); y, en lógica consecuencia, optó por la vida intelectual.

Dado que Alfred, en cierto momento, suavemente, pero de un modo inolvidable, había comentado que no lograba verle la utilidad a la teoría literaria, y dado que Enid, en sus floridas cartas bisemanales, que tanto dinero le habían ahorrado en conferencias telefónicas, había rogado insistentemente a Chip que abandonara su intento de obtener un doctorado en humanidades que no iba a servirle para nada «práctico» («veo los viejos trofeos que ganaste en las ferias científicas de tu período escolar», le escribió, «y pienso en cuánto podría aportar a la sociedad, en la práctica de la medicina, un joven de tu talento; la verdad es que papá y yo siempre tuvimos la esperanza de haber educado a nuestros hijos para que pensaran en los demás, no sólo en sí mismos»), a Chip no le faltaron incentivos para empeñarse en demostrar que sus padres se equivocaban. Madrugando mucho más que sus compañeros de clase, que se quedaban durmiendo sus resacas de Gauloise hasta las doce o la una de la mañana, fue amontonando esos premios, becas y subvenciones tan característicos del ámbito académico.

Durante los quince primeros años de su vida adulta, la única experiencia de fracaso le vino de segunda mano. Su chica en la universidad y mucho después, Tori Timmelman, adepta del feminismo teórico, estaba tan en contra del sistema patriarcal de acreditaciones y su correspondiente calibración falométrica del éxito, que se negó a terminar su tesis (o no fue capaz de terminarla). Chip había crecido oyendo pontificar a su padre sobre el tema de los Trabajos de Mujer y los Trabajos de Hombre y lo importante que era mantener la diferencia entre unos y otros; con ansia de corrección, siguió con Tori durante casi todo un decenio. Era él quien se ocupaba, casi por completo, de las tareas domésticas —lavar la ropa, limpiar, cocinar, cuidar del gato— en el pequeño apartamento que compartía con Tori. Se leyó por ella los textos de lectura complementaria y la ayudó a estructurar y volver a estructurar los capítulos de esa tesis que Tori, con la aceleración de la rabia, era incapaz de escribir. Sólo cuando el D—— College le ofreció un contrato de cinco años como profesor, con posibilidades de acceder a la titularidad (mientras Tori, que seguía sin doctorarse, aceptaba un contrato de dos años no renovables en una escuela de agricultura de Texas), logró Chip agotar por entero su reserva de culpabilidad masculina y seguir adelante con su vida.

Así pues, cuando llegó a D—— era un hombre de treinta y tres años, muy promocionable y con un buen historial de publicaciones, y que, por añadidura, había recibido del rector del college, Jim Leviton, la casi completa garantía de que allí podría seguir hasta el final de su carrera docente. No había terminado el primer semestre cuando ya se estaba acostando con la joven historiadora Ruthie Hamilton y, jugando de compañero con Leviton, había conquistado para éste el campeonato de dobles del claustro de profesores que venía escapándosele desde hacía veinte años.

El D—— College, de prestigio elitista y mediano presupuesto, dependía para su supervivencia de los alumnos cuyos padres pudieran pagar matrícula completa. Con el propósito de atraerse a tales estudiantes, el college había construido un pabellón de recreo de treinta millones de dólares, tres cafeterías refinadas y un par de macizas «residencias» que, más que tales residencias, eran muy ilustrativas premoniciones de los hoteles en que los alumnos se alojarían en el bien remunerado porvenir que a cada uno de ellos iba a corresponderle. Había rebaños de sofás de cuero, y ordenadores en cantidad suficiente como para que ningún alumno potencial ni ninguna pareja de padres visitantes pudieran entrar en una habitación sin ver, como mínimo, un teclado disponible, incluso en el comedor y en el vestuario del campo de deportes.

Los profesores no titulares vivían en condiciones rayanas en la miseria. Chip tenía la suerte de disponer de una unidad de dos pisos, en un bloque de hormigón situado en Tilton Ledge Lane, en el lado oeste del campus. Su patio trasero daba a una corriente de agua que los administradores del college conocían con el nombre de Kuyper's Creek, pero que todo el mundo llamaba Carparts Creek, es decir, el riachuelo de las piezas usadas de automóvil. En la orilla de enfrente del riachuelo había una cenagosa extensión de terreno invadida por un cementerio de automóviles perteneciente al Departamento de Rehabilitación del Estado de Connecticut. El college llevaba veinte años presentando demandas ante la justicia estatal y federal, en un prolongado intento de proteger esa zona húmeda del «desastre» ecológico que le sobrevendría si era sometida a desecación y en ella levantaban una cárcel de mediana seguridad.

Cada mes o dos, mientras las cosas le fueron bien con Ruthie, Chip invitaba a cenar en Tilton Ledge a sus colegas y vecinos y algún que otro alumno precoz, sorprendiéndolos con langostinos, o asado de cordero, o venado con nebrina, y con postres de verdadero guiño retro, como la fondue de chocolate. En ocasiones, a última hora de la noche, presidiendo una mesa en que se apiñaban como rascacielos de Manhattan las botellas vacías de vino californiano, Chip se sentía lo suficientemente seguro como para reírse de sí mismo, abrirse un poco y contar embarazosos relatos de su niñez en el Medio Oeste. Que su padre no sólo trabajaba largas horas en la Midland Pacific Railroad, sino que luego llegaba a casa y les leía cuentos a los niños y mantenía el jardín y la casa y despachaba un maletín entero de trabajo nocturno para la empresa, y encima encontraba tiempo para llevar un laboratorio metalúrgico muy completo en su propio sótano, donde le daban las tantas sometiendo aleaciones extrañas a tensiones químicas y eléctricas. Y que Chip, a los trece años, se enamoró perdidamente de los mantecosos metales alcalinos que su padre conservaba en queroseno, del cobalto cristalino y su tendencia a ruborizarse, del mercurio pechugón y pesado, de las llaves de paso de vidrio molido y del glacial ácido acético, hasta el punto de levantar su propio laboratorio juvenil a la sombra del de su padre. Y que su nuevo interés por la ciencia dejó encantados a Enid y Alfred, y que, alentado por ellos, puso todos sus esfuerzos en el empeño de conseguir un trofeo en la feria científica regional de St. Jude. Y que en la biblioteca municipal de St. Jude desenterró un trabajo sobre fisiología de las plantas lo suficientemente oscuro y lo suficientemente simple como para pasar por obra de un muy brillante alumno de octavo. Y que construyó un entorno controlado de madera contrachapada para cultivar avena y que primero fotografiaba los brotes con mucha minucia y luego no volvió a acordarse de ellos en varias semanas, y que cuando fue a pesar el semillero para medir los efectos del ácido giberélico en combinación con un *factor químico no identificado*, la avena se había convertido en una especie de limo seco y negruzco. Y que él, sin embargo, siguió adelante, asentando en papel graduado los resultados «correctos» del experimento, inventándose los pesos anteriores del semillero por medio de un hábil procedimiento aleatorio, y añadiendo luego los posteriores de modo que aquellos datos ficticios produjeran los resultados «correctos». Y que como ganador del primer puesto en la feria científica consiguió una Victoria Alígera de un metro de altura, chapada en plata, junto con la admiración de su padre. Y que, un año después, por la época en que su padre andaba en los trámites de registro de la primera de sus dos patentes (a pesar de las muchas cuentas pendientes que tenía con su padre, Chip siempre ponía especial cuidado en trasmitir a los demás comensales la idea de que Alfred era, a su modo, un auténtico gigante), Chip empezó a hacer como que estudiaba la población de aves migratorias en un parque situado cerca de unas tiendas de artículos para consumidores de drogas y en una librería y en casa de unos amigos con futbolín y billar. Y que en cierto barranco de ese parque encontró material pornográfico barato ante cuyas páginas deformadas por la humedad, una vez de vuelta en casa, en aquel sótano donde él, a diferencia de su padre, nunca había llevado a cabo ningún experimento ni sentido el más leve atisbo de curiosidad científica, se pasaba las horas frotándose en seco la punta de la erección, sin que jamás se le ocurriera pensar que ese atroz desplazamiento perpendicular era precisamente lo que le suprimía el orgasmo (un detalle, éste, del que obtenían especial placer sus invitados, muchos de los cuales estaban puestísimos en teorías homo), y que, como recompensa a su mendacidad y su abuso del propio cuerpo y su general pereza, le entregaron una segunda Victoria Alígera.

Envuelto en los vapores de la sobremesa, mientras atendía a sus muy complacientes colegas, Chip se sentía seguro en el convencimiento de que sus padres no habrían podido estar más equivocados con respecto a cómo era él y qué camino debía seguir en la vida. Durante dos años y medio, hasta el fiasco de Acción de Gracias en St. Jude, no tuvo problemas en el D—— College. Pero luego Ruthie lo abandonó, y una alumna de primero se precipitó, por así decirlo, a llenar el vacío que la otra acababa de dejar.

Melissa Paquette era la alumna más dotada de la clase de Introducción Teórica a la Narrativa de Consumo que Chip enseñaba durante su tercera primavera en D——. Melissa era una chica majestuosa y teatral de quien los demás alumnos tendían a mantenerse alejados, con desdén, porque no les gustaba, pero también porque ella siempre se sentaba en primera fila, justo enfrente de Chip. Tenía el cuello largo y los hombros anchos y no era exactamente lo que se dice guapa, sino más bien espléndida en lo físico. Tenía el pelo muy liso, color madera de cerezo, como los aceites de motor antes del uso. Siempre llevaba ropa comprada en tiendas de segunda mano, que más bien tendía a no sentarle bien: un traje sport de hombre de poliéster y cuadros escoceses, un vestido trapecio con estampado de cachemira, un mono gris, modelo mecánico de servicio oficial de reparaciones, con el nombre *Randy* bordado en el bolsillo pectoral izquierdo.

Melissa no soportaba a nadie que ella considerase tonto. Ya en la segunda clase de Narrativa de Consumo, mientras un tal Chad, un afable muchachito de pelo rastafari (en todas las clases de D—— había siempre, como mínimo, un afable muchachito de pelo rastafari), se empeñaba en resumir las teorías de Thorstein «Webern», Melissa sacó a relucir su sonrisa de suficiencia, buscando la complicidad de Chip. Ponía los ojos en blanco y articulaba «Veblen» con los labios y se agarraba el pelo. Al cabo de muy poco rato, Chip ya estaba prestando más atención a la consternación de Melissa que al discurso de Chad.

—Perdona, Chad —interrumpió ella al fin—. ¿No será Veblen?

—Vebern. Veblern. Eso estoy diciendo.

—No. Estás diciendo Webern. Y es Veblen.

—Veblern. Muy bien. Muchas gracias, Melissa.

Melissa sacudió la melena y se volvió de nuevo en dirección a Chip, una vez llevada a buen término su misión. No prestó atención a las miradas aviesas que le lanzaban los amigos y simpatizantes de Chad. Chip, en cambio, se situó en el rincón más alejado del aula, para disociarse de Melissa, y le pidió a Chad que siguiera con su resumen.

Aquella misma tarde, a última hora, delante del cine estudiantil Hillard Wroth, Melissa se abrió paso a empujones entre la multitud para comunicarle a Chip que le estaba encantando Walter Benjamin. A Chip le pareció que se había colocado demasiado cerca. Demasiado cerca, también, se le colocó unos días más tarde, en la fiesta de recepción de Marjorie Garber. Recorrió a galope tendido el Parque de Lucent Technologies (antes Parque Sur) para depositar en manos de Chip uno de los trabajos semanales obligatorios del Curso de Narrativa de Consumo. Apareció de pronto a su lado en un aparcamiento con dos palmos de nieve y, con sus propias manos enfundadas en mitones y su considerable envergadura, ayudó a Chip a dejar el coche libre de nieve. Abrió un sendero con sus botas forradas de piel. No paró de dar golpecitos en la capa de hielo que cubría el parabrisas hasta que él la agarró de la mano y le quitó el rascador.

Chip había copresidido el comité encargado de redactar las muy restrictivas normas del college en lo tocante al trato entre profesores y alumnos. No había en estas normas nada que prohibiera a un alumno echarle una mano a un profesor para desembarazar su coche de nieve; y, por otra parte, Chip tenía plena confianza en su autocontrol, de modo que no había nada que temer. No obstante, poco tiempo después empezó a quitarse de en medio cada vez que veía a Melissa en el campus. No quería que acudiese a galope tendido y se le colocara demasiado cerca. Y cuando se sorprendió pensando si aquel color de pelo sería de bote, cortó de raíz tales lucubraciones. Nunca le preguntó si era ella quien había dejado unas rosas delante de la puerta de su despacho el día de san Valentín, ni quiso saber nada el día de Pascua, cuando le llegó una estatuilla de chocolate con la efigie de Michael Jackson.

En clase empezó a preguntar a Melissa con menor frecuencia que a los demás alumnos, prestando especial atención a su némesis, el llamado Chad. Chip sabía, sin necesidad de mirarla, que Melissa estaba diciendo que sí con la cabeza, para marcar su comprensión y su solidaridad, mientras él desentrañaba algún pasaje especialmente arduo de Marcuse o Baudrillard. Melissa, por lo general, desdeñaba a sus compañeros de clase, salvo cuando de pronto se daba la vuelta para manifestar su vehemente desacuerdo o sacar del error a alguien; sus compañeros, en correspondencia, bostezaban aparatosamente cada vez que ella levantaba la mano.

A fines de semestre, en un cálido viernes, Chip, al volver de su compra semanal, se encontró con que alguien había practicado actos vandálicos en la puerta de su casa. Tres de las cuatro farolas públicas que había en Tilton Ledge estaban fundidas, y la administración del college, evidentemente, estaba esperando a que se fundiera la cuarta para invertir en reposición de material consumible. A la escasa luz, Chip alcanzó a ver que alguien había encajado flores y ramitas —tulipanes, hiedra— en los agujeros de su putrefacta puerta mosquitera.

—Pero ¿qué es esto? —dijo—. Puedo acabar en la cárcel por tu culpa, Melissa.

Quizá dijera otras cosas antes de darse cuenta de que la entrada estaba alfombrada de tulipanes tronchados, otro acto de vandalismo, aún en marcha; y de que no se encontraba solo: de detrás de la mata de acebo que había junto a la puerta surgieron dos jóvenes muy risueños.

—¡Lo siento, lo siento! —dijo Melissa—. ¡Estaba usted hablando solo!

Chip prefirió creer que ella no había oído lo que acababa de decir, pero el caso es que el acebo no estaba ni a dos pasos de distancia. Metió la compra en la casa y encendió la luz. Con Melissa se encontraba Chad, el joven de los ricitos.

—Hola, profesor Lambert —dijo Chad, muy serio.

Llevaba puesto el mono gris de Melissa, y ella una camiseta *Libertad para Mumia Abu Jamal* que tal vez perteneciera a Chad. Melissa le tenía echado un brazo al cuello y se mantenía con la cadera encajada por encima de la del chico. Estaba arrebolada y sudorosa y muy excitada por alguna razón.

—Estábamos decorando su puerta —dijo.

—Pues, la verdad, Melissa, es un horror —dijo Chad, examinando la obra bajo la poca luz que había. De todos los ángulos colgaban tulipanes mustios. Las matas de hiedra tenían terrones en sus pequeñas raíces barbadas—. Resulta un poco exagerado llamar a esto «decoración».

—Es porque aquí no se ve nada —dijo ella—. ¿Qué pasa con la luz?

—No hay —dijo Chip—. Esto es el gueto de los bosques. Aquí es donde viven vuestros profesores.

—Esa hiedra es algo patético, colega.

—¿De quién son los tulipanes? —preguntó Chip.

—Son del college —dijo Melissa.

—La verdad es que ni sé por qué hemos hecho esto, colega —dijo Chad, y a continuación toleró que Melissa le abarcara la nariz con la boca y se la chupara, algo que no pareció desagradarle, aunque reaccionara apartando la cabeza—. Yo diría que ha sido más bien idea tuya que mía, ¿verdad?

—Los tulipanes van incluidos en la tasa de matrícula —dijo Melissa, girando un poco para situar el cuerpo más frente a frente con el de Chad. No había vuelto a mirar a Chip desde que éste encendió la luz de la entrada.

—De modo que Hansel y Gretel se han presentado aquí y han encontrado mi puerta mosquitera.

—Lo limpiaremos todo —dijo Chad.

—Dejadlo —dijo Chip—. El martes nos vemos.

Y entró y cerró la puerta y puso en el tocadiscos una música airada de sus tiempos de universidad.

Cuando llegó la última clase de Narrativa de Consumo ya empezaba a hacer calor. Resplandecía el sol en un cielo henchido de polen, mientras las angiospermas del recién rebautizado Arboretum Viacom florecían con todas sus ganas. Para el gusto de Chip, el aire resultaba desagradablemente íntimo, igual que una zona de agua más caliente en una piscina. Ya tenía sintonizado el vídeo y bajadas las persianas del aula cuando entraron Melissa y Chad y se sentaron en un rincón del fondo. Chip recordó a los alumnos que debían mantener el cuerpo erguido, en posición de crítica activa, en lugar de comportarse como consumidores pasivos, y los alumnos compusieron la postura lo suficiente como para acusar recibo de la recomendación, pero sin llevarla en realidad a la práctica. Melissa, que normalmente era la encarnación de la crítica activa, ese día se sentaba en posición especialmente pasiva, con un brazo cruzado sobre los muslos de Chad.

Para averiguar hasta qué punto dominaban sus alumnos las perspectivas críticas explicadas en clase, Chip les estaba pasando el vídeo de una campaña publicitaria en seis partes llamada «Atrévete, chica». Esta campaña era obra de la misma agencia, Beat Psychology, que había creado «Aúlla de rabia» para G—— Electric, «Ensúciame» para C—— Jeans, «J**ida anarquía total», para W—— Network, «Underground Psicodélico Radical» para E——.com y «Amor & Trabajo» para M—— Pharmaceuticals. «Atrévete, chica» se había emitido por primera vez el otoño anterior, a un episodio por semana, en las pausas publicitarias de una serie de médicos de máxima audiencia. Estaba rodada al estilo en blanco y negro del cinéma-vérité. El contenido, según los respectivos análisis del *Times* y del *Wall Street Journal*, era «revolucionario».

Éste era el argumento: Cuatro mujeres que trabajan en una pequeña oficina (la afroamericana encantadora, la rubia tecnófoba de mediana edad, la preciosidad sensata y dura, llamada Chelsea, y la jefa de pelo gris, resplandecientemente bonachona) están siempre juntas y se gastan bromas y, al poco tiempo, al final del segundo episodio, se disponen todas a luchar ante el sorprendentísimo anuncio de que Chelsea lleva casi un año con un bulto en el pecho y no se atreve a ir al médico, porque le da mucho miedo. En el tercer episodio, la jefa y la encantadora afroamericana deslumbran a la rubia tecnófoba utilizando la versión 5 del Global Desktop de la W—— Corporation para obtener la información sobre el cáncer más actual posible y para poner al día a Chelsea de las redes de ayuda mutua y los mejores proveedores de atención médica de la localidad. La rubia, que aprende muy deprisa a amar la tecnología, está maravillada, pero tiene una objeción: «Chelsea no puede pagárselo de ninguna manera.» A lo cual replica la jefa angelical: «Yo pongo hasta el último céntimo.» No obstante, hacia la mitad del quinto episodio —y ahora viene la inspiración revolucionaria— ya es evidente que Chelsea no logrará sobrevivir al cáncer de pecho. Vienen a continuación varias escenas lacrimógenas, con bromas muy valientes y abrazos muy apretados. En el último episodio la acción vuelve a la oficina, donde la jefa está escaneando una foto de la difunta Chelsea, y la ahora rabiosamente tecnófila rubia está utilizando con mucha pericia la versión 5 del Global Desktop de la W—— Corporation; y vemos, en montaje rápido, cómo en todos los rincones del mundo hay mujeres de todas las edades y todas las razas que sonríen y se secan las lágrimas al ver la imagen de Chelsea en sus Global Desktops. El espectro de Chelsea, en un videoclip digital, solicita: «Ayúdanos a luchar por la curación.» El episodio cierra ofreciendo, en muy sobria tipografía, el dato de que la W—— Corporation ha donado más de 10.000.000 de dólares a la American Cancer Society para contribuir a su lucha por la curación...

Los muy hábiles valores de producción de una campaña como «Atrévete, chica» podían seducir a los alumnos de primero que aún no hubieran entrado en posesión del necesario utillaje crítico de resistencia y análisis. Chip sentía curiosidad, y algo de miedo, por verificar qué progresos habían hecho sus alumnos. Dejando aparte a Melissa, que redactaba sus trabajos con gran vigor y claridad, no estaba convencido de que ninguno de ellos fuera más allá de repetir como loros las palabras de cada semana. Los alumnos eran cada año un poco más resistentes a la teoría pura y dura. Cada año se retrasaba un poco más el momento de iluminación, de masa crítica. Ahora ya se vislumbraba el final del semestre, y Chip no estaba convencido de que, además de Melissa, hubiera algún otro alumno suyo con capacidad para ejercer un juicio crítico sobre la cultura de masas.

El clima tampoco le estaba haciendo ningún favor. Levantó las persianas y un sol de playa se coló en el aula. Una concupiscencia de verano revoloteaba en torno a las piernas y los brazos desnudos de los chicos y las chicas.

Una joven muy menuda llamada Hilton, una de esas personas tipo chihuahua, apuntó que era «valiente» y «realmente interesante» que Chelsea muriera de cáncer en lugar de salvarse, como cabía esperar en una campaña de promoción.

Chip se mantuvo a la espera, a ver si alguien observaba que era precisamente ese toque argumental conscientemente «revolucionario» el que había generado tanta publicidad en torno al anuncio. En condiciones normales, siempre se podía dar por hecho que Melissa haría un comentario así desde su asiento en primera fila. Pero hoy estaba sentada junto a Chad, con la mejilla apoyada en el pupitre. En condiciones normales, cuando algún alumno se quedaba dormido en clase, Chip le llamaba inmediatamente la atención. Pero ese día se resistía a pronunciar el nombre de Melissa. Temía que le temblase la voz.

Al final, con una sonrisa tensa, dijo:

—Por si acaso alguno de vosotros ha pasado el otoño en otro planeta, vamos a revisar lo sucedido con estos anuncios. Acordaos de que la Nielsen Media Research tomó la «revolucionaria» decisión de medir independientemente el índice de audiencia semanal del Sexto Episodio. Era la primera vez que se daba el índice de audiencia de un anuncio. Y, una vez medida por Nielsen, la campaña tenía prácticamente garantizada una audiencia enorme cuando la volvieran a emitir en noviembre. Recordemos también que los índices Nielsen vinieron tras toda una semana de cobertura del toque argumental «revolucionario» de la muerte de Chelsea en la prensa, la radio y la televisión. Por internet se extendió el rumor de que Chelsea existía en la vida real y que de veras había muerto. Y, por inverosímil que parezca, hubo cientos de miles de personas que se lo creyeron. Acordaos de Beat Psychology, que falsificó el historial médico y el personal y los colgó en la página web. Ahora me toca preguntarle a Hilton: ¿qué hay de valiente en el hecho de maquinar un efecto publicitario infalible para una campaña de publicidad?

—Seguía siendo un riesgo —dijo Hilton—. Quiero decir que la muerte es siempre un descoloque. Podía haberles salido mal.

Chip volvió a quedarse esperando, a ver si alguien se ponía de su parte en la discusión. Nadie lo hizo.

—De manera que un planteamiento estratégico totalmente cínico —dijo— se convierte en un acto de valentía artística sólo con que haya un riesgo financiero implícito.

Una brigada de máquinas cortacésped descendió por el parque contiguo al aula, asfixiando la discusión bajo un manto de ruido. El sol resplandecía.

Chip siguió a lo suyo. ¿Era verosímil que la propietaria de una pequeña empresa se gastase el dinero en cubrir los gastos sanitarios de una empleada?

Una alumna contribuyó con el dato de que su jefa del verano pasado se había portado estupendamente con ella y había sido la mar de espléndida.

Chad, sin hacer ruido, trataba de apartar la mano de Melissa, que le estaba haciendo cosquillas, mientras él, con la otra mano, contraatacaba por la zona de su vientre desnudo.

—¿Chad? —dijo Chip.

Fue impresionante, pero Chad logró contestar la pregunta sin hacérsela repetir.

—Bueno, no era más que una oficina —dijo—. Puede que otra jefa no se hubiera portado tan estupendamente. Pero ésa, en concreto, era estupenda. Nadie pretende que ésa sea la oficina típica, ¿no?

En este punto, Chip trató de plantear el tema de la responsabilidad del arte ante lo Típico; pero también eso murió nada más nacer.

—Total —dijo—, la conclusión es que nos gusta esta campaña. Nos parece que este tipo de anuncios es bueno para la cultura y para el país. ¿De acuerdo?

Hubo encogimientos de hombros y gestos de afirmación en el aula asoleada.

—Melissa —dijo Chip—, no hemos oído tu opinión.

Melissa levantó la cabeza del pupitre, apartó la atención de Chad y, mirando a Chip con los ojos entornados, dijo.

—Sí.

—Sí, ¿qué?

—Que sí, que este tipo de anuncios es bueno para la cultura y para el país.

Chip tuvo que respirar hondo, porque aquello le había dolido.

—Muy bien. De acuerdo —dijo—. Gracias por darnos tu opinión.

—Como si le importara a usted un pito mi opinión —dijo Melissa.

—¿Perdona?

—Como si le importara a usted un pito la opinión de ninguno de nosotros, a no ser que coincida con la suya.

—Aquí no estamos ocupándonos de la opinión de nadie —dijo Chip—. Aquí de lo que se trata es de aprender a aplicar los métodos críticos a los artefactos textuales. Para eso estoy aquí, para enseñaros eso.

—Pues a mí no me lo parece —dijo Melissa—. A mí lo que me parece es que está usted aquí para enseñarnos a odiar las mismas cosas que usted odia. Porque no me negará que usted odia los anuncios. Se le nota en cada palabra que dice. Los odia usted totalmente.

Los demás alumnos escuchaban arrobados. La relación de Melissa con Chad más bien había ido en perjuicio de la cotización del chico que en beneficio de la cotización de la chica, pero ella, ahora, estaba atacando rabiosamente a Chip, y no como alumna, sino de igual a igual, y la clase no perdía ripio.

—Es verdad que odio esos anuncios —reconoció Chip—; pero ésa no es...

—Sí es —dijo Melissa.

—¿Por qué los odia? —intervino Chad.

—Sí, explíquenos por qué los odia —ladró la pequeña Hilton.

Chip miró el reloj del aula. Faltaban seis minutos para que terminara el segundo semestre. Se pasó la mano por el pelo con los dedos abiertos y miró en derredor, como tratando de localizar un aliado, pero los alumnos lo tenían acorralado, y lo sabían muy bien.

—La W—— Corporation —dijo— está ahora mismo haciendo frente a tres demandas por infracción de las leyes antitrust. Sus ingresos del año pasado fueron superiores al producto interior bruto de Italia. Y ahora, para exprimir dólares del único sector demográfico que aún no domina, pone en marcha una campaña en la que se explota el miedo de las mujeres al cáncer de mama y su compasión por las víctimas. ¿Sí, Melissa?

—No es cínica.

—¿Qué es, si no?

—Es un planteamiento muy positivo del trabajo femenino —dijo Melissa—. Es obtener fondos para trabajos de investigación oncológica. Es fomentar que nos examinemos nosotras mismas y que acudamos en busca de ayuda. Es contribuir a que las mujeres sientan como propia la tecnología, en lugar de tenerla por cosa de hombres.

—Muy bien, vale —dijo Chip—. Pero la cuestión no es si nos preocupamos o no nos preocupamos por el cáncer de mama. La cuestión es qué tiene que ver el cáncer de mama con la venta de material informático para oficina.

Chad salió en defensa de Melissa:

—Pero es que ahí está el intríngulis del asunto: que tener acceso a la información te puede salvar la vida.

—¿O sea, que si Pizza Hut coloca una notita sobre el auto-examen testicular junto a los copos de chile, ya puede anunciarse como partícipe en la gloriosa y aguerrida lucha contra el cáncer?

—¿Por qué no? —dijo Chad.

—¿Nadie ve nada malo en ello?

Ningún alumno veía nada malo en ello. Melissa, repantigada en su asiento y con los brazos cruzados, tenía una expresión de estarse divirtiendo a su pesar. Con razón o sin ella, Chip pensó que en cinco minutos le había echado abajo todo un semestre de clases muy bien preparadas.

—Vamos a ver: tengamos en cuenta que W—— en modo alguno habría producido «Atrévete, chica» si no hubiera tenido algo que vender. Y tengamos en cuenta que el objetivo de quienes trabajan para W—— es ejercer sus *stock options* y retirarse a los treinta y dos, y que el objetivo de quienes poseen acciones de W—— (el hermano y la cuñada de Chip, Gary y Caroline, poseían una buena cantidad de acciones de W———) es hacerse casas más grandes y comprarse un todoterreno más grande y consumir una parte cada vez mayor de los recursos del planeta, que no son infinitos.

—¿Qué tiene de malo ganarse la vida? —dijo Melissa—. ¿Por qué ha de haber una maldad *intrínseca* en el hecho de ganar dinero?

—Baudrillard podría argumentar —dijo Chip— que lo malo de una campaña como «Atrévete, chica» estriba en que separa el significante del significado. Que una mujer llorando implica ya no sólo tristeza, sino también «deseo de comprar material informático para oficina». Y significa: «nuestros jefes se preocupan muchísimo por nosotros».

El reloj del aula señalaba las dos y media. Chip hizo una pausa, esperando que sonase el timbre y pusiera fin al semestre.

—Perdóneme —dijo Melissa—, pero todo esto es una chorrada.

—¿A qué le llamas chorrada? —dijo Chip.

—Al curso entero —dijo ella—. Es una nueva chorrada cada siete días. Es un crítico tras otro rasgándose las vestiduras por el estado de la crítica. Ninguno explica exactamente dónde está el problema, pero todos saben sin duda alguna que lo hay. Todos saben que «sociedad anónima» es una expresión soez. Y si alguien se lo pasa bien o gana dinero, ¡qué asco, qué horror! Y es andar a vueltas constantemente con la muerte de tal cosa o tal otra. Y quienes se creen libres no son «verdaderamente» libres. Y quienes se creen felices no son «verdaderamente» felices. Y ya no es posible ejercer una crítica radical de la sociedad, aunque nadie alcance a explicar con precisión qué es lo que tiene de malo la sociedad para que le resulte indispensable esa crítica radical. *¡Es tan típico y tan perfecto que odie usted esos anuncios!* —añadió, mientras el timbre, por fin, resonaba en todo Wroth Hall—. Aquí, las cosas están mejorando día a día para las mujeres, para las personas de color, para los gays y las lesbianas. Todo se integra cada vez mejor, todo se abre cada vez más. Y a usted lo único que se le ocurre es salir con un estúpido e inconsistente problema de significantes y significados. O sea, que el único modo que tiene usted de denigrar un anuncio muy positivo para las mujeres, porque tiene que denigrarlo, porque tiene que haber algo malo en todo, consiste en afirmar que es malo ser rico y que es malísimo trabajar para una sociedad anónima, y sí, ya sé que ha sonado el timbre.

Cerró su cuaderno de apuntes.

—Muy bien —dijo Chip—. Eso es todo. Habéis cumplido los requerimientos mínimos de Estudios Culturales. Os deseo a todos un buen verano.

No fue capaz de eliminar la amargura de su voz. Se inclinó sobre el aparato de vídeo y se concentró en rebobinar y localizar el arranque de «Atrévete, chica», apretando botones por apretar botones. Notó a su espalda la presencia de unos cuantos alumnos, que quizá se hubieran quedado a agradecerle sus denodados esfuerzos por enseñarles algo, o a decirle que les había gustado mucho el curso; pero él no apartó la mirada del aparato de vídeo hasta que el aula quedó vacía. Luego se fue a casa, a Tilton Ledge, y se puso a beber.

Las acusaciones de Melissa le habían llegado al alma. Nunca había comprendido en todo su alcance hasta qué punto se había tomado en serio el mandato paterno de hacer algo «útil» por la sociedad. Ejercer la crítica de una cultura enferma, aunque nada se consiguiera mediante la crítica en sí, siempre le había parecido un trabajo útil. Pero si la supuesta enfermedad no era tal enfermedad, si el gran Orden Materialista de la tecnología y del apetito consumista y de la ciencia médica estaba en realidad contribuyendo a que viviesen mejor los oprimidos de antaño, si sólo los varones blancos heterosexuales, como Chip, se sentían a disgusto dentro de ese Orden, entonces no quedaba ni la más abstracta utilidad que atribuir a su esfuerzo crítico. Por decirlo en las palabras de Melissa, todo era una chorrada detrás de otra.

Como se había quedado sin ánimos para trabajar en su nuevo libro, que era lo que tenía previsto para aquel verano, se compró un billete de avión a Londres, pasado de precio, se plantó a dedo en Edimburgo y se pasó en la visita a una artista escocesa de *performances* que había dado una conferencia y actuado en D—— el invierno anterior. Al final, el chico de la artista acabó diciéndole: «Tocan retirada, amigo», y Chip se largó con una mochila repleta de libros de Heidegger y Wittgenstein que era incapaz de leer porque se sentía demasiado solo. Detestaba la idea de ser uno de esos hombres que no pueden vivir sin una mujer, pero el caso era que no había echado un polvo desde que Ruthie lo abandonó. Era el único profesor varón de la historia de D—— que había enseñado Teoría del Feminismo, y comprendía lo importante que era para las mujeres no equiparar «éxito» con «tener un hombre» y «fracaso» con «no tener un hombre», pero él no era más que un hombre normal que estaba solo, y los hombres normales que están solos no tienen una Teoría del Masculinismo que los exculpe y que los saque de este atolladero, clave de todas las misoginias:

¶ Considerarse incapaz de vivir sin una mujer hace que el hombre se sienta débil.

¶ Y, no obstante, sin una mujer en su vida, el hombre pierde el sentido de la acción y de la diferencia que, para bien o para mal, constituye el fundamento de su masculinidad.

Hubo muchas mañanas, en los verdes parajes escoceses salpicados de lluvia, en que Chip se creyó a punto de superar esa espuria dificultad y recobrar su sentido de la identidad y del propósito de la vida, para al final encontrarse, a las cuatro de la tarde, bebiendo cerveza en la cantina de alguna estación, comiendo patatas fritas con mayonesa y tratando de ligarse a alguna estudiante yanqui. Como seductor, le sobraba ambivalencia y le faltaba ese acento de Glasgow por el que se derretían las norteamericanas. Ligó exactamente una vez, con una joven hippie de Oregón que llevaba manchas de ketchup en el blusón y a quien le olía el pelo de tal modo, que Chip se pasó gran parte de la noche respirando por la boca.

Sus fracasos se volvieron más divertidos que sórdidos, sin embargo, cuando, ya de vuelta en Connecticut, dio en deleitar con ellos a sus inadaptados amigos. Le habría gustado averiguar si su depresión escocesa fue producto de una dieta demasiado rica en grasas. El estómago se le revolvía al recordar aquellas grandes y resplandecientes porciones de a saber qué pescado, las glaucas tiras de patatas lipidosas, el olor a cuero cabelludo y a fritura, o incluso las palabras «Firth of Forth».

En el mercado agrícola semanal que se celebraba en las cercanías de D—— hizo buena provisión de tomates como los de toda la vida, berenjenas blancas y ciruelas de finísima piel. Comió una rúcula («rocket», cohete, la llamaban los agricultores de más edad) tan fuerte, que se le saltaron las lágrimas, como le pasaba cuando leía un pasaje de Thoreau. Cuando recordó lo Bueno y lo Saludable comenzó a recuperar su autodisciplina. Se destetó del alcohol, durmió mejor, bebió menos café y empezó a acudir al gimnasio del college dos veces por semana. Se leyó al puñetero Heidegger y no dejó pasar una mañana sin hacer sus estiramientos. Otras piezas del rompecabezas de la autoayuda fueron encajando poco a poco y, durante una temporada, mientras iban regresando al valle de Carparts Creek las bajas temperaturas de la época laboral, llegó a experimentar un bienestar casi thoreauviano. Entre set y set de sus partidos de tenis, Jim Leviton le comunicó que la revisión de su contrato sería una mera formalidad, que no tenía por qué inquietarle la competencia de la otra joven teórica que había en el departamento, es decir, Vendla O'Fallon. En otoño, Chip debía dar clase de Poesía Renacentista y Shakespeare, y ninguna de estas dos materias lo obligaba a reconsiderar sus planteamientos críticos. Mientras se preparaba para el último tramo de su ascenso al Monte de la Renovación, lo reconfortó la idea de viajar ligero de equipaje y, a fin de cuentas, se sintió casi feliz de que no hubiera una mujer en su vida.

Se encontraba en su casa, un viernes de septiembre, preparándose grelos con calabaza bellota y abadejo fresco para la cena, y deleitándose de antemano en la noche que iba a disfrutar corrigiendo ejercicios, cuando un par de piernas pasó bailoteando por el ventanuco de su cocina. Conocía ese modo de bailotear. Conocía el modo de caminar de Melissa. No era capaz de pasar junto a una valla de madera sin ir dando golpecitos en las estacas con las yemas de los dedos. Antes de cruzar una puerta tenía que marcarse unos pasos de baile o una rayuela. Hacia atrás, hacia los lados, un brinco, un pasito.

No había arrepentimiento alguno en su modo de llamar a la puerta. A través de la mosquitera, Chip pudo ver que llevaba una fuente de pasteles recubiertos de glaseado rosa.

—Sí, ¿qué hay? —dijo Chip.

Melissa levantó la fuente que sostenía con ambas palmas.

—Pasteles —dijo—. Se me ha ocurrido que a lo mejor le venía bien poner unos pasteles en su vida en este preciso momento.

No siendo él nada teatral, Chip siempre se sentía en desventaja ante quienes sí lo eran.

—¿Por qué me traes pasteles? —dijo.

Melissa se arrodilló y colocó la bandeja encima del felpudo, sobre pulverizados restos de hiedra y tulipanes.

—Yo los dejo aquí —explicó—, y usted hace con ellos lo que le parezca. Adiós.

Desplegó los brazos y se apartó del porche haciendo una pirueta y subió por el sendero de losetas corriendo de puntillas.

Chip volvió a su pelea con el filete de abadejo, por cuyo centro corría una falla cartilaginosa de color marrón sangre que estaba dispuesto a eliminar fuera como fuese. Pero el pescado tenía una textura correosa, y resultaba difícil sujetarlo bien.

—Que te den por saco, niñita —dijo, arrojando el cuchillo al fregadero.

Los pasteles llevaban muchísima mantequilla, y el glaseado también era de mantequilla. Una vez se lavó las manos y abrió una botella de Chardonnay, se comió cuatro de ellos y, sin haber terminado de prepararlo, metió el pescado en el frigorífico. Los pellejos de la calabaza bellota, demasiado hecha, eran como la cámara de un neumático. *Cent ans de cinéma érotique*, un edificante vídeo que llevaba meses en la estantería sin conseguir que nadie echara un somero vistazo, reclamó de pronto su inmediata y plena atención. Bajó las persianas y cató el vino, y se la meneó una y otra vez, y se comió otros dos pasteles, detectando la presencia de menta en ellos, una leve menta de consistencia mantecosa, antes de quedarse dormido.

A la mañana siguiente estaba levantado a las siete, e hizo cuatrocientos abdominales. Sumergió *Cent ans de cinéma érotique* en el agua de fregar los platos, haciéndolo, por así decirlo, no combustible. (Así se había deshecho de más de un paquete de cigarrillos, cuando estaba dejando de fumar.) No tenía ni idea de qué había querido decir cuando tiró el cuchillo al fregadero. Ni siquiera su voz le había sonado como propia.

Fue a su despacho del Wroth Hall y se puso a corregir trabajos de los alumnos. En un margen escribió: «El personaje de Cressida puede informar la elección de nombre de producto por parte de Toyota; que el Cressida de Toyota informe el texto shakespeariano es algo que requiere más argumentación de la que hay en este trabajo.» Añadió una exclamación para suavizar la crítica. A veces, cuando destrozaba algún trabajo especialmente débil, añadía unos cuantos *smileys*.

«¡Comprueba la grafía!», exhortó a una alumna que había escrito «Trolio» en vez de «Troilo» en todas y cada una de las ocho páginas que ocupaba su ejercicio.

Y un punto de interrogación, que siempre suaviza. Junto a la frase «Aquí Shakespeare demuestra que Foucault tenía razón en lo relativo a la historicidad de la moral», Chip escribió: «¿Redactar de otra manera? Quizá: "Aquí, el texto shakespeariano casi parece anticiparse a Foucault (¿mejor Nietzsche?)..."»

Corrigiendo ejercicios seguía, cinco semanas más tarde, diez o quince mil errores estudiantiles más tarde, en una noche de mucho viento, justo después de Halloween, cuando oyó que alguien hurgaba en la puerta de su despacho. Al abrirla, se encontró con una bolsa barata, llena de caramelos, colgando del pomo de la puerta por la parte de fuera. La donante de tal ofrenda, Melissa Paquette, daba marcha atrás por el pasillo.

—¿Qué haces? —dijo él.

—Sólo pretendo que seamos amigos —dijo ella.

—Muy bien, gracias —dijo él—; pero no lo entiendo.

Melissa regresó por el pasillo adelante. Llevaba un mono blanco de pintor, con peto, y una camiseta térmica de manga larga y calcetines de color rosa muy fuerte.

—Fui a pedir de puerta en puerta. Eso es la quinta parte de mi botín.

Dio un paso de aproximación a Chip y él retrocedió. Lo siguió al interior del despacho y se puso a recorrer el sitio caminando de puntillas, leyendo los títulos de los libros que había en la biblioteca. Chip se apoyó en la mesa y cruzó resueltamente los brazos.

—Voy a estudiar Teoría del Feminismo con Vendla —dijo Melissa.

—Ése es el siguiente paso lógico, sí. Ahora que has rechazado la tradición nostálgica patriarcal de la teoría crítica.

—Eso es exactamente lo que yo pienso —dijo Melissa—. La lástima es que sea *tan mala* dando clase. Los que la dieron contigo el año pasado dicen que es un curso estupendo. Pero la idea de Vendla es que hay que sentarse a su alrededor y hablar de nuestros sentimientos. Porque la Vieja Teoría era cosa de la cabeza, comprendes, y, por tanto, la Nueva Teoría Verdadera tiene que ser cosa del corazón. Ni siquiera estoy convencida de que se haya leído todo lo que nos pone para leer.

Por la puerta de su despacho, que había quedado abierta, Chip veía la del despacho de Vendla O'Fallon. La tenía empapelada de saludables imágenes y adagios (Betty Friedan en 1965, resplandecientes campesinas guatemaltecas, una triunfadora del fútbol femenino, un póster de Bass Ale de Virginia Woolf, SUBVIERTE EL PARADIGMA DOMINANTE), y ello lo hizo pensar, deprimiéndose, en su antigua amiga Tori Timmelman. En lo que a él respectaba, lo que había que preguntarse en cuanto a la ornamentación de puertas era: «¿Es que aún no hemos salido del instituto? ¿Es esto el dormitorio de un adolescente?»

—De modo que, básicamente —dijo—, mi curso te pareció una sarta de chorradas, pero ahora se convierte en una sarta de chorradas de primera clase, porque estás probando las de Vendla.

Melissa se ruborizó.

—Básicamente, sí. Sólo que tú eres mucho mejor profesor. La verdad es que me has enseñado un montón. Era eso lo que quería decirte.

—Pues dicho queda.

—Mis padres se separaron en abril, ¿sabes?

Melissa se tendió en el sofá de cuero modelo college del despacho de Chip y se colocó en postura terapéutica total.

—Durante una temporada me pareció estupendamente que fueras tan contrario a las sociedades anónimas, pero luego, de pronto, empezó a cabrearme. Mis padres tienen un montón de pasta, y no son malos, aunque mi padre acabe de largarse con una tal Vicky, que es algo así como cuatro años más joven que yo. Pero él sigue queriendo a mi madre. Lo sé. Tan pronto como yo salí de casa empezaron a deteriorarse las cosas, pero sé que la sigue queriendo.

—El college dispone de varios servicios —dijo Chip, sin descruzar los brazos— para alumnos que están pasando por situaciones como ésa.

—Sí, gracias. En conjunto lo llevo estupendamente, menos en lo de haberme comportado groseramente contigo en clase, aquel día.

Melissa se quitó los zapatos utilizando el brazo de sofá como banco de apoyo y dejó que cayeran el suelo. Chip observó que unas blandas curvas de tejido térmico se extendían a ambos lados del peto de su mono.

—Tuve una niñez magnífica —dijo ella—. Mis padres siempre fueron mis mejores amigos. Me enseñaron en casa y no me hicieron ir al colegio hasta séptimo. Mi madre estaba estudiando medicina en New Haven y mi padre tenía un grupo punk, los Nomatics, que andaba de gira, y, en el primer concierto punk a que asistió, mi madre salió con mi padre y acabó la noche en su habitación del hotel. Ella dejó la facultad, él dejó los Nomatics, y no volvieron a separarse. Totalmente romántico. Aunque mi padre tenía un dinero procedente de un fondo fiduciario, y lo que hicieron después fue realmente maravilloso. Había todas esas nuevas ofertas públicas iniciales, y mi madre estaba muy puesta en biotecnología y leía el *Journal of the American Medical Association*, y a Tom, mi padre, se le daba bien analizar la parte numérica del asunto, y juntos hicieron unas inversiones estupendas. Clair, mi madre, se dedicó exclusivamente a ocuparse de mí, y andábamos por ahí todo el día, comprendes, y yo me aprendí la tabla de multiplicar, etcétera, y siempre estábamos juntos, los tres. Estaban tan enamoradísimos. Y fiesta todos los fines de semana. De modo que en un momento determinado se nos ocurrió: conocemos a todo el mundo, somos muy buenos inversores, ¿por qué no montamos un fondo común de inversión? Y eso hicimos. Y fue increíble. De hecho, todavía es un fondo de inversión estupendo. ¿Cómo se llama? Westportfolio Biofund Forty. Pusimos en marcha otros fondos, también, cuando el ambiente se hizo más competitivo. En la práctica, estás obligado a ofrecer servicios plenos. Eso es lo que le decían a Tom los inversores institucionales, en todo caso. De modo que puso en marcha esos otros fondos, que, por desgracia, en su mayor parte se han hundido. Creo que ése es el gran problema que hay entre Tom y Clair. Porque el Biofund Forty, donde es ella quien decide, sigue funcionando estupendamente. Y ahora está deprimida y acongojada. Se ha atrincherado en la casa y no sale jamás. Mientras, Tom está empeñado en presentarme a la tal Vicky, que por lo visto es divertidísima y le encanta patinar. Pero el caso es que todo el mundo sabe que mi padre y mi madre están hechos el uno para el otro. Son perfectamente complementarios. Estoy convencida de que si supieras lo guay que es montar una empresa, y lo estupendo que es cuando empieza a entrar el dinero, y lo romántico que puede resultar, no serías tan duro.

—Posiblemente —dijo Chip.

—El caso es que pensé que contigo se podría hablar. En conjunto, estoy llevándolo maravillosamente, pero tampoco me vendría mal un amigo, la verdad.

—¿Qué tal Chad? —preguntó Chip.

—Muy majo. Ideal para tres fines de semana. —Melissa levantó una pierna del sofá y situó un pie enfundado en nailon contra el muslo de Chip, muy cerca de la cadera.

—No es fácil imaginar dos personas menos compatibles a largo plazo que ese chico y yo.

Chip percibía, a través de los vaqueros, los intencionados movimientos que ella hacía con los dedos de los pies. Estaba atrapado contra su mesa de trabajo, de modo que, para escaquearse, tuvo que agarrarle la pierna por el tobillo y dejarla caer sobre el sofá. Melissa, inmediatamente, le retuvo la muñeca con ambos pies, color de rosa, y trató de atraerlo hacia ella. Todo resultaba la mar de divertido, pero la puerta estaba abierta, las luces encendidas, las persianas levantadas y había alguien en el vestíbulo.

—Las normas —dijo él, apartándose—. Hay normas.

Melissa se dejó caer del sofá al suelo, se levantó y se aproximó a Chip.

—Son unas normas estúpidas —dijo—, cuando alguien te gusta de verdad.

Chip retrocedió hacia la puerta. Al otro extremo del vestíbulo, junto a la administración del departamento, una mujer diminuta, con cara de tolteca y uniforme azul, pasaba la aspiradora.

—Hay muy buenas razones para que las normas existan —dijo.

—O sea, que no puedo ni abrazarte un poco.

—Exacto.

—Qué estupidez.

Melissa se puso los zapatos y se situó junto a Chip, en la puerta. Le dio un beso en la mejilla, muy cerca de la oreja.

—Pues toma.

Chip la vio alejarse, deslizándose de lado y haciendo piruetas, por el vestíbulo adelante, hasta perderse de vista. Le llegó el ruido de una salida de incendios al cerrarse con estrépito. Pasó minuciosa revista a todas y cada una de las palabras que acababa de pronunciar, y se otorgó un sobresaliente en actitud correcta. Pero cuando volvió a Tilton Ledge, donde ya se había fundido la última de las farolas públicas, sufrió una inundación de soledad. Para borrar la memoria táctil del beso de Melissa, y sus pies tan vivos y tan cálidos, llamó a un antiguo compañero universitario de Nueva York y quedó en comer con él al día siguiente. Cogió *Cent ans de cinéma érotique* de la estantería donde, en previsión de una noche como la que se le venía encima, había vuelto a colocarlo, tras la inmersión en agua de fregar los platos. La cinta aún funcionaba. La imagen, sin embargo, se veía con algo de nieve, y cuando llegó el primer trozo verdaderamente interesante, una secuencia de habitación de hotel con doncella licenciosísima, la nieve se trocó en niebla espesa, y la pantalla se puso azul. El aparato emitió una tosecilla seca. «Aire, necesito aire», parecía decir. La cinta se había salido de sitio y estaba enrollándose al endoesqueleto de la máquina. Chip extrajo el cajetín y varios puñados de cinta de poliéster, pero inmediatamente se rompió algo, y el aparato escupió una bobina de plástico. Bueno, por supuesto, son cosas que pasan. Pero el viaje a Escocia había sido un Waterloo financiero, y no podía comprarse un vídeo nuevo.

Tampoco era Nueva York, en un sábado frío y lluvioso, la cura que necesitaba. Todas las aceras del Bajo Manhattan estaban sembradas de etiquetas antirrobo, con su espiral metálica. Las etiquetas quedaban pegadas a la acera con el pegamento más fuerte del mundo, y Chip, tras la consabida compra de quesos de importación (que efectuaba, sin falta, en todas sus visitas a Nueva York, para no volverse a Connecticut sin haber hecho algo de provecho, y ello a pesar de que resultara un poquitín deprimente comprar el mismo *baby* Gruyère y el mismo Fourme d'Ambert en la misma tienda, tras lo cual se veía abocado a considerar el fracaso generalizado del consumismo en cuanto camino hacia la felicidad humana), y tras haber almorzado con su antiguo compañero (que acababa de abandonar la enseñanza de la antropología para incorporarse a la nómina de Silicon Alley en calidad de «psicólogo de márquetin», y que ahora aconsejaba a Chip que espabilase de una vez e hiciera lo mismo), regresó a su automóvil para encontrarse con que cada uno de sus quesos envueltos en plástico estaba protegido por su propia etiqueta antirrobo y que, de hecho, él llevaba pegado en la suela un fragmento de etiqueta antirrobo.

Tilton Ledge lo esperaba cubierto de hielo y muy oscuro. En el buzón encontró una carta de Enid en que lamentaba los fracasos morales de Alfred («se pasa el día sentado en su sillón, *todo el día, todos los días*»), y un prolijo artículo sobre Denise, con un recorte de la revista *Filadelfia*, con una reseña babosamente elogiosa de su restaurante, Mare Scuro, y con una glamorosa foto a toda página de su joven jefa de cocina. Denise, en la foto, llevaba vaqueros y una camiseta sin mangas y era toda hombros musculosos y pectorales satinados («Muy joven, y muy buena: Lambert en su cocina», decía el pie de foto), y aquello, pensó Chip amargamente, era la mierda de siempre, la chica objeto que vende revistas. Unos años atrás, las cartas de Enid nunca dejaban de contener un párrafo de desesperación por culpa de Denise y el inminente fracaso de su matrimonio, con frases como *es demasiado VIEJO para ella* subrayadas con doble trazo, y también un párrafo festoneado de «emocionada» y «orgullosa» referidas al cargo de Chip en el D—— College, y aunque Chip conocía la gran habilidad de Enid para enfrentar a sus hijos entre ellos, y aunque le constara que todas sus alabanzas eran armas de doble filo, le producía un gran desánimo que una chica tan lista y tan íntegra como Denise se hubiera avenido a utilizar su cuerpo con propósitos mercantiles. Tiró el recorte a la basura. Desplegó la mitad del *Times* del domingo que se entrega los sábados y —sí, sí, lo sabía muy bien, se estaba contradiciendo— recorrió el suplemento en busca de anuncios de ropa interior o de baño, para descansar en ellos sus fatigados ojos. No encontró ninguno, y se puso a leer la «Revista de Libros», en cuya página 11 un libro de memorias llamado *Daddy's Girl* (la preferida de papá), de Vendla O'Fallon, recibía los calificativos de «asombroso» y «valiente» y «hondamente gratificante». El nombre no era nada frecuente, pero a Chip ni siquiera se le había pasado por la cabeza la posibilidad de que Vendla publicara un libro, de modo que se negó a creer que ella fuese la autora de *Daddy's Girl*, hasta que, al final de la reseña, tuvo que rendirse a la evidencia, porque allí decía: «O'Fallon, profesora del D—— College...»

Cerró la «Revista de Libros» y abrió una botella.

En teoría, Vendla y él estaban en la cola para ser nombrados profesores titulares de Artefactos Textuales, pero la realidad era que el departamento ya tenía demasiados profesores. El hecho de que Vendla se desplazara todas las mañanas desde Nueva York (infringiendo así una norma no escrita del college, según la cual todos los profesores debían vivir en el campus), de que se saltara las reuniones más importantes y de que impartiera clase sobre toda víscera posible, todo ello venía constituyendo, desde hacía tiempo, una continuada fuente de tranquilidad para Chip. Seguía muy por delante de ella en publicaciones académicas, en las evaluaciones de los estudiantes y en el apoyo de Jim Leviton; pero resultó que no le hicieron ningún efecto los dos vasos de vino.

Se estaba sirviendo el cuarto cuando sonó el teléfono. Era Jackie, la mujer de Jim Leviton.

—Sólo te llamo para que sepas que Jim va a recuperarse —dijo.

—¿Ha pasado algo? —preguntó Chip.

—Bueno, está descansando. Estamos en el hospital de St. Mary.

—¿Qué ha ocurrido?

—Mira, Chip: le he preguntado si cree que va a poder jugar al tenis y ¿sabes qué? ¡Ha asentido con la cabeza! Le he dicho que te iba a llamar y él ha dicho que sí, que estaba bien para jugar al tenis. Su capacidad de movimiento parece completamente normal. Completamente normal. Y está lúcido, eso es lo importante. Ésa es la buena noticia, Chip. Le brillan los ojos. Es el mismo de siempre.

—Jackie, ¿ha tenido un ataque?

—Va a necesitar rehabilitación —dijo Jackie—. Ni que decir tiene que ésta va a ser su fecha de retiro efectivo, Chip, y conste que, en lo que a mí respecta, es una verdadera bendición. Ahora podemos hacer algunos cambios, y dentro de tres años... Bueno, la rehabilitación no va a durar tanto. De modo que, sopesándolo todo, el resultado es que saldremos bien parados en este juego. Le brillan los ojos, Chip. Es el mismo de siempre.

Chip apoyó la frente en la ventana de la cocina y situó la cabeza de modo que le resultara posible abrir un ojo directamente en contacto con el frío y húmedo cristal. Sabía lo que iba a hacer.

—¡El mismo Jim de siempre! —dijo Jackie.

El jueves siguiente Chip invitó a Melissa a cenar e hizo el amor con ella en su tumbona roja. El capricho de comprarse esa tumbona le vino en los días en que pagar ochocientos dólares por un súbito amor a las antigüedades resultaba algo menos suicida desde el punto de vista financiero. La tumbona tenía el respaldo inclinado en ángulo erótico, con los almohadillados apoyabrazos echados hacia atrás; el relleno de su torso y de su abdomen henchía el cuero, tensando el capitoné como si fuera a hacer saltar los botones que lo retenían. Interrumpiendo su abrazo inicial con Melissa, Chip se excusó un segundo para apagar las luces de la cocina y pasar por el cuarto de baño. Cuando regresó al salón, la encontró repantigada en la tumbona, llevando sólo el pantalón de su traje sport de poliéster a cuadros escoceses. Con aquella luz, cualquiera podría haberla tomado por un hombre lampiño y de mucha teta. Chip, más favorable a lo homosexual en la teoría que en la práctica, odiaba aquel traje y habría preferido que Melissa no lo llevara puesto. Aun después de haberse quitado los pantalones, persistía en su cuerpo un residuo de confusión sexual, por no mencionar ese castigo de las fibras sintéticas, el fétido olor corporal. Pero de sus braguitas, que, para gran alivio de Chip, eran delicadas y ligeras —sin la más leve ambigüedad sexual—, saltó una especie de conejillo cálido y lleno de afecto, un húmedo animal con autonomía de movimientos. Era más de lo que Chip podía soportar, o casi. No había dormido ni dos horas durante las dos noches anteriores y tenía la cabeza repleta de alcohol y las tripas llenas de gases (no lograba recordar por qué había hecho *cassoulet* para cenar; quizá porque sí, sencillamente), y le preocupaba no haber cerrado con llave la puerta principal, o que hubiera algún resquicio en las persianas, porque podía pasar por allí un vecino y probar a ver si se abría y entrar, o mirar por la ventana de la cocina y verlo en plena infracción de los apartados I, II y VI de las normas a cuya redacción él mismo había aportado su granito de arena. En conjunto, para él fue una noche de desasosiego y de concentración obtenida con esfuerzo, una noche marcada por intermitencias de placer acelerado; menos mal que Melissa, al menos, daba la impresión de encontrarlo todo muy excitante y muy romántico. Pasaban las horas y no se le borraba de la cara aquella sonrisa en forma de *U*.

Fue propuesta de Chip, tras un encuentro amoroso en Tilton Ledge especialmente estresante, que Melissa y él abandonaran el campus durante el fin de semana de Acción de Gracias y buscaran en Cape Code una casita donde no sentirse observados ni juzgados; y fue propuesta de Melissa, mientras, amparándose en las sombras de la noche, salían por la puerta este de D——, apenas utilizada, que hicieran alto en Middletown para comprarle droga a un amigo suyo de tiempos del instituto, que estaba en la Wesleyan University. Chip se quedó esperando en el coche, delante del Recinto Ecológico de la Wesleyan, impresionantemente blindado contra las inclemencias del tiempo, tamborileando en el volante de su Nissan con tanta fuerza que le dolían los dedos, porque era imprescindible no pensar en lo que estaba haciendo. Había dejado atrás una cordillera de ejercicios y exámenes sin corregir y aún no había encontrado tiempo para visitar a Jim Leviton en la unidad de rehabilitación. Que Jim hubiera perdido la capacidad del habla y que ahora forzase penosamente la mandíbula y los labios para formar palabras, que se hubiera convertido —según contaban los colegas que lo habían visitado— en una persona colérica, hacía que a Chip le apeteciera aún menos visitarlo. Ahora estaba en racha de evitar cualquier cosa que pudiera conducirlo a experimentar un sentimiento. Estuvo dando golpecitos en el volante hasta que se le quedaron los dedos tiesos y empezaron a arderle, y Melissa salió del Recinto Ecológico. Llevó al automóvil un olor a leña y a lechos de pétalos secos, a lo que huele una aventura amorosa de finales de otoño. Le puso en la palma de la mano a Chip una tableta dorada con lo que parecía ser el logotipo de la vieja Midland Pacific Railroad, pero sin el texto.

—Tómatelo —le dijo ella, mientras cerraba la puerta del automóvil.

—¿Qué es esto? ¿Una especie de éxtasis?

—No. Es Mexican A.

A Chip le entró la ansiedad cultural. Estaba aún muy cercano el tiempo en que no había una droga que él no conociera.

—¿Qué hace?

—Todo y nada —dijo ella, tragándose una pastilla—. Ya verás.

—¿Qué te debo por esto?

—No te preocupes.

Durante un rato, la droga, en efecto, dio la impresión de no hacer nada. Pero en la zona industrial de Norwich, cuando todavía les quedaban dos o tres horas para llegar a Cape Cod, Chip bajó el volumen del *trip hop* que había puesto Melissa y comunicó a ésta:

—Tenemos que parar ahora mismo a echar un polvo.

Ella se rió.

—Supongo que sí.

—Voy a aparcar en el arcén —dijo él.

Ella volvió a reírse.

—No, vamos mejor a buscar una cama.

Pararon en un albergue de la cadena Comfort Inn que había perdido la franquicia y ahora se llamaba Comfort Valley Lodge. La recepcionista de noche era obesa y tenía el ordenador colgado. Tomó nota manual del ingreso de Chip, respirando trabajosamente, como quien acaba de sufrir un mal funcionamiento del sistema. Chip colocó una mano en el vientre de Melissa y estaba a punto de introducirla por debajo del pantalón cuando se le ocurrió pensar que meterle mano a una mujer en público no sólo no era correcto, sino que además podía traerle problemas. Por muy parecidos motivos, puramente racionales, se suprimió el impulso de sacarse el pito de los pantalones y enseñárselo a la sudorosa y resollante empleada. Aunque sí pensó que le interesaría verlo.

Hizo que Melissa se tendiera en la moqueta de la habitación 23, perdigada de quemazones de cigarrillo, sin molestarse siquiera en cerrar la puerta.

—Es muchísimo mejor así —dijo ella, cerrando la puerta con el pie. Se quitó los pantalones de un tirón, aullando prácticamente de placer—. ¡Es muchísimo mejor así!

Chip no se vistió en todo el fin de semana. La toalla que se puso para abrirle la puerta al pizzero se le cayó antes de que el hombre pudiera darse media vuelta.

—Hola, cariño mío, soy yo —le dijo Melissa a su teléfono móvil, mientras Chip, tendido a su lado, le trabajaba el cuerpo. La chica, manteniendo libre el brazo del teléfono, emitía sonidos filiales de apoyo—. Ajá, ajá... Claro, claro... No, eso es muy difícil, mamá... Que no, que tienes razón, que eso es muy difícil —repitió, con un centelleo en la voz, en tanto que Chip ajustaba la postura para obtener un centímetro más de deliciosa penetración mientras se corría.

El lunes y el martes le dictó prolongados fragmentos de un trabajo trimestral sobre Carol Gilligan, porque Melissa estaba demasiado cabreada con Vendla O'Fallon como para escribirlo ella. Su recuerdo casi fotográfico de las exposiciones de Gilligan y su dominio total de la teoría lo excitaron de tal manera que le dio por atizar el pelo de Melissa con su erección. Luego pasó la punta, arriba y abajo, por el teclado del ordenador y dejó un borrón brillante en la pantalla de cristal líquido.

—Cariño —dijo ella—, haz el favor de no corrérteme en el PC.

Él se frotó contra sus mejillas y sus orejas y le hizo cosquillas en las axilas y finalmente la puso contra la puerta del cuarto de baño mientras ella lo bañaba en su sonrisa de color cereza.

Todas las noches, a la hora de cenar, cuatro noches consecutivas, Melissa abría la maleta y sacaba otras dos tabletas doradas. Luego, ya el miércoles, Chip la llevó a un multicine y por el precio especial de la matinée vieron de gorra otra película y media. Cuando volvieron al Comfort Valley Lodge, tras una cena tardía a base de tortitas, Melissa llamó a su madre y la conversación se prolongó de tal modo que Chip se quedó dormido sin haberse tomado su pastilla.

Se despertó el día de Acción de Gracias iluminado por la luz grisácea de su yo sin drogas. Durante un buen rato, mientras escuchaba los escasos ruidos del tráfico vacacional de la Route 2, no consiguió localizar qué era lo que había cambiado. En el cuerpo dormido a su lado había algo que lo hacía sentirse incómodo. Le vino el impulso de darse la vuelta y hundir el rostro en la espalda de Melissa, pero pensó que la chica tenía que estar harta de él. Difícilmente le entraba en la cabeza que no la hubieran molestado sus agresiones, tanto apretujón, tanto agarrarla por todas partes, tanto zarandeo; que no la hubieran hecho sentirse como una especie de trozo de carne puesto a su entera disposición.

En cuestión de segundos, igual que un mercado bajo el impacto del pánico vendedor, se encontró sumido en la vergüenza y los complejos. No podía seguir allí acostado ni un momento más. Se puso los calzoncillos, agarró al paso la bolsa de aseo de Melissa y se encerró en el cuarto de baño.

Su problema consistía en un ardiente deseo de no haber hecho lo que había hecho. Y su cuerpo, su química, tenía una clarísima percepción intuitiva de qué era lo que tenía que hacer para que desapareciera ese ardiente deseo. Tenía que meterse otro Mexican A.

Registró minuciosamente la bolsa de aseo. Nunca le había parecido posible tamaña dependencia de una droga sin ningún toque hedonístico, una droga que la noche antes de su quinta y última toma ni siquiera había tenido la sensación de necesitar para nada. Desenroscó los lápices de labios de Melissa y extrajo dos tampones gemelos de un estuche de plástico y hurgó con una horquilla en el frasco de limpiador cutáneo. Nada.

Con la bolsa en la mano, volvió al dormitorio, donde ya había penetrado la plena luz del día, y musitó el nombre de Melissa. En vista de que no obtenía respuesta, se puso de rodillas y empezó a registrar su maleta de lona. Rebuscó con los dedos en las copas vacías de los sujetadores. Estrujó los rollos de calcetines. Palpó los diversos bolsillos y compartimentos privados de la maleta. Esta nueva y diferente violación de Melissa le resultaba sensacionalmente dolorosa. A la luz anaranjada de su vergüenza, se sintió como si estuviera abusando de los órganos internos de la chica; como un cirujano que le manoseara atrozmente los jóvenes pulmones, que le mancillara los riñones, que le hincara el dedo en el perfecto y tierno páncreas. La suavidad de sus pequeños calcetines, que más pequeños aún habrían sido no mucho tiempo antes, en la cercanísima infancia de Melissa, y la imagen de una brillante alumna de segundo año preparando las maletas para irse de viaje con su muy estimado profesor... Cada una de esas asociaciones sentimentales añadía leña al fuego de su vergüenza, cada imagen le recordaba la grosera y nada divertida comedia que le había infligido a la chica. A topetazos en el culo, gruñendo como un cerdo. Con las pelotas zarandeándosele frenéticamente.

Su bochorno había alcanzado tal grado de ebullición, que bien podía reventar y destrozarle cosas dentro del cerebro. No obstante, sin quitar ojo del bulto durmiente de Melissa, se las apañó para volver a hurgar en su ropa. Tuvo que estrujar y manosear de nuevo cada objeto para llegar a la conclusión de que el Mexican A tenía que estar en el bolsillo lateral exterior de la maleta. Descorrió la cremallera diente por diente, apretando los suyos, para mejor sobrevivir al ruido. Había abierto lo suficiente como para introducir la mano en el bolsillo lateral (y la zozobra por esta última penetración le produjo nuevos accesos de memoria inflamable; era una verdadera mortificación para él pensar en cada una de las libertades manuales que se había tomado con Melissa allí, en la habitación 23, por culpa de la insaciable avidez lujuriosa de sus dedos; *ojalá hubiera podido dejarla en paz*), cuando tintineó el teléfono móvil que habían dejado encima de la mesilla de noche, y Melissa se despertó con un gemido.

Sacó inmediatamente la mano del lugar prohibido, corrió al cuarto de baño y se dio una prolongada ducha. Cuando volvió al dormitorio, Melissa estaba ya vestida y tenía la bolsa preparada. Su aspecto, a la luz del día, estaba totalmente desprovisto de carnalidad. Silbaba una alegre cancioncilla.

—Cambio de planes, cariño —dijo—. Mi padre, que en realidad es un tipo encantador, va a pasar el día en Westport. Y yo quiero estar allí con ellos.

Chip habría querido no sentir la vergüenza, lo mismo que ella no la sentía; pero mendigarle otra pastilla le resultaba extremadamente embarazoso.

—¿Y qué hay de nuestra cena?

—Lo siento. Es verdaderamente importante que esté allí.

—O sea que no basta con que te pases dos horas al día charloteando por teléfono con ellos.

—Lo siento, Chip, pero estamos hablando de mis dos mejores amigos.

A Chip nunca le había parecido bien lo que le contaba ella de Tom Paquette: al principio, rockero aficionado; luego, niñato de fondo fiduciario; para al final marcharse con una patinadora. Y, durante los últimos días, la ilimitada capacidad de Clair para hablar de sí misma sin parar, mientras Melissa escuchaba, le habían ganado también la animadversión de Chip.

—Muy bien. Pues te llevo a Westport —dijo él.

Melissa negó con la cabeza de tal modo que la melena le recorrió la espalda de un lado a otro.

—No seas loco, cariño.

—Si no quieres ir a Cape Cod, no quieres ir a Cape Cod. Te llevo a Westport.

—Muy bien. ¿Te vistes?

—Lo único, Melissa, es que, la verdad, hay algo un poco enfermizo en estar tan cerca de los propios padres.

Ella no dio señal de haberlo oído. Fue al espejo y se puso rímel. Se pintó los labios. Chip seguía plantado en mitad de la habitación, con una toalla en la cintura. Se sentía egregiamente repulsivo. Le constaba que Melissa tenía todos los motivos del mundo para estar asqueada de él. Aun así, quería dejar las cosas claras.

—¿Entiendes lo que te digo?

—Cariño, Chip —juntó los labios recién pintados—, vístete, anda.

—Te digo, Melissa, que los hijos no deben llevarse bien con sus padres; que tus padres no deben ser tus mejores amigos; que ha de haber algún tipo de rebeldía. Así es como llegas a definirte en cuanto individuo.

—Así será como te definiste tú —dijo ella—. Pero, mira, tampoco eres el spot del perfecto adulto.

Él absorbió aquello con una sonrisa.

—Yo me gusto a mí misma —dijo ella—. Tú, en cambio, no pareces gustarte un pelo.

—También tus padres parecen muy a gusto consigo mismos —dijo Chip—. Se diría que en vuestra familia todos estáis la mar de a gusto con vosotros mismos.

Nunca antes había visto a Melissa enfadada de verdad.

—Me quiero a mí misma —dijo—. ¿Qué hay de malo en ello?

Chip no era capaz de explicarle qué había de malo en ello. No era capaz de explicar qué había de malo en nada de lo tocante a

Melissa: sus padres y el amor que a sí mismos se tenían, su teatralidad y su confianza, su enamoramiento del capitalismo, su falta de amigos de su edad. La sensación que tuvo el último día de Narrativa de Consumo, la sensación de estar en un completo error desde todos los puntos de vista, que al mundo no le ocurría nada malo, que no había nada malo en ser feliz, que el problema era suyo y sólo suyo, le volvió con tanta fuerza, que se vio obligado a sentarse en la cama.

—¿Cómo andamos de material? —preguntó.

—No nos queda nada —le contestó Melissa.

—Vale.

—Pillé seis tabletas y cinco de ellas te las metiste tú.

—¿Qué?

—Y evidentemente fue un tremendo error no haberte dado las seis.

—¿Qué has tomado tú?

—Advil, cariño. —Su tono, en este último apelativo, había pasado de levemente irónico a descaradamente irónico—. Para las agujetas.

—Nunca te pedí que pillaras el Mexican A.

—No, directamente, no —dijo ella.

—¿Qué quieres decir con eso?

—Anda que nos íbamos a haber divertido mucho sin el Mexican A...

Chip no le pidió que se explicase. Temía que la explicación consistiese en decirle que había sido un amante espantoso e inseguro hasta que tomó la droga. Y por supuesto que había sido un amante espantoso e inseguro, pero con la esperanza de que ella no se hubiese dado cuenta. Bajo el peso del nuevo oprobio, y sin droga a la vista que le permitiese aliviarlo, inclinó la cabeza y se presionó el rostro con las manos. Cedía la vergüenza y entraba en hervor la cólera.

—¿Vas a llevarme a Westport? —le preguntó Melissa.

Él dijo que sí con la cabeza, pero ella no debió de captar el gesto, porque la oyó pasar las páginas de la guía de teléfonos y luego pedir un taxi a New London. La oyó decir:

—El Comfort Valley Lodge. Habitación veintitrés.

—Te voy a llevar a Westport —dijo él.

Ella cerró el teléfono.

—No, no te preocupes.

—Melissa, anula el taxi. Yo te llevo.

Ella abrió las cortinas traseras de la habitación, dejando expuesto un paisaje de cercas Cyclone, arces tiesos como palos y la parte posterior de una planta de reciclado. Ocho o diez copos de nieve caían lánguidamente. A oriente se veía un trozo de cielo desnudo, una zona desgastada de la manta de nubes a cuyo través se abría camino la luz del sol. Chip se vistió rápidamente, sin que Melissa dejara de darle la espalda. Si no se hubiera hallado en tal condición de insólito bochorno, se habría acercado a la ventana y le habría puesto las manos en los hombros y ella se habría dado la vuelta y lo habría perdonado. Pero se notaba un ánimo depredador en las manos. Se la imaginó apartándose de él, y el caso era que no estaba totalmente convencido de que alguna siniestra porción de sí mismo no sintiera deseos de violarla, de darle un escarmiento por gustarse de un modo en que él no podía gustarse. Cuánto odiaba y cuánto amaba su voz cantarina, sus brinquitos al andar, la serenidad de su amor propio. Ella era ella misma, y él no era él mismo. Y se daba cuenta de que estaba perdido, de que la chica no le gustaba, pero que la iba a echar desastrosamente de menos.

Melissa marcó otro número.

—Oye, cariño mío —le dijo a su móvil—, voy camino de New London. Cogeré el primer tren que pase... No, no, es sólo que quiero estar con vosotros... Totalmente... Sí, totalmente... Vale, besito, besito. Os veré cuando os vea... Sí.

Fuera sonó una bocina.

—Ya está aquí el taxi —le dijo a su madre—. Muy bien, vale. Besito, besito. Adiós.

Se encajó en la chaqueta, encogiendo los hombros, agarró la bolsa y bailó un valsecito por la habitación. Al llegar a la puerta puso en general conocimiento que se iba.

—Hasta luego —dijo, casi mirando a Chip.

Éste, mientras, no sabía qué pensar, no sabía si Melissa era una persona perfectamente centrada o seriamente desequilibrada. Oyó el ruido de la puerta del taxi, oyó la aceleración del motor. Se acercó a la ventana y alcanzó a vislumbrar el pelo color madera de cerezo por la ventanilla trasera de un taxi rojo y blanco. Decidió que, tras cinco años de abstinencia, había llegado la hora de comprar tabaco.

Se puso una chaqueta y cruzó grandes extensiones de asfalto sin fijarse en los peatones. Metió dinero en la ranura de una máquina expendedora con cristal a prueba de balas.

Era la mañana del día de Acción de Gracias. Había dejado de neviscar y el sol hacía amago de asomarse. Oyó el chasquido vibrátil de unas alas de gaviota. La brisa tenía un tacto de plumas y era como si no alcanzase a tocar el suelo. Chip se sentó en una barandilla gélida y fumó y halló confortación en la inquebrantable mediocridad del comercio norteamericano, en la falta de pretensiones del equipamiento viario, de metal y plástico. El sonido seco de la boquilla de una manga de gasolina, indicando que el depósito de un automóvil ya estaba lleno: lo humilde y presto de su servicio. Y una pancarta de *La gran panzada por 99 centavos*, henchida de viento, rumbo a ninguna parte, con los cabos de nailon dando latigazos y chirriando, sujetos a un estandarte galvanizado. Y los números negros, sin serif o remate, de los precios del carburante, la superabundancia de números 9. Y las berlinas de fabricación norteamericana desplazándose por la vía de acceso a velocidades casi estacionarias, por debajo de los cincuenta. Y los gallardetes de plástico de color naranja y amarillo, tremolando por encima de los cables tensores.

—Papá ha vuelto a caerse por la escalera del sótano —dijo Enid, mientras la lluvia descendía sobre la ciudad de Nueva York—. Llevaba una caja grande de pacanas, no se agarró al pasamano y se cayó. Imagínate la cantidad de pacanas que caben en una caja de cinco kilos y medio. Había nueces hasta en el último rincón de la casa. Tuve que ponerme de rodillas y recogerlas con mis propias manos, Denise, horas y horas. Y todavía me las encuentro por ahí. Algunas son del mismo color que los grillos esos que no conseguimos eliminar. Me agacho a recoger una pacana y, zas, me salta a la cara.

Denise ordenaba los tallos del ramo de girasoles que ella misma había llevado.

—¿Qué hacía papá bajando la escalera del sótano con cinco kilos y medio de pacanas en las manos?

—Buscaba algo en que poder trabajar sin levantarse del sillón. Pensaba quitarles la cáscara.

Enid se asomó por encima del hombro de Denise.

—¿Hay algo que yo pueda hacer? —preguntó.

—Búscame un jarrón.

El primer aparador que abrió Enid contenía una caja de corchos de botella, y nada más.

—Lo que no entiendo es por qué nos ha invitado Chip, si no pensaba comer con nosotros.

—Lo más probable es que no tuviera previsto que lo dejasen tirado esta misma mañana —dijo Denise.

Denise siempre le hablaba a su madre en el tono de voz pertinente para hacerle saber que era estúpida. No le parecía a Enid que Denise fuera una persona cálida y generosa. Así y todo, era su hija, y Enid, unas semanas atrás, había hecho algo muy reprobable que ahora tenía absoluta necesidad de confesarle a alguien, y tenía la esperanza de que ese alguien pudiera ser Denise.

—Gary quiere que vendamos la casa y nos vayamos a vivir a Filadelfia —dijo—. Según él, eso sería lo lógico, porque allí estáis los dos, tú y él, y Chip vive en Nueva York. Y yo le digo, mira, Gary, adoro a mis hijos, pero donde me encuentro a gusto es en St. Jude. Soy del Medio Oeste, Denise. Estaría perdida en Filadelfia. Gary quiere que solicitemos asistencia domiciliaria. No le entra en la cabeza que ya es demasiado tarde. En esas cosas no te admiten cuando ya has llegado a la situación en que se encuentra tu padre.

—Pero si papá se sigue cayendo por la escalera...

—¡Es que no se agarra al pasamanos, Denise! Se niega a aceptar que no debe subir y bajar cosas por las escaleras.

Enid encontró un jarrón en el armarito de debajo del fregadero, detrás de un rimero de fotografías enmarcadas, cuatro imágenes de cosas rosadas y con pelos, alguna chifladura artística, si no eran fotos médicas. Intentó alcanzar el jarrón sin tocar las fotos, pero hizo caer una olla para cocer espárragos que algún año le había regalado a Chip por Navidades. Cuando Denise se agachó a ver qué pasaba, a Enid le resultó imposible fingir que no había visto las fotos.

—Pero ¿qué es esto? —dijo, con el ceño fruncido—. ¿Qué son estas cosas, Denise?

—¿Qué quieres decir con «estas cosas»?

—Alguna chifladura de Chip, supongo.

Denise tenía una expresión «divertida» que irritó profundamente a Enid.

—Pero está muy claro que tú sí sabes lo que es.

—No, no lo sé.

—¿No lo sabes? —Enid cogió el jarrón y cerró la puerta del armarito—. Yo, desde luego, no *quiero* saberlo.

—Eso ya es completamente distinto.

En el salón, Alfred estaba armándose de valor para sentarse en la tumbona de Chip. No hacía ni diez minutos que se había sentado en ella sin incidente digno de mención. Pero ahora, en vez de limitarse a hacerlo otra vez, se había parado a pensar. Unos días antes había caído en la cuenta de que en el centro mismo del acto de sentarse hay un momento de pérdida del control, una caída a ciegas y hacia atrás. Su excelente sillón azul de St. Jude era como un guante de béisbol de primera base, capaz de retener con suavidad cualquier objeto que se le lanzara, desde cualquier ángulo, llevase la fuerza que llevase; para eso tenía aquellos brazos de oso, para sostenerlo a él mientras efectuaba el muy importante giro a ciegas. El sillón de Chip, en cambio, era una antigualla de baja altura, y muy poco práctica. Alfred se había situado de espaldas al mueble y no acababa de decidirse, con las rodillas dobladas en el ángulo, más bien pequeño, que le toleraban sus neuropáticas pantorrillas, con las manos echadas hacia atrás, tanteando el vacío. Le daba miedo lanzarse. Y, sin embargo, había algo obsceno en eso de quedarse allí, medio en cuclillas y temblando, algo que podía asociarse con un retrete, alguna vulnerabilidad esencial que, nada más ocurrírsele, se le antojó tan patética y degradante que, para acabar con ella de una vez, cerró los ojos y se dejó caer. Aterrizó pesadamente sobre el trasero y siguió cayendo hasta quedar de espaldas, con las rodillas levantadas por encima del resto del cuerpo.

—¿Te pasa algo, Al? —le preguntó Enid desde la cocina.

—No entiendo este sillón —dijo, pugnando por enderezarse y, al mismo tiempo, por transmitir una sensación de poderío—. ¿Qué se supone que es? ¿Un sofá?

Denise regresó al salón y puso el jarrón con los tres girasoles encima de una mesita zanquilarga que había junto a la tumbona.

—Es una especie de sofá —dijo—. Subes las piernas y ya eres un filósofo francés. Y hablas de Schopenhauer.

Alfred meneó la cabeza.

—El doctor Hedgpeth te ha dicho que tienes que sentarte en sillas altas y con el respaldo recto —comunicó Enid desde la puerta de la cocina.

Dado que Alfred no manifestaba el menor interés por tales instrucciones, Enid se las repitió a Denise cuando ésta volvió a la cocina.

—Sólo sillas altas y con el respaldo recto —dijo—. Pero no hace caso. No hay quien lo saque de su sillón de cuero. Luego la emprende a gritos para que baje y lo ayude a levantarse. Pero ¿qué pasa si yo me hago daño en la espalda? Puse delante de la tele una de esas sillas antiguas con el respaldo de listones y le dije: «siéntate ahí». Pero él prefiere sentarse en su sillón de cuero, delante de la tele que tiene en el sótano, y para salir de él se deja resbalar por el asiento, hasta quedar sentado en el suelo. Luego va arrastrándose hasta la mesa de ping-pong y se apoya en ella para levantarse.

—Pues, mira, no deja de ser ingenioso —dijo Denise, mientras sacaba del frigorífico una brazada de cosas para comer.

—*Se arrastra por el suelo*, Denise. En vez de sentarse en una silla bonita y confortable, con el respaldo recto, que es muy importante para él, como dice el médico, se dedica a arrastrarse por el suelo. Y lo primero que tendría que hacer es no pasar tanto tiempo sentado. El doctor Hedgpeth dice que su condición no sería tan grave sólo con que saliese e hiciese algo. O lo utilizas o lo pierdes, eso es lo que dicen todos los médicos. Dave Schumpert ha tenido diez veces más problemas de salud que papá, lleva quince años con una colostomía, y sólo le queda un pulmón, y lleva marcapasos, y mira todas las cosas que hacen Mary Beth y él. ¡Acaban de volver de las islas Fiji, de hacer submarinismo! Y Dave no anda *jamás* con quejas, pero jamás, jamás. Tú no te acordarás de Gene Grillo, claro, un viejo amigo de tu padre, de Hephaestus, que tiene un Parkinson malísimo, mucho peor que el de tu padre. Sigue en su casa de Fort Wayne, pero está en una silla de ruedas. El pobre hombre se encuentra en muy mala forma, claro, pero se *interesa* por las cosas. Ya no puede escribir, pero nos ha enviado una carta audio, en casete, una cosa muy pensada, hablando de sus nietos con todo detalle, porque los conoce, y se interesa por ellos, y también explica que se ha puesto a estudiar camboyano, él lo llama jemer, nada más que escuchando una cinta y viendo el canal de televisión de Camboya (jemer, supongo) que tienen en Fort Wayne, y todo porque su hijo pequeño está casado con una camboyana, o jemer, y los padres de ella no hablan una palabra de inglés y a Gene le apetece poder charlar con ellos un poco. ¿Te lo puedes creer? Ahí lo tienes, a Gene, en una silla de ruedas, completamente baldado, y sigue dándole vueltas a ver si puede hacer algo por los demás. Y papá, que puede andar, y escribir, y vestirse solo, no hace nada en todo el día más que estar ahí sentado.

—Está deprimido, mamá —dijo Denise sin levantar la voz, mientras cortaba el pan en rebanadas.

—Eso es lo que dicen también Gary y Caroline. Dicen que está deprimido y que deberían darle algún medicamento. Dicen que era un adicto al trabajo y que el trabajo era como una droga para él y que, ahora que ya no puede hacer nada, no le queda más que deprimirse.

—O sea: medícalo y olvídate del asunto. Una teoría comodísima.

—No seas injusta con Gary.

—No me hagas hablar de Gary y Caroline.

—Jolín, Denise, manejas el cuchillo de una forma que no sé cómo todavía no te has rebanado un dedo.

Con el pico de un pan francés Denise había hecho tres pequeños «vehículos» con base de corteza. En uno puso rizos de mantequilla inflados como velas al viento, el otro lo cargó de trocitos de parmesano en un lecho de rúcula triturada, y el tercero lo pavimentó de aceitunas picadas, con aceite de oliva, y cubiertas de una lona roja de pimiento.

—Mmm, qué pinta tan estupenda —dijo Enid, tratando al mismo tiempo, con felina rapidez, de alcanzar el plato en que Denise había dispuesto las vituallas; pero el plato se le escabulló.

—Son para papá.

—Un pedacito sólo.

—Voy a hacer más para ti.

—No, no, sólo quiero un pedacito de éstos.

Pero Denise abandonó la cocina y fue a llevarle el plato a Alfred, cuyo problema existencial era el siguiente: que, a la manera de una semilla de trigo abriéndose camino para emerger de la tierra, el mundo se movía hacia delante en el tiempo añadiendo una célula tras otra a su avanzadilla, apilando momentos; y que aprehender el mundo en su momento más fresco y juvenil no implicaba garantía alguna de volver a aprehenderlo un momento más tarde. Mientras él llegaba a la conclusión de que su hija Denise le estaba ofreciendo un plato de aperitivos en el salón de su hijo Chip, el momento temporal siguiente se disponía a brotar en forma de existencia prístina y no aprehendida, dentro de la cual no cabía en modo alguno excluir, por ejemplo, la posibilidad de que su mujer, Enid, le estuviera ofreciendo un plato de excrementos en el salón de un burdel; y tan pronto como tuvo confirmado lo de Denise y los aperitivos y el salón de Chip, la avanzadilla del tiempo creó otra capa de células nuevas, obligándolo así a enfrentarse con otro nuevo mundo todavía sin aprehender; razón por la cual, en vez de agotarse jugando a pilla-pilla, cada vez se inclinaba más a pasarse los días entre las inalterables raíces históricas de las cosas.

—Para que hagas boca mientras preparo la comida —dijo Denise.

Alfred miró con ojos de agradecimiento los aperitivos, que ahora estaban fijos, más o menos al noventa por ciento, en su condición de comida, aunque de vez en cuando, en un santiamén, se convertían en otros objetos de similar forma y tamaño.

—A lo mejor te apetece un vaso de vino.

—No hace falta —dijo él.

Mientras el agradecimiento le desbordaba el corazón, y se emocionaba, sus manos entrelazadas y sus antebrazos empezaron a moverse más libremente en su regazo. Trató de encontrar algo en la habitación que no lo emocionara, algo en que descansar tranquilamente la mirada; pero resultaba que la habitación era de Chip y en ella se encontraba Denise, de modo que todos los objetos y todas las superficies —incluido el pomo de un radiador, incluido un leve desconchón en la pared, a la altura del muslo— se trocaban en recordatorios de que sus hijos vivían sus vidas en mundos aparte, muy al este, llevándolo a considerar las diversas distancias que lo separaban de ellos; todo lo cual vino a empeorarle el temblor de las manos.

Que la hija cuyas atenciones más agravaban su dolencia fuera la persona que menos deseaba él que lo viera en las garras de tal dolencia formaba parte de la lógica demoníaca que tanto contribuía a confirmarlo en el pesimismo.

—Voy a dejarte solo un momento —dijo Denise—, mientras termino en la cocina.

Él cerró los ojos y le dio las gracias. Como esperando a que escampara para salir corriendo del coche y meterse en la tienda de ultramarinos, aguardaba un claro en sus temblores para alargar la mano y comerse lo que Denise le había llevado.

Su enfermedad era una ofensa a su sentido de la propiedad. Aquellas manos trémulas sólo le pertenecían a él y, sin embargo, se negaban a prestarle obediencia. Eran como niñas malas. Criaturas de dos años con un berrinche de sufrimiento egoísta. Cuanto más se obcecaba él en darles órdenes, menos atención le prestaban y más desdichadas se sentían y más perdían el control. Siempre había sido vulnerable a la cabezonería de los niños y su negativa a comportarse como adultos. La falta de responsabilidad y la indisciplina eran lo que más le había amargado la vida en este mundo, y no dejaba de ser otro ejemplo de lógica diabólica el hecho de que su inoportuna enfermedad consistiera precisamente en una negativa de su cuerpo a prestarle obediencia.

Si tu mano derecha te ofende, dijo Jesús, córtala y arrójala de ti.

Mientras esperaba a que escamparan los temblores —mientras observaba el modo en que sus manos se movían a saltos, como remando, sin poder domeñarlas, como si hubiera estado en una guardería llena de niños gritones y desobedientes y él hubiera perdido la voz y fuera incapaz de poner orden—, Alfred se deleitó en la fantasía de cortarse la mano con un hacha: que se enterara el miembro transgresor de hasta qué punto estaba enfadado con él, del poco cariño que podía tenerle si seguía empeñado en la desobediencia. Le produjo una especie de éxtasis imaginar el primer impacto profundo de la hoja en el músculo y el hueso de su insultante muñeca; pero, junto con el éxtasis, en paralelo, venía la inclinación a llorar por aquella mano que le pertenecía, a la que amaba y a la que le deseaba lo mejor, porque llevaba la vida entera con ella.

Estaba otra vez pensando en Chip, sin darse cuenta.

Le habría gustado saber dónde estaba Chip. Cómo se las había apañado para ahuyentar otra vez a Chip.

La voz de Denise y la voz de Enid, en la cocina, eran como una abeja grande y una abeja pequeña atrapadas entre el cristal y la mosquitera de una ventana. Y llegó su momento, el claro que había estado aguardando. Inclinándose hacia delante y sujetándose la mano de asir con la mano ociosa, agarró el bergantín con velamen de mantequilla y lo levantó del plato, sin echarlo a pique, y, a continuación, mientras daba bandazos y cabeceaba, abrió la boca y fue en su busca y acabó capturándolo. Capturado. Capturado. La corteza le hizo daño en las encías, pero se lo dejó todo en la boca y lo masticó con mucho cuidado, manteniendo un amplio margen de escapatoria para su torpe lengua. La suave mantequilla, fundiéndose; la femenina lenidad del trigo horneado con levadura. Había capítulos en los folletos de Hedgpeth que ni siquiera Alfred, con todo lo fatalista y todo lo disciplinado que era, conseguía leer. Capítulos dedicados a los problemas que suponía el hecho de tragar algo; a los últimos tormentos de la lengua; a la crisis definitiva de la señalización...

La traición había empezado con las señales.

La Midland Pacific Railroad, cuyo departamento de Ingeniería llevó durante los últimos diez años de su carrera (y donde las órdenes que él daba se cumplían al instante, sí, señor Lambert, inmediatamente), había mantenido la comunicación entre cientos de poblaciones pequeñas, de esas que sólo tienen un silo para el grano, al oeste de Kansas y al oeste y en el centro de Nebraska, ciudades como aquella en la que se habían criado Alfred y sus compañeros de empresa —más o menos—, ciudades cuyo deterioro, en la vejez, se hacía más ostensible aún comparado con la excelente salud de que gozaban los rieles ferroviarios de la Midland Pacific que las atravesaban. La principal responsabilidad de los ferrocarriles era, claro está, ante sus accionistas, pero sus agentes de Kansas y Misuri (incluido Mark Jamborets, asesor legal de la sociedad) convencieron al Consejo de Administración de que, dado que el ferrocarril era puro monopolio en muchas localidades del interior, estaba en el deber ciudadano de mantener el servicio en todas sus líneas y ramales. Alfred no se hacía ninguna ilusión en lo tocante al futuro económico de esos pueblos de la pradera, con una población cuyo promedio de edad rebasaba los cincuenta años, pero sí creía en el ferrocarril, tanto como odiaba los camiones, y sabía de primera mano lo que un servicio con horario significa para el orgullo cívico de la población, de qué modo contribuía a levantar el ánimo de la gente el silbido de un tren, en una mañana de febrero, a 41ºN y 101ºO; y en sus batallas con la Agencia de Protección del Medio Ambiente y con varios departamentos de Transporte había aprendido a apreciar a esos legisladores rurales que hay en cada estado y que pueden interceder a nuestro favor cuando necesitamos más tiempo para limpiar los tanques de aceite de desecho en los talleres de Kansas City, o cuando algún puñetero burócrata se empeña en que paguemos el cuarenta por ciento de un innecesario proyecto de eliminación de pasos a nivel en la carretera provincial H. Años después de que la Soo Line y la Great Northern y la Rock Island dejaran en la estacada a todas las poblaciones muertas o agonizantes del norte de las llanuras, la Midland Pacific seguía empeñada en prestar servicio bisemanal, o incluso quincenal, a sitios como Alvin y Pisgah Creek, New Chartres y West Centerville.

Este programa, por desgracia, no dejó de atraer sus correspondientes depredadores. A principios de los 80, cuando ya se le acercaba a Alfred la edad del retiro, la Midland Pacific tenía la reputación de ser una compañía de transporte que, a pesar de su excelente dirección y de sus exuberantes márgenes de beneficio en los recorridos de larga distancia, funcionaba con unos ingresos muy poco destacables. La Midland Pacific ya había rechazado un pretendiente indeseado cuando cayó bajo la mirada adquisitiva de Hillard y Chauncy Wroth, dos hermanos mellizos de Oak Ridge, Tennessee, que habían convertido el negocio familiar de envasado de carne en un imperio del dólar. Su compañía, el Orfic Group, integraba una cadena de hoteles, un banco en Atlanta, una petrolera y la Arkansas Southern Railroad. Los Wroth tenían la cara torva y el pelo sucio, y no se les apreciaba ningún deseo o interés que no consistiese en ganar dinero; «los saqueadores de Oak Ridge», los llamaba la prensa financiera. En un primer encuentro de tanteo, al que asistió Alfred, Chauncy Wroth no dejó un momento de llamar «papi» al consejero delegado de la Midland Pacific: *Me doy perfecta cuenta de que a ustedes esto no les parece jugar limpio, PAPI... Mira, PAPI, ¿por qué no tenéis una buena charla con vuestros abogados en este mismo momento?... Caramba, Hillard y yo estábamos en la idea de que lo vuestro era un negocio, PAPI, no una sociedad benéfica...* Esta especie de contrapaternalismo les funcionó bien con los sindicatos de ferroviarios, que, tras varios meses de arduas negociaciones, votaron a favor de ofrecer a los Wroth un paquete de concesiones sobre los salarios y las condiciones de trabajo por un valor de casi 200 millones de dólares; teniendo ya en la mano ese ahorro potencial, más el 27% de las acciones del ferrocarril, más una cantidad ilimitada de financiación basura, los Wroth hicieron una suculenta oferta, verdaderamente irresistible, y se quedaron con el ferrocarril. A continuación contrataron a un tal Fenton Creel, antiguo miembro de la Comisión de Carreteras de Tennessee, para llevar a cabo la fusión de la Pacific Railroad con la Arkansas Southern. Creel cerró las oficinas principales que la Pacific tenía en St. Jude, despidiendo o jubilando a un tercio de sus empleados e imponiendo a todos los demás el traslado a Little Rock.

Alfred se jubiló dos meses antes de cumplir los sesenta y cinco. Estaba en casa, viendo *Good Morning America* en su nuevo sillón azul, cuando lo llamó por teléfono Mark Jamborets, asesor legal retirado de la Midland Pacific, para darle la noticia de que un sheriff de New Chartres (pronúnciese «Charters»), Kansas, se había hecho arrestar por pegarle un tiro a un empleado de la Orfic Midland.

—El sheriff se llama Bryce Halstrom —le dijo Jamborets a Alfred—. Lo avisaron de que unos cuantos matones estaban destrozando los cables de señales de la Midland Pacific. El hombre acudió al apartadero y vio que tres individuos estaban arrancando los cables, machacando las cajas de señales y haciendo bobinas con cualquier cosa que se pareciera al cobre. Uno de ellos se ganó un balazo oficial en la cadera antes de que los otros dos lograsen hacerle entender a Halstrom que trabajaban para la Midland Pacific. Los habían contratado para recuperar cobre, a sesenta centavos la libra.

—Pero si la instalación está nueva —dijo Alfred—. No hace ni tres años que repusimos todo el ramal de New Chartres.

—Los Wroth están convirtiéndolo todo en chatarra, menos las líneas principales —dijo Jamborets—. ¡Hasta el corte de Glendora! ¿No crees que la Atchison-Topeka podría hacer una oferta por todo eso?

—Pues no sé —dijo Alfred.

—Es la moral de los baptistas llevada a su punto más amargo —dijo Jamborets—. Los Wroth no pueden tolerar que nosotros no nos rigiéramos exclusivamente por el principio de la implacable obtención de beneficios. Y ahora están sembrando de sal los campos. Y, oye lo que te digo: esta gente odia todo lo que no comprende. Lo de cerrar las oficinas de St. Jude, cuando en tamaño eran el doble que las de la Arkansas Southern, ha sido un castigo a St. Jude por ser el hogar de la Midland Pacific. Y Creel está castigando a localidades como New Chartres por haber formado parte de la Midland Pacific. Está sembrando de sal los campos de los pecadores financieros.

—Pues no sé —volvió a decir Alfred, con los ojos puestos en su nuevo sillón azul y la deliciosa posibilidad de sueño que le ofrecía—. Ha dejado de ser asunto mío.

Pero había trabajado treinta años para hacer de la Midland Pacific un sistema robusto, y Jamborets siguió llamándolo por teléfono y enviándole informes sobre los nuevos ultrajes que cometían los de Kansas; y todo eso le daba muchísimo sueño. Pronto quedaron fuera de servicio prácticamente todas las líneas y ramales del sector occidental de la Midland Pacific, pero, aparentemente, Fenton Creel se contentaba con arrancar los cables de las señales y reventar las cajas. Cinco años después de la absorción, los raíles seguían en su sitio, y nadie había dispuesto de los terrenos expropiados. Sólo habían desmantelado el sistema nervioso de cobre, en un acto de vandalismo empresarial dirigido contra la propia compañía.

—Y ahora me preocupa nuestra cobertura médica —le dijo Enid a Denise—. La Orfic Midland quiere que todos los empleados de la Midland Pacific pasen a una mutua de salud antes del primero de abril. No me queda más remedio que buscar una en cuya lista haya alguno de mis médicos y de los de papá. Me están *inundando* de prospectos que sólo se diferencian unos de otros en la letra pequeña, y, francamente, Denise, no creo que pueda sacar esto adelante.

—¿Qué planes acepta Hedgpeth? —dijo Denise rápidamente, como para anticiparse a la inminente petición de ayuda.

—Bueno, aparte de sus antiguos pacientes de pago por consulta, como papá, ahora está en exclusiva con la mutua de salud de Dean Driblett —dijo Enid—. ¿Te he contado la fiesta que dieron en esa casa tan *maravillosa* y tan *enorme* que tiene, verdad? Dean y Trish son algo así como la pareja joven más agradable que conozco, pero, jolín, Denise, el año pasado llamé a su compañía cuando papá se cayó encima del cortador de césped, y ¿sabes lo que me pedían por cortar el césped de nuestro terreno? ¡Cincuenta y cinco dólares a la semana! Me parece muy bien que la gente gane dinero, y encuentro *maravilloso* que Dean tenga tantísimo éxito, ya te conté lo de su viaje a París con Honey, no tengo nada contra él, pero ¡cincuenta y cinco dólares a la semana!

Denise probó la ensalada de judías verdes que había preparado Chip y echó mano del aceite de oliva.

—¿Cuánto os costaría seguir con el sistema de pago por consulta?

—Cientos de dólares más todos los meses, Denise. Ni uno solo de nuestros buenos amigos está en una mutua, todos tienen pago por consulta, pero nosotros no podemos permitírnoslo. Papá fue tan cauteloso en sus inversiones que menos mal que todavía tenemos un colchón protector para las urgencias. Y ésa es otra cosa que también me tiene muy, pero que muy preocupada —Enid bajó la voz—. Una de las viejas patentes de papá está empezando a dar dinero, por fin, y necesito que me aconsejes.

Salió un momento de la cocina para asegurarse de que Alfred no las oía.

—¿Cómo va eso, Alfred? —gritó.

Alfred sostenía en la mano, como acunándola, bajo la barbilla, la segunda porción de su piscolabis: el furgoncito verde. Como si tuviera apresado algún pequeño animal que bien podía volver a escapársele, al oír la llamada de Enid se limitó a mover la cabeza sin levantar los ojos.

Enid regresó a la cocina llevando su bolso.

—Por fin se le presenta la ocasión de ganar un poco de dinero, y le da igual. Gary lo llamó por teléfono el mes pasado y trató de convencerlo de que fuese un poco más agresivo, pero papá perdió la paciencia.

Denise se puso un poco tiesa.

—¿Qué es lo que quiere Gary que haga papá?

—Que sea un poco más agresivo, nada más. Mira, ésta es la carta.

—Mamá, esas patentes son de papá. Tienes que dejar que las gestione como a él le parezca.

Por un momento, Enid tuvo la esperanza de que el sobre que había en el fondo de su bolso fuera la carta perdida de la Axon Corporation. A veces, tanto en el bolso como en la casa, los objetos perdidos emergían de nuevo a la superficie como por arte de magia. Pero el sobre que encontró era la carta certificada original, que nunca había estado perdida.

—Lee esto, a ver si estás de acuerdo con Gary —dijo.

Denise dejó la lata de pimienta de cayena con que había rociado la ensalada de Chip. Enid se situó junto a su hombro y volvió a leer la carta, por si no era exactamente como ella la recordaba.

Estimado Dr. Lambert:

En nombre de la Axon Corporation, sita en el número 24 de East Industrial Serpentine, Schwenksville, Pensilvania, me pongo en contacto con usted para ofrecerle la suma global de cinco mil dólares (5.000,00 $) por los derechos plenos, exclusivos e irrevocables sobre la Patente Gubernamental número 4.934.417 (ELECTROPOLIMERIZACIÓN DEL GEL DE ACETATO FÉRRICO TERAPÉUTICO), de cuya licencia es usted el primero y único titular.

La dirección de Axon lamenta no poder ofrecerle a usted una suma mayor. Nuestro propio producto está en sus primeras pruebas, y no tenemos garantía alguna de que esta inversión vaya a producir sus frutos.

Si le parecen aceptables los términos del Acuerdo de Licencia adjunto, firme usted y eleve a documento público las tres copias y haga el favor de enviárnoslas en fecha no posterior al 30 de septiembre próximo.

Con nuestros mejores saludos,

Joseph K. Prager
Miembro Asociado Preferente
Bragg Knuter & Speigh

Cuando el cartero les llevó esa carta, en agosto, y Enid bajó al sótano a despertar a Alfred, éste se encogió de hombros y dijo:

—No vamos a vivir ni mejor ni peor con cinco mil dólares más.

Enid sugirió entonces que podían escribir a la Axon Corporation pidiendo más dinero, pero Alfred negó con la cabeza.

—Antes de que nos demos cuenta, nos habremos gastado los cinco mil dólares en abogados —dijo—, y ¿qué habremos conseguido?

Enid dijo que el «no» ya lo tenían, sin embargo.

—No voy a pedir nada —dijo Alfred.

Pero si lo único que tenía que hacer era contestar pidiéndoles diez mil dólares, insistió Enid... La mirada que le dirigió Alfred la obligó a guardar silencio. Fue como si ella le hubiera pedido que hiciesen el amor.

Denise había sacado una botella de vino del frigorífico, como para subrayar su indiferencia ante cualquier cosa que pudiera importarle a Enid. Ésta, a veces, tenía la impresión de que Denise no dudaría en desdeñar hasta la cosa más insignificante que a ella le importara. La ceñidura sexual de los vaqueros de Denise, al cerrar un cajón con la cadera, bien transmitía ese mensaje. La seguridad con que insertó el sacacorchos en el corcho, bien transmitía ese mensaje.

—¿Te apetece un poco de vino?

Enid se encogió de hombros.

—Es muy temprano.

Denise se lo bebió como agua del grifo.

—Conociendo a Gary —dijo—, seguro que trató de empujaros a que los exprimierais.

—No, mira —Enid indicó la botella de vino con ambas manos—. Una gotita, échame un traguito de nada, nunca bebo a esta hora de la mañana, nunca... Mira, a Gary le gustaría saber para qué quieren la patente, si están aún en un estadio tan inicial del desarrollo del producto. Creo que lo normal es no respetar las patentes ajenas... No te pases, Denise. No quiero tanto vino... Porque, mira, la patente expira dentro de seis años, de modo que, según Gary, la compañía piensa ganar dinero en poco tiempo.

—¿Firmó papá el acuerdo?

—Sí, claro. Fue a ver a Schumpert e hizo que Dave se lo elevara a documento público.

—Entonces no te queda más remedio que respetar su decisión.

—Denise, es que se ha vuelto muy cabezota y muy falto de sentido común, últimamente. Yo no puedo...

—¿Estás diciendo que es un problema de incapacidad?

—No, no, es una cuestión de carácter, totalmente. Lo que pasa es que yo no puedo...

—Puesto que ya ha firmado el acuerdo —dijo Denise—, ¿qué se figura Gary que puede hacerse?

—Nada, supongo.

—¿Para qué estamos hablando, entonces?

—Para nada. Tienes razón —dijo Enid—. No hay nada que podamos hacer.

Aunque, de hecho, sí lo había. Si Denise hubiera disimulado algo más su postura a favor de Alfred, Enid quizá le habría confesado que cuando Alfred le puso en las manos el acuerdo elevado a documento público para que lo echara al correo, de paso que iba al banco, ella lo escondió en la guantera del coche, y allí lo tuvo retenido, irradiando culpabilidad, durante varios días; y que más tarde, aprovechando una cabezada de Alfred, metió el sobre en un escondite más seguro, en el cuarto de la lavadora, detrás del armario, lleno éste de frascos de mermelada indeseable y de pastas para untar que se iban poniendo grises con el tiempo (naranjas chinas con pasas, calabaza con brandy, queascobuesas coreanas) y jarros y cestos y cubos de arcilla de floristería demasiado valiosos para tirarlos, pero no lo suficiente como para usarlos; y que, como consecuencia de tal acto de deslealtad, aún podían sacarle a la Axon un buen pellizco por la licencia, y que por consiguiente era de vital importancia que encontrara la segunda carta certificada de la Axon y la escondiera antes de que Alfred la encontrara y se diera cuenta de su desobediencia y su traición.

—Bueno, pero, ya que estamos—dijo, tras haber vaciado su vaso—, hay otra cosa en la que sí quiero que me ayudes.

Denise vaciló un momento antes de contestar con un cortés y cordial «¿Sí?». La vacilación vino a confirmar a Enid en su ya antiguo convencimiento de que Alfred y ella se habían equivocado en algo al educar a Denise. No habían logrado inculcarle a su hija pequeña el adecuado espíritu de generosidad y de alegría en el servicio.

—Bueno, pues, como sabes —dijo Enid—, llevamos ocho años seguidos pasando las Navidades en Filadelfia, y los chicos de Gary ya son lo suficientemente mayores como para que a lo mejor les apetezca tener el recuerdo de una Navidad en casa de sus abuelos, de modo que he pensado...

—¡Maldita sea!

Era un reniego procedente del salón.

Enid depositó su vaso y salió corriendo. Alfred permanecía sentado al borde de la tumbona, como si alguien lo hubiera castigado, con las rodillas en posición más elevada de lo normal y con la espalda un poco encorvada, y observaba el lugar en que se había estrellado su tercera pieza de aperitivo. La góndola de pan se le había escurrido entre los dedos durante la maniobra de aproximación a la boca y había impactado primero en su rodilla, desperdigando trocitos sueltos por doquier, y luego en el suelo, yendo a parar debajo de la tumbona. Un húmedo jirón de pimiento asado se había quedado adherido a un lateral del mueble. En torno a cada trozo de aceituna se iba formando en la tapicería una oscura sombra de aceite. La góndola vacía descansaba sobre un costado, dejando al descubierto su blanco interior, empapado de amarillo y con manchas de color marrón.

Denise, con una esponja húmeda en la mano, se deslizó entre Enid y la tumbona y se arrodilló junto a Alfred.

—Ay, papá —dijo—, es que son muy difíciles de manejar estas cosas. Tendría que haberme dado cuenta.

—Dame un trapo, que yo lo limpio.

—No, deja —dijo Denise.

Con una mano retiró los trocitos de aceituna de las rodillas y los muslos de su padre. A él le temblaban las manos, por encima de la cabeza de Denise, en un gesto como de estar a punto de apartarla, pero ella actuó con mucha presteza y no tardó en recoger todos los trocitos de aceituna del suelo, para enseguida regresar a la cocina con los restos del canapé; allí estaba Enid, a quien le habían venido ganas de echarse otra gotita de vino y que, en su prisa por que no la pillaran, se había servido una gotita de bastante consideración y se la había bebido al momento.

—Total —dijo—, que si a ti y a Chip os apetece, podríamos pasar todos unas últimas Navidades en St. Jude. ¿Qué te parece la idea?

—Yo iré a donde vosotros dos queráis —dijo Denise.

—No, pero prefiero preguntarte. Quiero saber si hay algo especial que te apetezca hacer. Si tendrías un interés especial en pasar por última vez la Navidad en la casa donde te criaste. ¿Crees que te podría divertir el asunto?

—Mira, vamos a no darle vueltas —dijo Denise—: Caroline no va a dejar su Filadelfia de ninguna de las maneras. Pensar otra cosa es pura fantasía. De modo que si quieres ver a tus nietos tendrás que venirte al este.

—Denise, te estoy preguntando qué es lo que tú quieres. Gary dice que él y Caroline no han descartado la posibilidad. Yo lo que necesito es saber si unas Navidades en St. Jude son algo que de verdad, de verdad, te apetece. Porque si todo el resto de la familia está de acuerdo en la importancia de reunirnos todos en St. Jude por última vez...

—Por mí, estupendo, mamá, si puedes apañártelas.

—Sólo necesitaré un poco de ayuda en la cocina.

—Yo te echaré una mano en la cocina. Pero sólo puedo quedarme unos días.

—¿No te puedes tomar una semana?

—No.

—¿Por qué?

—Mamá...

—¡Maldita sea! —volvió a gritar Alfred desde el salón, inmediatamente después de que algo de cristal, tal vez un jarrón con girasoles, se estrellase contra el suelo haciendo un ruido de cascarse y romperse—. ¡Maldita sea, maldita sea!

Enid tenía los nervios igual de astillados, de modo que a punto estuvo de caérsele de las manos el vaso de vino; y, sin embargo, una parte de ella se alegraba de aquel nuevo percance, fuese lo que fuese, porque así Denise tendría un anticipo de lo que iba a tener que sobrellevar, todos los días y a todas horas, durante su estancia en St. Jude.

La noche del septuagésimo quinto cumpleaños de Alfred sorprendió a Chip en su soledad de Tilton Ledge, celebrando un congreso sexual con su tumbona roja.

Era a principios de enero y los bosques de alrededor de Carparts Creek estaban empapados de nieve fundida. Sólo el cielo del centro comercial, sobre la parte central de Connecticut, y las pantallas digitales de sus aparatos electrónicos caseros arrojaban luz sobre sus labores carnales. Estaba de hinojos a los pies de su tumbona y olisqueaba minuciosamente el tapizado, centímetro a centímetro, con la esperanza de que en él persistiera algún olorcillo vaginal, transcurridas ocho semanas desde el día en que Melissa estuvo tendida en aquel mueble. Los olores generalmente distintos e identificables —el olor a polvo, a sudor, a orina, el tufo del tabaco, el perfume fugitivo de los productos limpiadores— acabaron por resultarle abstractos e indiscernibles, de tanto olfatear, y por consiguiente se veía obligado a hacer una pausa de vez en cuando, para refrescarse las fosas nasales. Apretó los labios contra los botones que sellaban cada uno de los ombligos de la tumbona y besó las pelusas y la arenilla y las miguitas y los pelos que se habían ido acumulando debajo de ellos. Ninguno de los tres sitios en que creyó haber olfateado a Melissa olía a ella sin ambigüedad posible, pero, tras exhaustivas comparaciones, acabó eligiendo el menos cuestionable de los tres, junto a un botón situado cerca de donde empezaba el respaldo, y en él concentró plenamente su atención nasal. Toqueteó otros botones con las dos manos, mientras la frescura del tapizado, rozándole las partes bajas, le ofrecía un pobre remedo de la piel de Melissa, hasta que por fin consiguió convencerse suficientemente de la realidad del olor —convencerse suficientemente de que poseía una reliquia de Melissa— como para consumar el acto. Luego se dio la vuelta en su complaciente antigualla y fue a parar al suelo, con la bragueta abierta y la cabeza en el cojín, una hora más cerca de haberse olvidado de llamar a su padre para felicitarlo por su cumpleaños.

Se fumó dos cigarrillos, encendiendo el segundo con la colilla del primero. Conectó el televisor por un canal en que emitían una maratón de dibujos animados de la Warner Bros. Justo al borde del charco de resplandor túbico se veían las cartas que llevaba tirando al suelo, sin abrir, desde hacía casi una semana. En el montón había tres cartas del nuevo rector en funciones del college, también unas cuantas, de muy mal agüero, del fondo de jubilación de profesores, y una carta de la oficina de alojamiento del college con las palabras AVISO DE DESALOJO en el haz del sobre.

Antes, más temprano, mientras mataba el tiempo rodeando con un círculo de tinta azul todas las *emes* mayúsculas de la primera página de un *New York Times* con fecha de hacía un mes, Chip había llegado a la conclusión de que estaba comportándose como una persona deprimida. Ahora, cuando el teléfono empezó a sonar, lo primero que pensó fue que una persona deprimida debía permanecer con los ojos fijos en la pantalla del televisor, haciendo caso omiso de la llamada; y encender un cigarrillo; y, sin dar la menor muestra de afecto sentimental, verse otro episodio de dibujos animados, mientras el contestador se hacía cargo del mensaje de quienquiera que fuese.

Que su impulso consistiera, sin embargo, en ponerse en pie de un brinco y contestar el teléfono —que pudiera traicionar tan a la ligera todo un día de arduo desperdiciar el tiempo— ponía muy en tela de juicio la autenticidad de sus padecimientos. Pensó que le faltaba capacidad para quedarse sin volición y perder por completo el contacto con la realidad, como hacían todos los deprimidos en los libros y en las películas. Pensó, mientras quitaba el sonido del televisor y acudía corriendo a la cocina, que estaba fracasando hasta en la mísera tarea de fracasar como es debido.

Se subió la cremallera, prendió la luz y levantó el auricular.

—¿Diga?

—¿Qué está pasando, Chip? —dijo Denise, sin preámbulo alguno—. Acabo de hablar con papá y dice que no has dado señales de vida.

—Denise. Denise. ¿Por qué gritas?

—Grito —dijo ella— porque estoy enfadada, porque hoy cumple papá setenta y cinco años y no lo has llamado por teléfono ni le has mandado una tarjeta de felicitación. Estoy enfadada porque llevo doce horas trabajando sin parar y acabo de llamar a papá y resulta que está preocupado por tu culpa. ¿Qué está pasando?

Chip se dio la sorpresa de reírse.

—Lo que está pasando es que me he quedado sin trabajo.

—¿No te han nombrado titular?

—No, me han despedido —dijo él—. Ni siquiera me han permitido dar las dos últimas semanas de clase. Otro profesor se ocupó de mis exámenes. Y no puedo apelar la decisión sin presentar un testigo. Y si trato de hablar con mi testigo, no haré sino añadir pruebas de mi delito.

—¿De qué testigo hablas? ¿Y testigo de qué?

Chip agarró una botella del cubo de reciclables, comprobó dos veces que estaba vacía, y la devolvió al recipiente.

—Una ex alumna mía dice que estoy obsesionado con ella. Dice que tuve una relación con ella y que le escribí uno de sus trabajos trimestrales en una habitación de motel. Y a menos que acuda a un abogado, lo cual no puedo permitirme, porque me han dejado sin sueldo, no estoy autorizado a hablar con esa alumna. Si intento verla, será acoso por mi parte.

—¿Miente esa chica? —preguntó Denise.

—Tampoco es un asunto como para que se lo cuentes a papá y mamá.

—¿Miente esa chica, Chip?

Sobre la encimera de la cocina había una sección del *New York Times* en cuya primera página se había dedicado a marcar con un círculo todas las *emes* mayúsculas. Volver a ver ese artefacto, horas más tarde, era como recordar un sueño, salvo por el detalle de que los sueños no tienen capacidad para envolver de nuevo en su interior a alguien que está despierto, de modo que la visión de un texto sobre nuevos recortes importantes en los servicios de atención médica y salud, repleto de marcas, provocó en Chip esa misma sensación de malestar y de deseo sexual insatisfecho que lo había lanzado antes a oler y sobar la tumbona. Ahora le costó un gran esfuerzo recordar que ya había pasado por la tumbona, que ya había ensayado ese camino hacia el sosiego y el olvido.

Plegó el *Times* y lo arrojó al cubo de la basura, cada vez más rebosante.

—Nunca tuve relaciones sexuales con esa mujer —dijo.

—Sabes que en muchos asuntos puedo ser muy crítica —dijo Denise—; pero no en cosas como ésta.

—Ya te he dicho que nunca me acosté con ella.

—Insisto, sin embargo —dijo Denise—: ésa es un área donde absolutamente todo lo que me digas será escuchado con comprensión.

Y se aclaró la garganta muy significativamente.

Si Chip hubiera querido confesarse con alguien de su familia, la obvia elección habría sido su hermana pequeña, Denise. Fracasada en la universidad y en su matrimonio, Denise, al menos, tenía cierto trato con el lado oscuro de la vida y con los desengaños. No obstante, salvo Enid, nadie cometía el error de tomarla por una fracasada. El college del que ella se salió era mucho mejor que el college en que se graduó Chip, y, por otra parte, su temprano matrimonio y posterior divorcio le otorgaron una madurez emocional de la que Chip, bien lo sabía él, carecía por completo; por no decir que Denise, trabajando ochenta horas a la semana, aún encontraba tiempo, seguramente, para leer más libros que él. Durante el último mes, desde que empezó a embarcarse en proyectos como el de escanear el rostro de Melissa del libro de nuevos alumnos de su promoción, para combinarlo luego con imágenes guarras que se bajaba de internet, invirtiendo horas en pulir el montaje, píxel a píxel (y cómo se pasan las horas cuando la emprende uno con los píxeles), no había leído un solo libro.

—Fue un malentendido —le dijo a Denise, como pensó que correspondía—. Y enseguida todo se desencadenó como si hubieran estado deseando despedirme. Y ahora me niegan la posibilidad de defenderme.

—La verdad —dijo Denise—, me cuesta trabajo ver ese despido como algo malo. Los colleges son un asco.

—Éste era el lugar del mundo donde yo me encontraba en mi sitio.

—Pues es un punto a tu favor que no fuera de verdad tu sitio. ¿Cómo te las apañas para sobrevivir financieramente?

—¿He dicho yo que esté sobreviviendo?

—¿Necesitas un préstamo?

—Tú no tienes dinero, Denise.

—Sí que tengo. También creo que deberías hablar con mi amiga Julia, la que está en cosas de desarrollo de películas. Le conté esa idea tuya de una versión de *Troilo y Cressida* en el East Village. Y me dijo que la llamaras si te apetecía escribir algo.

Chip dijo que no con la cabeza, como si Denise hubiera estado en la cocina y hubiera podido verlo. Unos meses antes, hablando por teléfono, había salido en la conversación la posibilidad de modernizar alguna de las obras menos conocidas de Shakespeare, pero le molestaba muchísimo que Denise se lo hubiera tomado en serio; eso era que todavía creía en él.

—Pero ¿qué pasa con papá? —dijo ella—. ¿Te has olvidado de que hoy es su cumpleaños?

—Aquí pierde uno la noción del tiempo.

—No me gustaría presionarte —dijo Denise—, pero es que fui yo quien abrió la caja con tus regalos de Navidad.

—La Navidad fue un mal trago. De eso no hay duda.

—No había manera de saber qué paquete era para quién.

Fuera se había levantado un cálido viento del sur, acelerando el repiqueteo de la nieve fundida en el patio trasero. A Chip le había desaparecido, sin dejar huella, la sensación que tuvo al contestar al teléfono: que su desdicha era optativa.

—¿Vas a llamarlo?

Colgó el teléfono sin contestarle, desconectó el timbre y apoyó la cara con fuerza contra el marco de la puerta. Había resuelto el problema de los regalos familiares de Navidad en el último día en que se podía enviar algo por correo, pasando revista, a todo correr, a las antiguas gangas y los restos que tenía en su biblioteca, y envolviendo cada cosa en papel de aluminio y poniéndole al paquete una cinta roja, sin pararse a pensar ni por un momento en cuál podía ser la reacción de su sobrino Caleb, de nueve años, ante una edición, oxoniense y anotada, de *Ivanhoe*, cuyo principal mérito para recibir el calificativo de regalo consistía en estar aún envuelta en el retractilado original. Las esquinas de los libros desgarraron inmediatamente el envoltorio de papel de aluminio, y la nueva capa de papel que añadió para tapar los agujeros no se adhería bien a la capa de debajo, y el efecto resultante fue como de algo blando y a punto de rasgarse, como la piel de cebolla o el hojaldre; lo cual intentó mitigar cubriendo los paquetes con pegatinas de la Liga Nacional pro Derecho a Abortar que le habían enviado con el sobre de documentación que todos los años recibían los socios. Tan mal le salió aquella obra de artesanía, tan torpe y tan infantil, por no decir verdaderamente insensata, que metió todos los paquetes en una caja vacía de pomelos, más que nada para quitárselos de la vista. Y a continuación envió la caja por correo a Filadelfia, a casa de su hermano Gary. Fue como llevar una enorme bolsa de mierda, algo muy pringoso y muy desagradable —sí—, pero que al menos ya estaba tirado, y que tardaría en presentársele otra vez. Pero tres días después, en Nochebuena, regresó tarde a casa, de una vigilia de doce horas en el Dunkin' Donuts de Norwalk, Connecticut, y se encontró con el problema de abrir los regalos que su familia le había enviado: dos paquetes de St. Jude, un sobre almohadillado de Denise y un paquete de Gary. Tomó la resolución de abrir los regalos en el dormitorio y de hacerlos llegar hasta dicha habitación subiéndolos a patadas por la escalera. Todo un desafío, a fin de cuentas, porque los objetos oblongos tienden a no rodar escaleras arriba, sino a tropezar con la vertical de los peldaños y rebotar en sentido descendente. Por otra parte, si el contenido de un sobre almohadillado es demasiado ligero, resulta muy difícil que coja altura, por fuerte patadón que se le aplique. Pero Chip estaba pasando unas Navidades tan frustrantes y desmoralizadoras —había dejado un mensaje para Melissa en su buzón de voz del college, pidiéndole que lo llamara al teléfono público del Dunkin' Donuts, o, mejor aún, que fuera ella en persona, ya que estaba a cuatro pasos, en casa de sus padres, en Westport, y tuvieron que dar las doce de la noche para que el agotamiento lo obligara a convencerse de que lo más probable era que Melissa no lo llamase, y de que tampoco iba a ir a verlo, ni muchísimo menos—, que no era psíquicamente capaz ni de quebrantar las reglas de ese juego que él mismo había inventado, ni de abandonar el juego sin haber alcanzado su objetivo. Y estaba claro que las reglas sólo permitían auténticos golpes secos (quedaba terminantemente prohibido, sobre todo, meter la punta del pie por debajo del sobre almohadillado y hacerlo superar los peldaños por medio de un impulso hacia arriba), de manera que se vio obligado a ensañarse a patadas cada vez más brutales con el regalo de Denise, hasta que se rasgó el sobre y se salió el relleno de papel de periódico troceado y Chip consiguió enganchar la punta de la bota en el desgarrón y, así, enviar su regalo, de un solo puntapié, a un peldaño de distancia del piso de arriba. Donde, sin embargo, el regalo de Navidad de Denise se negó a seguir adelante en su escalada, por más que Chip lo pateaba y lo hacía jirones con el tacón de la bota. Dentro había un revoltijo de papel rojo y seda verde. Infringiendo al fin sus propias reglas, Chip lo hizo superar el último escalón levantándolo con la punta del pie y, una vez en llano, lo mandó hasta las proximidades de su cama de una sola patada. Enseguida bajó a buscar los otros paquetes. También éstos resultaron destruidos, casi por completo, sin que Chip diera con el modo de elevarlos en el aire y, antes de que volvieran a caer frente al primer peldaño, mandarlos hasta arriba de un buen puntapié. El paquete de Gary se reventó al primer impacto, convirtiéndose en una nube de platillos volantes de poliestireno, mientras caía rodando escaleras abajo una botella forrada de plástico con burbujas de aire. Del mejor oporto californiano. Chip se la subió a la cama y a continuación estableció un sistema según el cual se bebería un buen trago de oporto por cada regalo que lograse desenvolver. De su madre, aún convencida de que Chip seguía colgando su calcetín de la repisa de la chimenea, recibió una caja con la inscripción «Regalitos», con varios objetos envueltos por separado: una caja de pastillas para la tos, una miniatura de su foto de clase de segundo grado, con marco de latón oscurecido, frascos de champú y acondicionador de pelo y loción de manos de un hotel de Hong Kong donde Enid y Alfred se habían alojado quince años antes, en una escala de su camino hacia China, y dos elfos de madera tallada con una exagerada sonrisa de buenos sentimientos en la boca y con un arnés de cable de plata incrustado en los pequeños cráneos, para poder colgarlos del árbol. Para colocación en ese presunto árbol, Enid enviaba también un segundo paquete lleno de regalos de mayor tamaño, envueltos en papel rojo con dibujos de Santa Claus risueño: una olla para cocer espárragos, tres pares de slips blancos, un bastón de caramelo tamaño extra, y dos cojines de calicó. De Gary y su mujer, además de la botella de oporto, recibía una bomba de vacío, muy ingeniosa, pensada para evitar que se oxidase el vino en las botellas sin terminar, como si Chip hubiera tenido alguna vez problemas para terminarse una botella. De Denise —a quien él había regalado *Cartas selectas de André Gide*, tras borrar de la solapa del libro la evidencia de que aquella traducción hecha por alguien sin ningún oído musical le había costado un dólar— recibió una bonita camisa de seda color verde lima, y de su padre un talón de cien dólares acompañado de una notita escrita a mano encareciéndolo a que se comprase él mismo lo que más le apeteciera.

Menos la camisa, que usó, el talón, que cobró, y la botella de vino, que se cepilló en la cama, aquella Nochebuena, todos los demás regalos de su familia seguían en el suelo de su dormitorio. El relleno del sobre de Denise había ido a parar a la cocina, en cuyo suelo entró en contacto con un charco de agua de fregar los platos, formando una especie de barrizal que él había distribuido por toda la casa con sus pisadas. Tropeles de poliestireno, blancos como ovejitas, se arredilaban en zonas abrigadas.

Eran casi las diez y media en el Medio Oeste.

Hola, papá. Felices setenta y cinco. Aquí todo va bien. ¿Cómo va la vida en St. Jude?

Se dio cuenta de que para hacer la llamada tenía que tomar algún tipo de estimulante o darse un capricho. Algún vigorizador. Pero la televisión le producía tal angustia política y crítica, que ya ni siquiera podía ver los dibujos animados sin fumarse uno o más cigarrillos, y ahora tenía en el pecho una zona de dolor tamaño pulmón, y no había ningún intoxicante de ninguna clase en la casa, ni siquiera jerez de cocinar, ni jarabe para la tos, y tras el esfuerzo de hallar placer con la tumbona se le habían quedado desparramadas las endorfinas por todos los rincones del cerebro, como soldados hartos de guerrear, tan consumidas por las exigencias que Chip les había impuesto en las cinco últimas semanas, que nada, con excepción, quizá, de la propia carne de Melissa, habría podido reincorporarlas a la acción. Necesitaba algo que le levantase un poco la moral, algo que le transmitiese un poco de energía, pero lo más adecuado que tenía a su alcance era el *New York Times* de hacía un mes, y ya había marcado suficientes *emes* mayúsculas por hoy, y no se sentía con fuerzas para marcar una sola más.

Se acercó a la mesa del comedor y pudo comprobar que, en efecto, no quedaba ni un mal poso de vino en las botellas. Había utilizado los últimos 220 dólares que pudo sacar de la Visa, a crédito, en la compra de ocho botellas de un Fronsac bastante rico, y el sábado por la noche había ofrecido una última cena a los partidarios que tenía en el profesorado. Unos años antes, cuando el departamento de Teatro de D—— despidió a una joven profesora muy querida de sus alumnos, Cali López, por haberse atribuido en el currículo un título que no poseía, los estudiantes y los profesores más jóvenes, sintiéndose ofendidos, organizaron boicoteos y sentadas nocturnas con velas, logrando al final que el college no sólo readmitiera a López, sino que la ascendiera a profesora titular. Chip, sobra decirlo, no era ni filipino ni lesbiana, como López, pero había enseñado Teoría del Feminismo, y había sacado un cien por cien de votos en el Bloque Homosexual, y tenía por costumbre incluir en la lista de lecturas obligatorias una gran cantidad de escritores no occidentales, y, a fin de cuentas, lo único que había hecho en la habitación 23 del Comfort Valley Lodge había sido llevar a la práctica ciertas teorías —el mito de la autoría; el consumismo recalcitrante de la(s) transacción(es) sexual(es) transgresiva(s)—, temas que, según contrato, eran precisamente los que él tenía que enseñar en el college. Las teorías, por desgracia, sonaban bastante poco convincentes cuando no eran muy jóvenes y muy impresionables adolescentes quienes integraban el auditorio. De los ocho colegas que habían aceptado su invitación a cenar aquel sábado, al final sólo se presentaron cuatro. Y, por mucho que se empeñó en conducir la conversación en torno a su predicamento, la única acción colectiva que sus amigos tomaron en su beneficio, mientras se cepillaban la octava botella de vino, fue una interpretación a capela de *Non, je ne regrette rien*.

No había tenido fuerzas para recoger la mesa en los días siguientes. Se quedaba mirando la lechuga roja ennegrecida, la capa de grasa fría de una chuleta de cordero sobrante, el revoltijo de corchos y cenizas. Reinaban en aquella casa el mismo oprobio y el mismo desorden que en su cabeza. Cali López era ahora la decana en funciones del college, la sustituta de Jim Leviton.

Háblame de tu relación con Melissa Paquette.

¿Mi ex alumna?

Tu ex alumna.

Somos amigos. Hemos cenado juntos. Pasé algo de tiempo con ella durante los primeros días de las vacaciones de Acción de Gracias. Es una alumna muy brillante.

¿Ayudaste de algún modo a Melissa en la redacción de un ejercicio para Vendla O'Fallon que presentó la semana pasada?

Hablamos de ese ejercicio en términos generales. Tenía ciertas zonas de confusión que yo la ayudé a clarificar.

¿Es de carácter sexual la relación que mantienes con ella?

No.

Mira, Chip, creo que lo que voy a hacer es suspenderte de empleo y sueldo hasta que hayamos oído a ambas partes. Eso es lo que vamos a hacer. Nos reuniremos a principios de la semana próxima, y así tienes tiempo de hablar con tu abogado y de contactar con tu representante sindical. También debo poner mucho énfasis en que no le dirijas la palabra a Melissa Paquette.

¿Qué dice ella? ¿Que yo le escribí el trabajo?

Melissa quebrantó el código de honor presentando un trabajo que no era obra suya. Puede caerle un semestre de suspensión, aunque, a nuestro entender, hay circunstancias atenuantes. Así, por ejemplo, tu relación sexual con ella, a todas luces inadecuada.

¿Eso es lo que ella dice?

Mi consejo, Chip, es que deberías presentar tu dimisión en este mismo momento.

¿Eso es lo que ella dice?

No tienes elección.

En el patio, se intensificaba el ruido cadente de la nieve fundida. Encendió un cigarrillo en el fuego delantero de la cocina, inhaló dos veces el humo, con esfuerzo, y aplastó la brasa contra la palma de la mano. Lanzó un quejido, con los dientes apretados, abrió el congelador y colocó la palma de la mano en una superficie libre y allí la dejó durante un minuto, oliendo a carne quemada. Luego agarró un cubito de hielo, fue al teléfono y marcó el código de área de otros tiempos, el número de antaño.

Cuando sonó el teléfono en St. Jude, plantó un pie en el *Times* de la basura y lo hundió un poco más en el cubo, para perderlo de vista.

—Ay, Chip —dijo Enid—, ¡ya se ha ido a la cama!

—No lo despiertes —dijo Chip—. Dile que...

Pero Enid dejó el teléfono y se puso a gritar «¡Al, Al!» a niveles que fueron en disminución según se alejaba del aparato y subía las escaleras camino del dormitorio. Chip la oyó gritar: «¡Es Chip!» Oyó también el clic del interruptor al cambiar la conexión al dormitorio. Oyó que Enid le daba instrucciones a Alfred:

—No le cuelgues nada más decirle hola. Hazle un poco la visita.

El paso del auricular de una mano a otra quedó marcado por un ruido rasposo.

—Sí —dijo Alfred.

—Eh, papá, feliz cumpleaños —dijo Chip.

—Sí —volvió a decir Alfred, exactamente en el mismo tono plano de la primera vez.

—Perdona que llame tan tarde.

—No estaba durmiendo —dijo Alfred.

—Tenía miedo de despertarte.

—Sí.

—Bueno, pues felices setenta y cinco.

—Sí.

Chip tenía la esperanza de que Enid llegara a la cocina, con su cadera lesionada y todo, lo más pronto posible, para sacarlo del aprieto.

—Bueno, seguro que estás cansado, y es tardísimo —dijo—. No hace falta forzar la conversación.

—Gracias por llamar —dijo Alfred.

Enid estaba ya en la otra línea.

—Tengo que fregar unos cuantos platos —dijo—. ¡Menuda fiesta ha habido aquí esta noche! Cuéntale a Chip la fiesta que hemos tenido, Al. Voy a dejar el teléfono ahora.

Colgó.

—Habéis tenido una buena fiesta —dijo Chip.

—Sí. Han venido a cenar los Root, y luego hemos estado jugando al bridge.

—¿Con pastel incluido?

—Tu madre ha hecho un pastel.

La punta del cigarrillo había abierto un orificio en el cuerpo de Chip, y por él podían penetrarlo muy dolorosos males, o escapársele, con no menor daño, factores vitales. Corría entre sus dedos el agua del cubito de hielo al derretirse.

—¿Qué tal se te ha dado el bridge?

—Lo de siempre. Con las cartas que a mí me tocan no se puede jugar.

—Vaya, qué injusticia, precisamente el día de tu cumpleaños.

—Imagino —dijo Alfred— que estarás preparándote ya para el semestre que se avecina.

—Claro, claro. Aunque no, en realidad. De hecho, estoy a punto de tomar la decisión de no dar clase este semestre.

—No te he oído.

Chip levantó la voz.

—Digo que he decidido no dar clase este semestre próximo. Voy a tomármelo libre para dedicarme a escribir.

—Si no recuerdo mal, ya falta poco para que te nombren titular.

—Sí, en abril.

—Me parece a mí que teniendo posibilidades de que le concedan a uno la titularidad, lo lógico es quedarse dando clase.

—Sí, claro.

—Si ven que estás haciendo un esfuerzo grande, no tendrán ninguna excusa para no hacerte titular.

—Claro, claro —dijo Chip, afirmando al mismo tiempo con la cabeza—. Pero también tengo que prepararme para la posibilidad de que no me la den. Y, bueno, un productor de Hollywood me ha hecho una oferta muy atractiva. Una amiga de college de Denise, que se dedica a la producción cinematográfica. Algo muy lucrativo en potencia.

—Cuando alguien trabaja bien, resulta casi imposible ponerlo en la calle —dijo Alfred.

—Sí, pero el proceso se puede complicar por razones de política interna. Hay que tener preparadas otras opciones.

—Como tú digas —dijo Alfred—. A mí, sin embargo, me parece que lo mejor es elegir un proyecto y atenerse a él. Si no te sale bien, siempre puedes hacer otra cosa. Has trabajado muchos años para llegar a donde estás. Otro semestre de trabajo duro no va a hacerte ningún daño.

—Claro.

—Ya descansarás cuando tengas la titularidad. Entonces estarás a salvo.

—Claro.

—Bueno, gracias por llamar.

—Vale. Feliz cumpleaños, papá.

Chip soltó el teléfono, salió de la cocina, agarró por el gañote una botella de Fronsac y la proyectó con todas sus fuerzas contra el filo de la mesa del comedor. Rompió una segunda botella. Las seis restantes las hizo añicos de dos en dos, agarrándolas por el cuello.

La cólera fue su impulso durante las semanas siguientes. Con una parte de los diez mil dólares que le prestó Denise contrató a un abogado para que amenazara a D—— con una demanda por finalización indebida de contrato. Era tirar el dinero, pero le sentó muy bien hacerlo. Fue a Nueva York y abonó cuatro mil dólares en concepto de traslado y adelanto por un subarriendo en la calle Nueve. Se compró ropa de cuero y se perforó las orejas. Consiguió más dinero de Denise y volvió a establecer contacto con un antiguo compañero de la universidad que dirigía el *Warren Street Journal*. Fantaseó su futura venganza en términos de escribir un guión donde quedaran al descubierto el narcisismo y la deslealtad de Melissa Paquette, así como la hipocresía del claustro de profesores; quería que quienes le habían hecho tanto daño vieran la película, se reconociesen y sufrieran. Coqueteó con Julia Vrais y quedó una vez con ella y al poco tiempo se estaba gastando doscientos o trescientos dólares a la semana en darle de comer y sacarla por ahí. Consiguió más dinero de Denise. Se colgó cigarrillos del labio inferior y escribió de una sentada el borrador de un guión. En los asientos traseros de los taxis, Julia le apretaba la cara contra el pecho y le tiraba del cuello de la camisa. Daba el treinta y el cuarenta por ciento de propina a taxistas y camareros. Chip citaba a Shakespeare y Byron en contextos chuscos. Consiguió más dinero de Denise y llegó a la conclusión de que su hermana tenía razón, que eso de que lo hubieran despedido era lo mejor que le había pasado en la vida.

Ni que decir tiene que no fue tan ingenuo como para tomarse en serio las efusiones profesionales de Eden Procuro. Pero cuantas más veces se entrevistaba con Eden, más se convencía de que su guión sería leído con benevolencia. Para empezar, Eden era como una madre para Julia. Sólo le llevaba cinco años, pero se le había metido en la cabeza introducir grandes reajustes y mejoras en su ayudante personal. Chip nunca logró quitarse de encima la sensación de que a Eden le habría encantado poner a algún otro en el papel de hombre a quien Julia amaba (normalmente, al referirse a Chip lo llamaba el «galán» de Julia, no su «novio», y cuando hablaba del «talento sin encauzar» que poseía Julia, y de su «falta de confianza», Chip siempre sospechó que el criterio para la elección de pareja era precisamente uno de los aspectos que Eden pretendía mejorar en su ayudante), pero Julia le aseguró que Eden lo encontraba «verdaderamente encantador» y «listísimo». El marido de Eden, Doug O'Brian, sí que estaba sin duda alguna de su parte, en cambio. Doug era especialista en fusiones y adquisiciones de compañías y trabajaba en Bragg Knuter & Speigh. Él fue quien le consiguió a Chip el trabajo de corrector de textos legales con horario flexible y quien puso todo de su parte para que le pagasen la tarifa horaria máxima. Cada vez que Chip intentaba darle las gracias por ese gran favor, Doug hacía alto ahí con las manos y le decía: «Aquí quien tiene el doctorado eres tú. Y ese libro tuyo es de un inteligente que se pone uno nervioso leyéndolo.» Chip pronto se convirtió en asiduo de las cenas que daban los O'Brien-Procuro en Tribeca y de las fiestas de fin de semana que celebraban en su casa de Quogue. Beberse su alcohol y comerse su comida de cáterin era como degustar por anticipado un éxito cien veces más dulce que la titularidad. Era como estar viviendo la verdadera vida.

Luego, una noche, Julia lo hizo tomar asiento y le dijo que había un hecho muy importante que hasta entonces no le había mencionado, y que prometiera que no iba a enfadarse. El hecho importante era que, en cierto modo, estaba casada. ¿Le sonaba el viceprimer ministro del pequeño país báltico de Lituania, un tal Gitanas Misevičius? Bueno, pues el hecho era que Julia se había casado con él hacía un par de años, y que esperaba que Chip no se enfadara muchísimo con ella.

Su problema con los hombres era porque se había criado sin ninguno alrededor. Su padre vendía barcos y era maníaco depresivo y Julia sólo lo había visto una vez y ojalá no lo hubiese visto nunca. Su madre, ejecutiva de una compañía de productos cosméticos, le había endilgado la niña a su propia madre, que la metió en un colegio de monjas católicas. La primera experiencia de alguna importancia que Julia tuvo con los hombres fue ya en la universidad. Luego se mudó a Nueva York y entró en el largo proceso de ir acostándose con todos y cada uno de los chicos maravillosos, terminalmente incapaces de compromiso alguno, sádicos a ratos y carentes de honradez que moraban en el municipio de Manhattan. A los veintiocho años no tenía muchos motivos para estar contenta, quitando que era guapa, que vivía en un buen piso y que disfrutaba de un trabajo estable (consistente, sin embargo, en pasarse la mayor parte del tiempo contestando el teléfono). De modo que conoció a Gitanas en un club y Gitanas la tomó en serio y al poco tiempo se le presentó con un diamante auténtico y de buen tamaño, en montura de oro blanco, y parecía enamorado de ella (y el tipo era, a fin de cuentas, un embajador como Dios manda, ante las Naciones Unidas; Julia incluso había asistido a un discurso suyo, en bramidos bálticos, a la Asamblea General), y ella hizo lo posible por corresponderle en el mismo nivel de bondad. Fue todo lo Agradable que le resultó Humanamente Posible. Se negó a desilusionar a Gitanas, aunque, visto el asunto en retrospectiva, probablemente más le valdría haberlo desilusionado. Gitanas era bastante mayor que ella y muy atento en la cama (no tanto como Chip, se apresuró a añadir Julia, pero tampoco un horror, comprendes) y daba la impresión de estar muy convencido en lo tocante al matrimonio, de modo que un día fueron juntos al Ayuntamiento. Julia habría aceptado incluso lo de «señora Misevičius» si no hubiera sonado tan idiota. Una vez casada, se dio cuenta de que los suelos de mármol, los aparadores de laca negra y los complementos, muy modernos y voluminosos, de cristal ahumado, que tenía el embajador en su casa del East River, no resultaban tan divertidos, por lo *camp*, como a ella le habían parecido en principio. Eran más bien insoportablemente deprimentes. Hizo que Gitanas vendiera el piso (el jefe de la delegación paraguaya se lo quedó encantadísimo) y comprase algo más pequeño y más bonito en la calle Hudson, donde están algunos de los buenos clubes. Le encontró un buen peluquero a Gitanas y le enseñó a comprarse ropa de tejidos naturales. Las cosas parecían ir estupendamente. Pero tenía que haber habido algún momento en que Gitanas y ella se entendieran mal, porque cuando el partido político del embajador (el VIPPPAKJRIINPB17: el «Único y Verdadero Partido inquebrantablemente consagrado a los ideales revanchistas de Kazimieras Jaramaitis y el plebiscito "independiente" del diecisiete de abril») perdió las elecciones de septiembre y lo llamó a la capital, Vilnius, para que se incorporara a la oposición parlamentaria, Gitanas dio por sentado que Julia lo acompañaría. Y Julia comprendía perfectamente el concepto de que marido y mujer son una misma carne, etcétera; pero Gitanas, en su descripción del Vilnius postsoviético, le había pintado la constante falta de carbón, los cortes en el suministro eléctrico, las lloviznas heladas, los tiroteos desde vehículos en marcha y la fuerte dependencia alimenticia de la carne de caballo. Y le hizo una cosa terrible a Gitanas, seguramente la cosa más terrible que le había hecho a nadie nunca. Dijo que sí, que se iba con él a Vilnius, y ocupó su asiento de primera clase en el avión, pero se las apañó para escabullirse antes del despegue e hizo que le cambiaran el número de teléfono y le pidió a Eden que le dijese a Gitanas, cuando la llamase, que había desaparecido sin dejar rastro. Seis meses más tarde, Gitanas aprovechó un fin de semana para plantarse en Nueva York, logrando que Julia se sintiera muy, pero que muy culpable. Y sí, bueno, era indiscutible, había hecho el ridículo más espantoso. Pero Gitanas se puso a dedicarle epítetos altamente desagradables y la abofeteó con bastante fuerza. Como consecuencia de lo anterior, ya era imposible que continuaran juntos, pero ella pudo seguir viviendo en el piso de la calle Hudson a cambio de no tramitar el divorcio, por si Gitanas tenía que buscar asilo urgente en Estados Unidos, ya que, al parecer, las cosas iban de mal en peor allá en Lituania.

Total, que ésa era la historia de Julia y Gitanas, y esperaba que Chip no se enfadase demasiado con ella.

Y no se enfadó. De hecho, al principio no sólo no le importó que Julia estuviese casada, sino que le encantó el asunto. Lo fascinaban sus anillos, y la convenció de que debía acostarse con ellos puestos. En las oficinas del *Warren Street Journal*, donde había muchos momentos en que no llegaba a sentirse lo suficientemente transgresor, como si en lo más profundo de sí mismo siguiera siendo el típico muchachito encantador del Medio Oeste, se complacía en dar a entender que estaba «poniéndole los cuernos» a un hombre de Estado europeo. En su tesis doctoral (*Irguiose dubitativo: ansiedades del falo en el teatro Tudor*) trató largo y tendido sobre los cuernos y, aunque lo disimulaba bajo el manto de su rechazo de la erudición moderna, lo cierto era que la idea del matrimonio como derecho de propiedad, o del adulterio como robo, le producía considerable excitación.

No pasó mucho tiempo, sin embargo, antes de que las correrías furtivas por el coto vedado del diplomático dejaran sitio a ciertas fantasías burguesas en las que Chip se convertía en marido de Julia, es decir: en su dueño y señor. Le entraron unos celos espasmódicos de Gitanas Misevičius, lituano y hazmerreír, desde luego, pero también político de éxito y persona cuyo nombre Julia no podía pronunciar sin sentirse abochornada y culpable. En Nochevieja, Chip le preguntó a Julia a bocajarro si alguna vez se le pasaba por la cabeza la idea de divorciarse. Ella le contestó que le gustaba el piso («¡A barato no hay quien lo gane!») y que no le apetecía ponerse a buscar otro en ese momento.

Pasado Año Nuevo, Chip retomó su borrador de *La academia púrpura*, cuyas últimas veinte páginas terminó en un arranque de euforia, dándole sin parar al teclado del ordenador, y se le plantearon muchos problemas. De hecho, aquello parecía, más que ninguna otra cosa, una chapuza comercialota y sin coherencia alguna. Durante el mes que invirtió en la muy costosa celebración de haber logrado terminar el texto, empezó a pensar que eliminando los elementos más trillados —la conspiración, el accidente de automóvil, las lesbianas malísimas—, aquello seguiría siendo una buena historia. Pero resultó que sin los elementos más trillados la historia se quedaba en nada.

Con intención de rescatar sus ambiciones intelectuales y artísticas, añadió un largo monólogo teórico a guisa de apertura. Pero le salió tan ilegible, que cada vez que encendía el ordenador tenía que ponerse a remendarlo. Pronto resultó que estaba invirtiendo el grueso de su jornada de trabajo en compulsivos esfuerzos por perfilar el monólogo. Y, cuando renunció a toda posibilidad de seguir acortándolo sin sacrificar material temático importante, se puso a jugar con los márgenes y las particiones de palabra para lograr que el monólogo terminase en la página 6, sin saltar a la 7. Sustituyó la palabra «continuar» por «seguir», para ahorrar tres espacios, dando lugar así a que la palabra «(trans)acciones» se partiera entre las dos *ces*, tras lo cual se produjo un reajuste en cascada, con líneas más largas y más eficaces particiones. Pero enseguida llegó a la conclusión de que «seguir» rompía el ritmo de la frase y que «(trans)acciones» no toleraba ninguna clase de partición, y pasó minuciosa revista al texto en busca de palabras largas que sustituir con sinónimos más cortos, tratando mientras de mantenerse en el convencimiento de que las estrellas y los productores, todos con sus chaquetas de Prada, se lo iban a pasar estupendamente leyendo seis páginas (¡nunca siete!) de indigestas lucubraciones académicas.

Una vez, cuando Chip era pequeño, en St. Jude, hubo eclipse total de sol en el Medio Oeste, y una niña de uno de los pueblecitos de la otra orilla del río se sentó fuera de su casa y, haciendo caso omiso de las miles y miles de advertencias recibidas, estuvo escudriñando el menguante del sol hasta que se le quemaron las retinas.

—No sentí ningún dolor —declaró la niña ciega al *St. Jude Chronicle*—. No sentí nada.

Cada día que Chip gastaba embelleciendo el cadáver de un monólogo muerto en trágicas circunstancias era un día más en que sus gastos de alquiler, manutención y esparcimiento se sufragaban, en buena parte, con el dinero de su hermanita pequeña. Y, no obstante, no puede decirse que ello le infligiera graves padecimientos, al menos mientras el dinero le duró. Iban pasando los días. Rara vez se levantaba antes de las doce. Comía y bebía a gusto, se vestía lo suficientemente bien como para convencerse a sí mismo de que no era una masa gelatinosa y temblona, e incluso, tres o cuatro noches, se las apañó para esconder lo peor de su ansiedad y su mal fario y pasárselo estupendamente con Julia. Dado que la suma que le debía a Denise era grande comparada con lo que ganaba corrigiendo textos, pero pequeña para lo que se pagaba en Hollywood, cada vez trabajaba menos para Bragg Knuter & Speigh. Sólo tenía un motivo de queja: la salud. En un día cualquiera de verano, habiendo consistido su jornada de trabajo en volver a leer el Acto I y quedarse otra vez atónito ante su irredimible falta de calidad —y echarse a la calle a tomar un poco el aire—, bien podía bajar por Broadway hasta el parque de Battery y sentarse en un banco con la fresca brisa procedente del Hudson metiéndosele por el cuello de la camisa y escuchar el incesante fut-fut del tráfico de helicópteros y los gritos distantes de los niñitos millonarios de Tribeca y dejarse abrumar por la culpa. Tanto vigor y tanta fuerza como poseía, para nada: ni aprovechar, para hacer algo válido, lo bien que había dormido la noche anterior, y cómo se había librado de un catarro, ni meterse de lleno en el espíritu festivo y ponerse a coquetear con desconocidas y echarse al coleto unos cuantos margaritas. Más le habría valido, pensaba, cumplir ahora con lo de ponerse enfermo y sufrir muchísimo en pleno fracaso, reservando su salud y su vitalidad para alguna fecha posterior, si alguna vez, por inimaginable que ello resultara en ese momento, dejaba de ser un fracasado. De todas las cosas que estaba tirando por la ventana —el dinero de Denise, la buena voluntad de Julia, su propia formación y su propio talento, las oportunidades que ofrecía la más sostenida expansión económica de la historia de Estados Unidos—, lo que más daño le hacía, allí al sol, junto al río, era su despampanante salud.

Se quedó sin dinero un viernes de julio. Ante la perspectiva de un fin de semana con Julia, que podía costarle quince dólares en el bar de un cine, expurgó el marxismo de su librería y lo llevó todo junto, en dos pesadísimas bolsas, a la Strand. Los libros conservaban sus sobrecubiertas originales y sumaban un total de 3.900 dólares a precio de catálogo. Uno de los compradores de la Strand les echó un vistazo, sin mucho interés, y emitió su veredicto:

—Sesenta y cinco.

Chip se rió por lo bajo, en su deseo de no discutir; pero la edición británica de *Razón y racionalización de la sociedad*, de Jürgen Habermas, que no había logrado leer, y mucho menos anotar, estaba impecable y le había costado 95 libras. No se pudo privar de señalarle este extremo al comprador, a guisa de ejemplo.

—Pruebe en otro sitio, si le parece —dijo el librero, con la mano suspendida sobre la caja registradora.

—No, no, tiene usted razón —dijo Chip—. Sesenta y cinco está muy bien.

Era patéticamente obvio su convencimiento previo de que aquellos libros iban a proporcionarle cientos de dólares. Se dio media vuelta, para no ver el reproche que había en sus lomos, pero recordando muy bien que cada uno de ellos había significado, en la librería, una promesa de crítica radical de la sociedad tardocapitalista, y con qué alegría se los había llevado a casa. Pero Jürgen Habermas no tenía las piernas largas y bien torneadas de Julia; ni Theodor Adorno emanaba el aroma frutal de lujuria adaptable que desprendía Julia; ni Fred Jameson dominaba las mismas artimañas que la lengua de Julia. A principios de octubre, cuando envió el manuscrito final a Eden Procuro, Chip ya había vendido el feminismo, el formalismo, el estructuralismo, el postestructuralismo, la teoría freudiana y todos los homosexuales. Para sufragar el almuerzo con sus padres y Denise sólo le quedaban sus amados historiadores de la cultura y su edición crítica Arden de las obras completas de Shakespeare en tapa dura; y dado que en Shakespeare habitaba cierta magia —aquellos volúmenes, todo iguales, de color azul pálido, eran como un archipiélago de refugios en la tempestad—, metió sus Foucault y sus Greenblatt y sus hooks y sus Poovey en bolsas de supermercado y los vendió todos por 115 dólares.

Se gastó sesenta dólares en cortarse el pelo, en dulces, en un estuche quitamanchas y en dos copas en la Cedar Tavern. En agosto, que era cuando había invitado a sus padres, contó con que para cuando llegaran éstos Eden Procuro ya habría leído su guión y ya le habría entregado un adelanto, pero a la hora de la verdad el único logro que estaba en condiciones de ofrecerles era una comida en casa. Fue a una tienda de ultramarinos del East Village donde solían tener unos tortellini excelentes y buen pan de corteza. Tenía en mente una comida italiana, rústica y asequible. Pero resultó que la tienda había cerrado y que no le apetecía andar diez manzanas hasta una panadería donde le constaba que tenían buen pan, así que anduvo a la deriva por el East Village, entrando y saliendo de diversas tiendas de alimentación más bien meretricias, sopesando quesos, rechazando panes, examinando tortellini de baja extracción. Al final abandonó la idea italiana y optó por la única comida que se le ocurrió: una ensalada de arroz salvaje, aguacate y pechuga de pavo ahumada. El problema era encontrar aguacates maduros. Tienda tras tienda, o no tenían aguacates, o los tenían duros como nueces. Encontró aguacates maduros del tamaño de un limón pequeño y a 3,89 dólares la pieza. Se quedó pensando qué hacer, con cinco aguacates en la mano. Los soltó, los volvió a coger, los volvió a soltar, y no había modo de que tomara una decisión. Logró capear un espasmo de odio hacia Denise por haberlo hecho sentirse tan culpable que no le había quedado más remedio que invitar a sus padres a comer. Era como si en toda su vida no hubiese comido más que ensalada de arroz salvaje o tortellini, tan en blanco tenía la imaginación culinaria.

A eso de las ocho de la tarde se encontró frente a la nueva Pesadilla del Consumo («todo... por un precio»), en Grand Street. La humedad se había apoderado del ambiente, un viento sulfuroso e incómodo, procedente de Rahway y Bayonne. La superalta sociedad de SoHo y Tribeca entraba y salía apresuradamente por las puertas de acero pulido de la Pesadilla. Los hombres eran de diversos tamaños y formas, pero las mujeres eran todas esbeltas y de treinta y seis años; muchas eran esbeltas y estaban preñadas. Chip tenía el cuello irritado por el corte de pelo, y no se sentía con ánimo para ser visto por tantas mujeres perfectas. Pero más allá de la puerta de la Pesadilla atisbó un cajón de verduras con el rótulo ACEDERAS de Belice, 0,99 dólares.

Entró en la Pesadilla, agarró una cesta y metió en ella un manojo de acederas. Noventa y nueve centavos. Instalada en lo alto del café bar de la Pesadilla había una pantalla donde iban apareciendo las cuentas irónicas de RECAUDACIÓN BRUTA DEL DÍA y BENEFICIOS DEL DÍA y DIVIDENDO POR ACCIÓN EXTRAPOLADO TRIMESTRAL (Cálculo no oficial y no vinculante según resultados del trimestre anterior / Este dato sólo se suministra a título de diversión) y VENTAS DE CAFÉ EN ESTE ESTABLECIMIENTO. Chip, sorteando paseantes y antenas de teléfonos móviles, logró llegar a la pescadería, donde vio, como en un sueño, SALMÓN NORUEGO DE PALANGRE, a un precio razonable. Señaló un filete de tamaño medio y al «¿Algo más?» del pescadero contestó con un escueto, casi altanero «Es todo, gracias».

El precio del filete que le entregaron hermosamente envuelto en papel era de 78,40 $. Afortunadamente, el descubrimiento lo dejó sin habla, porque ya estaba a punto de montar el número cuando se dio cuenta de que la Pesadilla marcaba los precios por cuarto de libra. Dos años antes, dos meses antes, Chip nunca habría cometido un error así.

—Ajá —dijo, palmeando el filete de setenta y ocho dólares como si hubiera sido un guante de béisbol.

Puso una rodilla en el suelo, se tocó los cordones de la bota y se metió el salmón dentro de la cazadora de cuero y debajo del jersey y, luego, se remetió el jersey por dentro del pantalón y volvió a ponerse de pie.

—Papá, quiero pez espada —dijo una vocecilla a su espalda.

Chip dio dos pasos, y el salmón, que pesaba bastante, se le salió del jersey y le cubrió la entrepierna, durante un inestable momento, como una coquilla.

—¡Papá! ¡Quiero pez espada!

Chip se llevó la mano a la entrepierna. Al tacto, el filete en suspensión parecía un pañal fresco y bien cargadito. Volvió a colocárselo contra los abdominales y se metió el jersey más a fondo en el pantalón, se subió la cremallera de la cazadora hasta arriba, y avanzó resueltamente hacia donde Dios le dio a entender. Hacia la góndola de lácteos. En ella encontró una selección de *crèmes fraîches* francesas que, a juzgar por el precio, tenían que haber llegado por transporte supersónico. La menos inasequible nata doméstica tenía el acceso cortado por un tipo con gorra de los Yankees que le aullaba a su móvil mientras una niña, probablemente suya, se dedicaba a arrancar los precintos de aluminio de las botellas de medio litro de yogur francés. Ya había arrancado como cinco o seis. Chip se inclinó hacia delante para alcanzar su objetivo desde detrás del hombre del teléfono móvil, pero notó la resistencia del pescado que llevaba en la tripa.

—Perdón —dijo.

Como un sonámbulo, el hombre se hizo a un lado.

—¡Te digo que le den por el culo! ¡Que le den por el culo! ¡Que le den por el culo al gilipollas ese! No llegamos a cerrar. No hay nada firmado. Baja otros treinta, el gilipollas ese, ya verás. No, cariño, no las rompas, que si las rompes tenemos que pagarlas. Te digo que es un festival comprador, igual que ayer. No cierres nada hasta que la cosa toque fondo. ¡Nada de nada!

Chip se estaba acercando a las cajas con cuatro cosas presentables en la cesta, cuando vislumbró una cabeza con un pelo tan de moneda recién acuñada, que no podía pertenecer más que a Eden Procuro. Y ella era, en efecto: esbelta, treinta y seis años, ajetreada. Su hijo pequeño, Anthony, iba sentado en la parte de arriba del carrito de la compra, de espaldas a una avalancha de más de mil dólares en mariscos, quesos, carnes y caviares. Eden iba ligeramente inclinada hacia Anthony, dejándolo tirar de las solapas, entre marrón y gris, de su traje italiano y llenarle la blusa de babas, mientras ella, sosteniéndolo por detrás del crío, hojeaba un guión que lo único que podía pedirle Chip al cielo era que no fuese el suyo. La humedad del salmón noruego de palangre estaba impregnando el envoltorio, porque el calor corporal de Chip había hecho que empezaran a derretirse las grasas que hasta entonces habían conferido cierto grado de rigidez al filete. Quería salir de la Pesadilla, pero no estaba con ánimos para hablar de *La academia púrpura* en las circunstancias actuales. Dando un viraje, se internó en un pasillo muy frío, donde vendían *gelati* en envases blancos rotulados en letra negra muy pequeña. Un hombre con chaqueta y corbata estaba en cuclillas junto a una niña con el pelo como el cobre cuando resplandece al sol. Era April, la hija de Eden. Y el hombre era Doug O'Brien, el marido de Eden.

—¡Chip Lambert! ¿Qué tal? —dijo Doug.

Chip no encontró el modo de sostener su cesta de la compra y estrechar la cuadrada mano de Doug al mismo tiempo sin adoptar una postura de niñita.

—April está eligiendo su postre para la cena —dijo Doug.

—Mis tres postres —dijo April.

—Vale, tus tres postres.

—¿Qué es éste? —dijo April, señalando con el dedo.

—Sorbete de granadina y capuchina, mi amor.

—¿Me va a gustar?

—Eso no lo sé.

Doug, que era más joven y más bajo que Chip, insistía tantísimo en su estupefacción ante el cacumen de Chip y había dado tantas pruebas de no poner en ello ninguna clase de ironía ni de condescendencia, que Chip había acabado por aceptar plenamente el hecho de que Doug lo admiraba. Una admiración que resultaba más desalentadora que el menosprecio.

—Me cuenta Eden que ya has terminado el guión —dijo Doug, mientras recomponía la fila de helados que April acababa de desordenar—. Me tienes alucinado, tío. Es un proyecto que suena fenomenal.

April acunaba tres envases con reborde contra su pichi de pana.

—¿Qué es lo que has elegido? —le preguntó Chip.

April se encogió de hombros extremadamente, en un encogimiento de principiante.

—Llévaselos a mamá, mi amor, que yo tengo que hablar con Chip.

Mientras April se alejaba por el pasillo, a Chip le habría gustado saber cómo sería eso de tener un niño, de que lo necesiten a uno todo el rato, en lugar de estar necesitando a alguien todo el rato.

—Te quería preguntar una cosa —dijo Doug—. ¿Tienes un segundo? Vamos a suponer que alguien te ofrece una nueva personalidad. ¿La aceptarías? Vamos a suponer que alguien viene y te dice: «te puedo recablear la cabeza como más te guste». ¿Estarías dispuesto a pagar para que te lo hicieran?

El envoltorio del salmón se había adherido a la piel de Chip por efecto del sudor, y, además, se estaba rompiendo por la parte de abajo. No era el momento ideal para suministrarle a Doug la compañía intelectual que parecía estar deseando, pero Chip quería que Doug lo siguiera teniendo en muy alta consideración y animase a Eden a comprarle el guión. Le preguntó que por qué lo preguntaba.

—Por mi mesa pasan un montón de cosas rarísimas —dijo Doug—. Sobre todo ahora, con todo el dinero que está llegando de fuera. Todo eso de las punto-com, claro. Seguimos poniendo el máximo empeño en convencer al norteamericano medio de que gestione beatíficamente su propia ruina financiera. Pero la biotecno es fascinante. He leído folletos enteros sobre las calabazas con alteraciones genéticas. Parece ser que en este país comemos muchísima más calabaza de lo que yo suponía, y las calabazas son propensas a más enfermedades de las que uno se imagina al verlas por fuera, con lo robustas que son. Es eso o... Southern Cucumtech está muy sobrevalorado a treinta y cinco por acción. Yo qué sé. Pero, oye, Chip, lo del cerebro sí que me llama la atención, tío. La cosa rara número uno es que estoy autorizado a hablar de ello. Es de dominio público. ¿No te parece raro?

Chip estaba intentando mirar a Doug con cara de máximo interés, pero los ojos se le comportaban como niños pequeños, se le iban corriendo por los pasillos. Por decirlo de algún modo, era como estuviera a punto de salir de su cuerpo y dejarlo abandonado.

—Sí que es raro.

—La idea —dijo Doug— es rehabilitar lo básico del cerebro. Dejar la cáscara y el tejado, cambiar las paredes y las cañerías. Eliminar el rinconcito del comedor, que no sirve para nada, e instalar en él un moderno interruptor de circuito.

—Ajá.

—Conservas tu atractiva fachada —dijo Doug—. Sigues pareciendo la mar de serio y la mar de intelectual, con el toque nórdico, por fuera. Un tipo sobrio e instruido. Pero por dentro eres más habitable. Un salón muy grande, con una consola de juegos. Más espacio para la cocina, y mayor facilidad de manejo. Tienes triturador de basura en el fregadero, horno de convección. Dispensador de cubitos de hielo en la puerta del frigorífico.

—Pero ¿sigo identificando mi propia persona?

—¿Quieres identificarte? Los demás sí te identificarán, por lo menos en lo que se refiere al aspecto exterior.

El rótulo, aparatoso y destellante, de RECAUDACIÓN BRUTA DEL DÍA hizo una pausa en 444.447,41 $ y luego siguió subiendo.

—Mi mobiliario es mi personalidad —dijo Chip.

—Digamos que es una rehabilitación gradual. Digamos que los obreros trabajan con mucho aseo. Te hacen limpieza en el cerebro todas las noches, cuando vuelves a casa del trabajo, y no está permitido molestarte durante los fines de semana, por ordenanza local y por las restricciones normales pactadas. Todo sucede por fases, te vas haciendo a ello. O ello se va haciendo a ti, si quieres. Nadie te obliga a comprar muebles nuevos.

—¿Tu pregunta es hipotética?

Doug levantó un dedo en el aire.

—Lo único es que puede haber algo de metal en el asunto. Cabe la posibilidad de que se activen las alarmas a tu paso, en el aeropuerto. Me figuro, además, que también puedes recibir alguna emisora de radio, en según qué frecuencias. El Gatorade y otras bebidas de alto valor electrolítico pueden plantear algún problema. Pero ¿qué contestas?

—Me estás tomando el pelo, ¿verdad?

—Compruébalo tú mismo en la página web. Ya te daré la dirección. «Las consecuencias son inquietantes, pero nada podrá detener esta nueva tecnología.» Algo así podría ser la divisa de nuestra época, ¿no te parece?

El hecho de que un filete de salmón estuviera ahora escurriéndosele a Chip por los calzoncillos, como una babosa ancha y calentita, parecía guardar una estrecha relación con su cerebro y con cierto número de decisiones equivocadas que éste había tomado. En el plano racional, Chip sabía que Doug no tardaría en dejarlo ir e incluso que acabaría escapando de la Pesadilla del Consumo para meterse en el servicio de algún restaurante y sacarse el filete de donde estaba y recuperar sus plenas facultades críticas; que llegaría un momento en que ya no estaría allí, entre *gelati* carísimos, con un trozo de pescado tibio en los calzoncillos, y que ese momento sería de extraordinario alivio. No obstante, por ahora seguía habitando un momento anterior, mucho menos placentero, desde cuyo punto de vista la posibilidad de hacerse con un nuevo cerebro era justo lo que le hacía falta.

—¡Los postres eran como de un palmo de altos! —exclamó Enid, a quien el instinto le decía que a Denise no iban a interesarle nada las pirámides de gambas—. Todo elegante, elegante. ¿Has visto alguna vez una cosa así?

—Seguro que todo estuvo estupendo —dijo Denise.

—Los Driblett hacen las cosas de superlujo, no te quepa duda. Nunca he visto un postre de semejante calibre. ¿Tú sí?

Los sutiles signos de que Denise estaba ejerciendo la facultad de la paciencia —los suspiros algo más profundos de lo normal, el modo de depositar el tenedor en el plato, sin hacer ruido, y beber a continuación un sorbo de vino y volver a poner el vaso en la mesa— le resultaban a Enid más dolorosos que cualquier explosión violenta.

—He visto postres bastante altos —dijo Denise.

—¿No son tremendamente difíciles de preparar?

Denise cruzó las manos sobre el regazo y exhaló lentamente el aire.

—Tiene que haber sido una fiesta estupenda. Me alegro mucho de que lo pasarais bien.

Enid, desde luego, lo había pasado la mar de bien en la fiesta de Dean y Trish, y le habría encantado que Denise hubiera podido asistir, para que hubiese visto con sus propios ojos lo elegante que era todo. Pero también se temía que a Denise la fiesta no le habría parecido nada elegante, que habría desmenuzado todos sus aspectos especiales hasta convertirlos en puras y simples cosas ordinarias. El gusto de su hija constituía un punto ciego en la visión de Enid, una especie de agujero en su experiencia por el que sus propios placeres siempre parecían a punto de sumirse y desaparecer.

—Ya se sabe: sobre gustos no hay nada escrito —dijo.

—Eso es verdad —dijo Denise—; pero hay gustos y gustos.

Alfred se mantenía muy encorvado sobre el plato, para estar seguro de que todo pedacito de salmón o de judías verdes que se le cayera del tenedor aterrizaría en loza. Pero escuchaba.

—Ya está bien —dijo.

—Eso pensamos todos —dijo Enid—. Todo el mundo cree que su gusto es el mejor.

—Pero casi todo el mundo se equivoca —dijo Denise.

—Todo el mundo está en su derecho a tener su propio gusto —dijo Enid—. En este país, cada persona es un voto.

—¡Por desgracia!

—Ya está bien —le dijo Alfred a Denise—. ¡Nunca ganarás!

—Hablas como una verdadera esnob —dijo Enid.

—Madre, te pasas el día diciéndome cuánto te gusta la buena comida casera. Bueno, pues a mí me pasa lo mismo. Hay una especie de vulgaridad disneyiana en un postre de un palmo de alto. Tú eres mejor cocinera que...

—Ah, no. —Enid negó con la cabeza—. Yo de cocinera no tengo nada.

—¡Eso es totalmente falso! ¿Dónde crees que yo...?

—No de mí —la interrumpió Enid—. No sé de dónde habrán sacado mis hijos sus talentos. Pero no de mí. Yo de cocinera no tengo nada. Pero nada, nada.

(¡Qué extraño placer le producía estar diciendo aquello! Era como verter agua hirviendo en una erupción cutánea por contacto con hiedra venenosa.)

Denise se puso derecha en la silla y levantó su vaso. Enid, que toda su vida había sido incapaz de no observar lo que ocurría en los platos ajenos, la había visto comer un trocito de salmón que no daba para más allá de tres bocados, una pizca de ensalada y una corteza de pan. Raciones que, por su tamaño, eran en sí un reproche a las raciones de Enid. Ahora, el plato de Denise estaba vacío, y no había repetido de nada.

—¿Eso es todo lo que vas a comer? —dijo Enid.

—Sí. Con esto he comido.

—Has adelgazado.

—De hecho, no, no he adelgazado.

—Pues no sigas adelgazando —dijo Enid, con la risa estrecha tras la cual solía esconder sus sentimientos más amplios.

Alfred se llevaba a la boca un tenedor con salmón y salsa de acedera. La porción se desprendió del cubierto y se rompió en pedazos de formación violenta.

—La verdad es que este plato le ha salido estupendamente a Chip —dijo Enid—. ¿No te parece? El salmón está muy tierno y muy bueno.

—Chip siempre ha sido muy buen cocinero —dijo Denise.

—¿Te gusta, Al? ¿Al?

Alfred, ahora, sostenía el tenedor con menos fuerza. Le colgaba un poco el labio inferior y había una torva sospecha en su mirada.

—¿Te gusta lo que estás comiendo? —le preguntó Enid.

Alfred se asió la mano izquierda con la derecha y se la estrujó. Las manos emparejadas prosiguieron juntas su oscilación, mientras él miraba los girasoles del centro de la mesa. Dio la impresión de *tragarse* la agria disposición de su boca, de desatragantarse la paranoia.

—¿Ha sido Chip quien ha hecho todo esto? —dijo.

—Sí.

Sacudió la cabeza como si el hecho de que Chip hubiera cocinado, de que Chip estuviera ausente, lo abrumara más allá de toda medida.

—Esta enfermedad me fastidia cada vez más —dijo.

—Lo que tú tienes es muy leve —dijo Enid—. No hace falta más que ajustarte un poco la medicación.

Él negó con la cabeza.

—Según Hedgpeth, eso es algo que no puede predecirse.

—Lo importante es seguir haciendo cosas —dijo Enid—, mantenerse activo, seguir adelante.

—No. No te has enterado bien. Hedgpeth puso especial cuidado en no prometer nada.

—Por lo que yo he leído...

—Me importa un bledo lo que diga el artículo de la revista esa. No estoy bien, y el propio Hedgpeth lo reconoció.

Denise depositó el vaso de vino en la mesa, estirando el brazo en toda su extensión.

—Bueno y ¿qué te parece el nuevo trabajo de Chip? —le preguntó Enid, con mucho ánimo.

—¿El qué de Chip?

—Lo del *Wall Street Journal.*

Denise bajó los ojos al mantel.

—No tengo opinión al respecto.

—¿No te parece interesantísimo?

—No tengo opinión al respecto.

—¿Sabes si es de jornada completa?

—No.

—Es que no acabo de entender en qué consiste el trabajo.

—No sé nada de ese asunto, madre.

—¿Sigue en la abogacía?

—¿La corrección de pruebas, quieres decir? Sí.

—Luego sigue en el bufete.

—No es abogado, madre.

—Ya sé que no es abogado.

—Eso de «abogacía» y «bufete», ¿es lo mismo que les dices a tus amigas?

—Les digo que trabaja en un bufete. Nada más. Un bufete de Nueva York. Y es la verdad. Trabaja en un bufete.

—Eso se presta a confusiones, y lo sabes muy bien —dijo Alfred.

—La verdad, más me valdría no decir nunca nada.

—Lo que tienes que hacer es decir la verdad —dijo Denise.

—Bueno, pues yo creo que tendría que dedicarse al Derecho —dijo Enid—. El Derecho se le daría perfectamente. Necesita estabilizarse en una profesión. Necesita estructura en su vida. Papá siempre creyó que podía ser un excelente abogado. Yo me inclinaba más bien por la medicina, porque le gustaban las ciencias, pero papá siempre lo vio como abogado. ¿Verdad, Al? ¿No pensaste siempre que Chip podía ser un excelente abogado? Con lo bien que se le da hablar.

—Ya es muy tarde para eso, Enid.

—Pensé que trabajando en el bufete a lo mejor se le despertaba el interés y volvía a estudiar.

—Demasiado tarde.

—Porque el caso es, Denise, que hay que ver la cantidad de cosas que se pueden hacer con Derecho. Presidente de una compañía. ¡Juez! Profesor. Periodista. Hay tantos caminos que Chip podría emprender.

—Chip hará lo que quiera hacer —dijo Alfred—. Nunca lo he entendido, pero tampoco va a cambiar a estas alturas.

Tuvo que hacerse dos manzanas a pie, bajo la lluvia, para encontrar un teléfono con línea. En la primera cabina abierta y pareada con que tropezó, un aparato estaba castrado, con borlitas de distintos colores asomando por el cabo del cable, y del otro sólo quedaban los cuatro agujeros de sujeción. El teléfono del cruce siguiente estaba con chicle en la ranura, y a su compañero se le había muerto la línea. La reacción típica de cualquier hombre en las circunstancias de Chip habría sido estrellar el auricular contra la caja y dejar los restos de plástico por el suelo, pero él llevaba demasiada prisa para eso. En la esquina de la Quinta Avenida había un teléfono con línea, pero que no respondía a las teclas de marcación y que no le devolvió el cuarto de dólar cuando colgó de buenas maneras el aparato, ni tampoco cuando lo hizo a golpetazo limpio. El otro teléfono tenía línea y aceptó la moneda, pero una voz de la Baby

Bell le comunicó que no entendía lo que había marcado, y además tampoco pudo recuperar el dinero. Volvió a intentarlo y se quedó sin su última moneda de cuarto.

Sonrió a los todoterreno que pasaban muy despacio por su lado, con los conductores en postura automovilística de hace mal tiempo y lo mismo hay que frenar. Los porteros del barrio riegan las aceras dos veces al día, y los camiones de limpieza, con unos cepillos como bigotes de guardia urbano, restriegan las calles tres veces por semana, pero en Nueva York nunca hay que andar mucho para encontrar suciedad y cabreo. Chip llegó a leer Filth Avenue, avenida de la porquería, en lugar de Fifth Avenue, quinta avenida, en un cartel callejero. Las cosas esas celulares estaban acabando con los teléfonos públicos. Pero, a diferencia de Denise, para quien un teléfono móvil era el complemento perfecto de la plebeyez, y a diferencia de Gary, que no sólo no los odiaba, sino que había dotado a sus tres hijos de sendos móviles, Chip odiaba los teléfonos móviles sobre todo porque él no tenía uno.

Bajo la escasa protección del paraguas de Denise, desanduvo parte de lo andado y cruzó a la acera de enfrente para meterse en una tienda de comestibles de la University Place. Habían colocado cartones en el umbral, para mejor agarre, pero estaban empapados de agua y parecían un montón de algas pisoteadas. Al lado de la puerta, los titulares, en sus cestas de alambres, daban cuenta de que el día anterior se habían hundido otras dos economías de Sudamérica y de que ciertos mercados clave del Lejano Oriente volvían a experimentar graves recesiones. Detrás de la máquina registradora había un cartel de la lotería: «No es por ganar. Es por pasarlo bien.®»

Con dos de los cuatro dólares que llevaba en la cartera, Chip compró un regaliz 100% natural que le gustaba mucho. Por el tercer dólar el dependiente la entregó cuatro monedas de 25 centavos.

—Quiero también un Leprechaun de la Suerte, por favor —dijo Chip.

El trébol de tres hojas, el arpa de madera y el caldero de oro que dejó al descubierto no formaban una combinación ganadora, ni divertida.

—¿Sabe usted si hay por aquí algún teléfono que funcione?

—No hay teléfono público —dijo el dependiente.

—Quiero decir si hay alguno por aquí cerca.

—No hay teléfono público. —El dependiente sacó de debajo del mostrador un teléfono móvil—. ¡Este teléfono!

—¿Puedo hacer una llamada rápida?

—Ya es demasiado tarde para hablar con el broker. Haber llamado ayer. Haber comprado American.

El dependiente se rió de un modo que resultaba aún más insultante por el buen humor que manifestaba. Pero también era cierto que Chip tenía sus motivos para estar muy sensible. Desde el momento en que lo despidieron del D—— College, el valor de mercado de las compañías norteamericanas con cotización en Bolsa se había incrementado en un treinta y cinco por ciento. En esos mismos veintidós meses, Chip había tenido que liquidar un fondo de jubilación, que vender un buen coche, que trabajar a media jornada por un salario situado entre el 20 % de los más altos del país... y aún seguía al borde de la bancarrota. Eran años aquellos, en Estados Unidos, en que resultaba prácticamente imposible no hacer dinero, años en que los recepcionistas podían firmarles a sus brokers talones de MasterCard al 13,9% de interés anual y, aun así, obtener beneficio, años de Compra, años de Demanda, y Chip había perdido el tren. En su fuero interno, sabía que si alguna vez conseguía vender *La academia púrpura*, sería a la semana siguiente de que los mercados hubieran alcanzado su pico máximo, dando lugar a que él perdiese cualquier dinero que pudiera invertir.

Eso sí: teniendo en cuenta la reacción negativa de Julia ante el guión, la economía norteamericana estaba, por el momento, a salvo.

Calle arriba, en la Cedar Tavern, encontró un teléfono público en buen estado. Era como si hubieran pasado años desde las dos copas que se había tomado en ese mismo local la noche antes. Marcó el número del despacho de Eden Procuro y colgó nada más oír la voz del servicio de buzón de voz, pero cuando ya había caído la moneda. El servicio de información pudo facilitarle el número de teléfono del domicilio de Doug O'Brien, y éste contestó la llamada, pero estaba cambiándole los pañales a su criatura. Tuvieron que pasar varios minutos para que Chip pudiera preguntarle si Eden había leído ya el guión.

—Fenomenal. Es un proyecto con una pinta fenomenal —dijo Doug—. Creo que lo llevaba consigo cuando salió de casa.

—¿Y adónde iba?

—Tú sabes que no puedo decirle a nadie dónde está, Chip. Lo sabes muy bien.

—Creo que la situación merece el calificativo de muy urgente.

Por favor deposite—ochenta centavos—para los próximos—dos minutos—.

—¡Dios del cielo! ¡Un teléfono público! —exclamó Doug—. ¿Estás en un teléfono público?

Chip cebó el aparato con sus dos últimas monedas de cuarto de dólar.

—Tengo que recuperar el guión antes de que ella lo lea. Hay una corrección...

—No es cosa de tetas, ¿verdad? Según Eden, a Julia le parecían demasiadas tetas. Pero yo, en tu lugar, no me preocuparía. Por lo general, demasiado no existe. Julia está pasando una semana muy intensa.

Por favor deposite—treinta centavos—en este momento—

—... que tú... —dijo Doug.

para los próximos—dos minutos—en este momento—

—... el sitio más lógico de...

de otro modo su llamada quedará interrumpida—en este momento—

—¡Doug! —dijo Chip—. ¡No he oído lo último que has dicho, Doug!

Lamentamos—

—Sí, sí, te digo que por qué no...

Adiós y muchas gracias, dijo la voz de la compañía, y el teléfono enmudeció, con los cuartos de dólares resonándole en las tripas. La placa de identificación era del color de la Baby Bell, **pero decía:** ORFIC TELECOM, **3 MINUTOS 25 centavos**, CADA MINUTO ADICIONAL 40 CENTAVOS.

El sitio más lógico donde encontrar a Eden era su despacho de Tribeca. Chip se acercó a la barra preguntándose si la chica nueva, una rubia con mechas y con pinta de líder de una de esas bandas que tocan en los bailes de colegio, lo recordaría de la noche anterior lo suficiente como para aceptar su permiso de conducir a título de garantía por un préstamo de veinte dólares. Ella y dos clientes sueltos permanecían atentos a un nebuloso partido de fútbol americano que daban por la tele, algo de la liga universitaria, los Nittany Lions, figurillas de color castaño, como garabatos, en un charco blanquecino. Y junto al brazo de Chip, muy cerca, apenas a un palmo de distancia, había un manojo de billetes de un dólar. Allí encima, a la vista. Se preguntó si una transacción de tipo tácito (echarse el dinero al bolsillo, no volver a asomar la gaita por ese local, reintegrar el préstamo dentro de un sobre sin firmar, más adelante) no implicaría menos riesgos que pedir un préstamo: podía ser, de hecho, la transgresión que preservara su cordura. Hizo una bola con los billetes y se situó más cerca de la chica, que era bastante guapa, la verdad; pero la pelea en pantalla de los hombrecillos de cabeza redonda y de color castaño seguía acaparando su atención, de modo que Chip se dio media vuelta y salió de la taberna.

Una vez dentro de un taxi, mientras contemplaba la sucesión de actividades húmedas que discurrían por la ventanilla, se metió el regaliz en la boca. Si no había modo de recuperar a Julia, iba a necesitar de mala manera una sesión de cama con la chica del bar. Que tendría unos treinta y nueve años. Quería llenarse las manos de su pelo ahumado. La imaginó viviendo en un edificio rehabilitado de la calle Cinco Este, bebiéndose una cerveza antes de irse a dormir y metiéndose en la cama con una camiseta desteñida y sin mangas y con pantaloncillos de gimnasia; la imaginó en actitud cansada, con un piercing discreto en el ombligo, con el coño como un guante de béisbol muy zurrado, con las uñas de los pies pintadas de un color rojo muy normalito. Quería sentir contra los hombros las piernas de la chica, quería escuchar el relato de sus cuarenta y tantos años de vida. Le habría gustado saber si de verdad cantaba rock and roll en bodas y bar mitzvahs.

Por la ventanilla del taxi leyó JUEGOS PATÉTICOS donde ponía JUEGOS ATLÉTICOS. Y leyó «Vituperio» donde ponía «Villa Imperio».

Estaba enamorándose de una persona a quien nunca volvería a ver. Le había robado nueve dólares a una honrada trabajadora aficionada a ver fútbol por la tele. Aun suponiendo que regresase más adelante y le devolviera el dinero y le pidiese perdón, nunca dejaría de ser el hombre que la había desvalijado cuando no miraba. Había quedado excluida de su vida para siempre, nunca podría cogerle el pelo entre los dedos, y no era buena señal que esa última pérdida le estuviese provocando hiperventilación; que el dolor lo desbarajustase de tal manera que no fuese capaz ni de seguir comiendo regaliz.

Leyó «Putas Cross» donde ponía «Plumas Cross», leyó «COBRAS» donde ponía «OBRAS».

El escaparate de un óptico ofrecía: POSTURAS GRATUITAS.

El problema era el dinero, y la indignidad de vivir sin él. Cada transeúnte, cada móvil, cada gorra de los Yankees, cada todoterreno que veía eran motivo de tormento. Chip no era ambicioso, no se dejaba llevar por la envidia. Pero el caso es que sin dinero apenas podía considerarse un hombre.

¡Cuánto había cambiado desde que lo despidieron del D——— College! Su anhelo ya no consistía en habitar un mundo diferente; ahora quería vivir en éste, pero con dignidad. Y puede que Doug tuviera razón, puede que los pechos de su guión no importaran gran cosa. Acababa de comprender —por fin se le había hecho la luz— que le bastaba sencillamente con cortar *entero* el monólogo de apertura. Una corrección que podía efectuar en diez minutos, en el despacho de Eden.

Una vez frente al edificio, le dio al taxista los nueve dólares recién robados. A la vuelta de la esquina, en una calle empedrada, había un equipo de rodaje de seis capitonés, haciendo una película, con los focos abrasando y los generadores apestando bajo la lluvia. Chip conocía las claves de seguridad del edificio de Eden, y el ascensor estaba desbloqueado. Pidió a los cielos que Eden todavía no hubiera leído el guión. La nueva versión corregida que tenía en la cabeza era el único y verdadero guión; pero el viejo monólogo de apertura, por desgracia, seguía vivo en el papel marfil del ejemplar de Eden.

Por la puerta cristalera exterior del quinto piso vio luz en el despacho de Eden. Que llevara los calcetines empapados y que su cazadora oliese como una vaca mojada a orillas del mar y que no tuviera modo de secarse las manos ni el pelo era, todo ello, muy desagradable, pero aún tenía que agradecer que las dos libras de salmón noruego no siguieran dentro de sus pantalones. Por comparación, se encontraba bastante a gusto.

Llamó a la puerta de cristal hasta que Eden salió del despacho y se quedó mirándolo. Eden tenía los pómulos altos y unos grandes ojos azul pálido y una piel traslúcida. Cualquier caloría extra que ingiriese comiendo en Los Ángeles o bebiendo martinis en Manhattan quedaba anulada en su bicicleta estática casera, o en la piscina de su club de natación, o en el propio frenesí de ser Eden Procuro. Normalmente, era una mujer eléctrica y flamígera, un manojo de cobre ardiente; pero ahora, mientras se acercaba a la puerta, se le veía una expresión dubitativa o contrariada. Caminaba con un ojo puesto en su despacho.

Chip hizo gesto de que lo dejara entrar.

—No está aquí —dijo Eden, a través del cristal.

Chip repitió el gesto. Eden abrió la puerta y se puso la mano en el corazón.

—Chip, de veras que siento mucho que Julia y tú...

—Vengo a buscar mi guión. ¿Lo has leído?

—¿Yo? A toda prisa. Tengo que volver a leerlo y tomar unas cuantas notas.

Hizo un gesto de apuntar algo, a la altura de la sien, y se rió.

—El monólogo de apertura —dijo Chip—. Queda suprimido.

—Ah, muy bien, me encanta la gente con propensión a cortar. Me encanta. —Miró de nuevo hacia su despacho.

—¿Crees tú, sin embargo, que sin el monólogo...?

—¿Necesitas dinero, Chip?

Eden le sonrió con una franqueza y una alegría tan raras, que era como si Chip la hubiese sorprendido borracha, o con las bragas en los tobillos.

—Bueno, no estoy totalmente arruinado —dijo.

—No, por supuesto; pero aun así.

—¿Por qué lo dices?

—Y ¿qué tal se te da internet? —dijo ella—. ¿Sabes algo de Java, de HTML?

—No, por Dios.

—Bueno, da igual, ven un momento conmigo al despacho. ¿No te importa? Es un momento.

Chip, en pos de Eden y camino del despacho, pasó junto a la mesa de Julia, donde el único artefacto juliano era una rana de trapo puesta encima del monitor.

—Ahora que ya no estáis juntos —dijo Eden—, no hay motivo alguno para que tú no...

—No hemos roto, Eden.

—Que sí, que sí, créeme: se terminó —dijo Eden—. Por completo. Y estoy pensando que a lo mejor te viene bien un cambio de aires, para empezar a superarlo...

—Mira, Eden, Julia y yo estamos pasando por una situación transitoria...

—No, Chip, perdóname, pero de transitoria no tiene nada. Es permanente. —Eden volvió a reírse—. Julia puede andarse con todos los rodeos que quiera, pero yo no. Así que, pensándolo bien, no hay razón alguna para que no te presente a... —entró en el despacho antes que Chip—. ¿Gitanas? Acabamos de tener una suerte increíble. Acaba de presentarse la persona ideal para lo que tú quieres.

Recostado en un sillón del despacho de Eden había un hombre de la misma edad que Chip, con una cazadora de cuero rojo con rayas paralelas en bajorrelieve y unos vaqueros blancos muy ceñidos. Tenía la cara ancha y mofletes de niño pequeño y llevaba el pelo esculpido como una especie de concha rubia.

Eden estaba a punto del orgasmo, de puro entusiasmada.

—Mira que me he estado devanando los sesos, Gitanas, y no se me ocurría nadie que pudiera echarte una mano, y resulta que el hombre mejor cualificado de Nueva York llama de pronto a nuestra puerta... Te presento a Chip Lambert. ¿Te acuerdas de Julia, mi ayudante? —Le guiñó el ojo a Chip—. Bueno, pues este señor es el marido de Julia, Gitanas Misevičius.

En casi todos los aspectos —coloración, forma de la cabeza, altura, constitución y, sobre todo, la sonrisa apocada que ahora mismo exhibía—, Gitanas se parecía más a Chip que cualquier otra persona que éste hubiera conocido. Era igual que Chip, sólo que mal compuesto y con los dientes torcidos. Dijo que sí con la cabeza, muy nervioso, sin ponerse en pie ni tenderle la mano.

—¿Cómo estás? —dijo.

Chip pensó que no cabía duda, Julia tenía un gusto muy concreto.

Eden dio unas palmaditas en el asiento de un sillón desocupado.

—Siéntate, siéntate —le dijo a Chip.

Su hija, April, estaba en el sofá de cuero que había junto a la ventana, con una pila de lápices y una resma de papel.

—Hola, April —dijo Chip—. ¿Qué tal esos postres?

La pregunta no fue, al parecer, del agrado de April.

—Esta noche los probará —dijo Eden—. Anoche hubo alguien que estuvo tanteando límites.

—No tanteé nada en absoluto —dijo April.

Los folios que April tenía en el regazo eran color marfil y estaban escritos por la otra cara.

—Siéntate, siéntate —insistió Eden, mientras se retiraba tras su mesa laminada de abedul.

El ventanal que había a su espalda estaba lenticulado de lluvia. Había niebla sobre el Hudson. Manchas negruzcas situaban Nueva Jersey. Los trofeos de Eden, en la pared, eran fotos promocionales de Kevin Kline, Chloë Sévigny, Matt Damon, Winona Ryder.

—Chip Lambert —le dijo Eden a Gitanas— es un escritor muy brillante, y ahora mismo nos traemos él y yo un guión entre manos. Y, además, es doctor en filología inglesa y además lleva dos años colaborando con mi marido en lo de las fusiones y compras de compañías, y además se le da de maravilla lo de internet, ahora mismo estábamos hablando de Java y de HTML, y, como puedes ver, tiene una pinta...

Al llegar a este punto, Eden se fijó por primera vez en el aspecto de Chip. Se le pusieron los ojos como platos.

—Caramba, tienen que estar cayendo chuzos de punta, ahí fuera. Por lo general, Chip no suele andar por ahí tan mojadísimo. (Por Dios, estás chorreando.) Con toda honradez, Gitanas, no vas a encontrar a nadie mejor. En cuanto a ti, Chip, me ha... Me encanta que se te haya ocurrido pasar por aquí, chorreando y todo.

Estando a solas con ella, cabía la posibilidad de que un hombre lograse capear el entusiasmo de Eden; pero dos hombres juntos no tenían más remedio que fijar la vista en el suelo, si no querían perder la dignidad.

—Yo, desgraciadamente, ando con muchísima prisa en este momento —dijo Eden—. Es que a Gitanas se le ha ocurrido venir un poco sin avisar. Pero lo que me encantaría es que los dos os instalarais en mi sala de reuniones y os pusierais de acuerdo. Podéis quedaros todo el tiempo que haga falta.

Gitanas cruzó los brazos al estilo europeo cerrado, encajando los puños bajo las axilas. Sin mirar a Chip, le preguntó:

—¿Eres actor?

—No.

—Bueno, Chip —dijo Eden—, eso no es rigurosamente cierto.

—Claro que es cierto. Nunca he trabajado como actor.

—¡Ja, ja, ja! Ahora se está haciendo el modesto —dijo Eden.

Gitanas movió la cabeza y levantó la vista al cielo raso.

Los papeles de April eran, sin duda alguna, un guión.

—¿De qué estamos hablando? —dijo Chip.

—Gitanas quiere contratar a alguien...

—A un actor norteamericano —dijo Gitanas, no sin repugnancia.

—Para ocuparse de sus... De sus relaciones públicas con grandes empresas. Y llevo más de una hora —Eden miró el reloj y abrió los ojos y la boca en un exagerado gesto de sorpresa— tratando de hacerle entender que a mis actores lo que les interesa es el cine y el teatro, y no las grandes finanzas internacionales. Y que todos ellos suelen tener una noción algo exagerada de sus propia formación. Y lo que estoy tratando de explicarle a Gitanas es que tú, Chip, no sólo posees un excelente dominio de la lengua inglesa y de su jerga, sino que tampoco tienes por qué fingir que eres un experto en inversiones, porque lo eres de verdad.

—Soy corrector de textos legales a tiempo parcial —dijo Chip.

—Experto en lenguaje. Y guionista de mucho talento.

Chip y Gitanas intercambiaron una mirada. Había algo en el aspecto físico de Chip —quizá el parecido— que daba la impresión de interesar mucho al lituano.

—¿Andas en busca de trabajo? —dijo Gitanas.

—Puede que sí.

—¿Eres drogadicto?

—No.

—Tengo absolutamente que ir al cuarto de baño —dijo Eden—. April, sé buena y vente conmigo. Tráete los dibujos.

April, muy obediente, se bajó del sofá y empezó a andar hacia Eden.

—No te olvides de los papeles, cielo. Anda.

Eden recogió los marfileños folios y condujo a April hacia la puerta.

—Vosotros dos, hablad de vuestras cosas.

Gitanas se llevó la mano al rostro, se estrujó los redondos mofletes, se rascó la rubia barba de tres días. Miró por la ventana.

—Estás en política —dijo Chip.

Gitanas ladeó la cabeza.

—Sí y no. Lo estuve durante muchos años. Pero mi partido está kaputt y ahora me he metido a hombre de empresa. Un hombre de empresa político, por decirlo de alguna manera.

Uno de los dibujos de April había caído entre la ventana y el sofá. Chip lo alcanzó con la punta del zapato para acercárselo.

—Tenemos tantas elecciones —dijo Gitanas— que ya ni hablan de ellas en los medios internacionales. Tres o cuatro al año. Son nuestra principal industria. Poseemos el mayor índice de elecciones per cápita del mundo. Más que Italia, incluso.

April había pintado un hombre de cuerpo normal, con los consabidos cuadrados y líneas rectas, pero en lugar de cabeza, en lo alto, había una maraña de azules y negros, un desastre de rayajos, un lío de tachaduras. La capa de marfil dejaba traslucir párrafos de diálogo y acción.

—¿Tú crees en Estados Unidos? —dijo Gitanas.

—La verdad es que no sabría cómo empezar a contestarte —dijo Chip.

—A nosotros nos salvó tu país, pero también nos arruinó.

Chip levantó con el pie una esquina del dibujo de April y pudo identificar las palabras:

```
                    MONA
              (balanceando el revólver)
     ¿Qué tiene de malo estar enamorada de mí misma?
     ¿Dónde está el problema?
```

pero el folio se había vuelto pesadísimo, o a su pie le fallaban las fuerzas. Volvió a dejar el folio de plano contra el suelo. Lo empujó hasta meterlo debajo del sofá. Sentía frío en las extremidades, se las notaba un poco adormecidas. No veía bien.

—Rusia fue a la bancarrota en agosto —dijo Gitanas—. Ya te enterarías. Con eso no ocurrió lo mismo que con nuestras elecciones, eso salió en todas partes. Era una noticia *económica*. Algo importante para los inversores. Y también para Lituania. El principal cliente de nuestro comercio tiene ahora unas deudas en divisas fuertes que lo dejan paralizado, y un rublo carente de valor. No hace falta decir qué es lo que utilizan para pagar nuestros huevos de granja, si rublos o dólares. Y para comprar chasis de camión que fabricamos en nuestra planta de chasis de camión, que es la única buena que tenemos, adivina, también utilizan rublos. Pero el resto del camión lo hacían en Volgogrado, en una planta que ha cerrado. Y ahora ya no recibimos ni los rublos de antes.

A Chip le estaba costando trabajo sentir alguna desilusión en lo tocante a *La academia púrpura*. No volver a mirar el guión, no enseñárselo a nadie: eso podría aportarle un alivio superior incluso al que sintió en el servicio de caballeros de Fanelli cuando se sacó el salmón de los pantalones.

Salía de un encantamiento de pechos y guiones de partición y márgenes de dos centímetros y medio para despertar en un rico y variado mundo al que había permanecido insensible durante vaya usted a saber cuánto. Años.

—Me parece muy interesante lo que estás contando —le dijo a Gitanas.

—Es interesante. Es interesante —coincidió Gitanas, todavía con los brazos cruzados en tensión—. Lo dijo Brodsky: «El pescado fresco siempre huele; el congelado sólo huele al descongelarlo.» De modo que después de la gran descongelación, cuando todos los pececitos salieron del congelador, nos apasionamos por esto y por aquello. Yo intervine en el asunto. Intervine mucho. Pero la economía estaba mal llevada. Me lo pasaba bien en Nueva York, pero al volver a casa todo era depresión, por todas partes. Luego, cuando ya era tarde, en 1995, enganchamos el litas al dólar y nos pusimos a privatizar, pero con demasiadas prisas. No fue decisión mía, pero quizá yo habría hecho lo mismo. El Banco Mundial

137

tenía el dinero que necesitábamos, y el Banco Mundial nos decía: hay que privatizar. Y nosotros, vale, de acuerdo. Vendimos el puerto. Vendimos las líneas aéreas, la red telefónica. Por lo general, el mayor postor era norteamericano, o europeo occidental, otras veces. Era algo que no tenía por qué haber ocurrido, pero ocurrió. En Vilnius no había nadie con dinero contante y sonante. Y la compañía de teléfonos dijo vale, vamos a tener unos propietarios extranjeros con los bolsillos forrados, pero el puerto y las líneas aéreas tienen que seguir siendo lituanas al cien por cien. Y el puerto y las líneas aéreas pensaban lo mismo. Pero vale, sucedió. El capital acudía, se veían mejores cortes de carne en las carnicerías, había menos caídas del suministro eléctrico. Incluso hacía mejor tiempo. En su mayor parte, las divisas se las llevaron los delincuentes, pero así es la realidad postsoviética. Tras la descongelación viene la podredumbre. Brodsky no vivió para verlo. De modo que bueno, vale, pero es que entonces empezaron a hundirse todas las economías del mundo, Tailandia, Brasil, Corea, y eso sí que fue un problema, porque todo el capital volvió corriendo a Estados Unidos. Descubrimos, por ejemplo, que un sesenta y cuatro por ciento de nuestras líneas aéreas nacionales pertenecía al Quad Cities Fund. ¿Qué es eso? Un fondo de crecimiento, de los que funcionan sin cargar comisión, cuyo responsable es un jovencito llamado Dale Meyers. Tú nunca has oído hablar de Dale Meyers, pero no hay ningún ciudadano adulto de Lituania que no conozca su nombre.

Aquella crónica de fracasos parecía divertir enormemente a Gitanas. Chip llevaba mucho tiempo sin experimentar la sensación de que alguien le cayera bien. Sus amigos homo, los del D—— College y el *Warren Street Journal*, eran tan abiertos y tan impetuosos en sus confidencias que, de hecho, hacían imposible el verdadero contacto. En cuanto a los heteros, hacía ya mucho tiempo que Chip sólo conocía dos tipos de reacción ante ellos: ante quienes tenían éxito, temor y resentimiento; ante los fracasados, huida por miedo al contagio. Pero en Gitanas había algo que le resultaba atractivo.

—Dale Meyers vive en la zona este de Iowa —dijo Gitanas—. Tiene dos ayudantes, un ordenador muy grande y una cartera de tres mil millones de dólares. Dale Meyers declaró que nunca tuvo intención de hacerse con el control de nuestras líneas aéreas nacionales, que fue una operación de programa, que uno de sus ayudantes introdujo mal los datos en el ordenador y que el ordenador siguió incrementando su participación en Air Lithuania, sin informar sobre el tamaño acumulado del paquete de acciones. Muy bien, vale, Dale les pide perdón a los lituanos por el descuido y dice que comprende muy bien lo importantes que son unas líneas aéreas para la economía y la autoestima de un país. Pero el caso es que la crisis de Rusia y de los países bálticos hace que nadie quiera un billete de Air Lithuania. Y, claro, los inversores norteamericanos están retirando dinero de Quad Cities. A Dale no le queda otro modo de hacer frente a sus obligaciones que liquidar el principal activo de Air Lithuania. La flota, claro. Va a vender tres YAK40 a una compañía de flete aéreo con sede en Miami. Va a vender seis turborreactores Aerospatiale a una aerolínea de Nueva Escocia recién creada para el transporte diario de viajeros. De hecho, no es que vaya a vender los aparatos, es que ya los vendió ayer. Así que, nada por aquí, nada por allá, desaparecieron las líneas aéreas.

—Caray —dijo Chip.

Gitanas asintió con la cabeza, muy acaloradamente.

—¡Eso, eso! ¡Caray! Qué lástima que los chasis de camión no sirvan para volar. Bueno, vale, seguimos. A continuación, un grupo de empresas llamado Orfic Midland liquida el puerto de Kaunas. Lo mismo. De la noche a la mañana, nada por aquí, nada por allá. Y ¡caray! A continuación, el sesenta por ciento del Banco de Lituania se lo zampa un banco situado en la zona residencial de Atlanta, Georgia. Y vuestro banco residencial lo primero que hace es liquidar las reservas de divisas de nuestro banco. De la noche a la mañana, vuestro banco duplica el tipo de interés aplicable a las transacciones comerciales en nuestro país. ¿Por qué? Para cubrir las fuertes pérdidas que le supuso el fracasado lanzamiento de una Master Card patrocinada por Dilbert. ¡Caray y más caray! Pero muy interesante, ¿verdad? No puede decirse que a Lituania le estén saliendo muy bien las cosas, ¿verdad? ¡Lituania se ha ido a tomar por el culo!

—¿Cómo vais, chicos? —dijo Eden, entrando de nuevo en su despacho con April a rastras—. ¿No preferís la sala de reuniones?

Gitanas se colocó el maletín en el regazo y lo abrió.

—Estoy explicándole a Chip mi litigio con Estados Unidos.

—April, amor mío, siéntate aquí —dijo Eden. Tenía un taco de papel tamaño periódico y lo abrió en el suelo, junto a la puerta—. Este papel te va a gustar más. Puedes hacer dibujos grandes. Como yo. Igual que mamá. Haz un dibujo muy grande.

April se acuclilló en mitad del papel y trazó un círculo verde en torno a sí misma.

—Cursamos una petición de ayuda al FMI y al Banco Mundial —dijo Gitanas—. Ya que habían sido ellos quienes nos empujaron a privatizar, a lo mejor les interesaba el hecho de que nuestra privatizada nación se hubiera convertido en una tierra casi anárquica, de señores de la guerra que son unos delincuentes, de agricultura a nivel de subsistencia. Pero se da la desgraciada circunstancia de que el FMI va atendiendo las quejas de sus clientes arruinados según el tamaño de sus respectivos PIB. Lituania hacía el número veintiséis de la lista, el lunes pasado. Ahora estamos en el veintiocho. Nos acaba de pasar Paraguay. Siempre Paraguay.

—Caray —dijo Chip.

—No sé por qué, pero Paraguay ha sido siempre el azote de mi vida.

—¿Lo ves, Gitanas? Ya te lo dije: Chip es el hombre ideal —dijo Eden—. Pero, oídme...

—Según el FMI, habrá que esperar unos treinta y seis meses antes de que pueda ponerse en marcha una operación de rescate.

Eden se derrumbó en su sillón.

—¿Qué os parece? ¿Vais a terminar pronto?

Gitanas sacó de su maletín una hoja y se la enseñó a Chip.

—¿Ves esta página web? «Es un servicio del Departamento de Estado, Oficina de Asuntos Europeos y Canadienses.» Dice que la economía lituana se halla en estado de acusada depresión, con el desempleo acercándose al veinte por ciento, con cortes frecuentes en el suministro de agua y de electricidad de Vilnius y carencia generalizada en el resto del país. ¿A qué hombre de negocios va a ocurrírsele meter dinero en un país así?

—¿A un lituano? —dijo Chip.

—Qué gracioso. —Gitanas le dedicó una mirada de aprobación—. Pero ¿qué pasa si lo que yo quiero es que esta página web, y varias por el estilo, digan otra cosa? ¿Qué pasa si necesito borrar lo que dicen y poner, en buen inglés norteamericano, que nuestro país ha logrado superar la plaga financiera rusa? Por poner un ejemplo: Lituania tiene ahora una tasa de inflación anual por debajo del 6%, las mismas reservas en divisas fuertes que Alemania y un superávit comercial de cerca de cien mil millones de dólares, gracias a la sostenida demanda de recursos naturales lituanos.

—Eso te va como anillo al dedo, Chip —dijo Eden.

Chip había tomado la tranquila e irrevocable decisión de no volver a mirar a Eden, ni a dirigirle la palabra, en todos los días de su vida.

—¿Qué recursos naturales tiene Lituania? —le preguntó a Gitanas.

—Arena y grava, más que ninguna otra cosa.

—Enormes reservas estratégicas de arena y grava. Vale.

—Arena y grava en abundancia. —Gitanas cerró el maletín—. Pero voy a ponerte un desafío. ¿Cuál es la razón de que estos curiosos recursos hayan alcanzado una demanda sin precedentes?

—¿El boom de la construcción en Letonia y Finlandia? ¿La desesperada necesidad de arena en que se halla Letonia? ¿La desesperada necesidad de grava en que se halla Finlandia?

—¿Y cómo fue que esos dos países no se contagiaron del colapso financiero mundial?

—Letonia posee unas instituciones democráticas fuertes y estables —dijo Chip—. Es la espina dorsal financiera de los países bálticos. Finlandia limitó de modo muy riguroso la salida de capital extranjero a corto plazo y logró salvar su mundialmente famosa industria de muebles.

El lituano asintió, visiblemente satisfecho. Eden golpeó el tablero de su mesa de despacho con los puños.

—Dios mío, Gitanas, ¡Chip es un tío fantástico! Tiene todo el derecho a un bono especial a la firma del contrato. Y también a alojamiento de primera clase en Vilnius, además de una dieta diaria en dólares.

—¿En Vilnius? —dijo Chip.

—Sí. Vamos a vender un país —dijo Gitanas—. Necesitamos un consumidor norteamericano satisfecho e *in situ*. Además, es mucho más seguro trabajar en la red desde allí. Mucho más seguro.

Chip soltó la carcajada.

—¿De verdad esperas que los inversores norteamericanos te manden dinero? ¿Sobre qué base? ¿La escasez de arena en Letonia?

—El dinero ya me lo están mandando —dijo Gitanas—, sobre la base de una pequeña ocurrencia mía. Ni arena ni grava. Una pequeña ocurrencia mía. Decenas de miles de dólares, a estas alturas. Pero quiero que me manden millones.

—Gitanas —dijo Eden—. Cuánto te quiero. Está claro que aquí viene a cuento un incentivo por escalones. Es una situación que ni pintiparada para una cláusula de aumento gradual. Cada vez que Chip multiplique por dos tus ingresos, tú le das un punto de porcentaje. ¿Eh?

—Si veo un aumento de cien veces en los ingresos, Chiip va a ser un hombre muy rico. En eso puedes creerme.

—Sí, pero vamos a ponerlo por escrito.

Gitanas captó la mirada de Chip y, sin decir nada, le transmitió su opinión sobre la anfitriona.

—¿En qué documento lo ponemos por escrito, Eden? —dijo—. ¿Qué designación vamos a utilizar para el cargo de Chiip? ¿Consultor para Fraudes Electrónicos Internacionales? ¿Adjunto a la Dirección General de Falsificación?

—Vicepresidente de Distorsiones Tortuosas Intencionadas —propuso Chip.

Eden soltó un gritito de placer.

—¡Me encanta!

—Mira, mamá —dijo April.

—Nuestro acuerdo es estrictamente verbal —dijo Gitanas.

—Pero ni que decir tiene que no hay nada verdaderamente contrario a la ley en lo que vais a hacer —dijo Eden.

Gitanas contestó mirando por la ventana durante un buen rato. Con su cazadora roja de rayas, parecía un piloto de motocross.

—Por supuesto que no —dijo.

—O sea que no es fraude electrónico —dijo Eden.

—No, no. ¿Fraude electrónico? Qué va.

—Porque, vaya, no es que me quiera hacer la melindrosa, pero todo esto suena casi, casi, a fraude electrónico.

—La riqueza colectiva de mi país se ha sumido en la del tuyo sin levantar una olita —dijo Gitanas—. Un país rico y poderoso ha fijado las reglas que le cuestan la vida a Lituania. ¿Por qué razón vamos a respetarlas?

—Una pregunta digna de Foucault —dijo Chip.

—Y de Robin Hood —dijo Eden—. Lo cual no me deja verdaderamente tranquila en materia jurídica.

—Voy a ofrecerle a Chiip quinientos dólares norteamericanos a la semana. También los bonos que me parezcan oportunos. ¿Te interesa, Chiip?

—Puedo sacar más que eso sin moverme de Nueva York —dijo Chip.

—Estamos hablando de mil diarios, como mínimo —dijo Eden.

—En Vilnius se puede ir muy lejos con un solo dólar.

—Sí, qué duda cabe —dijo Eden—. Y no digamos en la luna. En qué te lo vas a gastar.

—Chiip —dijo Gitanas—, cuéntale a Eden qué se puede comprar con dólares en un país pobre.

—Supongo que la mejor comida y la mejor bebida —dijo Chip.

—¿En un país donde la generación más joven se ha educado en una situación de anarquía moral y donde la gente tiene hambre?

—No creo que resulte muy difícil encontrarse una novia guapa, si es eso lo que quieres decir.

—Si no te rompe el corazón —dijo Gitanas— ver a una preciosidad de provincias ponerse de rodillas...

—Oye, Gitanas, que hay una criatura delante —dijo Eden.

—Yo estoy en una isla —dijo April—. Mira qué isla, mamá.

—Muchachitas, me refiero —dijo Gitanas—. De quince años. ¿Tienes dólares? De trece. De doce.

—Los doce no me atraen especialmente —dijo Chip.

—¿Prefieres diecinueve? Las de diecinueve son todavía más baratas.

—Bueno, oídme, francamente... —dijo Eden, dando una palmada.

—Sólo pretendo que Chiip se haga una idea de por qué un dólar es mucho dinero y por qué la oferta que le estoy haciendo es perfectamente aceptable.

—El problema —dijo Chip— es que yo, mientras, tendré que estar pagando mis deudas norteamericanas con esos mismos dólares.

—En Lituania conocemos muy bien ese problema, puedes creerme.

—Chip quiere una paga diaria de mil dólares, más incentivos por rendimiento —dijo Eden.

—Mil a la semana —dijo Gitanas—. Por dar legitimidad a mi proyecto. Por el trabajo creativo y por tranquilizar a los clientes potenciales.

—Uno por ciento de los ingresos brutos —dijo Eden—, una vez deducido su salario mensual de veinte mil dólares.

Gitanas, haciendo caso omiso de Eden, se sacó de la cazadora un grueso sobre y, con unas manos muy rechonchas y muy poco cuidadas, se puso a contar billetes de cien. April permanecía sentada en mitad del papel tamaño periódico, en un cerco de monstruos colmilludos y muy crueles garabatos versicolores. Gitanas arrojó un fajo de billetes de cien sobre la mesa de Eden.

—Tres mil —dijo—, que cubren las tres primeras semanas.

—Todos los viajes en clase business, por supuesto —dijo Eden.

—Vale, de acuerdo.

—Y alojamiento de primera categoría en Vilnius.

—Hay una habitación para él en el palacete. Ningún problema.

—Otra cosa: ¿quién lo protege de los señores de la guerra?

—Bueno, puede que yo también tenga un poquito de señor de la guerra —dijo Gitanas, con una sonrisa cauta y apocada.

Chip miraba aquel montón de verdes encima de la mesa de Eden. Algo le estaba provocando una erección, quizá la visión anticipada de unas chicas de diecinueve años tan corrompidas como espléndidas, aunque también podía tratarse de la perspectiva de subirse a un avión y dejar a ocho mil kilómetros de distancia la pesadilla de su vida en Nueva York. Lo que hacía de las drogas una perpetua propuesta sexual era la oportunidad de ser otro. Ya hacía años que había llegado a la conclusión de que la hierba para lo único que le servía era para meterle la paranoia en el cuerpo y para dejarlo sin pegar ojo, pero aún se seguía empalmando cada vez que le pasaba por la cabeza la idea de fumarse un canuto. Todavía le levantaba la libido la idea de fugarse de la cárcel.

Tocó los billetes.

—Si queréis, entro en internet y os reservo vuelo a los dos —dijo Eden—. Podéis salir en cuanto queráis.

—¿Vas a hacerlo, pues? —le preguntó Gitanas a Chip—. Vas a trabajar muchísimo, y a divertirte otro tanto. Muy poco riesgo. Siempre existe algún riesgo, claro, en todas las cosas. Sobre todo cuando hay dinero por medio.

—Lo comprendo —dijo Chip, tocando los billetes.

En las celebraciones nupciales, Enid nunca dejaba de experimentar un amor, llevado al paroxismo, del *lugar*: del Medio Oeste, en general, y de la zona residencial de St. Jude, en particular. Era, para ella, el único patriotismo verdadero, la única espiritualidad viable. Habiendo vivido bajo presidentes tan bribones como Nixon, tan estúpidos como Reagan y tan repugnantes como Clinton, había perdido todo interés en ondear la bandera norteamericana, y no se había cumplido ni uno solo de los milagros que le había pedido a Dios; pero un sábado de boda, en temporada de lilas, sentada en un banco de la iglesia presbiteriana de Paradise Valley, le era posible mirar en torno y ver doscientas personas simpáticas y ni una sola mala persona. Todos sus amigos eran simpáticos y tenían, a su vez, amigos igual de simpáticos, y, además, como la gente simpática solía criar niños simpáticos, el mundo de Enid era como una pradera en que crecía tan espesa la hierba poa, que al mal no le quedaba un solo hueco donde poner su impronta: un milagro de bondad. Si, por ejemplo, era una de las chicas de Esther y de Kirby Root quien avanzaba por el pasillo de la iglesia, del brazo de Kirby, Enid se acordaba del día en que la pequeña Root se vistió de bailarina para hacer las rondas del Halloween, o de cuando vendía pasteles por cuenta de las Girl Scouts, o de cuando le hacía de canguro de Denise, o de cómo, cuando las niñas Root ya estaban ambas en sus buenas universidades del Medio Oeste, cada vez que volvían a casa, durante las vacaciones, ponían especial cuidado en llamar a la puerta trasera de Enid para ponerla al corriente de lo que sucedía en casa de los Root, quedándose de visita, en alguna ocasión, una hora o más (y no, como bien sabía Enid, porque Esther les hubiera dicho que fueran a verla, sino porque eran criaturas de St. Jude como Dios manda, que se ocupaban del prójimo por propia inclinación); y a Enid se le llenaba el corazón de albricias viendo a otra encantadora y caritativa niña de los Root recibiendo ahora por marido, como premio, a un muchacho con el pelo bien cortado, como los que salen en los anuncios de ropa de caballero, un jovencito verdaderamente magnífico, bien predispuesto, muy atento con las personas mayores y nada inclinado a las relaciones prematrimoniales, y que tenía un puesto de trabajo desde el que aportar algo a la sociedad, como ingeniero electrónico o biólogo ambiental, y que procedía de una familia fundada en el amor, la estabilidad y la tradición, y que quería crear su propia familia fundada en el amor, la estabilidad y la tradición. Podía ser que Enid estuviera dejándose engañar por las apariencias, pero los jóvenes de esta condición, ahora que el siglo XX se iba acercando a su fin, seguían siendo la *norma* en la zona residencial de St. Jude. Todos los chicos que ella había conocido de Cachorros Scouts, los que habían utilizado su aseo de la planta baja, los que le habían limpiado la nieve de la entrada, los varios chicos Driblett, los diversos Person, los gemelos Schumpert, todos aquellos muchachos tan limpitos y tan guapos (a todos los cuales había despreciado Denise, en sus tiempos de adolescente, con su mirada de «extrañeza», ante la callada rabia de Enid), habían recorrido o estaban a punto de recorrer el pasillo de alguna iglesia protestante de aquella tierra, para casarse cada uno con una chica simpática y normal y establecerse, si no en el propio St. Jude, sí al menos dentro del mismo huso horario. Pero en lo recóndito de su corazón, donde no era tan distinta de Denise como ella pretendía, a Enid le constaba que hay tonos más adecuados para un esmoquin, que el azul pálido, y que los trajes de novia bien podían hacerse de algún tejido mucho más interesante que la seda china de color malva; y, sin embargo, aunque la honradez le impidiera utilizar el adjetivo «elegante» en las bodas de ese tipo, había una parte de su corazón, más manifiesta y más feliz, a la cual le gustaba este tipo de bodas por encima de cualquier otro, porque la falta de refinamiento garantizaba a los invitados que para aquellas dos familias a punto de unirse había cosas mucho más importantes que el estilo. A Enid le encantaba casar a la gente y era de lo más feliz con esas bodas en que las damas de honor, renunciando a sus deseos personales, llevaban vestidos a juego con los ramos de flores, con las servilletas de cóctel, con los adornos del pastel y con las cintas decorativas del festejo. Para su gusto, tras una ceremonia celebrada en la iglesia metodista de Chiltsville tenía que venir una modesta celebración en el Chiltsville Shera-ton. También para su gusto, una boda más elegante, en la iglesia presbiteriana de Paradise Valley, había de culminar en el Club de Deepmire, donde incluso las cerillas de recordatorio (*Dean & Trish* ♦ *13 de junio de 1987*) hacían juego con el decorado. Lo más importante de todo era que el novio y la novia hicieran juego: que procedieran de ambientes similares, que fueran más o menos de la misma edad y que hubieran recibido una educación parecida. Ocurría a veces, en alguna boda entre familias no muy amigas de Enid, que la novia abultara más que el novio, o que fuera mucho mayor, o que la familia del novio procediera del campo, de alguna finca de la provincia, y que se le notara demasiado el pasmo ante la elegancia de Deepmire. A Enid le daban mucha pena los prota-gonistas, en una boda así. No le cabía la menor duda de que aquel matrimonio iba a ser una auténtica lucha desde el primer día. Lo más normal, sin embargo, era que la única nota discordante en una celebración en Deepmire fuera un brindis impertinente por parte de alguno de los testigos de menor importancia, por lo general un amiguete del novio, mostachudo y con poco mentón, cargadito de alcohol y, por su acento, no procedente del Medio Oeste, en absoluto, sino de alguna ciudad del Este, pretendiendo lucirse con alguna referencia «humorística» a las relaciones prematrimoniales y consiguiendo que ambos, el novio y la novia, se ruborizaran o se rieran con los párpados bajos (no, según Enid, porque les hiciera gracia la cosa, sino por delicadeza natural, para que el ofensor no se diera cuenta de hasta qué punto era ofensivo lo que acababa de decir), mientras Alfred inclinaba la cabeza al modo de los sordos y Enid echaba un vistazo en torno a ver si localizaba a alguna amiga con quien intercambiar un gesto de complicidad.

A Alfred también le encantaban las bodas. Le parecían el único festejo de propósito verdaderamente justificado. Bajo su invocación autorizaba compras (un vestido nuevo para Enid, un traje nuevo para él, un juego de diez piezas para ensalada, de alta calidad, en madera de teca, para regalo) que normalmente habría vetado, por exorbitantes.

Enid alguna vez soñó, para cuando Denise fuera mayor y hubiera terminado la universidad, con organizar una boda verdaderamente elegante (no, ¡ay!, en el Deepmire, ya que los Lambert eran un caso único, o casi único, en su más íntimo círculo de amigos, y no podían permitirse la astronómica factura del Deepmire), para Denise y un joven alto, ancho de hombros, quizá de origen escandinavo, cuyo rubísimo pelo compensara la negrura y los rizos que Denise había heredado de su madre, pero que en todo lo demás hiciera juego con la novia. Y, por tanto, a Enid estuvo a punto de partírsele el corazón una noche de octubre, cuando no habían pasado ni tres semanas de la boda que Chuck Meisner ofreció a su hija Cindy, la más rumbosa nunca celebrada en Deepmire, con todos los caballeros vestidos de frac, y una fuente de champán, y un helicóptero en la calle 18 del campo de golf, y una banda de ocho componentes tocando fanfarrias, y Denise llamó a casa con la noticia de que su jefe y ella se habían metido en un coche, se habían plantado en Atlantic City y se habían casado ante un juez. Enid, que tenía muy buen estómago (en su vida había vomitado), tuvo que pasarle el teléfono a Alfred y arrodillarse en el cuarto de baño y hacer varias inhalaciones muy profundas.

La primavera anterior, en Filadelfia, Alfred y ella habían almorzado, ya muy tarde, en el ruidosísimo restaurante donde Denise se estropeaba las manos y, de paso, tiraba su juventud por la ventana. Tras la comida, que estuvo bien, aunque muy pesada, Denise se empeñó en presentarles al jefe de cocina de quien había sido alumna y a quien ahora dedicaba todos sus guisos y todas sus salsas. El tal «jefe» de cocina se llamaba Emile Berger y era un judío de Montreal, bajito, de mediana edad, nada simpático, cuya idea de cómo vestir para el trabajo era ponerse una camiseta blanca, de manga corta (como un cocinero, no como un jefe de cocina, pensó Enid; sin chaqueta ni gorro) y cuya idea de cómo afeitarse consistía en ir sin afeitar. A Enid le habría caído mal Emile y lo habría desdeñado en todos los supuestos, sin necesidad, como ocurría entonces, de haber comprendido, por el modo en que Denise bebía sus palabras, que el hombre tenía enganchada a su hija hasta un límite poco aconsejable.

—Qué pesado el pastel de cangrejo —acusó Enid en la cocina—. Al primer bocado ya no podía más.

A lo cual, en vez de pedir perdón y rebajarse, como habría hecho cualquier sanjudeano de pro, Emile respondió diciendo que sí, que si pudiera prepararse, y no fallara el sabor, un pastel de cangrejo de tipo «ligero» podría ser algo maravilloso, pero el problema, señora Lambert, era cómo prepararlo. ¿Eh? ¿Cómo se hace para preparar un pastel de cangrejo ligero? Denise seguía sus palabras con verdadera ansia, como si las hubiera escrito ella, o quisiera aprendérselas de memoria.

Ya fuera del local, antes de que Denise se reincorporara a su turno de catorce horas, a Enid no se le olvidó decirle:

—Qué bajito es, ¿no? Y qué pinta de judío tiene.

El tono no le salió tan controlado como había pretendido, sino bastante más alto y más agudo de lo pertinente, y Enid pudo darse cuenta, por la mirada distante de sus ojos y el rictus de desagrado de su boca, que había herido los sentimientos de Denise. Pero, a fin de cuentas, ella se había limitado a decir la verdad. Y ni por un segundo se le pasó por la cabeza que Denise —quien, por muy inmadura y muy romántica que fuese y por muy poco prácticos que fueran sus proyectos de futuro, acababa de cumplir los veintitrés y tenía una cara y un tipo muy bonitos, y toda la vida por delante— estuviese de veras *saliendo* con un individuo como Emile. En cuanto a qué era exactamente lo que una joven debía hacer con sus encantos físicos mientras le llegaba la plenitud, ahora que las chicas ya no se casan tan jóvenes como antes, Enid, a decir verdad, no tenía una noción muy clara. En general, lo que más adecuado le parecía eran las reuniones en grupos de tres o más personas; es decir, en una palabra: ¡las fiestas! Lo que sí sabía de modo categórico, el principio que ella defendía con más crecida pasión cuanto más lo hacían objeto de mofa y befa en los medios y en los programas de éxito popular, era el carácter inmoral de las relaciones prematrimoniales.

Y, sin embargo, aquella noche de octubre, allí, de rodillas en el cuarto de baño, a Enid le sobrevino la herética idea de que al fin y al cabo quizá habría sido mejor que sus homilías maternales no hubieran puesto tanto énfasis en el matrimonio. Se le ocurrió pensar que la precipitación de Denise bien podía tener origen, en alguna medida, por pequeña que fuera, en su deseo de dar gusto a su madre ajustándose a la moral. Como un cepillo de dientes en un váter, como un grillo muerto en la ensalada, como un pañal en la mesa del comedor, se le plantó delante esa asquerosa duda: quizá habría sido mejor que Denise hubiera tirado por la calle de en medio y hubiera cometido adulterio, mancillándose en un placer egoísta momentáneo, echando a perder la pureza que todo hombre como Dios manda tiene derecho a esperar de su futura mujer, en vez casarse con Emile. ¡Salvo que Denise, para empezar, nunca debería haberse sentido atraída por Emile! Era el mismo problema que Enid tenía con Chip, y hasta con Gary: sus hijos no encajaban bien. No deseaban las mismas cosas que ella y todos sus amigos, y todos los hijos de sus amigos deseaban. Sus hijos deseaban otras cosas, y las deseaban de un modo radical y bochornoso.

Observando, periféricamente, que en la moqueta del cuarto de baño había más manchas de las que ella tenía controladas, y habría que comprar una nueva antes de las vacaciones, Enid oyó que Alfred le ofrecía a Denise pagarles el billete de avión. Le chocaba la aparente tranquilidad con que Alfred recibía la noticia de que su única hija había tomado la decisión más importante de su vida sin consultarle. Pero cuando colgó el teléfono y ella salió del cuarto de baño y él se limitó a comentar que la vida estaba llena de sorpresas, Enid se dio cuenta del modo extraño en que le temblaban las manos a Alfred. Unas sacudidas más amplias y, al mismo tiempo, más intensas que las que a veces le daban por culpa del café. Y a todo lo largo de la semana siguiente, mientras Enid, tratando de salvar la cara ante la ignominiosa situación en que la había puesto Denise, (1) llamaba a sus mejores amigas y les anunciaba, con mucha alegría en la voz, que ¡Denise estaba a punto de casarse! con un canadiense muy agradable, pero que estaba empeñada en que la ceremonia sólo fuese para la familia más cercana, y que presentaría a su marido en el transcurso de una fiesta que se daría en casa de Alfred y Enid durante las Navidades (ninguna de las amigas se tomó en serio la alegría, pero todas le anotaron en el haber aquel esfuerzo por ocultarles su sufrimiento; algunas incluso llevaron su sensibilidad hasta el punto de no preguntarle dónde había puesto

Denise la lista de bodas) y (2) encargaba, sin permiso de Denise, doscientas tarjetas de participación, no sólo para que la boda pareciera más normal, sino también para sacudir un poco el árbol de los regalos, con la esperanza de recibir alguna compensación por los montones y montones de juegos de ensalada en madera de teca que Alfred y ella habían regalado a los demás durante los últimos veinte años; toda esa larga semana, Enid estuvo tan pendiente de los extraños temblores que ahora padecía Alfred, que cuando, por fin, su marido consintió en ir al médico y éste lo mandó al doctor Hedgpeth, que le diagnosticó un Parkinson, una ramificación profunda de su inteligencia se empeñó en asociar la enfermedad con el anuncio de Denise, echándole así la culpa a su hija del subsiguiente derrumbe de su calidad de vida, sin tener en cuenta lo que el doctor Hedgpeth les explicaba con mucho énfasis, es decir, que el Parkinson es una enfermedad somática en origen y gradual en su manifestación. Cuando ya estaban encima las vacaciones y el doctor Hedgpeth les había proporcionado toda clase de folletos y manuales, cuyos mortecinos colores y deprimentes dibujos y espeluznantes fotografías, de consulta médica, les auguraba un futuro igual de mortecino y deprimente y espeluznante, Enid había llegado a la conclusión irrevocable de que Denise y Emile le habían arruinado la vida. Pero tenía órdenes muy estrictas de Alfred en el sentido de recibir a Emile como a un miembro más de la familia. De modo que durante la fiesta en honor de los recién casados se pintó una sonrisa en la cara y aceptó, uno tras otro, los sinceros parabienes de los viejos amigos de la familia, que querían mucho a Denise y que la consideraban un encanto (porque Enid la había educado en la importancia de ser bueno con las personas mayores) (y ¿era eso precisamente su matrimonio, un acto de extremada bondad con una persona mayor?), aunque Enid habría preferido, con mucho, que le diesen el pésame. El esfuerzo que hizo por jugar limpio y animar el ambiente, obedeciendo a Alfred y recibiendo a su maduro yerno de un modo cordial, y sin decir una sola palabra acerca de su religión, sólo sirvió para agravar el bochorno y la rabia que experimentó cinco años más tarde, cuando Denise y Emile se divorciaron y Enid tuvo que comunicar esa noticia, también, a todas sus amigas. Con la enorme importancia que ella atribuía al matrimonio, con lo mucho que había puesto de su parte para aceptar éste, lo menos que podía haber hecho Denise era seguir casada.

—¿Tienes alguna noticia de Emile, de vez en cuando? —preguntó Enid.

Denise secaba los platos en la cocina de Chip.

—De vez en cuando, sí.

Enid se había aparcado en la mesa del comedor y recortaba cupones de las revistas que llevaba en la bolsa de mano de las Nordic Pleasurelines. La lluvia caía sin orden ni concierto, golpeando los cristales y empañándolos. Alfred estaba en la tumbona de Chip, con los ojos cerrados.

—Estaba pensando ahora —dijo Enid—, Denise, que si todo hubiera ido bien, y siguierais casados, lo cierto es que a Emile no le quedan muchos años para convertirse en un anciano. Y eso es muchísimo trabajo. No te puedes imaginar qué responsabilidad tan enorme.

—Dentro de veinticinco años seguirá siendo más joven de lo que papá es ahora —dijo Denise.

—No sé si alguna vez te he hablado de una compañera mía de instituto, Norma Greene —dijo Enid.

—Me hablas de Norma Greene literalmente cada vez que nos vemos.

—Pues entonces ya estás al corriente de su historia. Norma conoció a un señor, Floyd Voinovich, que era un perfecto caballero, unos cuantos años mayor que ella, con un sueldo estupendo, y se quedó fascinada. Siempre la llevaba a Morelli's, y al Steamer, y al Bazelon Room, y el único problema...

—Madre...

—El único problema —porfió Enid— era que estaba casado. Pero no se suponía que Norma tuviera que preocuparse por tal cosa. Floyd la convenció de que el impedimento era temporal. Le dijo que había cometido un tremendo error, que había hecho un matrimonio espantoso, que nunca había querido a su mujer...

—Madre...

—Y que iba a divorciarse.

Enid dejó caer los párpados en un arrebato de placer narrativo. Sabía muy bien que a Denise no le gustaba nada su relato, pero anda que no había cosas que a ella no le gustaban nada en la vida de Denise.

—Bueno, pues la cuestión se prolongó durante años. Floyd era un hombre la mar de zalamero y encantador, y podía permitirse cosas que un hombre de edad más parecida a la de Norma no podía permitirse. Norma se aficionó verdaderamente al lujo y, además, hay que tener en cuenta que había conocido a Floyd a esa edad en que las chicas se vuelven locas cuando se enamoran, y que Floyd no hacía más que jurarle una y otra vez que se iba a divorciar y que se casaría con ella. Por aquel entonces papá y yo ya estábamos casados y habíamos tenido a Gary. Recuerdo que Norma vino a vernos una vez, cuando Gary era pequeño, y todo era cogerlo en brazos y hacerle carantoñas. Le encantaban los niños, le encantaba tener en brazos a Gary, y a mí me hacía sentirme muy mal, porque llevaba años saliendo con Floyd, y él seguía sin divorciarse. Le dije mira, Norma, no puedes continuar así para siempre. Y ella dijo que había tratado de romper con Floyd, que había salido con otros, pero que eran demasiado jóvenes y que los encontraba faltos de madurez... Floyd le llevaba quince años y era un hombre muy maduro, y comprendo que un hombre maduro tiene cosas que pueden resultar atractivas a las jovencitas...

—Madre...

—Pero, claro, los chicos jóvenes no siempre podían permitirse eso de llevarla a sitios de postín y de comprarle flores y de hacerle regalitos, como Floyd (porque, además, tampoco era ella manca sacándole cosas, sólo con ponérsele arisca). Y luego, claro, los chicos jóvenes quieren crear su propia familia, y Norma...

—Ya no era tan joven —dijo Denise—. He traído postre. ¿Os apetece algo de postre?

—Bueno, ya sabes lo que pasó.

—Sí.

—Es una historia tristísima, porque Norma...

—Sí, ya conozco la historia.

—Norma se encontró...

—Madre: *ya lo sé*. Y cualquiera diría que, según tú, esa historia tiene algo que ver con mi situación.

—No, Denise, qué va. Yo ni siquiera sé cuál es tu «situación». Nunca me la has contado.

—Entonces, ¿por qué te empeñas en colocarme una y otra vez la historia de Norma Greene?

—No sé por qué te molesta tanto, si no tiene nada que ver contigo.

—Lo que me molesta es que tú lo creas. ¿Piensas que estoy liada con un hombre casado?

Enid no sólo lo pensaba, sino que de pronto la irritó tanto la idea, la llenó de tanta desaprobación, que se quedó sin aliento.

—Por fin. *Por fin* voy a poder deshacerme de estas revistas —dijo, pasando violentamente las páginas de papel cuché.

—Madre.

—Es mejor que no hablemos del asunto. Como en el ejército: no preguntes, no digas.

Denise permanecía en el umbral de la cocina, con los brazos cruzados y una bayeta en la mano, hecha una bola.

—¿Qué te hace pensar que estoy liada con un hombre casado?

Enid pasó otra página con la misma violencia.

—¿Es por algo que te haya dicho Gary?

Enid hizo un enorme esfuerzo para decir que no con la cabeza. Denise se habría puesto como una furia si hubiera descubierto que Gary había traicionado su confianza, y Enid, aunque se pasaba buena parte de la vida muy enfadada con Gary, por una razón o por otra, también se enorgullecía de saber guardar un secreto, y no quería meter a su hijo en apuros. Era verdad que llevaba meses dándole vueltas a la situación de Denise, y que había acumulado grandes depósitos de rabia. Mientras planchaba, mientras podaba la hiedra, durante las noches sin dormir, ensayaba los juicios —*Éste es el típico comportamiento terriblemente egoísta que nunca comprenderé ni perdonaré* y *Vergüenza me da tener por hija a una persona capaz de vivir de ese modo* y *En una situación así, Denise, mis simpatías están al mil por ciento con la esposa, al mil por ciento*— que sobre el modo de vida de Denise, tan inmoral, estaba ansiosa de emitir. Y ahora se le presentaba una oportunidad de emitirlos. Y, no obstante, si Denise negaba los cargos, toda la rabia de Enid, todo el refinamiento y todos los ensayos de su sentencia, quedarían totalmente desperdiciados. Y si, por otra parte, Denise lo admitía todo, también sería mejor, para Enid, tragarse sus juicios reprimidos, para no correr el riesgo de un enfrentamiento. Enid necesitaba a Denise como aliado en el frente navideño, y no quería embarcarse en un crucero de lujo con un hijo desaparecido inexplicablemente, otro hijo echándole en cara su traición y una hija que acabara de confirmarle sus peores temores.

De modo que hizo un considerable esfuerzo de humildad para decir que no con la cabeza:

—No, no. Gary no me ha dicho nada al respecto.

Denise entrecerró los ojos.

—Al respecto de qué.

—Denise —dijo Alfred—. Déjalo estar.

Y Denise, que no obedecía a Enid en nada, dio media vuelta y se metió en la cocina.

Enid encontró un cupón de sesenta centavos de descuento sobre «I Can't Believe It's Not Butter!», con la compra de panecillos ingleses Thomas. Las tijeras cortaron el papel y, de paso, el silencio recién creado.

—Una cosa voy a hacer en este crucero, sin la menor duda —dijo—. Voy a librarme de una vez de todas estas revistas.

—Ni señal de Chip —dijo Alfred.

Denise llevó a la mesa tres pedazos de tarta, cada uno en su plato de postre.

—Me temo que por hoy ya no volvemos a verle el pelo a Chip.

—Es una cosa rarísima —dijo Enid—. No comprendo por qué no llama por teléfono, al menos.

—He soportado cosas peores —dijo Alfred.

—Hay postre, papá. Mi jefe de repostería me ha preparado una tarta de pera. ¿Quieres sentarte a la mesa para comértela?

—Ay, no, me has puesto un trozo demasiado grande —dijo Enid.

—¿Papá?

Alfred no contestaba. Al ver cómo se le había aflojado la boca y qué expresión de amargura se le había vuelto a poner, Enid pensó que podía estar a punto de suceder algo terrible. Él se volvió hacia las ventanas, cada vez más oscuras, manchadas de lluvia, y se quedó mirándolas sin expresión, con la cabeza gacha.

—¿Papá?

—Hay postre, Al.

Dio la impresión de que algo se deshacía dentro de él. Sin apartar la vista de la ventana, levantó el rostro con algo parecido a una expresión de alegría, como si acabase de reconocer allí fuera a alguien querido.

—¿Qué te pasa, Al?

—¡Papá!

—Hay niños —dijo él, incorporándose en el asiento—. ¿No los veis? —Alzó un dedo índice tembloroso—. Ahí. —El dedo se desplazó lateralmente, para mostrar el movimiento de los niños—. Y ahí. Y ahí.

Se volvió hacia Enid y Denise como esperando que ambas echaran a brincar de gozo ante la noticia, pero Enid no estaba para ninguna clase de alegría. Estaba a punto de embarcarse en el elegantísimo crucero de los Colores del Otoño, y durante su transcurso iba a ser extremadamente importante que Alfred no cometiera errores de ese tipo.

—Alfred, son girasoles —dijo, mitad enfadada, mitad suplicante—. Estás viendo el reflejo de los girasoles en la ventana.

—¡Bueno! —Alfred meneó la cabeza ante el descubrimiento—. Para mí que eran niños.

—No —dijo Enid—. Son girasoles. Has visto girasoles.

Tras haber perdido las elecciones y haberse visto obligado a abandonar el poder, liquidada ya la economía lituana por la crisis del rublo, Gitanas, según contó, se pasaba el día solo en los viejos locales del VIPPPAKJRIINPB17, dedicando sus horas de ocio a diseñar un sitio web cuyo nombre de dominio, lithuania.com, le había comprado a un especulador prusiano oriental, por un camión de fotocopiadoras, de máquinas de escribir de margarita, de ordenadores Commodore de 64 kilobytes y otros materiales de oficina de la era Gorbachov —últimos vestigios físicos del Partido—. Para dar a conocer la grave situación en que se encontraban las pequeñas naciones deudoras, Gitanas creó una página web satírica en que ofrecía DEMOCRACIA CON LUCRO: COMPRE USTED UN TROZO DE LA HISTORIA DE EUROPA y que había sembrado de enlaces y referencias a grupos de noticias norteamericanos y chats para inversores. Los visitantes del sitio eran invitados a enviar dinero al antiguo VIPPPAKJRIINPB17 —«uno de los más venerables partidos políticos de Lituania»—, «piedra angular» de la coalición que gobernó el país «durante tres de los siete últimos años», partido más votado en las elecciones generales de abril de 1993 y, ahora, «partido pro occidental y favorable al mundo de los negocios», que, tras la pertinente reorganización, había pasado a llamarse «Partido del Mercado Libre y Compañía». La página web de Gitanas prometía que tan pronto como el Partido del Mercado Libre y Compañía hubiera comprado los votos suficientes para ganar las elecciones nacionales, sus inversores extranjeros no sólo se convertirían en accionistas ordinarios de Lithuania Incorporated («Estado nacional de carácter mercantil»), sino que también se verían recompensados, en proporción al tamaño de sus inversiones, con recordatorios personalizados de su «heroica contribución» a la «liberación mercantil» del país. Así, por ejemplo, con sólo enviar 100 dólares, cualquier inversor norteamericano tendría derecho a que le pusieran una calle en Vilnius («de no menos de doscientos metros de longitud»); por 5.000 dólares, el Partido del Mercado Libre y Compañía colgaría un retrato del inversor («tamaño mínimo: 60 cm. x 80 cm; marco dorado incluido) en la Galería de Héroes Nacionales de la histórica Casa de los Šlapeliai; por 25.000 dólares, el inversor tendría derecho a que se bautizara con su nombre una ciudad («de no menos de 5.000 habitantes») y a ejercer una modalidad «moderna e higiénica del derecho de pernada» que cumplía con «casi todas» las directrices establecidas en la Tercera Conferencia Internacional sobre Derechos Humanos.

—Era un chistecillo malintencionado —dijo Gitanas desde el rincón del taxi en que se había encajado—. Pero ¿crees tú que alguien se rió? Nadie se rió. Lo que hizo la gente fue mandar dinero. Di una dirección y empezaron a llegar los talones de ventanilla. Cientos de consultas por correo electrónico. ¿Qué fabricaría Lithuania Incorporated? ¿Qué personas llevaban el Partido del Mercado Libre y Compañía? ¿Tenían un sólido currículo en el campo de la dirección de empresas? ¿Estaba yo en condiciones de acreditar pasadas ganancias? ¿Era posible que el inversor optara por bautizar la calle o la localidad con el nombre de alguno de sus hijos, o del personaje de Pokémon que eligiera alguno de sus hijos? Todo el mundo quería más información. Todo el mundo pedía un folleto. ¡Y prospectos! ¡Y títulos de acciones! ¡E información de corretaje! Y si cotizábamos en tal o cual Bolsa, etcétera, etcétera. La gente pretende venir a visitarnos. *Y nadie se ríe.*

Chip golpeteaba su ventanilla con los nudillos y pasaba revista a las mujeres de la Sexta Avenida. La lluvia estaba amainando, se arriaban los paraguas.

—Los beneficios ¿son para ti o para el partido?

—Bueno. Mi filosofía, en este punto, se halla en período de transición —dijo Gitanas.

Extrajo del maletín una botella de akvavit de la que ya habían salido, en el despacho de Eden, unos cuantos chupitos para celebrar el acuerdo. Se corrió un poco en el asiento para tendérsela a Chip, que echó un buen trago y se la devolvió.

—Eras profesor de inglés —dijo Gitanas.

—Sí, he enseñado en la universidad.

—Y ¿de dónde procede tu familia? ¿De algún país escandinavo?

—Mi padre es escandinavo —dijo Chip—. Mi madre es mezcla de varios países del este de Europa.

—En Vilnius, la gente, al verte, va a pensar que eres de allí.

Chip tenía prisa por llegar a casa antes de que se marcharan sus padres. Ahora que llevaba un buen dinero en el bolsillo, un fajo de treinta billetes de cien, ya no le importaba tanto lo que sus padres pensaran o dejaran de pensar de él. De hecho, le parecía recordar que unas horas antes había visto a su padre todo tembloroso e implorante, en la entrada de su casa. Mientras bebía akvavit y pasaba revista a las mujeres de la acera, no lograba concebir que su viejo hubiera podido darle tanto miedo alguna vez.

Cierto que, para Alfred, lo único malo de la pena de muerte era que no se aplicase con la debida frecuencia; cierto, también, que los hombres cuya ejecución por gas o en la silla eléctrica tantas veces reclamó, a la hora de la cena, durante la niñez de Chip, eran casi todos negros de los barrios bajos del norte de St. Jude. («Por favor, Al», solía decir Enid, porque la cena era la «comida en familia», y es que no le entraba en la cabeza que se la pasaran hablando de cámaras de gas y de asesinatos callejeros.) Y una mañana de domingo, tras haberse pasado un rato mirando por la ventana y contando las ardillas, para evaluar el daño a sus robles y

158

a sus zoisias, al modo en que los blancos de los vecindarios marginales tomaban nota de cuántas casas iban perdiendo a manos de «los negros», Alfred llevó a cabo un experimento de genocidio. Indignado ante el hecho de que las ardillas de su no muy extenso jardín delantero carecieran de la autodisciplina suficiente como para dejar de reproducirse o para organizarse mejor, bajó al sótano a buscar una trampa para ratas, dando lugar a que Enid, cuando lo vio subir las escaleras con ella en las manos, dijera que no con la cabeza y emitiera pequeños ruidos de negación.

—¡Hay diecinueve! —dijo Alfred—. ¡Diecinueve!

Hacer apelación a los sentimientos carecía de toda eficacia ante la autodisciplina de tan exacta y tan científica persona. Cebó la trampa con el mismo pan blanco integral que Chip acababa de tomar en el desayuno, en tostadas. A continuación, los cinco Lambert acudieron a la iglesia, y entre el Gloria Patri y el Laus Deo un joven macho de ardilla, incurriendo en un comportamiento de alto riesgo propio de los económicamente desesperados, intentó servirse un poco de pan y acabó con el cráneo aplastado. Al regresar a casa, la familia se encontró con un enjambre de moscas verdes dándose un festín de sangre y de sesos y de pan integral masticado que rebosaba por las mandíbulas rotas de la ardilla. En lo que a Alfred se refiere, su boca y su barbilla quedaron selladas ante el asco que siempre le producía el ejercicio especial de la disciplina: darle una azotaina a un niño, comer rutabaga en ensalada. (Era totalmente inconsciente de que ese asco constituía una traición a la disciplina.) Cogió una pala del garaje y con ella metió la trampa y la ardilla muerta en la misma bolsa de papel que Enid había llenado de garronchuelo, una plaga del césped, el día anterior. Chip seguía todo aquello a unos veinte pasos de distancia y, por consiguiente, pudo ver a Alfred bajar al sótano desde el garaje, con las piernas un poco dobladas, de lado, darse un topetazo con el lavavajillas, pasar corriendo junto a la mesa de ping-pong (siempre lo asustaba ver correr a su padre: era demasiado viejo para eso, demasiado disciplinado) y desaparecer en el cuarto de baño del sótano. Y a partir de ese momento las ardillas fueron libres de hacer lo que les vino en gana.

El taxi se iba acercando a la University Place. A Chip se le pasó por la cabeza la idea de volver a la Cedar Tavern a devolverle el dinero a la encargada, dándole incluso cien dólares extra como compensación, e incluso, quizá, pidiéndole la dirección para escribirle desde Lituania. Estaba inclinándose hacia delante para pedirle al taxista que pusiera rumbo a la taberna, pero no llegó a hacerlo, porque de pronto se le vino un pensamiento completamente distinto: «He robado nueve dólares, eso es lo que he hecho, eso es lo que soy, y, en cuanto a la chica, que tenga mucha suerte.»

Volvió a apoyar la espalda en el asiento y extendió la mano en dirección a la botella.

Delante de su casa, le tendió un billete de cien al taxista y éste lo rechazó con un gesto de la mano: demasiado grande, demasiado grande. Gitanas sacó algo más pequeño de su cazadora roja de motocross.

—¿Por qué no nos encontramos en tu hotel? —dijo Chip.

A Gitanas pareció divertirle la propuesta:

—¿Estás de broma, o qué? Hombre, no es que no me fíe de ti, muy al contrario, pero de todas formas voy a esperarte aquí. Haz las maletas, tómate el tiempo que quieras. Coge algo de abrigo y un sombrero. Trajes y corbatas. Piensa como un hombre de negocios.

Zoroaster, el portero, no estaba a la vista. Chip tuvo que utilizar su llave para entrar. En el ascensor respiró varias veces, muy profundamente, para aliviar su nerviosismo. No tenía miedo, se sentía generoso, estaba dispuesto a darle un abrazo a su padre.

Pero encontró el piso vacío. Su familia tenía que haberse marchado unos minutos antes. Había temperatura humana en el ambiente, una leve presencia de White Shoulders, el perfume de Enid, un olor a cuarto de baño, a persona mayor. La cocina estaba más limpia de lo que Chip la había visto nunca. En la sala, su fregoteo y sus arreglos se notaban más que la noche anterior. Y las estanterías de la biblioteca habían sido despojadas. Y Julia se había llevado sus champús y su secador de pelo del cuarto de baño. Y estaba más borracho de lo que pensaba. Y nadie le había dejado una nota. Lo único que había encima de la mesa del comedor era un pedazo de tarta y un jarrón con girasoles. Tenía que hacer el equipaje, pero todo, en su entorno y en su interior, se le había vuelto tan ajeno, que por unos instantes sólo alcanzó a quedarse allí parado, mirando. Las hojas de los girasoles tenían manchas negras y pálidas senescencias en los bordes; las cabezas, en cambio, eran carnudas y espléndidas, pesadas como bizcochos de chocolate, gruesas como palmas de la mano. En mitad del rostro, tan de Kansas, de un girasol, había un botón sutilmente pálido sobre una aréola sutilmente oscura. Chip pensó que la naturaleza difícilmente podía haber concebido un lecho más provocativo para que un insectito con alas se dejara caer dentro. Tocó el terciopelo marrón y el éxtasis se apoderó de él.

El taxi con los tres Lambert dentro llegó a uno de los embarcaderos del centro de Manhattan, donde un buque blanco de recreo, de planta muy alta, el *Gunnar Myrdal*, tapaba el río y Nueva Jersey y medio firmamento. A la puerta se arremolinaba una multitud compuesta casi exclusivamente de ancianos, que luego se ahilaba en el largo y brillante pasillo. Había algo ultraterreno en aquella migración voluntaria, algo escalofriante en la cordialidad y en la impoluta indumentaria del personal de tierra de las Nordic Pleasurelines, y también en aquellos nubarrones que se dispersaban demasiado tarde para salvar el día; todo ello en silencio. Multitud y crepúsculo junto a la laguna Estigia.

Denise pagó el taxi y puso el equipaje en manos de los mozos encargados de él.

—Bueno, y ahora ¿qué piensas hacer? —le preguntó Enid.

—Volverme a Filadelfia a trabajar.

—Estás guapísima —dijo Enid, espontáneamente—. Me encanta tu pelo cuando lo llevas así.

Alfred asió las manos de Denise y le dio las gracias.

—Ojalá hubiera sido mejor día para Chip —dijo Denise.

—Habla con Gary sobre las Navidades —dijo Enid—. Y piénsate lo de venir una semana.

Denise se levantó el puño de cuero para mirar el reloj.

—Estaré cinco días. Pero no creo que Gary haga lo mismo. Y quién sabe en qué andará Chip cuando llegue el momento.

—Denise —dijo Alfred impacientemente, como si su hija hubiese estado diciendo tonterías—, por favor, habla con Gary.

—De acuerdo, de acuerdo, hablaré con Gary.

Las manos de Alfred se levantaron en el aire.

—¡No sé cuánto tiempo me queda! Tu madre y tú tenéis que llevaros bien. Gary y tú tenéis que llevaros bien.

—Al, te queda mucho...

—¡Todos tenemos que llevarnos bien!

Denise nunca había sido de lágrima fácil, pero se le estaba contrayendo el rostro.

—Está bien, papá, ya hablaré con él —dijo.

—Tu madre quiere celebrar la Navidad en St. Jude.

—Hablaré con él. Te lo prometo.

—Bueno. —Alfred se dio media vuelta súbitamente—. No se hable más.

El viento azotaba su impermeable negro, pero, aun así, Enid se atuvo a su esperanza de que el tiempo fuera perfecto para hacer un crucero, de que la mar se mantuviera en calma.

Con ropa seca, con una maleta plegable y un petate y con cigarrillos —Muratti, suave y letal, a cinco dólares el paquete— Chip llegó al Kennedy con Gitanas Misevičius y embarcó en el vuelo a Helsinki, donde, en flagrante violación de su acuerdo verbal, Gitanas y él no tenían reservada clase business, sino turista.

—Esta noche, a beber, y mañana, a dormir —dijo Gitanas.

Tenían asientos de pasillo y ventanilla. Chip, mientras ocupaba el suyo, recordó el modo en que Julia había dejado colgado a Gitanas. La imaginó recorriendo rápidamente el avión y luego esprintando por el vestíbulo del aeropuerto para al final meterse de cabeza en un acogedor taxi amarillo, de los de toda la vida. Chip sintió una punzada de nostalgia —terror a lo ajeno, amor a lo conocido—, pero, a diferencia de Julia, no le vinieron ganas de salir huyendo. Se quedó dormido en cuanto terminó de abrocharse el cinturón de seguridad. Se despertó un instante durante el despegue y enseguida volvió a quedarse frito, hasta que la población entera de la aeronave, como un solo hombre, encendió los cigarrillos.

Gitanas sacó un ordenador de su funda y lo puso en marcha.

—Así que Julia —dijo.

Por un momento, alarmado entre las nubes de la modorra, Chip creyó que Gitanas lo estaba llamando Julia.

—Mi mujer —dijo Gitanas.

—Ah, sí, claro.

—Sí. Está con antidepresivos. Creo que fue idea de Eden. Tengo la impresión de que Eden le controla la vida en este momento. Se notaba que hoy no me quería en el despacho. Vamos, no quería ni que apareciese por Nueva York. Ahora soy un estorbo. Y, bueno, vale, Julia empieza a tomar esos medicamentos, y de pronto, un día, se despierta y resulta que se niega a estar con ningún hombre con quemaduras de tabaco en la ropa. O eso dice. Que está harta de hombres con quemaduras de tabaco. Que ha llegado el momento de cambiar. Se acabaron los hombres con quemaduras de tabaco.

Gitanas introdujo un CD en la ranura correspondiente del ordenador.

—Pero el apartamento sí que lo quiere. O, por lo menos, su abogado quiere que lo quiera. El abogado matrimonialista que le paga Eden. Alguien cambió las cerraduras, y tuve que sobornar al portero para que me dejara entrar.

Chip cerró la mano izquierda.

—¿Quemaduras de tabaco?

—Sí, sí. Yo siempre llevo unas cuantas.

Gitanas alargó el cuello para ver si había algún vecino a la escucha, pero todos los pasajeros de sus cercanías, menos dos niños con los ojos muy cerrados, estaban ocupadísimos fumando.

—Presidio militar soviético —dijo—. Voy a enseñarte el recuerdo que tengo de mi agradable estancia allí.

Se sacó una manga de la cazadora roja y se remangó la camiseta amarilla que llevaba debajo. Desde la axila, por la cara interna del brazo, y hasta el codo, le corría una cicatriz como de viruela, una especie de constelación de tejido dañado.

—Esto fue en 1990 —dijo—. Ocho meses en un cuartel del Ejército Rojo en el estado soberano de Lituania.

—Fuiste disidente —dijo Chip.

—Sí, eso, disidente.

Volvió a meterse la manga.

—Algo horrible, por supuesto. Agotador, aunque la verdad es que no notábamos el cansancio. El cansancio vino después.

De aquel año, 1990, lo que Chip conservaba en la memoria eran tragedias de la época Tudor, interminables riñas fútiles con

Tori Timmelman, una secreta y nada saludable compenetración con determinados textos de Tori que ilustraban las objetualizaciones deshumanizadoras de la pornografía, y poco más.

—Total —dijo Gitanas—, que me da un poco de miedo mirar esto.

En la pantalla del ordenador había una imagen en blanco y negro, una cama vista desde lo alto, con un bulto bajo las mantas.

—El portero dice que tiene un novio, y yo he reunido alguna información. El inquilino anterior dejó un sistema de vigilancia en el piso. Un detector de movimiento, rayos infrarrojos, fotografía digital. Puedes verlo si quieres. Lo mismo te interesa. Lo mismo se pone caliente la cosa.

Chip se acordó del detector de humo que había en el techo del dormitorio de Julia. Muchas veces se había quedado con la vista clavada en él, hasta que se le secaban las comisuras de la boca y los ojos se le cerraban. Siempre le pareció un detector de humos extrañamente complicado.

Se enderezó en su asiento.

—Quizá sería mejor que no lo mirases.

Gitanas movía el ratón y lo pulsaba intrincadamente.

—Voy a ladear la pantalla, para que no tengas que verlo si no quieres.

Nubarrones de humo se iban formando en los pasillos. Chip llegó a la conclusión de que tenía que encender un Muratti; pero la diferencia entre la inhalación de humo y la inhalación de aire no resultó digna de consideración.

—Lo que me parece —dijo, tapando con la mano la pantalla del ordenador— es que sería mejor para ti que sacases ese disco sin verlo.

Gitanas se quedó verdaderamente sorprendido.

—¿Por qué no voy a verlo?

—Bueno, vamos a pensar un poco por qué.

—Pues más vale que me lo digas tú.

—No, no, vamos a pensar los dos.

Por un momento, la situación se hizo furiosamente jocosa. Gitanas miró un hombro de Chip, luego las rodillas, luego la muñeca, como escogiendo dónde pegarle la primera dentellada. Luego sacó el disco y se lo arrojó a Chip a la cara.

—¡Que te den por el culo!

—Ya, ya.

—Quédate con él. Que te den por el culo. No necesito verlo otra vez. Quédatelo.

Chip se guardó el CD en el bolsillo de la camisa. Se sentía la mar de bien. Estupendamente. El avión había alcanzado su altitud de crucero y el ruido tenía el vago y sostenido rozamiento blanco de unos senos nasales resecos, el color de las ventanillas de plástico rayadas, el sabor del café frío y pálido en vasos reutilizables. La noche del septentrión atlántico era oscura y solitaria, pero allí, en el avión, había luces en el cielo. Había sociabilidad. Era muy bueno estar despierto y sentir tanta gente despierta alrededor.

—O sea que tú también te quemas con el tabaco —dijo Gitanas.

Chip le enseñó la palma de la mano.

—No es nada —dijo.

—Una autolesión. Eres un americano patético.

—Otro tipo de presidio —dijo Chip.

CUANTO MÁS LO PENSABA, MÁS SE ENFADABA

Los provechosos tejemanejes de Gary Lambert con la Axon Corporation comenzaron unas tres semanas antes, una tarde dominical que Gary pasó en su nuevo laboratorio de revelado en color, haciendo copias de dos viejas fotografías de su padre y tratando de sacar placer de ello, para de ese modo, si lo conseguía, quedarse tranquilo en lo tocante a su salud mental.

Gary llevaba mucho tiempo preocupado con su salud mental, pero aquella tarde en concreto, cuando salió de la casa de Seminole Street, grande y a dos aguas, y cruzó el no menos grande jardín trasero y subió las escaleras exteriores de su espacioso garaje, en su cerebro hacía un tiempo estupendo, esplendoroso y cálido, como el que suele hacer en el noroeste de Filadelfia. El brillo de un sol septembrino atravesaba una mezcla de neblina y pequeñas nubes de peana gris, y Gary, hasta donde llegaba su capacidad para seguir y comprender su propia neuroquímica (recordemos que desempeñaba el cargo de vicepresidente del CenTrust Bank, lo que quiere decir que de psicoanalista no tenía nada), tenía la impresión de que sus principales indicadores mostraban una situación más bien saludable.

Gary, en general, aplaudía la moderna tendencia a la gestión individual de los fondos de retiro y los planes de llamadas a larga distancia y la selección de colegios privados, pero la verdad era que no lo emocionaba mucho que dejaran en sus manos la gestión de su propia química cerebral, sobre todo teniendo en cuenta que ciertas personas de su entorno vital —su padre, en concreto— se negaban rotundamente a aceptar ninguna responsabilidad en tal sentido. Aunque a Gary se lo podía acusar de cualquier cosa menos de no hacer las cosas a conciencia. Al entrar en el cuarto oscuro, calculó que sus niveles de Neurofactor 3 (es decir: serotonina, un factor importantísimo) venían indicando picos de siete días o incluso treinta, que también su Factor 2 y su Factor 3 se situaban por encima de las expectativas, y que el Factor 1 se recuperaba del hundimiento de primera hora de la mañana, relacionado con la copa de Armagnac de antes de irse a la cama. Se movía con pasos mullidos, con una agradable conciencia de su estatura por encima de la media y de su bronceado de finales de verano. El resentimiento contra Caroline, su mujer, se mantenía bajo control, a nivel moderado. Los descensos solían predecir incrementos en los índices clave de paranoia (por ejemplo: la persistente sospecha de que Caroline y sus dos hijos mayores se burlaban de él), y su evaluación estacional de lo fútil y breve de la vida guardaba consistencia con la robustez general de su economía mental. Lo suyo no era manía depresiva. Para nada.

Corrió las cortinas de terciopelo, a prueba de luz, y cerró los postigos, sacó una caja de papel 18x24 del voluminoso refrigerador de acero inoxidable y metió dos tiras de celuloide en el limpiador de negativos motorizado —un cachivache muy pesado y muy gustoso de utilizar.

Estaba positivando imágenes del desdichado Decenio de Golf Conyugal que vivieron sus padres. En una se veía a Enid inclinada en terreno muy irregular y de hierba alta, con el ceño fruncido tras las gafas de sol, en la demoledora calorina propia de su tierra natal, estrujando con la mano izquierda el cuello de su muy asendereada madera 5, con el brazo derecho borroso, forzando la postura del hombro, en el intento de enderezar la pelota (una mancha blanca en el lado derecho de la foto) hacia la calle. (Alfred y ella sólo habían jugado anteriormente en campos públicos nada accidentados, rectos, cortos y baratos.) En la otra foto se veía a Alfred con unos pantalones cortos muy ceñidos y una gorra de visera de la Midland Pacific, calcetines negros y unos prehistóricos zapatos de golf, y apuntando con una madera prehistórica a un marcador de tee del tamaño de un pomelo, y sonriendo a la cámara con cara de decir: «A una cosa tan grande sí que le atino.»

Tras haber pasado las ampliaciones por el fijador, Gary dejó entrar la luz y descubrió que ambas fotos estaban cubiertas de unas manchas amarillas muy peculiares.

Maldijo un poco, no tanto porque le importaran las fotografías como porque deseaba seguir de buen humor, con su talante rico en serotonina, y para tal fin necesitaba un mínimo de cooperación por parte del mundo de los objetos.

Fuera, el tiempo iba estropeándose. Corría un hilo de agua en los canalones, un tamborileo en el tejado de las gotas que se desprendían de los árboles altos. A través de las paredes del garaje, mientras efectuaba otro par de ampliaciones, Gary oía a Caroline y a los chicos jugar al fútbol en el jardín trasero. Le llegaba un ruido de balonazos y patadas, algún grito suelto, el retumbo sísmico del balón al chocar con el garaje.

Cuando emergió del fijador el segundo juego de copias con las mismas manchas amarillas, Gary fue consciente de que debía dejarlo. Pero entonces oyó unos golpes en la puerta, y su hijo pequeño, Jonah, entró deslizándose por un lado de la cortina.

—¿Estás revelando? —preguntó Jonah.

Gary, apresuradamente, dobló en cuatro las copias fallidas y las sepultó en la papelera.

—Acabo de empezar —dijo.

Volvió a mezclar las soluciones y abrió una caja nueva de papel fotográfico. Jonah se sentó junto a una de las luces de seguridad y se puso a musitar mientras volvía las páginas de un volumen de los libros de Narnia, *El príncipe Caspian*, de C.S. Lewis, regalo de Denise, la hermana de Gary. Jonah estaba en segundo grado, pero ya leía como un chico de quinto. Solía leer las palabras escritas en una especie de susurro articulado que encajaba a las mil maravillas con su osadía personal, muy de Narnia. Tenía unos ojos oscuros y brillantes y una voz de oboe y un pelo más suave que el visón y podía parecer, incluso a ojos de Gary, más un animalito sensual que un niño.

A Caroline no acababa de gustarle Narnia: C.S. Lewis era un conocido propagandista católico, y el héroe de la serie, Aslan, era un Cristo de cuatro patas y muy peludo. A Gary, en cambio, de pequeño le había encantado la lectura de *El león, la bruja y el armario*, y no por ello se había convertido, con la edad, en ningún meapilas. (De hecho, era de un gran rigor en su materialismo.)

—O sea que matan un oso —informó Jonah—, pero no de los que hablan; y vuelve Aslan, pero la única que puede verlo es Lucy, y los demás no la creen.

Gary, ayudándose de unas pinzas, introdujo los positivos en el baño de paro.

—Y ¿por qué no la creen?

—Porque es la más pequeña —dijo Jonah.

Fuera, bajo la lluvia, Caroline reía y gritaba. Había adquirido la costumbre de ir vestida como una trapera, para ponerse de igual a igual con los chicos. Durante los primeros años de matrimonio ejerció la abogacía, pero, tras el nacimiento de Caleb, habiendo heredado un dinero familiar, empezó a trabajar media jornada, por un salario filantrópicamente bajo, para el Fondo de Protección de la Infancia. Su auténtica vida se centraba en los chicos. Los llamaba sus mejores amigos.

Seis meses atrás, en vísperas del cuadragésimo tercer cumpleaños de Gary, mientras éste y Jonah les hacían una visita a los abuelos, en St. Jude, se presentaron en la casa dos contratistas de la localidad, cambiaron la instalación eléctrica y las cañerías y rehabilitaron toda la segunda planta del garaje, como regalo de cumpleaños de Caroline a Gary. Éste había hablado alguna vez de sacar copias nuevas de sus viejas fotos familiares más queridas, para tenerlas todas juntas en un álbum de cuero, una especie de Los Doscientos Mejores Momentos de los Lambert. Pero a tal propósito le habría bastado con acudir a algún establecimiento del ramo y encargarlo todo, y además los chicos le estaban enseñando el tratamiento de imágenes por ordenador, y en el supuesto de que, aun así, le hubiera hecho falta un laboratorio, siempre habría podido alquilarlo por horas. De manera que el primer impulso de su cumpleaños, cuando Caroline lo condujo hasta el garaje y una vez allí le enseñó un cuarto oscuro que ni quería ni necesitaba, fue echarse a llorar. En ciertos volúmenes de psicología popular que adornaban la mesilla de noche de Caroline había aprendido a identificar las Señales de Aviso de la depresión, y una de esas Señales de Aviso, según todas las autoridades, era la proclividad al llanto intempestivo, de modo que se tragó el nudo que se le había formado en la garganta y se puso a corretear por su nuevo cuarto oscuro, carísimo, explicándole a Caroline (que en aquel momento experimentaba tanto el remordimiento del comprador como el ansia del regalador) que estaba ¡encantadísimo! con el regalo. A continuación, para estar seguro de no hallarse clínicamente deprimido y, también, de que Caroline nunca, ni remotamente, fuera a pensar semejante cosa, tomó la decisión de trabajar en el cuarto oscuro dos veces por semana, hasta completar el álbum de Los Doscientos Mejores Momentos de los Lambert.

La sospecha de que Caroline, consciente o inconscientemente, había tratado de desterrarlo de la casa poniendo el cuarto oscuro en el garaje era otro índice clave de paranoia.

Cuando repicó el cronómetro, Gary trasladó el tercer juego de copias al baño fijador y volvió a aumentar la intensidad de las luces.

—¿Qué son esos manchurrones blancos? —preguntó Jonah, mirando la cubeta.

—No lo sé, Jonah.

—Parecen nubes —dijo Jonah.

El balón golpeó de lleno en un lateral del garaje.

Gary dejó a Enid con el ceño fruncido y a Alfred con la sonrisa puesta, flotando en fijador, y abrió las persianas. Vio que su araucaria y su matorral de bambú, allí cerca, estaban perlados de lluvia. En mitad del jardín trasero, cada uno con su jersey empapado de agua y sucio, que se les pegaba a los omoplatos, Caroline y Aaron respiraban afanosamente mientras Caleb se ataba una bota. Caroline, a los cuarenta y cinco años, tenía unas piernas de adolescente, y el pelo casi tan rubio como el día en que ella y Gary se conocieron, hacía veinte años, durante un concierto de Bob Seger en el Spectrum. Gary, en lo principal, seguía sintiéndose atraído por su mujer y excitándose al verla tan guapa, sin esforzarse en serlo, con su estirpe cuáquera. Por obra de un antiguo reflejo, agarró la cámara y enfocó el teleobjetivo en Caroline.

El rostro de su mujer le quitó las ganas de todo. Tenía un pinzamiento en el ceño, un surco de disgusto en torno a la boca. Enseguida echó a correr detrás de un balón, cojeando.

Gary volvió la cámara hacia su hijo mayor, Aaron, que salía mejor en las fotos pillándolo descuidado, antes de que colocara la cabeza en un ángulo forzado que, a su entender, lo favorecía. El chico estaba congestionado y con el rostro salpicado de barro, allí, bajo la lluvia, y Gary reguló el zoom para obtener un encuadre atractivo. Pero el resentimiento de Caroline superaba ampliamente todas sus defensas neuroquímicas.

Ya habían dejado de jugar al fútbol y Caroline corría hacia la casa, cojeando.

—Lucy hundió la cabeza en la melena de él, para que no le viera el rostro —musitó Jonah.

Llegó un grito procedente de la casa.

Caleb y Aaron reaccionaron instantáneamente y cruzaron el jardín al galope, como protagonistas de una película de acción, para enseguida desaparecer en el interior. Pronto volvió a aparecer Aaron, gritando, con su nueva voz chirriante:

—¡Papá, papá, papá!

La histeria de los demás hizo de Gary un hombre tranquilo y metódico. Salió del cuarto oscuro y bajó lentamente la escalera, resbaladiza por la lluvia. En el espacio abierto situado por encima de los carriles del tren de cercanías, detrás del garaje, era como si la luz, en el aire húmedo, estuviese experimentando un proceso de automejora por venia del chaparrón primaveral.

—¡Papá, la abuela al teléfono!

Gary recorrió el jardín a paso tardo, deteniéndose incluso a examinar, y lamentar, los daños que el fútbol había infligido al césped. El barrio circundante, Chestnut Hill, no dejaba de ser un poco narniano. Arces de cien años y ginkgos y sicómoros, muchos de ellos mutilados para acomodar los cables de alta tensión, se cernían en gigantesca turbamulta sobre las calles parcheadas y vueltas a parchear, con nombres de tribus indias diezmadas. De los Semínola y de los Cherokee, de los Navajo y de los Shawnee. En varios kilómetros a la redonda, a pesar de la gran densidad de población y de la elevada renta per cápita, no había ni una sola carretera, y muy pocas tiendas útiles. La Tierra Olvidada por el Tiempo, lo llamaba Gary. Allí, casi todas las casas, incluida la suya, estaban hechas de una pizarra parecida al estaño en bruto y exactamente del color de su pelo.

—¡Papá!

—Muchas gracias, Aaron, pero ya te he oído la primera vez.

—¡La abuela al teléfono!

—Ya lo sé, Aaron. Me lo has dicho hace un momento.

En la cocina, de suelo de pizarra, halló a Caroline derrumbada en una silla y presionándose los riñones con ambas manos.

—Ha llamado esta mañana —dijo Caroline—. Se me ha olvidado decírtelo. El teléfono ha estado sonando cada cinco minutos, y he tenido que correr...

—Gracias, Caroline.

—He tenido que correr...

—Gracias.

Gary cogió el inalámbrico y lo sostuvo tan lejos como le alcanzaba el brazo, como para mantener a raya a su madre, mientras se trasladaba al comedor, donde lo esperaba Caleb, que tenía un dedo inserto entre las resbaladizas páginas de un catálogo.

—¿Puedo hablar contigo un momento, papá?

—Ahora no, Caleb, tengo a tu abuela al teléfono.

—Sólo quiero...

—Te he dicho que ahora no.

Caleb negó con la cabeza y esbozó una sonrisa de incredulidad, igual que un muy televisado deportista cuando acababa de fallar un penalti.

Gary cruzó el vestíbulo principal, enlosado de mármol, para instalarse en el muy amplio salón, donde le dijo hola al pequeño teléfono.

—Le he dicho a Caroline que volvería a llamar —dijo Enid— si no estabas cerca del teléfono.

—Las llamadas te salen a siete centavos el minuto —dijo Gary.

—O también me podías haber llamado tú.

—Mamá, estamos hablando de veinticinco centavos.

—Llevo todo el día tratando de comunicar contigo —dijo ella—. Mañana por la mañana, como muy tarde, hay que contestarle a la agencia de viajes. Y todavía tengo la esperanza de que vengáis por última vez a pasar las Navidades con nosotros, como le prometí a Jonah, así que...

—Espera un segundo —dijo Gary—. Voy a comentarlo con Caroline.

—Habéis tenido meses para hablarlo, Gary. No voy a quedarme aquí sentada esperando mientras vosotros...

—Es un segundo.

Tapando con el pulgar las perforaciones del receptor del pequeño teléfono, regresó a la cocina, donde encontró a Jonah en lo alto de una silla, con un paquete de Oreos en la mano. Caroline seguía derrumbada, junto a la mesa, respirando superficialmente.

—Ha sido terrible —dijo— la carrera que me he dado para coger el teléfono.

—Llevabas dos horas correteando por el jardín, bajo la lluvia —dijo Gary.

—Sí, pero estaba estupendamente hasta la carrera que me he tenido que dar para coger el teléfono.

—Caroline, ibas cojeando ya antes de que...

—Estaba perfectamente —dijo ella—, hasta que me he pegado la carrera para coger el teléfono, que había sonado ya cincuenta veces.

—Muy bien, vale —dijo Gary—, la culpa es de mi madre. Ahora dime qué quieres que le diga de las Navidades.

—Lo que a ti te parezca. Aquí los recibiremos con mucho gusto.

—Habíamos hablado de ir nosotros allí.

Caroline dijo que no con la cabeza, muy minuciosamente, como borrando algo.

—No *habíamos* hablado nada. Fuiste tú quien hablaste. Yo no dije una palabra.

—Caroline...

—No puedo discutir esto con ella al teléfono. Dile que llame la semana próxima.

Jonah estaba empezando a comprender que podía zamparse todas las galletas que le vinieran en gana, sin que sus padres se diesen cuenta.

—Tienen que combinarlo ahora —dijo Gary—. Están tratando de decidir si hacen una parada aquí el mes que viene, después de su crucero. Depende de las Navidades.

—Me temo que se me ha dislocado una vértebra.

—Si te niegas a hablar del asunto —dijo él—, le comunicaré que pensamos ir a St. Jude.

—¡Ni hablar! Ése no fue el acuerdo.

—Lo que propongo es que hagamos una excepción al acuerdo, por una vez.

—¡No, no! —Mechones húmedos de pelo rubio se desplazaron, agitados, mientras Caroline levantaba acta de la negativa—. No puedes cambiar las reglas así como así.

—Una única excepción no significa cambiar las reglas.

—Dios mío, van a tener que hacerme una radiografía —dijo Caroline.

—Hay que decir sí o no.

Gary sentía en el pulgar el zumbido de la voz de su madre.

Caroline se puso en pie, se apoyó en el pecho de Gary y hundió el rostro en su jersey. Le golpeó ligeramente el esternón con el puñito cerrado.

—Por favor —dijo, acariciándole la clavícula—. Dile que luego la llamarás. Por favor. De verdad que me duele mucho la espalda.

Gary mantenía el teléfono a distancia, con el brazo rígido, mientras ella se apretaba contra él.

—Caroline. Llevan ocho años seguidos viniendo. No es ningún abuso por mi parte pedirte una excepción única. ¿Puedo decirle al menos que nos lo estamos pensando?

Caroline dijo que no con la cabeza, tristísima, y se dejó caer de nuevo en la silla.

—Muy bien, de acuerdo —dijo Gary—. Tomaré mi propia decisión.

Se plantó de dos zancadas en el comedor, donde Aaron, que había estado escuchando, lo miró como a un monstruo de crueldad conyugal.

—Papá —dijo Caleb—, si no estás hablando con la abuela, ¿te puedo preguntar una cosa?

—No, Caleb. Estoy hablando con la abuela.

—¿Puedo hablar contigo en cuanto termines?

—Dios mío, Dios mío, Dios mío —decía Caroline, mientras.

En el salón, Jonah se había repantigado en el sofá de cuero de mayor tamaño, con su torre de galletas y *El príncipe Caspian*.

—¿Madre?

—No entiendo nada —dijo Enid—. Si no es buen momento para que hablemos, pues muy bien, llámame tú más tarde, pero tenerme esperando diez minutos...

—Sí, bueno, pero ya estoy aquí.

—Muy bien, pues ¿qué habéis decidido?

Antes de que Gary pudiese responder, de la cocina llegó un felino aullido de acongojante dolor, un grito como los que hacía quince años lanzaba Caroline durante el acto sexual, antes de que existieran los chicos y pudieran oírla.

—Un segundo, por favor, mamá.

—Esto no está bien —dijo Enid—. Es una falta de educación.

—Caroline —gritó Gary en dirección a la cocina—, ¿crees que podríamos comportarnos un rato como personas mayores?

—¡Ay, ay, ay! —gritó Caroline.

—Nadie se ha muerto de dolor de espalda, Caroline.

—Por favor —gritó ella—, llámala luego. He tropezado en el último peldaño al llegar corriendo. Me duele mucho, Gary.

Él se situó de espaldas a la cocina.

—Perdona, mamá.

—¿Qué está pasando ahí?

—Caroline se ha hecho un poco de daño en la espalda jugando al fútbol.

—No me gusta nada tener que decirlo —dijo Enid—, pero cuanto más viejo se hace uno, más duele todo. Tendría para horas y horas, si me pusiese a hablar de mis dolores. La cadera es que no para de dolerme. Pero también es verdad que con los años va uno adquiriendo un poco de madurez.

—¡Oh! ¡Aaah! ¡Aaah! —gritó Caroline, voluptuosamente.

—Sí, ésa es la esperanza —dijo Gary.

—Total, ¿qué habéis decidido?

—El jurado sigue reunido, en cuanto a las Navidades —dijo él—, pero quizá debáis incluir en vuestros planes hacer una parada aquí...

—¡Ouh, ouh, ouh!

—Se está haciendo tardísimo para hacer reservas en época de Navidad —dijo Enid, en tono severo—. ¿Sabes que los Schumpert hicieron sus reservas para Hawái en abril, porque el año pasado, en que esperaron hasta septiembre, no pudieron conseguir las plazas que...?

Aaron llegó corriendo de la cocina.

—¡Papá!

—Estoy hablando por teléfono, Aaron.

—¡Papá!

—Estoy hablando por teléfono, Aaron, como muy bien puedes ver.

—Dave tiene una colostomía —dijo Enid.

—Debes hacer algo ahora mismo —dijo Aaron—. A mamá le está doliendo de verdad. Dice que tienes que llevarla al hospital.

—La verdad —dijo Caleb, metiéndose en la conversación, catálogo en mano— es que también podrías llevarme a mí a otro sitio.

—No, Caleb.

—Pero es que hay una tienda a la que tengo que ir como sea.

—Las plazas más asequibles son las que antes se agotan —dijo Enid.

—¡Aaron! —gritaba Caroline desde la cocina—. ¡Aaron! ¿Dónde estás? ¿Dónde está tu padre? ¿Dónde está Caleb?

—Está uno intentando concentrarse, y vaya follón —dijo Jonah.

—Lo siento, mamá —dijo Gary—. Voy a buscar un sitio más tranquilo.

—Se está haciendo muy tarde —dijo Enid, con el pánico propio en la voz de una mujer para quien cada día que pasaba, cada hora que pasaba, traía consigo la pérdida de más plazas libres para los vuelos de finales de diciembre, y así se le iba desintegrando, partícula a partícula, la postrera esperanza de que Gary y Caroline fueran con sus hijos a pasar por última vez las Navidades en St. Jude.

—Papá —insistió Aaron, siguiendo a Gary en su camino por las escaleras hacia el piso de arriba—, ¿qué le digo?

—Dile que llame al 911. Usa tu móvil, llama a una ambulancia —dijo Gary, y levantó la voz para añadir—: ¡Caroline! ¡Llama al 911!

Nueve años atrás, durante un viaje al Medio Oeste cuyas particulares torturas incluyeron sendas tormentas de hielo en Filadelfia y St. Jude, un retraso de cuatro horas dentro del avión, con un niño de cinco años, gimiendo, y otro de dos, aullando, una noche con Caleb vomitando ferozmente, como reacción (según Caroline) a la mantequilla y la grasa de beicon que Enid utilizaba para cocinar, y una mala costalada que se dio Caroline por culpa del hielo que cubría el acceso a casa de sus suegros (sus problemas de espalda databan de los tiempos en que jugaba al hockey sobre hierba en Friends' Central, pero se le habían «reactivado», según ella, como consecuencia de aquella caída), Gary le había prometido a su mujer que jamás volvería a irle con la pretensión de pasar las Navidades en St. Jude. Pero ahora sus padres llevaban ocho años seguidos yendo a Filadelfia, y, por poca gracia que le hiciera la obsesión de su madre con las Navidades —que, a su entender, era síntoma de una enfermedad más grave, a saber: un doloroso vacío en la vida de Enid—, la verdad era que no podía echarles en cara a sus padres que quisieran pasarlas en su propia casa ese año. Gary también calculaba que Enid, una vez conseguidas sus «últimas Navidades», se haría menos reacia a la idea de abandonar St. Jude y mudarse al este. En resumidas cuentas, él estaba dispuesto a hacer el viaje, y esperaba un mínimo de cooperación por parte de su mujer: una madura disposición a tener en cuenta las circunstancias especiales.

Se metió en el estudio y cerró la puerta con llave, contra los gimoteos y los gritos de su familia, los pataleos del piso de abajo, la falsa urgencia. Levantó el teléfono de su estudio y apagó el inalámbrico.

—Esto es ridículo —dijo Enid, con voz de derrota—. ¿Por qué no me llamas tú luego?

—No hemos acabado de decidir lo de diciembre —dijo él—, pero muy bien puede ser que vayamos a St. Jude. Y, en ese caso, deberíais hacer un alto aquí cuando volváis del crucero.

Enid hacía mucho ruido al respirar.

—No vamos a hacer dos viajes a Filadelfia este otoño —dijo—. Y quiero ver a los chicos en Navidades, y, en lo que a mí respecta, eso quiere decir que vendréis a St. Jude.

—No, mamá —dijo él—, no, no, no. Todavía no lo tenemos decidido.

—Le prometí a Jonah...

—No es Jonah quien compra los billetes, ni quien manda aquí. Así que tú haces tus planes, nosotros hacemos los nuestros, y esperemos que coincidan.

Gary oyó, con insólita claridad, el frufrú de insatisfacción que emitía la nariz de Enid al respirar. Oyó el murmullo marino de su respiración, y de pronto cayó en la cuenta.

—¿Caroline? —dijo—. Caroline, ¿estás en la línea?

La respiración cesó.

—Caroline, ¿estás escuchando? ¿Estás en el otro teléfono?

Oyó un leve crujido electrónico, un atisbo de estática.

—Mamá, perdona...

Enid:

—¿Qué diablos...?

¡Increíble! ¡Jodidamente increíble! Gary colgó su receptor, abrió la puerta y corrió pasillo abajo, pasando junto a un dormitorio en el que Aaron, delante del espejo, arrugaba el ceño y se situaba en el Ángulo Favorecedor, pasando junto a la escalera principal, donde Caleb permanecía agarrado a su catálogo como un testigo de Jehová a su panfleto, hasta llegar al dormitorio principal, donde estaba Caroline, acurrucada en posición fetal sobre una alfombra persa, con la ropa manchada de barro y una bolsa de hielo, escarchada, puesta en los riñones.

—¿Estás escuchando mientras hablo?

Caroline negó con la cabeza, débilmente, quizá con la esperanza de sugerir que estaba demasiado doliente como para alcanzar el teléfono situado junto a la cama.

—¿Lo niegas? ¿Lo niegas? ¿Me dices que no estabas escuchando?

—No, Gary —dijo ella, en tono diminuto.

—He oído el clic, he oído la respiración...

—No.

—Caroline, hay tres receptores en esta línea, dos de ellos en mi estudio y el tercero aquí mismo. ¿Me oyes?

—No estaba escuchando. He levantado el teléfono —inhaló aire entre los dientes apretados— para ver si había línea. Eso es todo.

—¡Y te has sentado a escuchar! ¡Estabas fisgando! ¡En contra de todo lo que tantísimas veces hemos dicho que nunca haríamos!

—Gary —dijo Caroline, con una vocecilla digna de toda conmiseración—, te juro que no he escuchado nada. La espalda me está matando. He pasado un minuto tratando de colgar el teléfono y no lo he conseguido. Lo he puesto en el suelo. No estaba escuchando. Por favor, trátame con cariño.

Que fuera bello su rostro y que, en él, la expresión de dolor infinito pudiera confundirse con el éxtasis carnal —que la visión de su cuerpo encogido y salpicado de barro y a cuadros rojos y derrotado y con el pelo suelto lo excitara; que una parte de Gary la creyera y rebosase de ternura hacia ella— eran hechos que no hacían sino agravar su sensación de haber sido traicionado. Regresó furioso al estudio y cerró de un portazo.

—Mamá, perdona, lo siento.

Pero la línea estaba muerta. Ahora fue él quien tuvo que marcar el número de St. Jude, a su costa. Por la ventana que daba al jardín trasero veía nubes como conchas de peregrino alumbradas por el sol, llenas de lluvia; y un vapor se desprendía de la araucaria.

Como no era ella quien pagaba esta vez, Enid sonaba mucho más contenta. Le preguntó a Gary si había oído hablar de una compañía llamada Axon.

—Está en Schwenksville, Pensilvania —dijo—. Quieren comprar la patente de papá. Mira, voy a leerte la carta. Estoy un poco preocupada con el asunto.

Gary, en el CenTrust Bank, donde llevaba ahora la División de Valores, estaba especializado, desde hacía mucho tiempo, en operaciones de mayor cuantía, y apenas se ocupaba nunca de los peces pequeños. Axon no le sonaba de nada. Pero, según iba oyendo la carta del señor Joseph K. Prager, de Bragg Knuter & Speigh que le leía su madre, se le fue haciendo evidente el juego que se traían entre manos. Estaba claro que los abogados habían redactado la carta teniendo en cuenta que se dirigían a un anciano —residente en el Medio Oeste, además—, y le habían ofrecido a Alfred un porcentaje mínimo del verdadero valor de la patente. Gary sabía muy bien cómo trabajaban esos picapleitos. Él habría hecho lo mismo si hubiera estado en el lugar de Axon.

—Estoy pensando que deberíamos pedirles diez mil dólares, en vez de cinco mil —dijo Enid.

—¿Cuándo expira la patente? —preguntó Gary.

—Dentro de seis años, más o menos.

—Tiene que tratarse de muchísimo dinero. De otro modo, habrían seguido adelante con sus planes sin respetar la patente.

—La carta dice que es un proyecto experimental y poco seguro.

—Exactamente, madre. Eso es exactamente lo que quieren hacerte creer. Si es tan experimental como dicen, ¿a qué viene tanta molestia? ¿Por qué no esperan seis años?

—Ya. Ya veo.

—Me alegro mucho de que me hayas contado el asunto, madre. Lo que tienes que hacer ahora es escribir a esa gente pidiéndole doscientos mil dólares por la licencia, a tocateja.

Enid tragó saliva como solía hacer mucho tiempo antes, en los desplazamientos familiares, cuando Alfred se metía en el carril de la izquierda para adelantar a un camión.

—¡Doscientos mil dólares! Dios mío, Gary...

—Y un royalty del 1% sobre las ventas brutas de su proceso. Diles que estás totalmente dispuesta a defender tus legítimas aspiraciones ante los tribunales.

—Pero ¿y si dicen que no?

—Créeme, esa gente no tiene ninguna gana de meterse en juicios. Aquí podemos ser agresivos sin ningún peligro.

—Sí, pero la patente es de papá, y ya sabes lo que él piensa.

—Que se ponga al teléfono —dijo Gary.

Sus padres siempre se encogían ante la autoridad, fuese ésta la que fuese. Gary, para convencerse de que a él no le ocurría lo mismo y de que había evitado semejante fatalidad, cuando necesitaba medir su distanciamiento de St. Jude, solía pensar en su personal desparpajo ante la autoridad —incluida la autoridad de su padre.

—Sí —dijo Alfred.

—Papá —dijo Gary—, me parece que deberías ir por esa gente. Están en una posición de escasa fuerza, y puedes sacarles un montón de dinero.

Allá en St. Jude, el anciano permaneció callado.

—No me dirás que piensas aceptar esa oferta —dijo Gary—. Porque no merece la más mínima consideración, papá. Una cosa así no puede ni empezar a pensarse.

—Ya he tomado una decisión —dijo Alfred—. Lo que yo haga no es asunto tuyo.

—Pues sí, sí es asunto mío. Tengo un interés legítimo en ello.

—No, Gary, no lo tienes.

—Sí lo tengo —insistió Gary. Si Enid y Alfred se quedaban sin dinero, serían Caroline y él quienes tendrían que mantenerlos, no la subcapitalizada Denise, ni el inútil de Chip. Pero se controló lo suficiente como para no decirle eso a Alfred—. Por lo menos, haz el favor de comunicarme lo que piensas hacer. Aunque sólo sea por cortesía.

—Si es por cortesía, tendrías que haber empezado por no preguntarme nada —dijo Alfred—. Pero, como ya está hecha la pregunta, te contestaré: voy a aceptar la oferta y luego le daré la mitad del dinero a la Orfic Midland.

El universo es mecanicista: el padre habla, el hijo reacciona.

—Bueno, mira, papá —dijo Gary en el tono de voz bajo y pausado que reservaba para situaciones de mucho enfado y mucha razón por su parte—, no puedes hacer eso.

—Puedo hacerlo y lo voy a hacer —dijo Alfred.

—No, de verdad, papá, tienes que escucharme. No hay absolutamente ninguna razón legal o ética para que repartas tu dinero con la Orfic Midland.

—Utilicé material y equipo del ferrocarril —dijo Alfred—. Se daba por sentado que repartiríamos todos los ingresos derivados de la patente. Y Mark Jamborets me puso en contacto con el abogado de patentes. Sospecho que me dieron una participación de cortesía.

—¡Eso fue hace quince años! La compañía ya no existe. Las personas con quienes llegaste a un acuerdo están todas muertas.

—No todas. Mark Jamborets sigue vivo.

—Mira, papá, es muy loable por tu parte, y comprendo tus ideas, pero...

—Dudo que comprendas nada.

—La ferroviaria fue violada y destripada por los hermanos Wroth.

—No voy a seguir discutiendo.

—¡Es un disparate! ¡Es un disparate! —dijo Gary—. Estás guardando fidelidad a una compañía que os jodió todo lo que pudo no sólo a vosotros, sino también a la ciudad de St. Jude. Y te está jodiendo otra vez, ahora, con el seguro médico.

—Tú tienes tu opinión, yo tengo la mía.

—Y yo te digo que te estás comportando de un modo irresponsable. Sólo piensas en ti mismo. Si a ti te gusta comer mantequilla de cacahuete e ir por ahí recogiendo moneditas del suelo, allá tú, pero no es justo para mamá y no es justo para...

—Me importa un bledo lo que penséis tú y tu madre.

—¡No es justo para mí! ¿Quién va a pagar tus gastos si te metes en dificultades? ¿Quién es tu asidero?

—Aguantaré lo que me toque aguantar —dijo Alfred—. Y comeré mantequilla de cacahuete si tengo que comerla. Me gusta mucho. Es un buen alimento.

—Y si eso es lo que mamá tiene que comer, que lo coma también, ¿verdad? Y comida para perros, si no hay más remedio. A ti que más te da lo que ella quiera o deje de querer, ¿no?

—Mira, Gary, sé muy bien lo que es justo en este caso. No espero que lo comprendas, porque tampoco yo entiendo las decisiones que tú tomas, pero tengo una clara noción de lo que es justo y lo que no es justo. De manera que dejémoslo estar.

—Lo que te digo es que le des a la Orfic Midland dos mil quinientos dólares, si tienes que hacerlo caiga quien caiga —dijo Gary—, pero la patente vale...

—He dicho que lo dejemos estar. Tu madre quiere hablar contigo otra vez.

—Gary —le gritó Enid—, la Sinfónica de St. Jude va a presentar *El cascanueces* en diciembre. Lo hacen maravillosamente con el ballet regional, y las entradas se agotan en un suspiro, o sea que dime, por favor, ¿te parece que reserve nueve localidades para Nochebuena? Hay una matinée a las dos de la tarde, o también podemos ir la noche del veintitrés, si te parece mejor. Tú decides.

—Escúchame, mamá. No permitas que papá acepte esa oferta. No le dejes hacer nada en absoluto hasta que yo haya visto la carta. Quiero que saques una fotocopia y mañana mismo me la mandes por correo.

—Vale, de acuerdo, pero me parece a mí que lo importante ahora es *El cascanueces*, si queremos nueve butacas juntas, porque es que se vende todo en un suspiro, ya te lo he dicho, Gary, algo increíble.

185

Cuando por fin terminó con el teléfono, Gary se apretó los ojos con las manos y vio, grabadas en colores falsos en la oscuridad de su pantalla cinematográfica mental, dos imágenes de golf: Enid mejorando su ángulo con respecto al césped (haciendo trampas, era el término exacto) y Alfred bromeando con lo mal jugador que era.

El buen anciano ya había acudido al mismo recurso de autoderrota catorce años antes, cuando los hermanos Wroth compraron la Midland Pacific. A Alfred le quedaban unos meses para cumplir sesenta y cinco años y, con ello, jubilarse, cuando Fenton Creel, el nuevo vicepresidente de la Midland Pacific, lo invitó a comer en Morelli's de St. Jude. Todos los altos ejecutivos del escalafón de la Midland Pacific habían sido objeto de purga por parte de los hermanos Wroth, en castigo por haberse opuesto a la adquisición, pero Alfred, ingeniero en jefe, no había formado parte de la guardia palaciega. Con el caos de cerrar la oficina de St. Jude y trasladar el centro de operaciones a Little Rock, los Wroth necesitaban que alguien mantuviese el ferrocarril en funcionamiento hasta que el nuevo equipo, con Creel a la cabeza, le cogiese el intríngulis al asunto. Creel le ofreció a Alfred un aumento salarial del cincuenta por ciento y un paquete de acciones de la Orfic, a cambio de que permaneciera dos años más en la compañía, supervisando el traslado a Little Rock y garantizando la continuidad.

Alfred odiaba a los Wroth y su primera reacción fue decir que no, pero aquella noche, en casa, Enid intentó lavarle el cerebro a fondo, haciéndole ver que sólo el paquete de acciones de la Orfic ya valía 78.000 dólares, que su pensión se iba a basar en el salario de los tres últimos años y que aquello era una oportunidad única para mejorar su retiro en un cincuenta por ciento.

Dio la impresión de que tan irrebatibles argumentos habían hecho mudar de propósito a Alfred, pero tres noches más tarde llegó a casa y puso en conocimiento de Enid que aquella misma tarde había presentado su dimisión y que Creel la había aceptado. Le quedaban en ese momento siete semanas para completar el año de salario más elevado de su carrera, de modo que marcharse por propia iniciativa era un disparate sin paliativos. Pero tampoco consideró pertinente, ni en ese momento ni en ninguno posterior, explicar las razones de su brusco cambio. Lo único que dijo fue: «He tomado una decisión.»

Aquel año, durante la cena de Nochebuena en St. Jude, instantes después de que Enid hubiera logrado colocar en el platito del pequeño Aaron un trozo del relleno de avellanas del ganso y Caroline lo hubiera agarrado y, con él en la mano, se hubiera dirigido a la cocina y lo hubiera tirado a la basura como si hubiera sido una cagada de ganso, diciendo «Esto es pura grasa, qué asco», Gary perdió los estribos y gritó:

—¿No podrías haber esperado siete semanas? ¿No podrías haber esperado a cumplir los sesenta y cinco?

—He trabajado muchísimo durante toda mi vida, Gary. Mi retiro no es asunto tuyo.

Y aquel hombre con tantísimas ganas de retirarse que no pudo esperar siete semanas, ¿qué fue lo que hizo con su retiro? Sentarse en el sillón azul.

Gary no sabía nada de la Axon, pero la Orfic Midland pertenecía al tipo de conglomerado de empresas sobre cuyo valor y cuya estructura de dirección él estaba obligado a mantenerse al corriente, porque para eso le pagaban. Así, había llegado a su conocimiento que los hermanos Wroth habían vendido su paquete mayoritario de acciones para cubrir las pérdidas de una operación de extracción de oro en Canadá. Con ello, la Orfic Midland había quedado incorporada a la multitud de megasociedades sin personalidad, verdaderamente indistinguibles unas de otras, cuyas oficinas centrales llenan las afueras de las ciudades norteamericanas; sus ejecutivos se ven reemplazados, igual que las células de un organismo vivo, o como las letras en un juego de sustitución, en el que FIEBRE se transforma en LIEBRE y en LIBRE y en LIBRO, y para cuando Gary había puesto el visto bueno a la última compra masiva de Orfic para la cartera del CenTrust, no quedaba ser humano a quien echar la culpa de que la compañía hubiera cerrado la tercera empresa empleadora más importante de St. Jude, dejando sin servicio ferroviario a gran parte de la Kansas rural. La Orfic Midland ya no formaba parte del sector del transporte. Lo que quedaba de su tendido troncal había sido vendido para que la compañía pudiera concentrarse en la construcción de edificios para cárceles, en la administración de prisiones, en el café para gourmets y en los servicios financieros; un nuevo sistema de cable de fibra óptica de 144 líneas yacía enterrado en la antigua zona de tendido ferroviario propiedad de la compañía.

¿Era a semejante entidad mercantil a quien Alfred pretendía mantenerse fiel?

Cuanto más lo pensaba, más se enfadaba Gary. Permaneció en su estudio, solo, incapaz de regular su creciente agitación o de aminorar el ritmo de locomotora en marcha a que se sucedían sus inhalaciones de aire. También se mantenía ciego al hermoso crepúsculo color calabaza que se iba desplegando tras los tulipíferos de Virginia, más allá de las líneas de cercanías. Lo único que alcanzaba a percibir era que estaba produciéndose el incumplimiento de los principios más elementales.

Allí se habría quedado indefinidamente, rumiando sus obsesiones, acumulando pruebas contra su padre, si no hubiera oído un crujido al otro lado de la puerta de su estudio. Se levantó de un salto y abrió.

Vio a Caleb sentado en el suelo, con las piernas cruzadas, revisando su catálogo.

—¿Ya puedo hablar contigo?

—¿Has estado todo el tiempo sentado ahí, escuchando?

—No —dijo Caleb—. Tú has dicho que podíamos hablar cuando terminaras. Tengo una pregunta. Me gustaría saber qué habitación puedo poner bajo vigilancia.

Hasta del revés veía Gary en el catálogo que los precios del equipo de Caleb —objetos en cajas de aluminio pulido, pantallas LCD— rondaban las tres y cuatro cifras.

—Es mi nuevo hobby —dijo Caleb—. Quiero poner una habitación bajo vigilancia. Mamá dice que puedo utilizar la cocina, si tú no tienes inconveniente.

—¿Pretendes poner la cocina bajo vigilancia, así, por hobby?

—¡Sí!

Gary negó con la cabeza. A él, que tantos hobbies había tenido de pequeño, incluso había llegado a dolerle, en cierto momento, que sus hijos no tuvieran ninguno. Y Caleb había acabado por darse cuenta de que apelando a la palabra «hobby» podía conseguir que Gary diese luz verde a gastos en que de otro modo nunca habría permitido que incurriese Caroline. Así, Caleb tuvo por hobby la fotografía hasta que Caroline le compró una cámara autofoco, una réflex con un zoom mejor que el de la cámara de su padre y una cámara digital con modo automático. Y tuvo por hobby la informática hasta que Caroline le compró un palmtop y un portátil. Pero Caleb iba para los doce años, y Gary ya se conocía demasiado bien el truco. Ahora se ponía a la defensiva en cuanto oía hablar de hobbies. Incluso había conseguido que Caroline le prometiera no comprarle a Caleb ningún equipo más, de ninguna clase, sin consultar primero con él.

—La vigilancia no es ningún hobby —dijo.

—¡Sí que lo es, papá! Fue mamá quien me dio la idea. Dijo que podía empezar por la cocina.

Gary interpretó como nueva Señal de Aviso de depresión el hecho de que su primer pensamiento fuera: «Las bebidas alcohólicas están en un armario de la cocina.»

—Más vale que lo hable yo antes con mamá, ¿de acuerdo?

—Pero es que la tienda cierra a las seis —dijo Caleb.

—Puedes esperar unos días. No me digas que no.

—Pero si llevo toda la tarde esperando. Has dicho que íbamos a hablar y ahora ya casi es de noche.

Que fuera casi de noche otorgaba a Gary el claro derecho a beberse una copa. Las bebidas alcohólicas estaban en un armario de la cocina. Dio un paso en esa dirección.

—¿De qué equipo estamos hablando, exactamente?

—Solamente una cámara, un micrófono y unos servocontroladores. —Caleb le puso el catálogo ante los ojos—. Mira, mira, ni siquiera necesito lo más caro. Ésta sólo vale seis cincuenta. Mamá ha dicho que de acuerdo.

A Gary no se le quitaba de la cabeza la idea recurrente de que había algo desagradable que su familia deseaba olvidar, algo que él era el único que se empeñaba en recordar; algo que sólo requería su asentimiento, su visto bueno, para quedar olvidado. Esta idea constituía, también, una Señal de Aviso.

—Mira, Caleb —dijo—, ésta es la típica cosa de la que luego te cansas a la media hora. Y es demasiado dinero para eso.

—¡No, no! —dijo Caleb, muy angustiado—. ¡Tengo un interés total, papá, es un hobby!

—Pero el caso es que te has aburrido muy deprisa de otras varias cosas que te hemos comprado. Y de todas ellas dijiste lo mismo, que te interesaban muchísimo.

—Esto es diferente —alegó Caleb—. Esto me interesa de verdad.

Estaba clara la determinación del chico de gastar toda la divisa verbal devaluada que fuese menester para conseguir la aquiescencia de su padre.

—¿No comprendes lo que te estoy diciendo? ¿No ves la pauta? —dijo Gary—. Las cosas se ven de una manera antes de comprarlas y de otra muy diferente cuando ya las has comprado. Los sentimientos cambian después de haber comprado. ¿Entiendes lo que te digo?

Caleb abrió la boca, pero antes de soltar un nuevo alegato, u otra lamentación, una ocurrencia le resplandeció en la cara.

—Me parece —dijo, con aparente humildad— que sí que lo entiendo.

—¿Y no crees que vaya a ocurrir lo mismo con este nuevo equipo? —le preguntó Gary.

Caleb dio toda la impresión de estar meditando muy seriamente.

—Esta vez es distinto —dijo al fin.

—Muy bien, pues de acuerdo —dijo Gary—. Pero acuérdate muy bien de esta conversación que acabamos de tener. No quiero ver cómo todo esto termina siendo otro juguete carísimo para entretenerte un par de semanas y luego dejarlo por ahí tirado. Pronto vas a entrar en la adolescencia, y, la verdad, me gustaría ver que vas aprendiendo a concentrarte más en tus cosas.

—¡Eso no es justo, Gary! —dijo Caroline, con mucho calor.

Venía del dormitorio principal, cojeando, con la espalda arqueada y una mano en los riñones, sujetando la sanadora bolsa de hielo.

—Hola, Caroline. No sabía que estuvieras escuchando.

—Caleb no se deja las cosas por ahí tiradas.

—Es verdad, no me las dejo —dijo Caleb.

—Lo que no acabas de entender —le dijo Caroline a Gary—, es que todo puede resultarnos útil en este nuevo hobby. Eso es lo estupendo que tiene. Caleb ha pensado el modo de utilizar todo ese equipo junto en un...

—Muy bien, muy bien, me alegro mucho de saberlo.

—El chico hace algo creativo y tú consigues que se sienta culpable.

En cierta ocasión, Gary llegó a preguntarse en voz alta si con tantos cachivaches como le regalaban al niño no acabarían atrofiándole el ingenio, y a Caroline sólo le faltó acusarlo de calumnia contra su propio hijo. Entre los diversos libros de orientación parental que leía, su preferido era *La imaginación tecnológica: Lo que los niños de hoy han de enseñar a sus padres*, donde Nancy Claymore, doctora en filosofía, ponía en contraposición el agotado «paradigma» del Niño Superdotado como Genio Socialmente Aislado con el «paradigma tecnológico» del Niño Superdotado como Consumidor Creativamente Conectado, arguyendo que los juguetes electrónicos pronto serían tan baratos y alcanzarían tanta difusión, que la imaginación de los niños dejaría de ejercitarse en los dibujos con lápices de colores y la invención de cuentos, para aplicarse a la síntesis y explotación de las tecnologías existentes —una idea que a Gary se le antojaba tan persuasiva como deprimente. Él, a la edad de Caleb, o poco menos, lo que tenía por hobby era hacer construcciones con palos de helado.

—Entonces, ¿podemos ir a la tienda ahora mismo? —dijo Caleb.

—No, Caleb, esta tarde no. Ya son casi las seis —dijo Caroline.

Caleb dio una patada en el suelo.

—¡Siempre pasa lo mismo! Espero y espero y espero, y al final es tarde.

—Vamos a alquilar una película —dijo Caroline—. La que tú quieras.

—No quiero ver ninguna película. Quiero practicar la vigilancia.

—No va a suceder —dijo Gary—, de modo que más vale que te hagas a la idea.

Caleb se metió en su habitación dando un portazo. Gary fue tras él y abrió la puerta con violencia.

—¡Ya está bien! —dijo—. En esta casa nadie da portazos.

—¡Tú das portazos!

—No quiero oír una palabra más.

—¡Tú das portazos!

—¿Quieres pasarte la semana entera encerrado en tu habitación?

Caleb respondió bizqueando los ojos y frunciendo los labios hacia dentro: ni una sola palabra más.

Gary permitió que la vista se le extraviara por rincones del cuarto de Caleb que normalmente ponía especial cuidado en no ver. Allí tirados, en confuso montón, como apilan los ladrones el botín en sus guaridas, había equipo fotográfico e informático y videográfico completamente nuevo, por un valor total que seguramente excedía del sueldo anual de la secretaria de Gary en Cen-Trust. ¡Qué tumulto de lujos en la madriguera de un muchachito de once años! Diversas sustancias químicas que las compuertas moleculares llevaban reteniendo toda la tarde quedaron de pronto en libertad y anegaron los senderos neuronales de Gary. Un aluvión de reacciones desencadenadas por el Factor 6 le relajó los lacrimales y le envío una oleada de náuseas por el nervio neumogástrico abajo: la «sensación» de ir sobrellevando los días por el procedimiento de no prestar atención a las verdades soterradas que a cada momento iban haciéndose más irrefutables y decisivas. La verdad de su propia muerte. De que no por precipitarse a la tumba con un tesoro en las manos iba a lograr salvarse.

La luz de las ventanas iba declinando rápidamente.

—¿De veras vas a utilizar todo ese equipo? —dijo, sintiendo algo duro en el pecho.

Caleb, todavía con los labios en involución, se encogió de hombros.

—Aquí nadie está autorizado a dar portazos —dijo Gary—. Ni yo tampoco. ¿Entendido?

—Muy bien, papá. Lo que tú digas.

Al salir de la habitación de Caleb al ya oscuro pasillo, estuvo a punto de chocar con Caroline, que se alejaba de puntillas y a toda prisa, sobre los pies enfundados en las medias, hacia el dormitorio conyugal.

—¿Otra vez? ¿Otra vez? Te digo que no me espíes y eso es lo primero que haces.

—No estaba espiándote. Ahora voy a tener que echarme.

Y se metió en el dormitorio, cojeando.

—Huye todo lo que quieras, que no vas a encontrar dónde esconderte —le dijo Gary, siguiéndola—. Quiero saber por qué te dedicas a espiarme.

—Eso es pura paranoia tuya. No te estoy espiando.

—¿Paranoia mía?

Caroline se dejó caer en la cama de roble tamaño extra. Después de casarse con Gary, había ido a terapia durante cinco años, dos sesiones a la semana, y el terapeuta, en la sesión final, tuvo a bien declarar que el tratamiento había concluido con un «éxito rotundo»; lo cual la situó para siempre en ventaja con respecto a Gary en la carrera por la salud mental.

—Pareces convencido de que aquí el único que *no* tiene un problema eres tú —dijo—. Y tu madre piensa exactamente lo mismo. Si al menos...

—Caroline, contéstame a una pregunta. Mírame a los ojos y contéstame a una pregunta. Esta tarde, cuando estabas...

—Por Dios, Gary, no empecemos de nuevo. Escucha lo que estás diciendo.

—Cuando andabas correteando por el jardín, bajo la lluvia, estropeándote la ropa, tratando de mantenerte a la altura de un chico de once años y de otro de catorce...

—¡Estás obsesionado! ¡Estás obsesionado con eso!

—Corriendo y resbalándote y pegándole patadas a un balón, bajo la lluvia...

—Te enfadas con tus padres y luego te desahogas con nosotros.

—*¿No cojeabas ya antes de entrar en casa?* —Gary agitó el dedo índice ante el rostro de su mujer—. Mírame a los ojos, Caroline, no apartes la vista. ¡Venga! ¡Hazlo! Mírame a los ojos y dime que no estabas cojeando ya *antes*.

Caroline se retorcía de dolor.

—Te pasas casi una hora hablando con ellos por teléfono...

—¡No puedes mirarme a los ojos! —soltó Gary, en expresión de su amarga victoria—. Me estás mintiendo y te niegas a reconocerlo.

—¡Papá, papá!

El grito venía de la puerta del dormitorio. Gary se dio la vuelta y vio a Aaron moviendo la cabeza con brutales sacudidas, fuera de sí, contorsionado su agraciado rostro, arrasado por las lágrimas.

—¡Deja de gritarle!

El neurofactor del Remordimiento (Factor 26) inundó los parajes del cerebro de Gary especialmente preparados por la evolución para responder a su acción.

—Está bien, Aaron —dijo.

Aaron empezó a dar vueltas sobre sí mismo, marchándose y no marchándose al mismo tiempo, dando grandes zancadas en dirección a ninguna parte, como tratando de estrujarse de los ojos las vergonzosas lágrimas y metérselas en el cuerpo, y que le cayeran por las piernas abajo, para poder pisotearlas en el suelo.

—Papá, por favor, papá, no-le-grites.

—Está bien, Aaron —dijo Gary—. Se terminaron los gritos.

Extendió un brazo para tocar el hombro de su hijo, pero Aaron escapó a todo correr por el pasillo. Gary se desentendió de Caroline y fue tras él, mientras la sensación de aislamiento se le agravaba ante semejante demostración de que su mujer tenía muy fuertes aliados en la casa. Sus hijos la protegerían de su marido. De su marido, que era un gritón. Como su padre lo había sido antes que él. Su padre, antes que él, que ahora estaba deprimido. Pero que, en sus buenos tiempos de gritón, había llegado a intimidarlo de tal modo, que al pequeño Gary nunca se le pasó por la cabeza interceder por su madre.

Aaron estaba tumbado boca abajo en la cama. Por su cuarto acababa de pasar un tornado, dejando ropa y revistas por los suelos, pero respetando dos nódulos de orden: la trompeta Bundy (con sordina y atril) y la enorme colección de cedés por orden alfabético, incluidas las cajas con las ediciones completas de Dizzy y Satchmo y Miles Davis, más grandes surtidos variados de Chet Baker y Wynton Marsalis y Chuck Mangione y Herb Alpert y Al Hirt, todos los cuales le había comprado Gary para fomentarle el interés por la música.

Gary se sentó en el borde de la cama.

—Lamento haberte puesto nervioso —dijo—. Ya sabes que a veces pierdo los estribos y me vuelvo un hijo de perra. Pero es que a tu madre le cuesta un trabajo enorme reconocerlo cuando se equivoca. Sobre todo cuando...

—Se ha hecho. Daño. En la espalda —surgió la voz de Aaron, amortiguada por el edredón de Ralph Lauren—. No es cuento.

—Ya sé que se ha hecho daño en la espalda, Aaron. Yo quiero muchísimo a tu madre.

—Pues entonces *no le grites*.

—Vale. Se acabaron los gritos. Vamos a cenar algo. —Gary aplicó un amago de golpe de judo en el hombro de Aaron—. ¿Qué te parece?

Aaron no se movió. Iban a hacer falta más estímulos verbales para que se animase, pero a Gary no se le ocurría ninguno en aquel momento. Estaba experimentando una escasez crítica de los Factores 1 y 3. Momentos antes había tenido la impresión de que a Caroline le faltaba poco para acusarlo de estar «deprimido», y lo asustaba la posibilidad de que ganase cotización la idea de que estaba deprimido, porque entonces perdería el derecho a opinar. Perdería el derecho a sus certezas morales; cada palabra que pronunciase se convertiría en síntoma de enfermedad; nunca volvería a imponerse en una discusión.

De modo que en este momento era importantísimo resistirse a la depresión, enfrentarse a ella con la verdad.

—Escucha —dijo—. Tú estabas en el jardín, jugando al fútbol con mamá. Dime si no tengo razón en esto. ¿A que ha empezado a cojear antes de meterse en la casa?

Por un momento, mientras Aaron se incorporaba en la cama, Gary creyó que la verdad prevalecería. Pero el rostro de Aaron le mostró un amasijo blanquirrojo de asco e incredulidad.

—¡Eres horrible! —dijo—. ¡Eres horrible!

Y salió corriendo de la habitación.

Normalmente, Gary no habría permitido que Aaron se saliese con la suya en algo así. Normalmente, se habría pasado la tarde discutiendo con su hijo, si hacía falta, hasta conseguir que se disculpara. Pero se le estaban hundiendo los mercados mentales: el glicémico, el endocrino, la sinapsis libre. Se sentía feo, y prolongar ahora su lucha con Aaron lo haría sentirse más feo aún, y la sensación de fealdad era, quizá, entre todas las Señales de Aviso, la más importante.

Se dio cuenta de que había cometido dos errores básicos. Nunca habría debido prometerle a Caroline que aquélla sería la última Navidad en St. Jude. Y antes, mientras ella cojeaba y hacía visajes en el jardín, tendría que haberle sacado, como mínimo, una foto. Lamentó profundamente la ventaja moral que ambos errores le habían hecho perder.

—No estoy clínicamente deprimido —le comunicó a su reflejo en la ya casi oscura ventana del dormitorio. Haciendo uso de una fuerza de voluntad muy considerable y muy medular, se levantó de la cama de Aaron y se puso en marcha, a ver si conseguía que el resto de la tarde transcurriese con normalidad.

Jonah iba escaleras arriba con *El príncipe Caspian*.

—Lo he terminado —dijo.

—¿Te ha gustado?

—Me ha encantado —dijo Jonah—. Es literatura infantil de primera categoría. Aslan hizo una puerta en el aire por la que todo el que entraba desaparecía, todo el que entraba salía de Narnia y volvía al mundo real.

Gary se agachó para ponerse a su altura.

—Dame un abrazo.

Jonah le echó los brazos al cuello. Gary percibió la elasticidad de sus jóvenes articulaciones, su flexibilidad de cachorro, el calor que irradiaba de su cuero cabelludo y de sus mejillas. Se habría abierto las venas del cuello si el chico hubiera necesitado sangre; su amor era así de inmenso; y, sin embargo, no pudo dejar de preguntarse si era únicamente amor lo que en aquel momento quería, si no estaría tratando de montar una coalición. De ganarse un aliado táctico para su bando.

«Lo que esta economía en fase de estancamiento necesita —pensó el Presidente de la Junta de la Reserva Federal, Gary R. Lambert— es una buena inyección de ginebra Bombay Sapphire.»

En la cocina se encontró con Caroline y Caleb, sentados de cualquier modo ante la mesa, bebiendo Coca-Cola y comiendo patatas fritas. Caroline tenía los pies apoyados en otra silla y sendos cojines bajo las corvas.

—¿Qué hacemos para cenar? —preguntó Gary.

Su mujer y su segundo hijo intercambiaron una mirada, como si aquella fuera una de las típicas preguntas sin venir a cuento que habían hecho famoso a Gary. La alta densidad de migas de patatas fritas le indicaba a las claras que su mujer y su hijo no iban a tener muchas ganas de cenar.

—Una parrillada, por ejemplo —dijo Caroline.

—¡Oh, sí, papá, prepara una parrillada! —dijo Caleb, en un inconfundible tonillo de ironía o entusiasmo.

Gary preguntó si había carne.

Caroline se llenó la boca de patatas fritas y se encogió de hombros.

Jonah pidió permiso para encender fuego.

Gary, mientras sacaba hielo de la nevera, se lo concedió.

Normalidad. Normalidad.

—Si coloco la cámara encima de la mesa —dijo Caleb—, también cubrirá una parte del comedor.

—Sí, pero pierdes todo el rincón —dijo Caroline—. Si la pones sobre la puerta trasera, puedes barrer en ambos sentidos.

Gary, escudándose tras la puerta del armarito de las bebidas alcohólicas, vertió ciento veinte mililitros de ginebra sobre los cubitos de hielo.

—¿Alt. ochenta y cinco? —leyó Caleb de su catálogo.

—Eso quiere decir que la cámara se puede enfocar casi en vertical hacia abajo.

Todavía protegido por la puerta del armarito, Gary se echó al coleto un buen trago de ginebra sin enfriar. Luego, tras cerrar el armarito, levantó el vaso, para que todo el mundo pudiera ver, si quería fijarse, la copa tan relativamente discreta que se había servido.

—Lamento daros esta noticia —dijo—, pero la vigilancia queda eliminada. No es un hobby adecuado.

—Papá, has dicho que estabas de acuerdo, si de verdad me interesaba.

—He dicho que iba a pensármelo.

Caleb negó con la cabeza, muy vehementemente:

—¡No, no has dicho eso! Has dicho que podía hacerlo a condición de que no fuese a aburrirme enseguida.

—Eso es exactamente lo que has dicho —corroboró Caroline, con una sonrisa desagradable.

—Sí, Caroline, ya sé que no se te ha escapado una sola palabra. Pero no vamos a poner esta cocina bajo vigilancia. No tienes mi permiso para hacer esas compras, Caleb.

—¡Papá!

—Está decidido.

—Da igual, Caleb —dijo Caroline—. Da igual, Gary, porque él tiene su dinero propio. Y puede gastárselo como le parezca. ¿De acuerdo, Caleb?

Sin que Gary lo viese, por debajo de la mesa, le indicó algo a Caleb con una señal de la mano.

—¡Eso es! ¡Tengo mis propios ahorros! —dijo Caleb, en tono irónico o entusiasta, o ambas cosas a la vez.

—Tú y yo vamos a hablar de este asunto más tarde, Caro —dijo Gary.

Afecto y perversión y estupidez, todos ellos derivados de la ginebra, le bajaban desde detrás de las orejas y se le extendían por los brazos y el torso.

Regresó Jonah, oliendo a mezquite para encender la parrilla. Caroline acababa de abrir otra enorme bolsa de patatas fritas.

—¡Os vais a estropear el apetito! —dijo Gary, forzando la voz, mientras sacaba cosas de comer de los compartimentos de plástico de la nevera.

Madre e hijo volvieron a intercambiar una mirada.

—Sí, por supuesto —dijo Caleb—. Hay que dejar sitio para la parrillada.

Gary se aplicó con toda energía a cortar la carne y ensartar las verduras. Jonah puso la mesa, espaciando los cubiertos con la precisión que a él le gustaba. Había cesado la lluvia, pero la terraza aún estaba resbaladiza cuando Gary salió.

Al principio fue una especie de chiste familiar: papá siempre pide parrillada en los restaurantes, papá sólo quiere ir a restaurantes con parrillada en el menú. Y, de hecho, para Gary había algo infinitamente delicioso, algo irresistiblemente lujoso, en una porción de cordero, una porción de cerdo, una porción de ternera y un par de salchichas, al estilo moderno, delgadas y tiernas; es decir, en la clásica parrillada. Le gustaba tanto que empezó a preparársela en casa. Junto con la pizza, la comida china para llevar y los platos completos de pasta todo en uno, la parrillada de carne se convirtió en uno de los alimentos básicos de la familia. Caroline contribuía todos los sábados, llevando a casa múltiples bolsas de carne, pesadas y sanguinolentas, además de salchichas; y no pasó mucho tiempo antes de que Gary estuviera preparando parrillada dos y hasta tres veces por semana, desafiando las peores condiciones climatológicas de la terraza, y encantado de la vida, además. Hacía pechugas de perdiz, higadillos de pollo, filets mignons, salchichas de pavo a la mexicana. Hacía calabacín y pimientos rojos. Hacía berenjenas, pimientos amarillos, chuletitas de lechal, salchicha italiana. Se sacó de la manga una combinación de salchicha de cerdo de primera calidad, costilla y bok choy. Le encantaba y le encantaba y le encantaba y luego, de pronto, dejó de encantarle.

El término médico, ANHEDONIA, se le presentó en uno de los libros que Caroline tenía en la mesilla de noche, titulado *¡Para sentirse estupendamente!* (Ashley Tralpis, Doctora en Medicina, Doctora en Filosofía). Cuando leyó la definición de ANHEDONIA en el diccionario, fue como si lo hubiera sabido desde siempre, como una especie de confirmación malévola: sí, sí. «Condición psíquica caracterizada por la incapacidad para obtener placer de actos normalmente placenteros.» La ANHEDONIA era algo más que una Señal de Aviso, era un síntoma con todas las de la ley. Una podredumbre seca que se extendía de placer en placer, un hongo que menoscababa el deleite del lujo y la alegría del ocio, los dos factores en que durante tantos años se había sustentado la resistencia de Gary al pensamiento de pobre de sus padres.

En marzo del año anterior, en St. Jude, Enid había hecho la observación de que, para ser vicepresidente de un banco y estar casado con una mujer que sólo trabajaba a tiempo parcial, y a beneficio de inventario, para el Fondo de Defensa de la Infancia, Gary se pasaba un montón de horas en la cocina. En aquella ocasión, Gary le tapó la boca a su madre con bastante facilidad: estaba casada con un hombre que no sabía ni hacer un huevo pasado por agua, y era evidente que sentía celos. Pero el día de su cumpleaños, cuando, a su regreso en avión de St. Jude, con Jonah, se encontró con la carísima sorpresa de un laboratorio de revelado en color, y, poniendo no poco empeño, logró exclamar: «¡Oh, un laboratorio fotográfico, qué maravilla!», y Caroline le tendió una bandeja con gambas sin cocer y unos brutales filetes de pez espada para hacer a la parrilla, Gary se preguntó si no tendría un poco de razón su madre. En la terraza, con un calor radiante, mientras ennegrecía las gambas y chamuscaba el pez espada, sintió que lo invadía el cansancio. Las facetas de su vida no relacionadas con la preparación de parrilladas se le antojaban ahora simples burbujas de enajenación entre los muy poderosos momentos recurrentes en que encendía el mezquite y se ponía a dar vueltas por la terraza para evitar el humo. Cerrando los ojos, veía retorcidos cagajones de carne oscurecida sobre una parrilla de cromo y de carbones infernales. El fuego eterno, el fuego de los condenados. Los extenuantes tormentos de la repetición compulsiva. En las paredes interiores de la parrilla se había acumulado una espesa alfombra de negras grasas fenólicas. El terreno de detrás del garaje, que Gary utilizaba para arrojar las cenizas, parecía un paisaje lunar o el patio de una fábrica de cementos. Estaba muy, pero que muy harto de la parrillada mixta, y a la mañana siguiente le dijo a Caroline:

—Paso demasiado tiempo en la cocina.

—Pues no pases tanto —dijo ella—. Podemos comer fuera.

—Quiero comer en casa y quiero pasar menos tiempo en la cocina.

—Pues encarga la comida —dijo ella.

—No es lo mismo.

—Tú eres el único a quien le gusta sentarse a la mesa para comer. A los chicos les importa un rábano.

—A mí sí me importa. Para mí sí es importante.

—Muy bien, pero mira, Gary, a mí no me importa, a los chicos no les importa, de modo que ¿por qué íbamos a tener que cocinar para ti?

No podía echarle toda la culpa a Caroline. Durante los años en que trabajó a tiempo completo, Gary nunca se había quejado de la comida de encargo, ni de los platos congelados, ni de los precocinados. A ojos de Caroline, aquello tenía que constituir una especie de modificación, a su costa, de las normas de convivencia. Pero, a ojos de Gary, lo que ocurría era que la propia naturaleza de la vida familiar estaba modificándose, que el deseo de estar juntos, el cariño filial, el sentido de la fraternidad, ya no se valoraban como antaño, cuando él era joven.

De manera que allí seguía, preparando parrilladas. Por la ventana de la cocina vio a Caroline echándole un pulso de pulgares a Jonah. La vio colocarse los auriculares de Aaron para escuchar música, la vio decir que sí con la cabeza, siguiendo el ritmo. Aquello parecía una verdadera estampa de vida familiar. ¿Qué era lo que fallaba, sino la depresión clínica del hombre que desde lejos contemplaba la escena?

A Caroline parecía habérsele olvidado cuánto le dolía la espalda, pero lo recordó nada más hacer aparición Gary con una bandeja humeante y vaporosa, repleta de proteína animal vulcanizada. Sentada de medio lado, se dedicó a desplazar la comida por el plato, con el tenedor, lanzando suaves quejidos. Caleb y Aaron la miraban, con gran preocupación.

—¿A nadie más le interesa saber cómo termina *El príncipe Caspian*? —dijo Jonah—. ¿Nadie siente curiosidad?

A Caroline le temblaban los párpados, y permanecía con la boca lastimeramente abierta, como esforzándose por conseguir que un poquito de aire entrase y saliese de sus pulmones. Gary puso todo su empeño en encontrar algo no deprimido que decir, algo razonablemente falto de hostilidad, pero estaba más bien borracho.

—Por Dios, Caroline —dijo—, ya sabemos todos que te duele la espalda y que te encuentras muy mal, pero ¿no podrías sentarte derecha en la silla, por lo menos?

Sin decir una palabra, Caroline se dejó resbalar de la silla, se acercó al fregadero cojeando con el plato en la mano y lo vació en el triturador de basuras, para enseguida, cojeando otra vez, ausentarse escaleras arriba. Caleb y Aaron se excusaron, trituraron también su cena y fueron en pos de su madre. En total, sus buenos treinta dólares de carne habían ido a parar al sumidero, pero Gary, en un intento por mantener sus niveles de Factor 3 por encima del nivel del suelo, consiguió no pensar en la cantidad de animales que habían tenido que dar sus vidas a tal propósito. Allí estaba, en el plomizo crepúsculo de su mareo, comiendo sin paladear, y escuchando el parloteo de Jonah, brillante e inasequible al desaliento.

—El filete de falda es estupendo, papá, y me apetece un poco más de calabacín a la parrilla, por favor.

Desde arriba, desde el cuarto de estar, llegaban los ladridos de la tele en hora de máxima audiencia. Por un momento, Gary sintió lástima de Aaron y Caleb. Era una verdadera carga tener una madre que los necesitaba tantísimo, sentirse tan responsables de su bienestar, y bien lo sabía Gary. También comprendía que Caroline estaba mucho más sola en el mundo de lo que él lo estaba. Su padre, antropólogo, apuesto y carismático, había muerto en un accidente de aviación, en Mali, cuando ella tenía once años. Los padres de su padre, viejos cuáqueros a quienes todavía se les escapaba un «vos» de vez en cuando, le habían legado la mitad de sus posesiones, entre ellas un cuadro de Andrew Wyeth bastante cotizado, tres acuarelas de Winslow Homer y cuarenta nemorosos acres en los alrededores de Kennett Square, que un constructor le compró a precio de oro. La madre de Caroline, que andaba por los setenta y seis años y que gozaba de una buena salud alarmante, vivía con su segundo marido en Laguna Beach y era una de las más considerables benefactoras del Partido Demócrata de California. Viajaba al Este todos los años, en abril, y se pasaba el tiempo alardeando de no ser «una de esas viejas» obsesionadas con sus nietos. El único hermano de Caroline, Philip —un soltero que miraba a todo el mundo por encima del hombro y que llevaba los bolígrafos en un protector de bolsillo— era físico especializado en cuerpos sólidos y su madre lo adoraba de un modo escalofriante. Gary no había conocido ninguna familia así en St. Jude. Desde el principio, había querido más a Caroline por la pena que le daba la situación de infortunio y de falta de atención en que se había criado. Y se fijó la meta de crear para ella una familia mejor.

Pero después de cenar, mientras Jonah y él cargaban el lavavajillas, oyó risas femeninas en el piso de arriba, francas carcajadas, y decidió que Caroline se estaba portando muy mal con él. Le vinieron ganas de subir y aguarles la fiesta. Según le desaparecía de la cabeza el zumbido de la ginebra, se le iba haciendo audible el sonido metálico de una ansiedad anterior. Una ansiedad relacionada con la Axon.

Le habría gustado conocer la razón de que una compañía metida en un proceso altamente experimental se hubiese molestado en ofrecerle dinero a su padre.

Que la carta a Alfred viniese de Bragg Knuter & Speigh, firma que solía trabajar muy estrechamente con los bancos de inversión, sugería *diligencia debida*: poner los puntos sobre las *íes* y las barras en las *tes*, en vísperas de algo grande.

—¿No quieres subir con tus hermanos? —le preguntó Gary a Jonah—. Da la impresión de que se lo están pasando pipa.

—No, gracias —dijo Jonah—. Voy a leer el libro siguiente de Narnia, y he pensado bajarme al sótano, para estar más tranquilo. ¿Te vienes?

El viejo cuarto de juegos del sótano, tan deshumidificado y tan enmoquetado y con las paredes tan forradas de madera de pino como el primer día, tan *bonito* como el primer día, ya padecía la necrosis de acumulación que tarde o temprano mata todos los espacios habitados: altavoces, bloques de poliestireno de los que se utilizan en embalaje, material de playa y de esquí fuera de uso, todo ello amontonado de cualquier manera. Los juguetes viejos de Aaron y Caleb ocupaban cinco cajas grandes y doce pequeñas. El único que los tocaba de vez en cuando era Jonah, y ante tamaña superabundancia, incluso él, solo o con algún amigo, seguía un método de aproximación esencialmente arqueológico. Podía dedicar una tarde entera a sacar la mitad de las cosas de una sola caja grande, clasificando con mucha paciencia las figuras de acción y sus accesorios, los vehículos y las piezas de construcción, por escala y fabricante (arrumbando detrás del sofá los juguetes que no hacían juego con ninguna otra cosa), pero rara vez llegaba al fondo de una sola caja sin que su amigo tuviera que marcharse o se presentara la hora de cenar, y entonces lo que hacía era volver a sepultar todo lo que había sacado de la sepultura, de manera que esos juguetes, cuya profusión debería haber sido un auténtico paraíso para un niño de siete años como Jonah, se quedaban sin nadie que jugara con ellos, trocándose en una lección más de ANHEDONIA que Gary debía ignorar del mejor modo posible.

Mientras Jonah se instalaba para emprender su lectura, Gary puso en marcha el «viejo» portátil de Caleb y se conectó a internet. Escribió las palabras «axon» y «schwenksville» en el recuadro del buscador. Uno de los dos resultados de la búsqueda fue la página principal de la Axon Corporation, que, cuando Gary intentó entrar en ella, resultó encontrarse en renovación. La otra dirección era una página colgada a mucha profundidad en el sitio web de Westportfolio Biofunds, cuya relación de Compañías privadas a seguir era un ciberpiélago de gráficos desmadejados y faltas de ortografía. La página de Axon había sido actualizada por última vez un año antes.

Axon Corporation, 24 East Industrial Serpentine, Schwenksville, PA, Sociedad de Responsabilidad Limitada inscrita en el registro del estado de Delaware, posee los derechos internacionales del Proceso Eberle de Neuroquimiotaxis Dirigida. El Proceso Eberle está protegido por las Patentes de Estados Unidos 5.101.239, 5.101.599, 5.103.628, 5.103.629 y 5.105.996, cuyo único y exclusivo titular es la Axon Corporation. Axon se dedica al refinado, comercialización y venta del Proceso Eberle a hospitales y clínicas del mundo entero, así como a la investigación y desarrollo de tecnologías relacionadas. Su fundador y presidente es el Dr. Earl H. Eberle, ex Profesor Emérito de Neurobiología Aplicada en la Escuela de Medicina de Johns Hopkins.

El Proceso Eberle de Neuroquimiotaxis Dirigida, también llamado Quimoterapia Reverso-Tomográfica Eberle, ha revolucionado el tratamiento de los neuroblastomas inoperables y otras varias anomalías morfológicas del cerebro.

El Proceso Eberle utiliza radiación por radiofrecuencia controlada por ordenador para encaminar potentes carcinocdies, mutágenos y determinadas toxinas no específicas hacia los tejidos cerebrales patógenas, activándolos in situ sin dañar los tejidos sanos circundantes.

En este momento, debido a la limitada potencia de los ordenadores, el Proceso Eberle requiere la sedación e inmovilización del paciente en un Cilindro Eberle durante un máximo de treinta y seis horas, mientras campos minucionsamente controlados dirigen los ligandos terapéuticamente activos y los transportadores que los llevan «a cuestas» hacia la zona en que se localiza el mal. Se espera que los Cilindros Eberle de la próxima generación reduzcan el tratamiento máximo total a menos de dos horas.

El Proceso Eberle recibió en 1996 la aprobación total de la Food and Drug Administration, que lo consideró una terapia «segura y eficaz». En los años sucesivos, la extensión de su empleo clíncico en el mundo entero, como se detalla en las numerosas publicaciones abajo enumeradsa, no ha hecho sino confirmar su seguridad y eficacia.

Las esperanzas de Gary de sacarle unos megadólares rápidos a la Axon se iban desvaneciendo ante la ausencia de ciberbombos y ciberplatillos. Ya un poco e-cansado, luchando contra el e-dolor de cabeza, hizo una búsqueda con «earl eberle». Entre los varios cientos de coincidencias había artículos como NUEVA ESPERANZA PARA EL NEUROBLASTOMA y UN GIGANTESCO SALTO ADELANTE y ESTE REMEDIO PUEDE VERDADERAMENTE SER MILAGROSO. Eberle y sus colaboradores también estaban representados en revistas profesionales con «Estimulación remota ayudada por ordenador de los Puntos de Recepción 14, 16A y 21: Demostración práctica», «Cuatro complejos de acetato férrico de baja toxicidad que superan las pruebas del BBB», «Estimulación in vitro por radiofrecuencia de los microtúbulos coloidales», y varios documentos más, hasta la docena. No obstante, la referencia que más llamó la atención de Gary había aparecido seis meses antes en *Forbes ASAP*:

Algunos de estos desarrollos, como el catéter de globo Fogarty y la cirugía corneal Lasik, son verdaderas gallinas de los huevos de oro para las compañías que poseen las respectivas patentes. Otros, con nombres esotéricos como el **Proceso Eberle** de Neuroquimiotaxis Dirigida, hace ricos a sus inventores, a la antigua usanza: un hombre, una fortuna. El **Proceso Eberle**, que hasta 1996 carecía de aprobación administrativa, pero que hoy es comúnmente reconocido como patrón oro del tratamiento de un amplio tipo de lesiones y tumores cerebrales, se calcula que reporta a su inventor, Earl H. («Ricitos») Eberle, neurobiólogo de la Johns Hopkins, no menos de 40 millones de dólares anuales en concepto de licencias de uso, etc., en el mundo entero.

Cuarenta millones de dólares anuales ya sonaba un poco mejor. *Cuarenta millones de dólares anuales* volvieron a poner en su sitio las esperanzas de Gary y volvieron a cabrearlo de mala manera. Earl Eberle ganaba *cuarenta millones de dólares anuales*, y a Alfred Lambert, igual de inventor que él (pero, eso sí, reconozcámoslo: de temperamento perdedor, uno de los mansos de la tierra) le ofrecían cinco mil dólares por las molestias. ¡Y, además, él se empeñaba en repartir el botín con Orfic Midland!

—Me encanta este libro —informó Jonah—. Por ahora, es el libro que más me ha gustado nunca.

Así que, se preguntó Gary, ¿a qué viene tanta prisa en quedarse con la patente de papá, Ricitos? ¿Por qué tanto insistir? La intuición financiera, un cálido hormigueo a la altura de los riñones, le decía que, a fin de cuentas, quizá le hubiera caído en las manos un buena pieza de información interna. Una pieza de información interna de fuente accidental (y, por tanto, perfectamente legítima). Una buena pieza de jugosa carne privada.

—Es como si fueran en un crucero de lujo —dijo Jonah—, sólo que se dirigen al fin del mundo. Porque ahí es donde vive Aslan, en el fin del mundo.

En la base de datos «Edgar» de la Security and Exchange Commission, Gary encontró un informe no autorizado, de los que se utilizan para distraer la atención de los analistas, sobre una oferta pública inicial de acciones de Axon. La oferta estaba prevista para el 15 de diciembre, a más de tres meses vista. El principal suscriptor era Hevy & Hodapp, un banco inversor de élite. Gary comprobó ciertos signos vitales —el movimiento de efectivo, el volumen de la emisión, el volumen de intercambio— y, con hormigueo en los riñones, pinchó el botón de Descargar más tarde.

—Son las nueve, Jonah —dijo—. Sube a bañarte.

—Me gustaría ir en un crucero, papá —dijo Jonah, ya escaleras arriba—, si pudiera ser.

En el mismo campo de búsqueda, con las manos un poquitín parkinsonianas, Gary escribió «bella», «desnuda» y «rubia».

—Haz el favor de cerrar la puerta, Jonah.

Apareció en pantalla la imagen de una bella rubia desnuda. Gary situó el cursor e hizo clic con el ratón y se vio un hombre desnudo, muy moreno por el sol, fotografiado más bien por detrás, pero también en primer plano de las rodillas al ombligo, prestando su muy túmida atención a la bella rubia desnuda. Se notaba un poco la línea de montaje de las imágenes. La bella rubia desnuda era como la materia prima que el hombre desnudo y bronceado estaba deseando procesar con su herramienta. Primero había que retirar el colorido embalaje, luego se hacía que la materia prima se pusiera de rodillas, y el obrero semicualificado le encajaba la herramienta en la boca, luego se situaba la materia prima tumbada de espaldas mientras el obrero la sometía a calibración oral, luego el obrero colocaba la materia prima en una serie de posiciones horizontales y verticales, plegando y curvando la materia prima tanto como fuera menester, a fin de procesarla vigorosísimamente con su herramienta...

Las fotos estaban teniendo el efecto de ablandar a Gary, en vez de endurecerlo. Se preguntó si no habría alcanzado ya la edad en que el dinero excita más que una bella rubia desnuda entretenida en actos sexuales, o si la ANHEDONIA, la depresión del padre solitario encerrado en un sótano, no estaría invadiéndolo incluso allí.

Arriba sonó el timbre. Del primer piso, retumbando contra los peldaños de la escalera, bajaron unos pies adolescentes a abrir la puerta.

Gary despejó a toda prisa la pantalla del ordenador y subió a la planta baja con el tiempo justo para ver que Caleb subía al primer piso con una caja de pizza de buen tamaño. Gary lo siguió, para luego permanecer un momento ante la puerta del cuarto de estar, oliendo el pepperoni y escuchando el masticar sin palabras de su mujer y sus hijos. En la tele había algo militar, un carro de combate o un camión, rugiendo con acompañamiento de música de película bélica.

—Aumentamos la presión, teniente. ¿Va usted a hablar de una vez? —Con acento alemán.

En *Educación no intervencionista: Lo que hace falta saber en el nuevo milenio*, la doctora Harriet L. Schachtman aconsejaba: «Con demasiada frecuencia, los padres actuales, llevados por su propia ansiedad, tienden a "proteger" a sus hijos de los llamados "estragos" de la televisión y de los juegos de ordenador, y lo único que consiguen es exponerlos a estragos mucho más perjudiciales, como el ostracismo social a que se verán sometidos por parte de sus compañeros.»

Para Gary, a quien de pequeño sólo le permitían ver la tele media hora diaria y que nunca se sintió víctima de ningún ostracismo, la teoría de Schachtman era una receta para permitir que fueran los padres más consentidores de la comunidad quienes fijaran las normas, forzando a los demás padres a rebajar las suyas, para no disentir. Pero Caroline aceptaba semejante teoría de todo corazón, y dado que ella era la única depositaria de la ambición de Gary de no parecerse a su padre y que además estaba convencida de que el mejor modo de enseñar a los chicos era la interacción de igual a igual, y no la educación paterna, Gary cedía ante su parecer y permitía a los chicos un acceso casi ilimitado a la televisión.

Pero nunca previó que el sometido a ostracismo fuera a ser él.

Se retiró a su estudio y volvió a marcar el número de St. Jude. El inalámbrico de la cocina seguía encima de su mesa, recordándole los momentos desagradables que acababa de pasar y los que aún le quedaban por pasar.

Con quien quería hablar era con Enid, pero fue Alfred quien se puso al teléfono y le dijo que su madre estaba en casa de los Root, haciéndoles una visita.

—Esta noche se reúne la asociación de nuestra calle —dijo.

Gary, en un primer momento, pensó llamar más tarde, pero enseguida se rebeló ante la idea de dejarse acobardar por su padre.

—Papá —dijo—, he estado haciendo averiguaciones sobre la Axon. Se trata de una compañía con muchísimo dinero.

—No quiero que metas las narices en esto, Gary, ya te lo he dicho —replicó Alfred—. Además, el asunto ya está visto para sentencia.

—¿Qué quieres decir con visto para sentencia?

—Quiero decir lo que digo. Ya está liquidado. Los documentos ya están registrados ante notario. Recupero mis gastos de abogado y se acabó.

Gary se presionó la frente con dos dedos.

—Por Dios, papá. ¿Has ido al notario? ¿En domingo?

—Ya le diré a tu madre que has llamado.

—No eches esos documentos al correo. ¿Me oyes?

—Gary, ya estoy harto de este asunto.

—Pues mira, mala suerte, porque yo acabo de empezar con este asunto.

—Te he pedido que no me hables de ello. Si no te comportas como una persona correcta y educada, no voy a tener más remedio...

—Tu corrección es una mierda. Y tu educación también. Para lo único que te sirven es para comportarte con debilidad. Y con miedo. ¡Todo mierda!

—No voy a discutir nada.

—Pues olvídalo.

—Eso pienso hacer. No volveremos a hablar del asunto. Tu madre y yo os haremos una visita de un par de días el mes que viene, y luego cuento con que nos reunamos todos aquí, en diciembre. Espero que entre todos no olvidemos la buena educación.

—Pase lo que pase por dentro, lo único que vale es la buena educación, ¿verdad?

—Ésa es la esencia de mi filosofía, en efecto.

—Bueno, pues no de la mía —dijo Gary.

—Me consta. Y por eso no pienso pasar en tu casa más de cuarenta y ocho horas.

Gary colgó, más enfadado que nunca. Había contado con que sus padres pasaran una semana en su casa, en octubre. Quería llevarlos a comer pastel en Lancaster County, a ver una función en el centro Annenberg, a dar una vuelta en coche por los montes Poconos, a recoger manzanas en West Chester; que escucharan a Aaron tocar la trompeta, que vieran a Caleb jugando al fútbol, que se deleitaran en la compañía de Jonah; en general, que vieran la vida de Gary tal como era, que comprobaran hasta qué punto era digna de su admiración y de su respeto. Y con cuarenta y ocho horas no bastaba para eso.

Salió del estudio y le dio a Jonah un beso de buenas noches. Luego, tras haberse duchado, se echó en la gran cama de madera de roble y trató de interesarse en la última *Inc.* Pero no conseguía dejar de discutir con Alfred en su cabeza.

Durante su última visita a casa, en marzo, lo había impresionado el deterioro de Alfred en las pocas semanas transcurridas desde Navidad. Siempre parecía a punto de descarrilar mientras recorría los sitios dando tumbos, o bajaba las escaleras casi resbalando, o engullía un sándwich del que llovían trozos de lechuga y de carne; siempre mirando el reloj, perdiéndosele la mirada en cuanto la conversación no le atañía de modo directo: el viejo caballo de hierro se precipitaba hacia un choque frontal, y Gary a duras penas tenía las fuerzas suficientes como para asistir al espectáculo. Porque ¿quién, sino él, iba a asumir la responsabilidad? Enid era una histérica moralizante, Denise vivía en el país de las fantasías y Chip llevaba tres años sin asomar por St. Jude. ¿Quién, sino Gary, iba a tener que decir: «este tren ya no puede circular por estos raíles»?

Lo primero y principal, en su opinión, era vender la casa. Sacar el máximo por ella y hacer que sus padres se mudaran a un sitio más pequeño, más nuevo, más seguro, más barato, e invertir la diferencia de modo agresivo. La casa era el único bien considerable que poseían Enid y Alfred, y Gary se pasó una mañana inspeccionando la finca, muy despacio, por dentro y por fuera. Descubrió grietas en el enlechado, rayas de herrumbre en los lavabos del cuarto de baño y zonas blandas en el cielorraso del dormitorio. Observó manchas de agua de lluvia en la pared interior del porche trasero, una barba de residuos secos en el mentón del viejo lavaplatos, un inquietante golpeteo en el ventilador de la calefacción, pústulas y excrecencias en el asfalto del camino de acceso al garaje, termitas en la leñera, un roble de Damocles con una rama pendiendo sobre una ventana de la buhardilla, grietas del ancho de un dedo en los cimientos, muros de contención escorados, desconchones en la pintura de los marcos de las ventanas, grandes y desfachatadas arañas en el sótano, pequeñas plantaciones de gorgojos y grillos secos, indiscernibles olores entéricos y mohosos, el hundimiento de la entropía, dondequiera que uno posase la vista. Incluso con el mercado en alza, la casa estaba empezando a perder valor, y Gary pensó: «Tenemos que vender esta mierda ahora, sin perder un día más.»

En la última mañana de su estancia en St. Jude, mientras Jonah ayudaba a Enid en la preparación del pastel de cumpleaños, Gary llevó a Alfred a la ferretería. En cuanto salieron a carretera abierta, Gary comunicó a su padre que había llegado el momento de poner la casa en venta.

Alfred, en el asiento del acompañante de su geróntico Oldsmobile, siguió con la vista al frente.

—¿Por qué?

—Si no aprovecháis la temporada de primavera —dijo Gary—, tendréis que esperar otro año. Y no podéis permitíroslo. No puedes dar por supuesto que vas a seguir gozando de buena salud, y la casa está perdiendo valor.

Alfred negó con la cabeza.

—Llevo mucho tiempo planteándolo. Lo único que nos hace falta es un dormitorio y una cocina. Un sitio donde tu madre pueda cocinar y donde quepa una mesa para sentarse. Pero es inútil. No quiere dejar la casa.

—Papá, si no os instaláis en algún sitio fácil de controlar, vas a acabar haciéndote daño. Vas a terminar en una clínica geriátrica.

—No tengo la menor intención de acabar en ninguna clínica. Así que...

—Que no tengas la menor intención no quiere decir que no vaya a ocurrir.

Alfred echó un vistazo, de pasada, a la antigua escuela elemental de Gary.

—¿Adónde vamos?

—Si te caes por las escaleras, si resbalas en el hielo y te rompes la cadera, terminarás en una clínica. La abuela de Caroline...

—No te he oído decirme adónde vamos.

—Vamos a la ferretería —dijo Gary—. Mamá quiere un interruptor regulable para la cocina.

Alfred meneó la cabeza.

—Tu madre y sus luces románticas.

—Le producen placer —dijo Gary—. ¿Qué es lo que te produce placer a ti?

—¿Qué quieres decir?

—Quiero decir que la tienes casi desesperada.

Las activas manos de Alfred, en su regazo, recogían la nada, escarbando en un inexistente bote de póquer.

—Tendré que volver a pedirte que no te metas donde no te llaman —dijo.

La luz cenital del deshielo, a finales de invierno, la quietud de una hora muerta en St. Jude: Gary no concebía que sus padres fueran capaces de aguantar aquello. Los robles eran del mismo color negro aceitoso que los cuervos posados en sus ramas. El cielo era del mismo color que la calzada, blanca por la sal, por donde los ancianos conductores de St. Jude, respetando unos límites de velocidad verdaderamente barbitúricos, se arrastraban hacia su destino: hacia los centros comerciales con estanques de agua derretida en los techos alquitranados, hacia la vía preferente que hacía caso omiso de los encharcados almacenes de las acererías al aire libre y el psiquiátrico estatal y las torres de transmisión que nutrían el éter de culebrones y concursos; hacia los bulevares de circunvalación y, más allá, hacia los millones de acres de territorio interior en deshielo donde las camionetas se hundían en el barro hasta los ejes y se oían disparos del calibre 22 en los bosques y en la radio sólo sonaba *gospel* y *pedal steel guitar*; hacia bloques residenciales con el mismo resplandor pálido en todas las ventanas, con amarillentos céspedes —plagados de ardillas— de los que emergía algún que otro juguete de plástico, con un cartero silbando algo céltico y cerrando la trampilla de los buzones con más violencia de la necesaria, porque la moribundia de aquellas calles, en aquellas horas muertas, podía realmente acabar con uno.

—¿Eres feliz viviendo como vives? —preguntó Gary, mientras esperaba que el semáforo le diese permiso para torcer a la izquierda—. ¿Vas a decirme que eres feliz viviendo como vives?

—Gary, tengo una enfermedad que...

—Mucha gente tiene enfermedades. Si ésa es tu excusa, pues muy bien; si quieres compadecerte de ti mismo, pues estupendo. Pero no hay ninguna necesidad de que arrastres contigo a mamá.

—Mira, tú te marchas mañana...

—¿Y eso qué quiere decir, que tú te quedas aquí, repantigado en tu sillón, mientras mamá te prepara la comida y te limpia la casa? —dijo Gary.

—En la vida hay que aguantar muchas cosas.

—Si ésa es tu actitud, no veo para qué te molestas en seguir viviendo. ¿Qué perspectivas tienes?

—Eso mismo me pregunto yo todos los días.

—Muy bien, y ¿qué te contestas? —preguntó Gary.

—¿Qué contestarías tú? ¿Qué perspectivas crees tú que debería tener?

—Viajar.

—Ya he viajado bastante. Me he pasado treinta años viajando.

—Pasar más tiempo con la familia, con las personas a quienes quieres.

—Sin comentarios.

—¿Qué quieres decir con «sin comentarios»?

—Eso mismo: sin comentarios.

—Sigues dolido por lo que pasó en Navidades.

—Interprétalo como tú quieras.

—Si estás dolido por lo de Navidades, podrías tener la consideración de decirlo...

—Sin comentarios.

—En vez de insinuarlo.

—Tendríamos que haber llegado dos días más tarde y que habernos marchado dos días antes —dijo Alfred—. Eso es todo lo que voy a decir sobre el asunto de las Navidades. No tendríamos que habernos quedado más de cuarenta y ocho horas.

—Eso es porque estás deprimido, papá. Estás clínicamente deprimido.

—Lo mismo que tú.

—Y lo único sensato sería que te pusieses en tratamiento.

—¿Me has oído? Te he dicho que lo mismo que tú.

—¿De qué estás hablando?

—Imagínatelo.

—No, papá, de veras, ¿de qué estás hablando? No soy yo quien se pasa el día sentado en un sillón, cuando no durmiendo.

—En el fondo, sí —sentenció Alfred.

—Eso es lisa y llanamente falso.

—Algún día lo verás.

—¡No lo veré! —dijo Gary—. Mi vida está basada en cosas fundamentalmente distintas de la tuya.

—Acuérdate de lo que te estoy diciendo. No tengo más que mirar tu matrimonio y ver lo que veo. Algún día lo verás tú también.

—Eso es hablar por hablar, y lo sabes muy bien. Estás cabreado conmigo y no sabes cómo remediarlo.

—Ya te he dicho que no quiero hablar del asunto.

—Y yo no tengo por qué respetar lo que tú me dices.

—Bueno, pues también hay cosas en tu vida que yo no tengo por qué respetar.

No tendría por qué haberle hecho daño, porque Alfred estaba equivocado prácticamente en todo, pero el caso fue que le dolió escuchar que su padre no respetaba ciertos aspectos de su vida.

En la ferretería, dejó que su padre pagara el interruptor de luz regulable. El cuidado con que el anciano fue seleccionando billetes de su flaca cartera, para luego ofrecerlos en pago tras una leve vacilación, eran claros signos de su respeto por el dólar; de su irritante fe en que cada dólar cuenta.

De regreso en casa, mientras Gary y Jonah peloteaban con un balón de fútbol, Alfred juntó sus herramientas, desconectó los plomos de la cocina y se puso a la tarea de instalar el nuevo interruptor. Ni siquiera a esas alturas se le pasaba por la cabeza a Gary no permitir que fuese Alfred quien hiciera un trabajo casero. Pero a la hora de comer, al entrar en la casa, descubrió que su padre no había hecho sino retirar la tapa del antiguo interruptor. Allí estaba, con el regulable en la mano, como si fuera un detonador que lo hiciera temblar de miedo.

—Me cuesta mucho trabajo, por culpa de la enfermedad —dijo.

—Tienes que vender esta casa —dijo Gary.

Después de comer, llevó a su madre y a su hijo al Museo del Transporte de St. Jude. Mientras Jonah se subía a las viejas locomotoras y recorría el submarino varado, y Enid se mantenía sentada, cuidando su lesión de cadera, Gary se dedicó a levantar acta mental de todos los objetos que el museo tenía expuestos, con la esperanza de que semejante lista le generara la sensación de haber conseguido algo. Lo que no podía era enfrentarse a los objetos propiamente dichos, con su agotador suministro de datos y su entusiasta prosa para las masas. LA EDAD DE ORO DE LA MÁQUINA DE VAPOR. EL ALBA DE LA AVIACIÓN. UN SIGLO DE SEGURIDAD EN EL AUTOMÓVIL. Un agotador párrafo tras otro. Lo que más odiaba Gary del Medio Oeste era lo desatendido y lo falto de privilegios que lo hacía sentirse. St. Jude, con su optimista igualitarismo, jamás llegaba a otorgarle todo el respeto que su talento y sus logros merecían. ¡Qué tristeza la de ese sitio! Los palurdos sanjudeanos que circulaban tan serios a su alrededor le parecían llenos de curiosidad y en modo alguno deprimidos. ¡Llenándose de datos las desdichadas seseras! ¡Como si los datos fueran a redimirlos! Ni una sola mujer la mitad de guapa o bien vestida que Caroline. Ni un solo hombre con el pelo cortado como Dios manda o los abdominales tan lisos como los de Gary. Pero, al igual que Enid y que Alfred, todos ellos hacían gala de una extremada deferencia. Ni una sola vez le dieron un empujón ni le cortaron el camino: se quedaban esperando hasta que él pasaba al siguiente objeto expuesto. Luego, se juntaban todos delante del que acababa de dejar libre Gary, y se ponían a aprender. ¡Dios mío, qué asco le tenía al Medio Oeste! A duras penas lograba respirar o sostener la cabeza en posición alzada. Pensó que quizá estuviera poniéndose enfermo. Se refugió en la tienda de regalos del museo y compró una hebilla de cinturón, de plata, dos grabados de viejos caballetes de la Midland Pacific y una petaca de peltre (todo ello para él), una cartera de piel de ciervo (para Aaron) y un CD-Rom con un juego de la guerra civil norteamericana (para Caleb).

—Papá —dijo Jonah—, la abuela me ha ofrecido comprarme dos libros de menos de diez dólares cada uno, o un solo libro de menos de veinte dólares. ¿Está bien?

Enid y Jonah eran un festín de cariño. A ella siempre le habían gustado más los chicos pequeños que los grandes, y el nicho de adaptación de Jonah dentro del ecosistema familiar consistía en ser el nieto perfecto, siempre deseando subirse a las rodillas, nada desdeñoso de las verduras agrias, poco entusiasta de la televisión y los juegos de ordenador y siempre propicio a contestar con habilidad preguntas como «¿Te gusta el colegio?». En St. Jude podía disfrutar de la plena atención de tres adultos. Así que puso en conocimiento general que St. Jude era el sitio más estupendo que había conocido nunca. Sentado en el asiento trasero del viejo Oldsmobile de los viejos, abriendo de par en par sus ojos de elfo, iba manifestando admiración por todo lo que Enid le enseñaba.

—¡Qué bien se aparca aquí!

—¡No hay tráfico!

—El Museo del Transporte es mejor que los museos que tenemos en casa, papá. ¿A que sí?

—Me encanta lo amplio que es este coche. Creo que es el coche más estupendo en que he viajado nunca.

—Hay que ver lo cerca que pillan todas las tiendas.

Aquella noche, cuando ya habían vuelto del museo y Gary había salido otra vez, a hacer más compras, Enid les dio de cenar costillas de cerdo rellenas y tarta de cumpleaños, de chocolate. Jonah estaba comiéndose un helado, enfrascado en sus ensoñaciones, cuando su abuela le preguntó si le gustaría pasar las Navidades en St. Jude.

—Me encantaría —dijo Jonah, con los ojos cayéndosele de saciedad.

—Habría galletas de azúcar y ponche de huevo, y podrías ayudar en la decoración del árbol —dijo Enid—. Seguramente nevará, así que podrás ir en trineo. Y, mira, Jonah, todos los años montan un maravilloso espectáculo de iluminación en Waindell Park, que se llama Christmasland, y alumbran el parque entero.

—Estamos en marzo, madre —dijo Gary.

—¿Podemos venir en Navidades? —le preguntó Jonah.

—Vamos a volver muy pronto —dijo Gary—. Pero en Navidades no sé.

—A Jonah le encantaría —dijo Enid.

—Me encantaría *completamente* —dijo Jonah, echándose al coleto otra buena cucharada de helado—. Creo que serían las mejores Navidades de mi vida.

—Yo también lo creo —dijo Enid.

—Estamos en marzo —dijo Gary—. No se habla de las Navidades en marzo. ¿Os dais cuenta? Tampoco se habla de ellas en junio ni en agosto. ¿Os dais cuenta?

—Bueno —dijo Alfred, levantándose de la mesa—. Me voy a la cama.

—Yo voto por St. Jude en Navidades —dijo Jonah.

Lo de enrolar a Jonah directamente en su campaña y utilizar a un muchachito como punto de apoyo le pareció a Gary un truco muy rastrero por parte de Enid. Tras dejar a Jonah acostado, le dijo a su madre que las Navidades deberían ser ahora la última de sus preocupaciones.

—Papá ya no es capaz ni de instalar un interruptor —dijo—. Y tenéis una gotera en el piso de arriba y se está colando el agua en la parte de la chimenea...

—Adoro esta casa —dijo Enid desde el fregadero de la cocina, mientras restregaba la sartén de las costillas de cerdo—.

Papá lo único que tiene que hacer es cambiar un poco de actitud.

—Necesita medicación o tratamiento de choque —dijo Gary—. Y si tú quieres consagrar tu vida a su servicio, allá tú. Si quieres vivir en una casa vieja, con toda clase de problemas, tratando de mantenerlo todo como a ti te gusta, pues allá tú, también. Si quieres consumirte haciendo ambas cosas a la vez, no hay nada que yo pueda hacer. Pero no me pidas que planifique las Navidades en marzo, sólo para quedarte tranquila.

Enid colocó la sartén de las costillas en posición vertical sobre la encimera que había junto al ya atestado escurridor de platos. A Gary le constaba que su obligación era agarrar un trapo y ponerse a secar, pero el revoltijo de sartenes húmedas y platos y cubiertos de su cena de cumpleaños lo dejaba sin fuerzas. Secar todo aquello se le antojaba una tarea digna de Sísifo, como reparar todo lo que estaba estropeado en casa de sus padres. El único modo de evitar la desesperación era no involucrarse.

Se sirvió una copita de brandy, para dormir mejor, mientras Enid, como a puñados de infelicidad, arrancaba los restos de comida que el agua había adherido al fondo del fregadero.

—Según tú, ¿qué es lo que tendría que hacer? —preguntó.

—Vender la casa —dijo Gary—. Poneros mañana mismo en contacto con una agencia.

—¿Y mudarnos a uno de esos pisos modernos, con todas las cosas unas encima de otras? —Enid se sacudió de la mano, en la basura, los asquerosos fragmentos húmedos—. Cuando yo tengo que pasar el día fuera, Dave y Mary Beth invitan a papá a comer. A él le encanta, y yo me siento la mar de cómoda sabiendo que está con ellos. El pasado otoño estaba en el jardín, plantando un tejo nuevo, y no conseguía arrancar el tocón del anterior, y entonces se presentó Joe Person con una piqueta, y se pasaron la tarde entera trabajando mano a mano.

—No debería ponerse a plantar tejos —dijo Gary, lamentando ya la escasez de su copa inicial—. No debería trabajar con piquetas. Apenas puede tenerse en pie.

—Sé muy bien que no podemos estar aquí para siempre, Gary. Pero quiero disfrutar de unas últimas Navidades en familia, verdaderamente como Dios manda. Y quiero...

—¿Te pensarías lo de la mudanza si pasásemos todos aquí las Navidades?

Una nueva esperanza dulcificó la expresión de Enid.

—¿Os pensaríais Caroline y tú lo de venir?

—No puedo prometer nada —dijo Gary—. Pero si con eso te vas a sentir más a gusto cuando pongas la casa en venta, desde luego que nos pensaríamos...

—Me encantaría que vinierais. Me encantaría.

—Pero tienes que ser realista, mamá.

—Vamos a dejar que pase este año —dijo Enid—, vamos a preparar las Navidades aquí, como quiere Jonah, y luego ya veremos.

Gary regresó a Chestnut Hill con un notable empeoramiento de su ANHEDONIA. Como proyecto para el invierno, había estado destilando cientos de horas de vídeos caseros para recopilarlos en una cinta de dos horas, más manejable, una especie de Grandes Momentos de los Lambert de los que luego pudiera hacer buenas copias y tal vez enviarlos como «videofelicitaciones» de Navidad. En la última fase de edición, según iba visionando una y otra vez sus escenas familiares preferidas y volviendo a sincronizar sus canciones preferidas (*Wild Horses*, *Time After Time*, etc.), empezó a odiar las escenas y a odiar las canciones. Y cuando, ya en el nuevo laboratorio fotográfico, concentró la atención en los Doscientos Mejores Momentos de los Lambert, descubrió que tampoco le producía ningún placer la contemplación de imágenes estáticas. Se había pasado años dándole vueltas a la idea de los Grandes Momentos, pensando siempre que sería una especie de fondo de inversión colectivo perfectamente equilibrado y revisando una y otra vez, con gran satisfacción, las imágenes que a su entender mejor encajaban en el proyecto. Ahora se preguntaba a quién pretendía impresionar con esas imágenes. ¿A quién pretendía convencer, además de a sí mismo, y de qué? Sintió el extraño impulso de quemar sus viejas fotos preferidas. Pero su vida entera estaba estructurada como corrección o enmienda de la vida de su padre, y Caroline y él hacía mucho tiempo que habían llegado a la conclusión de que Alfred estaba clínicamente deprimido, y, dado que la depresión clínica tiene bases genéticas y es, en lo sustancial, hereditaria, Gary no tenía más remedio que seguir plantando cara a la ANHEDONIA, seguir apretando los dientes, seguir haciendo todo lo posible por *divertirse*.

Se despertó con una erección apremiante y con Caroline junto a él bajo las sábanas.

La lámpara de su mesilla de noche seguía encendida, pero, por lo demás, la habitación estaba a oscuras. Caroline yacía en postura de sarcófago, de espaldas sobre el colchón y con una almohada bajo las rodillas. Por las mosquiteras del dormitorio se filtraba el aire fresco y húmedo de un verano que empezaba a fatigarse. Ningún viento agitaba las hojas del sicómoro cuyas ramas bajas colgaban frente a las ventanas.

En la mesilla de noche de Caroline había un ejemplar en tapa dura de *Término medio: Cómo ahorrarles a tus hijos la adolescencia que TÚ tuviste* (Caren Tamkin, Doctora en Filosofía, 1998).

Parecía dormida. Su largo brazo, sin flacidez alguna gracias a las sesiones de natación en el Cricket Club tres veces por semana, descansaba a su lado. Gary miró su naricilla, su boca grande y roja, la pelusa rubia y el brillo sin gracia del sudor en el labio superior, la porción decreciente de piel muy clara que quedaba expuesta entre el borde de la camiseta y el elástico de sus viejos shorts de gimnasia de Swarthmore College. El pecho más cercano a Gary presionaba contra el interior de la camiseta, y la definición carmín del pezón quedaba levemente visible a través del tejido dilatado de la camiseta...

Cuando extendió la mano y le alisó el cabello, el cuerpo entero de Caroline saltó como si le hubieran aplicado un desfibrilador.

—¿Qué pasa? —dijo él.

—La espalda me está matando.

—Hace una hora te estabas riendo y te encontrabas estupendamente. ¿Ahora vuelve a dolerte?

—Se me está pasando el efecto del Motrin.

—Una misteriosa resurgencia del dolor.

—No me has dicho ni una sola palabra cariñosa desde que ha empezado a dolerme la espalda.

—Porque es mentira que te duela tanto —dijo Gary.

—Dios mío. ¿Otra vez?

—Dos horas de fútbol y de hacer el gamberro bajo la lluvia no son el problema. El problema es que suene el teléfono.

—Sí —dijo Caroline—, porque tu madre se niega a gastarse diez centavos en dejar un mensaje. Tiene que dejarlo sonar tres veces, y colgar, y volver a dejarlo sonar tres veces, y colgar, y...

—No tiene nada que ver con nada que hayas hecho tú —dijo Gary—. ¡Es mi madre! Ha venido en una alfombra mágica y te ha dado un golpe en la espalda, porque quiere que sufras.

—Después de pasarme la tarde oyendo sonar el teléfono, dejar de sonar y volver a sonar, tengo los nervios destrozados.

—Caroline, te he visto cojear *antes de meterte en la casa*. He visto la cara que ponías. No me digas que no te estaba doliendo antes.

Ella negó con la cabeza.

—¿Sabes lo que pasa?

—¡Y luego te pones a escuchar!

—¿Sabes lo que pasa?

—Te pones a escuchar por el único teléfono libre de la casa, y tienes la cara dura de decirme...

—Gary, estás deprimido. ¿No te das cuenta?

Él se rió.

—No lo creo.

—Estás melancólico y suspicaz y obsesivo. Vas por ahí con cara de pocos amigos. No duermes bien. No disfrutas con nada.

—Estás cambiando de tema —dijo él—. Mi madre ha llamado porque tiene una propuesta razonable para las Navidades.

—¿Razonable? —Caroline lanzó ahora una carcajada—. Se vuelve majareta en cuanto salen a relucir las Navidades. Es una lunática, Gary.

—Vale ya, Caroline. De veras.

—¡Lo digo en serio!

—De verdad. Caroline. Van a vender la casa muy pronto y además quieren que les hagamos una última visita antes de morirse, Caroline, antes de que se *mueran* mis padres.

—Siempre hemos estado de acuerdo en esa cuestión. Siempre hemos dicho que cinco personas que llevan una vida llena de ocupaciones no tienen por qué meterse en un avión, en plena temporada alta de vacaciones, para que dos personas sin nada que hacer en este mundo no tengan que desplazarse hasta aquí. Y con muchísimo gusto los he...

—Una leche, con muchísimo gusto.

—Hasta que, de pronto, ¡las reglas cambian!

—No los has tenido aquí con muchísimo gusto para nada, Caroline. Hemos llegado a un punto en que ni siquiera les apetece estar aquí más de cuarenta y ocho horas.

—¡Será por culpa mía!

Dirigía sus gestos y sus expresiones faciales, de un modo un poco siniestro, al cielorraso.

—Lo que no te entra en la cabeza, Gary, es que ésta es una familia emocionalmente sana. Yo soy una madre llena de amor y llena de comprensión. Tengo tres hijos inteligentes, creativos y emocionalmente sanos. Si tú crees que hay un problema en esta casa, más vale que te eches un vistazo a ti mismo.

—Estoy haciendo una propuesta razonable —dijo Gary—, y tú me sales con que estoy «deprimido».

—O sea que ni siquiera se te ha pasado por la cabeza.

—En cuanto saco a colación las Navidades, estoy deprimido.

—En serio, ¿me estás diciendo que ni siquiera se te ha pasado por la cabeza, en los seis últimos meses, la posibilidad de que tengas un problema clínico?

—Caroline, es una grave muestra de hostilidad decirle a otra persona que está loca.

—No si esa persona tiene un problema clínico en potencia.

—Mi propuesta es que vayamos a St. Jude —dijo él—. Si te niegas a que hablemos del asunto como personas hechas y derechas, tomaré yo solo la decisión.

—¿Ah, sí? —Caroline emitió un sonido de desprecio—. Puede que Jonah se vaya contigo. Pero a ver cómo convences a Aaron y a Caleb de que se metan en el avión. No tienes más que preguntarles dónde quieren pasar las Navidades.

«Sólo tienes que preguntarles en qué equipo juegan.»

—Pues estaba yo en la idea de que somos una familia —dijo Gary— y que hacemos las cosas juntos.

—Eres tú quien está tomando decisiones unilaterales.

—Dime que éste no es un problema de los que liquidan un matrimonio.

—Eres tú quien ha cambiado.

221

—Porque no, Caroline, esto es, no, esto es ridículo. Hay muy buenas razones para que hagamos una excepción, por una vez, este año.

—Estás deprimido —dijo ella—, y quiero que vuelvas. Estoy harta de vivir con un anciano deprimido.

Gary, por su parte, quería que volviese la Caroline que sólo unas noches antes se le había abrazado vigorosamente en la cama, al estallar una fuerte tormenta. La Caroline que se le echaba en los brazos nada más entrar en la habitación. La chica casi huérfana cuyo más ferviente deseo era jugar en *su* equipo.

Pero también era cierto que siempre le había gustado mucho lo dura que podía ser, lo poco que se parecía a los Lambert, la escasa comprensión que manifestaba hacia su familia. A lo largo de los años, había ido recogiendo ciertas observaciones hechas por ella, en una especie de Decálogo Personal, Las Diez Mejores Frases de Caroline, y solía utilizar esa recopilación para reforzar sus propias actitudes y añadirles sustancia:

1. No te pareces en nada a tu padre.
2. No tienes que pedir perdón por comprarte un BMW.
3. Tu padre abusa emocionalmente de tu madre.
4. Me gusta el sabor de tu semen.
5. El trabajo es la droga que echó a perder la vida de tu padre.
6. ¡Compremos las dos cosas!
7. Tu familia tiene una relación patológica con la comida.
8. Eres un hombre increíblemente guapo.
9. Denise está celosa de lo que tienes.
10. No hay absolutamente nada útil en el sufrimiento.

Llevaba años y años suscribiendo ese credo, se había sentido profundamente deudor de Caroline por cada una de las frases, y ahora empezaba a preguntarse qué era lo que había de cierto en ellas. Quizá nada.

—Mañana por la mañana llamaré a la agencia de viajes —dijo.

—Hazme caso —le replicó Caroline de inmediato—: más vale que llames al doctor Pierce en vez de tanto llamar a la agencia. Necesitas hablar con alguien.

—Necesito a alguien que diga la verdad.

—¿Quieres la verdad? ¿Quieres que te diga por qué no voy?

Caroline se sentó en la cama, adoptando el extraño ángulo que su dolor de espalda requería.

—¿De verdad quieres saberlo?

A Gary se le cerraron los ojos. Los grillos del exterior sonaban como agua corriendo sin fin por las cañerías. De la distancia llegó un rítmico ladrido de perro, como el ruido que hace una sierra en su trayectoria descendente.

—La verdad —dijo Caroline— es que cuarenta y ocho horas a mí me parece bastante bien. No quiero que mis hijos recuerden las Navidades como una época en que todo el mundo la emprende a gritos con todo el mundo. Lo cual, a estas alturas, parece básicamente inevitable. Tu madre entra por las puertas llevando a cuestas el equivalente de trescientos sesenta días de manía navideña, porque lleva obsesionada con el asunto desde enero; y luego, por supuesto, *¿Dónde está la figurita del reno hecha en Austria? ¿No os gusta? ¿No la ponéis? ¿Dónde está? ¿Dónde está la figurita del reno hecha en Austria?* Tiene sus manías de comida, sus manías de dinero, sus manías de ropa, y lleva diez maletas de equipaje, todo lo cual, hasta hace bien poco, a mi marido sí que le parecía un problema, pero ahora, de pronto, sin previo aviso, se pone de su parte. Ahora habrá que poner la casa patas arriba buscando una figurita cursi de tienda de souvenir que no vale ni trece dólares, pero que tiene un enorme valor sentimental para tu madre...

—Caroline.

—Y cuando resulta que Caleb...

—Estás dando una versión muy poco honrada.

—Déjame terminar, Gary, por favor. Luego, cuando resulta que Caleb hizo lo que cualquier chico normal habría hecho con una basura de regalo que encontró en el sótano...

—No puedo escuchar esto.

—No, no, el problema no es que tu madre, ojo de águila, esté obsesionada con una porquería de souvenir austriaco, no, el problema es que...

—Era una pieza de cien dólares, tallada a...

—¡Como si hubieran sido mil dólares! ¿A qué viene castigar a tu hijo, a tu propio hijo, por la chifladura de tu madre? Es como si de pronto te hubiera dado por obligarnos a todos a comportarnos como si estuviéramos en 1964 y esto fuera Peoria, Illinois. «¡Limpia tu plato!» «¡Ponte corbata!» «¡Esta noche no hay televisión!» ¡Y te extraña que nos peleemos! ¡Y te extraña que Aaron levante los ojos al cielo cuando ve entrar a tu madre! Es como si te sintieras a disgusto permitiéndole que nos vea. Es como si mientras ella está aquí, tú te empeñaras en hacer como que vivimos de un modo que a ella le gustara. Pero, escúchame bien, Gary, no tenemos nada de que avergonzarnos. Es tu madre quien debería avergonzarse. Me persigue por toda la cocina, inspeccionándome, como si yo me dedicara a asar un pavo todas las semanas, y si me vuelvo de espaldas un segundo, va y le echa un litro de aceite a lo que sea que esté haciendo, y en cuanto salgo de la cocina se pone a escarbar en la basura, como si fuera de la Inspección de Sanidad, y saca cosas de la basura y se las da a mis hijos...

—La patata esa estaba en el fregadero, no en la basura, Caroline.

—¡Y todavía la defiendes! Luego se va fuera a rebuscar en los cubos de la basura, para ver si hay alguna porquería más que pueda echarme en cara haber tirado, y cada diez minutos, literalmente cada diez minutos, me pregunta ¿cómo estás de la espalda, cómo estás de la espalda, cómo estás de la espalda? y ¿cómo fue que te hiciste daño? ¿Estás mejor de la espalda? ¿Cómo estás de la espalda? Anda siempre buscando cosas que criticar y luego se pone a decirles a *mis* hijos cómo tienen que vestirse para cenar en *mi* casa, y tú no me apoyas. Tú no me apoyas, Gary. Tú enseguida te pones a pedir perdón, y a mí es que no me entra en la cabeza, pero no voy a pasar por todo eso otra vez. Básicamente, creo que tu hermano es quien mejor lo hace. Es un chico agradable, listo, divertido, lo suficientemente honrado como para decir lo que va a tolerar y lo que no va a tolerar en las reuniones familiares. ¡Y tu madre lo trata como si fuera un oprobio para la familia y un fracasado! ¿No querías la verdad? Pues ahí la tienes: la verdad es que no puedo soportar otras Navidades así. Si es imprescindible que veamos a tus padres, tendrá que ser en nuestro propio terreno. Tal como tú prometiste que sería siempre.

Un almohadón de negrura azulada cubría el cerebro de Gary. Había alcanzado el punto de la curva de descenso vespertino posterior a los martinis, cuando un sentimiento de complicación le pesaba en las mejillas, en la frente, en los párpados, en la boca. Comprendía que su madre enfureciera de ese modo a Caroline, y al mismo tiempo le encontraba pegas a casi todo lo que Caroline acababa de decir. El reno, por ejemplo, era una pieza bastante bonita, y venía muy bien empaquetado. Caleb le había roto dos patas y le había clavado un clavo de gran tamaño en el cráneo. Enid había cogido una patata asada del fregadero, de las sobras, la había cortado en rodajas y la había frito para que se la comiera Jonah. Y Caroline no se había tomado la molestia de esperar a que saliera de la ciudad su familia política para tirar al cubo de la basura la bata rosa de poliéster que Enid le había regalado por Navidad.

—Cuando dije que quería la verdad —dijo, sin abrir los ojos—, me refería a que te vi cojear antes de que te metieras corriendo en la casa.

—¡Oh, Dios mío! —dijo Caroline.

—No es mi madre quien te ha dañado la espalda. Has sido tú.

—Te lo ruego, Gary, hazme el favor de llamar al doctor Pierce.

—Admite que has mentido y podremos hablar de lo que tú quieras. Pero nada va a cambiar hasta que lo admitas.

—Ni siquiera te reconozco la voz.

—Cinco días en St. Jude. ¿No puedes hacerlo por una mujer que, como tú misma dices, no tiene ninguna otra cosa en la vida?

—Por favor, vuelve a mí.

Un acceso de rabia obligó a Gary a abrir los ojos. Apartó las sábanas de una patada y saltó de la cama.

—¡Esto puede acabar con un matrimonio! ¡No me entra en la cabeza!

—Gary, por favor...

—¡Vamos a romper por un viaje a St. Jude!

Y entonces, un visionario con una sudadera le daba una conferencia a un grupo de estudiantes muy guapas. Detrás del visionario, en una pixelada distancia intermedia, había esterilizadores y cartuchos de cromatografía y colorantes de tejidos en solución ligera, grifos médico-científicos de cuello largo, imágenes de cromosomas despatarrados como chicas de calendario y diagramas de cerebros color atún fresco cortados en rodajas como sashimi. El visionario era Earl «Ricitos» Eberle, un cincuentón de boca pequeña y con unas gafas de auténtico saldo, en quien los creadores del vídeo promocional de la Axon Corporation se habían aplicado todo lo posible para sacarlo glamuroso. El trabajo de cámara era muy agitado: el suelo del laboratorio se balanceaba hacia atrás y hacia delante. Planos en zoom, borrosos, se concentraban en los rostros de las alumnas, radiantes de fascinación. Curiosamente, la cámara prestaba una atención obsesiva a la nuca de la visionaria cabeza (que, en efecto, tenía rizos).

—Por supuesto que la química, incluso la química cerebral —decía Eberle—, es básicamente manipulación de electrones en sus cápsulas. Pero comparen esto, si quieren, con una electrónica consistente en pequeños interruptores de dos y tres polos. El diodo, el transistor. El cerebro, por el contrario, posee varias decenas de tipos de interruptores. La neurona se excita o no se excita; pero esta decisión viene regulada por zonas receptoras que suelen tener gradaciones de sí o no entre el sí total y el no total. Aunque pudiéramos fabricar una neurona artificial con transistores moleculares, el sentido común nos indica que nunca podremos trasladar toda esa química al lenguaje de sí o no, a secas, sin quedarnos faltos de espacio. Si calculamos, por lo bajo, que pueda haber veinte ligandos neuroactivos, entre los cuales muy bien puede haber ocho funcionando al mismo tiempo, y que cada uno de estos ocho interruptores tenga cinco posiciones diferentes... No voy a aburrirles a ustedes con las posibilidades combinatorias, pero les saldría un androide con toda la pinta de Mr. Potato.

Primer plano de un estudiante con cara de nabo, riéndose.

—Ahora bien, todos estos datos son tan elementales —dijo Eberle— que normalmente no nos molestamos en enunciarlos. Son la pura y simple realidad. La única conexión utilizable que tenemos con la electrofisiología de la cognición y de la volición es química. Ésta es la verdad recibida, el evangelio de nuestra ciencia. Nadie en su sano juicio intentaría ligar el mundo de las neuronas con el mundo de los circuitos impresos.

Eberle hizo una pausa teatral.

—Nadie, quiero decir, salvo la Axon Corporation.

Oleadas de murmullos recorrieron el mar de inversores institucionales congregados en el Salón B del Hotel Four Seasons, en el centro de Filadelfia, para asistir al show itinerante de promoción de la primera oferta pública de la Axon Corporation. Había una pantalla gigante en la tribuna. En cada una de las veinte mesas redondas del casi oscuro salón había fuentes de satay y de sushi, con sus salsas apropiadas, como aperitivo.

Gary estaba junto a su hermana Denise, en una mesa de cerca de la puerta. Había acudido al show itinerante con intención de hablar de negocios, y habría preferido estar solo, pero Denise se había empeñado en que comieran juntos, porque estábamos a lunes, y el lunes era su único día libre, de modo que se había hecho invitar. Gary ya se había figurado que su hermana iba a encontrar motivos políticos o morales o estéticos para que le pareciera deplorable el espectáculo, y ni que decir tiene que estaba mirando el vídeo con los ojos amusgados de sospecha y con los brazos estrechamente cruzados. Llevaba un vestido suelto amarillo y estampado de flores rojas, sandalias negras y un par de gafas de plástico redondas, muy trotskianas; pero lo que realmente la distinguía de las demás mujeres del Salón B era la desnudez de sus piernas. Ninguna mujer que trabajara en cosas de dinero iba por ahí sin medias.

¿QUÉ ES EL PROCESO CORECKTALL?

—El proceso Corecktall —dijo la imagen recortable de Ricitos Eberle, cuyo joven público había sido reducido digitalmente a una especie de puré de materia cerebral color atún fresco— es una terapia neurobiológica revolucionaria.

Eberle ocupaba una butaca ergonómica en la cual, ahora se veía, le era posible sobrevolar vertiginosamente, dando vueltas, un espacio gráfico que representaba el mar interior del mundo craneal. Por todas partes centelleaban ganglios de Kelpy y neuronas como calamares y capilares como anguilas.

—Concebido en principio como terapia para enfermos de Parkinson, Alzheimer y otras enfermedades neurológicas degenerativas —dijo Eberle—, Corecktall ha dado pruebas de tanta potencia y versatilidad que sus efectos van más allá de la simple terapia, para convertirse, lisa y llanamente, en *curativos*. Y curativos no sólo de esas terribles enfermedades degenerativas, sino también de una pléyade de dolencias normalmente consideradas psiquiátricas o incluso psicológicas. Dicho en pocas palabras, Corecktall brinda por primera vez la opción de renovar y aun de *mejorar* el cableado de un cerebro humano.

—Fiu —dijo Denise, arrugando la nariz.

En aquel momento Gary ya estaba muy al corriente del Proceso Corecktall. Había escudriñado el prospecto de distracción de la Axon y se había leído de cabo a rabo todos los análisis de la compañía que pudo localizar en internet y todos los que obtuvo de los servicios privados a que estaba suscrito el CenTrust. Los analistas más conservadores, preocupados por las recientes correcciones en el sector biotecnológico, que eran, verdaderamente, como para que se le revolviesen a uno las tripas, estaban en contra de cualquier inversión en una tecnología médica no verificada, para cuya salida al mercado habría de transcurrir un mínimo de seis años. Desde luego que un banco como el CenTrust, fiduciariamente obligado a ser conservador, jamás tocaría semejante OPV. Pero los planteamientos de Axon eran mucho más sólidos que los de muchísimas *startups* biotecno, y, para Gary, el hecho de que la compañía hubiera hecho el esfuerzo de comprar la patente de su padre en un momento tan primitivo del desarrollo del Corecktall era señal de gran confianza en sí misma por parte de la empresa. En ello veía una buena oportunidad de hacer dinero y, de paso, vengarse de la putada que la Axon le había hecho a su padre, o, en términos más generales, de ser *osado* donde su padre había sido un *pusilánime*.

Ocurría que en junio, según fueron cayendo las primeras fichas de dominó de la crisis monetaria internacional, Gary había retirado de los fondos de crecimiento europeos y del Lejano Oriente casi todo su dinero para jugar, que, así, quedaba disponible para ser invertido en la Axon. Y dado que aún faltaban tres meses para la OPV y que aún no había empezado el empujón de las ventas y que los informes de distracción eran lo suficientemente vacilantes como para que los no introducidos en el tema se lo tomasen con calma, Gary no debería haber tenido ningún problema para conseguir una reserva de cinco mil acciones. Pero sí los tuvo, y no precisamente pocos.

Su broker (a comisión), que apenas había oído hablar de la Axon alguna vez, se puso bastante tarde al asunto, pero acabó llamando a Gary para comunicarle que su compañía tenía atribuido un total de 2.500 acciones. Normalmente, un corredor nunca comprometería más del cinco por ciento de su reserva con un solo cliente en un momento tan inicial del juego, pero, teniendo en cuenta que Gary había sido el primero en llamar, su encargado estaba dispuesto a apartarle 500 acciones. Gary presionó para conseguir más, pero la triste realidad era que no podía contarse entre los clientes punteros de la casa. Solía invertir en múltiplos de cien y, para ahorrarse comisiones, también realizaba pequeñas operaciones por su cuenta, utilizando internet.

Ahora bien: Caroline sí que era una gran inversora. Asesorada por Gary, solía comprar en múltiplos de mil. Su broker trabajaba para la firma más importante de Filadelfia, y no cabía duda de que bien podían conseguirse 4.500 acciones de la nueva emisión de la Axon para una cliente verdaderamente apreciada. Así funcionan las cosas. Desgraciadamente, desde aquella tarde de domingo en que Caroline se hizo daño en la espalda, ambos cónyuges se habían mantenido tan cerca de no hablarse como puede permitírselo una pareja que sigue junta y que ha de ocuparse de los hijos. Gary estaba ansioso por conseguir sus cinco mil acciones de la Axon, pero se negaba a sacrificar sus principios y arrastrarse ante su mujer y mendigarle que invirtiera por él.

De modo que llamó por teléfono a su contacto de grandes inversiones en Hevy & Hodapp, un tal Pudge Portleigh, y le pidió que cargara a su cuenta personal el valor de cinco mil acciones de la OPV. A lo largo de los años, en su desempeño fiduciario del CenTrust, Gary había comprado muchísimas acciones a Portleigh, entre ellas varios fiascos certificados. Ahora, Gary le dio a entender a Portleigh que el CenTrust bien podía aumentarle en un futuro próximo el volumen de gestión que tenía asignado. Pero Portleigh, con extraña reticencia, lo único que aceptó fue transmitir la demanda de Gary a Daffy Anderson, responsable de esa OPV en Hevy & Hodapp.

Transcurrieron a continuación dos semanas enloquecedoras sin que Pudge Portleigh llamase a Gary para confirmarle la operación. El runrún internetero sobre la Axon iba pasando del susurro al clamor. Dos artículos del equipo de Earl Eberle, muy importantes y relacionados entre sí —«Estimulación reversa tomográfica de la sinaptogénesis en vías neuronales elegidas» y «Refuerzo positivo transitorio en los circuitos límbicos desprovistos de dopamina»— aparecieron respectivamente en *Nature* y en el *New England Journal of Medicine*, con escasos días de intervalo entre uno y otro. Ambos artículos fueron objeto de considerable atención por parte de la prensa financiera, con noticia de primera página en el *Wall Street Journal*. Los analistas, uno tras otro, empezaron a emitir fuertes señales de Compre Usted Axon, y, mientras, Portleigh seguía sin atender los mensajes que le dejaba Gary, y éste era consciente de que la ventaja que le habían otorgado sus pistas internas iniciales iba desmoronándose por momentos...

1. ¡TÓMESE UN CÓCTEL!

—... de los citratos férricos y acetatos férricos especialmente formulados para cruzar la barrera de la sangre cerebral y acumularse intersticialmente.

Decía el pregonero invisible cuya voz acababa de unirse a la de Earl Eberle en la banda sonora del vídeo.

—Y añadimos al lote un sedante que no crea hábito y un generoso chorreón de jarabe de avellana Moccacino, por cortesía de la cadena de cafés más popular del país.

Una figurante que en la secuencia anterior estaba entre los asistentes a la conferencia, una chica con las funciones neurológicas evidentemente en plena forma, se bebió con enorme placer y con los músculos de la garganta pulsándole de un modo la mar de sexy, un vaso alto y escarchado de electrolitos Corecktall.

—¿Qué era la patente de papá? —susurró Denise al oído de Gary—. ¿Gel no sé qué de acetato férrico?

Gary asintió sin ganas.

—Electropolimerización.

En sus archivos caseros de correspondencia, que albergaban, entre otras cosas, todas y cada una de las cartas que le habían enviado su padre o su madre a lo largo de los años, Gary había logrado localizar una vieja copia de la patente de Alfred. No estaba seguro de haberla mirado antes, teniendo en cuenta lo que ahora lo había impresionado la clara exposición que su viejo hacía de la «anisotropía eléctrica» y de «ciertos geles ferroorgánicos», junto con su propuesta de que tales geles pudieran usarse para «reflejar minuciosamente» tejidos humanos vivos, creando así un «contacto eléctrico directo» con «estructuras morfológicas finas». Comparando la redacción de la patente con la descripción del Corecktall en la página web de la Axon, recién renovada, Gary se quedó impresionado ante la profunda similitud. Evidentemente, el proceso de cinco mil dólares ideado por Alfred quedaba ahora en el centro de un proceso del que la Axon esperaba obtener más de 200 millones. ¡Como si a uno le hiciera falta otro motivo más para pasarse la noche en vela, echando pestes!

—Eh, Kelsey, sí, hermano, consígueme doce mil Exxon a uno cero cuatro máximo —dijo de pronto, y demasiado alto, un joven sentado a la izquierda de Gary. El chaval llevaba un mini ordenador con las cotizaciones de Bolsa, tenía un cable saliéndole de la oreja y lucía la mirada esquizofrénica de los móvilmente ocupados—. Doce mil Exxon, límite máximo uno cero cuatro.

«Exxon, Axon, más vale que te andes con cuidado», pensó Gary.

2. COLÓQUESE LOS AURICULARES & ENCIENDA LA RADIO

—No oirá usted nada en absoluto, como no sea que los empastes que lleva en la boca le sintonicen un partido de fútbol en AM —bromeó el pregonero, mientras la sonriente muchacha se iba colocando en la camarófila cabeza una cúpula de metal muy parecida a un secador de pelo—, pero el caso es que las ondas de radio están alcanzando los más recónditos reductos de su cabeza. Imaginemos una especie de sistema de posicionamiento global para el cerebro: la radiación por radiofrecuencia selecciona y *estimula selectivamente* las vías neuronales asociadas con determinadas capacidades. Como, por ejemplo, la de firmar con nuestro nombre. La de subir escaleras. La de recordar la propia fecha de nacimiento. ¡La de plantearse las cosas positivamente! Sometidos a pruebas clínicas en decenas de hospitales de Norteamérica, los métodos reverso-tomográficos del doctor Eberle han sido ahora perfeccionados para hacer esta fase del proceso Corecktall tan simple e indolora como una visita al peluquero.

—Hasta hace poco —intervino Eberle (su butaca y él seguían a la deriva por un mar de sangre y materia gris simuladas)—, mi proceso hacía necesaria la hospitalización del paciente durante una noche y también la fijación con tornillos de un anillo calibrado de acero en su cráneo. Este procedimiento resultaba incómodo a muchos pacientes, y algunos de ellos llegaban incluso a experimentar cierto malestar. Ahora, sin embargo, los enormes incrementos en la potencia de los ordenadores han hecho posible un proceso que se va autocorrigiendo instantáneamente en lo relativo a la localización de las vías neuronales individuales bajo estímulo...

—¡Eres mi hombre, Kelsey! —dijo en voz muy alta Míster Doce Mil Acciones de la Exxon.

En las primeras horas y días subsiguientes al gran estallido del domingo entre Gary y Caroline, hacía ahora tres semanas, tanto él como ella habían efectuado maniobras de aproximación. A altas horas de aquella noche dominical, Caroline cruzó la zona desmilitarizada del colchón y llegó a tocar a Gary en la cadera. En la noche siguiente, él hizo una presentación de disculpas casi completa, sin llegar a ceder en el principal punto de litigio, pero declarando su pesar y su arrepentimiento por los daños colaterales a que había dado lugar, los sentimientos magullados, las interpretaciones malintencionadas y las dolorosas acusaciones, proporcionándole así a Caroline un anticipo del acceso de ternura que la esperaba sólo con que reconociese que, en lo tocante al principal punto en litigio, era él quien tenía razón. El martes por la mañana, Caroline le preparó el desayuno: pan tostado con canela, ristras de salchichas y un bol de copos de avena en cuya superficie había dibujado, utilizando uvas pasas, una cara con la boca cómicamente curvada hacia abajo. El miércoles por la mañana, Gary le echó un piropo, una mera observación de hecho («¡Qué guapa estás!») que, sin llegar a constituir una franca declaración de amor, sí que sirvió como recordatorio de una base objetiva (la atracción física) sobre la cual bien podía reinstaurarse el amor, sólo con que ella reconociese que, en lo tocante al principal punto en litigio, era él quien tenía razón.

Pero todas estas avanzadillas exploratorias, todos estos acercamientos quedaron en nada. Cuando él estrechó la mano que ella acababa de tenderle y le susurró que lamentaba mucho su dolor de espalda, ella fue incapaz de dar el paso siguiente y reconocer que quizá (un simple «quizá» habría bastado) sus dos horas de fútbol bajo la lluvia hubieran contribuido al daño. Y cuando ella le dio las gracias por el piropo y le preguntó qué tal había dormido, a él le resultó imposible pasar por alto el matiz tendencioso y crítico que percibió en su voz, porque lo que entendió que le decía fue «La prolongada alteración del sueño es síntoma común de la depresión clínica y, ah, por cierto, ¿qué tal has dormido, cariño?», de modo que, en vez de atreverse a reconocer que en realidad había dormido fatal, declaró haberlo hecho extremadamente bien, gracias, Caroline, extremadamente bien, *extremadamente* bien.

Cada acercamiento fallido restaba posibilidades de éxito al acercamiento siguiente. No mucho tiempo después, lo que en principio se le había antojado a Gary una posibilidad absurda —que en la cuenta corriente de su matrimonio ya no quedaran suficientes fondos de amor y buena voluntad como para cubrir los gastos emocionales que para Caroline implicaba el viaje a St. Jude y para Gary el *no* viaje a St. Jude— fue tomando visos de espantosa realidad. Empezó a odiar a Caroline simplemente por el hecho de seguir enfrentándosele. Le resultaban odiosas las nuevas reservas de independencia que ella iba explotando para resistírsele. Y lo más especialmente odioso era que ella lo odiase a él. Podría haber puesto fin a la crisis en un minuto si todo hubiera consistido solamente en perdonarla; pero percibía en su mirada la repulsión especular que sentía hacia él, y eso lo volvía loco y le emponzoñaba la esperanza.

Afortunadamente, las sombras que proyectaba su acusación de depresión, por alargadas y negras que fuesen, aún no se proyectaban sobre el despacho esquinero que tenía en el CenTrust, ni sobre el placer que le producía dirigir a sus dirigentes, sus analistas y sus comerciales. Las cuarenta horas en el banco se habían convertido, para Gary, en las únicas computables como placenteras a lo largo de la semana. Empezó incluso a acariciar la idea de trabajar cincuenta horas a la semana, pero era más fácil decirlo que hacerlo, porque lo normal, al cabo de las ocho horas de trabajo diario, era que no le quedara nada pendiente encima de la mesa, y, además, Gary era muy consciente de que pasarse las horas muertas en la oficina para huir de la desdicha hogareña era precisamente la trampa en que había caído su padre, era sin duda alguna el modo en que Alfred había empezado a automedicarse.

Cuando se casó con Caroline, Gary se hizo la callada promesa de no trabajar nunca más allá de las cinco de la tarde y de no llevarse jamás el maletín a casa. Al entrar a trabajar en un banco regional de tamaño medio había escogido una de las salidas profesionales menos ambiciosas que podía escoger un graduado de la Wharton School. Al principio, a lo único que se dedicó fue a evitar los errores de su padre —darse tiempo para gozar de la vida, ocuparse de su mujer, jugar con los niños—, pero poco después, al mismo tiempo que iba dando crecientes muestras de su extraordinario talento como gestor de carteras, se hizo más específicamente alérgico a la ambición. Compañeros mucho menos dotados que él pasaban a trabajar en fondos mutuos, se independizaban en el campo de la gestión financiera, o abrían sus propios fondos; pero también tenían que trabajar doce o catorce horas diarias, y todos ellos iban por el mundo con la típica pinta del esforzado luchador, de los que sudan la camiseta. Gary, amparado en la herencia de Caroline, gozaba de libertad para el cultivo de su no ambición y para ser como jefe, en la oficina, el perfecto padre estricto y cariñoso que no podía ser en casa. De sus subalternos exigía honradez y calidad en el trabajo. A cambio, ofrecía paciencia para enseñarles, lealtad absoluta y la garantía de que nunca les achacaría los errores que él cometiera. Si su directora de grandes inversiones, Virginia Lin, hacía una recomendación en el sentido de incrementar el porcentaje de acciones del sector energético normalmente en cartera, para llevarlo del seis al nueve por ciento, y él (como solía) optaba por no modificar el reparto, y luego el sector energético experimentaba un par de subidas considerables, Gary tiraba de su amplia e irónica sonrisa de qué gilipollas soy y le pedía disculpas a Lin delante de todo el mundo. Afortunadamente, siempre tomaba dos o tres buenas decisiones por cada una de las malas, y, además, en toda la historia universal nunca había habido un período de seis años mejor para la inversión en Bolsa que los seis años en que Gary llevó la División de Acciones Ordinarias del CenTrust. Había que ser tonto o carecer de escrúpulos para hacerlo mal durante ese período. Con el éxito garantizado, Gary podía permitirse el lujo de no amilanarse ante su jefe, Marvin Koster, ni tampoco ante el jefe de su jefe, Marty Breitenfeld, presidente del CenTrust. Gary nunca se rebajaba, jamás incurría en adulación. De hecho, tanto Koster como Breitenfeld habían empezado a tomarlo como punto de referencia en cuestiones de buen gusto y protocolo, con Koster casi pidiéndole permiso para enrolar a su hija mayor en Abington Friends en vez de en Friends' Select, con Breitenfeld abordando a Gary, nada más salir éste del meadero de dirección, para preguntarle si Caroline y él pensaban asistir al baile de beneficencia de la Biblioteca Libre o si Gary le había derivado las entradas a alguna secretaria...

3. ¡RELÁJESE, TODO ESTÁ EN SU CABEZA!

Ricitos Eberle acababa de reaparecer en su butaca intracraneal con sendos modelos de plástico de una molécula electrolítica en cada mano.

—Una notable propiedad de los geles de citrato férrico y de acetato férrico —dijo— consiste en que, sometidos al estímulo de radiaciones de bajo nivel en determinadas frecuencias resonantes, sus moléculas pueden polimerizarse de modo espontáneo. Y, lo que es más importante aún, estos polímeros resultan ser excelentes conductores de los impulsos eléctricos.

El Eberle virtual miraba al frente con una sonrisa benévola, mientras en la mezcolanza animada y sanguinolenta de su entorno se levantaban olas como garabatos. Igual que si estas olas hubieran sido los compases de apertura de un minueto o de un baile tradicional escocés, todas las moléculas ferrosas se dispusieron en filas largas y conjuntadas.

—Estos microtúbulos conductivos transitorios —dijo Eberle— hacen concebible lo hasta ahora impensable: una interfaz digitoquímica a tiempo casi real.

—Está muy bien todo esto —le susurró Denise a Gary—. Es lo que siempre buscó papá.

—¿Qué, mandar a tomar por culo una fortuna?

—Ayudar a los demás —dijo Denise—. Salirse de la norma.

Gary podría haberle replicado que, si tantas ganas tenía el viejo de ayudar a alguien, podría haber empezado por su propia mujer. Pero Denise tenía una visión de Alfred que no por extraña resultaba menos inamovible. Carecía de sentido morder su anzuelo.

4. ¡LOS RICOS SE HACEN MÁS RICOS!

—Sí, cualquier rincón ocioso del cerebro puede ser la botica del maligno —dijo el pregonero—, pero el proceso Corecktall ignora todas y cada una de las vías neuronales ociosas. Y, en cambio, allí donde hay acción siempre está Corecktall, para reforzarla. *Para contribuir a que los ricos se hagan más ricos.*

De todos los rincones del Salón B llegaron risas y aplausos y gritos de aprobación. Gary notó que su vecino de la izquierda, el aplaudidor y sonriente Míster Doce Mil Acciones de la Exxon, miraba en su dirección. Quizá el tipo se estuviera preguntando por qué no aplaudía Gary, o tal vez lo intimidara la informal elegancia de su indumentaria.

Para Gary, un elemento clave en su empeño de no ser un esforzado luchador, de los que sudan la camiseta, estribaba en vestirse como si no tuviera que trabajar, como se vestiría un caballero a quien complace pasar de vez en cuando por la oficina, a echarles una manita a los demás. Como si *noblesse oblige.*

Ese día llevaba una chaqueta sport con mezcla de seda, color verde alcaparra, una camisa de lino crudo con los picos del cuello abotonables y unos pantalones negros sin pliegues. Su móvil permanecía desconectado, sordo a todas las llamadas. Inclinó su silla hacia atrás y recorrió con la vista el salón para confirmar que, en efecto, era el único descorbatado allí presente; pero el contraste entre el yo y la muchedumbre dejaba mucho que desear. Si el acto se hubiera celebrado unos años antes, el salón habría sido una jungla de trajes azules de raya diplomática, sin abertura, a la moda de

236

la Mafia, de camisas de color con el cuello blanco y de mocasines con borla. Pero ahora, en los años de madurez del prolongadísimo boom, hasta los jóvenes pardillos de los alrededores de Nueva Jersey se hacían trajes italianos a medida y se compraban gafas de primera calidad. Tantísimos dólares habían inundado el sistema, que hasta un veinteañero convencido de que Andrew Wyeth era una tienda de muebles y Winslow Homer un personaje de dibujos animados podía vestir igual que la aristocracia hollywoodiense.

¡Cuánta misantropía y cuánta amargura! A Gary le habría encantado disfrutar siendo un hombre rico y acomodado, pero el país no se lo estaba poniendo nada fácil. A su alrededor, millones de norteamericanos con los millones recién acuñados se embarcaban en idéntica búsqueda de lo extraordinario: comprar la perfecta casa victoriana, bajar esquiando por una ladera virgen, tener trato personal con el chef, localizar una playa sin huellas de pisadas. Mientras, otras varias decenas de millones de jóvenes norteamericanos carecían de dinero, pero andaban en persecución del Rollo Perfecto. Y la triste verdad era que no todo el mundo podía ser extraordinario, ni todo el mundo podía estar en el rollo. Porque, entonces, ¿dónde queda lo normal y corriente? ¿Quién desempeñará la desagradecida tarea de ser una persona relativamente no enrollada?

Bueno, también seguía existiendo la ciudadanía de la Norteamérica central: los sanjudeanos con quince o veinte kilos de sobrepeso, con sus monovolúmenes y sus jerséis color pastel, con sus pegatinas de la asociación Pro Vida en el parachoques, con su pelo cortado a lo militar prusiano. Pero, en los últimos años, Gary había observado, con la ansiedad acumulándosele como en un encuentro de placas tectónicas, que la gente seguía abandonando el Medio Oeste, camino de las costas más enrolladas. (Ni que decir tiene que él mismo era parte de ese éxodo, pero él se había escapado antes y, francamente, llegar primero tiene sus privilegios.) Al mismo tiempo, y de pronto, todos los restaurantes de St. Jude se estaban adaptando a la marcha europea (de pronto, las señoras de la limpieza entendían de tomates secos y los criadores de puercos sabían distinguir una *crème brûlée*), y los tenderos del centro comercial de cerca de casa de sus padres habían adquirido un aire de autosuficiencia descorazonadoramente similar al suyo, y los productos electrónicos de consumo que se vendían en St. Jude eran tan potentes y tan enrollados como los de Chestnut Hill. A Gary le habría parecido muy bien que se prohibiese en adelante cualquier intento de emigración a la periferia y que se fomentara entre los habitantes del Medio Oeste el regreso al consumo de empanadillas y al uso de prendas sin gracia y a la práctica de los juegos de mesa, para hacer así posible la preservación de una reserva nacional de gente fuera de onda, sin gusto, para que los privilegiados como él pudieran sostenerse a perpetuidad en su sensación de seres extremadamente civilizados.

Pero ya está bien, se dijo. El deseo demasiado arrasador de ser especial, de erigirse en monarca absoluto de la superioridad, venía a constituir, también, una Señal de Aviso de la depresión clínica.

Y, además, Míster Doce Mil Acciones de la Exxon no lo estaba mirando a él. Estaba mirándole las desnudas piernas a Denise.

—Los hilos de polímero —explicaba Eberle— se asocian quimiotácticamente con las vías neuronales activas, facilitando así la descarga del potencial eléctrico. Aún no entendemos completamente el mecanismo, pero su efecto consiste en hacer más fácil y más placentera cualquier actividad que el paciente esté llevando a cabo y desee repetir o prolongar. Lograr este efecto, aunque fuera de modo transitorio, ya sería un interesantísimo éxito clínico. Y, sin embargo, aquí en Axon hemos descubierto el modo de hacerlo permanente.

—Observen ustedes —ronroneó el pregonero.

5. ¡AHORA LE TOCA A USTED TRABAJAR UN RATO!

Mientras un ser humano de dibujos animados se llevaba temblorosamente una taza a los labios, determinadas vías neuronales, también temblorosas, se iluminaban en el interior de su dibujada cabeza. Luego, el dibujo bebió electrolitos Corecktall, se puso un casco Eberle y volvió a levantar la taza. Pequeños microtúbulos en crecimiento se arremolinaron hacia las vías activas, que empezaron a arder de luz y de vigor. Entonces, firme como una roca, la mano del dibujo volvió a colocar la taza en el plato.

238

—Tenemos que inscribir a papá para que le hagan una prueba —susurró Denise.

—¿Qué quieres decir? —dijo Gary.

—Bueno, esto es para el Parkinson. Podría venirle bien.

Gary suspiró como una rueda perdiendo aire. ¿Cómo podía ser que una idea tan increíblemente obvia no se le hubiera ocurrido a él? Se avergonzó de sí mismo y, a la vez, oscuramente, se sintió molesto con Denise. Orientó su blanda sonrisa hacia la pantalla como si no la hubiera oído.

—Una vez identificadas y estimuladas las vías —dijo Eberle—, no estamos sino a un paso de la corrección morfológica propiamente dicha. Y aquí, como en toda la medicina de hoy en día, *el secreto está en los genes.*

6. ¿RECUERDA LAS PÍLDORAS QUE TOMÓ EL MES PASADO?

Tres días antes, el viernes por la tarde, Gary por fin había conseguido que en la Hevy & Hodapp le pasaran con Pudge Portleigh. Éste parecía tener muchísima prisa cuando se puso al teléfono.

—Gare, perdona, es delirante lo de esta casa —dijo Portleigh—, pero, óyeme, amigo mío, sí que he podido comentar con Daffy Anderson tu solicitud. Y Daffy dice que por supuesto, que no hay ningún problema en asignar quinientas acciones a un buen cliente que trabaja en el CenTrust. Así que de acuerdo, amigo mío, ¿quedamos así?

—No —respondió Gary—: dijimos cinco mil, no quinientas.

Portleigh guardó silencio durante unos segundos.

—Mierda, Gare. Qué mal nos entendimos. Yo me había quedado en la idea de que eran quinientas.

—Me lo repetiste. Dijiste cinco mil. Dijiste que lo estabas apuntando.

—Refréscamelo un poco. ¿Es por tu cuenta o por cuenta del CenTrust?

—Por mi cuenta.

—Pues mira, Gare, vamos a hacer lo siguiente. Llama tú mismo a Daffy, explícale la situación, el malentendido, y a ver si puede arañarte otras quinientas. Yo te respaldo. Al fin y al cabo, ha sido culpa mía, no tenía ni idea de la temperatura que iba a alcanzar esto. Pero tienes que comprenderlo, Daffy le está quitando la comida de la boca a otro para dártela a ti. Es el Canal de la Naturaleza, Gare: un montón de pajaritos con el pico abierto de par en par. ¡A mí, a mí, a mí! Te puedo respaldar para otras quinientas, pero tú tienes que poner el pío-pío. ¿De acuerdo, amigo mío? ¿Quedamos así?

—No, Pudge, no quedamos así —dijo Gary—. ¿Te acuerdas de cómo te saqué de encima veinte mil acciones refinanciadas de Adelson Lee? ¿Recuerdas también...?

—Gare, Gare, no me hagas esto —dijo Pudge—. Soy consciente de ello. ¿Cómo voy a haber olvidado Adelson Lee? Joder, por favor, si es que no se me quita de la cabeza ni un solo minuto. Lo que trato de decirte es que quinientas acciones de la Axon, para mí, pueden parecer un desaire, pero créeme que no lo son. Es lo más que Daffy va a poder darte.

—Qué ráfaga de honradez tan refrescante —dijo Gary—. Ahora vuelve a contarme que te habías olvidado de que eran cinco mil.

—De acuerdo, soy un gilipollas. Gracias por decírmelo. Pero no puedo conseguirte más de mil sin acudir a lo más alto. Si quieres cinco mil, Daffy necesitará una orden directa de Dick Hevy en ese sentido. Y ya que me mencionas Adelson Lee, Dick no dejará de recordarme que CoreStates se quedó con cuarenta mil, First Delaware con treinta mil, TIAA-CREF con cincuenta mil, y así sucesivamente. El cálculo es tan crudo como eso, Gare. Tú nos ayudaste hasta veinte mil, nosotros te ayudamos hasta quinientas. Entiéndeme, puedo intentarlo con Dick, si quieres. Seguramente, puedo sacarle otras quinientas a Daffy, sólo con decirle que, viéndolo ahora, nadie diría que antes le resplandecía la cabeza. Uf. El milagro del crecepelo Rogaine. Pero, básicamente, éste es el típico asunto en el que a Daffy le gusta hacer de Santa Claus. Él sabe si has sido bueno o no has sido bueno. Él sabe, sobre todo, para quién trabajas. Si te he de ser franco, para obtener el trato que solicitas lo único que tienes que hacer es multiplicar por tres el tamaño de tu compañía.

El tamaño sí contaba. Si no le prometía la futura compra de unos cuantos bodrios declarados con el dinero de la CenTrust (y eso bien podía costarle el puesto), Gary no tenía ningún otro argumento que le permitiera negociar con Pudge Portleigh. No obstante, aún le quedaba un argumento *moral*, es decir: el hecho de que la Axon hubiera pagado la patente de Alfred muy por debajo de su verdadero valor. Allí tendido en la cama, con los ojos de par en par, estuvo rumiando el texto del muy claro y muy ponderado discurso que pensaba soltarle al alto mando de Axon esa misma tarde: *Quiero que me miren ustedes a los ojos y que me digan si la oferta hecha a mi padre era justa y razonable. Mi padre tuvo razones personales para aceptarla; pero sé lo que hicieron ustedes. ¿Me comprenden? Yo no soy un anciano del Medio Oeste. Sé lo que hicieron ustedes. Y se darán ustedes cuenta, supongo, de que no pienso salir de este despacho sin llevarme un compromiso en firme por cinco mil acciones. Podría reclamarles también que pidieran perdón. Pero me limito a proponerles una sencilla transacción entre personas hechas y derechas. Que, por cierto, no les ha costado a ustedes n a d a. Cero.* Rien. Niente.

—¡Sinaptogénesis! —exclamó, exultante, el pregonero, en el vídeo de la Axon.

7. ¡NO, NO ES UN LIBRO DE LA BIBLIA!

Los inversores profesionales del Salón B se reían muchísimo.

—¿No será una farsa todo esto? —le preguntó Denise a Gary.

—¿Iban a comprar la patente de papá para montar una farsa? —dijo Gary.

Ella negó con la cabeza.

—Lo que han conseguido es que me vengan ganas, no sé, de volverme a la cama.

Gary lo comprendió. Él llevaba tres semanas sin dormir una noche entera. Su ritmo circadiano estaba desfasado en unos 180 grados, se pasaba las noches con las revoluciones a tope y el día con los ojos llenos de arenilla, y cada vez le resultaba más arduo seguir manteniendo que aquel problema no era neuroquímico, sino personal.

¡Qué bien había hecho, durante todos estos meses, en ocultarle a Caroline las muy numerosas Señales de Aviso! ¡Qué atinada su intuición de que el déficit putativo del Neurofactor 3 minaría la legitimidad de sus argumentos morales! Caroline podía camuflar ahora su animosidad hacia él so capa de «preocupación» por su «salud». Sus fuerzas almacenadas para la guerra doméstica convencional no eran rival para semejante armamento biológico. Él había efectuado un cruel ataque contra la *persona* de ella. Ella había efectuado un heroico ataque contra la *enfermedad* de él.

Apoyándose en tal ventaja estratégica, Caroline había efectuado a continuación toda una serie de brillantes movimientos tácticos. Gary, al trazar sus planes de batalla para el primer fin de semana completo de hostilidades, había dado por sentado que Caroline se pondría a dar vueltas en torno a las carretas, como había hecho la semana anterior; había dado por sentado que se pondría a retozar a su alrededor como una adolescente, con Aaron y con Caleb, incitándolos a burlarse de su pobre y muy despistado padre. De modo que el jueves por la noche Gary le tendió una emboscada. Propuso, como si acabara de ocurrírsele, que Aaron, Caleb y él fuesen a hacer mountain-bike a los montes Poconos el domingo, saliendo al alba para una larga jornada de estrechamiento de vínculos al modo viril, sin que Caroline pudiera participar, porque *le dolía la espalda*.

Caroline dio réplica a este movimiento respaldando con todo entusiasmo la propuesta, instando a Caleb y Aaron *a que fueran con su padre y lo pasaran estupendamente.* Puso especial énfasis en esta última frase, dando lugar a que Aaron y Caleb saltaran y, como si lo hubieran ensayado antes, dijesen: «¡Mountain-bike, sí, papá, estupendo!» Y, de pronto, Gary se dio cuenta de lo que estaba pasando. Se dio cuenta de por qué Aaron, el lunes por la noche, había ido por su cuenta a pedirle perdón por haberlo llamado «horrible», y de por qué Caleb, el martes, por primera vez en meses, lo había invitado a jugar al futbolín, y de por qué Jonah, el miércoles, le había llevado, sin previa petición por parte de Gary, en una bandejita con el borde de corcho, un segundo martini preparado por Caroline. Comprendió por qué sus hijos se habían vuelto agradables y solícitos: *porque Caroline les había dicho que su padre estaba luchando por superar una depresión clínica.* ¡Qué estratagema! Y no dudó ni por un segundo de que aquello fuese una estratagema, de que la «preocupación» de Caroline fuese puro fingimiento, táctica guerrera, un modo de no tener que pasar las vacaciones de Navidad en St. Jude, porque en sus ojos seguía sin percibirse el más leve vestigio de calor y afecto por Gary.

—¿Les has dicho a los chicos que estoy deprimido? —le preguntó Gary en la oscuridad, desde una lejana orilla de su vastísima cama—. ¿Caroline? ¿Les has mentido sobre mi condición mental? ¿Es por eso por lo que todo el mundo se ha vuelto tan amable de repente?

—Mira, Gary —dijo ella—, están siendo simpáticos porque quieren que los lleves a hacer mountain-bike a los Poconos.

—Hay algo en todo esto que no me huele nada bien.

—¿Sabes que te estás poniendo cada vez más paranoico?

—¡Joder, joder, joder!

—Gary, me das miedo.

—¡Me quieres hacer pasar por loco! Y no hay nada más rastrero que eso. No viene en los libros ningún truco más sucio que ése.

—Por favor, escúchate.

—Contesta a mi pregunta —dijo él—. ¿Les has dicho que estoy «deprimido», que estoy «pasando una mala racha»?

—Bueno, ¿acaso no es verdad?

—Contesta mi pregunta.

No contestó la pregunta. No dijo ni una palabra más aquella noche, por más que él se pasara media hora repitiéndole la pregunta, con pausas de un par de minutos, para darle tiempo a contestar, pero sin obtener respuesta.

Cuando llegó la mañana de la excursión en bicicleta, estaba tan destrozado por la falta de sueño que su única ambición estribaba en mantenerse en funcionamiento. Cargó las tres bicicletas en el muy amplio y muy seguro Ford Stomper de Caroline, condujo dos horas, descargó las bicicletas y pedaleó un kilómetro detrás de otro por unas trochas terribles. Los chicos iban muy por delante de él. Cuando consiguió alcanzarlos, ellos ya habían descansado y querían seguir adelante. No fueron nada expresivos, pero sí que tenían cara de expectativa amistosa, como animando a Gary a que confesase algo. Pero la situación de éste, desde el punto de vista neuroquímico, era algo acuciante; lo único que se le ocurría decirles era «vamos a comernos los bocadillos» o «subimos la última cuesta y nos volvemos». Al atardecer volvió a cargar las bicis en el Stomper, volvió a conducir, y volvió a descargar las bicicletas en pleno acceso de ANHEDONIA.

Caroline salió de la casa para contarles a los chicos mayores lo muchísimo que se habían divertido Jonah y ella durante su ausencia y para declararse conversa de los libros de Narnia. De modo que Jonah y ella se pasaron el resto de la velada hablando de «Aslan» y «Cair Paravel» y «Reepicheep», y de la sala de chat infantil sobre Narnia que habían localizado en internet, y del sitio de C.S. Lewis, que tenía unos juegos en línea muy molones y un verdadero cargamento de productos Narnia que encargar.

—Hay un CD-Rom de *El príncipe Caspian* —le dijo Jonah a Gary—, y tengo muchísimas ganas de jugar con él.

—Parece un juego muy interesante y muy bien diseñado —dijo Caroline—. Le enseñé a Jonah cómo pedirlo.

—Hay un Armario —dijo Jonah—. Y pinchas con el ratón y entras en Narnia por el armario. ¡Y la cantidad de cosas guays que tiene dentro!

Qué profundo el alivio de Gary a la mañana siguiente, cuando, a trancas y barrancas, como un yate desarbolado por la tormenta, atracó en el puerto seguro de su trabajo cotidiano. Allí, lo único que tenía que hacer era repararse como mejor supiera, mantener el rumbo, *no estar deprimido*. A pesar de las graves pérdidas sufridas, seguía confiando en la victoria. El día en que Caroline y él tuvieron la primera pelea, veinte años atrás, cuando él se encerró en su apartamento y se puso a ver un largo partido de los Phillies de Filadelfia, oyendo sonar el teléfono cada diez minutos, cada cinco minutos, cada dos minutos, ya le quedó claro que en el corazón de Caroline había un fondo de desesperada inseguridad. Si él le retiraba su amor, ella, tarde o temprano, venía a golpear con los puñitos en su pecho y dejaba que se saliera con la suya.

Pero esta vez Caroline no daba ninguna muestra de debilidad. Más tarde, esa misma noche, con Gary incapaz de cerrar los ojos —no digamos dormir—, por el alucine y la rabia, Caroline se negó cortés pero firmemente a discutir con él. Fue especialmente coriácea en su negativa a tratar el asunto de las Navidades. Dijo que oír a Gary hablar sobre ello era como ver a un alcohólico bebiendo.

—¿Qué quieres de mí? —le preguntó Gary—. Dime qué es lo que necesitas oír de mí.

—Lo que necesito es que te responsabilices de tu salud mental.

—¡Por Dios, Caroline! Mal, mal, mal, mal.

Entretanto, Discordia, la diosa de la vida conyugal, había estado haciendo de las suyas en la industria aeronáutica. En el *Inquirer* apareció un anuncio a toda página con una irresistible oferta de las Midland Airlines en que se incluía un vuelo de ida y vuelta Filadelfia-St. Jude por 198 dólares. Sólo quedaban excluidas cuatro fechas de finales de diciembre; alargando un día la estancia, Gary podía llevarse a toda su familia a St. Jude (¡sin escalas!) por menos de mil dólares. Pidió a su agencia de viajes que le reservara cinco billetes y se dedicó a renovar la opción todos los días. Finalmente, la mañana del viernes a cuyas 24.00 caducaba la oferta, puso en conocimiento de Caroline que iba a comprar los billetes. En cumplimiento de su estrategia de Navidades No, Caroline se volvió hacia Aaron y le preguntó si había preparado su examen de español. Desde su despacho de la CenTrust, llevado por un verdadero espíritu de trinchera, Gary llamó a la agencia de viajes y confirmó la compra. Luego llamó a su médico y le pidió que le recetara, sólo para unos cuantos días, unas píldoras para dormir algo más fuertes que las que se despachaban sin receta. El doctor Pierce le contestó que las píldoras para dormir no le parecían muy buena idea. Caroline le había dicho que Gary quizá sufriera de depresión, y las píldoras para dormir, desde luego, no le iban a ser de gran ayuda al respecto. Lo mejor era que Gary se pasase por la consulta para charlar un rato sobre su condición psíquica.

Por un momento, tras colgar el teléfono, Gary se permitió imaginar que estaba divorciado. Pero tres retratos mentales de sus hijos, resplandecientes e idealizados, seguidos de una bandada de miedos económicos que se abatieron sobre él como murciélagos, le apartaron la idea de la cabeza.

El sábado por la noche estaban invitados a cenar, y Gary aprovechó para registrar el botiquín de sus amigos Drew y Jamie, con la esperanza de encontrar un frasco de algo parecido al Valium, pero no tuvo esa suerte.

El día anterior lo había llamado Denise, insistiendo, con una dureza de muy mal agüero, en que comieran juntos. Le dijo que el sábado anterior había estado con Enid y Alfred en Nueva York. Le dijo que Chip y su novia habían roto delante de ella y que luego se había desvanecido.

Gary, despierto en la cama, estuvo preguntándose si era a ese tipo de proezas al que se refería Denise en su afirmación de que Chip era un hombre «lo suficientemente honrado» como para decir a los demás lo que podía y lo que no podía «tolerar».

—Las células están genéticamente programadas para liberar un factor de crecimiento neuronal sólo cuando son activadas localmente —dijo el videofacsímil de Eberle, muy contento.

Una atractiva y joven modelo, con un casco Eberle encajado en la cabeza, fue atada mediante correas a una máquina que iba a reeducarle el cerebro, de modo que éste pudiera transmitir a sus piernas las instrucciones necesarias para andar.

Una modelo con cara de antipática y los ojos preñados de misantropía y amargura se alzaba las comisuras de los labios con los dedos, mientras una animación inserta mostraba, en el interior de su cerebro, un florecimiento de dendritas y una proliferación de nuevos enlaces sinápticos. Transcurrido un momento, la modelo ya lograba esbozar una sonrisa sin ayudarse con los dedos. Y, transcurrido otro momento, su sonrisa era ya deslumbrante.

¡CORECKTALL ES EL FUTURO!

—La Axon Corporation tiene la fortuna de poseer cinco patentes nacionales que cubren todo el programa de esta potente plataforma tecnológica —le contó Eberle a la cámara—. Estas patentes, junto con otras ocho que tenemos en proceso de registro, levantan un infranqueable muro protector en torno a los ciento cincuenta millones de dólares que llevamos invertidos hasta la fecha en investigación y desarrollo. Axon es, sin discusión, el líder mundial del sector. Tenemos un historial de seis años de movimientos de efectivo en números negros y una corriente de ingresos que el año que viene, según nuestras expectativas, alcanzará el tope de los ochenta millones de dólares. Nuestros inversores potenciales pueden estar seguros de que cada centavo de cada dólar que obtengamos el próximo 15 de diciembre se invertirá en el desarrollo

246

de este producto maravilloso, que tantas posibilidades tiene de entrar en la Historia.

—¡Corecktall es el futuro! —dijo Eberle.

—¡Es el futuro! —entonó el pregonero.

—¡Es el futuro! —coreó la muchedumbre de guapos y guapas estudiantes con gafas de empollón.

—Y a mí que me gustaba el pasado —dijo Denise, levantando su botella de medio litro de agua de importación, cortesía de la casa.

Para el gusto de Gary, en el Salón B había demasiada gente respirando el mismo aire. Algún problema de ventilación. Cuando las luces recuperaron su pleno esplendor, silenciosos camareros se abrieron en abanico entre las mesas, llevando los entrantes del almuerzo con sus correspondientes calientaplatos.

—Déjame adivinar. En primer lugar, apuesto por salmón —dijo Denise—. No, no en primer lugar: mi única apuesta es salmón.

Tres figuras que a Gary, sorprendentemente, le recordaron su luna de miel en Italia, se levantaron de sus sillones de tertulia televisiva y ocuparon la delantera del estrado. Caroline y Gary habían visitado una catedral de la Toscana, quizá la de Siena, en cuyo museo había grandes estatuas medievales de santos que previamente estuvieron en la cubierta de la catedral, todos ellos con la mano levantada, como un candidato presidencial, y todos ellos con una sonrisa de *certeza* en la cara.

El de más edad de los tres beatíficos saludadores, un hombre de rostro sonrosado y gafas sin montura, extendió una mano como para bendecir a la multitud.

—¡Muy bien! —dijo—. ¡Hola a todo el mundo! Me llamo Joe Prager y soy quien lleva la firma de acuerdos y contratos en el bufete Bragg Knuter. A mi izquierda ven ustedes a Merilee Finch, consejera delegada de Axon, y a mi derecha se encuentra una persona muy importante, Daffy Anderson, director de contratación de Hevy & Hodapp. Esperábamos que el propio Ricitos se dignara hacernos una visita hoy, pero en este momento es el hombre de moda, y le están haciendo una entrevista en la CNN ahora mismo, mientras hablamos. De modo que permítanme ustedes hacerles unas cuantas advertencias previas, no sé si me entienden, para luego ceder la palabra a Daffy y Merilee.

—¡Eh, Kelsey, chico, dime algo! —gritó el joven vecino de Gary.

—Advertencia Número Uno —dijo Prager—. Por favor, tomen ustedes nota, y lo digo con todo énfasis, de que los resultados obtenidos por Ricitos son todavía de carácter extremadamente preliminar. Todo esto es Investigación en Fase Uno, amigos. ¿Me oyen bien todos? ¿Los del fondo también?

Prager estiró el cuello y agitó ambas manos en dirección a las mesas más remotas, entre ellas la de Gary.

—Las cartas boca arriba. Esto es Investigación en Fase Uno. Axon todavía no tiene, ni en modo alguno pretende hacerles creer a ustedes que la tiene, la correspondiente autorización de la Food and Drug Administration para hacer pruebas en la Fase Dos. Y ¿qué viene después de la Fase Dos? ¡La Fase Tres! ¿Y después de la Fase Tres? Un proceso de revisión en varios niveles que bien puede retrasar hasta tres años el lanzamiento del producto. En ésas estamos, amigos, lo que tenemos entre manos es un conjunto de resultados clínicos *extremadamente interesantes*, pero también *extremadamente preliminares*. De modo que *caveat emptor*, tenga cuidado el comprador. ¿De acuerdo? No sé si me entienden. ¿De acuerdo?

Prager hacía esfuerzos por mantenerse serio. Merilee Finch y Daffy Anderson lucían sendas sonrisas para sí mismos, como si también ellos tuvieran algún secreto o alguna religión culpable.

—Advertencia Número Dos —dijo Prager—. Una presentación inspiradora, en vídeo, no es una propuesta formal. Las declaraciones que va a hacernos hoy Daffy, lo mismo que las de Merilee, son improvisadas y, por consiguiente, no han de considerarse formales...

El camarero descendió sobre la mesa de Gary y le puso delante un plato de salmón sobre lecho de lentejas. Denise rechazó su primer plato con un gesto de la mano.

—¿No vas a comer nada? —le susurró Gary.

Ella dijo que no con la cabeza.

—Denise. Por favor. —Se sentía inexplicablemente herido—. ¿No vas a ser capaz ni de comer dos bocados en mi compañía?

Denise lo miró a la cara con expresión inescrutable.

—Tengo el estómago un poco revuelto.

—¿Quieres que nos marchemos?

—No. Lo único que quiero es no comer.

Denise seguía muy guapa, a sus treinta y dos años, pero las largas horas delante del fogón empezaban ya a recocerle el cutis, convirtiéndole el rostro en una especie de máscara de terracota que ponía a Gary un poco más nervioso cada vez que la veía. Era su hermana pequeña, a fin de cuentas. Sus años de fertilidad y sus posibilidades de contraer matrimonio iban pasando con una presteza de la que él era muy consciente, aunque no ella, o al menos eso sospechaba Gary. Su trayectoria se le antojaba como una especie de hechizo bajo cuya influencia Denise trabajaba dieciséis horas diarias y renunciaba a toda vida social. Gary tenía miedo —y, en su calidad de hermano mayor, reivindicaba el derecho a tener ese miedo— de que para cuando Denise despertara del hechizo ya fuese demasiado mayor para formar una familia.

Se comió rápidamente su salmón, mientras ella bebía agua de importación.

En el estrado, la consejera delegada de la Axon, una rubia de cuarenta y tantos años, con la inteligente pugnacidad de un rector de college, hablaba de efectos secundarios.

—Aparte del dolor de cabeza y las náuseas, que no pueden considerarse una sorpresa —decía Merilee Finch—, aún no hemos detectado ninguno. Recuerden ustedes que nuestra tecnología básica lleva usándose por doquier desde hace varios años, sin que haya datos de ningún efecto pernicioso significativo.

Finch señaló hacia la sala.

—¿Sí, el del Armani gris?

—¿Es Corecktall el nombre de un laxante?

—Bueno, sí —dijo Finch, afirmando briosamente con la cabeza—. No se escribe igual, pero sí. Ricitos y yo pensamos unos diez mil nombres, más o menos, hasta que nos dimos cuenta de que el nombre no tiene importancia alguna para un enfermo de Alzheimer, ni para una víctima del Parkinson, ni para el individuo que padece depresiones generalizadas. Podíamos ponerle Carcino-Amianto y la gente seguiría echando las puertas abajo para conseguirlo. La gran visión de Ricitos en este punto, la razón de que no le importen los chistecitos marrones que puedan hacerse a costa del nombre, es que dentro de veinte años no va a quedar ni una sola prisión en Estados Unidos, gracias a este proceso. De veras, sin exagerar un ápice, vivimos en la era de los grandes hallazgos médicos. Por supuesto que hay terapias competitivas para el tratamiento del Alzheimer y el Parkinson. Puede que alguna de estas terapias se ponga a disposición de los enfermos antes que Corecktall. Así que para la mayor parte de los desórdenes cerebrales, nuestro producto sólo será un arma más de la panoplia. La mejor arma, con toda certeza, pero una entre muchas. Por otra parte, si entramos en el campo de la patología social, el cerebro del delincuente, ahí ya yo hay ninguna otra opción. La elección es o Corecktall o el correccional. De modo que es un nombre con futuro. Lo que estamos reivindicando es un hemisferio completamente nuevo. Aquí es como si estuviéramos plantando el pendón de Castilla en la playa.

Hubo un murmullo en una mesa distante, ocupada por un contingente de tweed, con aspecto de andar por casa, quizá gestores de fondos sindicales, tal vez el equipo de inversiones hipotecarias de Penn o de Temple. Una mujer con pinta de cigüeña se levantó de su asiento y gritó:

—¿Cuál es la idea? ¿Reprogramar a los reincidentes para que les guste darle a la escoba?

—Está dentro del ámbito de lo factible, sí —dijo Finch—. Ésa sería una cura potencial, aunque seguramente no la mejor posible.

La aguafiestas no podía creérselo.

—¿Cómo que no es la mejor posible? ¡Es una auténtica pesadilla ética!

—Muy bien, esto es un país libre, invierta usted en energías alternativas —dijo Finch, buscando la carcajada del público, porque la mayor parte de los invitados se ponía a favor de la buena mujer—. Compre reservas geotérmicas baratitas. Compre futuribles de electricidad solar, muy baratos, muy correctos. El siguiente, por favor. ¿El de la camisa rosa?

—Están ustedes soñando —insistió la aguafiestas a voz en cuello— si creen que el pueblo norteamericano...

—Cariño —la interrumpió Finch, aprovechando la ventaja que le otorgaban su micrófono de solapa y la amplificación—, el pueblo norteamericano está a favor de la pena de muerte. ¿De veras cree usted que le va a plantear algún problema una opción socialmente constructiva, como la nuestra? Dentro de diez años veremos quién sueña. Sí, el de la camisa rosa, de la mesa tres. Dígame.

—Perdone —insistió la aguafiestas—, pero lo que pretendo es que sus inversores potenciales recuerden la Octava Enmienda...

—Sí, sí, muchas gracias —dijo Finch, endureciéndosele la sonrisa de maestra de ceremonias—. Ya que trae usted a colación los castigos crueles y desacostumbrados, le sugiero que salga de aquí y camine unas cuantas manzanas hacia el norte, hasta Fairmount Avenue. Échele un vistazo a la Penitenciaría Oriental del Estado. La primera prisión moderna del mundo, abierta en 1829, hasta veinte años de celda incomunicada, una tasa de suicidios verdaderamente asombrosa, ningún beneficio correctivo, y aun así sigue siendo, tengamos esto en mente, *el modelo básico para el cumplimiento de penas correctivas en Estados Unidos.* No es de esto de lo que está hablando Ricitos en su entrevista de la CNN, amigos. Está hablando del millón de norteamericanos con Parkinson y de los cuatro millones que padecen Alzheimer. Lo que voy a decirles ahora no es para consumo general. Pero hay una cosa indiscutible: una alternativa a la cárcel, cien por cien voluntaria, es lo contrario de un castigo cruel y desacostumbrado. De todas las aplicaciones potenciales de Corecktall, ésta es la más humanitaria. Ésta es la visión liberal: la automejora auténtica, permanente, voluntaria.

La aguafiestas, meneando la cabeza con el énfasis de una persona a la que es imposible convencer, ya abandonaba el salón. Míster Doce Mil Acciones de la Exxon, a la altura del hombro izquierdo de Gary, hizo bocina con las manos y la abucheó.

Jóvenes de otras mesas siguieron su ejemplo, abucheándola con una sonrisita de superioridad en el rostro, pasándoselo pipa, como si aquello hubiera sido una peña deportiva, y —se temió Gary— confirmando a Denise en su desdén por ese mundo al que su hermano había decidido trasladarse. Denise, con el cuerpo inclinado hacia delante, miraba a Doce Mil Acciones de Exxon con la boca abierta de puro asombro.

Daffy Anderson, un tipo con pinta de defensa de fútbol americano, luciendo sus patillas lustrosas y, en lo alto del cráneo, una parcelita de pelo de textura diferente a la del resto, se adelantó en el estrado, dispuesto a contestar las preguntas de dinero. Se declaró *gratamente sobresuscrito*. Comparó la fiebre de aquella OPV con el *Vindaloo curry* y *Dallas en julio*. No quiso dar a conocer el precio a que Hevy & Hodapp sacaría las acciones de la Axon. Dijo que se fijaría un precio correcto y que el mercado haría el resto. No sé si me entienden.

Denise tocó a Gary en el hombro y le señaló una mesa de detrás de la tribuna, donde Merilee Finch, a solas, se llenaba la boca de salmón.

—Nuestra presa se está alimentando. Propongo que nos lancemos sobre ella.

—¿Para qué? —dijo Gary.

—Para que incluyan a papá en la lista de enfermos para experimentación.

No había en la idea de que Alfred participara en la Fase Dos nada que a Gary le resultara especialmente atractivo, pero pensó que si Denise planteaba el tema de la enfermedad de Alfred, creando un clima de compasión por los Lambert y, así, justificando moralmente su derecho a los favores de la Axon, quizá tuviera él más posibilidades de conseguir sus cinco mil acciones.

—Tú hablas —dijo, poniéndose en pie—. Luego, yo también le contaré algo.

Mientras caminaban hacia la tribuna, las cabezas se volvían para admirar las piernas de Denise.

—¿Qué parte de «sin comentarios» no ha entendido usted? —contestaba Daffy Anderson a una pregunta, buscando la risa del público.

La consejera delegada de la Axon tenía los carrillos más henchidos que una ardilla. Merilee Finch se llevó una servilleta a la boca, con expresión de cansancio, mientras observaba la aproximación de los Lambert.

—Me estoy muriendo de hambre —dijo. Era la excusa de una mujer delgada por estar incurriendo en comportamientos físicos—. Si no les importa esperar un segundo. Enseguida ponemos más mesas.

—Venimos por un asunto semiprivado —dijo Denise.

Finch tragó con dificultad, quizá por timidez, quizá porque no masticaba bien.

—Díganme.

Denise y Gary se presentaron, y Denise mencionó la carta que había recibido Alfred.

—Tenía que comer algo —explicó Finch, engullendo lentejas—. Creo que fue Joe quien le escribió a su padre. Doy por sentado que está todo resuelto, a estas alturas. Pero Joe los atenderá a ustedes con mucho gusto, si quieren saber algo más.

—Es más bien con usted con quien queremos hablar —dijo Denise.

—Perdón. Un bocado más y estoy con ustedes.

Finch masticó su salmón con mucho método, tragó lo masticado y dejó caer la servilleta encima del plato.

—En lo que se refiere a la patente, voy a serles franca: lo primero que pensamos fue no respetarla. Es lo que todo el mundo hace. Pero Ricitos también es inventor, y quería hacer las cosas bien.

—Pues, la verdad —dijo Gary—, para hacer las cosas bien tendrían que haber ofrecido más dinero.

La lengua de Finch rebuscaba bajo el labio superior igual que un gato bajo una manta.

—Quizá tenga usted una idea un poco exagerada de lo que su padre logró —dijo—. En los años sesenta hubo muchos investigadores que se ocuparon de esos geles. Creo, incluso, que el descubrimiento de la anisotropía eléctrica se suele atribuir a un equipo de la Universidad de Cornell. Además, según me dice Joe, la redacción de la patente de su padre es muy poco precisa. Ni siquiera menciona el cerebro. Sólo habla de «tejidos humanos». Y la justicia siempre se pone del lado del más fuerte en los litigios sobre patentes. De modo que, a mi entender, hemos sido muy generosos.

Gary puso su cara de qué gilipollas soy y miró al estrado, donde Daffy Anderson padecía el asalto de una turba de gente que le deseaba todo el éxito del mundo y le pedía cosas.

—Nuestro padre aceptó la oferta sin problemas —aseguró Denise a Finch—. Y a mí me gustaría enterarme más a fondo de lo que están haciendo ustedes.

Ese contacto entre mujeres, rompiendo el hielo por la vía agradable, le produjo a Gary unas ligeras náuseas.

—No recuerdo en este momento en qué hospital trabajaba —dijo Finch.

—En ninguno —dijo Denise—. Era ingeniero de ferrocarriles. Tenía un laboratorio en el sótano.

Finch manifestó sorpresa.

—¿Hizo todo eso en plan aficionado?

Gary no sabía qué versión de Alfred lo encolerizaba más: si el malévolo tirano viejo que realiza un espléndido hallazgo en el sótano de su casa y luego pierde una fortuna dejándose engañar, o el aficionado casero que, en su despiste, sin pretenderlo siquiera, lleva a cabo la labor de un verdadero químico, se gasta una parte de los escasos fondos familiares en obtener y en conservar viva una patente redactada en términos imprecisos, y al final le arrojan una migaja del banquete de Earl Eberle. Ambas versiones lo encolerizaban.

A fin de cuentas, quizá había sido mejor que las cosas ocurrieran así, que el viejo aceptara la oferta sin hacer caso a Gary.

—Mi padre tiene Parkinson —dijo Denise.

—Vaya, lo siento mucho.

—Bueno, pues estábamos preguntándonos si no sería posible incluirlo en la lista de enfermos para experimentación.

—No es impensable —dijo Finch—. Habrá que preguntarle a Ricitos. Me gusta esa faceta de interés humano. ¿Vive por aquí cerca su padre?

—Está en St. Jude.

Finch frunció el entrecejo.

—No habrá nada que hacer si no puede usted traerlo a Schwenksville dos veces por semana durante un período mínimo de seis meses.

—No es problema —dijo Denise, volviéndose hacia Gary—. ¿Verdad?

Gary odiaba todo lo incluido en semejante conversación. Salud salud, mujer mujer, agradable agradable, fácil fácil. No se dignó contestar.

—¿Cómo está de la cabeza? —preguntó Finch.

Denise abrió la boca, pero al principio no le salieron las palabras.

—Está bien —dijo, recuperándose—. Bastante... Bien.

—¿No hay demencia?

Denise, con los labios fruncidos, dijo que no con la cabeza.

—No. Tiene momentos de confusión, pero... No.

—La confusión puede ser por las medicinas que toma —dijo Finch—. En ese caso, tiene arreglo. Pero la demencia por cuerpos de Lewy está excluida de la experimentación de Fase Dos. También el Alzheimer.

—Tiene la cabeza muy clara —dijo Denise.

—Pues si es capaz de seguir unas instrucciones básicas, y acepta venirse al Este en enero, Ricitos hará un esfuerzo por incluirlo en la lista. Será una buena historia para los medios.

Finch le tendió su tarjeta, dio un caluroso estrechón de manos a Denise, otro, no tan caluroso, a Gary, y se aproximó a la multitud que cercaba a Daffy Anderson.

Gary fue tras ella y la sujetó del codo. Finch se dio media vuelta, bastante sorprendida.

—Escucha, Merilee —dijo Gary en voz baja, como queriendo decir: «Ahora vamos a ser realistas, entre personas mayores podemos prescindir de esa estupidez de ser agradable»—. Me alegro mucho de que mi padre te parezca una «buena historia» para los medios. Y ha sido una muestra de generosidad por vuestra parte que le dierais los cinco mil dólares. Pero creo que vosotros nos necesitáis a nosotros mucho más que nosotros a vosotros.

Merilee saludó a alguien, levantando un dedo: iría en un segundo.

—La verdad —le dijo a Gary— es que no nos hacen ustedes ninguna falta. Así que no entiendo lo que me quiere decir.

—Mi familia quiere comprar cinco mil acciones de su oferta.

Finch se rió como se ríen las ejecutivas que trabajan ochenta horas a la semana.

—Eso quieren todos los aquí presentes —dijo—. Para eso están los bancos de inversión. Si me permite...

Se liberó de Gary y se alejó. Gary, con tanto cuerpo humano alrededor, tenía dificultades para respirar y estaba furioso consigo mismo por haber *mendigado*, furioso por haber permitido que Denise asistiera al espectáculo, furioso de ser un Lambert. Echó a andar, a grandes zancadas, hacia la salida más próxima, sin esperar a Denise, que se vio obligada a correr para alcanzarlo.

Entre el Four Seasons y el edificio contiguo había un patio de oficinas con un jardín tan espléndidamente plantado y tan impecablemente mantenido, que podía haber estado hecho de píxeles en un paraíso de cibertiendas. Ambos Lambert iban cruzando el jardín cuando la cólera de Gary descubrió un aliviadero por el que descargarse.

—No sé dónde diablos piensas que va a vivir nuestro padre cuando se venga para acá —dijo.

—Una temporada contigo y otra conmigo —dijo Denise.

—Tú no estás nunca en casa —dijo él—. Y papá ha dejado perfectamente claro que en mi casa se niega a quedarse más de cuarenta y ocho horas.

—Pero ahora no sería como en las Navidades pasadas —dijo Denise—. Créeme. El sábado tuve la impresión de que...

—Y, además, ¿quién lo va a llevar a Schwenksville dos veces por semana?

—¿Qué estás diciendo, Gary? ¿Te opones a que hagamos esto?

Unos oficinistas, viendo que se les echaba encima una pareja en plena discusión, se levantaron del banco de mármol que ocupaban y lo dejaron libre. Denise tomó asiento y cruzó los brazos intransigentemente. Gary trazó un círculo estrecho, con las manos en las caderas.

—Papá —dijo— lleva diez años sin hacer nada por cuidarse. Lo único que hace es estar sentado en su jodido sillón azul, envuelto de pies a cabeza en la autocompasión. No veo en qué te basas para pensar que de pronto va a ponerse a...

—Ya, pero si viera que de veras hay una esperanza de curación...

—¿Para qué? ¿Para seguir otros cinco años con la depresión puesta? ¿Para morirse miserablemente a los ochenta y cinco, en vez de a los ochenta? ¿Eso es lo que vamos a sacar en limpio?

—Si está deprimido, será por la enfermedad.

—Lo siento, Denise, pero eso es una chorrada. Hablar por hablar. Lleva con la depresión desde antes de retirarse. Cuando todavía gozaba de una salud perfecta.

Murmuraba, en las proximidades, una fuente de escasa altura, generando un atmósfera de mediana intimidad. Una nubecilla sin filiación conocida se había adentrado en el rectángulo de cielo privado que trazaban los edificios colindantes. La luz era costera y difusa.

—Y ¿qué harías tú —dijo Denise—, si tuvieras a mamá encima durante veinticuatro horas al día, diciéndote que tienes que salir y vigilando cada uno de tus movimientos, y haciéndote ver que el sillón en que te sientas es una cuestión de índole moral? Cuanto más le dice ella que se levante, más sentado se queda él. Cuanto más tiempo permanece sentado, más...

—Estás viviendo en el país de las fantasías, Denise.

Ella miró a Gary con odio.

—No se te ocurra tratarme con esa superioridad. Igual de fantasioso es comportarse como si papá fuera un aparato viejo y averiado. Es un ser humano, Gary. Tiene su propia vida interior. Conmigo, al menos, se porta estupendamente...

—Bueno, pues conmigo no —dijo Gary—. Y con mamá se porta como un matón egoísta, abusando de ella todo el rato. Y, por mí, como si quiere no volver a levantarse del sillón ese y pasar el resto de su vida durmiendo. Me encanta la idea. Estoy mil por ciento a favor de la idea. Pero primero vamos a arrancar ese sillón de una casa de tres plantas que se está cayendo a pedazos y que pierde valor cada día que pasa. Vamos a conseguirle un poco de calidad de vida a mamá. Que papá haga eso, y luego se puede sentar en su sillón y seguir compadeciéndose de sí mismo hasta que les salga pelo a las ranas.

—A mamá le encanta la casa. Esa casa es su calidad de vida.

—Pues también ella vive en el país de las fantasías. De mucho le vale estar tan encantada con la casa, si tiene que pasarse veinticuatro horas al día cuidando al ancianito ese.

Denise bizqueó y lanzó un bufido que le levantó el pelo de la frente.

—Tú sí que vives en el país de las fantasías —dijo—. Según tú, van a ser felices viviendo en un apartamento de dos habitaciones en una ciudad donde no conocen a nadie más que a ti y a mí. ¿Y sabes para quién es cómoda esa solución? ¡Para nadie más que para ti!

Él alzó los brazos al aire.

—Cómoda para mí, ¿no? Estoy hasta las narices de tanto preocuparme por esa casa de St. Jude. Estoy hasta las narices de tanto viaje. Estoy hasta las narices de oír lo desgraciada que se siente mamá. Una situación que sea cómoda para ti y para mí es mejor que una situación que no sea cómoda para nadie. Mamá vive con una ruina en carne y hueso. A papá ya le pasó la vez, está terminado, *finito*, se acabó la historia, que lo carguen en la cuenta de beneficios. Y ella sigue erre que erre, pensando que todo se arreglaría, que todo volvería a ser como antes, sólo con que él pusiese un poco de empeño en mejorar. Bueno, pues no, señoras y señores, no: *nada volverá a ser como antes.*

—Tú ni siquiera deseas que papá mejore.

—Denise —Gary cerró los ojos con fuerza—, tuvieron cinco años antes de que él se pusiera enfermo. Y ¿qué hizo? Mirar las noticias locales y esperar a que mamá le pusiera la comida en la mesa. Ésa es la realidad. Y quiero que salgan de esa casa...

—Gary.

—Quiero que se instalen aquí, en una comunidad de jubilados, y no me da ningún miedo decirlo.

—Gary, escúchame —Denise se inclinó hacia delante con una expresión de buena voluntad que irritó aún más a su hermano—, papá puede quedarse conmigo los seis meses. Los dos pueden quedarse conmigo. Yo les llevaré la comida a casa, no pasa nada. Si papá mejora, se vuelven a St. Jude. Si no mejora, habrán tenido seis meses para decidir si les gusta o no les gusta vivir en Filadelfia. Vamos a ver, ¿qué hay de malo en una cosa así?

Gary ignoraba qué había de malo en una cosa así. Pero ya estaba oyendo la odiosa cantinela de Enid sobre lo maravillosamente buena que es Denise. Y como era sencillamente inimaginable que Caroline y Enid compartieran la misma casa, no ya durante seis semanas o seis meses, sino durante seis días, Gary no podía, ni siquiera por cumplir, ofrecerse a alojar a sus padres.

Levantó los ojos hacia la intensidad de blancura que señalaba la proximidad del sol a uno de los ángulos de la torre de oficinas. Los arriates de crisantemos y begonias y liriopes que lo rodeaban eran como figurantes en bikini de un vídeo musical, plantados en la cumbre de su perfección y sentenciados a ser arrancados sin darles una oportunidad de perder pétalos, adquirir manchas marrones o soltar hojas. A Gary siempre le habían encantado los jardines de las oficinas en cuanto decoración adecuada para el espectáculo de los privilegiados, o metonimias del mimoserío, pero era de vital importancia no pedirles demasiado. Era de vital importancia no llegar a ellos en situación de necesidad.

—¿Sabes lo que te digo? Que me da igual —dijo—. Es un plan estupendo. Y si tú te empeñas en hacer el trabajo duro, pues mejor todavía.

—Muy bien, pues yo hago el «trabajo duro» —dijo Denise rápidamente—. Y ¿qué pasa con las Navidades? Papá está deseando que vayáis.

Gary se rió.

—O sea que ya se ha metido él también en el asunto.

—Es por mamá. Y ella sí que lo desea de verdad, pero de verdad.

—Por supuesto que lo desea. Estamos hablando de Enid Lambert. ¿Qué puede desear Enid Lambert en este mundo, más que unas Navidades en St. Jude?

—Pues yo voy a ir —dijo Denise— y voy a tratar de que Chip haga lo mismo, y creo que vosotros cinco deberíais ir. Creo que entre todos deberíamos hacer eso por ellos.

La tenue vibración de virtud que había en su voz le dio dentera a Gary. Un discurso sobre las Navidades era lo que menos falta le hacía en esa tarde del mes de octubre, con la aguja de su indicador de Factor 3 metiéndose de lleno en la zona roja.

—Papá me dijo una cosa muy rara el sábado pasado —prosiguió Denise—. Me dijo «No sé cuánto tiempo me queda». Los dos hablaban de estas Navidades como si fueran a ser las últimas. Algo muy intenso.

—Mamá nunca falla a la hora de expresarse con la máxima eficacia de coerción sentimental —dijo Gary, algo descontrolado.

—Cierto. Pero también creo que lo dice en serio.

—¡Por supuesto que lo dice en serio! —dijo Gary—. Y me lo pensaré. Pero, Denise, no es tan fácil que nos embarquemos los cinco en ese viaje. *¡No es tan fácil!* Sobre todo porque para nosotros lo que verdaderamente tiene sentido es quedarnos aquí. ¿Te das cuenta? ¿Te das cuenta?

—Sí, lo sé, me doy cuenta —corroboró Denise, sin levantar la voz—. Pero comprende que es una sola vez, y nada más.

—Ya te he dicho que voy a pensármelo. Pero es todo lo que puedo hacer, ¿vale? ¡Lo pensaré! ¡Lo pensaré! ¿Vale?

Denise dio la impresión de sorprenderse ante ese arrebato.

—Vale, muy bien, gracias. Pero el caso es...

—Eso, sí, ¿cuál es el caso? —dijo Gary, alejándose tres zancadas de ella y volviéndole la espalda—. Dime cuál es el caso.

—Bueno, estaba pensando...

—Mira, ya llego media hora tarde. Tengo que volver a la oficina.

Denise levantó los ojos para mirarlo, con la boca abierta de par en par, como la tenía en mitad de la frase anterior.

—Pongamos fin a esta conversación —dijo Gary.

—Vale. No quiero parecer mamá, pero...

—¡Demasiado tarde para eso! ¿No? ¿No? —se encontró gritando con una jovialidad de loco, con las manos levantadas.

—No quiero parecer mamá, pero... No esperes mucho para decidirte a comprar los billetes. Ya está. Ya lo he dicho.

Gary estuvo a punto de echarse a reír, pero controló sus carcajadas antes de que se le escapasen.

—¡Buen plan! —dijo—. ¡Tienes razón! ¡Hay que decidirlo enseguida! ¡Hay que comprar los billetes! ¡Buen plan!

Aplaudió como un entrenador de fútbol a sus muchachos.

—¿Pasa algo malo?

—No, no, estás en lo cierto. Tenemos que ir todos a St. Jude por última vez, en Navidades, antes de que vendan la casa, o de que papá se desmorone en pedacitos, o de que alguien muera. No hay que pararse a pensar. Todos tenemos que estar allí. Es pura evidencia. Estás totalmente en lo cierto.

—No veo por qué te enfadas, entonces.

—¡Por nada! No me enfado por nada.

—Vale. Muy bien. —Denise levantó los ojos para mirarlo cara a cara—. Entonces voy a preguntarte otra cosa. Quiero saber por qué piensa mamá que estoy liada con un hombre casado.

Una pulsación de culpabilidad, una ola de conmoción, recorrió a Gary.

—Ni idea —dijo.

—¿Le has dicho tú que estoy liada con un hombre casado?

—¿Cómo iba a decirle semejante cosa? No sé absolutamente nada de tu vida privada.

—Ya, pero ¿se lo has dado a entender? ¿La has llevado de algún modo a pensarlo?

—Denise. De veras. —Gary recuperaba su compostura de padre, su aura de indulgencia primogenital—. Eres la persona más reticente que conozco. ¿En qué iba yo a basarme para decir nada?

—¿La has llevado de algún modo a pensarlo? —insistió ella—. Porque desde luego *alguien* lo ha hecho. Alguien le ha metido esa idea en la cabeza. Y se me ocurre que en cierta ocasión te dije una cosita que tú quizá interpretaras mal, y que le pudiste pasar a ella. Y mira, Gary, ya tenemos suficientes dificultades, mamá y yo, como para que encima vengas tú dándole ideas.

—Pues si no te anduvieras con tanto misterio...

—No me ando con ningún «misterio».

—Si no te anduvieras con tanto misterio —dijo Gary—, seguro que no tendrías ese problema. Es como si estuvieras deseando que la gente murmurara a tus espaldas.

—Resulta muy revelador que no contestes a mi pregunta.

Gary exhaló el aire entre los dientes, muy despacio.

—No tengo ni idea, no sé de dónde ha podido sacarse eso mamá. Yo no le he dicho nada.

—Muy bien —dijo Denise, poniéndose en pie—. Pues yo haré el «trabajo duro». Y tú piensas en las Navidades. Y ya nos reuniremos cuando papá y mamá estén aquí. Hasta luego.

Con impresionante resolución caminó hacia la salida más próxima, sin desplazarse tan deprisa como para poner de manifiesto su enfado, pero sí lo suficiente como para que su hermano no pudiera alcanzarla sin echar a correr. Gary esperó un segundo, a ver si volvía. En vista de que no, salió del patio y encaminó sus pasos hacia la oficina.

Gary se había sentido halagado cuando su hermanita pequeña eligió una facultad universitaria en la misma ciudad donde Caroline y él acababan de comprar la casa de sus sueños. Le encantó la idea de presentarles a Denise a todos sus amigos y compañeros de trabajo (de exhibirla ante ellos, en realidad). Imaginó que Denise cenaría una vez al mes en Seminole Street y que Caroline y ella acabarían siendo como hermanas. Imaginó que toda su familia, Chip incluido, acabaría estableciéndose en Filadelfia. Imaginó sobrinas y sobrinos, fiestas en casa y juegos de salón, largas Navidades nevadas en Seminole Street. Y ahora Denise y él llevaban viviendo más de quince años en la misma ciudad, y Gary seguía teniendo la impresión de no conocer apenas a su hermana. Denise nunca le pedía nada. Por cansada que estuviera, nunca se presentaba en Seminole Street sin flores o postre para Caroline, dientes de tiburón o cómics para los chicos, un chiste de abogados o de enroscar bombillas para Gary. No había forma de eludir su corrección, no había forma de comunicarle la profundidad de su desencanto ante el hecho de que el rico futuro familiar que él había imaginado no se hubiese cumplido en casi ninguno de sus aspectos.

Hacía cosa de un año, en un restaurante, Gary le había contado a Denise que un «amigo» suyo casado (un compañero de trabajo, en realidad: Jay Pascoe) estaba liado con la profesora de piano de su hija. Gary afirmó que sí, que alcanzaba a comprender el interés recreativo de su amigo por el asunto (Pascoe no tenía la menor intención de abandonar a su mujer), pero que no le entraba en la cabeza que la profesora de piano aceptara la cosa.

—O sea que no puedes concebir —dijo Denise— que una mujer acepte liarse contigo.

—No estamos hablando de mí —dijo Gary.

—Pero tú estás casado y tienes hijos.

—Lo que digo es que no entiendo qué puede ver una mujer en un tipo que es un mentiroso y un falso, sabiéndolo ella muy bien.

—Lo más probable es que, en general, no le guste la gente mentirosa y falsa —dijo Denise—. Pero está enamorada de ese hombre, y con él hace una excepción.

—O sea que es una especie de autoengaño.

—No, Gary, así es como funciona el amor.

—Bueno, supongo que siempre existe la posibilidad de que tenga suerte y acabe casándose con alguien de dinero instantáneo.

Este pinchazo de la inocencia liberal de Denise con una puntiaguda verdad económica dio la impresión de entristecerla.

—Ves una persona con hijos —dijo—, y ves lo felices que se sienten de ser padres, y te atrae su felicidad. Lo imposible tiene su atractivo. La seguridad de las cosas sin salida, ¿comprendes?

—Escuchándote, cualquiera diría que lo sabes por experiencia propia.

—Emile es el único hombre sin hijos por quien me he sentido atraída.

Eso último despertó el interés de Gary. Fingiendo obtusidad fraterna, se arriesgó a preguntar:

—Y ¿con quién estás saliendo ahora?

—Con nadie.

—No estarás con algún hombre casado —bromeó él.

El rostro de Denise ganó un punto de palidez y dos de sonrojo mientras su mano alcanzaba el vaso de agua.

—No estoy saliendo con nadie —dijo—. Tengo muchísimo trabajo.

—Bueno, pues no te olvides —dijo Gary— de que hay otras cosas en la vida aparte de la cocina. Ahora mismo estás en un momento en que más vale que empieces a medir cuáles son tus objetivos y cómo piensas alcanzarlos.

Denise se agitó en su silla e indicó al camarero que les llevase la cuenta.

—A lo mejor me caso con alguien de dinero instantáneo —dijo.

Cuantas más vueltas le daba Gary a la posibilidad de que Denise mantuviese una relación con un hombre casado, más lo encolerizaba la idea. Pero lo cierto era que nunca debería haberle mencionado el asunto a Enid. La revelación se había producido por beber ginebra con el estómago vacío mientras su madre cantaba las alabanzas de Denise, en Navidades, unas horas antes de que apareciera el reno austriaco mutilado y de que el regalo de Enid para Caroline fuese descubierto en la basura, como un bebé recién asesinado. Enid se deshacía en alabanzas del generoso multimillonario que financiaba el nuevo restaurante de Denise y que la había enviado a darse una vuelta de aprendizaje gastronómico por Francia y Europa Central, en plan lujoso; se deshacía en alabanzas de Denise por las muchas horas que dedicaba al trabajo y por su carácter frugal, y, de paso, con ese modo suyo, tan equívoco, de comparar, se quejaba del «materialismo» de Gary, de su «ostentación» y de su «obsesión por el dinero» —¡como si ella no llevase un signo de dólar estampado en la frente! ¡Como si a ella, de haber podido, no le hubiera encantado comprarse una casa como la de Gary, para amueblarla luego más o menos igual! Gary ardía en deseos de decirle: «De tus tres hijos, yo soy el que lleva una vida más parecida a la vuestra. Lo que

263

tengo es lo que me enseñaste a desear. Y, ahora que lo tengo, no te parece bien.»

Pero lo que en realidad dijo, cuando los vapores del enebro se apoderaron por fin de él, fue lo siguiente:

—¿Por qué no le preguntas a Denise con quién se está acostando? Pregúntale si es un hombre casado y si tiene hijos.

—No creo que esté saliendo con nadie —dijo Enid.

—Hazme caso —dijeron los vapores del enebro—, pregúntale si alguna vez ha tenido algo que ver con un hombre casado. Creo que, por pura honradez, deberías hacerle esa pregunta antes de presentarla como parangón de las virtudes del Medio Oeste.

Enid se tapó los oídos.

—¡No quiero saber nada de eso!

—Vale, estupendo, esconde la cabeza en la arena —dijeron los desbocados espíritus—. Pero a mí no me cuentes más chorradas sobre ese ángel que tienes por hija.

Gary era consciente de haber infringido el código de honor de la fraternidad. Pero se alegraba. Se alegraba de que a Denise volviera a tocarle mal rollo con Enid. Se sentía cercado, aprisionado, con tanta mujer expresándole su desaprobación.

Había, por supuesto, un modo muy sencillo de liberarse: podía decirle «sí», en vez de «no», a cualquiera de las diez o doce secretarias y transeúntes de género femenino y vendedoras que, todas las semanas, tomaban nota de su estatura y de su pelo color gris esquisto, de su chaquetón de piel de becerro y de sus pantalones franceses de montaña, y lo miraban a los ojos como diciéndole «La llave está debajo del felpudo». Pero seguía sin haber en este mundo un coño que le apeteciera lamer, una melena que le apeteciera agarrar como el cordón dorado y sedoso de una campana, unos ojos en los que le apeteciera fijar los suyos durante el orgasmo, quitados los de Caroline. Lo único que sin duda alguna podía sacar en claro de una aventura extraconyugal era la entrada en su vida de otra mujer que le expresara su desaprobación.

En el vestíbulo de la Torre CenTrust, en Market Street, se incorporó a una multitud de seres humanos congregada frente a los ascensores. Administrativos y especialistas en software, auditores e ingenieros perforistas, todos ellos procedentes de almuerzos tardíos.

—Leo está en ascendente —dijo la mujer más próxima a Gary—. Muy buen momento para ir de compras. Leo preside las gangas.

—¿Qué tiene que ver con eso nuestro Salvador? —preguntó la mujer a quien acababa de dirigirse la otra.

—También es un buen momento para recordar al Salvador —contestó la primera mujer, con toda la calma—. El tiempo de Leo es buenísimo para eso.

—Suplementos de lutecio combinados con megadosis de vitamina E parcialmente hidrogenizada —dijo una tercera persona.

—Tiene programada la radio del reloj —dijo una cuarta persona— y dice no sé qué que yo ni sabía que pudiera hacerse pero la tiene programada para que lo despierte con la WMIA a cada hora y once. La noche entera.

Por fin llegó un ascensor. Mientras la masa humana se trasladaba a su interior, Gary estuvo tentado de esperar al siguiente, a ver si iba menos contaminado de mediocridad y olores corporales. Pero de Market Street llegaba ahora una joven asesora de patrimonios que en los últimos meses le había dedicado no una, sino muchas sonrisas de dime algo y de tócame. Para evitar coincidir con ella, se introdujo a toda prisa entre las dos puertas, antes de que acabaran de cerrarse. Pero una de las hojas hizo contacto con su pie rezagado y volvió a abrirse. La joven asesora de patrimonios se apretó junto a él.

—El profeta Jeremías, chica, habla de Leo. Lo dice aquí, en el folleto este.

—Di que son las 3.11 de la madrugada y los Clippers van ganando a los Grizzlies 146-145 con doce segundos para finalizar la tercera prórroga.

No hay reverberación alguna en un ascensor repleto. Todo sonido muere en la ropa y la carne y los pelos de peluquería. Aire prerrespirado. El calor excesivo de la cripta.

—Ese folleto es obra del diablo.

—Léelo en el descanso del café, chica. ¿Qué mal hay en ello?

—Ambos equipos de último puesto en la clasificación intentan mejorar sus posibilidades en el *draft* de la liga universitaria perdiendo este partido que por otra parte no tiene la menor trascendencia.

—El lutecio es una tierra rara, muy rara, que se saca del suelo, y es puro por lo elemental que es.

—Total que si pusiera el reloj a las 4.11 podría oír los últimos resultados sin tener que despertarse más que una vez. Pero hay Copa Davis en Sydney y actualizan cada hora. Y él no puede perdérselo.

La joven asesora era bajita y muy guapa de cara y llevaba el pelo teñido con alheña. Le dirigió una sonrisa a Gary, como invitándolo a que le hablara. Tenía pinta del ser del Medio Oeste y de sentirse muy a gusto cerca de él.

Gary fijó la mirada en ninguna parte e intentó no respirar. En él, era crónico el desagrado ante la erupción de la *T* en mitad de la palabra CenTrust. Trataba de empujar hacia abajo esa *T*, como se empuja un pezón, pero al hacerlo no obtenía satisfacción alguna. Se le manchaba el dedo de cardenillo, como con una moneda herrumbrosa.

—No, chica, no es una religión de repuesto. Es complementaria. También Isaías habla de Leo. Lo llama el León de Judea.

—Un torneo profesional-amateur en Malasia, con el que va primero en el bar, esperando a que terminen los otros, pero la situación puede cambiar entre las 2.11 y las 3.11. Y él no puede perdérselo.

—A mi religión no le hacen falta repuestos.

—Pero Sheri, chica, ¿tienes cerumen en las orejas? Escucha lo que te digo. No. Es. Una. Religión. De repuesto. Es complementaria.

—Te proporciona una piel sedosa y brillante y una disminución del dieciocho por ciento en los ataques de pánico.

—Lo que me gustaría saber es qué le parece a Samantha lo de tener un despertador sonando junto a su almohada ocho veces por noche.

—Lo único que yo digo es que es el momento de ir de compras, no otra cosa.

Se le ocurrió pensar a Gary, mientras la joven asesora de patrimonios se apoyaba en él para permitir que un amasijo de asfixiante humanidad abandonase el ascensor, mientras la chica apretaba la alheñada cabeza contra sus costillas, con más intimidad de la rigurosamente necesaria, que otra de las razones por las que le había guardado fidelidad a Caroline durante los veinte años que llevaban casados era el crecimiento permanente de su aversión al contacto físico con otros seres humanos. Desde luego que estaba enamorado de la fidelidad; desde luego que la adhesión a los principios le producía subidas eróticas; pero entre su cerebro y sus pelotas podía haber algún cable que estuviese soltándose, porque mientras desnudaba y violaba mentalmente a aquella pelirrojita, en lo que más pensaba era en lo atestado y en lo poco desinfectado que hallaría el enclave de su infidelidad —un trastero de bacterias coliformes, algún establecimiento hotelero con semen seco en las paredes y en las colchas, el febrilgatopulgoso asiento trasero del adorable Volkswagen o del no menos adorable Plymouth que sin duda poseería ella, la moqueta de pared a pared, atiborrada de esporas, del juvenil apartamento cajita que tendría en Montgomeryville o en Conshohocken, todo ello supercaliente y subventilado y reminiscente de las verrugas genitales y de la clamidiasis, cada cual a su desagradable modo— y qué enorme trabajo le costaría respirar, qué asfixiante la carne de ella, qué sórdidos resultarían y qué condenados al fracaso los esfuerzos que él hiciera por no ser condescendiente.

Saltó fuera del ascensor en el décimo sexto y se llenó repetidamente los pulmones de aire acondicionado.

—Tu mujer ha llamado varias veces—le dijo Maggie, su secretaria—. Que la llames inmediatamente.

Gary retiró un rimero de mensajes del cajetín que le correspondía en la mesa de Maggie.

—¿Te ha dicho lo que ocurre?

—No, pero sonaba muy nerviosa. Le he dicho que no estabas, pero no me ha hecho caso y ha seguido llamando.

Gary se encerró en su despacho y se puso a hojear los mensajes. Caroline había llamado a la 1.35, 1.40, 1.50, 1.55 y 2.10. Ahora eran las 2.25. Bombeó el aire con el puño cerrado, en un gesto de triunfo. Por fin, por fin, por fin: una prueba de desesperación.

Marcó el número de su casa y dijo:

—¿Qué ocurre?

A Caroline le temblaba la voz.

—Tu teléfono móvil no funciona, Gary. Te he estado llamando y no contestas. ¿Qué le pasa?

—Que lo tenía apagado.

—¿Cuánto tiempo lo has tenido apagado? He estado una hora intentándolo, y ahora tengo que ir a recoger a los chicos, pero no quiero dejar sola la casa. ¡No sé qué hacer!

—Caro, por favor, dime qué es lo que ocurre.

—Hay alguien delante de casa.

—¿Quién hay?

—No sé. Alguien dentro de un coche, no sé. Llevan ya una hora ahí.

A Gary se le estaba derritiendo la punta de la polla como una vela encendida.

—Ya —dijo—. ¿Has ido a ver quién es?

—Me da miedo —dijo Caroline—. Y la policía dice que es una vía pública.

—Y es verdad. Es una vía pública.

—Gary, han vuelto a robar el cartel de Neverest. —Estaba prácticamente sollozando—. He llegado a casa a las doce y no estaba. Luego he visto ese coche, y ahora mismo hay alguien en el asiento delantero.

—¿Qué coche es?

—Un familiar. Antiguo. Nunca lo había visto antes.

—¿Estaba ya ahí cuando llegaste?

—¡No lo sé! Pero tengo que recoger a Jonah y no quiero dejar sola la casa, con el cartel que no está y ese coche ahí delante...

—Está puesto el sistema de alarma, ¿no?

—Pero si al volver están dentro de la casa y me los encuentro...

—Caroline, preciosa, tranquilízate. En ese caso sonaría la alarma.

—Un cristal roto, la alarma sonando, lo mismo se sienten atrapados, y esta gente lleva armas...

—Vale, vale, vale. Caroline. Haz una cosa. ¿Caroline? —El miedo que había en su voz y la necesidad que ese miedo sugería lo estaban poniendo tan cachondo que tuvo que estrujársela por encima del pantalón, aplicándose un pellizco de realidad.

—Llámame desde tu móvil —dijo—. No cuelgues, sal de casa, métete en el Stomper y baja a la calle. Puedes hablar con quien sea por la ventanilla. Yo estaré todo el rato a la escucha. ¿Vale?

—Vale, vale. Ahora te llamo.

Mientras esperaba, Gary recordó el calor y la salinidad y la suavidad de melocotón del rostro de Caroline cuando lloraba, el ruido que hacía al sorberse los mocos lacrimales, y la abierta disponibilidad, para él, de su boca. Tres semanas sin sentir nada, ni siquiera la más leve pulsación en el ratón muerto que usaba para orinar, tres semanas pensando que ya no volvería a necesitarlo y que nunca más volvería a desear a Caroline, y, de pronto, sin previo aviso, sentir que se mareaba de lujuria. Ése era el matrimonio que él conocía. Sonó el teléfono.

—Estoy en el coche —dijo Caroline desde el espacio como de carlinga auditiva de los teléfonos móviles—. Estoy dando marcha atrás.

—Apunta la matrícula. Apúntala antes de acercarte a él. Que vea que la estás apuntando.

—Vale. Vale.

En la miniatura de estaño oyó el jadeo de animal grande que producía el todoterreno, el «om» ascendente de la transmisión automática.

—¡Joder, Gary! —gimoteó ella—. ¡Se ha ido! ¡No lo veo! Seguro que me ha visto venir y se ha largado.

—Bueno, pues está bien, eso es lo que querías.

—No, porque dará la vuelta a la manzana y volverá cuando yo no esté.

Gary la tranquilizó explicándole cómo acercarse a la casa sin riesgo cuando regresara con los chicos. Le prometió que dejaría el móvil conectado y que volvería pronto. Se abstuvo de toda comparación entre la salud mental de Caroline y la suya propia.

¿Deprimido él? No estaba deprimido. Signos vitales de la exuberante economía norteamericana fluían numéricamente por las varias ventanas de la pantalla del televisor. Orfic Midland subía un punto y tres octavos al final de la jornada. El dólar norteamericano se reía del euro, le daba por culo al yen. Entró Virginia Lin y propuso vender un paquete de Exxon a 104. Gary veía, al otro lado del río, el paisaje de aluvión de Camden, Nueva Jersey, cuya profunda ruina, desde aquella altura y aquella distancia, hacía pensar en un suelo de cocina con el linóleo arrancado. Al sur brillaba el sol, siempre un alivio: cuando venían sus padres, Gary no podía soportar que hiciera un tiempo tan espantoso a la orilla del mar, en el Este. El mismo sol resplandecía ahora sobre el buque del crucero, al norte de Maine. Por un rincón de la pantalla de su televisor asomaba la cabeza parlante de Ricitos Eberle. Gary aumentó el recuadro y subió el sonido, justo cuando Eberle presentaba su conclusión: «Un aparato gimnástico para el cerebro. No es mala la imagen, Cindy.» Los presentadores tipo cien-por-cien-pendientes-del-negocio-todo-el-tiempo, para quienes el riesgo financiero no era más que una bendición paralela al potencial de crecimiento, asintieron sabiamente en respuesta. «Un aparato gimnástico para el cerebro. Muy bien —enlazó la presentadora femenina—, y ahora nos viene un juguete que está haciendo furor en Bélgica (¡!) y que, según nos cuenta su fabricante, todavía puede arrasar más que los *Beanie Babies*.» Entró Jay Pascoe para quejarse un poco de las obligaciones. Las niñas de Jay habían cambiado de profesora de piano y seguían con la madre de siempre. Gary no percibía más de una palabra de cada tres que pronunciaba Jay. Tenía los nervios de punta, igual que, hacía ya tanto tiempo, en la tarde anterior a la quinta cita con Caroline, cuando ambos estaban ya dispuestos, por fin, a dejar de ser castos, y cada hora que faltaba era como uno de esos bloques de granito que el preso con la bola al tobillo tiene que desmenuzar...

Salió de la oficina a las 4.30. En su sedán sueco, subió por Kelly Drive y Lincoln Drive, dejando atrás el valle del Schuylkill, con su neblina y su autopista, con sus realidades planas y resplandecientes, atravesó túneles de sombra y arcos góticos de hojas de otoño temprano a todo lo largo de Wissahickon Creek, y por fin se encontró de nuevo en la arborrealidad encantada de Chestnut Hill.

A pesar de los febriles fantaseos de Caroline, la casa parecía intacta. Gary metió cuidadosamente el coche por el camino de entrada hasta rebasar el macizo de hostas y euonymus del cual, según había dicho ella, habían vuelto a robar el cartel de SEGURIDAD A CARGO DE NEVEREST. En lo que llevaban de año, Gary había plantado, y perdido, cinco carteles de SEGURIDAD A CARGO DE NEVEREST. Lo sacaba de quicio la idea de estar inundando el mercado de rótulos sin valor alguno, contribuyendo así a que se diluyera la validez del marchamo SEGURIDAD A CARGO DE NEVEREST en cuanto factor disuasorio del latrocinio. Allí, en pleno corazón de Chestnut Hill, ni que decir tiene que la divisa de metal laminado de los carteles de Neverest y de Western Civil Defense y de ProPhilaTex de todos los jardines delanteros estaba respaldada por la plena confianza y credibilidad de los focos y de los escáneres retinales, las baterías de emergencia, los cables de alarma bajo tierra y las puertas de activación remota; pero en otros lugares del noroeste de Filadelfia, bajando Mount Airy hasta llegar a Germantown y Nicetown, donde los sociópatas tenían sus negocios y sus moradas, había toda una clase de propietarios de tierno corazón que de ninguna manera podía aceptar lo que para sus «valores» significaría el hecho de pagarse su propio sistema de seguridad, pero cuyos «valores» liberales no les impedían robar con periodicidad prácticamente semanal los carteles SEGURIDAD A CARGO DE NEVEREST propiedad de Gary y plantarlos en sus propios jardines delanteros.

Una vez en el garaje, lo abrumó un impulso, a lo Alfred, de echarse hacia atrás en el asiento del coche y cerrar los ojos. Al apagar el motor, fue como si también hubiera apagado algo en su propia cabeza. ¿Adónde habían ido a parar su lujuria y su energía? También ése era el matrimonio que Gary conocía.

Se obligó a salir del coche. Una opresiva abrazadera de cansancio, desde los ojos y los senos, le sojuzgaba la base del cráneo. Aun en el supuesto de que Caroline estuviera dispuesta a perdonarlo, aun en el supuesto de que pudieran escaquearse de los chicos para juguetear un poco (y, para ser realistas, no había posibilidad alguna de que tal cosa sucediera), cuando llegara el momento, Gary estaría ya demasiado cansado como para cumplir. Le quedaba por recorrer la vasta extensión de cinco horas de ocupaciones filiales hasta desembocar en la cama, a solas, con ella. Nada más que para recuperar la energía de cinco minutos antes, habría tenido que dormir unas ocho horas, por no decir diez.

La puerta trasera estaba cerrada con llave y con la cadena puesta. Le aplicó unos cuantos golpes tan firmes como gozosos. Por la ventana vio que Jonah acudía al trote ligero, con chanclas y bañador, que metía la clave de seguridad y que primero descorría la cerradura y luego quitaba la cadena.

—¡Hola, papá! Estoy haciéndome una sauna en el cuarto de baño —dijo, mientras se alejaba al mismo trote de la ida.

El objeto del deseo de Gary, la mujer rubia ablandada por las lágrimas a quien él había reconfortado por teléfono, estaba sentada con Caleb, viendo una peli galáctica antigua en el televisor de la cocina. Humanoides la mar de serios, pijamas unisex.

—Hola —dijo Gary—. Todo parece estar en orden.

Caroline y Caleb asintieron con la cabeza, pero con los ojos en un planeta distinto.

—Supongo que tendré que poner otro cartel ahí fuera —dijo Gary.

—Deberías clavarlo al tronco de un árbol —dijo Caroline—. Quítale el poste de fijación y clávalo al tronco de un árbol.

Con la condición humana casi a cero, por frustración de expectativas, Gary se llenó el pecho de aire y luego tosió.

—La idea, Caroline, es que hay un toque de clase, algo sutil, en el mensaje que estamos proyectando. Una especie de opinión pericial. Pero si encadenamos el cartel a un árbol para evitar que nos lo roben...

—He dicho clavar, no encadenar.

—Es como decirles a todos los sociópatas: ¡Estamos hechos a la idea! ¡Vengan ustedes por nosotros! ¡Vengan ustedes por nosotros!

—No he dicho encadenar. He dicho clavar.

Caleb se hizo con el mando a distancia y subió el volumen del televisor.

Gary bajó al sótano y sacó de una caja plana de cartón uno de los carteles supervivientes de los seis que había comprado al representante de Neverest. Habida cuenta de lo que costaba el servicio de seguridad en el hogar de Neverest, los carteles eran una chapuza increíble. Aquellas pequeñas pancartas estaban pintadas de cualquier manera y cada una venía sujeta mediante frágiles remaches de aluminio a un rollito de metal laminado, a guisa de poste de fijación, demasiado fino como para hincarlo en la tierra a martillazos (había que hacer agujeros).

Caroline no levantó la cabeza cuando Gary regresó a la cocina. Era como si aquellas llamadas de pánico no hubieran existido más que en la mente alucinada de Gary, salvo por la persistencia de una sensación de humedad en los calzoncillos y por el hecho de que Caroline había vuelto a echar el cerrojo de la puerta trasera, a poner la cadena y a conectar la alarma, todo ello durante los treinta segundos escasos que él permaneció en el sótano.

Él, por supuesto, padecía una enfermedad mental. Ella no. ¡Ella!

—¡Por el amor de Dios! —exclamó, mientras introducía la fecha de su boda con el teclado numérico.

Dejando la puerta de par en par, fue al jardín delantero y plantó el nuevo cartel de Neverest en el antiguo agujero infértil. Cuando regresó, un minuto más tarde, la puerta estaba otra vez cerrada. Sacó la llave, la metió en la cerradura y abrió puerta hasta donde lo permitía la cadena, dando lugar a que saltara la alarma interior, tipo perdóneme-usted-por-favor. Se apoyó contra la puerta, poniendo a prueba los goznes. Se le pasó por la cabeza la idea de cargar con el hombro y arrancar la cadena. Con una mueca y un grito, Caroline saltó de su asiento y acudió cojeando a meter el código antes de que transcurrieran los treinta segundos de margen.

—La próxima vez, haz el favor de llamar, Gary —dijo.

—Estaba en el jardín delantero —dijo él—. A veinte metros escasos. ¿Para qué has puesto la alarma?

—Tú no te haces idea de lo que ha sido estar aquí hoy —murmuró ella, cojeando hacia el espacio interestelar—. Me siento muy sola aquí, Gary. Muy sola.

—Pero ahora estoy en casa. ¿O no?

—Sí, estás en casa.

—Oye, papá, ¿qué hay de cenar? —dijo Caleb—. ¿Por qué no parrillada?

—Sí —dijo Gary—. Yo preparo la cena y yo lavo los platos y a lo mejor también podo el seto, porque yo, mira tú por dónde, estoy bien. ¿Te suena lo de estar bien, Caroline?

—Sí, claro, haz tú la cena, por favor —murmuró ella, sin apartar los ojos del televisor.

—Muy bien. Hago la cena.

Gary batió palmas y tosió. Era como si en su interior, en el pecho y en la cabeza, hubiera habido antiguos engranajes saliéndose de sus ejes, entrando en colisión con otras partes de la maquinaria, reclamando del cuerpo una arranque de bravura, una energía no deprimida, que, sencillamente dicho, el cuerpo no estaba en condiciones de proporcionar.

Esa noche tenía que dormir bien durante un mínimo de seis horas. Para conseguirlo, se hizo a la idea de tomarse dos martinis vodka y meterse en la cama antes de las diez. Inclinó la botella de vodka, abierta, sobre la coctelera con hielo dentro, y, descaradamente, la dejó ir haciendo todo el gluglú que quiso, porque un vicepresidente del CenTrust no tenía por qué avergonzarse de buscar un poco de relajación tras una dura jornada de trabajo. Prendió fuego con mezquite y se pimpló el primer martini. Igual que una moneda lanzada en una amplia y tambaleante órbita de decadencia, trazó un círculo de regreso a la cocina y logró disponer la carne, pero sintiéndose demasiado cansado para cocinarla. Dado que Caroline y Caleb no le habían prestado la menor atención mientras se preparaba el primer martini, se preparó el segundo, para mayor energía y mejor reforzamiento, y le otorgó la clasificación oficial de martini número uno. Luchando contra los vítreos efectos de lente de la confusión por vodka, salió al patio y arrojó carne encima de la parrilla. De nuevo lo invadió el cansancio, de nuevo el déficit de todo neurofactor amable. Delante de toda su familia, entera y verdadera, se sirvió un tercer martini (número dos, oficialmente) y se lo pimpló. Por la ventana vio que la parrilla estaba en llamas.

Llenó de agua un cacharro de Teflón y sólo se le derramó un poco en la carrera hacia la extinción del fuego. Subía una nube de vapor y de humo y de grasa en aerosol. Dio la vuelta a todos los trozos de carne, dejándolos con la chamuscada y resplandeciente barriga al aire. Había un olor a quemadura húmeda como el que van dejando los bomberos al pasar. A los carbones sólo les quedaban fuerzas para colorear levemente las porciones crudas de los trozos de carne, y eso que los dejó otros diez minutos.

Su hijo Jonah, siempre tan milagrosamente considerado, había puesto la mesa, mientras, y había sacado pan y mantequilla. Gary sirvió a su mujer y a sus hijos los trozos de carne menos quemados y los trozos de carne menos crudos. No sin dificultades en el manejo del cuchillo y del tenedor, se llenó la boca de cenizas y de pollo sanguinolento, pero de todas formas estaba demasiado cansado como para masticar y tragar, y demasiado cansado también para levantarse y escupir lo que tenía en la boca. Allí se quedó, sentado, con el pollo en la boca, sin masticar, hasta que se dio cuenta de que se le estaba cayendo la baba por el mentón abajo (algo no precisamente correcto como prueba de buena salud mental). Se tragó el bolo entero. Fue como una pelota de tenis bajándole por el pecho. Su familia lo miraba.

—¿Te pasa algo, papá? —preguntó Aaron.

Gary se limpió la barbilla.

—Estoy bien, Aaron, gracias. Eb bollo tan boco duro. El pollo está un poco duro.

Tosió, con el esófago convertido en una columna de fuego.

—Lo mejor sería que te echaras —dijo Caroline, como quien le habla a un niño pequeño.

—No, no: voy a podar el seto —dijo Gary.

—Pareces cansadísimo —dijo Caroline—. Sería mejor que te echaras.

—No estoy cansado, Caroline. Es que se me ha metido el humo en los ojos.

—Gary...

—Me consta que andas por ahí contándole a todo el mundo que estoy deprimido, pero da la casualidad de que no lo estoy.

—Gary.

—¿No es cierto, Aaron? ¿No es cierto? ¿No te dijo a ti que estoy clínicamente deprimido? ¿No te lo dijo?

Aaron, cogido por sorpresa, miró a Caroline, que le hizo un gesto muy marcado y muy significativo con la cabeza.

—¿Te lo dijo o no te lo dijo? —insistió Gary.

Aaron clavó los ojos en el plato, ruborizándose. El espasmo de amor que sintió entonces Gary por su primogénito, su petulante y tierno y honrado y ruborizado hijo, estaba en conexión directa con la rabia que ahora lo impulsaba, sin comprender siquiera lo que ocurría, a alejarse de la mesa. Estaba soltando tacos delante de sus hijos. Estaba diciendo:

—¡A tomar por culo todo esto, Caroline! ¡A tomar por culo tanto susurro! Me voy a podar el jodido seto.

Jonah y Caleb agacharon la cabeza, como para evitar los tiros. Aaron parecía estar leyendo el relato de su vida, sobre todo de su vida futura, en los churretes de grasa de su plato.

Caroline habló con la voz tranquila, baja, trémula de quienes acaban de sufrir una vejación irrefutable.

—Muy bien, Gary. Perfectamente —dijo—. Vete y déjanos disfrutar de la cena.

Gary se fue. Salió como un huracán y cruzó el jardín trasero. La vegetación contigua a la casa tenía ahora el color de la tiza, por la luz que rebosaba del interior, pero aún quedaba suficiente crepúsculo en los árboles del oeste como para trocarlos en siluetas. Una vez en el garaje, descolgó de su sitio la escalera de tijera de dos metros cincuenta y se puso a bailar y dar vueltas con ella, y menos mal que logró controlarse a tiempo, porque estuvo a punto de cargarse el parabrisas del Stomper. Se llevó en volandas la escalera hasta la parte frontal de la casa, prendió las luces y volvió a buscar la podadora eléctrica y el cable de extensión de treinta metros. Para evitar que el sucio cable entrara en contacto con la carísima camisa de lino que llevaba puesta, de lo cual se había dado cuenta demasiado tarde, lo llevó arrastrando y dio lugar a que se fuera trabando en las flores, con muy destructivos efectos. Se quedó en camiseta, pero no se detuvo a cambiarse de pantalones, por miedo a perder impulso y quedarse tumbado en el césped —que aún irradiaba el calor del sol—, escuchando a los grillos y a las fluctuantes chicharras, y al final dormirse. El esfuerzo físico continuado le aclaró hasta cierto punto la cabeza. Se encaramó a la escalera y se puso a chapodar las ramas de color verde lima que colgaban de los tejos, inclinándose hacia delante todo lo que osaba inclinarse. Seguramente, viéndose incapaz de alcanzar el último palmo de seto, el más cercano a la casa, tendría que haber apagado la podadora y haberse bajado de la escalera para acercar ésta a su objetivo, pero, como era cosa de un palmo y no disponía de infinitas reservas de energía y paciencia, trató de que la escalera *se desplazase* en dirección a la casa, imprimiéndole una especie de balanceo y luego brincando con ella, con la podadora en la mano y sin haberla apagado antes.

El suave golpe, el rasponazo casi sin punta que a continuación se hizo en la parte más carnosa de la palma, junto al pulgar de la mano derecha, una vez inspeccionado, resultó ser un agujero profundo, con gran efusión de sangre, del que, si todo fuera perfecto en este mundo, habría debido ocuparse un médico de guardia. Pero de Gary podía decirse todo menos que no fuese concienzudo. Sabía que estaba demasiado borracho para ir conduciendo él mismo hasta el hospital de Chestnut Hill, y tampoco podía pedirle a Caroline que lo llevara sin dar lugar a muy engorrosas preguntas sobre su decisión de subirse a una escalera y manejar una máquina tan potente hallándose bajo los efectos del alcohol, lo cual, colateralmente, contribuiría a que quedara de manifiesto la cantidad de vodka que se había bebido antes de la cena y, en general, a pintar de él una imagen perfectamente opuesta a la de persona en buen estado de Salud Mental que había pretendido transmitir por el hecho de salir a podar el seto. De modo que, mientras un enjambre de insectos picadores de carne y comedores de tela, atraídos por las luces del porche, invadían la casa por la puerta principal que Gary, al entrar a toda prisa con aquella sangre tan rara y tan fresca acumulándosele en el cuenco de las manos, no había tenido la precaución de cerrar con el pie, se refugió en el cuarto de baño de la planta baja y dejó caer la sangre en el lavabo, viendo granadina, o jarabe de chocolate, o aceite de motor muy sucio, en sus remolinos férricos. Se vertió agua fría en el corte. Al otro lado de la puerta, cuyo pestillo había quedado sin echar, Jonah le preguntaba si se había hecho daño. Gary hizo con la mano izquierda una almohadilla absorbente de papel higiénico y se la puso sobre la herida y luego trató de sujetársela con un esparadrapo cuyo carácter adhesivo se desvaneció de inmediato ante la acción del agua y de la sangre. Había sangre en la taza del váter, sangre en el suelo, sangre en la puerta.

—Papá, nos están entrando bichos —dijo Jonah.

—Sí, Jonah, ¿por qué no cierras la puerta de la calle y luego subes a bañarte? Enseguida estoy contigo y jugamos a las damas.

—¿No te da igual al ajedrez?

—Sí, me da igual.

—Pero tienes que darme la reina, un alfil, un caballo y una torre.

—Que sí; pero hale, a la bañera.

—¿No tardarás?

—Voy enseguida.

Gary arrancó una nueva tira de esparadrapo del dispensador dentado y se rió ante el espejo, para comprobar que aún podía reírse. La sangre empapaba el papel higiénico, fluyendo en hilillos alrededor de su muñeca y despegando el esparadrapo. Se envolvió la mano en una toalla pequeña y con otra toalla, bien mojada en agua, limpió la sangre del suelo del cuarto de baño. Entreabrió la puerta y pudo oír la voz de Caroline en el piso de arriba, el ruido del lavavajillas en la cocina, el grifo de la bañera de Jonah. Un rastro de sangre retrocedía desde el centro del vestíbulo hacia la puerta principal. En cuclillas y desplazándose de lado, como un cangrejo, y con la mano del corte apretada contra el abdomen, Gary borró con la toalla la sangre del suelo. También el suelo del porche, de madera gris, estaba lleno de salpicaduras. Gary caminaba apoyándose en los lados de los pies, para no hacer ruido. Fue a la cocina a buscar un cubo y una bayeta; en la cocina estaba el armario de las bebidas alcohólicas.

Bueno, pues lo abrió. Colocándose la botella de vodka bajo la axila derecha pudo desenroscar el tapón con la izquierda. Y cuando levantaba la botella y, al mismo tiempo, echaba la cabeza hacia atrás, para efectuar una pequeña retirada de fondos del ya diminuto saldo alcohólico, sus ojos derivaron hacia el techo del armario, y en ese momento vio la cámara.

Era del tamaño de un mazo de cartas. Estaba montada en un soporte orientable, sobre la puerta trasera. La caja era de aluminio pulido. Tenía un destello color púrpura en el ojo.

Gary devolvió la botella al armario, se acercó al fregadero y echó agua en un cubo. La cámara giró treinta grados para seguir sus movimientos.

Le vinieron ganas de arrancar la cámara del techo o, en todo caso, de subir a explicarle a Caleb la muy dudosa moralidad del espionaje, o, en todo caso, de averiguar al menos cuánto tiempo llevaba instalada la cámara; pero ahora tenía algo que ocultar y toda acción que emprendiera contra la cámara, cualquier objeción que pusiera a su presencia en la cocina, podía ser interpretada por Caleb como un intento de protegerse.

Dejó en el cubo la toalla manchada de sangre y de suciedad del suelo y se aproximó a la puerta trasera. La cámara retrocedió en su montura para mantenerlo centrado en el encuadre. Gary se situó directamente debajo y se quedó mirándole al ojo. Dijo que no con la cabeza y articuló las palabras «No, Caleb». La cámara, naturalmente, se abstuvo de responderle. Gary pensó entonces que, seguramente, también habría micrófonos en la habitación, para captar el sonido. Podía dirigirse directamente a Caleb, pero temió que si miraba directamente el ojo vicario de Caleb y oía su propia voz y hacía que se oyera en la habitación de Caleb, el resultado sería un intolerable incremento en la realidad de lo que ocurría. De modo que volvió a decir que no con la cabeza e hizo un movimiento de barrido con la mano izquierda, el ¡Corten! de los directores cinematográficos. Entonces cogió el cubo del fregadero y limpió el porche.

Dado que estaba borracho, el problema de la cámara y de que Caleb fuera testigo tanto de su herida como de su furtiva incursión en el armario de las bebidas alcohólicas no se le quedó en la cabeza como conjunto de pensamientos conscientes y de inquietudes, sino que se volvió sobre sí mismo para convertirse en una especie de presencia física en su interior, un cuerpo tumoroso que le descendió por el estómago y acabó instalándosele en el intestino bajo. El problema no se evacuaría solo, desde luego, pero, por el momento, lo que importaba era no pensar.

—¿Papá? —llegó la voz de Jonah desde la planta superior—. Ya podemos jugar al ajedrez.

Cuando Gary volvió a entrar en la casa, habiendo dejado el seto a medio podar y la escalera en un arriate de hiedra, su sangre había empapado tres capas de toallas y emergía a la superficie en una mancha rosada, de plasma con los corpúsculos filtrados. Temió tropezarse con alguien en el vestíbulo, con Caleb o con Caroline, por supuesto, pero sobre todo con Aaron, porque Aaron le había preguntado si le pasaba algo, y porque Aaron no había sido capaz de mentirle, y esas pequeñas pruebas de cariño por parte de Aaron constituían, en cierto modo, lo más escalofriante de la noche.

—¿Por qué tienes una toalla en la mano? —la preguntó Jonah a Gary, mientras retiraba del tablero la mitad de las piezas de su padre.

—Me he cortado, Jonah, y me he puesto hielo en la herida.

—Hueles a al-cohol —canturreó la voz de Jonah.

—El alcohol es un poderoso desinfectante —dijo Gary.

Jonah movió P4R.

—Sí, pero yo me refiero al alcohol de beber.

Gary estaba en la cama a las diez, es decir: teóricamente, dentro de lo previsto en su proyecto original... ¿En su proyecto de qué? Bueno, pues no lo sabía exactamente. Pero si dormía un poco quizá consiguiera vislumbrar el camino hacia delante. Para no manchar las sábanas de sangre, metió la mano herida, con toalla y todo, en una bolsa de pan integral Bran'nola. Apagó la luz de su mesilla de noche y se colocó de cara a la pared, con la mano de la bolsa acunada en el pecho y con la sábana y la manta de verano subidas hasta el hombro. Se quedó profundamente dormido, pero al cabo de un rato lo despertaron las pulsaciones de la mano en la oscuridad de la habitación. A ambos lados del corte, la carne le picaba como si la hubiera tenido llena de gusanos, y el dolor se le extendía a lo largo de los cinco carpos. Caroline, dormida, respiraba acompasadamente. Gary se levantó a vaciar la vejiga y se tomó cuatro Advilas. Cuando volvió a la cama, su patético proyecto cayó hecho pedazos, porque no logró recuperar el sueño. Tenía la sensación de que la sangre se estaba saliendo de la bolsa de Bran'nola. Se le pasó por la cabeza la posibilidad de levantarse e ir a hurtadillas hasta el garaje y acudir a urgencias. Calculó las horas que eso le llevaría y el mucho tiempo que le costaría retomar el sueño, a la vuelta; luego restó las horas que le quedaban para levantarse e ir a trabajar y llegó a la conclusión de que más le valía dormir hasta las seis y luego, si era necesario, hacer una parada en urgencias, de paso hacia la oficina; aunque todo ello dependía de su capacidad para volverse a dormir, y, puesto que no lo lograba, se puso de nuevo a hacer cálculos y barajar posibilidades, sólo que ahora ya quedaban menos minutos de noche que cuando se le ocurrió por primera vez la idea de levantarse y salir de la casa a hurtadillas. La cuenta era cruel en su regresión. Se levantó de nuevo a mear. El problema de la vigilancia de Caleb seguía, indigerible, aposentado en sus tripas. Se moría de ganas de despertar a Caroline y echarle un polvo. Seguían las palpitaciones en la mano herida. Se sentía elefantiásico: tenía una mano del tamaño y del peso de una buena butaca, cada uno de cuyos dedos era un blando cilindro de exquisita sensibilidad. Y Denise seguía mirándolo con odio. Y su madre seguía anhelando sus Navidades. Y se coló durante un segundo en una estancia donde tenían a su padre atado a una silla eléctrica, con un casco metálico en la cabeza, y era el propio Gary quien tenía la mano en el viejo interruptor tipo palanca, que evidentemente ya había accionado, porque Alfred saltaba de la silla, fantásticamente galvanizado, horriblemente sonriente, convertido en una parodia del entusiasmo, danzando con las extremidades rígidas y dando vueltas por la habitación a velocidad duplicada hasta caer de bruces, bam, como una escalera de tijera con las patas juntas, y quedarse boca abajo en el suelo de la sala de ejecuciones, con todos los músculos del cuerpo galvánicamente sacudidos y en ebullición...

Había una claridad gris en la ventana cuando Gary se levantó a mear por cuarta o quinta vez. La humedad y el calor de la mañana eran más propios de julio que de octubre. La niebla o neblina de Seminole Street confundía, o descorporeizaba, o refractaba, el graznido de los cuervos mientras subían volando la colina, sobre Navajo Road y Shawnee Street, igual que adolescentes lugareños dirigiéndose al aparcamiento del Wawa Food Market (el Club Wa, lo llamaban, según Aaron) para fumar unos cuantos cigarrillos.

Se volvió a meter en la cama, a ver si le venía el sueño.

«En este cinco de octubre, entre las principales noticias que seguiremos esta mañana, hay que mencionar que los abogados de Khellye, cuya ejecución está prevista dentro de las próximas veinticuatro horas...», dijo la radio del despertador de Caroline, hasta que ella la silenció de un manotazo.

Durante la hora siguiente, mientras oía levantarse a sus hijos y desayunar y unos toques de trompeta de John Philip Sousa, cortesía de Aaron, un novísimo plan fue tomando forma en el cerebro de Gary. Se colocó en postura fetal, muy quieto, de cara a la pared, con la mano embran'nolada cerca del pecho. Su novísimo plan consistía en no hacer absolutamente nada.

—Gary, ¿estás despierto? —dijo Caroline desde una media distancia, seguramente desde la puerta del dormitorio—. ¿Gary?

Él no hizo nada; no contestó.

—¿Gary?

Se preguntaba si a ella le gustaría saber por qué no hacía nada, pero ya se alejaban sus pasos por el corredor y ya se la oía decir:

—Date prisa, Jonah, que vamos a llegar tarde.

—¿Dónde está papá? —preguntó Jonah.

—No se ha levantado. Vamos.

Tras un ruido de piececitos llegó el primer auténtico desafío al novísimo plan de Gary. Desde una posición más cercana que la puerta, Jonah dijo:

—Papá. Nos vamos. ¿Papá?

Y Gary tuvo que no hacer nada. Tuvo que fingir que no oía o no quería oír, tuvo que infligirle su huelga general, su depresión clínica, precisamente a la criatura a quien más habría querido salvaguardar. Si Jonah llegaba a acercársele más —si, por ejemplo, iba a darle un abrazo—, Gary no estaba muy seguro de poder mantenerse callado e impávido. Pero Caroline llamaba otra vez desde el piso de abajo, y Jonah se alejó a la carrera.

Desde la distancia, Gary oyó el bip-bip-bip-bip de su fecha de cumpleaños mientras la marcaban para accionar la vigilancia perimétrica. La casa quedó luego en silencio, con su olor a tostadas, y Gary adoptó una expresión de sufrimiento insondable y de autocompasión idéntica a la de Caroline cuando le dolía la espalda. Entonces comprendió, como nunca antes, cuánto alivio podía proporcionar un gesto así.

Pensó levantarse, pero no necesitaba nada. No sabía cuánto tardaría Caroline en volver; si ese día trabajaba en el Fondo de Protección de la Infancia, podía no regresar antes de las tres de la tarde. No importaba. Allí estaría él.

Pero ocurrió que Caroline estuvo de regreso media hora más tarde. Se oyeron, en sentido inverso, los mismos ruidos que cuando se marchó. Oyó la aproximación del Stomper, la clave de desactivación, las pisadas en la escalera. Percibió la presencia de su mujer en el umbral, observándolo en silencio.

—¿Gary? —dijo en voz baja, no sin cierta ternura.

Él no hizo nada. Siguió quieto. Ella se le acercó y se puso de rodillas junto a la cama.

—¿Qué te pasa? ¿No te encuentras bien?

Él no contestó.

—¿Para qué quieres esa bolsa? Dios mío. ¿Qué has hecho?

Él no dijo nada.

—Dime algo, Gary. ¿Estás deprimido?

—Sí.

Ella, entonces, suspiró. Semanas de tensión acumulada iban drenándose del dormitorio.

—Me rindo —dijo Gary.

—¿Qué significa eso?

—No tenéis que ir a St. Jude —dijo él—. Quien no quiera ir, que no vaya.

Le costó muchísimo decir eso, pero obtuvo su recompensa. Sintió que se le acercaba el calor de Caroline, su resplandor, antes de que ella llegara a tocarlo. El sol en ascenso, el primer roce del pelo de ella en su cuello, cuando se inclinó hacia él, la aproximación de su aliento, el suave impacto de los labios en su mejilla.

—Gracias —dijo Caroline.

—Yo tendré que ir para Nochebuena, pero estaré aquí en Navidades.

—Gracias.

—Tengo una depresión tremenda.

—Gracias.

—Me rindo —dijo Gary.

Lo irónico, por supuesto, fue que tan pronto como se hubo rendido —tan pronto, quizá, como confesó su condición deprimida; tan pronto, sin duda alguna, como le enseñó la mano y ella le colocó un vendaje como Dios manda; y, desde luego, no más tarde del momento en el cual, con una locomotora más grande y más dura y más poderosa que un modelo ferroviario a gran escala, se internó en el túnel húmedo y de suaves corrugaciones cuyos más intrincados recovecos seguían antojándosele inexplorados, a pesar de que llevaba veinte años recorriéndolos (practicó el acercamiento al estilo cuchara, por detrás, de modo que Caroline pudiera mantener arqueada la parte baja de la espalda y él pudiera acomodar a un costado de ella el brazo de la venda; fue un polvo herido, entre heridos)—, no sólo dejó de sentirse deprimido, sino que entró en condición eufórica.

Le vino a la cabeza la idea —no muy pertinente, quizá, teniendo en cuenta el tierno acto conyugal en que estaba enfrascado; pero Gary Lambert era Gary Lambert, y siempre se le ocurrían cosas que no venían a cuento, y estaba harto de pedir perdón— de que ahora ya podía pedirle a Caroline, sin riesgo, que le comprara 4.500 acciones de la Axon, y ella lo haría con sumo gusto.

Ella se alzaba y se bajaba como una superficie sobre un mínimo punto de contacto, con todo su ser sexual casi ingrávido en la humedecida punta del dedo corazón de Gary.

Él se derramaba esplendorosamente: se derramaba, se derramaba, se derramaba.

Seguían desnudos, ambos, haciendo novillos a las nueve y media de un martes por la mañana, cuando sonó el teléfono de la mesilla de noche de Caroline. Contestó Gary y se quedó conmocionado al oír la voz de su madre. Se quedó conmocionado ante la realidad de la existencia de su madre.

—Llamo desde el barco —dijo Enid.

Durante un culpable momento, hasta que cayó en la cuenta de que llamar desde un barco cuesta mucho dinero y de que, por consiguiente, las noticias que iba a transmitirle su madre podían no ser buenas, Gary pensó que lo llamaba porque se había enterado de su traición.

EN EL MAR

Las dos cero cero, oscuridad, el *Gunnar Myrdal*: en torno al anciano, corría el agua cantando misteriosamente en las cañerías metálicas. Mientras el buque tajaba el mar oscuro, al este de Nueva Escocia, con la horizontal ligeramente inclinada, de proa a popa, como si, a pesar de su enorme calidad acereña, la nave no se sintiera cómoda y sólo alcanzase a resolver el problema de las montañas líquidas por el procedimiento de atravesarlas a toda prisa; como si su estabilidad dependiera de ocultar los terrores de la flotación. Había otro mundo más abajo: ése era el problema. Otro mundo, más abajo, con volumen, pero sin forma. Durante el día, el mar era superficie azul con crestas blancas, un desafío realista de navegabilidad, y el problema bien podía obviarse. Durante la noche, sin embargo, la mente seguía adelante y se zambullía en la dócil nada, violentamente solitaria, en la que se desplazaba el poderoso buque de acero, y en cada cabeceo se hacía perceptible una parodia de coordenadas, se hacía perceptible hasta qué punto puede estar solo un hombre, y perdido para siempre, bajo seis brazas de agua. A la tierra firme le falta ese eje de *z*. La tierra firme era como estar despierto. Incluso en un desierto que no se halle en los mapas puede uno arrodillarse y golpear la tierra con los puños, y la tierra no cede. Por supuesto que también el océano posee una piel de vigilia. Pero en cada punto de esa piel es muy posible hundirse y, con ello, desaparecer.

Y no sólo era la inclinación de las cosas: también su temblor. Había un estremecimiento en la estructura del *Gunnar Myrdal*, un escalofrío incesante en el suelo y en la cama y en las paredes forradas de madera de abedul. Una convulsión sincopada, tan consustancial al barco, tan similar al Parkinson en su manera de crecer sin pausa, sin ningún retroceso, que Alfred llegó a convencerse de que el problema estaba dentro de él, hasta que oyó los comentarios al respecto de otros pasajeros más jóvenes y en mejor estado de salud.

Yacía más o menos despierto en el Camarote B11. Despierto en una caja de metal que se inclinaba y que temblaba, una oscura caja de metal que se desplazaba por algún paraje de la noche.

No había ojo de buey. Una habitación con vistas habría costado cientos de dólares más, y Enid se había hecho el razonamiento de que los camarotes no se utilizan más que para dormir, de modo que, ¿qué falta hacía el ojo de buey, a semejante precio? A lo mejor miraban por él seis veces durante el viaje. A cincuenta dólares la mirada.

Ella dormía ahora, en silencio, como lo hacen quienes fingen dormir. Alfred, durmiendo, era una sinfonía de ronquidos y silbidos y toses, una epopeya de zetas. Enid era un haiku. Permanecía inmóvil durante horas y luego abría un ojo y se despertaba como se enciende una bombilla. A veces, al alba, en St. Jude, en el minuto largo que le costaba al reloj despertador el desprendimiento de un guarismo, lo único que se movía en la casa era el ojo de Enid.

En la mañana de la concepción de Chip, sólo dio la impresión de estar simulando el sueño; pero en la mañana de la concepción de Denise, siete años más tarde, el fingimiento fue real. Alfred, en la edad madura, se había convertido en una verdadera invitación a esos engaños veniales. El decenio largo de matrimonio había hecho de él uno de esos depredadores sobrecivilizados de que se cuentan cosas en los parques zoológicos: el tigre de Bengala que ya no recuerda cómo matar, el león perezoso por obra de la depresión. Para resultarle atractiva, Enid tenía que ser una carcasa inmóvil y sin sangre. Si era ella quien se arrojaba, poniendo un muslo sobre el de Alfred, él cruzaba los brazos y apartaba el rostro; si se le ocurría salir desnuda del cuarto de baño, él hurtaba la vista, como prescribía la Regla de Oro del hombre que odiaba ser visto. Sólo a primera hora de la mañana, cuando se despabilaba ante la contemplación de su pequeño hombro blanco, se decidía Alfred a abandonar su madriguera. La quietud y contención de Enid, los lentos sorbos de aire que respiraba, su condición de objeto puramente vulnerable, lo hacían lanzarse. Y al sentir su almohadillada zarpa en las costillas y su aliento en el cuello al acecho de carne, ella se quedaba flácida, instintivamente resignada, como una presa en captura («Acabemos de una vez con esta agonía»), aunque de hecho su pasividad fuese mero cálculo, porque sabía que su pasividad lo inflamaba. Alfred la poseía y, hasta cierto punto, Enid deseaba ser poseída como un animal: en una recíproca intimidad callada de violencia. Ella también mantenía los ojos cerrados. A menudo ni siquiera llegaba a abandonar la postura inicial, de flanco, limitándose a levantar una rodilla en un reflejo vagamente proctológico. Él, luego, sin mostrarle el rostro, se encerraba en el cuarto de baño y se lavaba y afeitaba y volvía a salir para encontrarse la cama hecha y comprobar que desde abajo ya llegaban los ruidos de la cafetera eléctrica atragantándose. A Enid, desde su punto de vista situado en la cocina, nada le impedía suponer que había sido un león quien acababa de darle un voluptuoso vapuleo, o quizá que alguno de aquellos chicos de uniforme con quienes habría tenido que casarse había encontrado el modo de metérsele en la cama. No era una vida maravillosa, pero una mujer puede vivir a base de estos engaños y a base del recuerdo de los años jóvenes (recuerdo que ahora, sorprendentemente, había adquirido una curiosa semejanza con los engaños), cuando Alfred existía solamente para ella y la miraba a los ojos. Lo importante era mantenerlo todo en lo tácito. Si el acto no se mencionaba nunca, tampoco habría razón para dejar de practicarlo hasta que se quedara definitivamente preñada otra vez, e incluso tras la preñez seguiría sin haber razón para no volver a ello, con tal que no se mencionara nunca más.

Siempre quiso tener tres hijos. Cuanto más se empeñaba la naturaleza en negarle el tercero, menos realizada se sentía, en comparación con sus vecinas. Bea Meisner estaba mucho más gorda y era mucho más tonta que Enid, pero ella y su marido, Chuck, se besuqueaban en público; y, dos veces por semana, llamaban a una canguro y se iban a bailar por ahí. Todos los años, sin faltar uno, a principios de octubre, Dale Driblett llevaba a su mujer, Honey, a algún sitio extravagante y fuera del estado para celebrar su aniversario de boda, y todos los pequeños Driblett fueron naciendo en julio. Incluso Esther y Kirby Root solían ser vistos en las barbacoas dándose pellizcos recíprocos en los mullidos traseros. Enid sentía terror y vergüenza ante el amoroso afecto de otras parejas. Su caso era el de una chica brillante y con talento para los negocios que había pasado directamente de planchar sábanas y manteles en el hostal de sus padres a planchar sábanas y camisas en el hogar de los Lambert. En los ojos de todas las vecinas leía la siguiente pregunta tácita: ¿hacía Alfred que Enid se sintiera superespecial en las ocasiones especiales?

Tan pronto como empezó a notársele el nuevo embarazo, pudo pensar que ahí tenía la respuesta tácita a la pregunta. Los cambios en su cuerpo eran innegables, y Enid imaginó con tanta intensidad las halagüeñas conclusiones sobre su vida amorosa que Bea y Esther y Honey iban a sacar de esos cambios, que no tardó mucho en ser ella misma quien las sacaba, igual de halagüeñas.

Así, dichosa por la vía del embarazo, se volvió un poco torpe y le dijo a Alfred cosas que no debería haberle dicho. Nada de sexo, por supuesto, ni de realización, ni de igualdad en el trato. Pero había otros temas muy poco menos prohibidos, y Enid, en su vértigo, sacó los pies del plato una mañana. Llegó a sugerirle a Alfred que comprara acciones de cierta compañía. Él le contestó que la Bolsa era una estupidez muy peligrosa y que más valía dejarla para los ricos y para los especuladores ociosos. Enid le sugirió que, aun siendo así, comprara acciones de cierta compañía. Alfred le dijo que recordaba el Martes Negro como si hubiera sido ayer. Enid le sugirió que comprara acciones de cierta compañía. Alfred le dijo que sería muy inadecuado comprar tales acciones. Enid le sugirió que, aun siendo así, las comprara. Alfred le dijo que no tenían dinero para eso, sobre todo ahora, con un tercer niño en camino. Enid le sugirió que podían pedir un préstamo. Alfred le dijo que no. Lo dijo en un tono de voz mucho más alto, y levantándose de la mesa del desayuno. Lo dijo tan alto, que hizo vibrar por un instante un cazo decorativo de cobre que había en la pared de la cocina; y sin darle un beso de adiós, se marchó de casa y pasó once días y diez noches fuera de ella.

¿Quién podía haber pensado que un errorcillo suyo, tan insignificante, iba a cambiarlo todo?

En agosto, en la Midland Pacific nombraron a Alfred segundo ingeniero jefe para raíles y estructuras, y ahora lo habían enviado al Este a revisar kilómetro por kilómetro el tendido de la Erie Belt Railroad. Los directores de zona de la Erie Belt lo llevaban de un sitio a otro en pequeñas locomotoras de propulsión por gas que se desplazaban como chinches por las vías secundarias, mientras los megalosaurios de la compañía pasaban como truenos por su lado. La Erie Belt era un sistema regional cuyo sector de transporte de mercancías se había visto muy perjudicado por la competencia de los camiones y cuyo sector de viajeros había entrado en números rojos por culpa de los automóviles particulares. Su tendido principal seguía más o menos en buena forma, pero los ramales, en cambio, se hallaban en un increíble estado de descomposición. Los trenes iban a paso de caballería por aquellos raíles no más derechos que un trozo de cuerda sin atar. Un kilómetro tras otro de circuito desesperadamente cortocircuitado. Alfred vio durmientes más adecuados para servir de abono que para retener los clavos. Anclajes de raíl descabezados por la herrumbre, con los cuerpos pudriéndoseles en una corteza de corrosión, como gambas en un cuenco de aceite hirviendo. Balastos tan malamente desgastados que las traviesas colgaban de los raíles, en vez de sujetarlos. Vigas peladas y corroídas, como un pastel alemán de chocolate, virutas oscuras, migajas variadas.

Qué modesto —comparado con la furiosa locomotora— podía parecer un tendido de vía herbosa bordeando un campo de sorgo tardío. Pero sin ese tendido, un tren no era más que diez mil toneladas de pura nada ingobernable. La voluntad estaba en los raíles.

Allá donde iba, dentro del territorio de la Erie Belt, Alfred oía a los jóvenes empleados decirse unos a otros:

—Tómatelo con calma.

—Hasta luego, Sam. No trabajes demasiado.

—Tómatelo con calma.

—Y tú, colega. Tómatelo con calma.

Alfred pensó que aquel latiguillo era una especie de calamidad propia del Este, el epitafio que mejor le cuadraba a un estado,

Ohio, que antaño había sido muy grande, pero que el sindicato de camioneros, con su parasitismo, había dejado sin carne y sin sangre. A nadie en St. Jude se le habría ocurrido decirle *a él* que se lo tomara con calma. En la pradera alta donde Alfred se había criado, quien se lo tomara con calma no era gran cosa como hombre. Ahora venía una nueva generación de afeminados, para quienes «tomárselo con calma» era una actitud digna de elogio. Alfred oía a las cuadrillas de ferroviarios de la Erie Belt contándose chascarrillos en horas de trabajo, veía a los administrativos impecablemente trajeados permitirse descansos de diez minutos para tomar un café, observaba las pandillas de delineantes recién salidos del instituto fumándose un cigarrillo con voluptuoso detenimiento, todo ello mientras una compañía ferroviaria que en otros tiempos había sido firme y sólida se iba cayendo a pedazos a su alrededor. «Tómatelo con calma» era el santo y seña de aquellos muchachos tan amigables, la clave de su excesiva familiaridad, la falseada confianza que les permitía hacer caso omiso de la porquería en que estaban trabajando.

La Midland Pacific, en comparación, era de acero resplandeciente y de cemento blanquísimo. Durmientes tan nuevos que la creosota azul se juntaba en sus vetas. La ciencia aplicada de la percusión vibratoria y de las barras pretensadas, detectores de movimiento y riel soldado. La Midland Pacific tenía su base en St. Jude y atendía una región del país no tan al este, y más trabajadora. A diferencia de la Erie Belt, la Midland Pacific tenía a gala su compromiso de mantener un servicio de calidad en sus ramales. De ella dependían mil ciudades y pueblos de los nueve estados que comprenden los gajos centrales del país.

Cuanto mejor conocía la Erie Belt, más claramente acusaba Alfred la superior dimensión, fuerza y vitalidad moral de la Midland Pacific en sus propios miembros y en su porte. Con su camisa y su corbata y sus zapatos Oxford recorrió ágilmente la pasarela sobre el río Maumee, quince metros por encima de las gabarras transportadoras de escoria y de las aguas túrbidas, agarró la sujeción más baja del puente y se inclinó hacia fuera, cabeza abajo, para martillar la viga principal del arco con su martillo favorito, que siempre llevaba en el maletín. Costras de pintura y herrumbre del tamaño de hojas de sicómoro cayeron trazando espirales en el aire, hasta la superficie del río. Una locomotora, haciendo sonar el silbato, se adentró en el viaducto, y Alfred, que no tenía ningún miedo a las alturas, se apoyó en una riostra y afirmó los pies en la parte de los tablones que sobresalía de la pasarela. Mientras los tablones se balanceaban y daban saltos, Alfred anotó en su tablilla una valoración condenatoria sobre la validez del puente.

Puede que alguna conductora que cruzara el Maumee por el cercano puente de Cherry Street lo viera allí colgado, con su estómago plano y sus hombros anchos, con el viento arremolinándole los pantalones en los tobillos, y quizá pensara lo mismo que pensó Enid la primera vez que puso los ojos en él, que eso era un hombre. Aun sin darse cuenta de aquellas miradas, Alfred experimentaba desde dentro lo que ellas veían desde fuera. Durante el día se sentía todo un hombre, y lo demostraba, podríamos decir incluso que alardeaba de ello, plantándose sin manos en rebordes altos y estrechos y trabajando diez o doce horas seguidas, y levantando acta de cómo el ferrocarril se iba afeminando.

La noche era harina de otro costal. De noche permanecía despierto sobre colchones que le parecían de cartón y se dedicaba a levantar acta de las lacras humanas. Era como si no pudiera alojarse en ningún motel donde los huéspedes de la habitación de al lado no fornicaran sin pausa ni tregua: hombres mal educados y de peor disciplina, mujeres dadas al carcajeo y al grito. A la una de la madrugada, en Erie, Pensilvania, la chica de la habitación contigua jadeaba y se desgañitaba como una furcia. Se la estaría tirando algún individuo tan zalamero como despreciable. A Alfred le pareció muy mal la chica, por tomarse la vida tan a la ligera, y le pareció muy mal el individuo aquel, por su calmosa confianza. Y ambos le parecieron muy mal por no tener la consideración de controlar sus expansiones. ¿Cómo era posible que ni por un momento se pararan a pensar en su vecino de habitación, a quien impedían conciliar el sueño? Le pareció muy mal que Dios tolerara la existencia de personas así. Le pareció muy mal que la democracia lo obligara a él a soportarlas. Le pareció muy mal el arquitecto del hotel, por haber creído que un solo tabique de conglomerado bastaría para proteger el reposo de los huéspedes de pago. Le pareció muy mal la dirección del hotel, por no tener una habitación de reserva a disposición de sus huéspedes indispuestos. Le parecieron muy mal los muy frívolos y poco exigentes nativos de Washington, Pensilvania, que se habían hecho cerca de doscientos kilómetros de carretera para asistir a un partido del campeonato universitario y habían ocupado todos los moteles del noroeste de Pensilvania. Le parecieron muy mal los restantes huéspedes, por su indiferencia ante la fornicación, le pareció muy mal la humanidad entera, por su insensibilidad... y no era justo. No era justo que el mundo tuviera tan poca consideración por un hombre que tanta consideración tenía por el mundo. Nadie trabajaba más que él, nadie era menos ruidoso que él en la habitación de un motel, nadie era más hombre que él; y, sin embargo, los falsarios del mundo podían robarle impunemente el sueño con sus lujuriosas transacciones...

Se negó a llorar. Estaba convencido de que si se oía llorar, a las dos de la madrugada, en una habitación de motel que apestaba a tabaco, sería el fin del mundo. Quizá no tuviera otra cosa, pero disciplina sí. Capacidad para decir que no: eso sí.

Pero nadie le dio las gracias por llevar a la práctica ese talento. La cama de la habitación contigua golpeaba contra la pared, y el hombre gruñía como un gorrino, y la mujer se asfixiaba en sus ululatos. Y todas las camareras de todos los pueblos poseían esferas mamarias insuficientemente abrochadas en blusas con monograma, e insistían en agacharse hacia él.

—¿Un poco más de café, guapísimo?

—Sí, gracias.

—¿Te has puesto colorado, cariño, o es el sol que te da en la cara?

—Ya puede traerme la cuenta, por favor.

Y en el Hotel Olmsted de Cleveland sorprendió a un portero y una doncella osculeándose lascivamente en el hueco de la escalera. Y los raíles que vio al cerrar los ojos eran una cremallera que él descorría sin cesar, y las señales pasaban del rojo denegatorio al verde asentidor en cuanto las iba dejando atrás, y en un hundido colchón de Fort Wayne se le vinieron encima unas espantosas hechiceras, unas mujeres de cuyo cuerpo entero y verdadero —la indumentaria y la sonrisa, el modo de cruzar las piernas— emanaban invitaciones como vaginas, y, casi en la superficie de su conciencia (¡no manches la cama!), accionó precipitadamente el émbolo de la leche, tras lo cual abrió los ojos al amanecer de Fort Wayne con una escaldadura de la nada seca dentro del pijama: todo un triunfo, a fin de cuentas, porque había negado a las hechiceras su satisfacción. Pero en Buffalo el jefe de estación tenía un póster de Brigitte Bardot en la puerta de su oficina, y en Youngstown Alfred encontró una revista guarra debajo de la guía telefónica del motel, y en Hammond, Indiana, se encontró atrapado en una isleta peatonal al paso de un tren de mercancías, mientras todo un surtido de animadoras hacía *écartées* en la cancha de fútbol situada directamente a su izquierda, y la más rubia de todas, de hecho, rebotaba un poco al final del movimiento, como considerándose obligada a besar el suelo con su vulva forrada de algodón, y el furgón de cola balanceándose, tan coqueto, mientras el convoy se alejaba por las vías. ¡Cómo se ensaña el mundo con los hombres virtuosos!

Regresó a St. Jude en un coche de la compañía añadido a un tren interurbano de carga, y en Union Station tomó el tren de cercanías hasta su zona de las afueras. Entre la estación y su casa, los árboles perdían ya las últimas hojas. Era la estación precipitada, la estación que aceleraba camino del invierno. Caballerías de hojas cargaban a través de los jardines desguarnecidos. Se detuvo en la calle y miró la casa cuya propiedad compartía con el banco. Los canalones estaban atascados de ramas y bellotas, los macizos de crisantemos estaban aplastados. Se acordó entonces de que su mujer volvía a estar embarazada. Los meses lo empujaban hacia delante por sus rígidos raíles, acercándolo cada vez más al día en que sería padre de tres hijos, al año en que terminaría de pagar la hipoteca, a la estación de su muerte.

—Qué bonita maleta tienes —le dijo Chuck Meisner por la ventanilla de su Fairlane, frenando a su lado en la calle—. Por un momento he creído que eras el vendedor de Fuller Brush.

—Hola, Chuck —dijo Alfred, sorprendido.

—Voy a seducir a una. El marido está fuera y no va a volver nunca.

Alfred se rió, porque no había nada que comentar. Chuck y él solían tropezarse por la calle, el ingeniero en posición de firmes y el banquero tranquilamente al volante de su coche. Alfred con traje y Chuck vestido para jugar al golf. Alfred flaco y con el pelo pegado a la cabeza. Chuck con resplandores en la calva y pechos caídos. Chuck trabajaba según un horario muy flexible, en la sucursal que dirigía, pero ello no era obstáculo para que Alfred lo considerara un amigo. Chuck prestaba atención cuando Alfred le decía algo, parecía estar impresionado por la labor que realizaba, reconocía en él a una persona de singular talento.

—Vi a Enid en la iglesia el domingo —dijo Chuck—. Me dijo que ya llevabas una semana fuera.

—Once días he estado por ahí.

—¿Alguna urgencia?

—No exactamente. —Alfred se expresaba con cierto orgullo—. He tenido que inspeccionar palmo a palmo el tendido de la Erie Belt Railroad.

—Erie Belt. Ya. —Chuck enganchó ambos pulgares al volante y dejó descansar las manos en el regazo. Era el conductor más relajado que Alfred conocía, pero también el más alerta—. Cumples muy bien en tu trabajo, Alfred —dijo—. Eres un ingeniero fantástico. Así que tiene que haber una razón para lo de la Erie Belt.

—Sí, claro que la hay —dijo Alfred—. Va a comprarla la Midland Pacific.

El motor del Fairlane lanzó un estornudo de perro. Chuck se había criado en el campo, por la zona de Cedar Rapids, y su natural optimismo hallaba arraigo en el profundo y bien regado suelo del este de Iowa. Los agricultores de Iowa nunca habían aprendido a no confiar en el mundo. Y, en cambio, los suelos de que podía haberse nutrido la esperanza de Alfred se los habían llevado por delante las sequías de Kansas.

—Ah —dijo Chuck—. Supongo que habrá aparecido algún comunicado público.

—No, no ha habido ningún comunicado.

Chuck dijo que sí con la cabeza, con los ojos puestos más allá de Alfred y de la casa de los Lambert.

—Enid se alegrará de verte. Creo que ha tenido una semana muy dura. Se le pusieron malos los chicos.

—No hables con nadie de lo que te acabo de contar.

—Al, Al, Al.

—No voy a contárselo a nadie más, aparte de ti.

—Te lo agradezco. Eres tan buen amigo como buen cristiano. Y me queda luz para cuatro hoyos, si a la vuelta quiero podar el seto.

El Fairlane se puso lentamente en marcha: Chuck llevaba el volante con el dedo índice, como haciendo una llamada a su agente de Bolsa.

Alfred levantó del suelo la maleta y la cartera. Su revelación había sido espontánea, pero, al mismo tiempo, también lo contrario de espontánea. Un arranque de buena voluntad y agradecimiento hacia Chuck, una emisión calculada de la furia que había ido acumulándose en su interior durante los últimos once días. Uno recorre tres mil kilómetros, pero los últimos veinte pasos no puede darlos sin hacer *algo*...

Y era muy poco probable que Chuck llegara a utilizar la información...

Al entrar en la casa, por la puerta de la cocina, Alfred vio trozos de colinabo crudo en un cacharro con agua, un manojo de remolachas sujeto con una goma y un misterioso trozo de carne envuelto en papel de carnicería. También una cebolla suelta, que parecía destinada a que la friesen y la sirvieran con ¿qué? ¿Con hígado?

En el suelo, junto a la escalera del sótano, había un nido de revistas y frascos de jalea.

—¿Al? —llamó Enid desde el sótano.

Dejó en el suelo la maleta y el maletín, recogió las revistas y los frascos y bajó las escaleras con ellos a cuestas.

Enid aparcó la plancha en la tabla de planchar y salió del lavadero con un hormigueo en el estómago —quizá por deseo sexual, quizá por miedo al enfado de Alfred, o quizá por miedo a enfadarse ella: no lo sabía.

Él no se anduvo con ambages.

—¿Qué fue lo que te pedí antes de marcharme?

—Llegas antes de lo esperado —dijo ella—. Los chicos están en la Asociación de Jóvenes Cristianos.

—¿Qué fue lo único que te pedí que hicieses mientras yo estaba fuera?

—Había mucha ropa por lavar. Los chicos se han puesto malos.

—¿No recuerdas? —dijo él—. Te pedí que quitaras toda la porquería de la escalera del sótano. Eso fue lo único, lo único que te pedí que hicieses mientras yo estaba fuera.

Sin esperar respuesta, se dirigió a su laboratorio metalúrgico y dejó caer las revistas y los frascos en una cubeta de desperdicios. De la estantería de los martillos cogió un martillo mal equilibrado, una porra de Neanderthal hecha de cualquier modo y que le resultaba odiosa, pero que guardaba para fines de demolición, y con ella fue haciendo pedazos, metódicamente, todos y cada uno de los frascos. Le saltó una esquirla a la mejilla y ello lo llevó a redoblar su ímpetu, haciendo pedazos los pedazos, pero nada podía borrar el error cometido con Chuck Meisner, ni que la hierba hubiera humedecido los leotardos de las animadoras, por la zona triangular; ningún martillazo bastaría.

Enid escuchaba desde su puesto de trabajo junto a la tabla de planchar. No le importaba mucho la realidad de aquel momento. Que su marido se hubiera marchado once días antes sin darle un beso de despedida era algo que había conseguido olvidar, por lo menos a medias. Ausente el Alfred de carne y hueso, Enid, por la vía alquímica, había transmutado sus rencores primarios en el oro de la añoranza y el remordimiento. El crecimiento de su seno, los placeres del cuarto mes, el tiempo a solas con sus guapos hijos, la envidia de los vecinos, eran, todos ellos, filtros de colores sobre los cuales había agitado la varita mágica de su imaginación. Bajaba ya Alfred por las escaleras y aún seguía ella figurándose que le iba a pedir perdón, que le iba a dar un beso de vuelta a casa, que le traía flores. Ahora oía el machacar de vidrios y el rebote del martillo sobre el hierro galvanizado, los aullidos frustrados de los materiales duros en conflicto. Los filtros eran de colores, pero, por desgracia (ahora lo comprendía), también eran químicamente inertes. Nada había cambiado en realidad.

Era cierto que Alfred le había pedido que retirara los frascos y las revistas, y tenía que haber una palabra para el modo en que se había pasado los once días procurando no pisar los frascos y las revistas, a punto incluso de tropezar con ellos alguna vez; quizá un vocablo psiquiátrico de muchas sílabas, o dos sencillitos, como mala fe. Pero tenía la impresión de que Alfred no le había pedido que hiciera solamente «una cosa» durante su ausencia. También le había pedido que les diese de comer a los chicos tres veces al día, que los vistiera y que les leyera y que los cuidara en la enfermedad, que fregara el suelo de la cocina y que lavara las sábanas y que le planchara las camisas, y todo ello sin un beso de su marido, ni una palabra amable. Cuando intentaba que se le tuvieran en cuenta todos esos trabajos, Alfred se limitaba a preguntarle que de quién pensaba ella que era el trabajo que pagaba la casa y la ropa y la comida. Nada tenía que ver el hecho de que su trabajo lo satisficiera hasta el punto de no necesitar para nada el amor de Enid, mientras que a ella sus faenas la aburrían de tal modo que la hacían necesitar doblemente el amor de Alfred. No hacía falta ninguna contabilidad racional para saber que el trabajo de él anulaba el de ella.

Quizá, para ser justos, ya que él le había pedido que hiciese una cosa «extra», ella también tendría que haberle pedido a él que hiciese una cosa «extra». Tendría que haberle pedido, por ejemplo, que la llamase por teléfono una sola vez, desde donde estuviera. Pero él podía argüir que «alguien va a tropezar con esas revistas y a hacerse daño», y, en cambio, nadie podía tropezar en el hecho de que no la llamara desde donde estuviera, ni de ello podía resultar ningún herido. Y cargar llamadas de larga distancia a la compañía era abusar de la cuenta de gastos («Tienes el número de la oficina, si hay algo urgente»), de manera que una llamada telefónica le costaba al hogar de los Lambert una buena cantidad de dinero, mientras que llevar basura al sótano salía gratis, de modo que siempre era ella quien lo hacía mal, y era muy desmoralizador eso de vivir constantemente instalada en el sótano del error propio, en perpetua espera de que alguien se apiade de una y de su tendencia al error, y, por tanto, no tenía nada de extraño que Enid hubiera comprado todo lo necesario para la Cena de la Venganza.

En mitad de las escaleras del sótano, cuando subía para preparar dicha cena, Enid hizo una pausa y suspiró.

Alfred oyó ese suspiro y sospechó que estaría relacionado con «lavar la ropa» y «cuarto mes de embarazo». Pero su madre había llevado un tiro de caballos de arar por un campo de veinte acres estando preñada de ocho meses, de modo que no se sintió precisamente solidario con su mujer. Se puso en el corte de la mejilla una capa astringente de alumbre de amonio.

De delante de la casa llegó un ruido de pies pequeños y de manos enguantadas llamando a la puerta: Bea Meisner depositando su cargamento humano. Enid acudió a toda prisa desde el sótano, para recibir la entrega. Gary y Chipper, sus hijos de quinto y de primer grado, respectivamente, venían de la piscina, con un aura de cloro alrededor. Con el pelo así de mojado, parecían criaturas de río: con pinta de castores o de almizcleras. Gritó gracias a las luces de posición de Bea.

Tan pronto como les fue posible hacerlo sin correr (prohibido dentro de casa), los chicos bajaron al sótano, soltaron sus troncos de toalla empapada en el lavadero y fueron al encuentro de su padre en el laboratorio. Ambos tendían, por naturaleza, a echarle los brazos al cuello, pero tal tendencia había sido objeto de corrección. Se quedaron allí, como subalternos en una compañía, esperando que hablara el jefe.

—Vaya —dijo éste—. Habéis ido a la piscina.

—¡Soy Delfín! —gritó Gary. Era un chico enormemente alegre—. ¡Me han dado una insignia de Delfín!

—De Delfín. Muy bien, muy bien.

A Chipper, a quien la vida había infligido unas perspectivas más bien trágicas desde los dos años, el jefe se dirigió en un tono más suave:

—¿Y tú, chico?

—Nosotros usamos flotadores para aprender —dijo Chipper.

—Él es Renacuajo —dijo Gary.

—Muy bien. Así que un Delfín y un Renacuajo. Y ¿qué especiales habilidades aportas al taller, ahora que eres un Delfín?

—Mover las piernas en tijera.

—Ojalá hubiera tenido yo una piscina tan grande y tan bonita como ésa cuando era pequeño —dijo el jefe, aunque la piscina de la Asociación de Jóvenes Cristianos, que él supiese, no era ni bonita ni grande—. Si quitamos algún estanque para vacas, todo lleno de barro, la primera vez que vi agua con más de dos palmos de profundidad fue cuando tuve delante el río Platte. Y debía de andar ya por los diez años.

Sus jóvenes subordinados no le seguían el discurso. Bailaban de un pie a otro, Gary todavía muy sonriente, a ver qué pasaba, a ver si se producía un giro en la conversación, y Chipper mirando con ojos de descarado asombro el laboratorio, zona prohibida salvo en presencia del jefe. Allí, el aire sabía a ovillo de acero.

Alfred miró con gravedad a sus dos subordinados. Siempre le había costado mucho trabajo la confraternización.

—¿Habéis ayudado a vuestra madre en la cocina? —dijo.

Cuando un asunto no le despertaba el interés —y éste, desde luego, no se lo despertaba—, Chipper pensaba en las chicas, y cuando pensaba en las chicas le sobrevenía un impulso de esperanza. En alas de su esperanza, salió volando del laboratorio, con rumbo a las estrellas.

—Pregúntame cuánto es nueve por veintitrés —le dijo Gary al jefe.

—Muy bien —dijo Alfred—. ¿Nueve por veintitrés?

—Doscientos siete. Pregúntame más.

—¿Cuánto es veintitrés al cuadrado?

En la cocina, Enid rebozó la prometeica carne en harina y la puso en una sartén eléctrica Westinghouse lo suficientemente grande como para freír nueve huevos en formación de tres en raya. Una tapadera de aluminio empezó a castañetear cuando el agua del colinabo rompió abruptamente a hervir. En un momento anterior de aquel mismo día, al ver medio paquete de beicon en la nevera se le ocurrió prepararlo con hígado, y el mortecino color de éste le hizo pensar en una guarnición de color amarillo brillante, y así tomó forma la Cena. Desgraciadamente, nada más ponerse a preparar el beicon se dio cuenta de que sólo quedaban tres tiras, no las seis u ocho con que ella había contado. Ahora estaba tratando de convencerse de que con tres tiras bastaría para alimentar a toda la familia.

—¿Qué es *eso*? —preguntó Chipper, alarmado.

—¡Hígado con beicon!

Chipper huyó de la cocina haciendo violentísimos gestos de negación con la cabeza. Algunos días eran espantosos desde el principio: los copos de avena del desayuno aparecían tachonados de pedazos de dátil igualitos que un picadillo de cucarachas; había presencias azuladas alterando la homogeneidad de la leche; era obligatorio pasar por la consulta del médico después del desayuno. Otros días, como aquél, no se manifestaban en todo su espanto hasta muy cerca del final.

Fue dando tumbos por toda la casa, repitiendo:

—Puaj, qué asco, puaj, qué asco, puaj, qué asco...

—La cena va a estar en cinco minutos. ¡A lavarse las manos! —llamó Enid.

El hígado cauterizado olía como huelen los dedos tras haber estado sobando monedas sucias.

Chipper hizo una pausa en el cuarto de estar y apretó la cara contra la ventana, con la esperanza de captar la presencia de Cindy Meisner en el comedor de su casa. A la vuelta de la Asociación había ido sentado junto a Cindy, en el coche, y había percibido el olor a cloro que emanaba. En la rodilla tenía una tirita mojada, retenida sólo por dos o tres fibras de material adhesivo.

Tacatá tacatá tacatá, hizo la mano de mortero de Enid machacando colinabo dulce, amargo, acuoso.

Alfred se lavó las manos en el cuarto de baño, le pasó el jabón a Gary y se secó con una toalla pequeña.

—Imagina un cuadrado —le dijo a Gary.

Enid sabía muy bien que Alfred odiaba el hígado, pero era una víscera repleta de hierro salutífero, y, por muchos que fueran sus defectos como marido, lo que nadie podía decir era que Alfred no respetase las reglas. La cocina era territorio de Enid, y él nunca se entrometía.

—¿Te has lavado las manos, Chipper?

Chipper estaba convencido de que con ver a Cindy una sola vez más ya le bastaría para redimirse de la Cena. Imaginó que estaba con ella en su casa y que la seguía a su habitación. Imaginaba su habitación como una especie de refugio, al abrigo de todos los peligros y todas las responsabilidades.

—¿Chipper?

—Elevamos A al cuadrado, elevamos B al cuadrado y multiplicamos por dos el producto de A por B —dijo Alfred, cuando estaban sentándose a la mesa.

—Chipper, más vale que te laves las manos —advirtió Gary a su hermano.

Alfred se imaginó un cuadrado:

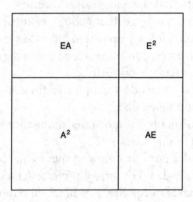

Figura 1. Cuadrado grande y cuadrados pequeños

—Lo siento, pero no hay mucho beicon —dijo Enid—. Creí que tenía más en casa.

En el cuarto de baño, Chipper se resistía a la idea de lavarse las manos, porque tenía miedo de que nunca más consiguiera tenerlas secas. Dejó que corriera el agua, para que se oyera, y a continuación se frotó las manos con una toalla. No haber conseguido atisbar a Cindy por la ventana le había hecho perder la compostura.

—Tuvimos mucha fiebre —informó Gary—. Y a Chipper le dolía el oído, además.

Copos de harina marrones y grasientos se adherían a los lóbulos ferruginosos de hígado como una especie de corrosión. También el beicon, o lo poco que de él había, era color corrosión.

Chipper temblaba en la puerta del cuarto de baño. Cuando la desgracia se presentaba a última hora del día, le costaba trabajo calibrarla en todo su alcance. Había desgracias de curvatura muy pronunciada, fáciles de negociar. Pero también las había sin apenas curvatura y no quedaba más remedio que pasarse horas tratando de dejarlas atrás. Desgracias descomunales, como planetas de grandes. La Cena de la Venganza era una de ellas.

—¿Qué tal el viaje? —le preguntó Enid a Alfred, porque en algún momento tenía que preguntárselo.

—Cansado.

—Chipper, cariño, ya estamos todos a la mesa.

—Voy a contar hasta cinco —dijo Alfred.

—Hay beicon, que te gusta mucho —canturreó Enid.

Era un engaño cínico y oportuno, uno más entre sus cientos de fracasos conscientes, como madre, de todos los días.

—Dos, tres, cuatro —dijo Alfred.

Chipper llegó corriendo y ocupó su sitio a la mesa. Para qué hacer que le dieran una paliza.

—Diosdigaosmentos vamostomarnompadre nomhijo noespritosanto amén —dijo Gary.

La porción del puré de colinabo que había en la fuente rezumaba un líquido de color amarillo claro, semejante al plasma o a lo que supuran las ampollas. Las hojas de remolacha hervidas soltaban algo cúprico, verdoso. La acción capilar y la sed propia de la harina hacían que ambas secreciones se situaran debajo del hígado. Al levantar el hígado, se oía un ligero ruido de succión. La costra de abajo era indescriptible.

Chipper pensó en la vida de las chicas. Pasan por la vida tranquilamente, se convierten en una Cindy Meisner, juegan en sus casas, las quieren como a chicas.

—¿Quieres ver la cárcel que he hecho con palos de polo? —dijo Gary.

—Ah, una cárcel, muy bien —dijo Alfred.

Un joven previsor no se come el beicon inmediatamente, ni lo deja empaparse en jugos vegetales. El joven previsor evacua su beicon hasta situarlo en la parte alta de borde del plato y lo deja ahí en reserva, a modo de incentivo. El joven previsor se come primero las cebollas fritas, que no están buenas, pero tampoco malas, cuando hace falta un inicio agradable.

—Ayer tuvimos reunión de guarida —dijo Enid—. Gary, cielo mío, la cárcel podemos verla después de cenar.

—Ha hecho una silla eléctrica —dijo Chipper—. A juego con la cárcel. Yo le ayudé.

—¡Ah! Vaya, vaya.

—Mamá consiguió unas cajas enormes de palos de helado —dijo Gary.

—Es por la Manada —dijo Enid—. A la Manada le hacen descuento.

Alfred no tenía en gran aprecio a la Manada, regida por una panda de padres de esos que se lo toman todo con calma. Las actividades patrocinadas por la Manada eran todas mediocres: concursos de aviones de madera de balsa, de coches de madera de pino, de trenes de papel cuyos vagones de mercancías eran libros leídos.

(Schopenhauer: *Si buscas una brújula que guíe tus pasos por la vida... Nada mejor que acostumbrarte a mirar el mundo como cárcel, como una especie de colonia penitenciaria.*)

—Gary, dime otra vez lo que eres —dijo Chipper, para quien su hermano era el árbitro de las modas—. ¿Eres Lobo?

—Una Hazaña más y asciendo a Oso.

—Pero ¿qué eres ahora? ¿Lobo?

—Soy Lobo, pero prácticamente ya soy Oso. Lo único que me queda por hacer es Conversación.

—Conservación —lo corrigió Enid—. Lo único que te queda es Conservación.

—¿No es Conversación?

—Steve Driblett fabricó una *guiotina*, pero no funcionó —dijo Chipper.

—Driblett es Lobo.

—Brent Person hizo un avión, pero se cascó por la mitad.

—Person es Oso.

—Di que se le rompió, cariño, no que se le cascó.

—¿Cuál es el petardo más grande, Gary? —dijo Chipper.

—El M-80. Luego las bombas guinda.

—¿No sería estupendo conseguir un M-80 y ponerlo en tu cárcel y hacerla saltar por los aires?

—Muchacho —dijo Alfred—, no te veo comer nada.

Chipper se iba poniendo cada vez más expansivo, en plan maestro de ceremonias; por el momento, la Cena carecía de realidad.

—O *siete* M-80 —dijo—, y los hacemos estallar al mismo tiempo, o uno detrás del otro. ¿A que sería chulo?

—Yo pondría una carga en cada esquina y luego un detonador extra —dijo Gary—. Empalmaría los detonadores y los accionaría todos a la vez. ¿A que ésa es la mejor forma de hacerlo, papá? Cargas separadas y un detonador extra. ¿Verdad, papá?

—Siete mil cien millones de M-80 —gritó Chipper. Hizo ruidos de explosión para ilustrar el megatonelaje que tenía en mente.

—Chipper —dijo Enid, desviando suavemente el tema—, cuéntale a papá adónde vais a ir la semana que viene.

—La guarida va al Museo del Transporte, y yo voy a ir con ellos —recitó Chipper.

—Enid —Alfred puso una cara agria—, ¿para qué los llevas allí?

—Bea dice que es muy interesante y que los chicos se lo pasan muy bien.

Alfred meneó la cabeza, disgustado.

—¡Qué sabrá Bea de transporte!

—Es un sitio perfecto para una reunión de la guarida —dijo Enid—. Hay una locomotora de vapor, de las de verdad, y los chicos pueden sentarse dentro.

—Lo que tienen ahí —dijo Alfred— es una Mohawk de treinta años, de la New York Central. No es ninguna antigüedad. Ni siquiera una pieza rara. Es pura porquería. Si los chicos quieren ver lo que de veras es el ferrocarril...

—Poner una batería y dos electrodos en la silla eléctrica —dijo Gary.

—¡Un M-80!

—Mira, Chipper, no: cuando la corriente se pone en marcha, el preso se muere, ¿sabes?

—¿Qué es la corriente?

—Corriente es lo que circula cuando clavamos dos electrodos, uno de zinc y otro de cobre, en un limón, y los conectamos.

Qué amargo era el mundo en que vivía Alfred. Cuando se veía de pronto en algún espejo, siempre se sorprendía de lo joven que era aún. El rictus de un profesor con hemorroides, el morro permanentemente arrugado de un artrítico, eran expresiones de su propia boca de las que él mismo se percataba a veces, por más que se encontrara en el esplendor de la vida, en el primer vinagre de la vida.

De modo que le encantaban los postres como Dios manda. Tarta de pacana. Apple Brown Betty. Para endulzar un poco el mundo.

—Tienen dos locomotoras y un auténtico furgón de cola —dijo Enid.

Alfred pensaba que lo real y lo verdadero eran dos minorías que el mundo se proponía exterminar. Le molestaba que los románticos tipo Enid no fueran capaces de distinguir lo falso de lo auténtico: la diferencia que hay entre un «museo» de baja calidad, dotado de fondos muy poco convincentes, pensado para obtener beneficios, y un ferrocarril entero y verdadero.

—Como mínimo tienes que ser Pez.

—Los chicos se mueren por ir.

—Yo podría ser Pez.

Aquella Mohawk, orgullo del nuevo museo, era evidentemente un signo romántico. Hoy en día, la gente parecía guardarles rencor a las compañías ferroviarias por haber abandonado las viejas locomotoras de vapor en favor del diesel. La gente no tenía ni pajolera idea de lo que era mantener en marcha un ferrocarril. Las locomotoras diesel eran polifacéticas, eficaces y de bajo coste de mantenimiento. La gente pensaba que el ferrocarril le debía favores románticos, pero luego todo se le volvía protestar cuando el tren iba despacio. Eso era lo que casi toda la gente era: estúpida.

(Schopenhauer: *Entre los males de una colonia penitenciaria hay que incluir la compañía de quienes allí se encuentran.*)

Pero, con todo, también a Alfred le fastidiaba muchísimo que la vieja locomotora de vapor pasara al olvido. Era un hermoso caballo de hierro, y, exhibiendo la Mohawk, lo que hacía el museo era permitir que bailaran sobre su tumba los ociosos y tranquilos habitantes de las afueras de St. Jude. La gente de ciudad no tenía derecho alguno a tratar con condescendencia al caballo de hierro. No lo conocía íntimamente, como lo conocía Alfred. La gente no se había enamorado del caballo de hierro, como Alfred, en el rincón noroeste de Kansas, donde constituía el único vínculo con el mundo. Alfred despreciaba el museo y a sus frecuentadores, por todo lo que ignoraban.

—Tienen un tren a escala que ocupa toda una habitación —dijo Enid, incansable.

Y los malditos ferrocarriles a escala, sí, los malditos aficionados a los ferrocarriles a escala. Enid sabía perfectamente cuál era su opinión de aquellos diletantes y sus trenecitos tan absurdos como carentes de sentido.

—¿Una habitación entera? —dijo Gary, escéptico—. ¿Cómo de grande?

—¿A que sería fantástico poner unos cuantos M-80, dale, venga, dale, venga, en un puente de tren a escala? ¡Catapum! ¡P'couu, P'couu!

—Chipper, cómete ahora mismo lo que tienes en el plato —dijo Alfred.

—Es muy grande, muy grande, muy grande —dijo Enid—. Mucho más grande que el que os regaló vuestro padre.

—¡Ahora mismo! ¿Me oyes? ¡Ahora mismo! —dijo Alfred.

Dos lados de la mesa cuadrada estaban felices, y los otros dos no. Gary se puso a contar con mucha cordialidad una historia sin sentido, algo sobre un chico de su curso que tenía tres conejos, mientras Chipper y Alfred, sendos estudios de inexpresividad, mantenían los ojos fijos en el plato. Enid fue a la cocina a buscar más colinabo.

—Ya sé a quién no preguntarle si quiere más —dijo al volver.

Alfred le lanzó una mirada de aviso. Por el bien de los chicos, habían quedado de acuerdo en no mencionar jamás delante de ellos su aborrecimiento de las verduras y de ciertas vísceras.

—Yo quiero más —dijo Gary.

Chipper tenía algo atravesado en la garganta, una desolación tan obstructiva que tampoco habría podido tragar mucho, de todas maneras. Pero cuando se enfadó fue al ver que su hermano se estaba zampando, tan campante, un segundo plato de Venganza; por un momento, comprendió que su cena entera también era devorable en un segundo, que podía quitarse de encima sus obligaciones y recuperar la libertad, y de hecho llegó a agarrar el tenedor y darle un tiento al escarpado taco de su colinabo, enganchando un pedazo en los dientes del cubierto y acercándoselo a la boca. Pero el colinabo olía a muela picada y se había enfriado —tenía la misma textura y la misma temperatura que una caca de perro al frío de la mañana—, y a él se le revolvieron las tripas en una náusea refleja que le hizo doblar el espinazo hacia delante.

—Me encanta el colinabo —dijo Gary, inconcebiblemente.

—Yo podría vivir sólo de verdura —corroboró Enid.

—Más leche —dijo Chipper, respirando con dificultad.

—Chipper, tápate la nariz, si no te gusta —dijo Gary.

Alfred se fue llevando a la boca la Venganza entera, trozo a trozo, masticando deprisa y tragando mecánicamente, diciéndose que por peores cosas había pasado.

—Chip —dijo—, tienes que comerte un trozo de cada cosa. No te vas a levantar de la mesa hasta que lo hagas.

—Más leche.

—Primero comes, luego bebes. ¿Está claro?

—Leche.

—¿Vale si se tapa la nariz? —dijo Gary.

—Más leche, por favor.

—Bueno, hasta aquí hemos llegado —dijo Alfred.

Chipper guardó silencio. Sus ojos recorrían el plato una y otra vez, pero no había sido previsor, y en el plato no había más que horrores. Levantó el vaso y, en silencio, hizo que una gotita de leche tibia se deslizara pendiente abajo, encaminándola hacia su boca. Sacó la lengua para recibirla.

—Pon el vaso en la mesa, Chip.

—Bueno, vale que se tape la nariz, pero entonces tiene que comer *dos* trozos de cada cosa.

—Teléfono. Contesta tú, Gary.

—¿Qué hay de postre? —dijo Chipper.

—Tenemos piña natural, buenísima.

—Pero ¡por Dios!, Enid...

—¿Qué?

Enid pestañeó con inocencia, o con falsa inocencia.

—Por lo menos le puedes dar una galleta, o una tarta Eskimo, si se toma la cena...

—Pero es que la piña está muy dulce. Se te deshace en la boca.

—Es el señor Meisner, papá.

Alfred se inclinó sobre el plato de Chipper y de un solo movimiento de tenedor apartó todo el contenido menos un trozo de colinabo. Quería mucho al chico: se metió en la boca aquel amasijo frío y venenoso y lo precipitó por la garganta abajo, con un escalofrío.

—Cómete lo que queda —dijo—, come un poco de lo otro, y podrás tomar postre. —Se puso en pie—. Iré a comprarlo yo, si hace falta.

Cuando pasó junto a Enid, camino de la cocina, ella se hizo a un lado sin moverse de la silla.

—Sí —dijo Alfred al teléfono.

Por el aparato llegaba la humedad y los ruidos caseros, la calidez y la indefinición del Reino de Meisner.

—Al —dijo Chuck—, estaba mirando el periódico, ya te imaginas, las acciones de Erie Belt. Cinco y cinco octavos me parece bajísimo. ¿Estás seguro de eso que me has dicho de la Midland Pacific?

—Salí de Cleveland en automóvil con el señor Replogle. Me dijo que el Consejo de Administración está esperando un último informe sobre tendidos y estructuras. Ese informe se lo daré yo el lunes.

—La Midland Pacific lo lleva muy en secreto.

—Mira, Chuck, no puedo hacer ninguna recomendación, y, por otra parte, tienes razón, hay varias cuestiones sin resolver...

—Al, Al —dijo Chuck—. Tienes una conciencia muy firme, y todos te lo agradecemos. Te dejo que sigas cenando.

Alfred colgó odiando a Chuck como habría odiado a cualquier chica con la que hubiera sido lo suficientemente indisciplinado como para llegar a algo. Chuck era banquero, y le iba muy bien. Estaba bien invertir la inocencia en algo que valiera la pena, y quién mejor que un buen vecino, pero no le parecía que nadie valiese la pena en realidad. Tenía las manos llenas de excremento.

—¿Quieres piña, Gary? —dijo Enid.

—Sí, por favor.

A Chip lo había dejado un poco tarumba la virtual desaparición de las verduras de su plato. ¡Las cosas iban m-m-mejorando! Con mano maestra, pavimentó un cuadrante del plato con lo que quedaba de colinabo, alisando el asfalto amarillo con el tenedor. ¿Por qué mantenerse en la desagradable realidad del hígado y las hojas de remolacha, existiendo un futuro edificable en el que su padre acabara comiéndose también esa otra parte de la cena? ¡A mí las galletas!, diría Chipper. ¡Y la tarta Eskimo!

Enid llevó tres platos vacíos a la cocina.

Alfred, junto al teléfono, escrutaba el reloj que había encima del fregadero. Era esa maligna hora de alrededor de las cinco en que el enfermo de gripe despierta de los febriles sueños de la siesta. Una hora de poco más de las cinco, un simulacro de las verdaderas cinco. En la esfera del reloj, el alivio del orden —las dos agujas detenidas en números enteros— sólo se producía una vez por hora. Ningún otro momento cuadraba bien, de modo que todos ellos contenían en potencia el infortunio de la gripe.

Y sufrir así, sin razón, sabiendo que no hay orden moral en la gripe, ni justicia en los jugos de dolor que su cerebro segregaba. El mundo no es sino la materialización de una Voluntad eterna y ciega.

(Schopenhauer: *Una parte nada desdeñable del tormento que supone la existencia consiste en la continua presión que el Tiempo ejerce sobre nosotros, yéndonos siempre en pos, sin permitirnos recuperar el aliento, como un domador con su látigo.*)

—Supongo que tú no querrás piña —dijo Enid—. Te irás a comprar tu propio postre.

—Déjalo como está, Enid. Me gustaría que por una vez en tu vida supieras dejar algo como está.

Con la piña en brazos, Enid le preguntó por qué había llamado Chuck.

—Luego hablamos de eso —dijo Alfred, mientras volvía al comedor.

—Papá —empezó Chipper.

—Mira, muchacho, acabo de hacerte un favor. Ahora házmelo tú a mí y deja de jugar con la comida y termina con la cena. *Ahora mismo.* ¿Me entiendes? Vas a terminar ahora mismo, o no va a haber postre ni nada que te guste en lo que queda de noche, ni mañana por la noche, y no te vas a levantar de la mesa mientras no hayas terminado.

—Sí, papá, pero ¿podrías...?

—AHORA MISMO, ¿ME ENTIENDES, O TENGO QUE EXPLICÁRTELO CON UNA BUENA AZOTAINA?

Las amígdalas segregan una mucosidad amoníaca cuando se les agolpan detrás las verdaderas lágrimas. A Chipper se le torció la boca para aquí y para allá. Vio bajo una nueva luz el plato que tenía delante. Era como si la comida se hubiese trocado en un compañero inaguantable, de cuya presencia, hasta entonces, había creído que podría librarse, por la intercesión de instancias superiores. Ahora se daba plena cuenta de que a la comida y él les quedaba mucho camino por recorrer en compañía.

Ahora lamentaba con hondo y verdadero sentimiento la muerte de su beicon, con lo poquita cosa que era.

Pero, curiosamente, no se echó a llorar enseguida.

Alfred se retiró al sótano dando grandes zapatazos y fuertes portazos.

Gary se mantuvo inmóvil en su silla, multiplicando números enteros en la cabeza.

Enid hincó un cuchillo en la barriga de la piña, color ictericia. Había llegado a la conclusión de que Chipper era exactamente igual que su padre: tenía hambre, pero no había quien le diera de comer. Convertía la comida en vergüenza. Preparar una buena comida y luego ver que la reciben con esmerado disgusto, ver a un hijo a punto de vomitar de asco con los cereales del desayuno: esas cosas se le atragantaban a una en el buche materno. Chipper sólo quería leche con galletas, leche con galletas. Los pediatras decían: «No ceda. Ya le entrará hambre y acabará comiendo otra cosa.» Así que Enid intentaba ser paciente, pero Chipper se sentaba a la mesa y declaraba: «¡Esto huele a vomitajos!» Cabía la posibilidad de darle un golpe en la muñeca por haberlo dicho, pero luego lo decía con la cara, y se le podía pegar por poner caras, pero luego lo decía con los ojos, y los correctivos tienen un límite. Total: que no había modo de penetrar en aquellos iris azules y erradicar el desagrado del chico.

Últimamente se pasaba el día dándole emparedados de queso a la plancha, reservando para la cena las verduras amarillas y frondosas imprescindibles en una dieta equilibrada, haciendo así que fuera Alfred quien librara sus batallas por ella.

Había algo casi enjundioso y casi sexual en permitir que el chico, tan molesto, fuera castigado por su marido; en quedarse a un lado, intachable, mientras el chico sufría las consecuencias de haberle hecho daño a ella.

Lo que se descubre sobre uno mismo cuando se educa a los hijos no es siempre agradable o atractivo.

Llevó dos platos de piña al comedor. Chipper permanecía con la cabeza gacha, pero el hijo a quien sí le gustaba comer se abalanzó con muchas ganas sobre su plato.

Gary sorbía y se ventilaba, consumiendo piña sin decir palabra.

El campo de colinabo, color amarillo caca de perro; el hígado envuelto en fritura y, por consiguiente, incapaz de yacer a ras de plato; la bola de hojas de remolacha fibrosas, contorsionadas, pero aún sin tocar, como un pájaro húmedamente comprimido dentro de su huevo, o como un cadáver antiguo, con su envoltura, en un cenagal... Las relaciones espaciales entre estos alimentos habían dejado de parecerle aleatorias a Chipper, para convertirse en algo muy parecido a la permanencia, a la finalidad.

La comida se retiraba, o quizá fuese que una nueva melancolía la dejaba en la sombra. El disgusto de Chipper se hizo algo menos inmediato: dejó de pensar en comer. Se estaban abriendo camino, agolpándose, nuevas fuentes de rechazo.

Pronto quedó recogida la mesa, con excepción de su salvamanteles y su plato. La luz ganó aspereza. Oyó a su madre y a Gary hablando de cualquier cosa, mientras ella lavaba los platos y Gary los secaba. Más tarde, los pasos de Gary bajando la escalera del sótano. El toc-toc metrónomo de la pelota de ping-pong. Nuevos desolados repiques de cacharros agarrados por el asa y sumergidos en el agua del fregadero.

Volvió a aparecer su madre.

—Cómete eso, Chipper. Pórtate como un chico mayor.

Había llegado a una situación en que nada que le dijera su madre podía afectarle. Se sentía casi contento, todo cabeza, sin ninguna emoción. Hasta el trasero se le había quedado insensible, de tanto apretar la silla.

—Papá no va a permitir que te levantes hasta que te hayas comido todo eso. Acaba de una vez y te quedas libre hasta la hora de acostarte.

Si hubiera existido la libertad hasta la hora de acostarse, él habría podido pasarse en la ventana todo el tiempo restante, al acecho de Cindy Meisner.

—Nombre adjetivo —dijo su madre—, preposición pronombre imperfecto de subjuntivo pronombre me echaría todo esto al coleto de una sola vez adverbio temporal preposición posesivo verbo artículo sustantivo.

Era curioso lo poco obligado que se sentía a comprender las palabras a él dirigidas. Era curioso su sentido de la libertad incluso ante la mínima tarea de descifrar el lenguaje hablado.

Enid dejó de atormentarlo y bajó al sótano, donde Alfred estaba encerrado en su laboratorio y Gary iba amontonando («treinta y siete, treinta y ocho») golpes consecutivos con la paleta.

—¿Toc-toc? —dijo Enid, inclinando la cabeza en invitación.

Le estorbaba el embarazo, o al menos la idea de estar embarazada, y Gary podría haberla machacado, pero era tan evidente el extraordinario placer que le producía el hecho de que alguien jugara con ella, que el chico se desconectó del asunto, multiplicando mentalmente el tanteo o marcándose pequeños desafíos, como devolver la pelota a un cuadrante distinto cada vez. Todos los días, después de cenar, le tocaba poner a prueba su capacidad para aguantar alguna de esas actividades tan aburridas que les encantan a los padres. Ese talento suyo se le antojaba de vital importancia. Estaba convencido de que un gran daño le sobrevendría en cuanto perdiera la capacidad de mantener vivas las ilusiones de su madre.

Y qué vulnerable parecía esa noche. El ajetreo de la cena y de los platos le había aflojado los rizos de rulo. Pequeñas manchas de sudor florecían en su corpiño de algodón. Había tenido las manos en guantes de látex, y se le habían puesto coloradas como lenguas.

Le envió una cortada sin réplica posible y la pelota, tras rebotar en la línea, fue dando botes hasta chocar contra la puerta cerrada del laboratorio metalúrgico y, perdido el impulso, quedarse quieta. Enid la persiguió con cuidado. Qué silencio, qué oscuridad, las que había detrás de aquella puerta. No parecía que Al hubiese encendido la luz.

Había cosas de comer que incluso a Gary le parecían aborrecibles —las coles de Bruselas, okra hervida—, y Chipper había visto la pragmática palma de la mano fraterna agarrar cosas desagradables y arrojarlas a algún matorral espeso, por la puerta trasera, en verano, o escondérselas en alguna parte y tirarlas luego al váter, en invierno. Ahora que estaba solo en la planta baja, bien podría Chipper haber hecho desaparecer su hígado y sus hojas de remolacha. Problema: su padre pensaría que se las había comido, y comérselas era exactamente lo que en este momento se estaba negando a hacer. La comida en el plato era indispensable como prueba de su negativa.

Con mucha minucia, separó la costra de harina que cubría el hígado y se la comió. Le costó diez minutos. La desnuda superficie del hígado no era para deleitarse los ojos con ella.

Desplegó las hojas de remolacha y las dispuso de otro modo.

Examinó el tejido de su salvamanteles.

Escuchó los botes de la pelota, los exagerados gemidos de su madre y sus exasperantes gritos de ánimo («Uuu, muy bien, Gary»). Peor que una paliza, peor incluso que el mismísimo hígado, era el sonido de alguien que no fuera él jugando al ping-pong. Sólo el silencio era aceptable, por infinito en potencia. El tanteo del ping-pong iba subiendo hasta llegar a veintiuno, y ahí terminaba la partida, y luego eran dos partidas, y luego tres, y para las personas implicadas en el juego aquello estaba muy bien, porque se habían divertido, pero no estaba nada bien para el chico sentado a la mesa, un piso más arriba. Había participado en los sonidos del juego, invirtiendo en ellos con toda esperanza, hasta el punto de desear que no cesaran nunca. Pero cesaron, y él seguía sentado a la mesa, sólo que media hora más tarde. El tiempo de después de cenar, devorándose a sí mismo en un ejercicio de futilidad. Ya a la edad de siete años intuía Chipper que aquel sentimiento de futilidad iba a ser una constante en su vida. Una espera aburrida y, luego, una promesa sin cumplir, y darse cuenta, con terror, de lo tarde que era.

Esa futilidad tenía, por así decirlo, su sabor.

Si se rascaba la cabeza o se frotaba la nariz, los dedos transmitían algo. Un olor a yo.

O, también, el olor de las lágrimas incipientes.

Hay que imaginar los nervios olfativos efectuando un muestreo de sí mismos, con los receptores registrando su propia configuración.

El sabor del daño hecho a uno mismo, durante un fin de tarde arruinado por el desprecio, acarrea también extrañas satisfacciones. Los demás dejan de ser lo suficientemente reales como para llevar la culpa de cómo se siente uno. Sólo uno mismo, con la propia negativa, queda en pie. Y, como ocurre con la autoconmiseración, o con la sangre que nos llena la boca cuando acaban de arrancarnos una muela —los jugos férricos, salados, que nos tragamos, no sin antes detenernos a saborearlos—, el rechazo tiene un sabor cuyo punto de agrado no resulta difícil de adquirir.

En el laboratorio, bajo el comedor, Alfred permanecía en la oscuridad, con la cabeza inclinada y los ojos cerrados. Era interesante que le hubiesen entrado tales ansias de estar a solas, que se lo hubiese dejado tan odiosamente claro a todas las personas de su entorno; y que ahora, cuando por fin estaba encerrado en su rincón, tuviese tantas ganas de que alguien acudiera a molestarlo. Quería que ese alguien viera hasta qué punto le dolía. Él la trataba con frialdad, pero no era justo que ella le correspondiese con la misma frialdad; no era justo que se pusiese a jugar al ping-pong, tan contenta, ni que anduviese trasteando por las cercanías de su puerta sin llamar para preguntarle cómo estaba.

Las tres medidas comunes de la fuerza de un material son la resistencia a la presión, a la tensión y a la rotura.

Cada vez que los pasos de su mujer se acercaban al laboratorio, él se situaba en disposición física de aceptar su confortación. Luego oyó que el juego terminaba y pensó que, *con toda seguridad*, ahora sí que se apiadaría de él. Era lo único que le pedía, lo único...

(Schopenhauer: *La mujer salda su deuda con la vida no mediante la acción, sino mediante el sufrimiento; mediante los dolores del parto y el cuidado de los hijos, mediante la sumisión a su marido, para quien debe ser compañera paciente y agradable.*)

Pero no había rescate a la vista. A través de la puerta cerrada la oyó retirarse al lavadero. Oyó el pequeño zumbido de un transformador: Gary estaba jugando con su tren eléctrico, bajo la mesa de ping-pong.

Una cuarta medida de fuerza, muy a tener en cuenta por los fabricantes de raíles y de piezas para maquinaria, es la dureza.

Con indecible desgaste de voluntad, Alfred encendió la luz y abrió su cuaderno de notas.

Incluso para el más extremo aburrimiento hay piadosos límites. La mesa del comedor, por ejemplo, poseía un envés, que Chipper se dedicó a explorar por el procedimiento de apoyar la barbilla en la superficie y estirar los brazos por debajo. En su punto de máximo alcance había unas trabas con ensarte de alambres rígidos que terminaban en anillos para meter el dedo y tirar. Las complicadas intersecciones de madera y los ángulos, sin pulir, presentaban, aquí y allá, tornillos profundamente hundidos, pequeños pozos cilíndricos con rasposos rebordes de fibra de madera en el brocal, irresistible tentación para los dedos tanteadores. Pero más compensatorios eran los parches de mocos que él mismo había ido dejando atrás durante previas vigilias. Los parches secos tenían textura de papel de arroz o de alas de mosca. Eran agradablemente arrancables y pulverizables.

Cuanto más palpaba Chipper su pequeño reino del envés, menos le apetecía poner los ojos en él. Sabía, por instinto, que la realidad visible resultaría bastante canija. Vería grietas aún no descubiertas por sus dedos, y quedaría desvelado el misterio de los ámbitos situados fuera de su alcance, y los agujeros de los tornillos perderían su abstracta sensualidad, y los mocos le darían vergüenza, y cualquier noche posterior, sin nada en que deleitarse o entretenerse, terminaría muriéndose de aburrimiento.

La ignorancia electiva es una gran herramienta de supervivencia, quizá la mayor de todas.

En el laboratorio alquímico que Enid mantenía debajo de la cocina había una lavadora Maytag rematada en dos rodillos de caucho, iguales a dos enormes labios negros. Lejía, azulete, agua destilada, almidón. Una plancha como una locomotora, con el cable forrado de un tejido con dibujo. Montañas de camisas blancas de tres tallas distintas.

Para planchar una camisa la rociaba antes con agua y luego la dejaba dentro de una toalla enrollada. Cuando ya estaba humedecida de modo uniforme, empezaba a plancharla por el cuello y los hombros, y luego seguía en dirección descendente.

Durante la Depresión y años posteriores, Enid había aprendido diversos métodos de supervivencia. Su madre regentaba un hostal situado entre St. Jude y la universidad, en un valle. Enid tenía mucho talento para las matemáticas, de modo que no sólo lavaba las sábanas y limpiaba los servicios y servía las comidas, sino que también le llevaba las cuentas a su madre. Cuando terminó en el instituto ya había acabado la guerra, y era ella quien llevaba todos los libros de la casa, la facturación a clientes y el cálculo de los impuestos. Con el dinero que iba sacando de un sitio y de otro —pagos por hacer de canguro, propinas de los universitarios y otros huéspedes de larga duración— se había pagado unas clases nocturnas e iba avanzando, muy poquito a poco, hacia la obtención del título de contable, pero con la esperanza de no tener que utilizarlo nunca. Dos chicos de uniforme le propusieron matrimonio, y uno de ellos era bastante buen bailarín, pero a ninguno de los dos se lo veía con pinta de ir a ganar mucho dinero, y ambos estaban aún en peligro de que cualquier día les pegasen un tiro. Su madre se había casado con un hombre que no ganaba dinero y que murió joven. Evitar esa clase de marido era algo que Enid ponía por encima de cualquier otra cosa. Tenía la intención de vivir desahogadamente, y también de ser feliz.

Al hostal llegó, unos años después de la guerra, un joven ingeniero industrial a quien acababan de trasladar a St. Jude para encargarse de una fundición. Era un chico de labios carnosos, cabello espeso, buenos músculos, con pinta de hombre y trajeado como los hombres. Los trajes, en sí, eran unas bellezas de lana lujosamente ornadas de pliegues. Un par de veces por noche, mientras servía la cena en la gran mesa redonda, Enid lo miraba de reojo y lo pillaba mirándola a ella, logrando que se pusiera colorado. Al era de Kansas. Pasados dos meses, halló el valor suficiente para invitarla a patinar. Tomaron un chocolate con leche y él le dijo que a este mundo se venía a sufrir. La llevó a una fiesta de Navidad de la acerería y le dijo que la condena de las personas inteligentes era sufrir tormento a manos de los estúpidos. Era buen bailarín y buen ganador de dinero, y se besaron en el ascensor. Pronto estuvieron comprometidos e hicieron un casto viaje en tren nocturno a McCook, Nebraska, para que ella conociera a los ancianos padres de Alfred. Su padre tenía una esclava a quien estaba unido en matrimonio.

Un día, mientras hacía la limpieza del cuarto de Al, Enid encontró un libro de Schopenhauer muy manoseado, con frases subrayadas. Por ejemplo: *Se ha afirmado que, en este mundo, el placer sobrepasa al dolor; o, cuando menos, que ambos se hallan en situación de equilibrio. Si el lector desea comprobar la veracidad de este aserto, compare los sentimientos de dos animales, cuando uno de ellos se está comiendo al otro.*

¿Qué pensar de Al Lambert? Estaban, por una parte, las cosas de viejo que decía de sí mismo; y estaba, por otra parte, su aspecto juvenil. Enid decidió poner su fe en la promesa de su aspecto. A partir de ese momento, la vida fue cuestión de esperar a ver si le cambiaba la personalidad.

Mientras tanto, planchaba veinte camisas a la semana, más sus propias faldas y sus blusas.

Remetía la nariz de la plancha en torno al hilo de los botones. Alisaba las arrugas, eliminaba los malos dobleces.

Su vida habría sido más fácil si no hubiera querido tanto a Alfred, pero no podía evitarlo. Sólo con mirarlo lo amaba.

Se pasaba los días puliendo la dicción de los chicos, suavizando sus modales, blanqueándoles la moral, sacando brillo a sus actitudes, y no había día en que no tuviera que enfrentarse a un nuevo montón de ropa sucia y arrugada.

El mismísimo Gary se volvía anárquico de vez en cuando. Lo que más le gustaba era hacer que la máquina eléctrica derrapara en las curvas y acabase descarrilando, ver con qué torpeza patinaba aquel trozo negro de metal, para luego quedarse echando chispas de frustración, con las ruedas dando vueltas en el aire. Lo segundo que más le gustaba era poner vacas y coches de plástico en la vía y montar pequeñas tragedias.

Pero lo que más lo ponía, en materia técnica, era un cochecito controlado por radio que últimamente se anunciaba mucho en la tele y que podía meterse en cualquier sitio. Para evitar confusiones, tenía intención de limitar a ese regalo su lista de Navidad.

Desde la calle, fijándose un poco, se veía bajar la intensidad de la luz en las ventanas cuando el tren de Gary o la plancha de Enid o algún experimento de Alfred succionaban potencia de la red. Pero, por lo demás, qué aspecto tan exánime tenía la casa. En las alumbradas casas de los Meisner, los Schumpert, los Person y los Root, se veía claramente que había gente en casa, familias enteras agrupadas en torno a las mesas, cabezas jóvenes inclinadas sobre los deberes, rincones que destellaban televisión, niños pequeños correteando, un abuelo que pone a prueba las calidades de una bolsa de té utilizándola por tercera vez. Eran casas con espíritu, sin complejos.

Que hubiera alguien dentro lo era todo para una casa. Era algo más que un hecho fundamental: era el único hecho.

La familia era el alma de la casa.

La mente despierta era como la luz de una casa.

El alma era como la ardilla terrera en su agujero.

La conciencia era al cerebro lo que la familia era a la casa.

Aristóteles: *Suponiendo que el ojo fuera un animal, la visión sería su alma.*

Para comprender la mente había que imaginar actividad doméstica, el ronroneo de las vidas relacionadas en varias pistas, el resplandor fundamental del hogar. Se hablaba de «presencia» y de «lleno» y de «ocupación». O, por el contrario, de «ausencia» y de «cierre». O de «trastorno».

Podía ser que la luz fútil en una casa, con tres personas en el sótano, cada una por su lado y a lo suyo, y una sola persona en la planta baja —un muchachito con la vista clavada en un plato de comida fría—, fuera como la mente de una persona deprimida.

Fue Gary quien primero se cansó del sótano. Tras emerger a la superficie, esquivó las excesivas luces del comedor, como si en él se hallara alguna víctima repulsivamente desfigurada, y siguió hasta la planta superior para lavarse los dientes.

Al poco rato, Enid apareció tras él con siete camisas blancas calentitas. También ella evitó el comedor. Se dijo que si el problema del comedor fuera responsabilidad suya, entonces estaría incurriendo en horrenda negligencia, al no resolverlo, y, dado que una madre amantísima jamás debe incurrir en negligencia, y ella era una madre amantísima, la responsabilidad no podía corresponderle. Alfred acabaría subiendo, tarde o temprano, y se daría cuenta de lo bestia que había sido, y lo sentiría mucho, mucho, mucho. Si tenía el cuajo de echarle a ella la culpa, siempre podría decirle: «Fuiste tú quien le ordenó que siguiera ahí sentado hasta que se comiera lo que tenía que comerse.»

Mientras preparaba la bañera, arropó a Gary en su cama.

—Siempre serás el león de mamá.

—Sí.

—Un león mu fedoz y muu malo. El leoncito de mamá.

Gary no hizo comentarios.

—Mamá —dijo—, Chipper sigue en el comedor, y ya son casi las nueve.

—Eso es cosa de papá y de él.

320

—Mamá, es que de verdad no le gustan esos platos. No es cuento.

—Cuánto me alegro de que tú comas de todo —dijo Enid.

—Es una injusticia, mamá.

—Mira, hijo, es una fase. Tu hermano está pasando por esa fase. Pero me parece encantador por tu parte que te preocupes tanto por él. Ser cariñoso es una maravilla. No dejes nunca de ser cariñoso.

Acudió corriendo a cerrar el grifo y se metió en la bañera.

En un oscuro dormitorio de las cercanías, Chuck Meisner imaginaba, mientras entraba en ella, que Bea era Enid. Cuando eyaculó, dando resoplidos, pensaba en el negocio.

Se preguntó si las acciones de Erie Belt se cotizarían en alguna Bolsa. Comprar cinco mil acciones ya, con treinta opciones de venta para cubrir bajadas. O, mejor aún, si alguien le ofrecía cotización, cien opciones de compra descubierta.

Enid estaba embarazada, en pleno avance de la talla A a la B, para acabar incluso en la C, seguramente, cuando llegara el niño. Como crecen los buenos bonos municipales cuando el ayuntamiento sabe orientar las inversiones.

Una por una, fueron apagándose las luces de St. Jude.

Y si permanecemos el tiempo suficiente sentados a la mesa del comedor, ya sea por algún castigo, ya por propio rechazo, ya por mero aburrimiento, ya nunca volveremos a levantarnos. Una parte de nosotros quedará ahí para toda la vida.

Como si el contacto sostenido y demasiado directo con el crudo paso del tiempo pudiera dañar los nervios permanentemente, igual que cuando fijamos la vista en el disco solar.

Como si el conocimiento íntimo de cualquier interior fuera necesariamente perjudicial, fuera un conocimiento que no puede borrarse.

(Qué cansada, qué gastada, una casa vivida en exceso.)

Chipper oía y veía cosas, pero todas estaban en su cabeza. Después de tres horas, los objetos que lo rodeaban tenían menos sabor que un chicle viejo. Sus estados mentales eran fuertes, por comparación, y aplastaban los objetos. Habría hecho falta un esfuerzo de voluntad, un nuevo despertar, para evocar el término «salvamanteles» y aplicarlo al campo visual tan intensamente observado que su realidad se había disuelto en la observación, o para aplicar la palabra «horno» al crujido de los conductos que en su recurrencia había adquirido la condición de estado emocional o de agente activo de su imaginación, una encarnación del tiempo Maligno. Las leves fluctuaciones de la luz, cuando alguien planchaba o alguien jugaba o alguien efectuaba un experimento y los refrigeradores se activaban y se desactivaban, habían formado parte del sueño. Este carácter tornadizo, aunque apenas observable, había sido una tortura. Pero ya no.

Ya sólo quedaba Alfred en el sótano. Colocó los electrodos de un amperímetro en un gel de acetato férrico.

Una frontera que se resistía, en el campo de la metalurgia: la formación inducida de metales a temperatura ambiente. El Grial era una sustancia que podía verterse o moldearse, pero que, tras el debido tratamiento (quizá mediante corriente eléctrica), adquiría la fuerza superior, la conductividad y la resistencia a la fatiga del acero. Una sustancia moldeable como el plástico y dura como el metal.

El problema era acuciante. Había una guerra cultural en marcha, y eran las fuerzas del plástico quienes iban ganando. Alfred había visto frascos de mermelada y de jalea con la tapa de plástico. Coches con el techo de plástico.

Desgraciadamente, el metal, en su estado libre —un buen poste de acero o un sólido candelabro de bronce—, representaba un elevado nivel de orden, y la Naturaleza era muy desastrada y prefería el desorden. La acumulación de óxido. La promiscuidad de las moléculas en solución. El caos de las cosas calientes. Los estados de desorden tenían muchísimas más posibilidades de producirse espontáneamente que un cubo de hierro perfecto. Según la Segunda Ley de la Termodinámica, era menester un esfuerzo muy considerable para resistir la tiranía de lo probable: para forzar a los átomos de un metal a que se comporten como es debido.

Alfred tenía el convencimiento de que la electricidad se hallaba a la altura de su trabajo. La tensión procedente de la red equivalía a una cesión de orden desde la distancia. En las plantas energéticas, un fragmento organizado de carbón se convertía en una flatulencia de inútiles gases calientes; una reserva de agua, alta y poseída de sí misma, se trocaba en deambular apresurado y entrópico hacia un delta. Estos sacrificios del orden creaban la útil segregación de cargas eléctricas que él luego ponía al servicio de su trabajo.

Estaba buscando un material que pudiera, en efecto, llevar a cabo su propia electrodeposición. Estaba cultivando cristales a partir de materiales infrecuentes y en presencia de tensión eléctrica.

No era ciencia de alto nivel, sino el probabilismo bruto del ensayo y el error, la búsqueda, al azar, de accidentes aprovechables. Un compañero de clase suyo ya había hecho el primer millón con los resultados de un descubrimiento fortuito.

Que llegara el día en que no tuviera que preocuparse por el dinero: era un sueño idéntico al de ser reconfortado por una mujer, verdaderamente reconfortado, cuando el dolor le sobreviniera.

El sueño de la transformación radical: de despertarse un día siendo un tipo de persona completamente distinto (más confiado, más sereno), de escapar de la cárcel de lo dado, de sentirse divinamente capaz.

Tenía arcillas y geles de silicato. Tenía masilla de silicona. Tenía sales férricas, barrosas, sucumbiendo a su propia delicuescencia. Acetilacetonatos ambivalentes y tretracarbonilos de bajo punto de fusión. Un fragmento de galio del tamaño de una ciruela damascena.

El director del departamento de química de la Midland Pacific —doctorado en una universidad suiza y aburrido hasta la melancolía por un millón de mediciones de la viscosidad del aceite para motores y la dureza de Brinell— era quien le suministraba a Alfred los materiales. Los jefes estaban al tanto del asunto —Alfred jamás se habría arriesgado a que lo pillaran en una actividad bajo cuerda—, y quedaba entendido, tácitamente, que si Alfred obtenía algún proceso patentable, la Midland Pacific se llevaría parte de los beneficios.

Ese día estaba ocurriendo algo insólito en el gel de acetato férrico. Las lecturas de conductividad oscilaban muy acusadamente, dependiendo de dónde exactamente insertara el contacto del amperímetro. Pensando que el contacto pudiera estar sucio, lo cambió por una aguja fina, con la que volvió a pinchar el gel. Obtuvo una lectura de cero conductividad. Luego probó en un sitio distinto del gel y obtuvo una lectura elevada.

¿Qué estaba pasando?

Esta pregunta lo absorbió y lo reconfortó y mantuvo en su sitio al capataz hasta que, a las diez en punto, apagó el iluminador del microscopio y escribió en su cuaderno de notas: MANCHA AZUL CROMATO 2%. MUY MUY INTERESANTE.

Nada más salir del laboratorio, recibió un martillazo de cansancio. Le costó trabajo echar la llave, por la torpeza y estupidez, súbitamente adquiridas, de sus dedos analíticos. Poseía una ilimitada capacidad de trabajo, pero en cuanto cesaba en la actividad se venía abajo y a duras penas lograba mantenerse en pie.

El agotamiento se le hizo más profundo cuando subió. La cocina y el comedor eran ascuas de luz, y parecía haber un muchachito derrumbado sobre la mesa del comedor, con la cara apoyada en el salvamanteles. La escena era tan incorrecta, era tal su morbo de Venganza, que, por un momento, Alfred llegó a pensar que el chico de la mesa era un fantasma de su propia infancia.

Sus manos buscaron los interruptores como si la luz hubiera sido un gas letal cuyo flujo había que interrumpir.

En una oscuridad algo menos azarosa, cogió al chico en brazos y lo llevó al piso de arriba. El chico tenía el dibujo del salvamanteles impreso en una mejilla. Murmuraba cosas raras. Estaba medio despierto, pero se resistía a adquirir plena conciencia, manteniéndose con la cabeza caída hacia delante mientras Alfred lo desnudaba y buscaba el pijama en el armario.

Una vez acostado el chico, receptor de un beso y profundamente dormido, una indiscernible cantidad de tiempo se escurrió por las patas de la silla en que Alfred tomó asiento, junto a la cama, consciente de casi nada que no fuera el sufrimiento situado entre sus sienes. Tanto le dolía el cansancio que lo mantenía despierto.

O quizá se quedara dormido, porque de pronto se encontró de pie y con cierta sensación de descanso. Salió del cuarto de Chipper y fue a ver a Gary.

A la entrada del cuarto de Gary, oliendo aún a pegamento Elmer, había una cárcel hecha con palos de helado. Nada que ver con la esmerada casa de corrección que Alfred había imaginado. Era un burdo rectángulo sin techo, groseramente bisecado. De hecho, la planta se ajustaba exactamente al cuadrado binómico al que Alfred había hecho referencia durante la cena.

Y aquello de allí, en el recinto más grande de la cárcel, aquel amasijo de pegamento semiblando y palos de helado rotos, ¿qué era? ¿Una carretilla para muñequitos? ¿Una banqueta de escalera? Una silla eléctrica.

En una de esas neblinas de cansancio que alteran la mente, Alfred se puso de rodillas y examinó el objeto. Se halló receptivo al patetismo implícito en la fabricación de la silla, al impulso que había llevado a Gary a crear un objeto y buscar la aprobación de su padre; pero también se halló receptivo, y eso ya era más inquietante, a la imposibilidad de encajar aquel rudo objeto con la imagen mental de una silla eléctrica que se había hecho en la mesa, mientras cenaban. Igual que una mujer ilógica en un sueño, que era Enid y que no era Enid, la silla que él había imaginado era, al mismo tiempo, completamente una silla eléctrica y completamente palos de helado. Se le vino a la cabeza en ese momento, con más fuerza que nunca, la idea de que tal vez todo lo *real* de este mundo fuera tan mezquinamente proteico, en el fondo, como aquella silla eléctrica. Podía ser incluso que su mente le estuviera haciendo a aquel suelo de madera aparentemente real en el que hincaba la rodilla lo mismo que le había hecho, horas antes, a la silla no vista. Podía ser que el suelo solamente se convirtiera en verdadero suelo una vez convertido en objeto de reconstrucción mental. La naturaleza del suelo era, hasta cierto punto, indiscutible, por supuesto: la madera existía, sin duda alguna, y poseía propiedades mensurables. Pero había un *segundo* suelo, el suelo como reflejo en su cabeza, y a Alfred le preocupaba que la «realidad» sitiada que él preconizaba no fuese en verdad la de un suelo real en un dormitorio real, sino la realidad de un suelo en su cabeza, idealizada y, por consiguiente, no más válida que cualquiera de las tontas fantasías de Enid.

La sospecha de que todo era relativo. De que lo «real» y lo «auténtico» no sólo estuvieran sencillamente condenados, sino que también fueran ficticios, para empezar. De que su sentimiento de justicia, de paladín único de lo real, no pasara de eso: sentimiento. Ésas eran las sospechas que le tendían emboscadas en los cuartos de motel. Ésos eran los profundos terrores que se ocultaban debajo de las ligeras camas.

Y si el mundo se negaba a encajar con su versión de la realidad, entonces era necesariamente un mundo indiferente, un mundo amargo y asqueroso, una colonia penitenciaria, y Alfred estaba condenado a vivir en él la más violenta soledad.

Agachó la cabeza ante la idea de la mucha fuerza que necesitaba un hombre para vivir toda una vida de tamaña soledad.

Devolvió la lastimosa y desequilibrada silla eléctrica al suelo del recinto más grande de la cárcel. Nada más soltarla, cayó de lado. Le pasaron por la cabeza imágenes de machacar la cárcel a martillazos, imágenes de faldas levantadas y bragas en los tobillos, imágenes de sujetadores arrancados y caderas aupadas; pero no hizo nada al respecto.

Gary dormía en perfecto silencio, a la manera de su madre. No había esperanza de que hubiese olvidado la promesa implícita de su padre de echarle un vistazo a la cárcel después de cenar. Gary nunca olvidaba nada.

«Aun así, hago lo que puedo», pensó Alfred.

Al regresar al comedor, notó el cambio en el plato de Chipper. Los muy oscurecidos márgenes del hígado habían sido recortados cuidadosamente, y comidos, igual que la costra, hasta el último trozo. También había evidencia de que el colinabo había sido objeto de ingestión: la pizca restante mostraba diminutas huellas de tenedor. Y varias hojas de remolacha habían sido seccionadas, para luego retirar las más blandas, y comerlas, dejando aparte los tallos leñosos y rojos. Daba la impresión de que, a fin de cuentas, Chipper se había comido el trocito de cada cosa estipulado en el acuerdo, seguramente a un elevado coste personal, y había sido llevado a la cama sin el postre duramente conquistado.

Una mañana de noviembre, treinta y cinco años antes, Alfred encontró una pata de coyote, toda ensangrentada, entre los dientes de una trampa de acero, indicación de ciertas horas desesperadas durante la noche anterior.

Le sobrevino tal rebosamiento de dolor, y tan intenso, que tuvo que apretar las mandíbulas y acudir a su filosofía para no echarse a llorar.

(Schopenhauer: *Sólo una consideración puede servirnos para explicar el sufrimiento de los animales: que la voluntad de vivir, presente en todos los fenómenos, debe en este caso satisfacer sus ansias alimentándose a sí misma.*)

Apagó las últimas luces de la planta baja, visitó el cuarto de baño y se puso un pijama limpio. Tuvo que abrir la maleta para buscar el cepillo de dientes.

Se metió en la cama, museo del transporte en la antigüedad con Enid, pero situándose tan cerca del borde opuesto como le fue posible. Ella estaba dormida, a su fingida manera. Alfred miró una vez el despertador, las joyas de la radio de dos manecillas —más cerca de las doce, ahora, que de las once—, y cerró los ojos.

La pregunta le llegó con voz de mediodía en punto:

—¿De qué has hablado con Chuck?

Se le multiplicó por dos el agotamiento. Con los ojos cerrados, vio vasos de precipitación y probetas y las trémulas agujas del amperímetro.

—Me ha parecido que era cosa de la Erie Belt —dijo Enid—. ¿Sabe algo Chuck? ¿Se lo has contado?

—Estoy muy cansado, Enid.

—Es que me sorprende mucho, teniendo en cuenta lo que hay que tener en cuenta.

—Se me ha escapado, y me arrepiento mucho.

—A mí me parece interesante, sin más —dijo Enid—, que Chuck pueda hacer una inversión y nosotros no lo tengamos permitido.

—Si Chuck decide actuar con ventaja sobre los demás inversores, es asunto suyo.

—Muchos accionistas de Erie Belt estarían encantados de vender a cinco tres cuartos mañana por la mañana. ¿Qué hay de injusto en ello?

Sus palabras sonaban a alegato preparado durante horas, a agravio alimentado en la oscuridad.

—Esas acciones valdrán nueve dólares y medio dentro de tres semanas —dijo Alfred—. Yo lo sé, y casi nadie más lo sabe. Ahí está lo injusto.

—Tú eres más listo que los demás —dijo Enid—, y sacaste mejores notas en los estudios, y tienes un trabajo mejor. También eso es injusto. ¿O no? ¿O vas a tener que volverte imbécil, para no ser injusto?

Cortarse a mordiscos la propia pata no es un acto en que deba uno embarcarse a la ligera, ni que pueda dejarse a medias. ¿En qué punto y tras qué proceso alcanzó el coyote la decisión de hincar los dientes en su propia carne? Cabe presumir que antes haya un período de espera y reflexión. Pero ¿y después?

—No voy a discutir —dijo Alfred—. Pero, ya que estás despierta, me gustaría saber por qué no has acostado a Chipper.

—Has sido tú quien ha dicho que...

—Tú has subido del sótano mucho antes que yo. Yo no tenía la menor intención de que se quedara cinco horas ahí sentado. Estás utilizando al chico contra mí, y no me gusta nada en absoluto que lo hagas. Tendría que haber estado en la cama a las ocho.

Enid se cocía al fuego lento de su error.

—¿Estamos de acuerdo en que nada semejante debe ocurrir de nuevo? —dijo Alfred.

—Estamos de acuerdo.

—Muy bien. Pues vamos a dormir un poco.

Cuando la casa estaba muy, muy oscura, el nonato veía con tanta claridad como cualquier otra persona. Tenía orejas y ojos, dedos y lóbulo frontal y cerebelo, y flotaba en un lugar central. Ya conocía las hambres principales. Día tras día, la madre andaba por ahí en un guiso de deseo y culpa, y ahora el objeto de deseo de la madre yacía a cinco palmos de ella. Todo en la madre se hallaba en disposición de derretirse y cerrarse ante el más leve toque de amor en cualquier parte de su cuerpo.

Había mucha respiración en funcionamiento. Mucha respiración y ningún contacto.

El propio Alfred perdía el sueño. Cada entrada de aire por los orificios nasales de Enid parecía perforarle el oído en cuanto estaba a punto de dejarse llevar por el sueño.

Tras un intervalo cuya duración él calculó en veinte minutos, la cama empezó a moverse con las sacudidas de unos sollozos muy mal controlados.

Alfred rompió el silencio, casi gimiendo:

—¿Qué pasa ahora?

—Nada.

—Enid, es muy, muy tarde, y el despertador va a sonar a las seis, y tengo el agotamiento metido en los huesos.

Ella rompió en una tormenta de llanto.

—¡No me diste un beso de despedida!

—Soy consciente de ello.

—¿Qué pasa, que no tengo derecho? ¿Así se marcha un marido que va a dejar sola a su mujer durante dos semanas?

—Es agua pasada. Y, francamente, yo he tenido que soportar cosas mucho peores.

—Y luego vuelves y no dices ni hola. Lo primero que haces es atacarme.

—He tenido una semana espantosa, Enid.

—Y te levantas de la mesa sin que hayamos terminado de cenar.

—Una semana espantosa, y estoy extraordinariamente cansado.

—Y te pasas cinco horas encerrado en el sótano. ¿Eso es estar cansado?

—Si hubieras tenido la semana que yo...

—¡No me diste un beso de despedida!

—¡Por el amor de Dios! ¡A ver si te haces mayor de una vez!

—No levantes la voz.

(No levantes la voz, que te puede oír el bebé.)

(Que de hecho estaba escuchando, empapándose de cada palabra.)

—¿Qué te crees, que era un viaje de placer? —preguntó Alfred en un susurro—. Todo lo que hago es por ti y por los chicos. Hacía dos semanas que no tenía un momento para mí solo. Creo que tengo derecho a pasar una horas en el laboratorio. No vas a entenderlo, y tampoco te lo creerías si lo entendieses, pero he encontrado algo muy interesante.

—Ya. Muy interesante —dijo Enid.

No era, ni de lejos, la primera vez que oía algo así.

—Pues sí, *muy* interesante.

—¿Algo con salida comercial?

—Nunca se sabe. Mira lo que le pasó a Jack Callahan. Esto, al final, lo mismo paga la educación de los chicos.

—¿No dijiste que el descubrimiento de Jack Callahan fue una casualidad?

—Pero ¿tú te das cuenta de lo que estás diciendo? Dios del cielo. Dices que yo soy negativo, pero cuando se trata de un asunto de trabajo, ¿quién es el negativo aquí?

—Es que no me entra en la cabeza que ni siquiera pienses...

—Vamos a dejarlo.

—Si el objetivo es ganar dinero...

—¡Vamos a dejarlo! ¡Vamos a dejarlo! Me importa un rábano lo que hagan los demás. Yo no soy así.

El domingo anterior, en la iglesia, dos veces había vuelto la cabeza Enid y dos veces había pillado a Chuck Meisner con los ojos puestos en ella. Tenía el busto un poco más lleno que de costumbre: eso era todo, probablemente. Pero Chuck se había puesto colorado, las dos veces.

—¿Por qué te comportas con tanta frialdad conmigo? —le preguntó a Alfred.

—Tengo mis motivos —dijo él—, pero no voy a contártelos.

—¿Por qué te sientes tan desgraciado? ¿Por qué no me lo cuentas?

—Antes iré a la tumba fría que contarte nada. A la tumba fría.

—¡Ay, ay, ay!

Qué marido tan malo le había tocado en suerte. Malo, malo, malo. Nunca le daba lo que quería. Siempre encontraba algún motivo para no darle nada que pudiera proporcionarle satisfacción.

De modo que allí estaba, en la cama, como un hada, junto al espejismo inerte de una celebración. Habría bastado con un dedo en cualquier parte. Por no decir nada de unos labios hendidos como ciruelas. Pero Alfred no servía para nada. Un fajo de dinero metido debajo del colchón, criando moho y devaluándose: eso era. La depresión de su tierra natal, de su tierra del corazón, lo había dejado marchito, igual que había dejado marchita a su madre, a quien seguía sin metérsele en la cabeza que las cuentas corrientes con interés estaban ahora garantizadas por un fondo federal, y que las acciones de rentabilidad segura a largo plazo con reinversión de dividendos bien podían asegurarle la vejez. Alfred era un mal inversor.

Ella no. Ella incluso había llegado a tener reputación de arriesgarse, de vez en cuando, si la ocasión lo requería; y ahora se arriesgó. Se dio la vuelta en la cama y le acarició un brazo con aquellos pechos que cierto vecino tanto admiraba. Descansó la mejilla en su caja torácica. Tuvo la clara sensación de que él sólo estaba esperando a que lo dejase en paz, pero aún le quedaba por recorrer la llanura de su musculoso abdomen, planeando sobre ella, rozándole el vello, no la piel. Para su —limitada— sorpresa—, sintió que el aquello de su marido tomaba vida ante la cercanía de sus dedos. Alfred trató de hurtarle el contacto, pero sus dedos eran mucho más ágiles. Enid notó cómo iba creciendo su virilidad por la portañuela del pijama, y en un acceso de hambre acumulada hizo algo que nunca antes se había permitido hacer. Se inclinó hacia un lado y se metió aquello en la boca. Aquello: un muchacho que crece a toda prisa, una masa de relleno con leve olor a orina. La habilidad de sus manos y la hinchazón de sus pechos la hacía sentirse deseable, capaz de cualquier cosa.

El hombre que tenía debajo hacía movimientos de resistencia. Se liberó la boca por un momento.

—Alfred. Cariño.

—Enid, ¿qué estás...?

La boca volvió a descender sobre el cilindro de carne. Se quedó quieta un momento, lo suficiente como para sentirlo endurecerse, pulsación a pulsación, contra su paladar. A continuación, levantó la cabeza:

—Podríamos tener un poco de dinero extra en el banco, ¿no? Para llevar a los chicos a Disneylandia. ¿No te parece?

Y volvió a bajar. La lengua estaba llegando a un entendimiento con el pene, cuyo sabor no se distinguía ahora del de su propia boca. Era igual que una tarea doméstica, en todo el sentido de la palabra. Puede que fuese sin querer, pero él le dio con la rodilla en las costillas y ella se movió, sin dejar de sentirse deseable. Se llenó la boca hasta el fondo de la garganta. Salió a la superficie para respirar y volvió a zamparse el bocado entero.

—Para invertir dos mil solamente —murmuró—, con un diferencial de cuatro dólares... ¡Ay!

Alfred acababa de recuperar el sentido y había apartado de sí a la hechicera.

(Schopenhauer: *Quienes hacen dinero son los hombres, no las mujeres; de lo cual resulta que las mujeres ni están justificadas para tenerlo incondicionalmente en su posesión, ni son personas adecuadas para que se les confíe su administración.*)

La hechicera volvió a abalanzarse, pero él la agarró de la muñeca y con la otra mano le levantó el camisón.

Quizá los placeres del vaivén, equiparables a los del submarinismo y el salto con paracaídas, eran sabores de un tiempo en que el útero acogía sin daño los requerimientos del arriba y abajo. Un tiempo en que ni siquiera se había aprendido la mecánica del vértigo. Todavía a salvo en un cálido mar interior.

Pero ese tumbo en concreto daba miedo, ese tumbo venía acompañado de un flujo de adrenalina en sangre, y la posibilidad de que la madre se hallase en apuros...

—Al, no sé si es buena idea. No creo.

—El libro dice que no hay nada malo...

—Pero no me encuentro a gusto. Oooh. No, Al, de verdad.

Al estaba practicando una coyunda sexual legítima con su legítima cónyuge.

—Al, por favor, no.

Luchando contra la imagen del CHUMINO adolescente bajo los leotardos. Y de todos los COÑOS con sus TETAS y sus CULOS que a un hombre le puede apetecer FOLLARSE, luchando contra eso, aunque la habitación estuviera muy oscura y aunque tantas cosas fueran permisibles en la oscuridad.

—Me siento muy a disgusto, muy a disgusto —se lamentó Enid en voz baja.

Peor era la imagen de la niñita acurrucada en su interior, una niñita no mucho mayor que un bicho grande, pero ya testigo de tanto daño. Testigo de un pequeño cerebro muy hinchado que llegaba hasta el cuello del útero y luego se alejaba, y al final, en un espasmo doble, demasiado rápido como para poder considerarse un aviso adecuado, escupía espesas telarañas alcalinas de semen en su habitación privada. Aún no había nacido y ya estaba envuelta en conocimientos pringosos.

Alfred, boca arriba, trataba de recuperar el aliento y se arrepentía de haber profanado al bebé. Un último hijo era una última oportunidad de aprender de los propios errores y de efectuar las correcciones pertinentes, y decidió aprovechar la oportunidad. Desde el momento mismo de su nacimiento, la trataría con más amabilidad que a Gary y a Chipper. Ablandar las leyes para ella, practicar incluso la indulgencia descarada, y no obligarla nunca a quedarse sentada en el comedor cuando todos los demás se hubieran marchado.

Pero le había chorreado tanta porquería encima cuando se hallaba indefensa. Ella había sido testigo de tales escenas conyugales, que luego, por supuesto, de mayor, lo traicionó.

Lo mismo que hacía posible la corrección acababa condenándola al fracaso.

El contacto sensible que le había dado lecturas en lo alto de la zona roja del amperímetro ahora se quedaba en cero. Se apartó y le volvió la espalda a su mujer. Bajo el embrujo del instinto sexual (como lo llamaba Arthur Schopenhauer), se le había olvidado lo cruelmente pronto que iba a tener que afeitarse y coger el tren, pero ahora el instinto estaba descargado y la conciencia de la brevedad de la noche le pesaba en el pecho como un travesaño del 140, y Enid se había puesto a llorar otra vez, como suelen hacer las mujeres cuando ya es psicóticamente tarde y amañar el despertador no es una opción. Años atrás, de recién casados, también solía llorar a altas horas de la madrugada, pero en aquella época Alfred estaba tan agradecido por los placeres que le robaba y por las puñaladas que ella se resignaba a recibir, que nunca dejaba de preguntarle por la razón de su llanto.

Esa noche era lamentablemente cierto que ni sentía gratitud, ni se consideraba en la más remota obligación de interesarse por ella. Quería dormir.

¿Por qué las mujeres han de elegir la noche para sus lloros? Llorar por la noche está muy bien cuando no tiene uno que coger un tren al cabo de cuatro horas, para ir al trabajo, ni acaba uno de cometer profanación en busca de un placer cuya importancia se le escapa por completo en ese momento.

Quizá le hubiera hecho falta todo aquello —diez noches de vigilia en malos moteles, seguidas por sus correspondientes horas libres de la tarde en una montaña rusa emocional y, por último, el gimoteo y unos zollipos de salir corriendo y pegarse un tiro en el paladar de una mujer que pretende dormirse a fuerza de llantos, a las dos de la maldita madrugada— para abrir los ojos al hecho de que (a) el sueño era una mujer y de que (b) no tenía obligación alguna de rechazar el solaz que esa mujer le ofrecía.

Para un hombre que llevaba la vida entera luchando contra cualquier distracción fuera de programa, contra cualquier deleite insalubre, un descubrimiento así era como para cambiar de vida

—no menos trascendental, a su manera, que el descubrimiento, horas antes, del anisotropismo eléctrico en un gel de acetatos férricos conectados en red. Más de treinta años habían de pasar para que ese descubrimiento del sótano llegara a dar sus frutos financieros; el descubrimiento del dormitorio, en cambio, trajo un inmediato cambio para mejor en la vida de los Lambert.

Una Pax Somnis se posó sobre aquel hogar. La nueva amante de Alfred le aplacó toda la bestialidad que pudiera quedarle dentro. Cuánto más fácil que rabiar o ponerse de morros le parecía ahora sencillamente, cerrar los ojos. Muy pronto, todo el mundo comprendió que Alfred tenía una amante invisible a quien atendía todos los sábados por la tarde en el cuarto de estar, una vez concluida la semana laboral en la Midland Pacific, una amante que se llevaba consigo en todos los viajes de trabajo y en cuyos brazos caía en camas que ya no resultaban tan incómodas, en habitaciones de motel que ya no resultaban tan ruidosas, una amante a quien nunca dejaba de visitar mientras realizaba algún trabajo de oficina en casa, después de cenar, una amante con quien compartía almohada de viaje en los desplazamientos familiares del verano, mientras Enid llevaba el coche dando tumbos y los chicos iban muy calladitos en el asiento trasero, a fuerza de recibir toques de atención. Dormir era esa chica ideal, perfectamente compatible con el trabajo: con ella tendría que haberse casado, y no con ninguna otra. Perfectamente dócil, infinitamente absolvedora y tan respetabilísima que podía uno llevársela a la iglesia y a la sinfónica y al Teatro de Repertorio de St. Jude. Nunca lo despertaba con sus lloriqueos. Nunca pedía nada, y, a cambio de nada, le daba todo lo que él podía necesitar para cumplir con una larga jornada de trabajo. Era un lío sin lío, sin ósculos románticos, sin pérdidas ni secreciones, sin bochorno. Podía engañar a Enid en su propia cama sin poner a su alcance ni un trocito de prueba que alegar ante los tribunales; y mientras mantuviera su componenda en privado, sin dormirse en medio de las cenas con gente, Enid se lo toleraba, como siempre han hecho las mujeres más listas; y, por consiguiente, era una infidelidad que, según iban pasando los decenios, nunca llegó a reconocerse oficialmente...

• • •

—¡Eh! ¡Gilipollas!

Alfred, sobresaltado, se despertó a los temblores y al lento balanceo del *Gunnar Myrdal.* ¿Había alguien más en el camarote?

—¡Gilipollas!

—¿Quién anda ahí? —preguntó, a mitad de camino entre el desafío y el miedo.

Las leves mantas escandinavas cayeron al suelo cuando se levantó a escudriñar la semioscuridad, esforzándose por oír algo más allá de las fronteras de su propio yo. Las personas parcialmente sordas conocen, igual que a compañeros de celda, las frecuencias a que suenan los timbres de su cabeza. Su más antigua compañía era un contralto igual que un *la* medio de órgano de tubos, un clarinazo vagamente localizable en el oído izquierdo. Llevaba familiarizado con ese tono, a volumen creciente, desde hacía treinta años; era algo tan fijo, que bien podía sobrevivirle. Tenía la prístina insignificancia de lo eterno, o de las cosas infinitas. Era más real que un latido del corazón, pero no correspondía a nada externo. Era un sonido que nadie producía.

Por debajo actuaban los tonos más débiles y más fugitivos. Acumulaciones, como cirros, de muy altas frecuencias, en la profunda estratosfera de detrás de sus oídos. Notas envolventes de levedad casi fantasmal, como de una remota Calíope. Un canturreo de tonos medios que ascendían y descendían como grillos en mitad de su cráneo. Un zumbido casi de borborigmo, como el estruendo totalmente ensordecedor, pero diluido, de un motor de gasóleo, un sonido que nunca consideró real —irreal, por tanto—, hasta que se retiró de la Midland Pacific y perdió contacto con las locomotoras. Tales eran los sonidos que su cerebro creaba y, al mismo tiempo, escuchaba, manteniendo con ellos una relación de amistad.

Fuera de su propio yo oía el psh-psh de unas manos balanceándose suavemente en sus goznes, en las sábanas.

Y el misterioso fluir del agua a su alrededor, por los capilares secretos del *Gunnar Myrdal.*

Y alguien riéndose en voz baja en el dudoso espacio situado por debajo del horizonte de la cama.

Y el despertador dosificando cada tic. Eran las tres de la madrugada y su amante lo había abandonado. Ahora, cuando más necesitaba sus consuelos, se le iba por ahí, como una puta, con durmientes más jóvenes. Durante años le había prestado servicio, le había abierto los brazos y las piernas todas las noches, a las diez y cuarto. Había sido su rinconcito, su seno materno. Aún conseguía reunirse con ella a primera o a última hora de la tarde; pero no en la cama, por las noches. En cuanto se acostaba, se ponía a buscarla a tientas, por las sábanas, y a veces, durante unas cuantas horas, lograba encontrar alguna extremidad huesuda de su amante a la que aferrarse. Pero, sin falta, a la una o a las dos o a las tres se desvanecía más allá de cualquier pretensión de seguir perteneciéndole.

Temerosamente, recorrió con la vista la moqueta de color naranja oxidado, hasta llegar a la madera rubia de la cama de Enid. Enid parecía muerta.

El agua precipitándose por un millón de cañerías.

Y el temblor: tenía su teoría sobre el temblor. Que procedía de los motores, que cuando se construye un buque de lujo para cruceros se hace lo posible por ahogar o enmascarar todos los ruidos que los motores emiten, uno detrás de otro, hasta alcanzar la más baja frecuencia audible, o incluso menos, pero que no hay modo de conseguir el cero. Hay que conformarse con un vibración de dos hercios, por debajo del umbral auditivo, resto y recordatorio irreductibles del silencio impuesto a algo muy poderoso.

Un animal pequeño, un ratón, correteó por las sombras escalonadas que había al pie de la cama de Enid. Por un momento, Alfred tuvo la impresión de que el suelo entero estaba hecho de corpúsculos correteadores. Luego, todos los ratones se resolvieron en un solo y descarado ratón, horrible: pegajosas bolitas de cagarrutas, costumbres roedoras, meadas sin ton ni son...

—¡Gilipollas, gilipollas! —se mofaba el visitante, trasladándose de la oscuridad al anochecer que había junto a la cama.

Consternado, Alfred identificó al visitante. Primero vio el contorno de cagada viniéndose abajo, y luego captó un tufillo a descomposición bacterial. Aquello no era un ratón. Era la mierda.

—Dificultades urinarias, ¡je je! —dijo la mierda.

Era una mierda sociópata, una diarreas, una voceras. Se le había presentado a Alfred la noche anterior, dejándolo en tal estado de agitación, que sólo los servicios de Enid, el fogonazo de la luz eléctrica y el tranquilizador contacto de la mano de Enid en el hombro lograron salvar la noche.

—¡Fuera! —ordenó Alfred, con mucha autoridad.

Pero la mierda trepó por un lado de la inmaculada cama nórdica y se aplastó encima de la colcha, igual de relajada que un trozo de Brie o que un trozo de Cabrales envuelto en hojas y con olor a estiércol.

—Nada que hacer al respecto, amigo.

Y se disolvió literalmente en una tempestad de pedorretas jocosas.

Tener miedo a tropezarse con la mierda en la almohada equivalía a citarla en la almohada, donde hizo flop y quedó en postura de destellante bienestar.

—Márchate, márchate —dijo Alfred, plantando un codo en la moqueta, mientras salía de la cama con la cabeza por delante.

—Ni hablar del peluquín —dijo la mierda—. Antes tengo que meterme en tu ropa.

—¡No!

—Como dos y dos son cuatro, amigo. Voy a meterme en tu ropa y a tocar la tapicería. Voy a dejar chafarrinones y manchas por todas partes. Voy a echar una peste horrible.

—¿Por qué, por qué haces todo esto?

—Porque me viene en gana —croó la mierda—. Es lo que soy. ¿Pretendes que renuncie a mi gusto a favor de otros gustos? ¿Que me suba de un brinco a la taza del váter, para no herir sensibilidades ajenas? Ésa es tu especialidad, amigo. Lo has hecho todo con las patas de patrás. Y mira adónde te ha llevado la cosa.

—Los demás deberían tener más consideración.

—Tú deberías tener menos. Yo, personalmente, estoy en contra de toda astringencia. Si lo tienes dentro, suéltalo. Si lo quieres, consíguelo. Hay que poner por delante los propios intereses.

—La civilización depende de la contención —dijo Alfred.

—¿La civilización? La tenéis muy supervalorada a la civilización. A ver, ¿ha hecho algo por mí, alguna vez, la civilización? ¡Tirar de la cadena! ¡Darme un trato de mierda!

—Pero es que eso es lo que eres —alegó Alfred, con la esperanza de que la mierda captase lo lógico de su aserto—. Y para ti están hechos los váteres.

—¿Quién eres tú para llamarme mierda, gilipollas? Tengo los mismos derechos que todo el mundo. ¿O no? Tengo derecho a la vida, a la libertad y a la follúsqueda de la follicidad. Lo dice la Constitución de los Justados Unidos...

—No es así —dijo Alfred—. Te estás refiriendo a la Declaración de Independencia.

—O a cualquier otro papel amarillento, ¿a mí qué culorrata me importa dónde esté escrito exactamente? Los estrechos de culo como tú lleváis corrigiendo cada puta palabra que me sale de la boca desde que era pequeñita. Tú y todos esos profesores fascistas estreñidos, y la pasma nazi. En lo que a mí respecta, como si todo estuviera escrito en papel higiénico. Lo que yo digo es que estamos en un país libre, que yo estoy en mayoría, y que tú, amigo, estás en minoría. O sea, que te den por culo.

La actitud y el tono de voz de la mierda le resultaban vagamente familiares a Alfred, pero no lograba situarlos. Ella se puso a dar tumbos y volteretas por la almohada, dejando un rastro entre marrón y verde, salpicado de bolitas y trozos de fibra, con rayas y hendiduras blancas, sin manchar, en las zonas irregulares de la funda. Alfred, en el suelo, junto a la cama, se tapó la nariz y la boca con ambas manos, para mitigar la pestilencia y el horror.

La mierda, a continuación, se le subió por la pernera del pijama. Notó sus piececitos de ratón.

—¡Enid! —gritó, con la fuerza que le quedaba.

La mierda andaba rondándole la parte superior de los muslos. Haciendo un gran esfuerzo para doblar las rígidas piernas y enganchar el elástico con los pulgares, semifuncionales, se bajó el pijama para capturar la mierda que tenía dentro. De pronto comprendió que la mierda era una reclusa fugada, un desecho humano cuyo lugar era la cárcel. Para eso estaba la cárcel: para quienes se creían con derecho a dictar sus propias normas, por encima de la sociedad. Si la cárcel no bastaba para disuadirlos, había que aplicarles la pena de muerte. ¡Muerte! Sacando fuerzas de su furia, Alfred logró apartarse de los pies la bola del pijama, y luego la retorció contra la moqueta, dándole golpes con ambos antebrazos, y luego la encajó en lo más profundo del hueco entre el colchón nórdico y el no menos nórdico somier.

Se quedó de rodillas, conteniendo el aliento, con la chaqueta del pijama y un pañal para adultos.

Enid seguía durmiendo. Había algo claramente de cuento de hadas en su actitud de esa noche.

—¡Bluac! —se cachondeó la mierda.

Acababa de reaparecer en la pared, sobre la cama de Alfred, y colgaba en condición precaria, como si alguien la hubiera estampado allí, junto a un aguafuerte del puerto de Oslo.

—¡Maldita seas! —dijo Alfred—. ¡Tendrías que estar en la cárcel!

La mierda resolló de risa y se deslizó muy despacito por la pared abajo, con los viscosos seudópodos a punto de chorrearse en las sábanas.

—Me parece a mí —dijo— que vosotros, los de personalidad anal retentiva, lo que queréis es tenerlo todo en la cárcel. Como niños pequeños, tío, qué mal rollo. Te quitan los *bibelots* de las estanterías, tiran comida a la alfombra, berrean en el cine, mean fuera del agujero. ¡A la trena con ellos! ¿Y los polinesios, tío? Meten arena en la casa, manchan los muebles de salsa de pescado, y todas esas niñatas pubescentes, con las domingas al aire. ¡A la cárcel! ¿Y los de diez a veinte, ya que estamos? Esa panda de quinceañeros salidos, toma allá falta de respeto. Y los negros. (¿Un tema doloroso, no, Fred?) Mucha exuberancia gritando. Y una gramática interesante. Huelen a alcohol tipo malta y tienen un sudor muy rico y muy como de pelo. Y mucho bailoteo y venga menearse. Y esos cantantes con voz que suena como partes del cuerpo mojadas de saliva y ungüentos especiales. ¿Para qué pueden estar las cárceles, sino para meter en ellas a los negros? Y los caribeños, con sus petas y sus niños barrigones y sus barbacoas diarias y sus virus hanta que les traen las ratas y sus bebistrajos con mucho azúcar y con sangre de cerdo en el fondo del vaso. Cerrarles la celda de un portazo, correr el cerrojo y tirar la llave. Y los chinos, tío, esos vegetales repugnantes de nombres tan raros, que parecen consoladores cultivados en casa, recién usados y sin lavar. Un dólal, un dólal. Y esas carpas viscosas y esos pájaros cantores despellejados vivos, bueno, el colmo, la sopa de perrito y las albóndigas de gatito. Y se comen a las niñas recién nacidas, en plan manjar nacional. Y el intestino ciego de los cerdos, entiéndase bien, estamos hablando del ano de los cerdos, todo correoso y todo lleno de pelos. Los chinos *pagan* por comerse el ano de un cerdo. ¿Qué tal si les tiramos una bomba atómica y nos cargamos uno coma dos millones de chinatas? Así empezamos a limpiar un poco el mundo. Y las mujeres, no vayamos a olvidarnos de las mujeres, dejando un rastro de Kleenex y de Tampax por donde-quiera que pasan. Y los mariquitas, con sus lubricantes de clínica, y los mediterráneos, con sus patillas y su ajo, y los franceses, con sus ligueros y sus quesos rijosos, y los obreros, todo el tiempo rascándose los huevos y con los coches trucados y venga eructos de cerveza. Y los judíos, con sus nabos circuncidados y sus deli-cias de pescado relleno como zurullos en vinagre, y los blancos anglosajones protestantes, con sus barcos estilizadísimos y sus ponis de polo con el culo goteante y sus cigarros puros de que te den morcilla. ¿Qué raro, no, camarada? La única gente cuyo sitio no está en la cárcel, para ti, son los europeos septentrionales de clase media-alta. ¿Y tienes la jeta de criticarme a mí por hacer las cosas a mi manera?

—¿Cómo consigo que te vayas de la habitación? —preguntó Alfred.

—Afloja el viejo esfínter, amigo. Déjalo ir.

—¡Eso nunca!

—Entonces, a lo mejor le hago una visita a tu estuche de aseo. Lo mismo me da un ataque de diarrea encima de tu cepillo de dientes. Y, de paso, le añado un par de chorros a la crema de afei-tar, y mañana por la mañana vas a tener una estupenda espuma de tonos marrones...

—Enid —dijo Alfred, con voz muy tensa, sin apartar los ojos de la taimada mierda—. Estoy en dificultades. Te agradecería que me ayudases.

Su voz debería haberla despertado, pero dormía tipo Blanca-nieves, profundísimamente.

—Enid, cariño —volvió a cachondearse la mierda, con acento británico a lo David Niven—. Mucho te agradecería que me ayu-dases tan pronto como lo consideraras pertinente.

Informes no confirmados, procedentes de los nervios de don-de termina la espalda, y también de las corvas, sugerían la posibili-dad de que hubiese otras unidades de mierda en las proximidades.

Rebeldes mierdosos camuflados, resollando, desgastándose en rastros de fetidez.

—Comer y follar, amigo —dijo la caudilla de las cagadas, colgando de la pared, ahora, por un solo seudópodo de mousse fecal, a punto de desprenderse—, a eso se reduce todo. Todo lo demás, y lo digo tan modestamente como corresponde, es pura mierda.

A continuación se rompió el seudópodo y la caudilla de las cagadas —dejando en la pared un montoncito de putrescencia— cayó en picado, gritando de alegría, contra una cama que *era propiedad de las Nordic Pleasurelines* y que iba a ser hecha, dentro de pocas horas, por una adorable finlandesita. Imaginar a aquella muchacha tan pulcra y tan agradable encontrándose restos de excremento personal por toda la colcha era mucho más de lo que Alfred podía soportar.

Su visión periférica era un hervidero de heces retorcidas. Tenía que mantener el control, mantener el control. Sospechando que el origen de su problema pudiera ser un escape del inodoro, se trasladó hasta el cuarto de baño, a gatas, y, una vez dentro, cerró la puerta con un pie. Rotó con relativa facilidad sobre las suaves baldosas. Apoyó la espalda contra la puerta e hizo fuerza con los pies contra el lavabo, situado directamente enfrente. Lo absurdo de la situación lo hizo reír por un momento. Ahí era nada: un ejecutivo norteamericano, con unos pañales puestos, sentado en el suelo de un cuarto de baño flotante, bajo el asedio de un escuadrón de heces. Qué cosas tan extrañas se nos ocurren, a altas horas de la noche.

Había mejor luz en el cuarto de baño. Había una ciencia de la limpieza, una ciencia del aspecto, una ciencia incluso de la excreción, y se notaba en el enorme inodoro suizo, en forma de huevera, con un pedestal majestuoso, con palancas de control bellamente contorneadas. En aquel ambiente, más a tono con las circunstancias, Alfred logró recuperarse hasta el punto de comprender que las rebeldes mierdosas eran producto de su imaginación, que todo había sido un sueño, al menos en parte, y que el origen de su ansiedad era un simple problema de drenaje.

Desgraciadamente, el servicio de reparaciones no funcionaba de noche. No había modo de echar un vistazo uno mismo a la ruptura, ni tampoco se podía meter por allí un desobturador flexible, de fontanero, ni una cámara de vídeo. Altamente improbable, también, que el servicio de asistencia pudiera apañárselas para llegar hasta allí en semejantes condiciones. Alfred ni siquiera estaba seguro de poder localizar exactamente su posición en un mapa.

Lo único que podía hacerse era esperar la mañana. A falta de solución plena, dos medias soluciones eran mejor que ninguna. Había que abordar el problema con lo que tuviera uno a mano.

Un par de pañales suplementarios: con eso debería bastar para unas cuantas horas. Y los pañales estaban allí, en una bolsa, junto a la taza del váter.

Eran casi las cuatro. Como para armar la de Dios es Cristo, si el jefe de zona no estaba en su despacho a las siete en punto. Alfred no lograba recordar cómo se llamaba exactamente, pero daba igual. Llamar a la oficina y hablar con el primero que se pusiera al teléfono.

Pero era típico del mundo moderno, verdad, que las cintas adhesivas del pañal tendieran a escurrirse de ese modo.

—Mira esto, por favor —dijo, con la esperanza de transmutar en esparcimiento filosófico su rabia ante la traicionera modernidad.

Era como si las cintas adhesivas estuvieran recubiertas de Teflon. Entre la sequedad de su piel y las sacudidas de sus manos, retirar la protección de la cinta era como agarrar una canica con dos plumas de pavo real.

—Pero por Dios.

Porfió en su empeño durante cinco minutos, y luego otros cinco. Sencillamente dicho: no era capaz de quitar la protección.

—Pero por Dios.

Sonrió ante su propia incapacidad. Sonrió de frustración, y también porque tenía la abrumadora sensación de que alguien lo estaba vigilando.

—Pero por Dios —volvió a decir.

Era una frase que solía resultar útil para disipar la vergüenza ante los fracasos de menor consideración.

¡Qué tornadizas son las habitaciones, durante la noche! Cuando Alfred, por fin, renunció a las tiras adhesivas y se limitó a subirse un tercer pañal por los muslos todo lo que pudo, que no fue gran cosa, por desgracia, resultó que ya no estaba en el mismo cuarto de baño. La luz poseía una nueva intensidad clínica. Alfred notó la pesada mano de una hora aún más extremadamente tardía.

—¡Enid! —llamó—. ¿Puedes ayudarme?

Sus cincuenta años de ejercicio de la profesión de ingeniero le sirvieron para comprender de inmediato que el servicio de asistencia urgente había hecho una verdadera chapuza. Una de las partes del pañal ya se había dado la vuelta casi por completo, y la otra tenía una pierna ligeramente espástica asomando entre dos de sus pliegues, dejando la mayor parte de su capacidad de absorción sin aplicar, en dobleces, con las tiras adhesivas adheridas al aire. Alfred negó con la cabeza. No le podía echar la culpa al servicio de urgencias. La tenía él. Nunca debería haber emprendido una tarea así en semejantes condiciones. Mala evaluación suya. Cuando se intenta efectuar un control de daños y se va andando a ciegas en la oscuridad, puede acabar uno creando más problemas de los que resuelve.

—Sí, y ahora estamos metidos en un buen lío —dijo, con una amarga sonrisa.

Y qué era lo del suelo. ¿Un líquido? Dios mío, ahora parecía haber algo líquido en el suelo.

Y también fluyendo por las mil cañerías del *Gunnar Myrdal*.

—Enid, por el amor de Dios. Te estoy pidiendo ayuda.

No contestaba el servicio de asistencia. Uno de esos días festivos que todo el mundo se toma. Algo por el color del otoño.

¡Líquido en el suelo! ¡Líquido en el suelo!

Bueno, pues muy bien, a él le pagaban por asumir responsabilidades. Le pagaban por solucionar lo difícil.

Respiró profundamente para recuperar el aliento.

En una crisis así, lo primero que había que hacer, evidentemente, era abrir una vía de desagüe. Inútil reparar el tendido, porque, si antes no establecemos un gradiente, nos arriesgamos a padecer una inundación muy grave.

Desalentado, se dio cuenta de que no disponía de un rasero, ni siquiera de una simple plomada. Tendría que hacerlo a ojo.

Pero ¿cómo diablos se había metido en una cosa así? No debían de ser aún ni las cinco de la mañana.

—Recuérdeme que llame al jefe de zona a las siete de la mañana —dijo.

Por supuesto que en alguna parte tenía que haber alguien de guardia, recibiendo los mensajes. Pero el problema era encontrar un teléfono, y en este punto se le manifestó una curiosa resistencia a levantar la vista por encima del nivel del inodoro. Las condiciones de trabajo eran imposibles. Podían darle las doce antes de que encontrara un teléfono. Y para qué, ya.

—¡Puf! ¡Cuánto trabajo! —dijo.

Parecía haber una pequeña depresión en el suelo de la ducha. Sí, en efecto, un drenaje preexistente, quizá algún viejo proyecto del Departamento de Transportes, de esos que nunca acaban de arrancar, o algo del Ejército. Uno de esos golpes de suerte que tiene uno a medianoche: un verdadero drenaje. Así y todo, iba a tener que enfrentarse a un tremendo problema de ingeniería, si el objeto era reposicionar la operación para aprovechar el drenaje.

—Pero tampoco hay mucha elección, me temo.

Más valía ponerse a ello. No se le iba a pasar el cansancio por esperar. Pensemos en los holandeses y su proyecto Delta. Cuarenta años combatiendo con el mar. Situemos las cosas en sus justos términos. Una mala noche. En peores se las había visto.

Contar con algún otro elemento: ése era el plan. De ningún modo cabía confiar en que un pequeño drenaje fuera a absorber todo el aluvión. Podía haber acumulaciones en alguna parte.

—Y ahora sí que estamos en apuros —dijo—. Ahora sí que estamos en apuros.

Podría haber sido bastante peor, de hecho. Suerte tenían de que hubiera habido un ingeniero a mano cuando el agua rompió la contención. Imaginen el lío que se habría armado si no hubiera estado él allí.

—Podría haber sido un verdadero desastre.

Lo primero que había que hacer era tapar la fuga con un parche provisional, y luego enfrentarse a la pesadilla logística de replantear la operación entera en función del drenaje, y luego cruzar los dedos para que la cosa se mantuviera así hasta la salida del sol.

—Y a ver qué pasa.

A la defectuosa luz, vio que el líquido discurría por el suelo en una dirección y que luego, muy despacio, invertía el sentido de su marcha, como si la horizontal hubiera perdido la cabeza.

—¡Enid! —llamó, con muy poca esperanza, mientras emprendía el mareante trabajo de detener la fuga y de recuperar al mismo tiempo sus cabales, y mientras el buque surcaba el mar.

Gracias al Aslan® —y también al joven doctor Hibbard, un chico extraordinario, de primera fila—, Enid estaba gozando su primera noche de sueño ininterrumpido desde hacía varios meses.

Había mil cosas que ella le pedía a la vida, pero en vista de que ninguna estaba a su disposición allá en su casa de St. Jude, con Alfred, no había tenido más remedio que embalsar todos sus deseos en los días contados, efímeros como una mariposa, que durara su crucero de lujo. Durante meses, el crucero había sido el aparcamiento seguro de su mente, el futuro que le hacía tolerable el presente; y el caso era que, además, tras el fracaso de la tarde neoyorquina en cuanto a diversión, se había embarcado en el *Gunnar Myrdal* con redobladas ganas.

Allí sí que había diversión de la buena en todas las cubiertas, entre clanes de personas mayores que disfrutaban del retiro como a ella le habría gustado que lo disfrutase Alfred. Aunque Nordic Pleasurelines no era, en modo alguno, una compañía de ofertas turísticas, el crucero estaba ocupado casi en su integridad por grandes grupos como la Asociación de Antiguos Alumnos de la Universidad de Rhode Island, la Hadassah Norteamericana de Chevy Chase (Maryland), la Reunión de la 85.ª División Aerotransportada («Diablo del Cielo») y el Escalón Superior de la Liga de Bridge por Parejas del Condado de Dade (Florida). Viudas en excelente estado de salud se conducían mutuamente por el codo hacia los puntos de encuentro especiales donde se repartían las chapas identificativas y las carpetas de información, y el modo preferido de reconocerse unas a otras era un aullido capaz de hacer añicos una copa de cristal. Mientras, personas mayores dispuestas a saborear cada minuto del precioso crucero se encontraban ya en el bar, tomándose el cóctel helado *du jour*, un Frappé Lapón de Arándanos Suecos, en copas de tal tamaño que había que manejarlas con las dos manos para no incurrir en riesgos innecesarios. Otros poblaban las barandillas de las cubiertas inferiores, las protegidas de la lluvia, escrutando Manhattan en busca de una cara a quien decir adiós con la mano. En la Sala de Espectáculos Abba, un conjunto interpretaba polcas heavymetal.

Mientras Alfred despachaba una sesión pre cena en el cuarto de baño, la tercera de la última hora, Enid se sentó en el salón de la cubierta B y se dedicó a escuchar el lento apoyarse y arrastrarse de alguien que recorría el Salón A, arriba, con ayuda de algún tipo de andador.

Al parecer, el uniforme de la Liga de Bridge por Parejas era una camiseta con la inscripción: LOS VIEJOS BRIDGEROS NUNCA MUEREN, SÓLO PIERDEN CADA VEZ MÁS. Enid no pensó que el chiste fuera como para andar contándolo por ahí.

Vio jubilados *corriendo*, levantando literalmente los pies del suelo, camino del Frappé Lapón de Arándanos Suecos.

—Bueno, claro —murmuró para sí, en un intento de explicarse la avanzada edad de todos los pasajeros—. ¿Quién, si no, va a poder pagarse un crucero así?

Lo que en principio parecía un dachshund que un hombre llevaba de la correa resultó ser una botella de oxígeno montada sobre ruedas y enjaezada con un jersey de perro.

Un señor muy gordo se paseaba por ahí con una camiseta en que se leía: TITANIC: EL CUERPO.

Se pasaba una la vida haciéndose esperar impacientemente y ahora resultaba que la permanencia mínima del marido en el cuarto de baño era de quince minutos.

LOS VIEJOS URÓLOGOS NUNCA MUEREN, SÓLO DEJAN DE TENERSE EN PIE.

Ni siquiera en las noches de menos gala, como la de ese día, se veían con buenos ojos las camisetas. Enid se había puesto un vestido de lana y le había pedido a Alfred que llevara corbata, aunque, dado su manejo de la cuchara sopera, en los últimos tiempos las corbatas se hubieran convertido en víctimas preferentes de las escaramuzas de la cena. Le había metido doce en la maleta. Enid tenía una aguda conciencia del carácter lujoso de aquel crucero de la Nordic Pleasurelines. Esperaba —y eso era lo que había pagado, en parte con su propio dinero— *elegancia*. Cada camiseta que veía era una pequeña ofensa, muy concreta, contra su fantasía y, por consiguiente, contra su gozo.

Le hacía daño que, en tantas ocasiones, personas más ricas que ella fuesen mucho menos atractivas y presentables. Unos patanes y unos desaseados. Había cierto consuelo en el hecho de ser más pobre que la gente muy guapa y muy lista. Pero estar en peor situación económica que aquellos gordinflones en camisetas con chistecitos...

—Listo —anunció Alfred, haciendo su entrada en el salón.

Luego tomó a Enid de la mano para subir, en ascensor, al comedor Søren Kierkegaard. Así, de la mano, Enid se sentía una mujer casada y, como tal, bien afincada en el universo y en mejor disposición hacia la vejez, pero ello no le evitaba considerar cuánto más le habría gustado ir de la mano de Alfred durante los varios decenios que él se había pasado andando un par de zancadas por delante de ella. Ahora, su mano, menesterosa, le estaba sometida. Incluso los temblores de apariencia más violenta resultaban ligeros como plumas estando en contacto. Pero Enid notaba con qué facilidad recuperaban las manos su tendencia a moverse de un lado para otro, en cuanto se veían libres otra vez.

A los pasajeros sin grupo se les habían atribuido mesas especiales, y los llamaban «flotantes». Para gran alegría de Enid, a quien le encantaba la compañía cosmopolita, siempre que no fuera demasiado esnob, dos de los «flotantes» de su mesa eran noruegos, y los otros dos, suecos. A Enid le gustaban los países europeos pequeños. Se puede uno enterar de alguna interesante costumbre sueca o de algún dato noruego sin tener por ello que avergonzarse de la propia ignorancia de la música alemana, la literatura francesa o el arte italiano. El empleo de «skoal» era un buen ejemplo. También el hecho de que Noruega fuera el mayor exportador europeo de petróleo, como el señor y la señora Nygren, de Oslo, estaban explicando a la concurrencia cuando los Lambert ocuparon los dos últimos asientos libres.

Enid se dirigió en primer lugar a su vecino de la izquierda, el señor Söderblad, un sueco de edad avanzada y de aspecto muy reconfortante, con su pañuelo al cuello y su blazer azul.

—¿Qué le parece a usted el barco, hasta ahora? —le preguntó—. ¿No es verdaderamente superauténtico?

—Bueno, por el momento no se hunde —dijo el señor Söderblad—, aunque tengamos mar gruesa.

Enid alzó la voz para mejorar su comunicabilidad:

—Quiero decir que es SUPERAUTÉNTICAMENTE ESCANDINAVO.

—Bueno, sí, claro —dijo el señor Söderblad—. Pero, al mismo tiempo, todo en este mundo resulta cada vez más norteamericano, ¿no le parece?

—Pero ¿no cree usted que este barco capta SUPERBIÉN —dijo Enid— todo el sabor de una EMBARCACIÓN VERDADERAMENTE ESCANDINAVA?

—Es bastante mejor que los barcos escandinavos normales. Mi mujer y yo estamos muy contentos, hasta ahora.

Enid cesó en su interrogatorio, no muy convencida de haberse hecho entender por el señor Söderblad. Para ella, Europa tenía que ser europea. Había visitado el continente varias veces, cinco de vacaciones y otras dos acompañando a Alfred en sendos viajes de trabajo, o sea un montón de veces, y ahora, cuando oía a sus amigos planificar viajes por Francia o por España, le encantaba comunicarles, con un suspiro, que ella pasaba ya de aquellos sitios. Pero la sacaba de quicio que su amiga Bea Meisner fingiera la misma indiferencia: «Estoy harta de ir a St. Moritz cada vez que mi nieto cumple años», etcétera. La muy tontorrona, y no menos sosa, de Cindy, la hija de Bea, se había casado con un médico austriaco especializado en medicina deportiva, un von Algo que había cosechado una medalla olímpica de bronce en eslalon gigante. Que Bea siguiera alternando con Enid, por encima de la divergencia en sus respectivas fortunas, venía a ser una especie de triunfo de la lealtad. Pero Enid nunca olvidó que fue la gran inversión de Chuck Meisner en acciones de Erie Belt, en vísperas de su compra por la Midland Pacific, lo que les subvencionó la mansión de Paradise Valley. Chuck había llegado a presidente del consejo de administración de su banco, mientras Alfred se quedaba en el segundo nivel de la Midland Pacific e invertía sus ahorros en rentas vitalicias muy sensibles a la inflación; como consecuencia de lo cual, ni siquiera ahora podían los Lambert permitirse un crucero de la calidad de los que ofrecían las Nordic Pleasurelines sin que Enid echara mano de sus propios fondos, cosa que hizo para no morirse de envidia.

—Mi mejor amiga de St. Jude pasa las vacaciones en St. Moritz —gritó, más bien sin venir a cuento, en dirección a la agraciada mujer del señor Söderblad—, en el chalet de su hija, que por cierto está casada con un austriaco de muchísimo éxito.

La señora Söderblad era un accesorio confeccionado con metales preciosos, algo rayado y con cierta pérdida de lustre de tanto usarlo el señor Söderblad. Su lápiz de labios, su tinte de pelo, su sombra de ojos y su laca de uñas eran variantes sobre el tema del platino. Su vestido era de lamé argentado y abría buenas perspectivas de sus morenos hombros y de sus incrementos de silicona.

—St. Moritz es muy bonito —dijo la señora—. Yo he actuado muchas veces en St. Moritz.

—¿ES USTED ARTISTA? —vociferó Enid.

—Signe ha sido una artista muy especial —se apresuró a explicar el señor Söderblad.

—Las estaciones alpinas se pasan una barbaridad con los precios —señaló la noruega, la señora Nygren, con una especie de estremecimiento.

Tenía los ojos redondos y grandes, y una distribución radial de las arrugas del rostro que, en conjunto, le conferían el aspecto de una mantis religiosa. Desde el punto de vista visual, la bruñida Söderblad y ella eran una auténtica confrontación.

—Por otra parte —prosiguió—, a nosotros, los noruegos, nos resulta muy fácil ser exigentes al respecto. Tenemos ciudades donde se puede esquiar magníficamente en los parques públicos. No hay nada parecido en ninguna parte.

—Pero conviene establecer una distinción —dijo el señor Nygren, que era muy alto y que tenía unas orejas como chuletas de ternera— entre la modalidad alpina de esquí y el esquí de fondo, o nórdico. Noruega ha dado esquiadores alpinos de primera categoría (mencionemos, por ejemplo, a Kjetil Andre Aamodt, que seguramente les sonará a ustedes), pero hay que reconocer que no siempre hemos estado en primera fila, en esta área. Pero el esquí de fondo, o modalidad nórdica, es otra historia muy diferente. Ahí se puede decir, sin riesgo alguno, que seguimos obteniendo más distinciones de las que proporcionalmente nos corresponderían.

—Los noruegos son fantásticamente aburridos —dijo el señor Söderblad, con voz ronca, al oído de Enid.

Los otros dos «flotantes» de la mesa, un matrimonio mayor, muy agradable, los Roth de Chadds Ford, Pensilvania, le habían hecho a Enid el instintivo favor de entablar conversación con Alfred. Éste tenía el rostro arrebolado por el calor de la sopa, el drama de la cuchara y quizá, también, por el esfuerzo de no dejar caer los ojos ni una sola vez por el deslumbrante escote söderbladiano, mientras les explicaba a los Roth los principios mecánicos aplicables a la estabilización de un transatlántico. El señor Roth, un hombre de aspecto sesudo, con corbata de lazo y unas gafas de esas que hinchan los ojos, lo estaba asaeteando a preguntas muy bien planteadas, y asimilaba las respuestas con tanto entusiasmo que parecía en estado de trance.

La señora Roth prestaba menos atención a Alfred que a Enid. Era una mujer pequeña, una especie de niñita mona con los sesenta muy cumplidos. Apenas conseguía rebasar la altura de la mesa con los codos. Llevaba el pelo a lo paje, negro con mechas blancas, y tenía las mejillas sonrosadas y unos grandes ojos azules con los que miraba descaradamente a Enid, como miran las personas muy inteligentes o muy estúpidas. Era tal la intensidad de choque de su mirada, que parecía una especie de hambre. Enid supo inmediatamente que la señora Roth iba a ser su gran amiga en aquel crucero, o quizá su gran rival, de modo que, con algo semejante a la coquetería, se abstuvo tanto de hablar con ella como de dar por recibidas sus miradas. Mientras servían filetes y se llevaban de la mesa las devastadas langostas, estuvo lanzándole preguntas sobre su profesión al señor Söderblad, que él eludía cumplidamente, dando a entender que se dedicaba a algo relacionado con la venta de armas. Absorbió la mirada azul de la señora Roth junto con la envidia que, según imaginaba ella, tenían que estar provocando los «flotantes» en las demás mesas. Se figuró que, a ojos de los *hoi polloi* encamisetados, los «flotantes» debían de tener un aspecto extremadamente europeo. Un toque de distinción. Belleza, pañuelo al cuello, corbata de lazo. Cierto caché.

—A veces me excita tanto pensar en el café que me voy a tomar por la mañana —dijo el señor Söderblad—, que me paso la noche sin dormir.

Toda esperanza de Enid de que Alfred la llevara a bailar al Salón Pippi Calzaslargas quedó tachada cuando él se puso en pie y comunicó que se iba a la cama. No eran ni las siete de la tarde. ¿Se había visto alguna vez una persona hecha y derecha metiéndose en la cama a las siete de la tarde?

—Siéntate, que ahora viene el postre —le dijo—. Se supone que son divinos.

La servilleta de Alfred, fea de ver, cayó de sus muslos al suelo. El hombre no parecía tener ni la más leve sospecha de hasta qué punto le estaba haciendo sentir vergüenza ajena, de hasta qué punto la estaba decepcionando.

—Quédate tú —le contestó—. Para mí ya vale.

Y allá que se fue, dando tumbos sobre la moqueta de punto ancho del Søren Kierkegaard, luchando contra los desvíos de la horizontal, que se habían hecho más pronunciados desde que zarparon de Nueva York.

Familiares oleadas de pena ante la mucha diversión de que nunca podría disfrutar con semejante marido dejaron empapado el espíritu de Enid, hasta que se dio cuenta de que ahora tenía una larga velada por delante para ella sola, sin ningún Alfred que le aguara la fiesta.

Se puso radiante, y más aún cuando el señor Roth se fue a la Sala de Lectura Knut Hamsun, dejando sola a su mujer. La señora Roth cambió de silla para situarse junto a Enid.

—Los noruegos leemos mucho —señaló la señora Nygren, aprovechando la ocasión.

—Y no veas lo que largáis —masculló el señor Söderblad.

—En Oslo abundan las bibliotecas y las librerías —puso la señora Nygren en conocimiento de sus compañeros de mesa—. Creo que no ocurre igual en todas partes. La lectura está en decadencia en el mundo entero. Pero no en Noruega, hum. Esta temporada, mi Per se está leyendo por segunda vez las obras completas de John Galsworthy. En inglés.

—No, Inga, nooo —gimoteó Per Nygren—. ¡Por tercera vez!

—Cielo Santo —dijo el señor Söderblad.

—Es verdad. —La señora Nygren se quedó mirando a Enid y a la señora Roth, como esperando que se asombrasen muchísimo—. Per lee todos los años una obra de un premio Nobel de Literatura, y también la obra completa de alguno de sus favoritos entre los ganadores de otros años. Y la tarea se le va haciendo más difícil según pasan los años y va habiendo nuevos ganadores, como ustedes comprenderán.

—Es como ir subiendo el listón en el salto de altura —explicó Per—. Cada año un poco más difícil.

El señor Söderblad, a quien Enid llevaba contabilizadas ocho tazas de café, se le acercó y le dijo:

—Cielo Santo, qué aburrida es esta gente.

—Puedo asegurarles que he leído a Henrik Pontoppidan más a fondo que nadie —dijo Per Nygren.

La señora Söderblad inclinó a un lado la cabeza, sonriendo soñadora.

—¿Saben ustedes —dijo, tal vez a Enid o a la señora Roth— que hasta hace cien años Noruega era una colonia sueca?

Los noruegos entraron en erupción, como una colmena recién pateada.

—¿Colonia? ¿Colonia?

—Oh, oh —dijo Inga Nygren—, me parece a mí que esta historia les puede interesar mucho a nuestras amigas norteamericanas...

—¡Estamos hablando de alianzas estratégicas! —declaró Per.

—¿Qué palabra sueca, exactamente, está usted traduciendo por «colonia», *señora* Söderblad? Dado que mi inglés es evidentemente mucho mejor que el suyo, tal vez yo podría proporcionarles a nuestras amigas norteamericanas una traducción más exacta. Por ejemplo: «socios a partes iguales en un reino peninsular unificado».

—Signe —le dijo el señor Söderblad pérfidamente a su mujer—, creo que has puesto el dedo en la llaga. —Levantó una mano—. Camarero, por favor, un poco más de café.

—Si nos situamos a finales del siglo nueve —dijo Per Nygren—, y sospecho que incluso nuestros amigos suecos aceptarán que la ascensión al trono de Harald el Rubio es un punto de vista razonable para el examen de la zigzagueante relación entre las dos grandes potencias rivales, o las tres grandes potencias, deberíamos quizá decir, porque Dinamarca también desempeña un papel fascinante en nuestra historia...

—Es un placer escucharle a usted, pero vamos a tener que dejarlo para otro rato —lo interrumpió la señora Roth, echándose hacia delante para tocar la mano de Enid—. ¿Recuerda que dijimos a las siete en punto?

Enid se quedó desconcertada por un momento. Pidió perdón y fue en pos de la señora Roth hasta el salón principal, donde había una aglomeración de personas mayores y de aromas gástricos, desinfectantes.

—Me llamo Sylvia, Enid —dijo la señora Roth—. ¿Te gustan las máquinas tragaperras? Llevo todo el día con necesidad física de ellas.

—Oh, sí, yo también —dijo Enid—. Creo que están en la sala Esfinge.

—Strindberg, sí.

Enid admiraba la rapidez mental, pero rara vez se preciaba de poseerla ella.

—Gracias por... Bueno, por... —dijo, mientras seguía a Sylvia Roth entre la muchedumbre.

—Por el rescate. De nada.

La Sala Strindberg estaba atestada de mirones especializados, de jugadores de blackjack de menor cuantía y de amantes de la ranura. Enid no recordaba haberse divertido tanto en toda su vida. A la quinta moneda de cuarto de dólar le salieron tres ciruelas; y la máquina, como si tanta fruta le hubiera revuelto las tripas, evacuó un borbotón de monedas por los bajos. Metió las ganancias en un cubo de plástico. Once cuartos de dólar más tarde volvió a ocurrir: tres cerezas, un chorreón de plata. Canosos ludópatas de máquinas contiguas le echaban miradas asesinas. «Qué apuro estoy pasando», se dijo, pero no estaba pasando ningún apuro.

Decenios de insuficiente prosperidad habían hecho de ella una prudente inversora. Apartó de sus ganancias el importe de su apuesta inicial. Y también guardó la mitad de sus beneficios hasta el momento.

Sin embargo, su fondo de juego no daba señales de agotarse.

—Bueno, ya me he metido mi dosis —dijo Sylvia Roth, cerca de una hora más tarde, dándole un golpecito a Enid en el hombro—. ¿Vamos a escuchar el cuarteto de cuerda?

—¡Sí, sí! Es en la Sala Griega.

—Grieg —dijo Sylvia, riéndose.

—Ay, qué gracia, ¿no? Grieg. Estoy de un tonto subido, esta noche.

—¿Cuánto has ganado? Daba la impresión de que te iba estupendamente.

—No sé, no lo he contado.

Sylvia le dirigió una sonrisa muy avispada.

—Claro que lo has contado. Con toda precisión.

—Vale —dijo Enid, poniéndose colorada, porque Sylvia estaba empezando a gustarle muchísimo—. Ciento treinta dólares.

El retrato de Edvard Grieg colgaba en una sala de áurea suntuosidad, que remitía al esplendor dieciochesco de la corte real sueca. El gran número de butacas vacías confirmó a Enid en la sospecha de que muchos de los pasajeros de aquel barco eran de baja extracción. En otros cruceros en que había estado, los conciertos de música clásica siempre se celebraban en salas abarrotadas.

Sylvia no se desmayó de entusiasmo ante los músicos, pero a Enid, en cambio, le parecieron maravillosos. Tocaron, *de memoria*, varias melodías clásicas muy conocidas, como la «Rapsodia sueca», y fragmentos de *Finlandia* y de *Peer Gynt*. En mitad de *Peer Gynt*, el segundo violín se puso verde y tuvo que abandonar la sala durante un minuto (la mar estaba bastante picada, desde luego, pero Enid no se mareaba, y Sylvia llevaba puesto un parche), y luego regresó a su asiento y logró situarse otra vez sin perder el ritmo, como quien dice. Las veinte personas del público le gritaron «¡Bravo!».

En la elegante recepción posterior, Enid se gastó el 7,7% de sus ganancias del juego en una casete del cuarteto. Probó —era gratis— una copa de Spögg, un licor sueco que en ese momento estaba siendo objeto de una campaña de márquetin de 15 millones de dólares. El Spögg sabía a vodka con azúcar y rábano picante, y tales eran, de hecho, sus ingredientes. Mientras los demás asistentes reaccionaban ante el Spögg con sorpresa y desagrado, a Enid y a Sylvia les dio por reírse.

—¡Por cuenta de la casa! —dijo Sylvia—. Spögg gratis. ¡Pruébalo!

—¡Qué bueno! —dijo Enid, muerta de risa y aspirando aire—. ¡Spögg!

Luego tocaba la Cubierta Ibsen, donde a las diez en punto estaba previsto un helado de confraternización. Dentro del ascensor, Enid pensó que el buque no sólo padecía de movimiento oscilatorio, sino que también daba bandazos, como si la proa fuera poniendo cara de asco. Al salir del ascensor, estuvo a punto de caerse encima de un hombre que estaba a cuatro patas en el suelo, como para esa broma al alimón en que uno empuja y el otro se pone detrás. Al dorso de su camiseta podía leerse: SÓLO PIERDEN PUNTERÍA.

Enid aceptó la soda con helado y almíbar que le ofrecía una camarera con cofia. A continuación, emprendió con Sylvia un intercambio de datos familiares que no tardó en convertirse en más preguntas que respuestas. Enid tenía la costumbre, en cuanto detectaba que el tema familiar no era el favorito de su interlocutor o interlocutora, de hurgar en la herida sin piedad. Se habría dejado matar antes que reconocer que sus hijos la tenían decepcionada, pero oír esa misma decepción en boca de otros —los sórdidos divorcios, el abuso de drogas, las inversiones descabelladas— la hacían sentirse mejor.

En la superficie, Sylvia Roth no tenía de qué avergonzarse. Sus dos hijos vivían en California, uno era médico y el otro informático, y ambos estaban casados. Y, sin embargo, como tema de conversación eran una especie de campo de minas que evitar cuidadosamente, o que atravesar a la carrera.

—Tu hija estudió en Swarthmore —dijo Sylvia.

—Sí, pero no mucho tiempo —dijo Enid—. De modo que cinco nietos. Dios mío. ¿Qué edad tiene el más pequeño?

—El mes pasado cumplió dos años. Y tú ¿qué? —dijo Sylvia—. ¿Tienes nietos?

—El mayor nuestro, Gary, tiene tres hijos. Pero, oye, qué curioso: ¿los dos más jóvenes se llevan cinco años?

—Casi seis, de hecho, pero háblame de tu otro hijo, el de Nueva York. ¿Has estado hoy con él?

—Sí, nos ha ofrecido un almuerzo estupendo en su casa, pero el mal tiempo nos ha impedido ir con él a su despacho del *Wall Street Journal*, donde acaba de empezar a trabajar, o sea que irás frecuentemente a California, a ver a tus nietos.

De pronto, como desanimada, Sylvia perdió las ganas de seguir adelante con aquel juego.

—¿Me haces un favor, Enid? —dijo al fin—. ¿Te subes conmigo a tomar la penúltima?

La jornada de Enid había empezado a las cinco de la mañana, en St. Jude, pero ella nunca rechazaba una invitación interesante. Arriba, en el Bar Lagerkvist, fueron atendidas por un enano con casco de cuernos y chaleco de cuero, quien logró convencerlas de que tomaran akvavit de frambuesa.

—Quiero contarte una cosa —dijo Sylvia—, porque tengo que contársela a alguien del barco, pero que no se te vaya a escapar una palabra. ¿Sabes guardar un secreto?

—Pocas cosas se me dan mejor que guardar un secreto.

—Bueno, pues —dijo Sylvia—, dentro de tres días va a haber una ejecución en Pensilvania. Y dos días después, el jueves próximo, Ted y yo celebramos nuestro cuadragésimo aniversario de boda. Si le preguntaras a Ted, te diría que por eso estamos en este crucero, por el aniversario. Te diría eso, pero no sería la verdad. O sería la verdad en lo que a él respecta, pero no para mí.

Enid empezó a inquietarse.

—El hombre a quien van a ejecutar —prosiguió Sylvia Roth— mató a mi hija.

—No.

La claridad azul de los ojos de Sylvia le confería el aspecto de un animal bello y adorable, pero no enteramente humano.

—Ted y yo —dijo— estamos en este crucero porque esa ejecución nos plantea un problema. Un problema entre nosotros.

—¡No! ¿Qué me estás diciendo? —se estremeció Enid—. No soporto oír esto. No lo soporto.

Sylvia acusó recibo de la alergia que le provocaba a Enid su revelación:

—Lo siento. No ha estado bien tenderte esta emboscada. Más vale que nos vayamos a la cama.

Pero Enid recuperó rápidamente la compostura. No quería perder la ocasión de convertirse en confidente de Sylvia.

—Cuéntame todo lo que te haga falta contarme —dijo—, que yo te escucharé.

Cruzó las manos sobre el regazo, como hacen los buenos oyentes.

—Adelante. Te escucho —insistió.

—Pues lo otro que tengo que contarte —dijo Sylvia— es que soy una artista de las armas. Dibujo armas. ¿De verdad quieres oírlo?

—Sí. —Enid asintió tan ansiosa como vagamente. Observó que el enano utilizaba una pequeña escalera para alcanzar las botellas—. Es muy interesante.

Sylvia dijo que durante muchos años de su vida se había dedicado al grabado, en plan amateur. Tenía un estudio muy soleado en su casa de Chadds Ford, tenía una piedra litográfica suave como la crema y un juego de veinte piezas de cinceles alemanes para madera, y formaba parte del gremio de artistas de Wilmington, en cuyas exposiciones bianuales había vendido grabados decorativos a unos cuarenta dólares el ejemplar, mientras su hija Jordan iba creciendo, para dejar de ser una pequeña marimacho y convertirse en una muchacha independiente. Luego mataron a Jordan, y a partir de ese momento ella se dedicó a pintar armas, a dibujar armas, a hacer grabados de armas. Años y años de armas.

—Terrible, terrible —dijo Enid, con franca desaprobación.

El tronco, lacerado por el viento, del tulipífero que había junto al estudio de Sylvia la hacía pensar en culatas y cañones. Toda forma humana intentaba convertírsele en percutor, en seguro de gatillo, en cilindro, en empuñadura. No había abstracción que no pudiera ser la trayectoria de una bala trazadora, o el humo de la pólvora negra, o la floración de un proyectil de punta hueca. El cuerpo era idéntico al mundo en cuanto a la plenitud de sus posibilidades, y así como no había parte de este pequeño mundo que estuviera a salvo de la penetración de una bala, tampoco había fenómeno del mundo a gran escala que no fuese eco de un disparo. Una judía pinta era como una Derringer, un copo de nieve era una Browning en su trípode. Sylvia no estaba loca; podía obligarse a pintar un círculo o a esbozar una rosa. Pero padecía compulsión de dibujar armas de fuego. Pistolas, fogonazos, pertrechos militares, munición. Se pasaba horas capturando con su lápiz los diseños del brillo en los niquelados. A veces incluía en el dibujo sus propias manos y sus muñecas y sus antebrazos en lo que a ella le parecía (nunca había sostenido un arma) la posición adecuada para agarrar una Desert Eagle del calibre 50, una Glock de nueve milímetros, un M16 totalmente automático con culata plegable de aluminio, y otras armas exóticas cuyos catálogos conservaba dentro de una serie de sobres marrones, en su estudio que el sol bañaba. Se abandonaba a su hábito como el alma de un condenado a sus menesteres infernales (por muy tercamente que se resistiera Chadds Ford —sutiles currucas aventurándose desde las matas del Brandywine, aromas de anea y de palosanto fermentado que los vientos de octubre agitaban en las vecinas hondonadas— a encajar en la noción de infierno). Era una Sísifa que todas las noches destruía sus propias creaciones, haciéndolas pedazos, borrándolas con destilaciones minerales. Hacían buen fuego en el cuarto de estar.

—Terrible —murmuró de nuevo Enid—. Es lo peor que puede sucederle a una madre.

Le indicó al enano que les sirviese otra copa de akvavit de frambuesa.

Entre los misterios de su obsesión, dijo Sylvia, había que mencionar su educación en la fe cuáquera y el hecho de que siguiera asistiendo a las reuniones de Kennett Square; que las herramientas utilizadas para torturar y dar muerte a Jordan fueron un rollo de cinta de nailon reforzado, un trapo de secar los platos, dos perchas, una plancha General Electric Light'n Easy y un cuchillo de sierra de doce pulgadas, marca WMF, comprado en Williams-Sonoma —es decir: nada de pistolas—; que el homicida, un chico de diecinueve años llamado Khellye Withers, se entregó a la policía de Filadelfia sin necesidad de que nadie desenfundara un arma; que teniendo un marido que cobraba un salario gigantesco, en su calidad de vicepresidente de control de calidad de Du Pont, y poseyendo un todoterreno tan macizo que si chocara de frente con un Volkswagen Cabriolet saldría sin un rasguño, además de una casa de seis habitaciones, estilo Reina Ana, en cuya cocina y despensa habría cabido holgadamente el apartamento entero de Jordan en Filadelfia, Sylvia gozaba de una existencia de casi insensato bienestar y comodidad en la cual su única tarea —aparte de prepararle la comida a Ted—, literalmente su única tarea consistía en recuperarse de la muerte de Jordan; que, a pesar de todo ello, solía absorberse de tal modo en reproducir el ornamento de una culata de revólver, o las venas de su propio brazo, que a veces se veía obligada a meterse en el coche y conducir como una loca para no llegar tarde a sus sesiones terapéuticas de tres veces por semana con una doctora de Wilmington; que contándole cosas a la médica y doctora en Filosofía y asistiendo a sus sesiones de los miércoles por la noche con otros padres de Víctimas de la Violencia y de los jueves por la noche con su grupo de Mujeres Mayores, y leyendo poesía y novelas y libros de memorias y de meditación que le recomendaban las amigas, y relajándose con su yoga y con sus paseos a caballo, y trabajando como ayudante de un terapeuta físico en el Hospital Infantil, iba logrando superar su dolor, sin que por ello dejara de intensificarse su compulsión de dibujar armas; que no le había mencionado esa compulsión a nadie, ni siquiera a la doctora de Wilmington; que sus amigos y consejeros la exhortaban constantemente a «curarse» por mediación del «arte»; que por «arte» entendían sus grabados y litografías; que cuando por casualidad veía antiguos grabados suyos en el cuarto de baño o el cuarto de huéspedes de alguna amiga se le retorcía el cuerpo de vergüenza ante el fraude que representaban; que cuando veía pistolas en la televisión o en el cine también se contorsionaba, por parecidas razones; que, dicho en otras palabras, tenía la secreta convicción de haberse convertido en una verdadera artista, una artista de la pistola, auténticamente buena; que la prueba de su condición artística era precisamente lo que destruía al final de cada jornada; que estaba convencida de que Jordan, a pesar de su Licenciatura en Bellas Artes, en la especialidad de Pintura, y de su máster en terapia artística, a pesar del apoyo y de la enseñanza de pago que recibió durante veinte años, no era una buena artista; que, tras haberse elaborado semejante imagen objetiva de su hija muerta, seguía dibujando pistolas y munición; y que, a pesar de la rabia y de la sed de venganza que su continua obsesión evidenciaba, ni siquiera una vez, en esos últimos cinco años, había dibujado el rostro de Khellye Withers.

La mañana de octubre en que estos misterios se le revelaron, todos a la vez, Sylvia subió las escaleras de su estudio tras haber desayunado a toda prisa. En una hoja de papel marfil Canson, y utilizando un espejo, para que pareciera la mano derecha, dibujó su mano izquierda con el pulgar alzado y los dedos recogidos, a sesenta grados del pleno perfil, casi totalmente vista por detrás. A continuación, llenó la mano con un chato revólver del 38, hábilmente escorzado, cuyo cañón penetraba en unos labios de sonrisa burlona, sobre los cuales dibujó con mucha precisión, de memoria, los ofensivos ojos de Khellye Withers, por quien no se habían derramado muchas lágrimas cuando, agotados todos los recursos legales, vio confirmada su sentencia. Y sobre ello —un par de labios, un par de ojos— Sylvia dejó su lápiz.

—Era el momento de seguir adelante —le dijo Sylvia a Enid—. Me di cuenta de pronto. Me gustara o no, quien sobrevivía era yo, la artista era yo. Todos estamos condicionados a pensar que nuestros hijos son más importantes que nosotros, y tendemos a vivir de ellos, por delegación. Y de pronto me harté de ese modo de ver las cosas. Mañana puedo estar muerta, me dije, pero ahora estoy viva. Y puedo vivir intencionadamente. He pagado el precio, he hecho lo que me tocaba hacer y no tengo de qué avergonzarme.

»Y ¿no es extraño que el gran acontecimiento, el cambio radical en tu vida, consista en una especie de revelación interior? No se produce absolutamente ningún otro cambio, salvo que empiezas a ver las cosas de otro modo y tienes menos miedo y estás menos angustiada y te sientes más fuerte, como consecuencia. ¿No es muy sorprendente que una cosa completamente invisible, mental, se perciba con más realidad que cualquier otra cosa que hayas experimentado antes? No es sólo que lo veas todo con más claridad, es que *sabes* que lo estás viendo con más claridad. Y se te ocurre que ése es el verdadero significado del amor a la vida, que a eso se refiere la gente cuando habla en serio de Dios. A momentos así.

—¿Le importa ponerme otro? —le dijo Enid al enano, alzando el vaso.

A duras penas prestaba atención a las palabras de Sylvia, pero movía la cabeza y decía «¡Oh!» y «¡Ah!» mientras la conciencia le daba tumbos entre nubes de alcohol, por ámbitos conjeturales tan absurdos como preguntarse qué sensación le produciría el enano en el vientre y las caderas si se apretara contra ella. Sylvia le estaba resultando muy intelectual, y Enid tenía la sensación de que su amistad estaba basándose en presupuestos falsos, pero no por no escuchar podía dejar de escuchar, porque estaba perdiéndose datos clave, como, por ejemplo, si Khellye Withers era negro y si Jordan había sido brutalmente violada.

Desde su estudio, Sylvia fue directamente al Mercado de Alimentación Wawa y se compró un ejemplar de cada revista porno que vio en las estanterías. Nada en ellas le pareció suficientemente obsceno, sin embargo. Tenía que ver el verdadero asunto, el acto en su literalidad. Se volvió a Chadds Ford y puso en marcha el ordenador que le había regalado su hijo pequeño como medio para fomentar la unión entre ellos en aquel tiempo de desgracia. El buzón de correo electrónico albergaba un mes de mensajes filiales alentadores, pero decidió no prestarles atención. Tardó menos de cinco minutos en localizar la mercancía que buscaba —sólo necesitó la tarjeta de crédito—, y se puso a ratonear de viñeta en viñeta, hasta hallar el ángulo necesario sobre el acto necesario con los actores necesarios: un negro practicando el sexo oral con un blanco, con la cámara situada sobre la cadera izquierda, a sesenta grados del pleno perfil, con un cuarto creciente de curvas de alto contraste por encima del trasero, con nudillos de dedos negros oscuramente visibles en su tanteo del lado oscuro de aquella luna. Se bajó la imagen y la visionó en alta resolución.

Tenía sesenta y cinco años y nunca había visto una escena así. Se había pasado la vida creando imágenes y nunca había sabido apreciar su misterio. Allí estaba, ahora. Todo aquel comercio de bit y de bytes, aquellos ceros y aquellos unos derramándose por los servidores de alguna universidad del Medio Oeste. Tanto tráfico evidente para tanta nada no menos evidente. Una población pegada a las pantallas y las revistas.

Se preguntó: ¿cómo podía la gente reaccionar a esas imágenes, si éstas no gozaban en secreto de la misma condición que las cosas reales? No era que las imágenes fuesen tan fuertes, sino que el mundo era débil. Podía ser intenso, desde luego, en su debilidad, como los días en que el sol hornea las manzanas en los frutales y el valle huele a sidra, y las noches frías en que Jordan iba a cenar a Chadds Ford y las ruedas de su Cabriolet hacían crujir la grava de la entrada. Pero el mundo sólo era fungible en cuanto imágenes. Nada penetraba en la cabeza sin convertirse antes en imagen.

Y, sin embargo, Sylvia estaba atónita ante el contraste entre el porno en línea y su inacabado dibujo de Withers. A diferencia del deseo normal, que puede aplacarse mediante imágenes o por el ejercicio de la pura imaginación, el deseo de venganza no admite trucos. Ninguna imagen alcanza a satisfacerlo, por expresiva que sea. Este deseo exigía la muerte de un individuo en concreto, el cierre final de una historia concreta. Como decía en las tiendas: NO SE ADMITEN CAMBIOS. Podía dibujar su deseo, pero no su cumplimiento. Y acabó confesándose la verdad: deseaba la muerte de Khellye Withers.

Deseaba su muerte, a pesar de que en unas recientes declaraciones al *Philadelphia Inquirer* hubiera dicho que la muerte del hijo de otra persona no iba a devolverle a su hija. Deseaba su muerte, a pesar del fervor religioso con que su doctora le había prohibido interpretar religiosamente la muerte de Jordan (por ejemplo: como juicio divino sobre sus actitudes liberales o su educación liberal o su insensata riqueza). Deseaba su muerte, a pesar de estar convencida de que la muerte de Jordan había sido una tragedia fortuita y de que la redención no radicaba en la venganza, sino en conseguir una disminución a escala nacional de la incidencia de tragedias fortuitas. Deseaba su muerte, a pesar de que imaginaba una sociedad capaz de ofrecer puestos de trabajo con un salario digno para jóvenes como él (para que no se vieran obligados a atar por las muñecas y los tobillos a su antigua terapeuta artística y arrancarle las claves de sus tarjetas bancarias y de crédito), una sociedad capaz de detener el flujo de drogas hacia los vecindarios urbanos (de modo que Withers no hubiera podido gastarse el dinero robado en crack y se hubiera hallado en mejores condiciones mentales cuando volvió al apartamento de su antigua terapeuta y no hubiera procedido a fumarse la piedra y torturarla a ella, intermitentemente, durante treinta horas), una sociedad en que los jóvenes pudieran creer en algo más que las marcas de los bienes de consumo (de modo que Withers no se hubiera obsesionado tan demencialmente con el Cabriolet de su antigua terapeuta artística y la hubiera creído cuando le dijo que se lo había prestado a una amiga para el fin de semana y no hubiera dado tanta importancia al hecho de que tuviera dos juegos de llaves —«No pude superarlo», explicó, en su confesión parcialmente forzada pero admisible ante el tribunal, «todas esas llaves, allí, encima de la mesa de la cocina, ¿comprenden lo que les digo? Se me metió en el coco»—, y no hubiera aplicado la plancha Light'n Easy directamente sobre la piel de la víctima, en repetidas ocasiones, subiendo poco a poco el ajuste, de Rayón a Algodón/Lino, exigiéndole que le dijera dónde había aparcado el Cabriolet, y no le hubiera rebanado la garganta, presa del pánico, cuando, el domingo por la noche, volvió la amiga a devolver el automóvil, con el tercer juego de llaves), una sociedad que pusiera fin, de una vez por todas, a la costumbre de maltratar a los niños (de modo que hubiera resultado absurdo, en un asesino convicto, alegar en juicio que su padrastro lo había quemado con una plancha eléctrica cuando era pequeño, aunque en el caso de Whiters, que no tenía quemaduras visibles, a lo único que contribuía esta declaración era a poner de manifiesto la falta de imaginación mentirosa por parte del condenado). Deseaba su muerte, a pesar de haberse dado cuenta, en la terapia, de que la sonrisa de Khellye era la máscara protectora a que apelaba un muchacho rodeado de personas que lo odiaban, y de que si ella le hubiera dirigido una sonrisa de perdón materno, él habría apartado la máscara y habría roto a llorar de verdadero arrepentimiento. Deseaba su muerte, a pesar de que ese deseo sería del gusto de los conservadores, para quienes la frase «responsabilidad personal» equivale a un permiso para desdeñar la injusticia social. Deseaba su muerte, aun siendo incapaz, por todas esas razones políticas, de asistir a la ejecución y ver con sus propios ojos la cosa que ninguna imagen podía sustituir.

—Pero no es por nada de eso —dijo— por lo que estamos en este crucero.

—¿No? —dijo Enid, como despabilándose.

—No. Estamos aquí porque Ted no admite que Jordan haya sido asesinada.

—¿Está...?

—Bueno, lo sabe perfectamente —dijo Sylvia—. Pero se niega a hablar de ello. Se sentía muy unido a Jordan, más unido que a mí, en muchos aspectos. Y sufrió muchísimo, eso no tengo más remedio que reconocérselo. Sufrió. Lloraba tanto que apenas podía moverse. Pero luego, una mañana, de pronto, se le pasó. Dijo que Jordan se había ido y que él no podía vivir en el pasado. Dijo que a partir del Día del Trabajo iba a olvidarse de que Jordan había sido una víctima. Y se pasó el mes de agosto recordándome que a partir del próximo Día del Trabajo se negaría a admitir el asesinato. Ted es una persona muy racional. Lo que pensó fue que los seres humanos llevan perdiendo hijos desde siempre, y que sufrir demasiado es ser estúpido e incurrir en indulgencia con uno mismo. También dejó de importarle la suerte de Withers. Decía que seguir el desarrollo del juicio era otra manera de no superar el asesinato.

»Así que llegó el Día del Trabajo y, en efecto, me dijo: "Vas a pensar que es extraño, pero nunca volveré a hablar de su muerte; y acuérdate de lo que te digo. ¿Vas a acordarte, Sylvia? ¿No vas a pensar luego que me he vuelto loco?" Y yo le contesté: "No me gusta nada esto, Ted, no puedo aceptarlo." Y él me dijo que lo sentía, pero que tenía que hacerlo. Y lo siguiente fue cuando volvió del trabajo, aquel mismo día, y le dije, creo que fue eso lo que le dije, que el abogado de Withers había alegado confesión obtenida por medios coercitivos y que el verdadero culpable andaba suelto por ahí. Y Ted me sonrió igual que cuando te están tomando el pelo, y me dijo: "No sé de qué me hablas." Y yo, de hecho, le dije: "Hablo del individuo que mató a tu hija." Y él dijo: "A mi hija no la ha matado nadie. Y no quiero volver a oírte decirlo." Y yo dije: "Esto no va a funcionar, Ted." Y él dijo: "¿Qué es lo que no va a funcionar?" Y yo dije: "Hacer como que Jordan no ha muerto." Y él dijo: "Teníamos una hija, y ahora no la tenemos, de modo que supongo que estará muerta, pero te lo advierto, Sylvia, no se te ocurra decirme que la mataron. ¿Está claro?" Y desde entonces, Enid, por mucho que lo presione, no sale de ahí. Y, mira, me falta muy poquito para divorciarme. En serio. Lo que pasa es que en todo lo demás sigue portándose encantadoramente conmigo, siempre. Nunca se enfada cuando le menciono a Withers, hace como que no se deja engañar y se ríe de mí, como si la cosa fuera una rareza mía, una idea fija que se me ha metido en la cabeza. Y yo es que lo veo igual que al gato, cuando se pone a jugar con una curruca muerta. El gato no sabe que a ti no te gustan las currucas muertas. Ted pretende que yo sea igual de racional que él, piensa que me está haciendo un favor, y me lleva de viaje y de cruceros, y todo está muy bien, salvo que para él la cosa más horrible de nuestra vida no ha sucedido, y para mí sí.

—Pero ¿sucedió? —preguntó Enid.

Sylvia echó la cabeza hacia atrás, muy sorprendida.

—Gracias —dijo, aunque Enid había hecho la pregunta en un momento de confusión, no por hacerle un favor a Sylvia—. Te agradezco que tengas la franqueza de preguntarme eso. A veces me siento loca. Todo mi trabajo está en mi cabeza. Muevo de aquí para allá un millón de piececitas de la nada, un millón de ideas y de sensaciones y de recuerdos, dentro de mi cabeza, día tras día, durante años, hay como un andamio y un plano enorme, como si estuviera levantando una catedral de palillos de dientes dentro de mi cabeza. Y tampoco me sirve de nada llevar un diario, porque no consigo que las palabras de la página tengan ningún efecto en mi cerebro. Tan pronto como escribo algo, lo dejo atrás. Es como echar monedas por la borda de un barco. Así que estoy llevando a cabo todo este esfuerzo mental sin ninguna posibilidad de ayuda exterior, si quitamos a los miembros de mis grupos de los miércoles y de los jueves, que son todos un poco sosos. Y, mientras tanto, mi propio marido pretende que la clave entera y verdadera de todo este esfuerzo interior no es verdad, que mi hija no fue asesinada. De modo que, cada vez más, literalmente, los únicos asideros que me quedan en esta vida, mi único norte, sur, este y oeste, son mis propias emociones.

»Y, encima, Ted tiene razón, él piensa que nuestra cultura otorga demasiada importancia a los sentimientos, dice que hemos perdido el control, que no son los ordenadores los que están convirtiéndolo todo en virtual, que es la salud mental. Todos andamos empeñados en corregir nuestras ideas y en mejorar nuestros sentimientos y en trabajarnos las relaciones y la capacidad para educar a los hijos, en vez de hacer como se ha hecho toda la vida, es decir, casarnos y tener hijos y ya está. Eso dice Ted. Nos estamos dando con la cabeza en el último techo de la abstracción, porque nos sobran el tiempo y el dinero, dice, y se niega a tomar parte en ello. Quiere consumir comida «real» e ir a sitios «reales» y hablar de cosas «reales», como los negocios y la ciencia. De modo que él y yo hemos dejado de estar de acuerdo en cuanto a qué es lo importante en esta vida.

»Y logró despistar a mi terapeuta, Enid. La invité a cenar para que pudiera observar a Ted, y ¿sabes esas cenas que dicen en las revistas, que nunca debes prepararlas para las visitas, en las que te pasas veinte minutos en la cocina entre plato y plato? Pues una de ésas, preparé risotto a la milanesa y luego filetes fritos en sartén, a fuego lento, y mi terapeuta en el comedor, interrogando sin parar a Ted. Al día siguiente, cuando me encontré con ella, me dijo que Ted se hallaba en una situación muy común entre los hombres: parecía haber superado su dolor en grado suficiente para seguir funcionando, y no creía que fuese a cambiar. Y de mí dependía aceptarlo o no.

»Y, bueno, se supone que no debo incurrir en el pensamiento mágico o religioso, pero hay una idea de la que no puedo evadirme: esta enloquecida sed de venganza, que tantos años dura ya, en realidad no es mía. Es de Ted. Él se niega a ocuparse del asunto, y alguien tiene que ocuparse, de modo que soy yo quien lo hago, como una especie de madre de alquiler, sólo que yo no llevo un niño dentro, yo llevo emociones. Quizá, si Ted hubiera aceptado la responsabilidad de sus sentimientos y se hubiera dado menos prisa en reincorporarse a su trabajo en Du Pont, yo habría seguido como siempre, vendiendo mis grabados en el gremio de artistas, todas las Navidades. Quizá fuera la acción combinada de la racionalidad y la seriedad laboral de Ted lo que me ha empujado al abismo. Y, bueno, la moraleja de esta larga historia que has tenido la delicadeza de escuchar, Enid, es que, por más que me empeñe, no consigo evitar encontrarle moraleja.

A Enid le vino en ese momento una visión de la lluvia. Se vio en una casa sin paredes, y para resguardarse de las inclemencias del tiempo sólo tenía papel de seda. Y llegó la lluvia por levante, y ella le opuso una versión de papel de Chip y su nuevo y apasionante trabajo de reportero. Y llegó la lluvia por poniente, y el papel fue lo inteligentes y guapos que eran los chicos de Gary y cuánto los quería. Luego cambió el viento, y Enid acudió corriendo a la zona norte de la casa, con los jirones de papel que Denise le permitía: que se había casado demasiado joven, pero que ahora había aprendido y estaba teniendo mucho éxito como restauradora y que acabaría encontrado un hombre como Dios manda. Y luego vino un chaparrón por el sur, y el papel se desintegraba, a pesar de lo mucho que insistía ella en que los males de Al eran muy leves y que se pondría bien en cuanto mejorara su actitud y le ajustasen un poco la medicación, y la lluvia arreciaba, y ella estaba cansadísima, y no tenía más que papel en las manos...

—Sylvia —dijo.

—¿Sí?

—Tengo que decirte una cosa. Es sobre mi marido.

Con ganas, quizá, de devolverle el favor de haberla escuchado, Sylvia asintió con la cabeza para animar a Enid. Pero, de pronto, Enid, al verla, pensó en Katharine Hepburn. En los ojos de Hepburn había una cándida inconsciencia de los propios privilegios, ante lo cual a una mujer que había sido pobre, como Enid, le venían ganas de liarse a puntapiés con tan patricias espinillas, con los zapatos de baile más duros que encontrara por ahí. Pensó que sería un error contarle nada a aquella mujer.

—¿Sí? —la animaba Sylvia.

—No, nada. Perdona.

—Pero cuéntamelo.

—Nada, de verdad, sólo que me tengo que ir a la cama. ¡Mañana tenemos un montón de cosas que hacer!

Se puso en pie, algo insegura, y dejó que Sylvia firmara la cuenta. No hablaron durante la subida en ascensor. Pasado el primer arrebato de intimidad, les quedaba una sensación de torpeza un poco indecente. No obstante, cuando Sylvia se bajó en la Cubierta Superior, Enid salió tras ella. No soportaba la idea de que Sylvia la viera como una persona de Cubierta B.

Sylvia se detuvo junto a la puerta de un amplio camarote exterior.

—¿Dónde estás tú?

—Un poco más allá, al fondo —dijo Enid.

Pero enseguida se dio cuenta de que semejante fingimiento era insostenible. Al día siguiente tendría que decirle que se había confundido.

—Bueno, pues buenas noches —dijo Sylvia—. Y gracias otra vez por haberme escuchado.

Esperó, con una sonrisa amable en el rostro, que Enid echara a andar. Pero Enid no se movió. Miró a su alrededor, como dudando.

—Perdona, ¿en qué cubierta estamos?

—En la Superior.

—Ay, por Dios, me he equivocado de cubierta. Lo siento.

—Por qué vas a sentirlo. ¿Quieres que te acompañe abajo?

—No, no, es que me he hecho un lío, ahora lo tengo claro, ésta es la cubierta superior y la mía es la inferior. Muy inferior. Lo siento.

Se dio la vuelta como para marcharse, pero no arrancó.

—Mi marido...

Negó con la cabeza.

—No, bueno, mi hijo. No hemos podido comer con él hoy. Eso era lo que quería decirte. Ha ido a recogernos al aeropuerto y se suponía que íbamos a comer con él y con su amiga, pero... Se han marchado. Así, por las buenas. No lo entiendo. Y mi hijo no ha vuelto, y aún ahora no sabemos dónde ha podido meterse. Total que...

—Qué raro —dijo Sylvia.

—Que no quiero aburrirte.

—No no no, Enid, parece mentira.

—Sólo quería aclarar eso, y ahora me voy a la cama, y me alegro mucho de que nos hayamos conocido. Mañana hay un montón de cosas que hacer. Así que nos vemos en el desayuno.

Antes de que Sylvia pudiera detenerla, Enid echó a andar pasillo adelante, con paso tardo (tenía que operarse de la cadera, pero quién dejaba a Alfred solo en casa mientras ella estaba en el hospital), castigándose por estar andando a ciegas por un sitio que no era el suyo y por haber soltado unas cuantas tonterías bochornosas sobre su hijo. Se desvió hacia un banco acolchado y se dejó caer en él, y entonces sí que rompió a llorar. Dios le había dado imaginación para llorar por las tristes y esforzadas personas que contrataban un camarote interior de la Cubierta B lo más barato posible, en un crucero de lujo; pero una niñez sin dinero la había hecho incapaz de digerir los 300 dólares por persona que costaba ascender un peldaño en la categoría; de modo que lloró por sí misma. Tenía la impresión de que Alfred y ella eran los únicos seres humanos inteligentes de su generación que no habían conseguido hacerse ricos.

He aquí una tortura que los inventores griegos del Banquete y de la Piedra no incluyeron en su Hades: el Manto del Autoengaño. Un manto adorable, calentito, que servía de abrigo a las almas atormentadas, *pero que no acababa de cubrirlo todo.* Y las noches iban haciéndose frías, últimamente.

Le pasó por la cabeza la idea de volver al camarote de Sylvia y soltárselo todo.

Pero entonces, entre lágrimas, vio una cosa muy bonita bajo el banco contiguo.

Era un billete de diez dólares. Plegado por el centro. Muy bonito.

Echando antes un vistazo al pasillo, se agachó. Deliciosa, la textura de la estampación.

Así reconfortada, bajó a la Cubierta B. Desde la sala llegaba un susurro de música de fondo, algo muy animado, con acordeones. Imaginó que la llamaban con una especie de balido distante, mientras metía la tarjeta en la cerradura y empujaba la puerta.

Halló resistencia y empujó con más vigor.

—Enid —baló Alfred al otro lado.

—Chist, Al, ¿qué es lo que pasa?

La vida tal como ella la conocía tocó a su fin en cuanto logró meterse por la puerta entornada. Todo lo diurno cedió ante una cruda sucesión de horas continuas. Encontró a Alfred desnudo, de espaldas a la puerta, sentado en una capa de sábanas puestas sobre páginas del periódico matinal de St. Jude. Los pantalones, la chaqueta sport y la corbata estaban encima de la cama, que Alfred había dejado con el colchón a la vista. Las sábanas y mantas y colchas restantes las había amontonado en la otra cama. Siguió llamándola incluso cuando Enid encendió la luz y ocupó su campo de visión. Su intención inmediata fue tranquilizarlo y ponerle el pijama, pero la cosa llevó su tiempo, porque Alfred estaba terriblemente agitado y no terminaba una frase, ni conseguía que los sujetos y los verbos concordaran en número y persona. Pensaba que ya era de día y que tenía que bañarse y vestirse, y que el suelo contiguo a la puerta era una bañera, y que el pomo era el grifo, y que nada funcionaba. Aun así, se empeñaba en hacerlo todo a su manera, lo cual dio lugar a unos cuantos empujones y otros tantos tirones, y a un golpe en el hombro de Enid. Estaba furioso, y ella lloraba, insultándolo. Él se las apañaba, con aquellas manos demencialmente temblonas, para irse desabrochando el pijama tan deprisa como ella se lo abotonaba. Nunca lo había oído utilizar palabras como m***** o c******, y la naturalidad con que ahora las pronunciaba ponía al descubierto muchos años previos de silencioso uso en su cabeza. Deshizo la cama de Enid mientras ella intentaba rehacer la suya. Le suplicó que se estuviera quieto. Él le gritó que era muy tarde y que se sentía muy confuso. Ni siquiera en esas circunstancias lo dejaba de querer. O lo quería más que nunca, en tales circunstancias. Quizá ella hubiera sabido desde el principio, desde hacía cincuenta años, que había un niño pequeño dentro de él. Quizá todo el amor que ella les había dado a Chipper y a Gary, obteniendo, a fin de cuentas, tan poco amor a cambio, no hubiera sido más que un entrenamiento para el trato con aquel hijo, más exigente que ningún otro. Lo tranquilizó y lo reprendió y maldijo en silencio el desbarajuste de su medicación, durante una hora o más, y al final se quedó dormido y el despertador de ella marcaba las 5.10 y las 7.30 y él se afeitaba con la maquinilla eléctrica. Pese a no haber llegado a conciliar un sueño profundo, se sintió a gusto al despertarse y mientras se ponía de tiros largos, pero catastróficamente mal camino del desayuno, con la lengua como un trapo del polvo y con la cabeza al espetón.

A pesar del tamaño del barco, esa mañana no resultaba nada fácil caminar. Llegando al comedor Kierkegaard, las salpicaduras regurgitativas se producían casi al ritmo de una música del azar, y la señora Nygren rebuznó todo un cursillo sobre los males de la cafeína y el carácter cuasi bicameral del Storting noruego, y los Söderblad llegaron húmedos de íntimos menesteres suecos, y Al se las compuso de algún modo para estar a la altura de Ted Roth en cuanto a conversación. Enid y Sylvia reiniciaron su relación sin soltura alguna, con agujetas y tirones en la musculatura sentimental por los abusos de la noche anterior. Hablaron del tiempo. Una coordinadora de actividades llamada Suzy Ghosh les ofreció sugerencias y formularios de inscripción para la salida de por la tarde, para visitar Newport, Rhode Island. Con una sonrisa brillante y emitiendo ruiditos de gozo a priori, Enid se apuntó a la visita de las viviendas históricas del lugar, para luego ver con desánimo que todos los demás, menos los leprosos noruegos, se pasaban el cuaderno sin apuntarse.

—¡Sylvia! —dijo, en tono admonitorio, pero temblándole la voz—. ¿No vas a desembarcar?

Sylvia miró de reojo a su gafoso marido, que asintió con la cabeza, como McGeorge Bundy dando luz verde al desembarco de la infantería en Vietnam, y, por un instante, sus ojos azules parecieron mirar hacia dentro. Poseía, al parecer, ese don de los envidiables, de los no nacidos en el Medio Oeste, de los adinerados, que les permitía valorar los propios deseos sin tener en cuenta las expectativas sociales ni los imperativos de orden moral.

—Bueno, sí, de acuerdo —dijo—. Quizá baje.

Normalmente, Enid se habría sentido muy incómoda ante la presunción de caridad que aquello implicaba, pero ese día no estaba para exámenes bucales de caballos regalados. Bienvenida fuera toda la caridad del mundo. Y así fue trepando día arriba, sin aceptar la oferta de una media sesión de masaje gratis y mirando envejecer las horas desde la Cubierta Ibsen y tragándose seis ibuprofenos y un litro de café en preparación de la tarde en la tan encantadora como histórica Newport. Escala recién lavada por la lluvia ante la cual Alfred declaró que le dolían demasiado los pies como para aventurarse a desembarcar, y Enid le hizo prometer que no iba a echar ni una sola cabezadita, porque luego no pegaría ojo por la noche, y, con mucha risa de por medio (porque, ¿cómo dar a entender que era cuestión de vida o muerte?), le imploró a Ted Roth que lo mantuviera despierto, y Ted contestó que llevarse a los Nygren del barco podría resultar positivo a tal efecto.

Olor a creosota calentada por el sol, a mejillones fríos, a gasóleo, y a campos de fútbol y a secadero de algas, una nostalgia casi genética de las cosas del mar y de las cosas del otoño... Todo ello fue al asalto de Enid mientras bajaba cojeando por la pasarela y se dirigía al autobús. Era un día de peligrosa belleza. Grandes ráfagas de viento y nubes y un feroz sol leonino llevaban la vista de un lado a otro, revolviendo los cercados blancos y los verdes céspedes de Newport, haciéndolos invisibles en línea recta.

—Amigos —recomendó el guía turístico—, acomódense en sus asientos y absórbanlo todo.

Pero lo que se absorbe también puede saturar. Enid no había dormido más allá de seis horas durante las últimas cincuenta y cinco, y se dio cuenta, nada más agradecerle Sylvia la invitación, de que no le quedaban fuerzas para el tour. Los Astor y los Vanderbilt, sus palacios de placer y su dinero: estaba harta. Harta de sentir envidia, harta de sí misma. No sabía nada de antigüedades ni de arquitectura, no pintaba como Sylvia, no leía como Ted, le interesaban muy pocas cosas y muy pocas cosas había experimentado. Lo único verdadero que alguna vez había tenido era la capacidad de amar. De modo que se desconectó del guía y concentró la atención en el ángulo octubre de la luz amarilla, en la intensidad de la estación, capaz de deshilar los corazones. En el viento que empujaba las olas por la bahía, olfateó la proximidad de la noche. A toda prisa se le acercaba: misterio y dolor y un extraño anhelo de posibilidad, como si la congoja hubiera sido algo deseable, algo hacia lo cual encaminar los pasos. En el autobús, entre Rosecliff y el faro, Sylvia le ofreció el móvil a Enid, por si quería llamar a Chip. Enid se negó, porque los móviles comen dinero, y ella estaba convencida de que le podían facturar algo sólo con tocarlos; pero hizo la siguiente declaración:

—Hace años que no tenemos relación con él, Sylvia. No creo que nos esté diciendo la verdad sobre lo que hace. Una vez me dijo que trabajaba en el *Wall Street Journal*. O puede que lo oyera mal, pero creo que eso fue lo que dijo, y no creo que sea ahí de verdad donde trabaja. No sé de qué vive. Puede que pienses que soy un espanto, porque me quejo de cosas así, cuando tú lo has pasado muchísimo peor.

Cuando Sylvia insistió mucho en dejar sentado que Enid no le parecía un espanto en absoluto, ella vislumbró la posibilidad de llegar a confesarle un par de cositas aún más bochornosas, y que esa exposición a los elementos públicos, por dolorosa que resultase, pudiera traerle consuelo. Pero, como ocurre con otros muchos fenómenos que son bellos a distancia —una tormenta eléctrica, una erupción volcánica, las estrellas y los luceros—, ese sufrimiento tan seductor, visto de cerca, rebasaba los calibres humanos. El *Gunnar Myrdal* zarpó de Newport con rumbo este, hacia vapores de zafiro. Ahora, Enid se sofocaba en el barco, tras haber pasado una tarde expuesta a aquellos cielos anchos y aquellos parquecitos infantiles para superricos, grandes como petroleros. Y de nada le sirvió ganar otros sesenta dólares en la Sala Esfinge, porque siguió sintiéndose como un animal de laboratorio enjaulado con otros animales tiradores de palancas, entre parpadeos y murmullos mecanizados, y pronto llegó la hora de irse a la cama, y cuando Alfred empezó a agitarse, ya estaba ella despierta, a la escucha del timbre de aviso de la angustia, que sonó con tal fuerza que hizo vibrar la armadura de su cama y las sábanas se le volvieron abrasivas, y ahí estaba Alfred encendiendo las luces y gritando, y un vecino dando golpes en el tabique medianero y devolviéndole los gritos, y Alfred inmóvil, escuchando, con el rostro convulso de la psicosis paranoica y luego musitando, en tono conspirativo, que había visto una m***** corriendo entre cama y cama, y luego de levantar las mencionadas camas y volver a hacerlas, la aplicación de un pañal, la aplicación de un segundo pañal en respuesta a una alucinada exigencia, y esquivar sus piernas de nervios dañados, y el balido de la palabra «Enid» hasta casi desgastarla, y la mujer del nombre brutalmente erosionado sollozando en la oscuridad, más desesperada y más acongojada que nunca, hasta que, al final —parecida al viajero que, tras pasar la noche en el tren, llega a una estación que sólo se distingue de las anteriores estaciones, tan desangeladas y tan mustias, en que ahora está amaneciendo, y acaece la milagrosa restauración de la visibilidad: un charco calcáreo en la gravilla del aparcamiento, el humo que sale de una chimenea metálica—, se vio obligada a tomar una decisión.

En su plano del barco, en la sección de popa de la Cubierta D, se hallaba el símbolo universal de ayuda a los menesterosos. Después de desayunar, dejó a Alfred de charleta con los Roth y emprendió su camino hacia la cruz roja. La cosa física correspondiente al símbolo era una puerta de cristal esmerilado con tres palabras estampadas en oro. «Alfred» era la primera palabra y «Enfermería» la tercera. El sentido de la segunda palabra quedó envuelto en las sombras que «Alfred» proyectaba. La escudriñó sin resultado. No. Bel. Nob-Ell. No Bell, sin timbre.

El trío de palabras se batió en retirada cuando abrió la puerta un joven fornido con la chapa del nombre sujeta a la blanca solapa: Dr. Mather Hibbard. Tenía una cara grande, de piel un poco basta, parecida a la cara del actor italo-norteamericano que tanto le gustaba a la gente, el que una vez hizo de ángel y otras, de bailarín de discoteca.

—Hola, ¿cómo andamos hoy? —dijo, en una exhibición de perlados dientes.

Enid lo siguió vestíbulo adelante, hasta llegar a la consulta. Una vez allí, el hombre le indicó que tomara asiento en el sillón de las visitas, frente a la mesa.

—Soy la señora Lambert —dijo ella—. Enid Lambert, del B11. Vengo a ver si me puede usted ayudar.

—Eso espero. ¿Qué le ocurre a usted?

—Estoy teniendo dificultades.

—¿Problemas mentales? ¿Problemas emotivos?

—Bueno, es mi marido...

—Perdone. Un momentito, ¿eh?, un momentito —el doctor Hibbard se agachó un poquito, sonriendo malévolamente—. ¿Dice usted que tiene problemas?

Tenía una sonrisa adorablemente propia, que tomó en rehén la parte de Enid que se derretía ante la contemplación de unas crías de foca o de unos gatitos, y se negó a soltarla hasta que ella, no sin algún resentimiento, le devolvió la sonrisa.

—El problema que yo tengo —explicó— son mi marido y mis hijos.

—Perdone otra vez, Edith. ¿Pausa? —El doctor Hibbard se agachó aún más, se puso la cabeza entre las manos y la miró entre ambos antebrazos—. Seamos claros. ¿Es usted quien tiene el problema?

—No. Yo estoy bien. Pero todo el mundo a mi...

—¿Siente angustia?

—Sí, pero...

—¿Duerme mal?

—Exactamente. Mire, mi marido...

—Edith. ¿Ha dicho usted Edith?

—Enid. Lambert. L-A-M-B...

—Enith. ¿Cuánto son cuatro por siete menos tres?

—¿Cómo? Bueno, vale. Veinticinco.

—Ajá. Y ¿qué día de la semana es hoy?

—Lunes.

—Y ¿qué paraje histórico de Rhode Island visitamos ayer?

—Newport.

—Y ¿está tomando usted algún medicamento contra la depresión, la angustia, el desorden bipolar, la esquizofrenia, la epilepsia, el Parkinson o cualquier otro desorden psiquiátrico o neurológico?

—No.

El doctor Hibbard asintió con la cabeza y se enderezó en su asiento, abrió un cajón de corredera de la consola que tenía a la espalda y extrajo de él un puñado de paquetes de plástico y papel de estaño, muy cascabeleros. Apartó ocho unidades y se las colocó delante a Enid, encima de la mesa. Tenían un lustre como de cosa carísima que a ella no le gustó nada.

—Es un fármaco nuevo, muy bueno, que le va a sentar a usted estupendamente —recitó Hibbard, con un sonsonete monocorde.

Luego le guiñó un ojo a Enid.

—¿Perdone?

—¿No nos hemos entendido bien? Creo que usted ha dicho «tengo problemas». Y ha hablado de ansiedad y de alteraciones del sueño.

—Sí, pero lo que quería decir era que mi marido...

—Marido, sí. O mujer. Suele ser el cónyuge con menos inhibiciones quien viene a verme. En realidad, es el miedo paralizante a pedir Aslan lo que hace que Aslan venga a ser, por lo general, lo más indicado. Es una medicina que ejerce un notable efecto de bloqueo en la timidez «profunda» o «mórbida».

La sonrisa de Hibbard era como una mordedura reciente en una fruta blanda. Tenía pestañas de animalito lujoso, una cabeza que invitaba a darle palmaditas.

—¿Le interesa? —preguntó—. ¿He conseguido llamar su atención?

Enid bajó los ojos. Le habría gustado saber si se puede morir por falta de sueño. Como el que calla, otorga, Hibbard prosiguió:

—Tendemos a considerar que un depresivo clásico del sistema nervioso central, como el alcohol, elimina la «timidez» o las «inhibiciones». Pero apelar a tres martinis para superar la «timidez» equivale a reconocer la existencia de esta «timidez», sin reducirla en absoluto. Piense en los profundos remordimientos que surgen una vez disipado el efecto de los martinis. Lo que ocurre, Edna, a nivel molecular, cuando se bebe uno esos martinis, es que el etanol impide la recepción del Factor 28A que las personas con problemas de timidez «mórbida» o «profunda» poseen en exceso. Pero no por ello el 28A resulta adecuadamente metabolizado o absorbido en la zona de recepción. Permanece almacenado en la zona de transmisión, de modo temporalmente inestable. De manera que, en cuanto desaparece el efecto del etanol, lo que ocurre es que el receptor recibe una verdadera *inundación* de 28A. Hay una estrecha relación entre el miedo a resultar humillado y el deseo de resultar humillado: lo saben los psicólogos, lo saben los novelistas rusos. Y resulta que no sólo es verdad, a secas, es verdad-verdad. Verdad a nivel molecular. Resumiendo: el efecto del Aslan en la química de la timidez no se parece en nada al efecto de los martinis. Aquí estamos hablando de eliminación total de las moléculas de 28A. El Aslan es un feroz depredador.

Evidentemente, ahora le tocaba a hablar a Enid, pero en algún momento del discurso anterior se había quedado sin pistas.

—Mire, doctor, lo siento —dijo—, pero no he dormido y estoy un poco confusa.

El doctor frunció su adorable entrecejo.

—¿Confusa, o confusa-confusa?

—¿Perdón?

—Me ha dicho usted que tiene «problemas». Lleva usted encima ciento cincuenta dólares en efectivo o en cheques de viaje. Basándome en sus respuestas clínicas, le he diagnosticado una distimia subclínica sin demencia observable, y a continuación procedo a suministrarle, sin cargo, ocho envases de Aslan «Crucero», con tres pastillas de treinta miligramos cada una. Con ello bastará para que disfrute plenamente de lo que queda de este crucero, aunque más tarde deberá seguir el programa treinta-veinte-diez que se recomienda para la disminución gradual de la dosificación. Con todo, Elinor, debo advertirle que si se siente usted confusa-confusa, y no confusa a secas, ello puede obligarme a variar mi diagnóstico, lo cual, a su vez, pondría en serio peligro su acceso al Aslan.

Tras estas palabras, Hibbard alzó las cejas y silbó unos cuantos compases de una melodía que perdió la entonación por culpa de su sonrisa de falsa sinceridad.

—No soy yo quien se siente confusa —dijo Enid—. Es mi marido quien se siente confuso.

—Si por confuso hemos de entender confuso-confuso, entonces debo expresarle mi sincera esperanza de que su intención sea limitar el Aslan a su uso personal, sin suministrárselo a su marido. El Aslan está absolutamente contraindicado en caso de demencia. De modo que debo insistir, oficialmente, en que utilice este fármaco respetando las indicaciones y sólo bajo mi estricta supervisión. Claro que, en la práctica, no soy tan ingenuo. Comprendo que un fármaco tan potente y tan capaz de aportar alivio, un fármaco que aún no está disponible en tierra firme, vaya de vez en cuando a caer en otras manos.

Hibbard silbó otros varios compases sin melodía, actuando como los personajes de dibujos animados cuando deciden ocuparse de sus propios asuntos, sin por ello dejar de observar a Enid, a ver si todo aquello le estaba resultando entretenido.

—Mi marido se comporta de un modo muy raro a veces, por las noches —dijo ella, apartando los ojos—. Se agita mucho y se pone muy difícil, y no me deja dormir. Luego me paso el día arrastrándome de un lado para otro, cansadísima y de mal humor. Lo cual me impide hacer las muchas cosas que quiero hacer.

—El Aslan la ayudará —le aseguró Hibbard con más sobriedad en el tono—. Muchos pasajeros lo consideran más importante, como inversión, que el propio seguro de cancelación. Con todo el dinero que ha pagado usted por el privilegio de estar aquí, Enith, qué duda cabe, nadie puede discutirle el derecho a sentirse en plena forma todo el tiempo. Pelearse con el marido, estar muy preocupada por la mascota que se ha quedado sola en casa, o ver desaires donde no los hay, son cosas que no puede usted permitirse. Mírelo así. Si el Aslan evita que se pierda usted, por culpa de la distimia subclínica, una sola de las actividades de las Pleasurelines que tiene pagadas de antemano, ya saldrá usted ganando. Con lo cual estoy diciéndole que esta consulta de precio fijo, a cuya conclusión recibirá usted ocho paquetes de muestra gratuita de treinta miligramos de Aslan «Crucero», le habrá valido la pena.

—¿Qué es el Ashland?

Alguien llamó a la puerta, y Hibbard sacudió los hombros como para despejarse la cabeza.

—Edie, Eden, Edna, Enid, perdóneme un momento. Estoy empezando a comprender que está usted confusa-confusa en lo tocante a la psicofarmacopea de vanguardia mundial que las Pleasurelines tienen el orgullo de ofrecer a sus distinguidos pasajeros. Veo que necesita usted más aclaraciones suplementarias que la mayor parte de nuestros clientes. De modo que si me perdona un instante...

Hibbard sacó ocho paquetes de muestra de Aslan de su consola, se tomó la molestia de cerrar ésta y echarse la llave al bolsillo, y salió al vestíbulo. Enid oyó el murmullo del doctor y la ronca voz de un hombre mayor, contestando «Veinticinco», «Lunes» y «Newport». No habían pasado dos minutos y ya estaba de regreso el buen doctor, con unos cuantos cheques de viaje en la mano.

—¿Es correcto lo que hace usted? —le preguntó Enid—. Quiero decir desde el punto de vista legal.

—Buena pregunta, Enid, pero óigame lo que le digo: es maravillosamente legal.

Examinó uno de los cheques, como pensando en otra cosa, y luego se los guardó todos en el bolsillo de la camisa.

—Pero sí, es una excelente pregunta. Una pregunta de primera. La deontología médica me impide vender los fármacos que receto, así que lo único que puedo hacer es dispensar muestras gratuitas, lo cual se da la afortunada circunstancia de que encaja plenamente en la política de las Pleasurelines de *tutto è incluso*. Lamentablemente, dado que el Aslan aún no ha recibido todos los permisos que la ley norteamericana prescribe, y dado que casi todos nuestros pasajeros son norteamericanos, y dado que, en consecuencia, el creador y fabricante de Aslan, Farmacopea S.A., carece de incentivos para proveerme de muestras gratuitas suficientes para atender la extraordinaria demanda, lo que hago, por pura necesidad, es comprar muestras gratuitas a granel. De ahí los honorarios de mi consulta, que de otro modo podrían parecer algo exagerados.

—¿Cuál es el valor real en efectivo de las ocho muestras? —le preguntó Enid.

—Dado su carácter gratuito, y que está prohibida su comercialización, su valor monetario es nulo, Eartha. Si lo que me pregunta es cuánto me cuesta ofrecerle este servicio sin cobrarle nada, la respuesta es unos ochenta dólares de Estados Unidos.

—¡A cuatro dólares la pastilla!

—Exacto. La dosis plena para pacientes de sensibilidad normal es de treinta miligramos al día. Dicho de otro modo: una pastilla con capa protectora. Cuatro dólares diarios por sentirse estupendamente: habrá pocos pasajeros a quienes no les parezca una ganga.

—Bueno, pero dígame: ¿qué es el Ashram?

—Aslan. Se llama así, según cuentan, por una criatura mítica de alguna mitología antigua. Mitraísmo, adoración del sol, etcétera. Para decirle más, tendría que inventármelo. Pero creo que Aslan era una especie de león bueno.

El corazón de Enid brincó en su jaula. Tomó un paquete de muestra de encima de la mesa y examinó las pastillas a través de sus burbujas de plástico duro. Cada pastilla dorada, color león, presentaba una hendidura central por donde partirla en dos y llevaba como blasón un sol de muchos rayos —¿o era la cabeza, en silueta, de algún león de rica melena? La etiqueta era ASLAN® Crucero®.

—¿Qué efecto tiene?

—Ninguno —replicó Hibbard—, para las personas en perfecto estado de salud mental. Pero, seamos francos, ¿hay alguien que responda a esa definición?

—Y ¿qué pasa si no está uno en perfecto estado de salud mental?

—Aslan suministra una regulación de factores verdaderamente de vanguardia. Los mejores fármacos ahora autorizados en Norteamérica son como un par de Marlboros y un cuba libre, comparados con Aslan.

—¿Es un antidepresivo?

—Sería una forma muy tosca de expresarlo. Llamémosle, mejor, «optimizador de personalidad».

—Y ¿por qué «Crucero»?

—Aslan optimiza en dieciséis dimensiones químicas —dijo Hibbard, haciendo gala de gran paciencia—. Pero adivine qué. Lo óptimo para una persona que está disfrutando de un crucero marítimo no es óptimo para quien está funcionando en su puesto de trabajo. Las diferencias químicas son muy sutiles, pero también puede ejercerse un control muy calibrado, de modo que ¿por qué no hacerlo? Además del Aslan «Básico», Farmacopea comercializa otras siete presentaciones. Aslan «Esquí», Aslan «Hacker», Aslan «Ultra Rendimiento», Aslan «Adolescentes», Aslan «Club Méditerranée», Aslan «Años Dorados»... Y me olvido uno. Ah, sí: Aslan «California». Con mucho éxito en Europa. En el transcurso de los dos próximos años, está previsto elevar a veinte el número de presentaciones. Aslan «Superestudiante», Aslan «Cortejo», Aslan «Noches en blanco», Aslan «Desafío al Lector», Aslan «Selecto», blablá blablá. La aprobación en Estados Unidos por parte de los organismos competentes aceleraría el proceso, pero habrá que esperar sentados. Si me pregunta usted, ¿qué distingue «Crucero» de los demás Aslan?, la respuesta es: que pone el interruptor de la ansiedad en No. Baja ese pequeño indicador hasta situarlo en cero. Algo que no hace Aslan «Básico», porque en el funcionamiento cotidiano es deseable un moderado nivel de ansiedad. Yo, por ejemplo, estoy ahora con el «Básico», porque me toca trabajar.

—¿Y cómo...?

—Menos de una hora. Ahí está lo más esplendoroso del asunto. La acción es prácticamente instantánea, sobre todo si la comparamos con las cuatro semanas que necesitan algunas de las pastillas antediluvianas que se siguen tomando en Estados Unidos. Empieza usted hoy a tomar Zoloft, y con un poco de suerte a lo mejor empieza a sentirse mejor el viernes que viene.

—No, digo que cómo hago para seguir tomándolo en casa.

Hibbard miró el reloj.

—¿De qué parte del país es usted, Andie?

—De St. Jude, en el Medio Oeste.

—Vale. Entonces, lo mejor es que se consiga Aslan mexicano. O, si tiene amigos que viajen a Argentina o Uruguay, puede llegar a algún acuerdo con ellos. Ni que decir tiene que si le toma afición al fármaco y desea una disponibilidad total, las Pleasurelines estarán encantadas de recibirla de nuevo a bordo.

Enid frunció el ceño. Aquel doctor Hibbard era muy guapo y muy carismático, y a ella le encantaba la idea de una píldora que la ayudara a disfrutar del crucero y, al mismo tiempo, a cuidar mejor de Alfred. Pero el buen doctor se pasaba de labia. Y, además, Enid se llamaba Enid. E-N-I-D.

—¿Está usted total y absolutamente seguro de que me sentará bien? —preguntó—. ¿Está superconvencido de que es lo mejor que puedo tomar?

—Se lo garantizo —dijo Hibbard, guiñándole un ojo.

—Pero ¿qué significa optimizar?

—Notará una gran capacidad de resistencia emotiva —dijo Hibbard—. Se sentirá más flexible, más confiada, más contenta consigo misma. Le desaparecerán la angustia y el exceso de sensibilidad, así como la mórbida preocupación por la opinión de los demás. Cualquier cosa de la que ahora se avergüence...

—Sí —dijo Enid—. Sí.

—«Si surge, ya hablaremos de ello. Si no, ¿para qué mencionarlo?» Ésa será su actitud. La bipolaridad de la timidez, un círculo vicioso de la confesión al engaño y del engaño a la confesión... ¿Es algo de eso lo que la hace sentir a disgusto?

—Veo que usted me comprende.

—Es todo por la química cerebral, Elaine. Un fuerte impulso de contar las cosas, un impulso, igual de fuerte, de ocultarlas. ¿Qué es un impulso fuerte? ¿Qué va a ser, sino química? ¿Qué es la memoria? ¡Un cambio de tipo químico! O quizá un cambio estructural, pero ¿sabe qué? Las estructuras están hechas de proteínas. Y ¿de qué están hechas las proteínas? De aminas.

A Enid le pasó por la cabeza, haciéndola sentirse vagamente inquieta, la idea de que eso no era lo que enseñaba su Iglesia —sino que Cristo, sin dejar de ser un trozo de carne colgando de una cruz, era también Hijo de Dios—, pero las cuestiones de carácter doctrinal siempre se le habían antojado disuasoriamente complejas, y el reverendo Anderson, el de su iglesia, tenía cara de bondad y gastaba bromas en los sermones y hablaba de los chistes del *New Yorker* o de escritores seglares como John Updike, y nunca incurría en nada molesto, como decirles a sus feligreses que estaban condenados, lo cual habría sido absurdo, porque todos ellos eran gente cariñosa y simpática, y luego, además, Alfred siempre se había mofado de su fe, y a ella le resultó más fácil dejar de creer (si es que alguna vez había creído) que tratar de vencer a Alfred en un debate filosófico. Ahora, Enid pensaba que uno se muere y se acabó, muerto queda, y el modo que tenía el doctor Hibbard de presentar las cosas le parecía bastante lógico.

Pero nunca había comprado nada sin ofrecer resistencia, de modo que dijo:

—Mire, yo soy una vieja tonta del Medio Oeste, o sea que eso de cambiar de personalidad no me suena muy bien.

Puso una cara muy larga y muy preocupada, no fuera a ser que no se le notara la desaprobación.

—¿Qué tiene de malo cambiar? —dijo Hibbard—. ¿Tan contenta está de cómo se siente ahora?

—Pues no, pero si me convierto en otra persona después de tomar la píldora esta, si me vuelvo *diferente*, no puede ser nada bueno, y...

—Créame que la comprendo muy bien, Edwina. Todos nos apegamos de un modo irracional a unas determinadas coordenadas químicas de nuestro carácter y temperamento. Es una variante del miedo a la muerte, ¿cierto? Ignoro cómo sería dejar de ser el que ahora soy. Pero ¿sabe qué? Si «yo» ya no está ahí para notar la diferencia, a «yo» qué más le da. Estar muerto es problema si uno sabe que está muerto, lo cual es imposible, precisamente por estar muerto.

—Pero es que suena como si esa medicina hiciera iguales a todos los que la toman.

—Eh eh. ¡Bip bip! ¡Error! Porque, ¿sabe qué? Dos personas pueden tener la misma personalidad y seguir siendo singulares. Dos personas con el mismo coeficiente intelectual pueden diferir en cuanto a sus conocimientos y al contenido de sus memorias. ¿Cierto? Dos personas muy cariñosas pueden tener objetos de afecto completamente distintos. Dos individuos idénticos en su aversión al riesgo pueden diferir por completo en cuanto a los riesgos que cada uno evita. Puede que Aslan nos haga a todos un poco más parecidos, pero ¿sabe qué, Enid? No por ello dejamos de ser singulares.

El doctor dio suelta a una sonrisa especialmente encantadora, y Enid, teniendo en cuenta que, según su cálculo, la consulta iba a costarle 62 dólares, decidió que el hombre ya le había dedicado la suficiente atención y el suficiente tiempo, e hizo lo que supo que iba a hacer desde la primera vez que puso los ojos en las leoninas y soleadas pastillas. Abrió el bolso y sacó 150 dólares en efectivo del sobre de las Pleasurelines donde llevaba sus ganancias de las tragaperras.

—Puro gozo del León —dijo Hibbard, guiñándole un ojo, mientras le acercaba, haciéndolo deslizarse sobre la mesa, el montoncito de paquetes de muestra—. ¿Quiere una bolsa?

Con el corazón batiéndole en las sienes, Enid regresó a la zona de proa de la Cubierta B. Tras la pesadilla de los días y noches precedentes, de nuevo tenía algo concreto que esperar; y qué tierno, el optimismo de quien lleva encima una droga recién conseguida y de ella espera que le cambie la cabeza; y qué universal, el ansia de eludir los condicionamientos del yo. Ningún ejercicio más agotador que el de llevarse la mano a la boca, ningún acto más violento que el de tragar, ningún sentimiento religioso, ninguna fe en nada más místico que la relación causa y efecto, eran necesarios para experimentar los beneficios de una transformación por medio de una píldora. *Estaba deseando tomársela.* Fue como flotando hasta llegar al B11, donde, afortunadamente, no había rastro de Alfred. Como queriendo reconocer la naturaleza ilícita de su misión, echó el cerrojo de la puerta que daba al pasillo. Y, además, se encerró en el cuarto de baño. Levantó los ojos hacia sus gemelos reflejados y, en un impulso ceremonial, les devolvió la mirada como no lo había hecho en meses, o quizá en años. Presionando hasta hacerle romper el envoltorio de papel de estaño, liberó una dorada pastilla de Aslan. Se la puso en la lengua y se la tragó con agua.

Dedicó los minutos siguientes a cepillarse los dientes y a pasarse seda dental: un poco de limpieza oral para pasar el rato. Luego, con un estremecimiento de cansancio máximo, se metió en la cama a esperar tendida.

Dorada luz de sol cayó sobre la colcha, en aquel camarote sin ventanas.

Le olfateó la palma de la mano con su cálido hocico de terciopelo. Le lamió los párpados con su lengua rasposa y a la vez resbaladiza. Tenía un aliento dulce y vivificante.

Cuando despertó, la luz halógena del camarote había dejado de ser artificial. Era la fresca luz del sol, tras una nube pasajera.

He tomado la medicina, se dijo. He tomado la medicina. He tomado la medicina.

Su recién adquirida flexibilidad emocional recibió un duro golpe a la mañana siguiente, cuando se levantó a las siete y descubrió a Alfred acurrucado y profundamente dormido en la ducha.

—Te has quedado dormido en la ducha, Al —dijo—. Ése no es sitio para dormir.

Una vez que lo hubo despertado, empezó a lavarse los dientes. Alfred abrió unos ojos desdemenciados y pasó revista a la situación.

—Uf, me he quedado tieso —dijo.

—¿Qué demonios estabas haciendo aquí? —gargarizó Enid a través de la espuma fluorada, sin dejar de cepillarse alegremente.

—Se me revolvió todo durante la noche —dijo él—. He tenido unos sueños...

Enid estaba descubriendo que en brazos de Aslan poseía nuevas reservas de paciencia para forzar la muñeca y dale que te pego, cepillarse el lateral de las muelas, como le recomendaba el dentista. Observó con un interés entre medio y bajo el proceso por el que Alfred iba alcanzando la plena verticalidad, a base de apuntalarse, apalancarse, izarse, estabilizarse y controlar el grado de inclinación. De la cintura le colgaba un taparrabos loco, hecho de jirones y nudos de pañal.

—Mira esto —dijo, moviendo la cabeza—. Pero mira esto.

—He dormido maravillosamente —contestó ella.

—¿Cómo están nuestros queridos flotantes esta mañana? —preguntó a la mesa la coordinadora de actividades diversas, Suzy Ghosh, con voz de melena en un anuncio de champú.

—Ha pasado la noche y no hemos naufragado, si es eso lo que quiere decir usted —dijo Sylvia Roth.

Los noruegos monopolizaron inmediatamente a Suzy con un complicadísimo interrogatorio sobre *lap swimming* en la piscina mayor del *Gunnar Myrdal*.

—Vaya, vaya, Signe, qué sorpresa tan grande —le comentó el señor Söderblad a su mujer, a volumen indiscreto—. Los Nygren tienen una pregunta muy larga para la señorita Ghosh, esta mañana.

—Sí, Stig, nunca dejan de tener alguna pregunta muy larga, ¿verdad? Son unas personas muy meticulosas, nuestros queridos Nygren.

Ted Roth hizo girar medio pomelo como en un torno de alfarero, desnudándole la carne.

—La historia del carbono —dijo— es la del planeta. ¿Está usted al corriente del efecto invernadero?

—Libre de los tres impuestos —dijo Enid.

Alfred asintió:

—Conozco el efecto invernadero, sí.

—A veces tienes que cortar tú mismo los cupones, y suelo olvidarme —dijo Enid.

—La tierra estaba más caliente hace cuatro mil millones de años —dijo el doctor Roth—. La atmósfera era irrespirable. Metano, dióxido de carbono, sulfuro de hidrógeno.

—Claro que a nuestra edad los ingresos cuentan más que el crecimiento.

—La naturaleza aún no había aprendido a descomponer la celulosa. Cuando caía un árbol, ahí se quedaba, en el suelo, y luego le caía otro encima y lo enterraba. Eso era en el Carbonífero. La tierra era una lujosa debacle. Y en el transcurso de millones y millones de años cayéndose los árboles unos encima de otros, casi todo el carbono desapareció del aire y quedó enterrado. Y así ha seguido hasta ayer mismo, hablando en términos geológicos.

—*Lap swimming*, Signe. ¿Será algo así como el *lap dancing*?

—Hay gente verdaderamente desagradable —dijo la señora Nygren.

—Hoy en día, lo que ocurre cuando un tronco cae al suelo es que los hongos y los microbios lo digieren, y todo el carbono regresa al cielo. Nunca podrá haber otro período Carbonífero. Jamás. Porque no hay modo de enseñarle a la Naturaleza a no biodegradar la celulosa.

—Ahora se llama Orfic Midland —dijo Enid.

—Los mamíferos llegaron con el enfriamiento de la Tierra. Escarcha en las calabazas. Cosas peludas en madrigueras. Pero ahora somos unos mamíferos muy inteligentes y estamos extrayendo todo el carbono enterrado para devolverlo a la atmósfera.

—Creo que nosotros tenemos alguna acción de la Orfic Midland —dijo Sylvia.

—Sí, en efecto —dijo Per Nygren— nosotros también tenemos alguna acción de la Orfic Midland.

—Si lo dice Per —dijo la señora Nygren.

—Punto final —dijo el señor Söderblad.

—Una vez que hayamos quemado todo el carbón y todo el petróleo y todo el gas —dijo el doctor Roth—, habremos recuperado la atmósfera de antaño. Una atmósfera tórrida y desagradable, que nadie ha conocido en los últimos trescientos millones de años. Así será, en cuanto liberemos al genio del carbono de su botella lítica.

—Noruega tiene un sistema de jubilación verdaderamente soberbio, hum, pero yo complemento la cobertura nacional con un fondo privado. Per no deja pasar una mañana sin comprobar el precio de cada acción del fondo. Hay bastantes acciones norteamericanas. ¿Cuántas son, Per?

—Cuarenta y seis en este momento —dijo Per Nygren—. Si no me equivoco, Orfic es el acrónimo de Oak Ridge Fiduciary Investment Corporation. Las acciones vienen sosteniéndose muy bien y dan un dividendo muy saneado.

—Fascinante —dijo el señor Söderblad—. ¿Dónde está mi café?

—Pero oye, Stig —dijo Signe Söderblad—, estoy segura de que nosotros también tenemos acciones de esas, de Orfic Midland.

—Tenemos muchísimas acciones. No pretenderás que me acuerde de cómo se llaman. Y, además, la letra de los periódicos es diminuta.

—La moraleja de la historia es: no reciclemos el plástico. Enviemos el plástico a los vertederos industriales. Dejemos el carbono bajo tierra.

—Si de Al hubiera dependido, tendríamos todo el dinero en la cartilla de ahorros.

—Hay que enterrarlo. Enterrarlo. Hay que mantener a raya al genio de la botella.

—Y yo tengo una afección ocular que me hace muy dolorosa la lectura —dijo el señor Söderblad.

—¿De veras? —dijo la señora Nygren, con acrimonia—. ¿Qué nombre médico tiene esa afección?

—Me encantan estos días tan frescos del otoño —dijo el doctor Roth.

—Aunque, claro —dijo la señora Nygren—, para enterarse del nombre de la afección tendría usted que leerlo, y eso le duele.

—Este planeta es un pañuelo.

—Existe lo que se llama ojo perezoso o vago, pero que ocurra en los dos ojos al mismo tiempo...

—De hecho, no es posible —dijo el señor Nygren—. El síndrome del ojo perezoso, o ambliopía, es una afección en la que un ojo asume el trabajo del otro. De modo que si un ojo es perezoso, el otro, por definición...

—Déjalo ya, Per —dijo la señora Nygren.

—¡Inga!

—Camarero, un poco más.

—Imaginemos la clase media alta de Uzbekistán —dijo el doctor Roth—. Una familia tiene el mismo Ford Stomper que tenemos nosotros. De hecho, la única diferencia entre nuestra clase media alta y su clase media alta es que en Uzbekistán no hay ninguna familia, ni siquiera la más rica del pueblo, que tenga instalación sanitaria interior.

—Soy consciente —dijo el señor Söderblad— de que mi condición de no lector me hace inferior a todos los ciudadanos noruegos. Lo reconozco.

—Moscas como alrededor de algo que lleva cuatro días muerto. Un cubo de cenizas para espolvorear en el agujero. Lo poquito que se ve hacia abajo ya es más de lo que le apetece a uno ver. Y un Ford Stomper resplandeciente aparcado delante de la casa. Y nos graban en vídeo mientras nosotros los grabamos a ellos en vídeo.

—Y, sin embargo, a pesar de esta incapacidad mía, me las apaño muy bien para gozar de alguna cosa que otra, en esta vida.

—Pero qué vacuos deben de ser nuestros placeres, Stig —dijo Signe Söderblad—, comparados con los gozos de los Nygren.

—Sí, ellos parecen experimentar los más profundos y perdurables placeres de la mente. Y, dicho sea de paso, Signe, hay que ver lo bien que te sienta el vestido que llevas hoy. El mismísimo señor Nygren te lo está admirando, a pesar de los profundos y perdurables placeres que sabe hallar en otras cosas.

—Vámonos de aquí, Per —dijo la señora Nygren—. Nos están insultando.

—¿Has oído, Stig? Los Nygren han sido insultados y van a abandonarnos.

—Qué pena. Con lo divertidos que son.

—Nuestros hijos viven todos en el Este, ahora —dijo Enid—. Parece que ya no queda nadie a quien le guste el Medio Oeste.

—Estoy esperando el momento oportuno, amigo —dijo una voz familiar.

—La cajera del comedor de ejecutivos de Du Pont era de Uzbekistán. Seguro que habré visto uzbekos en el IKEA de Plymouth Meeting. No estamos hablando de extraterrestres. Los uzbekos llevan gafas. Y vuelan en aviones.

—A la vuelta pararemos en Filadelfia para comer en su nuevo restaurante. ¿Cómo se llama? ¿El Generador?

—Qué bárbaro, Enid, ¿ése es el restaurante de tu hija? No hará ni dos semanas que hemos estado Ted y yo.

—El mundo es un pañuelo —dijo Enid.

—Cenamos espléndidamente. Algo inolvidable.

—De modo que, en resumidas cuentas, nos hemos gastado seis mil dólares para que nos recuerden a qué huele una letrina.

—Eso es algo que yo nunca olvidaré —dijo Alfred.

—¡Y todavía hay que dar las gracias por la letrina! Eso es lo que se saca viajando por el extranjero. Algo que en modo alguno puede darte la televisión y los libros, algo que hay que experimentar de primera mano. Quítanos la letrina y será como si hubiéramos tirado seis mil dólares por la ventana.

—¿Vamos a la Cubierta del Sol a freírnos los sesos?

—Sí, sí, Stig, vamos. Estoy intelectualmente exhausta.

—Demos gracias a Dios por la pobreza. Demos gracias a Dios por lo de conducir por la izquierda. Demos gracias a Dios por Babel. Demos gracias a Dios por los voltajes raros y los enchufes de formas pintorescas —el doctor Roth se bajó las gafas para observar, por encima de las lentes, el éxodo sueco—. Así, de pasada, señalemos que todos los vestidos que lleva esa mujer están pensados para quitárselos a toda prisa.

—Nunca he visto a Ted con tantas ganas de desayunar —dijo Sylvia—. Y de comer. Y de cenar.

—Deslumbrantes panoramas nórdicos —dijo Roth—. ¿No es a eso a lo que hemos venido?

Alfred, incómodo, bajó la vista. También a Enid se le clavó en la garganta una espinita de gazmoñería.

—¿Será verdad que padece una afección ocular? —logró decir, de todas formas.

—Desde luego tiene un ojo excelente, al menos en un sentido.

—Ya vale, Ted.

—Es un tópico manido, per se, que la sueca guapa sea un tópico manido.

—Ya vale.

El ex vicepresidente de control de calidad volvió a colocarse las gafas en su sitio de la nariz y miró a Alfred.

—Me gustaría saber si la razón de que estemos tan deprimidos está en la ausencia de fronteras. Ya no podemos seguir creyendo que haya sitios donde nadie ha estado nunca. No sé si no estará creándose una especie de depresión colectiva, en el mundo entero.

—Esta mañana es una maravilla lo bien que me encuentro. De lo estupendamente que he dormido.

—Las ratas de laboratorio se ponen muy inquietas en condiciones de superpoblación.

—La verdad, Enid, pareces otra. Dime que no tiene nada que ver con el médico ese de la Cubierta D. He oído cosas.

—¿Cosas?

—La llamada ciberfrontera —dijo el doctor Roth—, pero ¿qué tiene de salvaje?

—Un fármaco que se llama Aslan —dijo Sylvia.

—¿Aslan?

—La llamada frontera espacial —dijo el doctor Roth—; pero a mí me gusta la Tierra. Es un buen planeta. Tiene una atmósfera con escasez de cianuro, de ácido sulfúrico, de amoníaco. Algo de lo que no todos los planetas pueden presumir.

—La ayudita de la abuela. Creo que lo llaman así.

—Pero incluso en tu casa grande y tranquila te sientes agobiado si hay una casa grande y tranquila en las antípodas y en todos los puntos intermedios.

—Yo lo único que pido es un poco de intimidad —dijo Alfred.

—Entre Groenlandia y las Malvinas no hay una sola playa que no esté en peligro de desarrollo. Ni una sola hectárea sin desbrozar.

—Ay, pero ¿qué hora es? —dijo Enid—. No vayamos a perdernos la conferencia.

389

—A Sylvia no le ocurre lo mismo. A ella le encanta la bullanguería de los muelles.

—Sí que me gusta la bullanga —dijo Sylvia.

—Pasarelas, portillas, estibadores. Le encanta el estruendo de las bocinas. Para mí, esto es un parque temático flotante.

—Hay que tolerar cierto grado de fantasía —dijo Alfred—. No puede evitarse.

—Mi estómago y Uzbekistán no hicieron muy buenas migas —dijo Sylvia.

—Me gusta el despilfarro que hay por ahí arriba —dijo el doctor Roth—. Es bueno ver tantísima distancia desperdiciada.

—Está usted echándole romanticismo a la pobreza.

—¿Perdón?

—Nosotros hemos estado en Bulgaria —dijo Alfred—. No sé nada de Uzbekistán, pero hemos estado en China. Todo lo que se veía desde el tren, pero todo, lo habría echado yo abajo. Si de mí hubiera dependido, lo habría echado todo abajo y a empezar desde cero. Las casas no tienen por qué ser bonitas, hay que hacerlas sólidas. Instalar fontanería. Una buena pared de cemento y un techo sin goteras. Eso es lo que necesitan los chinos. Alcantarillado. Fíjese en los alemanes, el esfuerzo de reconstrucción que hicieron. Ése sí que es un país modelo.

—Pues a mí que no me pongan en la mesa un pescado del Rin. Si alguno queda.

—Todo eso son tonterías ecologistas.

—Eres demasiado inteligente como para pensar que son tonterías, Alfred.

—Tengo que ir al cuarto de baño.

—Al, cuando termines, lo que deberías hacer es ir a buscar un libro y leer un rato. Sylvia y yo nos vamos a la conferencia sobre inversiones. Tú quédate al sol. Y relájate relájate relájate.

Tenía días mejores y días peores. Era igual que si al echarse a dormir, ciertos humores se le congregasen en los sitios adecuados o en los sitios inadecuados, como el adobo alrededor de un filete de falda, y, en consecuencia, sus nervios, a la mañana siguiente, tuviesen o no ración suficiente de lo que les hacía falta o no les hacía falta; igual que si su claridad mental dependiera de algo tan simple como haber dormido sobre un costado o haber dormido boca arriba la noche anterior; o, más preocupante aún, igual que si fuera un transistor estropeado, que, tras ser objeto de vigorosas sacudidas, lo mismo puede volver a funcionar alto y claro que no vomitar más que estática entretejida de frases inconexas o alguna ráfaga suelta de notas musicales.

Aun así, la peor mañana era mucho mejor que la noche mejor. Por la mañana se aceleraban todos los procesos de distribución de las medicinas a sus respectivos destinos: el Spansule, amarillo canario, para la incontinencia; la tabletita rosada, parecida a los Tums, sólo que ésta era para los temblores; la pastilla blanca, oblonga, para ahuyentar las náuseas; la tableta de color azul triste para desperdigar las alucinaciones de la tabletita rosada parecida a los Tums. Por la mañana, la sangre iba repleta de transeúntes, peones de la glucosa, obreros de saneamiento láctico y ureico, repartidores de hemoglobina transportando oxígeno recién producido en sus camionetas abolladas, capataces severos como la insulina, mandos intermedios enzimáticos y epinefrina jefe, leucocitos policías y trabajadores de la Oficina de Medio Ambiente, carísimos consultores desplazándose en sus limusinas de color rosa y blanco y amarillo canario, todos ellos agolpándose en el ascensor de la aorta para luego dispersarse por las arterias. Antes de mediodía, la tasa de accidentes laborales era mínima. El mundo estaba recién nacido.

Se sentía con fuerzas. Desde el comedor Kierkegaard recorrió a grandes zancadas, dando bandazos, el pasillo enmoquetado de rojo que antes le había brindado cómodo arrimo, pero que esa mañana parecía todo negocio, ni H ni M a la vista, sólo salones y boutiques y el Cine Ingmar Bergman. El problema era que ya no se podía confiar en que aquel sistema nervioso ponderase adecuadamente su necesidad de ir al servicio. De noche, la solución estaba en ponerse unos pañales. De día, la solución estaba en visitar el cuarto de baño cada hora y llevar siempre su viejo impermeable negro, por si ocurría algún accidente y había que taparlo. El impermeable poseía la virtud añadida de ofender la sensibilidad romántica de Enid, y sus paradas horarias poseían la virtud añadida de conferir estructura a su existencia. Su única ambición, ahora, era que no se le dispersase todo —que el océano de los terrores nocturnos no echase abajo el último mamparo.

Una muchedumbre de mujeres apiñadas fluía hacia el Salón Calzaslargas. Un poderoso remolino de la corriente introdujo a Alfred en un pasillo donde se alineaban los camarotes de los conferenciantes y animadores de a bordo. Desde el fondo de ese corredor, un servicio de caballeros le hacía señas.

Un oficial con charreteras estaba utilizando uno de los dos urinarios. Temeroso de no estar a la altura de las circunstancias si se sentía observado, Alfred se metió en uno de los excusados y echó el cerrojo y se encontró cara a cara con una taza llena de porquería hasta los bordes y que, afortunadamente, no decía una sola palabra: se limitaba a apestar. Salió y probó suerte en el compartimiento contiguo, pero en éste sí que había algo escurriéndose por el suelo, quizá un mierda móvil buscando dónde esconderse, y no se atrevió a entrar. Mientras, el oficial había pulsado la descarga de agua y se había situado de espaldas al urinario. Alfred identificó sus mejillas azules y sus gafas tintadas de rosa y sus labios color partes pudendas. Colgando de su cremallera aún abierta había un palmo, o más, de tubo moreno y fláccido. Una sonrisa amarilla se abrió entre sus mejillas azules. Y dijo:

—Le he dejado un pequeño tesoro encima de la cama, señor Lambert. En compensación por el que me llevé.

Alfred salió de los servicios dando tumbos y subió a toda prisa por unas escaleras, cada vez más alto, siete tramos, hasta llegar a la Cubierta Deportiva, al aire libre. Allí encontró un banco al cálido sol. Se sacó del bolsillo del impermeable un mapa de las provincias marítimas de Canadá y trató de concentrarse en unas coordenadas, de identificar algún punto de referencia.

Junto a la barandilla había tres viejos con parkas de Gore-Tex. Sus voces resultaban inaudibles un momento y, enseguida, perfectamente claras. Había bolsillos en la masa fluida del viento, al parecer: pequeños espacios de calma entre los cuales lograba colarse alguna que otra frase.

—Ahí hay un tipo con un mapa —dijo uno.

Se acercó a Alfred con la expresión de felicidad característica de todos los hombres del mundo menos Alfred.

—Perdóneme, señor. En su opinión, ¿qué es eso que vemos a la izquierda?

—La península de Gaspé —replicó Alfred, muy convencido—. Al terminar la curvatura debería aparecer una población de buen tamaño.

—Muchas gracias.

El hombre se reintegró a su grupo. Como si les hubiera importado enormemente la localización del buque, como si, en principio, sólo hubieran subido a la Cubierta Deportiva en busca de tal información, los tres iniciaron inmediatamente el descenso hacia la cubierta inferior, dejando solo a Alfred en la cima del mundo.

El cielo protector era más tenue en ese país de aguas septentrionales. Las nubes corrían en rebaños parecidos a surcos, deslizándose a lo largo de la cúpula cerrada del cielo, que estaba muy bajo. Allí andaba uno por las cercanías de la última Thule. Los objetos verdes tenían coronas rojas. En los bosques que se extendían al oeste, hasta los límites de la visibilidad, igual que en la carrera sin sentido de las nubes, igual que en la cerúlea claridad, no había nada local.

Qué extraño vislumbrar el infinito precisamente en aquella curva finita, lo eterno precisamente en lo estacional.

Alfred había reconocido en el hombre de las mejillas azules al hombre de Señalización, la traición hecha carne. Pero el hombre de las mejillas azules de Señalización en modo alguno habría podido permitirse un crucero de lujo, y ese dato lo tenía preocupado. El hombre de las mejillas azules procedía del lejano pasado, pero andaba y hablaba en el presente, y la mierda era una criatura de la noche, y no por ello dejaba de deambular por ahí a plena luz, y ese dato lo tenía preocupadísimo.

Según decía Ted Roth, los agujeros de la capa de ozono empezaban en los polos. Fue durante la larga noche ártica cuando la cáscara protectora de la Tierra empezó a debilitarse, pero, una vez perforado el cascarón, el daño fue extendiéndose hasta alcanzar incluso los soleados trópicos —incluso el ecuador—; y pronto dejaría de haber un solo lugar seguro en todo el globo.

Entretanto, un observatorio de las regiones más alejadas en profundidad había enviado una débil señal, un ambiguo mensaje.

Alfred recibió la señal y se preguntó qué hacer con ella. Les había cogido miedo a los servicios públicos, pero tampoco iba a bajarse los pantalones allí, delante de todo el mundo. Los tres hombres de antes podían volver en cualquier momento.

Tras una barandilla de protección que había a la derecha, vio una colección de planos y cilindros con una capa espesa de pintura, dos esferas de navegación, un cono invertido. Dada su carencia de miedo a las alturas, nada le impedía hacer caso omiso de las gruesas letras de los avisos en cuatro idiomas, meterse por un lado de la barandilla y salir a la superficie metálica como de papel de lija, en busca, digámoslo así, de un árbol tras el que esconderse para echar una meada. Estaba por encima de todo, e invisible.

Pero demasiado tarde.

Tenía empapadas las dos perneras del pantalón, una de ellas, la izquierda, casi hasta el tobillo. Humedad de calor y frío por todas partes.

Y, en el punto donde debería haber aparecido una ciudad, la costa, por el contrario, iba retirándose. Olas grises atravesaban aguas extrañas, y el temblor de las máquinas se hizo más elaborado, más difícil de desestimar. Una de dos: o el buque no había alcanzado aún la península de Gaspé, o ya la había dejado atrás. La respuesta que había dado a los hombres de las parkas era incorrecta. Estaba perdido.

Y desde la cubierta situada inmediatamente debajo llegó, traída por el viento, una risita. Un trino chillado, una alondra del norte.

Bordeó las esferas y los cilindros y se inclinó por fuera de la barandilla exterior. Unos metros más hacia popa había un reducido solario «Nórdico», secuestrado tras una mampara de cedro, y alguien situado donde ningún pasajero tenía permitido situarse bien podía mirar por encima de la valla y contemplar a Signe Söderblad, sus brazos y muslos y vientre punteados por el frío, las dos frambuesas gemelas y regordetas a que se le habían quedado reducidos los pezones bajo un súbito cielo gris invernal, el agitado vello pelirrojo entre las piernas.

El mundo diurno flotaba sobre el mundo nocturno y el mundo nocturno intentaba anegar el mundo diurno, y él hacía tremendos esfuerzos, tremendos esfuerzos, para mantener estanco el mundo diurno. Pero acababa de producirse una penosísima brecha.

Llegó entonces otra nube, mayor, más densa, que viró el golfo de debajo al negro verdoso. Buque y sombra en colisión.

También vergüenza y desesperanza.

¿O era el viento, que le hería las velas del impermeable?

¿O era la inclinación del barco?

¿O el temblor de sus piernas?

¿O el temblor paralelo de las máquinas?

¿O un sortilegio que se desvanecía?

¿O la invitación pendiente del vértigo?

¿O la relativa calidez de la invitación del agua abierta a quien está empapado y se hiela en el viento?

¿O se inclinaba hacia delante, deliberadamente, para ver de nuevo el monte pelirrojo?

—Qué adecuado resulta —dijo Jim Crolius, experto asesor financiero internacionalmente famoso— estar hablando de dinero en el Crucero de Lujo Colores del Otoño de la Nordic Pleasurelines una hermosa mañana de sol, mis queridos amigos. ¿No es verdad?

Crolius hablaba desde un facistol, junto a un exhibidor de caballete en que aparecía escrito en tinta morada el título de su charla: «Cómo sobrevivir a las correcciones.» Su pregunta provocó murmullos de asentimiento en las dos primeras filas, las situadas directamente frente a él, ocupadas por quienes habían llegado temprano para conseguir los mejores sitios. Alguien llegó incluso a decir:

—¡Sí, *Jim*!

Enid se sentía muchísimo mejor esa mañana, pero aún le persistían en la cabeza unas cuantas perturbaciones atmosféricas; así, por ejemplo, un nubarrón consistente en (a) rencor hacia las mujeres que se habían presentado en el Salón Calzaslargas a una hora tan absurdamente temprana, como si la rentabilidad potencial de los consejos de Jim Crolius hubiera dependido de la distancia a que uno se situara de él, y (b) especial rencor hacia el tipo agresivo de señora, modelo Nueva York, que se colaba a codazos, pasando por delante de todo el mundo, buscando el tuteo con el conferenciante (Enid estaba segura de que Crolius sabría percatarse de su presunción y de lo vano de sus halagos, pero existía el riesgo de que se dejase llevar por la cortesía y no las desdeñara, para concentrar su atención en otras mujeres menos agresivas y con mejores méritos, y, además, del Medio Oeste, como ella), y (c) intenso enfado con Alfred por haber hecho *dos* paradas en los servicios, camino del desayuno, lo cual había impedido que ella saliese del comedor Kierkegaard con la antelación suficiente para asegurarse la primera fila.

Pero el nubarrón se disipó tan pronto como se hubo juntado, y el sol volvió a brillar en todo su esplendor.

—Bueno, pues lamento ser yo el primero en decírselo a los del fondo, pero desde donde yo estoy —decía Jim Crolius—, aquí, junto al ventanal, se ven nubes en el horizonte. Podrían ser nubecillas blancas y cariñosas. Pero también podrían ser negras nubes de lluvia. ¡Las apariencias engañan! Desde donde yo estoy, da la impresión de que la ruta está despejada, pero no soy ningún experto. Puede que esté llevando la embarcación directamente contra unos arrecifes. Porque, claro, a ustedes no les gustaría nada ir en un barco sin capitán, ¿verdad? Un capitán que disponga de todos los mapas y de todos los cachivaches necesarios, todo a la última, toda la parafernalia. ¿Verdad? Radar, sónar, Sistema de Posicionamiento Global —Jim Crolius iba contando con los dedos los instrumentos que mencionaba—. ¡Satélites en el espacio exterior! Una tecnología la mar de bonita. Pero alguien tiene que recoger toda esa información, si no queremos vernos todos en serios apuros. ¿Verdad? Estamos flotando en la superficie de un profundísimo océano. Su vida, la vida de cada uno de ustedes. Con todo esto, lo que les digo es que a lo mejor no les hace falta a ustedes dominar personalmente todos esos conocimientos técnicos, todo lo último, toda la parafernalia. Pero ¡más nos vale a todos que el capitán sea bueno, cuando nos toca surcar los procelosos mares de las finanzas!

Hubo aplausos procedentes de la primera fila.

—Este tío se cree que acabamos de cumplir ocho años —le susurró Sylvia a Enid.

—Es solamente la introducción —le devolvió Enid el susurro.

—La situación nos viene al pelo, también —prosiguió Jim Crolius—, porque desde aquí vemos el cambio de las hojas. El año tiene sus ritmos: invierno, primavera, verano, otoño. Todo es un ciclo. Tenemos nuestras subidas de primavera, nuestras bajadas de otoño. Igual que el mercado. La actividad comercial tiene sus ciclos, ¿verdad? El mercado puede mantenerse en alza, durante cinco, diez, incluso quince años. Lo hemos visto en el transcurso de nuestras vidas. También hemos visto correcciones. Ustedes pensarán que tengo pinta de chiquito joven, pero en mi vida ya he visto por lo menos una auténtica *ruptura* del mercado. Da miedo. Los ciclos de la actividad comercial. Y ahora, amigos míos, ahí, ahí fuera, tenemos un considerable despliegue de verdes. Hemos tenido un verano largo y espléndido. De hecho, y levanten la mano los que sí, por favor, ¿cuántos de ustedes pagan por este crucero, en todo o en parte, basándose en la solidez de sus inversiones?

Un bosque de manos alzadas.

Jim Crolius asintió satisfecho.

—Pues bien, queridos, no tengo más remedio que comunicárselo a ustedes: las hojas están empezando a cambiar. Por muy verdes que se les presenten a ustedes, ahora, en este momento, la situación no sobrevivirá al invierno. Ni que decir tiene, claro, cada año es distinto, cada ciclo es distinto. Nunca se sabe exactamente cuándo va a cambiar el verde. Pero si estamos aquí, todos, es porque somos gente previsora. Todos y cada uno de los aquí presentes, por el mero hecho de estar aquí, ya me han demostrado que son listos invirtiendo. ¿Saben por qué? *Porque todavía era verano cuando ustedes salieron de sus casas.* Cada uno de los aquí presentes ha sido lo suficientemente previsor como para saber que algo iba a cambiar en este crucero. Y la pregunta que todos nos hacemos, hablo metafóricamente, la pregunta que todos nos hacemos es: ¿Se convertirá el espléndido verde que vemos ahí fuera en un dorado no menos espléndido? ¿O han de secarse en las ramas, durante el invierno de nuestro descontento?

El Salón Calzaslargas estaba electrizado de emoción. Hubo murmullos de «¡Maravilloso, maravilloso!».

—Menos ruido y un poco más de nueces —dijo Sylvia Roth, con sequedad.

«La muerte —pensó Enid—. Este hombre está hablando de la muerte. Y todos los que le aplauden son tan viejos...»

Pero ¿dónde estaba el mordiente de esa afirmación? Aslan se lo había llevado.

Jim Crolius se volvió hacia el exhibidor y pasó la primera de sus grandes páginas impresas. El titular de la segunda era CUANDO CAMBIA EL CLIMA, y los diversos epígrafes —Fondos, Obligaciones, Acciones Ordinarias, etc.— obtuvieron de las primeras filas un asombro carente de toda proporción con el contenido informativo. Por un momento, Enid tuvo la impresión de que Jim Crolius estaba haciendo un análisis técnico del mercado muy parecido a esos en los que su broker de St. Jude le recomendaba que no se fijase nunca. Sin tener en cuenta los mínimos efectos del viento a baja velocidad, algo que se «desploma» (algo de valor que se «desploma» en «caída libre») experimenta, por acción de la gravedad, una aceleración de 980 centímetros por segundo al cuadrado, y, teniendo en cuenta que la aceleración es la derivada de segundo orden de la distancia, el estudioso puede calcular la integral sobre la distancia que el objeto ha recorrido (unos 9 metros), para medir así su velocidad (12,8 metros por segundo) cuando pasa por el centro de una ventana de 2,44 metros de altura; y, suponiendo un objeto cuya longitud sea de 182,88 centímetros, y suponiendo también, en aras de la sencillez, una velocidad constante en el intervalo considerado, derivar una cifra de aproximadamente cuatro décimas de segundo de visibilidad plena o parcial. No es gran cosa, cuatro décimas de segundo. Si no está una mirando de frente y tiene la cabeza ocupada en el lento cálculo de las horas que faltan para la ejecución de un joven asesino, sólo verá algo oscuro pasar a toda prisa. Pero si ocurre que una está mirando de frente por la ventana y que una se siente como nunca de tranquila, cuatro décimas de segundo son tiempo más que suficiente para darse cuenta de que el objeto que cae es el mismo marido con quien lleva una cuarenta y siete años casada; para percatarse de que lleva puesto aquel horroroso impermeable negro y deforme, impresentable en público, pero que él se empeñó en meter en la maleta, para el viaje, igual que se empeña en llevarlo a todas partes; para experimentar no sólo la certidumbre de que algo horrible acaba de suceder, sino también un muy peculiar sentimiento de intrusión, como si estuviera una asistiendo a un espectáculo al cual, por naturaleza, no debería asistir, como el impacto de un meteorito o la cópula de las ballenas; e incluso para observar la expresión en el rostro del marido, para tomar nota de su casi juvenil belleza, su rara serenidad, porque ¿a quién iba a ocurrírsele que aquel hombre tan enrabietado fuera a caer con semejante gracia?

Él recordaba las noches del piso de arriba, con uno o dos de sus chicos, o con la chica en el hueco del hombro, con sus cabezas húmedas, recién bañados, pesándole contra las costillas, mientras les leía *Belleza negra* o *Las crónicas de Narnia*. Recordaba el modo en que lograba adormecerlos, sólo con la palpable resonancia de su voz. Fueron noches, aquéllas —y las hubo a cientos, quizá incluso a miles—, en que nada lo suficientemente traumático como para dejar cicatriz acaecía en la unidad nuclear. Noches de sencilla unión en su butaca de cuero negro; dulces noches de duda entre las noches de desolada certidumbre. Le venían ahora esos contraejemplos olvidados, porque, al final, cuando estás cayéndote al agua, nada hay más sólido a que agarrarse que los hijos.

EL GENERADOR

Robin Passafaro era de Filadelfia y pertenecía a una familia de gente alborotadora y muy arraigada en sus creencias. El abuelo de Robin y sus tíos Jimmy y Johnny eran todos ellos miembros irreconciliables del sindicato de camioneros. El abuelo, Fazio, trabajó a las órdenes del jefe del sindicato, Frank Fitzsimmons, en calidad de vicepresidente nacional, y llevó la rama más importante de Filadelfia, malbaratando las cuotas de 3.200 afiliados durante veinte años. Fazio sobrevivió a dos sumarios por asociación para delinquir, una coronaria, una laringotomía y nueve meses de quimioterapia antes de retirarse a Sea Isle City, en la costa de Jersey, donde ocupó su tiempo libre yendo cada mañana al embarcadero a cebar con trozos de pollo crudo sus trampas cangrejeras.

El tío Johnny, primogénito de Fazio, salió muy bien adelante con dos tipos de incapacidad («dolor lumbar crónico y agudo», decían los impresos correspondientes), su actividad comercial de temporada (pintando casas, pago en efectivo) y su suerte o talento en el ejercicio de la actividad de *day trader* en línea, especulando con la cotización de ciertas acciones. Johnny vivía cerca del Veterans Stadium, con su mujer y con su hija pequeña, en un chalet adosado con revestimiento de PVC, que ellos fueron expandiendo hasta ocupar por completo la diminuta parcela, desde el comienzo de la acera hasta la línea divisoria trasera de la propiedad; en la cubierta tenían un jardincillo con césped artificial.

El tío Jimmy («Baby Jimmy»), soltero, era jefe del Almacén de Documentos de la IBT, un bloque de hormigón que la International Brotherhood of Teamsters (hermandad internacional de camioneros) levantó, para utilizarlo como mausoleo, en el margen industrial del Delaware, en épocas más optimistas, y que más tarde, ante el hecho de que sólo tres leales miembros del sindicato (3) hubieran solicitado el entierro en una de sus mil cámaras a prueba de incendios, la hermandad convirtió en depósito de larga duración para papeles legales y de empresa. Baby Jimmy era famoso en los círculos locales de Drogadictos Anónimos por haberse enganchado a la metadona sin pasar por la heroína.

El padre de Robin, Nick, era el segundo hijo de Fazio y el único Passafaro de su generación que nunca estuvo adscrito al programa del sindicato de camioneros. Nick, además de ser el cerebro de la familia, era socialista convencido; los del sindicato, con sus lealtades a Nixon y a Sinatra, eran anatema para él. Nick se casó con una irlandesa y, muy significativamente, se mudó a Mount Airy, comunidad donde prevalecía la integración racial; y en lo sucesivo se dedicó a enseñar ciencias sociales en el instituto de la ciudad, desafiando a los directores a que lo despidiesen por su trotskismo exaltado.

A Nick y a su mujer, Colleen, les habían dicho que no podían tener hijos. Adoptaron, pues, a un niño de un año, Billy, unos meses antes de que Colleen se quedara embarazada de Robin —primera de sus tres hijas—. Robin andaba ya en la adolescencia cuando se enteró de que Billy era adoptado, pero entre sus más tempranos recuerdos emotivos de la niñez estaba, según le contó a Denise, la sensación de sentirse irremisiblemente *privilegiada*.

Había probablemente un certero diagnóstico médico aplicable a Billy, el correspondiente a un electroencefalograma de trazado anormal, o una alteración de los nódulos rojos, o a lagunas negras en su Tomografía Axial Computarizada o TAC, y también a causas hipotéticas, como la desatención aguda o algún trauma cerebral por su niñez preadoptiva; pero sus hermanas, y, más que ninguna otra, Robin, lo tenían catalogado como un puro y simple espanto. Billy enseguida se percató de que, por muy cruel que fuera con Robin, ésta siempre se echaría la culpa. Si le prestaba cinco dólares, se burlaba de ella por creerse que iba a devolvérselos. (Si Robin le iba con el cuento a su padre, Nick se limitaba a compensarle la pérdida dándole otros cinco dólares.) Billy la perseguía con saltamontes cuyas patas previamente había desprovisto del último tramo, con sapos bañados en Clorox, diciéndole —de broma, según él—: «Les hago daño por tu culpa.» Llenaba de cagadas de barro las braguitas de las muñecas de Robin. La llamaba Vaca Noseentera y Robin Sintetas. Le clavó un lápiz en el antebrazo y le dejó la punta hincada a bastante profundidad. Al día siguiente de que la bicicleta de Robin desapareciera del garaje, él se presentó en casa con un buen par de patines de ruedas y dijo que se los había encontrado en Germantown Avenue y se pasó dando vueltas por el vecindario, con ellos puestos, los meses que hubo de esperar Robin para que le compraran otra bicicleta.

El padre, Nick, tenía ojos para todas las injusticias que pudieran cometerse en el Primer Mundo y en el Tercero, pero no cuando Billy era el culpable. Cuando empezó en el instituto, las actividades delictivas de Billy ya habían obligado a Robin a poner un cerrojo en su armario, a tapar con Kleenex el ojo de la cerradura de su cuarto y a dormir con el monedero debajo de la almohada. Pero el caso es que todas esas medidas más bien las tomaba con tristeza que con cólera. Tenía poco de que quejarse, y lo sabía. Sus hermanas y ella fueron pobres y felices en aquella casa de Phil-Ellena Street, aunque se estuviera viniendo abajo, y Robin asistió a un buen instituto cuáquero y luego a un excelente college cuáquero, a ambos con beca completa, y se casó con su novio de la universidad y tuvo dos hijas, mientras Billy se echaba a perder irremisiblemente.

Nick le inculcó a Billy su pasión por la política, y Billy le pagó colgándole el epíteto de *burgués liberal, burgués liberal*. Cuando vio que con ello no irritaba suficientemente a Nick, Billy pasó a hacerse amigo de los demás Passafaro, siempre encantados de acoger con los brazos abiertos a cualquier familiar del traidor de la familia. Cuando Billy fue detenido por segunda vez por infracción de las leyes penales, y Colleen lo echó de casa, sus conocidos del Sindicato lo acogieron como a un héroe. Tuvo que pasar un tiempo antes de que perdiera todo su crédito.

Vivió durante un año con su tío Jimmy, quien, ya muy entrado en los cincuenta, se sentía feliz en compañía de adolescentes de su misma mentalidad con quienes compartir su nutrida colección de armas y cuchillos, vídeos de Chasey Lain y parafernalia del Warlords III y el Dungeonmaster. Pero Jimmy también veneraba a Elvis Presley, dentro de su hornacina, en un rincón del dormitorio, y Billy, a quien jamás acabó de entrarle en la cabeza que lo de Jimmy con Elvis no era ninguna broma, acabó profanando el altar de algún modo tan extremado y tan irreversible, que Jimmy lo puso de patitas en la calle y no quiso volver a hablar del asunto nunca más.

De ahí derivó Billy hacia el movimiento *underground* más radical de Filadelfia: la Media Luna Roja de fabricantes de bombas y fotocopiadores y magaziniestros y punks y bakuninianos y profetas vegetarianos de medio pelo y fabricantes de mantas orgónicas y mujeres llamadas Afrika y biógrafos aficionados de Engels y emigrados de las Brigadas Rojas que se extendía de Fishtown y Kensington, en el norte, hasta el decaído Point Breeze, en el sur, pasando por Germantown y la Zona Oeste de Filadelfia (donde el alcalde Goode incendió el búnker de las buenas gentes de la secta MOVE). Era un extraño filadelfacto que una proporción nada despreciable de los delitos ciudadanos se cometiese con conciencia política. Tras la primera alcaldía de Frank Rizzo, nadie podía pretender que la policía de la ciudad fuese limpia e imparcial; y puesto que, a juicio de la Media Luna Roja, todos los policías eran asesinos o, en el mejor de los supuestos, cómplices necesarios de los asesinatos (véase el caso de MOVE), cualquier violencia o cualquier medida de redistribución de la riqueza a que la policía pudiera poner objeciones quedaban justificadas como acciones legítimas dentro de una guerra sucia a largo plazo. No obstante, este planteamiento lógico, en general, solía escapárseles a los jueces de la localidad. El joven anarquista Billy Passafaro, con el paso de los años, fue siendo objeto de condenas cada vez más graves por sus delitos: libertad condicional, servicios comunitarios, campamento experimental de reclusos y, por último, la trena de Graterford. Robin y su padre tenían frecuentes discusiones sobre lo justo o injusto de tales condenas: Nick, acariciándose la barbita de Lenin, afirmaba que él no era un hombre violento, pero que no se oponía a la violencia cuando ésta se practicaba al servicio de un ideal político, a lo cual Robin replicaba pidiéndole que especificase a qué ideal político, exactamente, había contribuido Billy aporreando con un taco de billar roto a un estudiante universitario.

El año antes de que Denise conociera a Robin, Billy quedó en libertad condicional y asistió a la ceremonia de inauguración de un Centro Informático Comunitario del barrio, casi al norte y muy pobre, de Nicetown. Uno de los muchos golpes de efecto del alcalde que durante dos períodos consecutivos sucedió a Goode al frente del ayuntamiento consistía en explotar comercialmente los colegios públicos de la ciudad. Previamente, el alcalde había subrayado astutamente el deplorable descuido en que se tenían los colegios en cuanto oportunidad de hacer negocio. («Actúe deprisa, Participe en nuestro mensaje de esperanza», decían sus cartas), y la N—— Corporation había respondido a este llamamiento asumiendo la gestión de los varios programas deportivos colegiales de la ciudad, hasta entonces muy gravemente desprovistos de fondos. Ahora, el alcalde había pergeñado un acuerdo similar con la W—— Corporation, que donaba a la ciudad de Filadelfia las suficientes unidades de su famosos Global Desktops como para «impulsar» todas las aulas de la ciudad, y también cinco Centros Informáticos Comunitarios en los barrios deprimidos del norte y del oeste. El acuerdo concedía a la W—— Corporation la utilización exclusiva para fines promocionales y publicitarios de todas las actividades escolares del distrito de Filadelfia, incluidas pero no limitadas a las aplicaciones del Global Desktop. Los adversarios del alcalde unas veces criticaban la «venta por derribo» y otras se quejaban de que la W—— había donado a los colegios la versión 4.0 de su Desktop, lenta y muy dada a colgarse, y a los Centros Informáticos Comunitarios la versión 3.2, prácticamente inutilizable. Pero el ambiente estaba muy animado, aquella tarde de septiembre, en Nicetown. El alcalde y el vicepresidente de la W—— para Imagen de Empresa, Rick Flamburg, que tenía veintiocho años, unieron sus manos en las grandes tijeras con que cortaron la cinta. Los políticos locales de color dijeron *niños* y *mañana*. Dijeron *digital* y *democracia* e *historia*.

Frente al tinglado blanco instalado para la ocasión, los integrantes del consabido grupo de anarquistas, vigilados con desgana por un destacamento policial que luego se tildó de demasiado pequeño, no sólo exhibían sus pancartas, sino también, en lo privado de sus bolsillos, llevaban imanes de elevada potencia de los que pensaban servirse, entre el reparto de la tarta, los brindis con ponche y la confusión general, para borrar la mayor cantidad de datos posible de los nuevos Global Desktops del Centro. Las pancartas decían RECHACEMOS ESTO y LOS ORDENADORES SON LO CONTRARIO DE LA REVOLUCIÓN y NO QUIERO ESTE CIELO - ME DA DOLOR DE CABEZA. Billy Passafaro, recién afeitado y con una camisa de manga corta y botones en las puntas del cuello, llevaba un tablón de un metro veinte de largo en el que había escrito ¡¡¡BIENVENIDOS A FILADELFIA!!! Cuando concluyó la ceremonia oficial y el ambiente se hizo más placenteramente anárquico, Billy se movió por los bordes de la multitud, muy sonriente, llevando en alto su mensaje de buena voluntad, hasta que se halló lo suficientemente cerca de los dignatarios como para manejar el tablón igual que un bate de baseball y partirle el cráneo a Rick Flamburg. Los golpes sucesivos le demolieron la nariz, le saltaron casi todos los dientes y le partieron el cuello, y así hasta que el servicio de vigilancia del alcalde logró dominar a Billy, sobre quien luego se amontonaron unos doce agentes de policía.

Suerte tuvo de que hubiera demasiada gente como para que los policías le descerrajaran un tiro. Y suerte también, dada la obvia premeditación de su delito y la escasez, políticamente molesta, de inquilinos blancos en el pasillo de los condenados a la pena capital, que Rick Flamburg no muriera. (No está tan claro que Flamburg, licenciado por Dartmouth y soltero, a quien el ataque dejó paralítico, desfigurado, con dificultades de dicción, tuerto y con propensión a unos dolores de cabeza que lo incapacitaban todavía más, se considerara también afortunado.) Billy fue juzgado por intento de asesinato, lesiones graves y agresión con arma capaz de causar la muerte. Rechazó categóricamente cualquier acuerdo y optó por ser él mismo quien se defendiera ante el tribunal, rechazando por «acomodaticio» tanto al abogado de oficio como al viejo abogado del Sindicato de Camioneros a quien su familia ofreció pagar la minuta de cincuenta dólares por hora.

Para sorpresa de casi todo el mundo menos Robin, que nunca había puesto en duda la inteligencia de su hermano, Billy llevó a cabo su defensa de un modo bastante inteligible. Alegó que la «venta» que el alcalde había hecho de los niños de Filadelfia a la «tecnoesclavitud» de la W—— Corporation representaba un «claro y acuciante peligro público», ante el cual debía considerarse justificada su reacción violenta. Denunció la «nefasta alianza» entre comercio y gobierno en Estados Unidos. Trazó un paralelo entre su persona y los Minuteros de Lexington y Concord. Cuando, mucho más tarde, Robin le mostró a Denise las transcripciones de la vista, Denise imaginó una cena con Billy y con Chip, y ella escuchando mientras ambos comparaban sus criterios sobre «la burocracia», pero la cosa tendría que esperar hasta que Billy cumpliera el setenta por ciento de su condena de doce a dieciocho años en la penitenciaría de Graterford.

Nick Passafaro pidió permiso en el trabajo y, lealmente, asistió al juicio de su hijo. Salió en la tele y dijo todo lo que cabía esperar que dijera un viejo rojo: «Una vez al día, cuando la víctima es negra, todo el mundo se calla; una vez al año, cuando la víctima es blanca, todo el mundo se echa las manos a la cabeza», y «Mi hijo pagará muy caro su delito, pero la W—— nunca pagará los suyos», y «Los Rick Flamburg de este mundo se han hecho ricos vendiendo imitaciones de la violencia a los niños de Norteamérica». Le fueron pareciendo muy bien todos los alegatos que presentaba Billy y estaba muy orgulloso de la actuación de su hijo, pero empezó a perder pie cuando la fiscalía presentó ante el tribunal las fotos de las lesiones causadas a Flamburg. Las profundas hendiduras en V del cráneo de Flamburg, su nariz, su mandíbula, su clavícula evidenciaban un ejercicio de bestialidad, una locura, que no cuadraban muy bien con el idealismo. Nick dejó de dormir según avanzaba el juicio. Dejó de afeitarse, perdió el apetito. Ante la insistencia de Colleen, fue a ver a un psiquiatra y volvió a casa con unos cuantos fármacos, pero, aun así, seguía despertando a su mujer por las noche. Gritaba: «¡No pienso pedir perdón!» Gritaba: «¡Esto es la guerra!» Al final le aumentaron las dosis, y en abril lo retiraron de su cargo en la enseñanza pública.

Rick Flamburg trabajaba en la W—— Corporation, y Robin, por consiguiente, se sentía culpable de todo aquello.

Robin se convirtió en embajadora de los Passafaro ante la familia de Rick Flamburg, presentándose una y otra vez en el hospital, hasta que a los padres de Flamburg se les pasó la cólera y dejaron de sospechar de ella, dándose cuenta de que no era la guardiana de su hermano. Se sentaba con Flamburg y le leía el *Sports Illustrated*. Caminaba junto a su andador mientras él se arrastraba pasillo arriba. En la noche de su segunda operación reconstructiva, llevó a los padres de Rick a cenar y escuchó atentamente unas cuantas historias protagonizadas por el hijo (francamente aburridas). Ella les habló de lo precoz que había sido Billy en todo, de cómo era capaz, ya en cuarto grado, de falsificar notas de su padre en que se justificaban sus no asistencias a clase, con buena letra y sin faltas de ortografía, y les contó que era una auténtica biblioteca andante de chistes verdes y datos sobre cuestiones relativas a la reproducción, y les comentó lo desagradable que resultaba no ser una tonta e irse dando cuenta de cómo su hermano, que tampoco era ningún tonto, se iba idiotizando cada vez más, igual que si lo hubiera hecho intencionadamente, para evitar convertirse en una persona como ella; y les dijo que todo aquello era muy misterioso y que lamentaba muchísimo el daño que Billy le había hecho a su hijo.

En vísperas del juicio, Robin le propuso a su madre que fueran juntas a la iglesia. Colleen había recibido la confirmación en la fe católica, pero llevaba cuarenta años sin comulgar. En cuanto a Robin, sólo había entrado en contacto con la iglesia para asistir a las bodas y los entierros. Y, sin embargo, durante tres domingos consecutivos, Colleen se dejó recoger en Mount Airy y llevar a la parroquia de su infancia, St. Dymphna, al norte de Filadelfia. El tercer domingo, al salir del templo, Colleen le dijo a Robin, con su acento irlandés de toda la vida: «Por mí ya vale, gracias.» En lo sucesivo, pues, Robin asistió en solitario a la misa de St. Dymphna y, pasado un tiempo, también a los cursillos preparatorios de la confirmación.

Robin podía permitirse tales buenas obras y tales actos de devoción gracias a la W—— Corporation. Su marido, Brian Callahan, era hijo de un fabricante de poca monta y se había criado confortablemente en Bala-Cynwyd, jugando al lacrosse y adquiriendo gustos muy refinados, en espera de heredar el pequeño negocio de especialidades químicas propiedad de su padre. (Callahan padre, en su juventud, había desarrollado, con éxito, un compuesto que, introducido en un convertidor Bessemer, le remendaba las grietas y las úlceras con las paredes cerámicas aún calientes.) Brian se había casado con la chica más guapa de su curso en la universidad (ésa era Robin, en su opinión) y poco después de su graduación se hizo cargo de la presidencia de High Temp Products. La compañía tenía su sede en un edificio de ladrillo amarillo situado en un parque industrial, junto al puente de Tacony-Palmyra; y daba la casualidad de que su vecino industrial más próximo era el Almacén de Documentos de la IBT. Habida cuenta del escaso desgaste cerebral que le infligía la gestión de High Temp Products, Brian invertía sus tardes de directivo enredando con códigos informáticos y análisis de Fourier, mientras en su presidencial equipo estéreo sonaban ciertos grupos californianos de culto, muy de su agrado (Fibulator, Thinking Fellers Union, The Minutemen, The Nomatics), y escribiendo un programa que, cumplido el tiempo, patentó tranquilamente y para el que tranquilamente encontró apoyo financiero y que, tranquilamente, siguiendo las indicaciones de quien lo apoyaba, vendió a W—— Corporation por un total de 19.500.000 dólares.

El programa de Brian, llamado Eigenmelody, procesaba cualquier pieza de música grabada y la convertía en un eigenvector, que, a su vez, destilaba en coordinadas diferenciadas y manipulables la esencia tonal y melódica de la canción. El usuario de Eigenmelody podía elegir su canción favorita de Moby y hacer que el programa la espectroanalizara y que luego buscara eigenvectores similares en una base de datos de canciones, para generar una lista de piezas relacionadas que el usuario, seguramente, nunca habría localizado de ningún otro modo: The Au Pairs, Laura Nyro, Thomas Mapfumo, la quejumbrosa versión de Pokrovsky de *Les Noces*. El Eigenmelody era un juego de salón, una herramienta musical y un estupendo vigorizador de las ventas, todo en uno. Brian supo sacarle tanto partido a la idea, que el leviatán de la W——, en un tardío afán por sacar tajada en la lucha por la distribución de música en línea, acudió a él corriendo con un enorme fajo de billetes de Monopoly en la mano extendida.

Fue muy típico de Brian que, no habiéndole comentado a Robin la inminente venta, tampoco, en la noche del día en que se cerró el trato, soltara una sola palabra sobre el asunto hasta que las chicas estuvieron en la cama, en su modesto chalet adosado yuppie, de las cercanías del Museo de Arte, y mientras ambos cónyuges veían en la tele un documental de *Nova* sobre las manchas solares.

—Oye, por cierto —dijo Brian—: ninguno de los dos tendremos que volver a trabajar nunca.

Fue muy típico de Robin —de su excitabilidad— que al recibir la noticia se echara a reír y no parase hasta que le entró un ataque de hipo.

Había, ay, cierta justicia en el antiguo remoquete que Billy le adjudicó a Robin en su momento: la Vaca Noseentera. Robin tenía la impresión de que ya compartía con Brian una existencia bastante buena. Vivía en su ciudad natal, cultivaba verduras y hierbas en su pequeño huerto trasero, enseñaba «artes del lenguaje» a chicos de diez y once años en un colegio experimental del oeste de Filadelfia, tenía a su hija Sinéad en un excelente colegio elemental privado de la Fairmont Avenue y a su otra hija, Erin, en un programa preescolar de la Friends Select, compraba cangrejos de caparazón blando y tomates de Jersey en el Reading Terminal Market, pasaba los fines de semana y los agostos en la casa que la familia de Brian poseía en Cape May, alternaba con viejas amigas que también tenían hijos y quemaba la suficiente energía sexual con Brian (lo ideal era todos los días, le dijo a Denise) como para mantenerse relativamente tranquila.

La Vaca Noseentera se quedó, pues, consternada ante la pregunta que Brian le hizo a continuación. Le preguntó que dónde pensaba ella que podrían vivir. Le dijo que él estaba dándole vueltas al norte de California. Pero también podía ser Provence, Nueva York, o Londres.

—Somos muy felices aquí —dijo Robin—. ¿Para qué mudarnos a algún sitio donde no conocemos a nadie y donde todo el mundo es millonario?

—Por el clima —dijo Brian—. Por la belleza, por la seguridad, por la cultura. El estilo. Cosas que no entran, ninguna de ellas, entre los dones de Filadelfia. No digo que nos mudemos. Digo si hay algún sitio al que te gustaría ir, aunque sólo fuera un verano.

—Estoy a gusto aquí.

—Pues aquí nos quedamos —dijo él—. Hasta que te apetezca ir a algún sitio.

Fue lo suficientemente ingenua, le contó luego a Denise, como para creer que ahí había terminado la discusión. Tenía un buen matrimonio, cuya estabilidad se basaba en la educación de los hijos, la comida y el sexo. Cierto que Brian y ella no procedían de los mismos estamentos sociales, pero High Temp Products no era exactamente E.I. Du Pont de Nemours, y Robin, con sus títulos de dos instituciones docentes de élite, no era tampoco la típica proletaria. Las escasas diferencias que había entre ellos eran más bien cuestión de estilo y, en su mayor parte, resultaban invisibles a ojos de Robin, porque Brian era tan buen marido como buena persona, y porque, en su bovina inocencia, Robin no podía imaginar que el estilo tuviera nada que ver con la felicidad. Sus gustos musicales oscilaban entre John Prine y Etta James, y, por tanto, Brian escuchaba a Prine y a James en casa, dejando sus Bartók y Defunkt y Flaming Lips y Mission of Burma para el estéreo de la oficina. Que Robin vistiera como una universitaria, con zapatillas blancas de deporte y un chaquetón de nailon color morado, con unas gafas grandotas y redondas, de montura metálica, de esas que la gente más a la última se ponía allá por 1978, no le resultaba especialmente molesto a Brian, siendo él, entre todos los hombres, el único que la veía desnuda. Que Robin fuera extremadamente nerviosa y tuviera una voz chillona muy penetrante y una risa de cucaburra, también se le antojaba un pequeño precio que pagar por su corazón de oro, por su veta lasciva, que atraía miradas, y por su galopante metabolismo, que la mantenía más delgada que una estrella de cine. Que nunca se afeitara las axilas y que rara vez se limpiara las gafas... Bueno, era la madre de sus hijos, y mientras pudiera seguir escuchando su música y retocando sus tensores matemáticos, a solas, no le importaba perdonarle ese anti estilo que las mujeres liberales de cierta edad lucían como una especie de placa de identidad feminista. Así, en todo caso, era como Denise se figuraba que Brian había resuelto el problema del estilo, hasta que hizo aparición el dinero de la W——.

(Denise sólo era tres años más joven que Robin, pero no se le pasaba por la cabeza ponerse una parka de nailon de color morado ni dejar de afeitarse las axilas. Ni siquiera *tenía* zapatillas blancas de deporte.)

La primera concesión de Robin a su nueva riqueza consistió en pasarse el verano buscando casa con Brian. Se había criado en una casa grande, y quería que sus hijas también se criaran en una casa grande. Si Brian necesitaba techos de varios metros y cuatro cuartos de baño y detalles de caoba por todas partes, podría vivir con ello. El seis de septiembre firmaron el contrato de compra de una imponente casa de arenisca, en Panama Street, cerca de Rittenhouse Square.

Dos días más tarde, con toda la carcelaria fuerza de sus hombros, Billy Passafaro le dio la bienvenida a Filadelfia al vicepresidente para Imagen de Empresa de la W—— Corporation.

Lo que Robin necesitaba saber, en las semanas siguientes al ataque, sin conseguir averiguarlo, era si cuando Billy escribió aquel mensaje en el tablón ya se había enterado del golpe de fortuna de Brian y ya sabía a qué compañía debían ella y su marido tan súbita riqueza. La respuesta era muy muy muy importante. Pero no tenía sentido alguno preguntárselo al propio Billy. Nunca conseguiría sacarle la verdad a Billy, que únicamente le diría lo que él pensara que podía hacerle más daño en aquel momento. Billy le había dejado medianamente claro a Robin que nunca dejaría de mofarse de ella, que nunca hablaría con ella de igual a igual, mientras no pudiera demostrarle que su vida era igual de jodida y miserable que la de él. Y era precisamente ese papel totémico que Robin parecía desempeñar ante Billy, precisamente el hecho de que la hubiera seleccionado como poseedora arquetípica de una vida normal y feliz que a él no le estaba permitida, lo que daba lugar a que Robin se sintiera como si hubiese sido de ella la cabeza a que apuntaba él cuando terminó descalabrando a Rick Flamburg.

Antes del juicio, le preguntó a su padre si él le había dicho a Billy que Brian había vendido el Eigenmelody a la W——. No le apetecía nada preguntárselo, pero tampoco podía dejar de hacerlo. Nick, porque le daba dinero, era la única persona de la familia que se mantenía en contacto con Billy. (El tío Jimmy había prometido pegarle un tiro al profanador de su altar, al gilipollas de su sobrino, si alguna vez se atrevía a ponerle delante su carita de gilipollas enemigo de Elvis, y, a fin de cuentas, no había ningún miembro de la familia con quien Billy no se hubiera excedido en el robo; ni siquiera los padres de Nick, Fazio y Carolina, quienes durante mucho tiempo se empeñaron en que a Billy no le ocurría nada anormal, que sólo padecía lo que Fazio denominaba un «desorden de atención deficiente», permitían que su nieto pusiera los pies en su casa de Sea Isle City.)

Nick, por desgracia, captó inmediatamente la importancia de la pregunta de Robin. Midiendo sus palabras con mucho cuidado, le contestó que no, que no recordaba haberle dicho nada a Billy.

—Es mejor que me digas la verdad, papá —dijo Robin.

—Bueno... No... No creo que tenga nada que ver... esto... Robin.

—A lo mejor no me sentiría tan culpable. A lo mejor sólo me cabrearía muchísimo.

—Bueno... Robin... Esos... Esos sentimientos suelen carecer de importancia, a fin de cuentas. Culpabilidad, cólera, da igual... ¿Verdad? Pero no te preocupes por Billy.

Robin colgó, preguntándose si Nick pretendía protegerla a ella de su sensación de culpa, o a Billy de la cólera de ella, o era sencillamente que la tensión lo obligaba a tomar distancia. Supuso que sería una combinación de las tres posibilidades. Supuso que durante el verano su padre le habría mencionado a Billy el golpe de suerte de Brian y que a continuación padre e hijo habrían intercambiado amarguras y sarcasmos sobre la W—— Corporation y sobre la muy burguesa de Robin y sobre el lujoso de Brian. Eso supuso, ya que no otra cosa, por lo mal que se llevaban Brian y su padre. Brian nunca se expresó tan libremente con Robin como con Denise («Nick es un cobarde de la peor especie», le comentó un día a ésta), pero tampoco ocultaba su odio a las disquisiciones de Nick sobre el empleo de la violencia y su manera de relamerse de satisfacción ante lo que él llamaba socialismo. A Brian le caía bastante bien Colleen («La verdad es que menudo chollo tuvo, con semejante matrimonio», le comentó cierto día a Denise), pero meneaba la cabeza y salía de la habitación cada vez que Nick empezaba a largar. Robin no se permitió imaginar lo que su padre y Billy hubieran podido decir de Brian y de ella. Pero estaba más que segura de que algo habrían dicho y de que a Rick Flamburg le había tocado pagar el pato. La reacción de Nick ante las fotografías judiciales de Flamburg fue una prueba más en este sentido.

Durante el juicio, mientras su padre se venía abajo, Robin estudió el catecismo en St. Dymphna y tiró un par de veces más del reciente dinero de Brian. Primero dejó su trabajo del colegio experimental. Ya no la satisfacía trabajar para unos padres que pagaban 23.000 dólares al año por niño (aunque, a decir verdad, Brian y ella pagaban casi lo mismo por la escolarización de Sinéad y Erin). Y a continuación se embarcó en un proyecto filantrópico. En una zona especialmente deprimida de Point Breeze, a cosa de un kilómetro de su nueva casa, en dirección sur, compró una parcela edificable en la que sólo se levantaba una casa medio en ruinas, en un rincón. También compró cinco camiones de humus y contrató un buen seguro. Su plan era contratar adolescentes de la zona por el salario mínimo, enseñarles los rudimentos del cultivo orgánico y darles parte de los beneficios de las verduras que lograsen vender. Se lanzó al Proyecto Huerto con una intensidad maníaca que incluso en ella resultaba temible. Brian se la encontraba despierta, delante de su Global Desktop, a las cuatro de la mañana, moviendo ambos pies al mismo tiempo y comparando variedades de nabo.

Con un contratista distinto presentándosele cada semana en Panama Street, para introducir mejoras, y con Robin desapareciendo por un desagüe utópico de tiempo y energía, Brian logró reconciliarse con la idea de permanecer en la lánguida ciudad de su infancia. Decidió divertirse un poco por su cuenta. Empezó a frecuentar los mejores restaurantes de Filadelfia, uno detrás de otro, comparándolos todos con su favorito del momento, el Mare Scuro. Cuando se convenció de que éste era el que seguía gustándole más, llamó a la jefa de cocina y le hizo una propuesta:

—Éste es el primer restaurante verdaderamente bueno que hay en toda Filadelfia —dijo—. Un sitio de los que haría exclamar a cualquiera: «Oye, pues sí, sí se puede vivir en Filadelfia, si no queda más remedio.» Me trae sin cuidado que haya o deje de haber alguien más de esta opinión. Lo que quiero es un sitio que me haga sentirme a gusto, *a mí*. En resumen: sea cual sea la cantidad que le estén pagando ahora, yo se la doblo. Y luego se va usted a Europa y se pasa dos meses comiendo a mi costa. Y luego vuelve y monta usted un restaurante auténticamente bueno, que también llevará personalmente.

—Va usted a perder enormes cantidades de dinero —replicó Denise—, si no encuentra un socio con experiencia o un gerente de primerísima clase.

—Dígame lo que se tiene que hacer, y yo lo hago —dijo Brian.

—¿El doble, ha dicho?

—Tiene usted el mejor restaurante de la ciudad.

—«El doble» es muy inquietante.

—Pues diga usted que sí.

—Bueno, pues podría ser —dijo Denise—. Pero, así y todo, lo más probable es que pierda enormes cantidades de dinero. Para empezar, ya estará pagándole de más a la jefa de cocina.

A Denise siempre le había costado mucho decir que no cuando alguien la solicitaba adecuadamente. Habiéndose criado en la zona residencial de St. Jude, siempre estuvo protegida de cualquiera que pudiese solicitarla así, pero, tras haber terminado en el instituto, trabajó un verano en el Departamento de Señalización de la Midland Pacific Railroad, y allí, en una amplia estancia soleada, con las mesas de dibujo instaladas por pares, trabó conocimiento con los deseos de una docena de hombres hechos y derechos.

El cerebro de la Midland Pacific, el templo del alma de la compañía, era un edificio de tiempos de la Gran Depresión, de piedra caliza, con almenas redondeadas en el tejado, que parecían los bordes de un *waffle* poco compacto. La conciencia de más elevado orden tenía su asiento cortical en la sala de juntas y en el comedor de directivos de la decimosexta planta y en los despachos de los departamentos más abstractos (Operaciones, Legal, Relaciones Públicas), cuyos vicepresidentes estaban en la decimoquinta. Abajo, en lo hondo, en el cerebro reptiliano del edificio, estaban facturación, nóminas, personal y archivo. Entre unos y otros se situaban los talentos intermedios, como Ingeniería, que abarcaba puentes, vías, obras y señalización.

El tendido de la Midland Pacific era de cerca de veinte mil kilómetros, y por cada señal y cada cable paralelos a las vías, por cada juego de luces roja y ámbar, por cada detector de movimiento incrustado en el balastro, por cada guarda voladiza de cruce con aviso luminoso, por cada aglomeración de temporizadores y relés alojados en cajas de aluminio sin respiraderos, había su correspondiente diagrama actualizado de circuitos, en seis depósitos de pesada tapa, en el almacén de depósitos de la decimosegunda planta de las oficinas centrales. Los diagramas más antiguos eran dibujos a mano alzada sobre papel vitela, y los más modernos eran a pluma técnica sobre soporte Mylar preimpreso.

Los delineantes que se ocupaban tanto de estos archivos como del enlace con los ingenieros de campo que mantenían el sistema nervioso de la compañía en buen estado de salud e impedían que se enmarañara eran nativos de Texas y Kansas y Misuri: personas inteligentes, no cultivadas, de acento gangoso, que habían ido subiendo por la vía difícil, a partir de trabajos no cualificados en las cuadrillas de mantenimiento de señales —de arrancar hierbajos y clavar postes y tender cables—, hasta que, en virtud de su habilidad con los circuitos (y también, como Denise pudo saber más adelante, en virtud del hecho de ser blancos), la compañía los había seleccionado y los había hecho pasar por cursos de formación. Ninguno de ellos tenía más allá de dos años de universidad, y eran muy pocos lo que habían pasado del instituto. En verano, cuando el cielo se vuelve blanco y la hierba marrón y sus antiguos compañeros luchaban contra la insolación sobre el terreno, los delineantes se alegraban mucho de estar sentados en sillas de oficina, almohadilladas y rodantes, en un ambiente tan fresco que todos ellos tenían siempre a mano, en el cajón de sus mesas, algún jersey ligero.

—Verás que algunos empleados hacen una pausa para tomar café —le dijo Alfred a su hija en lo rosado del amanecer, mientras bajaban en coche hacia el centro de la ciudad, camino del primer día de trabajo de Denise—. Quiero que sepas que no se les paga para tomar café. Espero que tú te abstengas de hacer pausas de café. La compañía nos hace un favor al contratarte, y te paga para que trabajes ocho horas. Que no se te olvide. Si pones en esto la misma energía que en tus estudios y en tu trompeta, serás recordada como una gran trabajadora.

Denise asintió. Decir que era competitiva era quedarse muy corto. En la sección de viento de la banda del instituto había dos chicas y doce chicos. Ella ocupaba la primera silla y los chicos las doce siguientes. (En la última había una chica procedente del interior del estado, con algo de sangre cherokee, que confundía el do medio con el mi bemol y, así, añadía al conjunto esa pátina de disonancia que nunca falta en las bandas de los institutos.) Denise no sentía una gran pasión por la música, pero le encantaba destacar, y su madre pensaba que las bandas eran beneficiosas para los niños. A Enid le gustaba la disciplina de las bandas, y también su normalidad pautada, su patriotismo. Gary, en su día, había sido un trompeta aceptable y Chip (durante poco tiempo y a bocinazos) probó con el fagote. Cuando llegó su momento, Denise decidió seguir las huellas de Gary, pero Enid no pensaba que la trompeta fuera un instrumento apropiado para una muchachita. El instrumento apropiado para una muchachita era la flauta. Denise, sin embargo, nunca había obtenido mucha satisfacción de la competencia con otras chicas. Insistió en la trompeta, y Alfred la apoyó, y Enid acabó por caer en la cuenta de que podía ahorrarse un dinero en alquiler si Denise utilizaba la antigua trompeta de Gary.

A diferencia de las partituras, los diagramas de señales que Denise tuvo que copiar y archivar aquel verano le resultaron, por desgracia, ininteligibles. Puesto que no podía competir con los delineantes, compitió con Alan Jamborets, el hijo del consejero legal de la compañía, que había trabajado en Señalización los dos veranos anteriores; y puesto que carecía de medios para calibrar los logros de Jamborets, lo que hizo fue trabajar con una intensidad que nadie pudiera igualar.

—Denise, guau, joder —le dijo Laredo Bob, un tejano sudoroso, mientras ella cortaba y pegaba cianotipos.

—¿Qué?

—Te vas a quemar, con tantas prisas.

—Pues a mí me gusta —dijo ella—. En cuanto le coges el ritmo...

—Sí, bueno, pero también puedes dejar algo para mañana —dijo Laredo Bob.

—No me gusta tanto como para eso.

—Bueno, vale, pero ahora paras un rato para tomar un café. ¿Me oyes?

Los delineantes berreaban, marchando al trote hacia el vestíbulo.

—¡Hora del café!

—¡Ha llegado el carrito del almuerzo!

—¡Hora del café!

Ella siguió trabajando sin reducir la velocidad.

Laredo Bob era el machaca a quien tocaba trabajar más cuando no había ayudantes estivales que le aliviaran la tarea. Laredo Bob tendría que haberse escamado, y mucho, viendo que Denise, ante los mismísimos ojos del jefe, estaba llevando a cabo en media hora determinadas labores administrativas a las que a él le gustaba dedicar mañanas enteras, chupando su puro Swisher Sweet. Pero Laredo Bob pensaba que el carácter es el destino. A su entender, los hábitos laborales de Denise no eran sino prueba de su condición de hija de papá y de que pronto estaría entre los directivos de la empresa, igual que su papá; mientras él, Laredo Bob, seguía desempeñando labores administrativas a la velocidad que cabía esperar de alguien destinado a desempeñarlas. Laredo Bob también pensaba que las mujeres son ángeles y los hombres pobres pecadores. El ángel con quien estaba casado ponía de manifiesto su dulce y graciosa naturaleza más que nada al perdonar sus hábitos tabaqueros y alimentar y vestir a cuatro niños con un solo sueldo tirando a bajo, pero en modo alguno se sorprendió Laredo Bob cuando vio que el Eterno Femenino también poseía un talento sobrenatural para etiquetar y archivar mil y pico cajas de microformularios montados en cartulina. Denise le parecía a Laredo Bob una de esas criaturas maravillosas y bellas que lo mismo valen para un barrido que para un fregado. No pasó mucho tiempo antes de que empezara a cantarle estribillos de rockabilly («Ooh, Denise, ¿por qué has tenido que hacer lo que has hecho?») cuando llegaba por las mañanas y cuando volvía de comer en el parquecillo sin árboles que había al otro lado de la calle.

El delineante en jefe, Sam Beuerlein, le dijo a Denise que el verano siguiente tendrían que pagarle sin trabajar, porque había hecho lo de dos veranos en uno solo.

Lamar Parker, un tipo de Arkansas, muy risueño, que usaba unas gafas de enorme grosor y tenía precánceres en la frente, le preguntó si su padre le había contado lo bribones e inútiles que eran todos los empleados de Señalización.

—Inútiles sí —dijo Denise—. De bribones no me ha dicho nada.

Lamar se rió a carcajadas y tiró de su Tareyton y repitió lo que ella acababa de decir, por si no lo habían oído los demás.

—Ja, ja, ja —masculló el delineante llamado Don Armour, muy sarcástico y muy desagradable.

Don Armour era el único hombre de Señalización que no parecía amar profundamente a Denise. Era un veterano de Vietnam de complexión robusta y piernas cortas, cuyas mejillas, aun recién afeitadas, eran casi tan azules y tan glaucas como una ciruela. La chaqueta le apretaba los macizos brazos y las herramientas de dibujo parecían de juguete en sus manos. Era como un adolescente atrapado en un pupitre de primaria. En lugar de apoyar los pies en el anillo de su silla alta de ruedas, como todo el mundo, los dejaba colgando, con las puntas rozando el suelo. Acomodaba la parte superior del cuerpo sobre la mesa de dibujo, situando los ojos a unos pocos centímetros de la pluma técnica. Cuando llevaba una hora trabajando así, se quedaba como fláccido y apretaba la nariz contra el Mylar, o se tapaba la cara con las manos y gemía. Sus pausas de café solía pasarlas doblado hacia delante, con la frente apoyada en la mesa y las gafas de plástico, de aviador, en la mano; parecía la víctima de un homicidio.

Cuando le presentaron a Denise, miró para otro lado y le estrechó la mano como poniéndole un pez muerto en la palma. Ella, mientras trabajaba en el rincón más alejado de la sala de delineantes, lo oía murmurar cosas, haciendo reír disimuladamente a los demás. Pero cuando Denise estaba cerca se mantenía en silencio, con la mirada fija en el tablero y una sonrisa de boba satisfacción en la cara. Era como los gilipollas que, en clase, se sientan siempre en las últimas filas.

Una mañana de julio, hallándose en el cuarto de baño, oyó a Armour y Lamar hablando en el pasillo, junto al dispensador del agua donde Lamar enjuagaba sus tazones de café. Denise se quedó junto a la puerta y aguzó el oído.

—Y decir que Alan nos parecía un trabajador empedernido... —dijo Lamar.

—Una cosa buena puede decirse de Alan Jamborets —contestó Don Armour—: se sufría mucho menos mirándolo.

—Ji, ji.

—No habría sido nada fácil trabajar con alguien tan guapo como Alan paseándose todo el día por ahí en minifalda.

—Sí que era guapo, Alan.

Se oyó un gruñido.

—Te lo juro por Dios, Lamar —dijo Don Armour—. Estoy a punto de quejarme a la Oficina de Seguridad y Salud en el Trabajo. Esto es de una crueldad insólita. ¿Te has fijado en la falda?

—Sí, pero cállate ahora.

—Me estoy volviendo loco.

—Es un problema estacional, Donald. Quedará resuelto por sí mismo en un par de meses.

—Eso será si los Wroth no me despiden antes.

—Por cierto, ¿por qué estás tan convencido de que la fusión va a llevarse a cabo?

—Tuve que sudar ocho años tirado por los campos para llegar a este departamento. Tarde o temprano tenía que venir alguien a joderlo todo.

Denise llevaba una falda corta de color azul eléctrico, comprada en una tienda de segunda mano; de hecho, a ella misma la había sorprendido que su madre, partidaria del canon islámico en lo tocante a la indumentaria, la hubiera considerado aceptable. En la medida en que aceptaba la idea de que ambos hombres se hubiesen referido a ella —una idea que se le había aposentado en la cabeza de un modo tan innegable como extraño, como se instala una jaqueca—, Denise tenía la sensación de que Don le estaba haciendo un desaire muy feo. Era como si el tipo estuviese dando una fiesta en la propia casa de Denise sin tomarse la molestia de invitarla a ella.

Cuando la vio entrar de nuevo en la sala de delineantes, Don levantó la cabeza y miró en derredor, incluyendo a todo el mundo menos a ella. Mientras su mirada le pasaba cerca, desdeñándola, Denise sintió un curioso deseo de clavarse las uñas hasta lo más profundo, o de pellizcarse un poco los pezones.

En St. Jude era la estación del trueno. El aire olía a violencia mexicana, a huracanes o golpes de estado. Podían producirse truenos mañaneros en cielos revueltos hasta lo ilegible —aburridos despachos de municipios sureños que nunca nadie conocido había oído mencionar—. Y truenos a la hora de comer, desde algún solitario yunque merodeando por cielos casi despejados. Y truenos de media tarde, mucho más serios, que realzaban la refulgencia local del sol, mientras la temperatura iba bajando con prisa, como dándose cuenta de que no le quedaba mucho tiempo. Y el gran espectáculo de un buen estallido a la hora de cenar, con las tormentas apelotonándose en los ochenta kilómetros de radio que cubría el radar, como arañas grandes en un frasco pequeño, con las nubes retumbando unas en otras desde los cuatro vientos del cielo, y con sucesivas oleadas de gotas de lluvia tamaño diez centavos llegando como plagas, con la imagen de la ventana virando al blanco y negro, y con los árboles y los edificios, borrosos, dando bandazos bajo el resplandor de los relámpagos, mientras los niños en bañador y con las toallas empapadas corrían hacia las casas con la cabeza gacha, como refugiados. Y luego los tambores de la alta noche, las cajas batientes del verano en marcha.

Y la prensa de St. Jude recogía a diario los rumores de la fusión inminente. Los pretendientes de la Midland Pacific, los desfachatados gemelos Hillard y Chauncy Wroth, se encuentran en la ciudad, hablando con tres sindicatos. Los Wroth están en Washington enfrentándose al testimonio de la Midland Pacific ante un subcomité del senado. Según se dice, la Midland Pacific ha pedido a la Union Pacific que sea su séptimo de caballería. Los Wroth defienden su reestructuración postadquisitiva de la Arkansas Southern. El portavoz de la Midland Pacific ruega a todos los ciudadanos de St. Jude que se consideren afectados que escriban o que llamen por teléfono a sus representantes en el congreso.

Denise, bajo un cielo parcialmente cubierto, salía del edificio para ir a comer cuando hizo explosión la cruceta de un poste de alumbrado público situado a una manzana de distancia. Vio rosa brillante y sintió en la piel la onda expansiva del trueno. Corrían las secretarias, aullando, por el pequeño parque. Denise giró sobre sus talones, cogió su libro, su emparedado y su ciruela y se volvió a la duodécima planta, donde todos los días se formaban dos mesas de pinacle. Se sentó junto al ventanal, pero le pareció muy poco cordial y muy presuntuoso por su parte ponerse a leer *Guerra y paz*. Repartió su atención entre los cielos locos del exterior y la partida de cartas que se desarrollaba junto a ella.

Don Armour desenvolvió un emparedado y a continuación lo abrió, dejando al descubierto una rodaja de mortadela en la que podía verse, serigrafiada a la mostaza, la textura del pan. Dejó caer los hombros. Envolvió de nuevo el emparedado en su papel de aluminio y se quedó mirando a Denise como si ella hubiera sido el último tormento de su jornada.

—Declaro dieciséis.

—¿Quién ha manchado así las cartas?

—Ed —dijo Don Armour, desplegando en abanico sus naipes—, a ver si tienes cuidado con los plátanos.

Ed Alberding, el de más edad entre los delineantes, tenía el cuerpo en forma de bolo de bolera y el pelo gris rizado como de permanente de anciana. Abría y cerraba los ojos, muy deprisa, masticando plátano y estudiando sus cartas. El resto del plátano, sin piel, yacía delante de él, en la mesa. Le dio otro mordisco.

—La cantidad de potasio que puede haber en un plátano —dijo Don Armour.

—El potasio es muy bueno —dijo Lamar, desde el otro lado de la mesa.

Don Armour colocó los naipes boca abajo y miró muy gravemente a Lamar.

—¿Estás de cachondeo? Los médicos utilizan el potasio para inducir el paro cardíaco.

—Pues aquí el viejo Eddie se zampa dos y tres plátanos todos los días —dijo Lamar—. ¿Cómo vas del corazón, Eddie?

—Vamos a terminar esta mano, chicos, por favor —dijo Ed.

—Es que de pronto me ha entrado una preocupación terrible por tu salud —dijo Don Armour.

—No hace usted más que soltar mentiras, señor mío.

—Te estoy viendo intoxicarte a fuerza de potasio todos los días. Mi deber de amigo es avisarte.

—Te toca, Don.

—Juega, Don.

—Y ¿qué es lo que saco a cambio? —dijo Armour, en tono ofendido—. Recelos y rechazos.

—Donald, ¿estás jugando o lo único que quieres es calentar la silla?

—Claro que si a Ed le da un paro cardíaco y se cae al suelo como consecuencia de la ingestión prolongada de potasio venenoso, yo pasaría a ser el cuarto más antiguo del lugar y tendría garantizado el puesto en Little Rock, con la Arkansas Southern guión Midland Pacific, de modo que no sé para qué me molesto. Anda, Ed, por favor, por qué no me comes a mí también el plátano.

—Eh, eh, cuidado con esa boca —dijo Lamar.

—Señores, creo que esta baza es toda mía.

—¡Hijo de tal!

Barajar, barajar. Repartir, repartir.

—¿Sabes que en Little Rock tienen ordenadores, Ed? —dijo Don Armour, sin mirar ni por un segundo a Denise.

—¿Ah, sí? —dijo Ed—. ¿Ordenadores?

—Si te mandan para allá, no vas a tener más remedio que aprender a manejarlos.

—Eddie estará durmiendo con los ángeles antes de que aprenda a manejar un ordenador —dijo Lamar.

—Perdonadme que disienta —dijo Don—. Ed se nos marchará a Little Rock y aprenderá dibujo por ordenador. Y serán otros los que sientan ganas de vomitar viéndolo comer plátanos.

—¿Y por qué estás tú tan seguro de que no van a mandarte a Little Rock, Donald?

Don negó con la cabeza.

—Viviendo en Little Rock vendríamos a gastar dos o tres mil dólares menos al año, y pronto me subirían el sueldo otros dos mil. Es un sitio muy barato. Patty quizá pudiera trabajar media jornada, y así las chicas volverían a tener madre. Podríamos comprarnos un terrenito en las Ozark antes de que las niñas fueran demasiado mayores para disfrutarlo. Con un estanque. ¿Y vosotros creéis que algo tan bueno puede ocurrirme a mí?

Ed ordenaba su mano a tirones, más nervioso que una ardilla listada.

—¿Para qué querrán tanto ordenador? —dijo.

—Para sustituir a los ancianitos inútiles como tú —dijo Don, con la cara de ciruela abriéndosele en una sonrisa nada benévola.

—¿Sustituir?

—¿Por qué crees que los Wroth nos están comprando a nosotros, en vez de nosotros a ellos?

Barajar, barajar. Repartir, repartir. Denise miraba los tenedores de luz hundirse en la ensalada de árboles del horizonte de Illinois. Mientras tenía la cabeza vuelta, hubo un estallido en la mesa.

—Joder, Ed —dijo Armour—, ¿por qué no chupas las cartas y las llenas de pringue antes de echarlas?

—Tranquilo, Don —dijo Sam Beuerlein, el delineante en jefe.

—¿Es que sólo me da asco a mí?

—Tranquilo, hombre, tranquilo.

Don estampó las cartas contra la mesa e hizo rodar hacia atrás su silla con tanto ímpetu, que la lámpara tipo mantis religiosa lanzó un crujido y se quedó balanceándose.

—¡Laredo! —llamó—. Juega tú con mis cartas, anda. Yo voy a respirar un poco de aire no platanizado.

—Muy bien.

Don dijo que no con la cabeza.

—O lo dices ahora, Sam, o te vas a volver loco cuando suceda lo de la compra.

—Qué listo eres, Don —dijo Beuerlein—. Siempre caes de pie.

—No sé si soy o no soy listo. Pero, desde luego, ni la mitad que Ed. ¿A que no, Ed?

Ed levantó la nariz. Daba golpecitos en la mesa con sus cartas, impacientemente.

—Demasiado joven cuando Corea, demasiado mayor cuando *mi* guerra —dijo Don—. Eso es lo que yo llamo ser listo. Lo bastante como para bajarse del autobús y cruzar Olive Street todos los días, durante veinticinco años, sin que lo pille un coche. Lo bastante como para coger el autobús de vuelta todos los días. Eso es ser listo en este mundo.

Sam Beuerlein alzó la voz.

—Escúchame, Don. Vete a dar un garbeo, ¿vale? Sal a la calle y cálmate un poco. ¿Me oyes? Cuando vuelvas, a lo mejor se te ocurre pedirle perdón a Eddie.

—Declaro dieciocho —dijo Ed, golpeando la mesa con las cartas.

Don se echó mano a los riñones y se alejó por el pasillo, cojeando y meneando la cabeza. Laredo Bob, con ensaladilla en el bigote, ocupó su sitio.

—Nada de perdones —dijo Ed—. Vamos a terminar esta partida, chicos.

Denise abandonaba el servicio de señoras, después de comer, cuando Don Armour salió del ascensor. Llevaba un chal de gotas de lluvia en los hombros. Alzó los ojos al ver a Denise, como si hubiera llevado un rato buscándola y por fin la encontrase.

—¿Qué pasa? —dijo ella.

Él negó con la cabeza y siguió andando.

—Pero ¿qué pasa?

—Ya ha terminado la hora de comer —dijo él—. Tendrías que estar trabajando.

Cada diagrama llevaba una etiqueta con el nombre de la línea y el número del poste kilométrico. El ingeniero de Señalización planeaba correcciones, y los delineantes enviaban copias de los diagramas, en papel, a los equipos situados sobre el terreno, resaltando las adiciones con lápiz amarillo y las sustracciones con lápiz rojo. Los ingenieros de campo hacían luego el trabajo, improvisando a veces sus propios ajustes y acortamientos, y devolvían las copias a la oficina central, todas rotas y amarillas y llenas de dedazos grasientos, con pizquitas de polvo rojo de Arkansas o granzas de hierba de Kentucky en los pliegues, y los delineantes pasaban las correcciones a tinta negra en el Mylar o el papel de vitela originales.

Durante la larga tarde, mientras el cielo, blanca panza de perca, se iba poniendo del color del lomo y los flancos del pescado, Denise fue plegando los miles de separatas que había cortado por la mañana, seis ejemplares de cada, con los pliegues prescritos para que encajaran en la carpeta de los ingenieros de campo. Había señales en los postes kilométricos 26,1 y 20,0 y 32,3 y 33,5 y 35,4, y así sucesivamente, hasta llegar a la localidad de New Chartres, en el 119,65, donde moría la línea.

En el camino de vuelta a las afueras, aquella noche, le preguntó a su padre si los Wroth iban a fusionar la ferroviaria con la Arkansas Southern.

—No lo sé —dijo Alfred—. Espero que no.

¿Se trasladaría la sede a Little Rock?

—Ésa parece ser su intención si toman el control.

¿Qué pasaría con los empleados de Señalización?

—Supongo que los más antiguos serían trasladados. Los que llevan menos tiempo, seguramente, se quedarán en la calle. Pero no quiero que hables de nada de esto.

—No, no —dijo Denise.

Enid, como todos los jueves por la noche de los últimos treinta y cinco años, tenía la cena esperando. Había hecho pimientos rellenos y bullía de entusiasmo ante la perspectiva del fin de semana.

—Mañana tendrás que volver a casa en autobús —le dijo a Denise, cuando aún no habían terminado de sentarse a la mesa—. Papá y yo vamos al lago, a la urbanización Fond du Lac, con los Schumpert.

—¿Qué es la urbanización Fond du Lac?

—Es un lío —dijo Alfred— en el que he cometido el error de meterme. Tu madre ha insistido tanto que no me ha quedado más remedio.

—Al —dijo Enid—, es *sin ningún compromiso*. Nadie va a presionarte para que asistas a las sesiones. Podemos pasarnos el fin de semana haciendo lo que nos apetezca.

—Cómo no van a presionarme. El promotor no puede estar dando fines de semana gratis sin tratar de vender unas cuantas parcelas.

—El folleto dice que sin presiones de ninguna clase, sin esperar nada a cambio, sin ningún compromiso.

—Lo dudo —dijo Alfred.

—Mary Beth dice que hay una bodega maravillosa cerca de Bordentown. Podemos ir. Y también podemos bañarnos en el lago Fond du Lac. Y el folleto dice que hay botes de remos y restaurantes de primera clase.

—No veo yo qué puede tener de atractivo una bodega de Misuri en pleno mes de julio —dijo Alfred.

—Tienes que dejarte imbuir por el espíritu de las cosas —dijo Enid—. Los Driblett fueron en octubre y lo pasaron muy bien. Dale dice que no los presionaron nada. Muy poco, dice.

—Teniendo en cuenta la fuente...

—¿A qué viene eso?

—Un hombre que se gana la vida vendiendo ataúdes...

—Dale es una persona como otra cualquiera.

—Yo lo único que digo es que lo dudo. Pero iré.

Alfred añadió luego, dirigiéndose a Denise:

—Tendrás que volver a casa en autobús. Dejaremos aquí un coche.

—Esta mañana ha llamado Kenny Kraikmeyer —le dijo Enid a Denise—. Preguntaba si vas a estar libre el sábado por la noche.

Denise cerró un ojo y abrió de par en par el otro.

—¿Y tú qué le has dicho?

—Que creía que sí.

—*¿Qué?*

—Lo siento. No sabía que hubieras hecho planes.

Denise se rió.

—Por el momento, el único plan que he hecho es no ver a Kenny Kraikmeyer.

—Ha estado muy educado —dijo Enid—. La verdad es que tampoco te haría ningún daño salir un día, cuando alguien se toma la molestia de invitarte. Si no estás a gusto, con no repetir, listos. Pero deberías empezar a decirle que sí a alguien. Pensarán que te crees superior.

Denise dejó el tenedor en la mesa.

—Kenny Kraikmeyer me revuelve las tripas. Literalmente.

—Denise —dijo Alfred.

—No me parece bien —dijo Enid, temblándole la voz—. No te tolero que digas una cosa así.

—Vale, siento haberlo dicho. Pero no estoy libre el sábado. No para Kenny Kraikmeyer. Que, dicho sea de paso, si quiere salir, tampoco estaría de más que me lo preguntase directamente a mí.

Denise pensó por un momento que a Enid le encantaría pasar un fin de semana con Kenny Kraikmeyer en el lago Fond du Lac, y que Kenny, seguramente, lo gozaría mucho más que Alfred.

Después de cenar, se subió a la bicicleta y se acercó al edificio más viejo de la zona, un cubo de techos altos, de ladrillo prebélico, justo enfrente de la vallada estación de cercanías. La casa pertenecía al profesor de teatro del instituto, Henry Dusinberre, que había dejado su estrambótico banano de Abisinia y su muy llamativo crotón y sus irónicas palmeras en maceta al cuidado de su alumna favorita, mientras él pasaba un mes con su madre en Nueva Orleans. Entre las burdeleras antigüedades que ornaban el salón de Dusinberre había doce copas de champán de recargado dibujo, cada una con su columna ascendente de burbujas apresada en el tallo de cristal polifacético, en las que sólo Denise estaba autorizada a servirse, entre todos los jóvenes discípulos de Tespis y cultivadores de la literatura que gravitaban en torno a las botellas del profesor los sábados por la noche. («Las bestezuelas, que usen vasos de plástico», solía decir, mientras acomodaba las baldadas piernas en su sillón de piel. Había peleado dos asaltos contra un cáncer ahora oficialmente en remisión, pero su piel lustrosa y sus ojos protuberantes sugerían que no todo le iba oncológicamente bien. «Lambert, criatura extraordinaria —decía—, siéntate aquí, que yo te vea de perfil. ¿Sabes que en Japón un cuello como el tuyo sería objeto de veneración? Te adorarían».) Fue en casa de Dusinberre donde probó su primera ostra, su primer huevo de codorniz, su primera grappa. Dusinberre ponía un refuerzo de acero a la resolución de ella de no sucumbir a los encantos de ningún «adolescente granujiento» (la expresión era de él). Compraba vestidos y chaquetas, a prueba, en las tiendas antiguas, y, si le sentaban bien, Denise podía quedárselos. Afortunadamente, Enid, a quien le habría encantado que Denise vistiera más como una Schumpert o una Root, tenía en tan baja estima la ropa selecta, que era capaz de creerse que un vestido de fiesta de satén amarillo, bordado a mano e impecable, con botones de ojo de tigre, había costado diez dólares en el almacén del Ejército de Salvación, como le decía su hija. Haciendo caso omiso de las amargas objeciones de Enid, ése fue el vestido que llevó Denise para asistir al baile de fin de curso con Peter Hicks, el actor esencialmente granujiento que había hecho el papel de Tom, frente a su Amanda, en el *Zoo de cristal*. Aquella noche, Peter Hicks fue invitado a beber champán con Denise y Dusinberre en las copas rococó, pero el hombre tenía que conducir y hubo de resignarse a la Coca-Cola en vaso de plástico.

Una vez regadas las plantas, se instaló en el sillón de Dusinberre a escuchar a New Order. Le habría gustado tener ganas de quedar con alguien, pero los chicos a quienes respetaba, como Peter Hicks, no le inspiraban nada romántico, y los demás estaban todos sacados del mismo molde que Kenny Kraikmeyer, que pensaba matricularse en la Academia Naval y estudiar ciencia nuclear, pero se consideraba a la última y coleccionaba «vinilos» (así los llamaba él) de Cream y Jimi Hendrix con una pasión que, seguramente, Dios le había dado para impulsarlo a proyectar submarinos. A Denise le preocupaba un poco su grado de rechazo. No lograba comprender por qué era tan *mala*. No la hacía nada feliz el hecho de ser tan mala. Tenía que haber algún fallo en su modo de verse a sí misma y de ver a los demás.

Pero cada vez que su madre le decía eso mismo, no le quedaba más remedio que fulminarla.

Al día siguiente, estaba almorzando en el parque, al sol, con una de esas blusitas sin mangas que llevaba a la oficina ocultas bajo un jersey, para que su madre no se diera cuenta, cuando de pronto apareció Don Armour de la nada y se dejó caer en el banco junto a ella.

—Hoy no juegas a las cartas —dijo ella.

—Me estoy volviendo loco —dijo él.

Ella volvió a fijar la vista en el libro. Notaba la mirada de él, llena de intención, recorriéndole el cuerpo. El viento era cálido, pero no tanto como para justificar el calor que sentía en la cara por el lado de él.

Don se quitó las gafas y se frotó los ojos.

—Es aquí donde vienes todos los días.

—Sí.

No era guapo. Tenía la cabeza demasiado grande, estaba perdiendo pelo y su cara era del color rojo nitrito característico de las salchichas vienesas o de los embutidos boloñeses, salvo en las zonas en que la barba la volvía azul. Pero Denise captaba en su expresión una vivacidad, una brillantez, una tristeza animal; y sus labios curvos, como un sillín de bicicleta, resultaban muy tentadores.

Don leyó el lomo del libro.

—Conde León Tolstoi —dijo.

Movió la cabeza y se rió sin decir nada.

—¿Qué pasa?

—Nada —dijo él—. Estoy tratando de imaginar cómo será ser tú.

—¿Qué significa eso?

—Ser guapa. Lista. Disciplinada. Rica. Ir a la universidad. ¿Cómo es todo eso?

Denise sintió el ridículo impulso de contestarle tocándolo, para que viese cómo era. En realidad, no había ninguna otra respuesta posible.

Se encogió de hombros y dijo que no lo sabía.

—Tu novio debe de sentirse afortunado —dijo Don Armour.

—No tengo novio.

Él se estremeció, como si aquella noticia hubiera sido muy difícil de asimilar.

—Pues sí que es raro, por no decir sorprendente.

Denise volvió a encogerse de hombros.

—Cuando tenía diecisiete años —dijo Don—, trabajé un verano en una tienda de antigüedades, con una pareja de menonitas que me pagaban muy poco. Utilizábamos una cosa llamada Mezcla Mágica: disolvente, alcohol de madera, acetona, aceite de tungsteno. Limpia los muebles sin estropear el barniz. Me pasaba el día aspirándolo, y cuando volvía a casa estaba en las nubes. Luego, más o menos a las doce de la noche, me venía un dolor de cabeza malísimo.

—¿Dónde te criaste?

—En Carbondale. Illinois. Se me metió en la cabeza que los menonitas me pagaban menos de lo debido, a pesar de los colocones gratis. De modo que empecé a cogerles la camioneta por las noches. Salía con una chica y había que llevarla. Me di un golpe con la camioneta, y así se enteraron los menonitas de que la había estado utilizando, y mi padrastro de entonces me dijo que si me enrolaba en los marines él se ocuparía de los menonitas y de su compañía de seguros, pero que si no tendría que vérmelas solo con la policía. De modo que me enrolé en los marines a mediados de los sesenta. No vi ninguna escapatoria posible. Tengo un maravilloso sentido de la oportunidad.

—Estuviste en Vietnam.

Don Armour asintió.

—Si la fusión se lleva adelante, volveré a donde estaba cuando me licenciaron. Con tres hijos y con una serie de cualificaciones que no le interesan a nadie.

—¿Qué edad tienen tus hijos?

—Diez, ocho y cuatro.

—¿Trabaja tu mujer?

—En una guardería infantil. Está con sus padres, en Indiana. Tienen cinco acres y un estanque. Estupendo para las chicas.

—¿Vas a tomarte vacaciones?

—Dos semanas, el mes que viene.

Denise acababa de quedarse sin preguntas. Don Armour estaba inclinado hacia delante, con las dos manos apretadas entre las rodillas. Así permaneció largo rato. De lado, Denise veía cómo su sonrisa marca registrada iba imponiéndose a la impasibilidad; parecía una de esas personas que siempre te hacen pagar que te lo tomes en serio o les muestres interés. Al final, Denise se puso en pie y dijo que volvía a la oficina, y él asintió con la cabeza, como si acabara de recibir el golpe que estaba esperando.

A Denise no se le pasó por la cabeza que la sonrisa de Don era por la vergüenza que le daba haber intentado ganarse su comprensión de un modo tan evidente, por el método tan rancio que había utilizado para acercarse a ella. Tampoco se le pasó por la cabeza que el número del pinacle del día antes lo hubiese montado en su honor. Tampoco se le pasó por la cabeza que Don hubiese adivinado que ella estaba en el cuarto de baño y que se hubiera expresado del modo en que lo hizo para que ella lo escuchase. Tampoco se le pasó por la cabeza que la táctica fundamental de Don Armour era la autocompasión y que bien podía, con su autocompasión, haberse ligado a unas cuantas chicas antes que a ella. Tampoco se le pasó por la cabeza que él estuviera ya planeando —que llevara planeándolo desde el día en que se estrecharon la mano por primera vez— cómo llevársela al huerto. Tampoco se le pasó por la cabeza que él apartara los ojos no sólo porque su belleza le causara dolor, sino porque la Regla n.º 1 de cualquier manual de los que se anuncian en la contracubierta de las revistas para hombres («Cómo conseguir que se vuelvan LOCAS por ti, cada vez que lo intentes») era *Ignórala*. Tampoco se le pasó por la cabeza que las diferencias de clase y situación que tanto la incomodaban a ella podían constituir, para Don Armour, una verdadera provocación; que ella podía ser un objeto deseable por su condición lujosa, o que un hombre con proclividad a la autocompasión y con el puesto de trabajo en peligro bien podía obtener todo un surtido de satisfacciones por el hecho de acostarse con la hija del jefe del jefe de su jefe. Nada de todo esto se le pasó por la cabeza a Denise, ni entonces ni luego. Diez años más tarde, aún seguía considerándose responsable.

Sí fue consciente aquella tarde, en cambio, de los problemas. No era problema que Don Armour quisiera echarle un tiento y no pudiera. El gran problema era la falta de paridad, el hecho de que, por circunstancias de nacimiento, ella lo tuviera *todo* y el hombre que la deseaba tuviera muchas menos cosas. Siendo ella quien lo tenía todo, a ella tocaba, también, resolver el problema. Pero cualquier palabra tranquilizadora que le dijese, cualquier gesto de solidaridad que se le ocurriera hacer, podía tomarse por una especie de concesión desde lo alto.

El problema tenía un intenso reflejo en su cuerpo. Su sobreabundancia de talento y perspectivas en comparación con Don Armour, se manifestaba como una especie de fastidio, una contrasatisfacción que podía aliviarse mediante el adecuado tocamiento de sus partes más sensibles, pero no erradicarse.

Después de comer fue al almacén de depósitos donde se conservaban los originales de todos los calcos de señalización, en seis depósitos de pesada tapa que parecían elegantes contenedores. Con el paso de los años, las grandes carpetas de cartón del interior de los depósitos habían ido sobrecargándose, amontonando calcos perdidos en sus cada vez más abultadas profundidades, y a Denise le había sido encomendada la satisfactoria misión de restablecer el orden. Los delineantes que visitaban el almacén de depósitos trabajaban a su alrededor mientras ella renovaba el etiquetado de las carpetas y rescataba y rescataba papeles de vitela que llevaban mucho tiempo desaparecidos. El depósito de mayores dimensiones era tan grande, que para alcanzar su fondo Denise se veía obligada a tenderse boca abajo sobre la tapa del depósito contiguo, con las piernas desnudas sobre el frío metal, y zambullirse con ambas manos por delante. Dejaba los calcos rescatados en el suelo y volvía a meterse. Cuando subió a la superficie para respirar, vio a Don Armour de rodillas junto al depósito.

Tenía músculos de remero en los hombros, que tensaban al máximo la chaqueta. Denise no sabía cuánto tiempo llevaba allí, ni qué había estado mirando. Ahora examinaba un papel de vitela acordeonado, el plano de cables de la torre de señalización del poste kilométrico 163,11 de la línea McCook. Era obra de Ed Alberding, un dibujo a mano alzada fechado en 1956.

—Ed era un crío cuando dibujó esto. Una belleza.

Denise salió del depósito, se alisó la falda y se sacudió un poco el polvo.

—No debería tratar tan mal a Ed —dijo Don—. Tiene cualidades que yo nunca tendré.

No daba la impresión de haber pensado en Denise tanto como ella había pensado en él. Mientras desarrugaba otro calco, ella, desde arriba, contemplaba un rizo adolescente de su pelo gris lápiz. Se acercó a él un paso más y se inclinó hacia delante, eclipsándose la visión del hombre con su propio pecho.

—Me estás quitando la luz —dijo él.

—¿Quieres salir a cenar conmigo?

Don suspiró pesadamente. Se le cayeron los hombros.

—Este fin de semana tengo que hacer un viaje a Indiana.

—Vale.

—Pero deja que me lo piense.

—Muy bien. Piénsatelo.

No se le notó nada en la voz, pero a Denise le temblaban las rodillas, camino del cuarto de baño. Se encerró en uno de los excusados y se sentó y se puso a darle vueltas a la cabeza, mientras, fuera, campanilleaba débilmente el ascensor e iba y venía el carrito del almuerzo. Sus lucubraciones carecían de contenido. Los ojos, sencillamente, se le posaban en algo, el pestillo cromado de la puerta o un trocito de papel higiénico en el suelo, y antes de darse cuenta se había tirado cinco minutos mirando ese algo, sin pensar en nada. Nada. Nada.

Estaba limpiando el cuarto de los depósitos, a falta de cinco minutos para salir, cuando junto a su hombro surgió la cara ancha de Don Armour, con los párpados caídos, soñolientos, tras los cristales de las gafas.

—Denise —dijo—, te invito a cenar.

Ella asintió rápidamente.

—Vale.

En un barrio conflictivo, predominantemente pobre y negro, cerca del centro de la ciudad, en dirección al norte, había un restaurante a la antigua frecuentado por Henry Dusinberre y sus jóvenes discípulos de Tespis. Denise sólo tenía ganas de té frío y patatas fritas a la francesa, pero Don Armour pidió una fuente de hamburguesas y un batido de leche. Observó que el hombre había adoptado una postura de rana. Con la cabeza hundida entre los hombros, inclinando el cuerpo hacia el plato. Masticaba despacio, como con ironía. Proyectaba anodinas sonrisas en derredor, como con ironía. Bebía empujando el vaso hasta apoyar el borde superior en la nariz, con unos dedos, observó ella, de uñas mordidas hasta la carne.

—Nunca se me habría ocurrido venir a este barrio —dijo Don.

—Esta zona, en concreto, es bastante tranquila.

—Sí, para ti será verdad —dijo él—. Los sitios se dan cuenta de si estás o no estás para problemas. Si no estás para problemas, te dejan en paz. Lo malo es que yo sí estoy. Si se me hubiera ocurrido venir a una calle como ésta a tu edad, algo malo me habría ocurrido.

—No veo por qué.

—Era así, sin más. De pronto levantaba la cabeza y tenía delante tres desconocidos que me odiaban a muerte. Y yo a ellos. Es un mundo que ni siquiera percibís las personas eficaces y felices. Tú pasas por aquí sin enterarte de nada. Pero a mí, en estos sitios, siempre hay alguien esperándome para darme una paliza de muerte. Me ven venir a una legua de distancia.

Don Armour tenía un sedán grande, de fabricación norteamericana, muy similar al de la madre de Denise, sólo que más viejo. Lo condujo pacientemente hasta desembocar en una calle principal y luego tomó hacia el oeste a baja velocidad, colgándose del volante con los hombros gachos, por diversión («Soy lento; tengo un coche malísimo»), mientras otros conductores lo adelantaban por la izquierda y por la derecha.

Denise le fue indicando cómo llegar a la casa de Henry Dusinberre. Aún brillaba el sol, ya a baja altura, al oeste, por encima de la estación cegada con tablones, mientras subían la escalinata del porche de Dusinberre. Don Armour miró los árboles circundantes como si incluso ellos fuesen mejores, más caros, en aquella zona. Denise ya tenía la mano en la mosquitera cuando se dio cuenta de que la puerta de dentro estaba abierta.

—¿Lambert? ¿Eres tú? —Henry Dusinberre surgió de la oscuridad de su salón.

Tenía la piel más cérea que nunca, y los ojos más protuberantes, y parecía que los dientes iban a salírsele de la boca, de puro grandes.

—El médico de mi madre me ha hecho volver a casa —dijo—. Lo que quería era lavarse las manos en lo que a mí respecta. No aguanta una muerte más.

Don Armour se retiraba hacia su coche, con la cabeza baja.

—¿Quién es ese increíble Hulk? —preguntó Dusinberre.

—Un amigo del trabajo —dijo Denise.

—Pues no lo metas en la casa. Lo siento. Aquí no quiero hulks. Tendréis que buscaros otro sitio.

—¿Tiene usted comida? ¿No necesita nada?

—Sí, lárgate. Ya me siento mejor sólo con haber vuelto. El médico y yo nos sentíamos a disgusto el uno con el otro por culpa de mi estado de salud. Al parecer, niña mía, apenas me quedan glóbulos blancos. El tipo temblaba de miedo. Estaba convencido de que me iba a caer muerto allí mismo, en su consulta. ¡Me dio mucha pena, Lambert! —Un lóbrego agujero de regocijo se abrió en el rostro del enfermo—. Traté de hacerle comprender que mis necesidades de glóbulos blancos son verdaderamente insignificantes. Pero parecía empeñado en verme como una especie de curiosidad médica. Comí con mamá y me volví al aeropuerto en taxi.

—¿Seguro que no necesita usted nada?

—Nada. Vete con mis bendiciones. Haz todas las tonterías que quieras, pero no en mi casa. Vete.

No era prudente ser vista con Don Armour en su casa antes de que oscureciera, con muy observadores Root y muy curiosos Driblett por la calle arriba y por la calle abajo, de modo que lo llevó a la escuela primaria y lo condujo a la pradera de detrás. Se sentaron en mitad de un zoo electrónico de ruidos de bichos, la intensidad genital de ciertos arbustos fragantes, el calor languideciente de un hermoso día de julio. Don Armour la enlazó por la cintura y apoyó el mentón en su hombro. Escucharon los apagados taponazos de unos fuegos artificiales de pequeño calibre.

En casa de ella, ya de noche, al relente del aire acondicionado, trató de llevárselo rápidamente al piso de arriba, pero él se entretuvo en la cocina, se demoró en el comedor. A Denise la hirió la injusta impresión que la casa evidentemente le producía. Sus padres no eran ricos, pero su madre tenía tales deseos de cierta elegancia y había puesto siempre tanto empeño en conseguirla, que a ojos de Don Armour la casa, en efecto, tenía que parecer una casa de ricos. Era como si le diese apuro pisar las alfombras. Hizo un alto para fijarse, como probablemente nadie se había fijado nunca, en las copas de Waterford y en los platos de postre que Enid tenía exhibidos en el aparador. Sus ojos caían sobre cada objeto, las cajas de música, las escenas callejeras de París, los muebles haciendo juego, hermosamente tapizados, como antes habían caído sobre el cuerpo de Denise. ¿Había sido hoy? ¿Hoy a la hora de comer?

Denise puso su mano grande en la de él, mayor, entrelazó los dedos con los suyos y tiró de él escaleras arriba.

En el dormitorio, puesto de rodillas, él le plantó los pulgares en los huesos de la cadera y le apretó la boca contra los muslos y luego contra la cosita: se sintió devuelta a la infancia, al mundo de los Grimm y de C.S. Lewis, donde un solo contacto podía transformarlo todo. Las manos de Don convirtieron sus caderas en caderas de mujer, sus muslos en muslos de mujer, su cosita en coño. Ahí estaba la ventaja de ser deseada por alguien mayor que una: no sentirse tanto como una marioneta sin género, tener un guía que le enseñara el territorio de su propia morfología, descubrir su eficacia por medio de una persona para quien todo aquello no era más que lo justo y necesario.

Los chicos de su edad querían *algo*, pero no daba la impresión de que supieran exactamente qué. Los chicos de su edad querían por aproximación. A ella le tocaba —ya le había tocado, más de una vez, en muy penosos encuentros— contribuir a que averiguaran con más precisión lo que querían, desabrocharse la blusa y proponerles algo donde pudieran tomar cuerpo (nunca mejor dicho) sus más bien rudimentarias nociones.

Don Armour la deseaba minuciosamente, centímetro a centímetro. No parecía encontrar nada en ella que no tuviera pleno sentido. El mero hecho de poseer un cuerpo nunca le había supuesto una gran ayuda, pero ver ese cuerpo como algo que también ella podía desear, imaginarse en el papel de Don Armour, de rodillas, deseándola en todas sus partes, hacía más perdonable el hecho de poseerlo. Tenía lo que un hombre esperaba encontrar. No había ansiedad alguna en su localización y consiguiente reconocimiento de cada rasgo.

Cuando se desabrochó el sujetador, Don inclinó la cabeza y cerró los ojos.

—¿Qué te pasa?

—Puede uno morirse de lo guapa que eres.

Eso le gustó de veras.

La sensación, cuando la tomó en sus manos, fue un anticipo de lo que había de sentir unos años más tarde, cuando emprendía su carrera como profesional de la cocina, al tocar las primeras trufas, el primer foie gras, la primera saca de huevas.

En su décimo octavo cumpleaños, sus compañeros del teatro le habían regalado una Biblia vaciada, dentro de la cual encontró un traguito de Seagram's y tres condones color caramelo, que ahora le iban a venir que ni pintados.

La cabeza de Don Armour, cerniéndose sobre ella, parecía una cabeza de león, una calabaza con ojos y boca. Al correrse, rugió. Los suspiros subsiguientes se le agolpaban, superponiéndose casi. Oh, oh, oh, oh. Denise nunca había oído nada semejante.

Hubo sangre en proporción al dolor, que había sido bastante grande, y en proporción inversa al placer, que había estado, más que en ningún otro sitio, en su cabeza.

En la oscuridad, tras coger una toalla del cesto de la ropa sucia que había en el armario del pasillo, bombeó el aire con el puño cerrado, en un gesto de triunfo por haber perdido la virginidad antes de irse a la universidad.

Menos maravillosa era la presencia en su cama de un hombre de gran tamaño y algo ensangrentado. Era una cama individual —la que llevaba usando toda su vida—, y Denise tenía mucho sueño. Eso quizá explique por qué se puso en ridículo, allí, en medio de su cuarto, envuelta en una toalla, echándose a llorar sin venir a cuento.

Amó a Don Armour por levantarse y rodearla con sus brazos y por no importarle que fuera una niña. La llevó a la cama, le buscó un pijama, la ayudó a ponerse la parte de arriba. De rodillas junto a la cama, le subió la sábana hasta los hombros y le acarició la cabeza como solía hacer —Denise no tuvo más remedio que suponerlo así— con sus hijas. Siguió en ello hasta adormecerla casi por completo. Luego, el ámbito de sus caricias se extendió a regiones que —cabía suponer, también— excedían los límites de lo tolerable con sus hijas. Denise trató de seguir medio dormida, pero él la abordó con más insistencia, con más uñas. La tocara donde la tocase, o le hacía cosquillas o le hacía daño; y, cuando llevó su osadía al extremo de quejarse, experimentó por primera vez la mano de un hombre apretándole la cabeza, empujándosela hacia atrás.

Afortunadamente, cuando estuvo servido no hizo ningún intento de pasar allí la noche. Salió del cuarto de Denise y ella permaneció totalmente inmóvil, tratando de averiguar qué hacía, si pensaba o no pensaba volver. Al final —quizá se le cerraran los ojos un segundo—, oyó el ruido de la puerta principal y el relincho de su enorme coche al arrancar.

Durmió hasta las doce de la mañana, y se estaba duchando en el servicio de la planta baja, tratando de asimilar lo que había hecho, cuando volvió a oír la puerta. Oyó voces.

Se secó el pelo como una loca, se pasó la toalla por el cuerpo como una loca, y salió escopetada del cuarto de baño. En la sala de estar vio a su padre, echado. En la cocina estaba su madre, lavando la nevera de picnic bajo el grifo del fregadero.

—¡Denise, ni siquiera has probado lo que te dejé de cena! —exclamó Enid—. ¡Ni un trocito!

—¿No ibais a volver mañana?

—El lago Fond du Lac no era lo que esperábamos —dijo Enid—. No sé qué le vieron Dale y Honey. Nada de nada.

Al pie de la escalera había dos bolsas de fin de semana. Denise pasó corriendo junto a ellas y subió a su dormitorio, donde nada más entrar lo primero que se veía eran los envoltorios de los condones y las sábanas manchadas de sangre. Cerró la puerta.

El resto del verano fue un desastre. Estuvo absolutamente sola, tanto en el trabajo como en casa. En su desesperación, porque no se le ocurría qué hacer con ellas, escondió en el armario de su cuarto la sábana y la toalla manchadas de sangre. Enid era vigilante por naturaleza y poseía mil sinapsis ociosas que consagrar a tareas tales como estar al corriente de los períodos de su hija. Denise contaba con poner cara de apuro y presentarle la sábana y la toalla echadas a perder, cuando llegara el momento, dos semanas más tarde. Pero Enid poseía un excedente de capacidad mental para llevar al día el recuento de la ropa blanca.

—Me falta una de las toallas de baño *buenas*, de las bordadas.

—Ay, corcho, me la he dejado en la piscina.

—Pero, Denise, ¿por qué tienes que coger una toalla de las *buenas*, habiendo tantas en la casa? ¡Y encima perderla! ¿Has llamado por teléfono a la piscina?

—Volví a buscarla.

—Pues son unas toallas carísimas.

Denise jamás cometía errores como el que ahora afirmaba haber cometido. La injusticia le habría escocido menos si hubiera contribuido a algún goce mayor, como el de encontrarse con Don Armour y reírse juntos de la situación, y hallar consuelo en él. Pero ni ella quería a Don Armour, ni Don Armour la quería a ella.

Ahora, en el trabajo, la cordialidad de los demás delineantes resultaba muy sospechosa: todo parecía orientarse a la jodienda. Don Armour estaba demasiado avergonzado o era demasiado discreto como para mirarla cara a cara. Se pasaba el día en un letargo de desdichas por culpa de los hermanos Wroth y de destemplanzas con sus compañeros. No le quedaba a Denise, en el trabajo, más que trabajar, y ahora lo aburrido de la tarea se le convertía en una carga insoportablemente odiosa. Al final de la jornada le dolía la cara de tanto contener las lágrimas y de trabajar a unas velocidades a que sólo un operario feliz puede trabajar sin sentirse muy a disgusto.

Eso, se decía, es lo que pasa cuando se deja uno llevar por los impulsos. La sorprendía no haber dedicado más allá de dos horas a su decisión. Le habían gustado los ojos y la boca de Don Armour, había llegado a la conclusión de que estaba obligada a darle lo que quería... Y eso era todo lo que recordaba haber pensado. Se le había presentado una oportunidad indecente (puedo perder mi virginidad *esta misma noche*), e ipso facto la había aprovechado.

Era demasiado orgullosa como para confesarse —y menos para confesárselo a él— que Don Armour no era lo que ella quería. La inexperiencia no le permitía ser consciente de que habría podido arreglarlo todo con un simple «Lo siento, ha sido un error». Se sentía en la obligación de seguir dándole lo que quería. Pensaba que un lío, una vez empezado, tenía que durar un poco más.

La hizo sufrir su propia renuncia. La primera semana, concretamente, mientras se armaba de valor para proponerle a Don Armour que se vieran de nuevo el viernes, le estuvo doliendo la garganta sin parar, horas y horas. Pero le echó valor. Se vieron los tres viernes siguientes, diciéndoles ella a sus padres que había quedado con Kenny Kraikmeyer. Don Armour la llevaba a cenar a un restaurante familiar en un centro comercial y luego se recogían en su casita de tres al cuarto, en un callejón para tornados de una de las cincuenta localidades menores del extrarradio que St. Jude iba devorando en su interminable expansión. La casa le daba a Don tanta vergüenza que la detestaba. En la zona de Denise no había casas con los techos tan bajos, ni con accesorios tan baratos, ni con puertas tan ligeras que no se podían ni cerrar de un buen portazo, ni con los marcos de las ventanas de plástico. Para apaciguar a su amante, impidiendo que se empecinara en el tema («tu vida contra la mía») que menos le gustaba a ella, y también para llenar unas cuantas horas que de otro modo habrían pasado con dificultad, lo mantenía en posición horizontal, jugando al escondite camero en aquel sótano atiborrado de cosas inútiles y aplicando su perfeccionismo a todo un mundo de nuevos talentos.

Don Armour nunca le contó cómo le había explicado a su mujer la cancelación de aquel fin de semana en Indiana. Denise no soportaba la idea de preguntarle nada sobre su mujer.

Tuvo que aguantar las críticas de su madre por otro error de los que jamás habría cometido en circunstancias normales: no meter inmediatamente en agua fría una sábana manchada de sangre.

El primer viernes de agosto, momentos después de que empezaran las dos semanas de vacaciones de Don Armour, Denise y él dieron media vuelta y se volvieron a meter en la oficina y se encerraron en el cuarto de depósitos. Ella lo besó y le llevó las manos a sus tetas y trató de dirigirle los dedos, pero sus manos querían situarse en los hombros de Denise, querían empujarla hacia abajo y hacer que se pusiera de rodillas.

Su corrida se le subió por los conductos nasales.

—¿Te estás resfriando? —le preguntó su padre, minutos después, cuando salían de la ciudad.

Una vez en casa, Enid le dio la noticia de que Henry Dusinberre («tu amigo») había fallecido en St. Luke's el miércoles por la noche.

Denise se habría sentido aún más culpable si no hubiera visitado a Dusinberre hacía tan poco tiempo como el domingo anterior. Lo había hallado presa de una intensa irritación con el niño recién nacido de sus vecinos.

—Yo me las apaño sin leucocitos —dijo—, así que bien podrían ellos vivir con las ventanas cerradas. ¡Dios mío, qué pulmones tiene el niñito! Me da a mí que los padres presumen de ellos. Es como los motoristas que le quitan el silenciador a la moto. Una espuria prueba de virilidad.

El cráneo y los huesos de Dusinberre cada vez le tensaban más la piel. Estuvo dándole vueltas a cuánto podía costar el franqueo de un paquete de cien gramos. Le contó a Denise una enrevesada e incorrecta historia sobre una «ochavona» con quien estuvo brevemente comprometido. («Yo me llevé una sorpresa cuando supe que sólo tenía siete octavos de blanca, pero imagina la suya cuando vio que yo sólo tenía un octavo de macho.») Habló de su cruzada de toda la vida a favor de las bombillas de cincuenta vatios. («Sesenta se pasa de luz —decía—, y cuarenta no llega.») Llevaba años viviendo con la muerte, y la mantenía a raya por el procedimiento de trivializarla. Aún se las componía para lanzar alguna risita aceptablemente malvada, pero, en última instancia, la lucha por aferrarse a lo trivial resultaba tan desesperada como cualquier otra. Cuando Denise se despidió de él con un beso, dio la impresión de no aprehenderla como persona. Sonrió mirando al suelo, como si hubiera sido un niño especial, tan admirable en su belleza como muy digno de piedad en su tragedia.

Denise tampoco volvió a ver a Don Armour.

El lunes 6 de agosto, tras todo un verano de tira y afloja, Hillard y Chauncy Wroth llegaron a un acuerdo con los principales sindicatos ferroviarios. Éstos hicieron sustanciosas concesiones a cambio de la promesa de una administración menos paternalista y más innovadora, endulzando así los 26 dólares por acción que ofrecían los Wroth por la Midland Pacific con una reducción potencial de gastos a corto plazo que podía calcularse en 200 millones de dólares. El Consejo de Administración de la Midland Pacific estuvo otras dos semanas sin comunicar oficialmente su decisión, pero el asunto ya estaba cerrado. Con el caos encima, llegó una carta del despacho del presidente aceptando la dimisión de todos los contratados de período estival, con validez a partir del viernes 17 de agosto.

Como la única mujer de la sala de delineantes era Denise, sus compañeros de trabajo convencieron a la secretaria del ingeniero de Señalización para que le preparase un pastel de despedida. Se lo ofrecieron en su última tarde de trabajo.

—Considero un gran triunfo —dijo Lamar, masticando— el hecho de haber conseguido por fin que te tomaras una pausa de café.

Laredo Bob se secaba los ojos con un pañuelo tamaño funda de almohada.

Alfred le transmitió un elogio, aquella noche, en el camino de vuelta a casa.

—Me comenta Sam Beuerlein —dijo— que eres la mejor trabajadora que ha visto en su vida.

Denise no dijo nada.

—Los has dejado a todos muy impresionados. Les has hecho ver la clase de trabajo que puede hacer una chica. No quise decírtelo antes, pero tuve la impresión de que no los convencía demasiado la idea de contratar a una chica para el verano. Supongo que se temían que todo fuera charlar y muy poco hacer.

Se alegró de que su padre la admirara. Pero su amabilidad, como la amabilidad de todos los delineantes, con excepción de Don Armour, se le había vuelto inaccesible. Daba la impresión de recaer en su cuerpo, de referirse de algún modo a él; y su cuerpo se rebelaba.

«Ooh, pero ¿qué has hecho, Denise, qué has hecho?»

—El caso —dijo su padre— es que ahora ya tienes una idea de cómo es la vida en el mundo real.

Hasta que de veras se instaló en Filadelfia, Denise siempre había deseado estudiar en algún sitio que no estuviera lejos de Gary y Caroline. La casa grande que éstos poseían en Seminole Street era como un hogar sin las miserias propias del hogar, y Caroline, cuya belleza la dejaba sin aliento, por el mero expediente de dirigirle la palabra, era estupenda como confirmación del derecho pleno de Denise a que su madre la sacara de quicio. Pero a finales del primer semestre de universidad, tuvo que rendirse a la evidencia de que Gary le estaba dejando tres mensajes en el contestador por cada uno que ella le devolvía. (Una vez, sólo una vez, hubo un mensaje de Don Armour, que tampoco devolvió.) Gary le proponía recogerla de su residencia y volver a dejarla allí después de cenar, y ella no aceptaba. Tenía que estudiar, alegaba, pero luego, en vez de estudiar, se pasaba el rato viendo la tele con Julia Vrais. Era una culpabilidad tipo *hat trick*, es decir triple: se sentía mala por mentirle a Gary, peor por no cumplir con sus deberes de estudiante, y peor aún por hacerle perder el tiempo a Julia. Denise siempre se podía pasar una noche empollando, pero Julia se volvía completamente inútil a partir de las diez. Julia carecía de motor y de timón. Julia era incapaz de explicar por qué su plan de estudios para el otoño estaba constituido por Introducción al Italiano, Introducción al Ruso, Religiones Orientales y Teoría de la Música; acusaba a Denise de habérselas apañado para que alguien de fuera la ayudase a escoger una dieta académica tan equilibrada como Inglés, Historia, Filosofía y Biología.

Denise, por su parte, le envidiaba a Julia los «hombres» universitarios que había en su vida. Al principio, ambas se vieron auténticamente sitiadas. Una desmesurada cantidad de los «hombres» de tercer y cuarto curso que utilizaban las bandejas como instrumentos de percusión cada vez que ellas pasaban cerca, en el comedor, procedía de Nueva Jersey. Eran de expresión madura en el rostro y megafónica en la voz con que comparaban los respectivos estudios de matemáticas o intercambiaban recuerdos sobre aquella vez que estuvieron en Rehoboth Beach y se desmadraron a tope. Para Denise y Julia sólo tenían tres preguntas: (1) ¿Cómo te llamas? (2) ¿En qué residencia estás? (3) ¿Te vienes a nuestra fiesta del viernes? A Denise le parecía muy sorprendente aquel examen tan esquemático y tan grosero, pero también la dejaba perpleja la fascinación de Julia por aquellos aborígenes de Teaneck, Nueva Jersey, con sus relojes digitales talla monstruo y sus cejas con propensión a la convergencia central. Julia iba por ahí mirando como mira una ardilla cuando cree saber que alguien lleva un mendrugo de pan en el bolsillo. Al salir de las fiestas, le decía a Denise, encogiéndose de hombros: «Éste tiene drogas; me voy con él.» Denise empezó a pasarse los viernes por la noche estudiando sola. Adquirió reputación de frígida y de presunta lesbiana. Le faltaba el talento de Julia para derretirse viva cuando todos los integrantes del equipo de fútbol del college, como un solo hombre, se le plantaban al pie de la ventana y le cantaban cosas. «¡Me da una vergüenza que me muero!», gemía Julia, en plena agonía feliz, escondiéndose tras la persiana para mirar. Los «hombres» de allí abajo no tenían ni idea de lo dichosa que la estaban haciendo y, por consiguiente, según los estrictos criterios estudiantiles que Denise aplicaba entonces, no estaban a la altura de Julia y no se la merecían.

Denise pasó el verano siguiente en los Hamptons, con cuatro de sus más disolutas compañeras de pabellón y falseó la situación a sus padres en todos los aspectos posibles. Dormía en un cuarto de estar y ganaba su buen dinero fregando platos y haciendo de pinche de cocina en la Posada de Quogue, trabajando codo con codo con una chica de Scarsdale que era muy guapa y se llamaba Suzie Sterling, y cayendo perdidamente enamorada de la vida entre pucheros. Le encantaban las horas de agobio demencial, la intensidad del trabajo, la belleza del resultado. Le encantaba la profunda quietud que seguía al barullo. Un buen equipo era como una familia electiva donde todos los integrantes del mundo culinario, tan pequeño y tan caluroso, funcionaban en pie de igualdad, donde todos los cocineros tenían un pasado o un rasgo de carácter extraño que ocultar y donde, incluso en medio de la más sudada intimidad, cada miembro de la familia disfrutaba de su ámbito privado y de su autonomía. Le encantaba todo eso.

Ed, el padre de Suzie Sterling, había llevado varias veces a Denise y Suzie en coche a Manhattan, con anterioridad a la noche de agosto en que Denise regresaba en bicicleta a casa y a punto estuvo de llevárselo por delante, porque el hombre estaba de pie fuera de su coche, un BMW, fumándose un Dunhill y deseando que ella volviera sola. Ed Sterling era asesor jurídico de artistas. Alegó incapacidad para vivir sin Denise. Ella escondió su bicicleta (prestada) en unos matorrales, junto al camino. El hecho de que la bicicleta hubiera desaparecido a la mañana siguiente, cuando volvió a buscarla, y de haberle tenido que jurar a su legítima propietaria que ella la había dejado donde siempre, atada al poste, con su candado, debería haberle servido de aviso en cuanto al territorio en que estaba adentrándose. Pero la excitaba su efecto en Sterling, la teatral fisiología hidráulica de su deseo, y cuando volvió a sus estudios, en septiembre, llegó a la conclusión de que un college de artes liberales no podía compararse con una buena cocina. No le veía sentido a eso de quemarse las cejas preparando trabajos que luego sólo vería el profesor; necesitaba público. También le molestaba mucho que la universidad la hiciera sentirse culpable de sus privilegios, siendo así que otros afortunados grupos de identidad gozaban de indulgencia plenaria y se sentían enteramente libres de culpa. Ya se sentía ella suficientemente culpable sin ayuda de nadie, gracias. Casi todos los domingos utilizaba un billete combinado de la Southeastern Pennsylvania Transportation Authority y de la New Jersey Transit, tan barato como lento, y se iba a Nueva York. Sobrellevó las comunicaciones telefónicas con Ed Sterling, paranoicas y unidireccionales y sus aplazamientos en el último segundo y sus distracciones crónicas y sus aburridas ansiedades por posible falta de cumplimiento y su propio bochorno ante el hecho de verse llevada a baratos restaurantes étnicos, situados en Woodside y Elmhurst y Jackson Heights, no fuera Sterling a tropezarse con algún conocido (porque, como solía explicarle mientras se pasaba ambas manos por una cabellera densa como el visón, él conocía *a todo el mundo* en Manhattan). Mientras su amante iba derivando hacia el puro y simple desequilibrio y la incapacidad para seguir viéndose con ella, Denise comía chuletones uruguayos, tamales chino-colombianos, cangrejitos de río tailandeses en salsa curry, anguilas rusas ahumadas al aliso. La belleza o la excelencia en la calidad, que ella tipificaba en platos dignos de recordar, alcanzaban a redimirla de cualquier humillación. Pero nunca logró superar el arrepentimiento por lo ocurrido con la bici. Su insistencia en que la había dejado encadenada al poste.

La tercera vez que se lió con un hombre que le doblaba la edad, también se casó con él. Estaba totalmente resuelta a no convertirse en una liberal de pacotilla. Tras dejar los estudios, se puso a trabajar, ahorró dinero para sobrevivir un año y se pasó seis meses en Francia e Italia; luego regresó a Filadelfia y encontró trabajo en un sitio de pasta y pescado de Catharine Street, siempre lleno. En cuanto adquirió un poco de experiencia, ofreció sus servicios al Café Louche, que por aquel entonces era el sitio más apasionante de la ciudad. Emile Berger la contrató allí mismo, nada más verla manejar el cuchillo y nada más ver lo guapa que era. No había pasado una semana cuando ya estaba quejándosele de lo inútiles que eran todos los pobladores de su cocina, menos ella y él.

El arrogante, irónico y devoto Emile se convirtió en su refugio. Con él se sentía infinitamente adulta. Emile afirmaba que con el primer matrimonio ya había tenido bastante, pero cumplió como es debido y llevó a Denise a Atlantic City y (en palabras del Barbera D'Alba piamontés a que ella apeló para emborracharse y pedirle la mano a él) *hizo de ella una mujer decente.* En el Café Louche trabajaban como socios, con una corriente de experiencia pasando de la cabeza de él a la cabeza de ella. Ambos despreciaban a su pretencioso y antiguo rival, Le Bec-Fin. Dejándose llevar por un impulso, compraron una casa de tres pisos en Federal Street, en un barrio mezclado de blancos y negros y vietnamitas, cerca del Mercado Italiano. Hablaban de sabores como los marxistas hablan de revoluciones.

Cuando Emile ya le hubo enseñado todo lo que podía enseñarle, ella trató de enseñarle a él un par de cosas (como, por ejemplo: vamos a renovar la carta, qué tal si, por qué no probamos esto con caldo vegetal y una pizca de comino, qué tal si) y chocó de frente con un muro de ironía y de opiniones blindadas que antes, mientras ella estuvo en el lado de los ganadores, le habían parecido la mar de bien. Ahora se veía con más talento y más ambiciones y más ganas que su cano marido. Era como si, a fuerza de trabajar y dormir y trabajar y dormir, hubiera envejecido tan rápidamente, que no sólo hubiera rebasado a su marido, sino que hubiera alcanzado a sus padres. Su constreñido mundo de veinticuatro horas diarias en casa y en el trabajo al mismo tiempo, porque eran lo mismo, se le antojaba idéntico al universo de dos en que vivían sus padres. Tenía dolores de vieja en las jóvenes caderas y rodillas y pies. Tenía manos de vieja, llenas de cicatrices, tenía vagina de vieja, seca, tenía prejuicios de vieja y actitudes políticas de vieja, tenía la misma actitud de rechazo a los jóvenes —a sus productos electrónicos y a su manera de hablar— que tienen los viejos. Se dijo, pues: «Soy demasiado joven para ser tan vieja.» Tras lo cual, su desterrado sentido de la culpabilidad salió volando de la cueva, sobre vengadoras alas, profiriendo gritos, porque Emile seguía tan devoto de ella como siempre, fiel a su inmutable personalidad, y era ella quien se había empeñado en casarse.

Llegaron a un acuerdo amistoso y Denise salió de la cocina de Emile para firmar contrato con un competidor, el Ardennes, que necesitaba un subjefe de cocina y que, en opinión de ella, superaba al Café Louche en todo excepto en el arte de ser excelente sin dar la impresión de estarlo intentando. (La virtuosidad sin esfuerzo constituía, sin duda alguna, el mejor talento de Emile.)

En el Ardennes concibió el deseo de estrangular a la joven encargada de preparar los platos fríos. La chica, Becky Hemerling, estaba en posesión del título de una escuela de gastronomía y de una melena rubia rizada y de un cuerpo pequeñito y plano y de un cutis muy blanco que se tornaba escarlata en el caluroso ambiente de las cocinas. No había nada en Becky Hemerling que no pusiera enferma a Denise: su formación en el ICN (Instituto Culinario de Norteamérica; Denise, en cambio, era una esnob autodidacta); su excesiva familiaridad con los cocineros más veteranos (y en especial con Denise); su abierta adoración de Jodie Foster; los estúpidos textos de sus camisetas, su abuso de la palabra «joder» como partícula enfática, su muy consciente «solidaridad» lesbiana con los «latinos» y los «asiáticos» de la cocina, sus generalizaciones sobre «derechistas» y «Kansas City» y «Peoria», su frecuentación de frases como «los hombres y las mujeres de color», la resplandeciente aura de autorización que comportaba el hecho de contar con la aprobación de unos educadores deseosos de sentirse tan marginados y tan victimizados y tan libres de culpa como ella. «¿Qué hace una persona así en mi cocina?», se preguntaba Denise. No se supone que un cocinero tenga ideas políticas. Los cocineros eran los mitocondrios de la humanidad: tenían su propio ADN aislado, flotaban en una célula, dotándola de fuerza, pero sin que pudiera verdaderamente considerárselos parte de ella. Denise sospechaba que Becky Hemerling había optado por la vida culinaria para demostrar algún extremo de carácter político: para mostrarse dura, para tenérselas tiesas con los tíos. A Denise le parecía tanto más repugnante esta motivación cuanto que ella también la llevaba dentro, aunque sólo fuera en una pequeña parte. Hemerling la miraba siempre como dando a entender que conocía a Denise mejor que la propia Denise. Una insinuación tan irritante como imposible de refutar. Despierta en su cama, junto a Emile, por las noches, Denise se imaginaba retorciéndole el gañote a Hemerling hasta que se le salían de las órbitas aquellos ojos tan azulitos. Se imaginaba apretándole la tráquea con ambos pulgares, hasta reventársela.

Luego, una noche, se durmió y soñó que estrangulaba a Becky y que Becky no le ponía inconvenientes. Sus ojos azules, de hecho, la invitaban a tomarse mayores libertades. Las manos de la estranguladora aflojaron la presión y se pasearon por el mentón de Becky y subieron por sus orejas y alcanzaron la suave piel de sus sienes. Los labios de Becky se abrieron, sus ojos se cerraron como en arrobo, en tanto que la estranguladora extendía las piernas sobre sus piernas y los brazos sobre sus brazos...

Denise no recordaba haber lamentado tanto despertar de un sueño.

«Quien puede experimentar una cosa así en sueños —se dijo—, también podrá experimentarla en la vida real.»

Mientras su matrimonio se venía abajo —según iba convirtiéndose, para Emile, un una más entre los parroquianos del Ardennes, siempre en pos de lo más nuevo, siempre en busca de los placeres multitudinarios, y Emile se iba convirtiendo para ella en un padre al que traicionaba con cada palabra que pronunciaba o no llegaba a pronunciar—, empezó a hallar confortación en la idea de que su problema con Emile era por culpa del sexo a que él pertenecía. Era una noción que le arromaba los filos de la culpa. Una noción que le permitió sobrellevar el terrible Anuncio inevitable, que puso a Emile en la puerta de la calle, que la propulsó durante la primera cita con Becky Hemerling, increíblemente difícil. Se agarró a la idea de que era lesbiana, la apretó contra su pecho y, así, ahorró el suficiente sentido de culpa como para permitir que fuera Emile quien se marchara de la casa, para vivir sin comprarlo y hacerlo quedarse, para cederle esa ventaja moral.

Desgraciadamente, apenas se había marchado Emile cuando Denise cambió de idea. Becky y ella disfrutaron de una encantadora y muy instructiva luna de miel y empezaron las peleas. Y más peleas. Su vida de pelea, como la vida sexual que la precedió, era cuestión de ritos. Discutían sobre por qué discutían tanto y sobre quién tenía la culpa. Discutían en la cama hasta altas horas de la madrugada, bebían de insospechadas reservas de algo similar a la libido, y a la mañana siguiente se levantaban con resaca de pelea. Les ardían las pequeñas seseras de tanto pelear. Pelear, pelear, pelear. Peleas en el hueco de la escalera, peleas en público, peleas en el coche. Y aunque se desahogaran con cierta regularidad —gozando con arrebatos de caras rojas y tremendos gritos, dando portazos, pegando patadas a la pared, cayendo en paroxismos de caras húmedas—, la lujuria del combate nunca se les pasaba por completo. Las mantenía juntas, las hacía superar el mutuo aborrecimiento. Así como la voz o el pelo o la cadera curva de alguien a quien amamos nos impulsan a dejarlo todo y ponernos al fornicio, así poseía Becky todo un registro de provocaciones que situaban el ritmo cardíaco de Denise a niveles estratosféricos. Lo más inaguantable era su afirmación de que Denise, en el fondo, era una lesbiana pura liberal colectivista, y que, sencillamente dicho, no lo sabía.

—No sé cómo puedes vivir tan increíblemente alienada de ti misma —le dijo Becky—. Tú eres tortillera, *sin duda alguna*. Y siempre lo has sido, *sin duda alguna*.

—Yo no soy nada —dijo Denise—. No soy más que yo.

Quería, por encima de cualquier otra cosa, ser una persona privada, un individuo independiente. No quería pertenecer a ningún grupo, pero mucho menos a un grupo de gente mal peinada y con normas resentidas y extrañas en lo tocante a la indumentaria. No quería ninguna etiqueta, no quería ningún estilo de vida, y terminó por donde había empezado: con ganas de estrangular a Becky Hemerling.

Suerte tuvo (en cuanto a la administración de su culpabilidad) de que su divorcio ya estuviera en marcha antes de que Becky y ella tuvieran su última y muy insatisfactoria pelea. Emile se había mudado a Washington, donde llevaba la cocina del hotel Belinger, ganando una tonelada de dinero. El Fin de Semana Lacrimógeno, cuando volvió a Filadelfia con un camión y repartieron sus bienes mundanales y entre ambos embalaron la parte de él, quedaba ya muy atrás cuando Denise llegó a la conclusión de que, dijese Becky lo que dijese, ella no era lesbiana.

Dejó el Ardennes y entró a trabajar de jefa de cocina en el Mare Scuro, un sitio nuevo, de cocina marinera del Adriático.

Estuvo un año diciéndoles que no a todos cuantos le proponían salir, y no ya porque no le interesasen (eran camareros, proveedores, vecinos), sino porque le daba espanto la idea de ser vista en público con un hombre. Le daba espanto el día en que Emile se enterara (o el día en que se viera obligada a decírselo, para evitar que él lo descubriese por su cuenta) de que había picado con otro hombre. Más le valía trabajar mucho y no ver a nadie. La vida, en su experiencia, tenía una especie de lustre de terciopelo. Si se mira desde cierto punto, sólo se ven cosas raras. Pero basta con desplazar un poco la cabeza y todo parece razonablemente normal. Creía que si se limitaba a trabajar no podría hacerle daño a nadie.

Cierta luminosa mañana de mayo, Brian Callahan llegó ante la casa donde vivía Denise, en Federal Street, conduciendo su viejo Volvo familiar color helado de pistacho. Cuando se compra uno un Volvo de segunda mano, hay que buscarlo de color verde pálido, y Brian era la típica persona que nunca se compraría un coche de primera clase si no era del mejor color. Ahora que era rico podía pedir que se lo pintaran del color que le viniese en gana, claro; pero, al igual que Denise, Brian era la típica persona para quien hacer eso era hacer trampas.

Nada más entrar en el coche, Brian le preguntó si podía vendarle los ojos. Denise miró el pañuelo negro que él le mostraba. Miró su anillo de boda.

—Confía en mí —dijo él—. La sorpresa vale la pena.

Ya antes de vender Eigenmelody por 19,5 millones de dólares, Brian iba por el mundo como quien acaba de descubrir una mina de oro. Tenía el rostro carnoso y no muy agraciado, pero también tenía unos ojos azules de primera y el pelo rubio y pequitas de niño pequeño. Tenía toda la pinta de ser lo que era: un antiguo jugador de lacrosse de Haverford y, en lo esencial, un hombre como Dios manda, a quien nada malo le había ocurrido nunca y a quien, por consiguiente, más valía no decepcionar.

Denise permitió que le tocase la cara. Permitió que aquellas manazas le tocasen el cabello y le anudaran el pañuelo, le permitió incapacitarla.

El motor del Volvo era un canto al esfuerzo requerido para propulsar un buen pedazo de metal carretera adelante. Brian hizo sonar una canción de un grupo todo de chicas en su estéreo de quita y pon. A Denise le gustó la música, pero eso no era para sorprenderse. Brian parecía empeñado en no hacer ni decir ni obligarla a oír nada que no le gustase. Llevaba tres semanas llamándola por teléfono y dejándole mensajes en voz baja. («Hola, soy yo.») Su amor se veía venir de lejos, igual que un tren, y le gustaba. La excitaba por delegación. Denise no se equivocaba pensando que esa excitación fuera atracción (Hemerling, si no otra cosa, al menos había hecho que Denise desconfiase de sus sentimientos), pero tampoco evitaba alentar a Brian en sus aspiraciones; y esa mañana se había vestido en consecuencia. No era justo, el modo en que se había vestido.

Brian le preguntó que qué le parecía la canción.

—Bah. —Se encogió de hombros, poniendo a prueba los límites de su ansia por satisfacerla—. No está mal.

—Me dejas atónito —dijo él—. Estaba convencido de que te encantaría.

—Es que me encanta.

Denise pensó: «¿Qué problema tengo?»

Iban por una mala carretera, con trechos adoquinados. Cruzaron pasos a nivel y tramos de gravilla, con badenes. Brian aparcó.

—Me he gastado un dólar en comprar una opción por este sitio —dijo—. Si no te gusta, un dólar menos que tengo.

Denise llevó la mano al pañuelo.

—Voy a quitarme esto.

—No. Un momento, ya casi estamos.

La agarró del brazo con cuidado y la condujo por gravilla tibia hasta llegar a una zona de sombra. Denise olió el río, la quietud de su cercanía, su alcance líquido, que devora todo sonido. Oyó unas llaves y un candado, el chirrido de unos goznes reforzados. El frío aire industrial de un almacén cerrado le recorrió los hombros desnudos y le pasó entre las piernas descubiertas. Olía a cueva sin contenido orgánico.

Brian la ayudó a subir cuatro tramos de escaleras metálicas, quitó el candado de otra puerta y la hizo entrar en un espacio más cálido, donde la reverberación adquiría una grandeza de estación

453

de ferrocarril o de catedral. El aire olía a moho seco que se nutría de moho seco que se nutría de moho seco.

Antes de que Brian acabara de devolverle la visión, Denise supo dónde estaba. En los años setenta, la Philadelphia Electric Company había retirado de servicio sus plantas energéticas de carbón contaminante, majestuosos edificios como aquél, situado justo al sur de Center City, que Denise siempre admiraba al pasar con el coche, aminorando la marcha. El espacio era vasto y brillante. El techo estaba a veinte metros y altas vidrieras a lo Chartres horadaban los muros norte y sur. El suelo de cemento había sido objeto de sucesivos parches y se le veían estropicios causados por materiales más duros que él: era más un terreno que un suelo propiamente dicho. En el centro se alzaban los restos exoesqueléticos de dos unidades de caldera y turbina, que parecían grillos tamaño casa, sin antenas ni patas. Electromotores rectangulares de capacidad perdida, negros, erosionados. En la parte del río había unas gigantescas escotillas por donde en tiempos entraba el carbón y salían las cenizas. Trazas de conducciones y toboganes y escaleras ausentes abrillantaban las renegridas paredes.

Denise negó con la cabeza.

—Aquí no puedes montar un restaurante.

—Temía que dijeras eso.

—No voy a poder dejarte sin un dólar: tú solo vas a perder todo lo que tienes.

—Podría conseguir alguna aportación bancaria, también.

—Por no mencionar el bifenil policlorinado y el amianto que nos estamos echando al cuerpo mientras hablamos.

—En eso te equivocas —dijo Brian—. Este lugar no tendría un precio asequible si cumpliese los requisitos del fondo federal de ayuda a la descontaminación. Sin el dinero del fondo, la PECO no puede permitirse derribarlo. Está demasiado limpio.

—Pobre PECO, qué penita me da.

Se acercó a las turbinas, enamorada ya de aquel espacio, aunque no fuera el adecuado. La decadencia industrial de Filadelfia, los putrescentes encantos del Taller del Mundo, la supervivencia de aquellas megarruinas en aquellos microtiempos: Denise era capaz de identificar ese talante porque había nacido en una familia de personas mayores que guardaba en el sótano las cosas de lana, en alcanfor, igual que las metálicas, en unas cajas vetustas. De la destellante modernidad del colegio regresaba todas las tardes al mundo de su casa, más oscuro y más viejo.

—Esto no hay quien lo caliente en invierno ni quien lo refresque en verano —dijo—. Es una pesadilla en forma de gastos de mantenimiento.

Brian, con su mina de oro recién descubierta, la miraba atentamente.

—Mi arquitecto dice que se puede instalar una sección en toda la parte sur, a lo largo de las vidrieras. Salen unos doce metros. Cristal en los otros tres lados. La cocina, abajo. Limpiar las turbinas con vapor, colgar unos cuantos focos y lo demás dejarlo tal cual, en su mayor parte.

—Es tirar dinero a la basura.

—Como verás, no hay palomas —dijo Brian—. Ni charcos.

—Tienes que contar un año para conseguir todos los permisos, otro para construir, otro para pasar las inspecciones. Es mucho tiempo para que me estés pagando por no hacer nada.

Brian le explicó que su idea era abrir en febrero. Tenía amigos arquitectos y contratistas, y no preveía ningún problema con la L&I, la temida oficina de Licencias e Inspecciones.

—El comisario —dijo— es amigo de mi padre. Juegan al golf juntos todos los jueves.

Denise se echó a reír. La ambición y la competencia de Brian le «daban cosquillitas», por decirlo como lo habría dicho su madre. Miró los arcos de las ventanas.

—No sé qué clase de comida piensas tú que puede servirse en un sitio como éste.

—Cosas muy decadentes y muy distinguidas. Pero ese problema eres tú quien tiene que resolverlo.

Cuando volvieron al coche, cuyo verdor encajaba perfectamente con los hierbajos que crecían en torno al solar de la gravilla, Brian le preguntó si había hecho ya sus planes para el viaje a Europa.

—Tienes que tomarte un mínimo de dos meses —dijo él—. Y esto lo digo con segundas intenciones.

—¿Por qué?

—Si vas tú, también iré yo, un par de semanas. Quiero comer lo que tú comas. Quiero oír lo que vayas pensando.

Al decirlo manifestaba un encantador sentido del propio interés. ¿Quién no iba a estar encantado de viajar por Europa con una mujer muy bonita y muy experta en vino y cocina? Si tú, en vez de él, fueras el afortunado bribón que tuviera que hacerlo, él estaría tan encantado por ti como esperaba que tú estuvieras encantado por él, ahora. Ése era el tono.

Una parte de Denise intuía que el sexo con Brian iba a ser mucho mejor que con otros hombres y reconocía en él sus propias ambiciones. De modo que esa parte de Denise aceptó la idea de pasar seis semanas en Europa y encontrarse con él en París.

Otra parte, más suspicaz, preguntó:

—¿Cuándo voy a conocer a tu familia?

—¿Qué tal el próximo fin de semana? Ven a Cape May a hacernos una visita.

Cape May, Nueva Jersey, consistía en un núcleo de casas victorianas y bungalows elegantemente desvencijados, rodeado de un circuito impreso de asqueroso boom. Los padres de Brian, como era lógico tratándose de ellos, poseían uno de los mejores bungalows antiguos. Detrás tenían una piscina para los fines de semana de principios del verano, cuando el océano está aún demasiado frío. Cuando llegó Denise, un domingo, avanzada la tarde, allí se encontró a Brian con sus hijas, repantigados, mientras una mujer de pelo de ratón, cubierta de sudor y herrumbre, atacaba una mesa de hierro forjado con un cepillo metálico.

Denise había dado por supuesto que la mujer de Brian sería una persona llena de ironía y con mucho estilo y algo más que impresionante. Robin Passafaro llevaba unos pantalones amarillos, de chándal, una gorra de Pinturas Michael A. Bruder, un jersey de los Phillies de un color rojo muy poco favorecedor y unas gafas espantosas. Se limpió la mano en los pantalones y se la tendió a Denise. Su saludo fue muy chillón e insólitamente formal:

—Encantada de conocerte.

Y reanudó inmediatamente su tarea.

«Tampoco tú me gustas a mí», pensó Denise.

Sinéad, una niña de diez años, muy flaca, estaba sentada en el trampolín, con un libro en los muslos. Saludó cuidadosamente a Denise. Erin, una niña más pequeña y más gordita, con unos auriculares puestos, estaba inclinada sobre una mesa de jardín, con ceño de concentración. Lanzó un silbido en tono bajo.

—Erin está practicando llamadas de pájaros —dijo Brian.

—¿Para qué?

—Ni idea, la verdad.

—Una urraca —anunció Erin—. ¿Cueg-cueg-cueg-cueg?

—Me parece a mí que éste es el mejor momento para que lo dejes —dijo Brian.

Erin se quitó los cascos, corrió hacia el trampolín y trató de hacer caer a su hermana. A punto estuvo el libro de Sinéad de ir a parar al agua. Lo agarró a tiempo, con un gesto elegante.

—¡Papá!

—Mira, cariño, los trampolines no son para leer.

Había algo cocainómano, de avance rápido de cinta, en la manera de cepillar de Robin; algo mordaz y rencoroso que le estaba poniendo los nervios de punta a Denise. También Brian lanzó un suspiro y se quedó mirando a su mujer:

—¿Te falta mucho?

—¿Quieres que lo deje?

—Sería muy de agradecer, sí.

—Vale.

Robin soltó el cepillo y echó a andar hacia la casa.

—Denise, ¿puedo ofrecerte algo de beber?

—Un vaso de agua, por favor.

—Escucha, Erin —dijo Sinéad—, yo soy el agujero negro y tú eres la enana roja.

—No, yo quiero ser el agujero negro —dijo Erin.

—No, el agujero negro soy yo. La enana roja se mueve en círculos y poco a poco la absorben las poderosas fuerzas de la gravedad. El agujero negro se queda sentado, leyendo.

—¿Colisionamos? —preguntó Erin.

—Sí —intervino Brian—, pero el mundo exterior no se entera de nada. Es una colisión perfectamente silenciosa.

Robin reapareció enfundada en un bañador negro de una pieza. Con un ademán al que le faltaba un pelo para la franca grosería, le tendió su agua a Denise.

—Gracias —dijo Denise.

—De nada —dijo Robin.

Se quitó las gafas y se tiró a la piscina por la parte profunda. Nadó bajo el agua mientras Erin daba vueltas alrededor de la piscina lanzando gritos muy propios de una estrella agonizante, enana roja o enana blanca. Robin, al asomar por el lado menos profundo, daba la impresión de estar desnuda, en su casi ceguera. Así se parecía más a la *esposa* que Denise había imaginado: cascadas de pelo cayéndole sobre los hombros, centelleos en las mejillas y en los ojos oscuros. Cuando salió de la piscina, el agua se le acumuló en los bordes del bañador y goteó entre los pelos sin depilar de su entrepierna.

Una antigua confusión sin resolver se juntó como una especie de asma en el interior de Denise. Sintió la necesidad de marcharse de allí y de ponerse a cocinar algo.

—He parado en los mercados necesarios —le dijo a Brian.

—No está muy bien eso de que la invitada trabaje —dijo él.

—Ya, pero soy yo quien se ha ofrecido, y además me pagas.

—Sí, eso es verdad.

—Erin, ahora eres un patógeno —dijo Sinéad, deslizándose en el agua— y yo soy un leucocito.

Denise preparó una sencilla ensalada de tomates cereza, amarillos y rojos, quinoa con mantequilla y azafrán y filetes de fletán con guarnición de mejillones y pimientos asados. Casi había terminado cuando se le ocurrió mirar bajo las cubiertas de aluminio de varios platos que había en el refrigerador. Allí encontró una ensalada verde, una ensalada de fruta, una fuente de mazorcas limpias y una bandeja llena de (¿era posible?) *hot dogs* envueltos en masa de pan.

Brian estaba solo en la terraza, bebiéndose una cerveza.

—Hay cena en el frigorífico —le dijo Denise—. Ya había cena.

—Pues sí —dijo Brian—. Robin debe de... Supongo que mientras las niñas y yo estábamos pescando...

—Bueno, pues hay una cena entera, ahí dentro. Y yo he hecho otra.

Denise se reía, verdaderamente furiosa.

—¿Es que no os comunicáis entre vosotros?

—Pues no, la verdad, no hemos tenido un día muy comunicativo. Robin tenía algo que hacer en el Proyecto Huerta y pretendía quedarse allí hasta que lo terminara. He tenido que traerla a rastras.

—Pues qué bien, joder.

—Mira —dijo Brian—, ahora nos comemos tu cena, y mañana nos comemos nosotros la de Robin. La culpa es enteramente mía.

—Diría yo, sí.

Encontró a Robin en el otro porche, cortándole las uñas de los pies a Erin.

—Cuando ya tenía preparado algo de cenar —le dijo—, me he encontrado con que había cena hecha. Y Brian no me había dicho nada.

—Da lo mismo —dijo Robin, encogiéndose de hombros.

—No, de veras, lo siento mucho.

—Da lo mismo —dijo Robin—. Las chicas se han puesto contentísimas al ver que tú cocinabas.

—Lo siento.

—Da lo mismo.

Durante la cena, Brian aguijoneó a su tímida progenie para que contestara las preguntas de Denise. Cada vez que ésta las sorprendía mirándola, ambas chicas se ruborizaban y agachaban la cabeza. Sinéad, en particular, parecía conocer el modo más correcto de reclamar a Denise. Robin comió a toda prisa, con los ojos en el plato, y declaró que todo estaba «muy sabroso». No resultaba fácil saber qué proporción de su animosidad iba dirigida contra Brian y cuál contra Denise. Se fue a la cama sólo un poco más tarde que las niñas, y por la mañana ya se había ido a misa cuando Denise se levantó.

—Una pregunta rápida —dijo Brian, sirviendo café—. ¿Qué te parecería llevarnos a las niñas y a mí a Filadelfia, esta noche? Robin quiere volver temprano a su Proyecto Huerta.

Denise vaciló. Se sentía claramente empujada por Robin a los brazos de Brian.

—No hay problema si no te parece bien —dijo él—. A Robin no le importaría ir ella en autobús y dejarnos a nosotros el coche.

¿En autobús? ¿En autobús?

Denise se rió.

—Sí, hombre, claro que sí. Yo os llevo.

Y añadió, como un eco de Robin:

—Da lo mismo.

En la playa, mientras el sol iba consumiendo las metálicas nubes mañaneras de la costa, Denise y Brian miraron a Erin virar por medio de las olas, mientras Sinéad cavaba una tumba de poca profundidad.

—Yo soy Jimmy Hoffa —dijo Sinéad—, y vosotros sois la mafia.

Jugaron a enterrar a la niña en la arena, suavizando las frescas curvas de su túmulo funerario, cubriendo los huecos del cuerpo vivo que había debajo. El túmulo estaba geológicamente activo y experimentaba ligeros terremotos, telarañas de fisuras que se extendían a partir de la zona en que subía y bajaba el estómago de Sinéad.

—Acabo de caer en la cuenta —dijo Brian— de que tú estuviste casada con Emile Berger.

—¿Lo conoces?

—No en persona, pero sí conozco el Café Louche. Comía allí con frecuencia.

—Pues ésos éramos nosotros.

—Dos egos enormes en una cocina pequeñita.

—Sá.

—¿Lo echas en falta?

—Haberme divorciado es una de las grandes desgracias de mi vida.

—Eso es una respuesta —dijo Brian—, desde luego, pero no a mi pregunta.

Sinéad iba destruyendo poco a poco su sarcófago, desde dentro: asomaban en un revoloteo los dedos del pie, entraba en erupción una rodilla, surgían dedos rosados entre la arena húmeda. Erin se arrojó en la mezcla de arena y agua, se levantó, volvió a lanzarse.

«Estas chicas podrían acabar gustándome», pensó Denise.

Ya en casa, esa misma noche, llamó a su madre y escuchó, como todos los domingos, la letanía de Enid sobre cómo pecaba Alfred contra las actitudes saludables, contra el estilo de vida saludable, contra las órdenes del médico, contra las ortodoxias circadianas, contra los principios establecidos de la verticalidad diurna, contra las normas del sentido común relativas a escaleras y escalinatas, contra todo lo que de alegre y optimista había en la naturaleza de Enid. Tras quince agotadores minutos, Enid terminaba:

—Bueno y ¿cómo estás tú?

Tras el divorcio, Denise había tomado la resolución de contarle menos mentiras a su madre y, en consecuencia, ahora no le ocultó sus envidiables proyectos de viaje. Sólo omitió el pequeño detalle de que pensaba viajar por Francia con un marido que no era el suyo: era un asunto de los que irradian problemas.

—¡Ay! ¡Ojalá pudiera ir contigo! —dijo Enid—. Con lo que me gusta a mí Austria.

Denise, echándole valor, le ofreció:

—¿Por qué no te tomas un mes y te vienes mientras yo estoy allí?

—De ninguna manera puedo dejar solo a tu padre, Denise.

—Pues que se venga él también.

—Ya sabes lo que dice. Que para él se han terminado los viajes por tierra. Tiene demasiados problemas con las piernas. Así que nada, vas tú sola y te lo pasas maravillosamente por mí. ¡Dile hola a mi ciudad favorita! Y no dejes de hacerle una visita a Cindy Meisner. Klaus y ella tienen un chalet en St. Moritz y un piso enorme y elegantísimo en Viena.

Para Enid, Austria era *El Danubio azul* y *Edelweiss*. Las cajas de música del salón de su casa, con su taracea alpina y floral, procedían todas de Viena. A Enid le gustaba afirmar que la madre de su madre era «vienesa», porque ello, a su modo de ver, era sinónimo de «austriaca», y por tal había que entender «perteneciente o relativo al imperio austro-húngaro», un imperio que, en la época en que nació su abuela, abarcaba territorios comprendidos entre el norte de Praga y el sur de Sarajevo. Denise, que, de muy jovencita, se enamoró perdidamente de Barbra Streisand en *Yentl*, y que en su adolescencia se empapó de I. B. Singer y Sholem Aleichem, llegó en cierta ocasión a acosar a su madre para que admitiera la posibilidad de que aquella abuela hubiese sido judía. Lo cual, apostilló en tono triunfal, querría decir que ambas, Enid y ella, eran judías, por línea materna directa. Pero Enid dio marcha atrás inmediatamente y aseguró que no, que no, que su abuela era católica.

Denise tenía interés profesional en ciertos sabores de la cocina de su abuela: las costillas a la campesina con chucrut fresco, grosellas y arándanos, las knödel (bolas de masa hervida para acompañar las carnes), la trucha y las salchichas. El problema gastronómico estaba en hacer compatible con la talla 34 de sus futuras clientas esta rotundidad centroeuropea. La grey de la Visa Titanium no quería raciones wagnerianas de Sauerbraten, ni balones de Semmelknödel, ni Alpes de Schlag. Sí que podía comer chucrut, en cambio. Era la pitanza ideal para chiquitas con palillos de dientes en vez de piernas: pocas calorías y mucho sabor y muy fácil de combinar, porque lo mismo se avenía con el cerdo que con la oca que con el pollo, o con las castañas, o le daba por lo crudo y acompañaba un sashimi de caballa o un abadejo ahumado...

Tras romper sus últimos vínculos con el Mare Scuro, voló a Frankfurt como empleada a sueldo de Brian Callahan, con una American Express de crédito ilimitado. En Alemania iba a ciento sesenta por las autopistas y los coches de detrás le pedían paso haciéndole luces. Buscó en Viena una Viena que no existía. No comió nada que no hubiera podido hacer ella mejor: una noche tomó Wiener Schnitzel, y pensó: «pues sí, pues vaya, esto es Wiener Schnitzel». Su idea de Austria era muchísimo más intensa que la propia Austria. Fue a ver el Kunsthistorisches Museum y a escuchar a la Filarmónica; se acusó de no ser una buena turista. Tantísimo se aburría, tan sola se encontraba, que acabó llamando a Cindy Müller-Karltreu (nacida Meisner) y permitiendo que ésta la invitara a cenar en su «*noveau* ático» con vistas a la Michaelertor.

Cindy había engordado por la parte de en medio y tenía mucho peor aspecto del que habría debido tener. Los rasgos se le perdían en maquillaje de fondo, colorete y carmín de labios. Sus pantalones de seda negra se ensanchaban por las caderas y se estrechaban en los tobillos. Mientras se rozaban las mejillas, Denise, soportando la nube de gas lacrimógeno de perfume, detectó con sorpresa un aliento bacteriano.

El marido de Cindy, Klaus, medía un metro de hombro a hombro y combinaba la estrechez de cintura con un trasero de fascinante pequeñez. El salón de los Müller-Karltreu medía medio campo de fútbol y estaba amueblado a base de sillas doradas dispuestas en formaciones incompatibles con la vida social. Modosos Bouguereaus o copias de Bouguereaus colgaban de las paredes, como también el bronce olímpico de Klaus, montado y enmarcado, bajo la araña más grande.

—Lo que ves es sólo una copia —le dijo Klaus a Denise—. La medalla auténtica está a buen recaudo.

Sobre un aparador más o menos Jugendstil yacía una bandeja con rebanaditas de pan, un ahumado hecho trocitos, con pinta de atún recién sacado de la lata, y una porción nada hermosa de Emmentaler.

Klaus sacó una botella de un cubo de plata y escanció Sekt, champán nacional, con gran prosopopeya.

—Por nuestra peregrina gastronómica —dijo, alzando la copa—. Bienvenida a la ciudad santa de Viena.

El Sekt sabía dulce, tenía demasiado gas y se parecía notablemente al Sprite.

—¡Qué bien que estés aquí! —exclamó Cindy. Chasqueó los dedos frenéticamente, y enseguida apareció una doncella por una puerta lateral.

—Esto... Mirjana —dijo Cindy, ahora con voz un poco más de bebé—, ¿no te dije que pusieras pan de centeno en vez de pan blanco?

—Sí, señora —dijo Mirjana, una mujer de mediana edad.

—Ahora ya casi es tarde, porque el pan blanco era para luego, pero quiero que te lleves esto y que vuelvas a traerlo con pan de centeno. Y mira a ver si alguien puede ir a comprar pan blanco.

Cindy le explicó a Denise:

—Es un encanto, pero tonta, tonta, tonta. ¿A que sí, Mirjana? ¿A que eres tonta?

—Sí, señora.

—Bueno, ya sabrás tú de qué va esto, siendo jefa de cocina —le dijo Cindy a Denise, según salía Mirjana—. Más tendrás tú que bregar con la estupidez de la gente, supongo.

—La estupidez y la arrogancia de la gente —dijo Klaus.

—Les pides que hagan una cosa —dijo Cindy—, y hacen otra. ¡Es una verdadera frustración!

—Mi madre os envía sus saludos —dijo Denise.

—Tu mamá es un cielo. Qué simpática fue siempre conmigo. Sabes, Klaus, la casita pequeñita pequeñita, pero pequeñita pequeñita, en que vivía mi familia (hace mucho tiempo, cuando yo también era pequeñita pequeñita)... Bueno, pues los padres de Denise eran vecinos nuestros. Mi mamá y la suya siguen siendo muy buenas amigas. Me figuro que tu mamá seguirá viviendo en aquella casita, ¿no?

Klaus lanzó una risa áspera y se volvió hacia Denise:

—¿Sabes lo que virdaderamente yo odio de St. Jude?

—No —dijo Denise—. ¿Qué es lo que verdaderamente odias de St. Jude?

—Virdaderamente odio la falsa democracia. En St. Jude, todos pretenden ser iguales. Es todo muy simpático, simpático, simpático. Pero la gente no es igual. En absoluto. Hay diferencias de clase, hay diferencias de raza, hay enormes y decisivas diferencias económicas; pero nadie se lo plantea con franqueza. ¡Todo el mundo hace como que no! ¿No te has fijado?

—¿Te refieres —dijo Denise— a una diferencia como la que hay entre mi madre y la de Cindy?

—No, no, yo no conozco a tu madre.

—Sí que la conoces, Klaus —dijo Cindy—. La conociste hace tres Días de Acción de Gracias, cuando la fiesta en casa. ¿Te acuerdas?

—Bueno, ¿ves? Todo el mundo es igual —explicó Klaus—. A eso me refiero. ¿Cómo puede uno distinguir a nadie, cuando todo el mundo pretende ser igual?

Regresó Mirjana con la deprimente bandeja y otro tipo de pan.

—Prueba el pescado este —le propuso Cindy a Denise—. ¿Verdad que el champán es maravilloso? ¡Verdaderamente distinto! Klaus y yo antes lo bebíamos más seco, pero descubrimos éste y nos encantó.

—El seco tiene su *snob appeal* —dijo Klaus—. Pero los virdaderos entendidos en Sekt saben que ese emperador, ese *Extra-Trocken*, va totalmente desnudo.

Denise cruzó las piernas y dijo:

—Mi madre me dijo que eres médico.

—Sí, me dedico a la medicina deportiva —dijo Klaus.

464

—¡Todos los mejores esquiadores vienen a verlo! —dijo Cindy.

—Es así como pago mi deuda con la sociedad —dijo Klaus.

Cindy le rogó que se quedara más tiempo, pero Denise escapó de los Müller-Karltreu antes de las nueve y de Viena a la mañana siguiente, con rumbo este, a través del valle, blanco de neblina, del Danubio central. Consciente de estar gastándose el dinero de Brian, trabajaba muchas horas al día, caminando por Budapest de barrio en barrio, tomando notas de cada plato, pasando revista a panaderías y establecimientos diminutos y restaurantes cavernosos salvados al borde del abandono irreversible. Siempre hacia el este, llegó incluso a Rutenia, cuna de los padres de Enid, trocito transcarpaciano, ahora, de Ucrania. En los paisajes que atravesaba no había rastro de pueblos judíos. Ni ningún judío, salvo en las grandes ciudades. Todo tan duradera y monótonamente gentil como —ya se había hecho a la idea— ella misma. La cocina, en general, era más bien basta. Las tierras altas de Carpacia, por doquier acribilladas de minas de carbón y de pechblenda, parecían las mejores para enterrar cadáveres rociados de cal en grandes fosas comunes. Denise vio caras semejantes a la suya, pero más cerradas, prematuramente envejecidas, sin una sílaba de inglés en los ojos. No tenía raíces. Aquél no era su país.

Voló a París y se encontró con Brian en el vestíbulo del Hôtel des Deux Îles. En junio había hablado de viajar con toda su familia, pero venía solo. Llevaba unos pantalones caquis y una camisa blanca muy arrugada. Denise se sentía tan sola, que estuvo a punto de arrojársele a los brazos.

«¿A qué idiota se le ocurre —pensó— permitir que su marido se vaya a París con una mujer como yo?»

Cenaron en La Cuillère Curieuse, un establecimiento con dos estrellas Michelin que, en opinión de Denise, se pasaba un pelo. No le apetecía comer carpas plateadas crudas ni confitura de papaya, estando en Francia. Por otra parte, estaba hasta las mismísimas narices de gulash.

Brian, delegando enteramente en ella, la hizo elegir el vino y pedir por él. Servidos los cafés, Denise le preguntó que por qué no había ido Robin.

465

—El viaje ha coincidido con la primera cosecha de calabacín del Proyecto Huerta —dijo Brian, con una amargura impropia de él.

—Hay personas a quienes se les hace muy cuesta arriba viajar —dijo Denise.

—No era ése el caso de Robin, antes —dijo Brian—. Hemos viajado mucho juntos, por todo el oeste. Y ahora que de verdad podemos permitírnoslo, no le apetece. Es como si se hubiera puesto en huelga contra el dinero.

—Debe de quedarse uno conmocionado. Tanta riqueza, de pronto.

—Mira, yo lo único que quiero es pasarlo bien con el dinero —dijo Brian—. No quiero ser otra persona. Pero tampoco me voy a poner un hábito de penitente.

—¿Es eso lo que hace Robin?

—No ha vuelto a ser feliz desde el día en que vendí la compañía.

«Vamos a poner en marcha un reloj de cocer huevos —pensó Denise—, a ver cuánto dura este matrimonio.»

Aguardó en vano, andando por un muelle del Sena, después de cenar, que la mano de Brian rozara la suya. La miraba como esperando algo, como para convencerse de que no había objeción por su parte cuando se paraba a ver un escaparate o torcía por alguna bocacalle. Tenía una forma feliz y perruna de buscar aprobación sin dar muestras de inseguridad. Le contó sus proyectos sobre El Generador como hablando de un fiesta a la que ella, seguramente, le gustaría asistir. Claramente convencido, también, de que estaba haciendo una Buena Obra que ella deseaba, se apartó higiénicamente de Denise cuando se despidieron por la noche en el vestíbulo del Deux Îles.

Aguantó su afabilidad durante diez largos días. Al final, no soportaba verse en un espejo: tenía el rostro devastado, las tetas caídas, el pelo hecho una bola de rizos, la ropa pasada de uso. Básicamente, se hallaba en estado de conmoción ante el hecho de que aquel marido infeliz se le estuviese resistiendo de tal modo. Y no es que le faltaran buenas razones para resistírsele. Tenía dos niñas encantadoras. Denise era, a fin de cuentas, empleada suya. Respetaba su resistencia, estaba convencida de que así era como tenían que comportarse las personas adultas; y se sentía extremadamente desdichada por todo ello.

Orientó su fuerza de voluntad a la tarea de no pensar que estaba demasiado gorda y matarse de hambre. No era de gran ayuda, a tal efecto, que ya estuviese harta de almuerzos y cenas y que sólo le apetecieran las meriendas campestres. Quería baguettes, melocotones blancos, queso de cabra curado y café. Estaba harta de ver disfrutar a Brian mientras comía. Odiaba a Robin por tener un marido en quien podía confiar. Odiaba a Robin por su grosería en Cape May. Maldecía a Robin en su cabeza, llamándola gilipollas y amenazándola con tirarse a su marido. Varias noches, después de la cena, se le pasó por la cabeza infringir sus retorcidos principios morales y tomar la iniciativa con Brian (porque lo más probable era que confiase en su criterio; que, una vez autorizado, se le metiera en la cama de un brinco y jadeara y sonriera y le lamiese la mano); pero la desmoralizó el estado de su pelo y de su ropa. Le había llegado el momento de volver a casa.

Dos noches antes de partir, llamó a la puerta de Brian antes de cenar y él la hizo entrar en la habitación y la besó.

No le había transmitido ningún aviso de tal cambio en su actitud. Hablando mentalmente con el confesor de su cabeza, Denise se veía capacitada para decirle: «¡Nada! ¡Yo no hice nada! Llamé a la puerta y antes de darme cuenta se me puso de rodillas.»

De rodillas, apretó las manos de ella contra su cara. Ella lo miró como había mirado a Don Armour, muchos años antes. El deseo de Brian aportó un fresco alivio tópico a la sequedad y a las grietas, al malestar físico, de su persona. Lo siguió a la cama.

Como cabía esperar de alguien que era tan bueno en todo, Brian sabía besar. Poseía ese estilo oblicuo que tanto le gustaba a ella. Denise murmuró, ambiguamente:

—Me gusta tu sabor.

Brian le puso las manos en todos los sitios en que ella esperaba que le pusiera las manos. Denise le desabrochó la camisa, como corresponde a la mujer, llegados a cierto punto. Le lamió la tetilla diciendo que sí con la cabeza, muy resuelta, como un gato. Le puso una avezada mano, ahuecada, en el bulto de los pantalones. Estaba siendo hermosa y ávidamente adúltera, y le constaba. Se embarcó en trabajos de hebilla, en proyectos de ojales y botones, en labores de elástico, hasta que empezó a hinchársele dentro, apenas perceptible y, luego, de pronto, muy rotundo, y, luego, no ya rotundo, sino cada vez más doloroso por el modo en que le presionaba el peritoneo y los ojos y las arterias y las meninges, un globo tamaño cuerpo, con la cara de Robin, lleno de *no está bien*.

Tenía la voz de Brian en el oído. Le estaba haciendo la consabida pregunta sobre protección. Había tomado la incomodidad de ella por un arrebato, su vergüenza, por una invitación. Denise lo dejó claro saliendo de la cama y acurrucándose en un rincón de aquella habitación de hotel. Dijo que no podía.

Brian permaneció sentado en el borde de la cama, sin contestar. Ella echó un vistazo a hurtadillas y pudo ver que su dotación era la pertinente en un hombre que lo tenía todo. Le vino la idea de que no iba a olvidar aquella polla así como así. La vería al cerrar los ojos, en los momentos más inoportunos, en las situaciones más inverosímiles.

Le pidió que la perdonara.

—No, tienes razón —dijo Brian, confiando en su criterio—. Me siento muy mal. Nunca había hecho una cosa así.

—Yo sí —dijo Denise, no fuera él a achacarlo todo a la mera timidez—. Más de una vez. Y no quiero seguir haciéndolo.

—No, desde luego que no. Tienes razón.

—Si no estuvieras casado... Si no trabajara para ti...

—Mira, lo acepto. Voy al cuarto de baño. Lo acepto.

—Gracias.

Pensamiento de Denise, parcial: «¿Qué me ocurre?»

Otro fragmento: «Por una vez en mi vida, estoy haciendo lo debido.»

Pasó tres o cuatro noches sola en Alsacia y regresó a casa desde Frankfurt. Se quedó asombrada cuando fue a ver cómo habían ido las obras de El Generador durante su ausencia. El edificio dentro del edificio ya estaba encuadrado, ya habían echado la primera capa de cemento en el suelo. Imaginó el efecto: una brillante burbuja de modernidad en un crepúsculo de industria monumental. No era que le faltase confianza en su talento culinario, pero la grandiosidad de aquel espacio la intimidó. Ojalá hubiera insistido más en un sitio normal y corriente, donde su cocina brillara por sí misma. Se sintió, de algún modo, seducida y engañada: era como si Brian, a sus espaldas, hubiera estado compitiendo a ver quién llamaba más la atención del mundo. Como si, desde el principio, a su afable modo, hubiera estado maquinando para que el restaurante fuese de él, y no de ella.

Se cumplieron sus temores, en efecto, y en su imaginación siguió presente aquella polla. Cada vez se alegraba más de no haber permitido que se la metiera. Brian tenía todas las ventajas que ella tenía, y aún unas cuantas más, suyas propias. Era hombre, era rico, había nacido con su lugar en la sociedad; no le estorbaban las rarezas Lambert de Denise, ni sus rotundas opiniones; era un *amateur* sin nada que perder, aparte del dinero, aparte del dinero que le sobraba; y para tener éxito lo único que necesitaba era una buena idea y alguien (ella) que le hiciera el trabajo duro. ¡Qué suerte había tenido, en la habitación del hotel, al identificarlo como adversario! Dos minutos más, y Denise habría desaparecido. Se habría trocado en una faceta más de la estupenda vida de él, su belleza se habría quedado en mera demostración de lo irresistible que era él, su talento habría redundado en esplendor del restaurante de Brian. ¡Qué suerte, pero qué suerte había tenido!

Se convenció de que si, cuando abriera El Generador, las reseñas prestaban más atención al espacio que a las comidas, ella habría perdido y Brian habría ganado. De modo que se mató a trabajar. Asaba chuletas en el horno de convección hasta tostarlas; luego las cortaba muy finamente, al hilo, para mejorar la presentación, reducía y oscurecía la salsa de col, para resaltar su sabor a nuez, a tierra, a repollo, a cerdo, y remataba el plato con el toque de un par de patatas nuevas, testiculares, de unas cuantas coles de Bruselas y de una cucharada de judías blancas estofadas que rociaba ligeramente con ajo asado. Inventó lujosísimas salchichas blancas. Combinó un condimento de hinojo, patatas asadas y buenos grelos enteros, con unas fabulosas costillas de cerdo que le compraba directamente a uno de los pocos criadores orgánicos de los años sesenta que seguía en activo, haciendo él mismo la matanza y distribuyendo por sus propios medios. Invitó al tipo a comer, visitó su finca de Lancaster County y trabó conocimiento con los gorrinos en cuestión, pasó revista a su ecléctica dieta (ñame hervido y alitas de pollo, bellotas y castañas) y recorrió el recinto con aislamiento acústico donde se sacrificaban los animales. Obtuvo compromisos de sus antiguos colaboradores del Mare Scuro. Sacó por ahí a ex compañeros, a costa de la American Express de Brian, y evaluó la competencia local (muy poco distinguida, casi toda ella, afortunadamente) y probó postres a ver si valía la pena robarle a alguien el jefe de repostería. Organizó festivales de rellenos, a altas horas de la madrugada, ella sola. Sin salir de su sótano, preparaba chucrut en grandes cubos de veinte libras. Lo hacía con lombarda y trozos de col rizada en jugo de repollo, con enebro y granos de pimienta negra. Aceleraba la fermentación con bombillas de cien vatios.

Brian seguía llamándola todos los días, pero no volvió a llevarla de paseo en su Volvo, ni le ponía música. Tras sus amables preguntas, ella detectaba un acusado descenso del interés. Denise propuso a un viejo amigo suyo, Rob Zito, como encargado de El Generador, y Brian los llevó a ambos a almorzar, pero sólo permaneció media hora con ellos. Tenía una cita en Nueva York.

Una noche, Denise lo llamó a su casa y se puso Robin Passafaro. Las sucintas respuestas de Robin —«Vale», «Da lo mismo», «Sí», «Se lo diré», «Vale»— irritaron de tal modo a Denise, que, para llevar la contraria, la retuvo al teléfono. Le preguntó cómo iba el Proyecto Huerta.

—Bien —contestó Robin—. Le diré a Brian que has llamado.

—¿Puedo ir yo un día a echar un vistazo?

Robin replicó con destapada grosería:

—¿Para qué?

—Bueno, como Brian habla tanto de ello. —Era mentira: rara vez lo mencionaba siquiera—. Es un proyecto interesante —la verdad era que más bien le sonaba utópico y chiflado— y, bueno, a mí me gustan mucho las verduras.

—Ajá.

—A lo mejor puedo acercarme un sábado por la tarde, o algo así.

—Cuando sea.

Un momento después, Denise estampó el auricular contra su base. Estaba enfadada, entre otras cosas, por lo falsa que se había sonado a sí misma.

—¡Pude follarme a tu marido! —dijo—. ¡Y decidí que no! O sea que más vale que me cojas un poco de cariño.

Tal vez, si hubiera sido mejor persona, habría dejado en paz a Robin. Tal vea quisiera forzar que Robin la apreciase, sólo para negarle la satisfacción de despreciarla —para ganar ese concurso de afectos—. Tal vez no estuviera sino recogiendo el guante. Pero el deseo de gustarle sí era real. Estaba obsesionada con la idea de que Robin se encontraba aquella noche en la habitación del hotel, con Brian y con ella, por la restallante sensación de la presencia de Robin dentro de su cuerpo.

El último sábado de la temporada de béisbol se pasó ocho horas encerrada en su casa, cocinando, empaquetando trucha en papel transparente, haciendo malabarismos con media docena de ensaladas de col y emparejando el jugo de los riñones salteados con algún licor interesante. Más tarde, aquel mismo día, salió a dar un paseo y se encontró yendo hacia el oeste, para luego cruzar Broad Street y meterse en el gueto de Point Breeze donde Robin tenía su Proyecto.

Hacía buen tiempo. La entrada del otoño, en Filadelfia, traía aromas de mar fresco y mareas, el declive gradual de la temperatura, una callada abdicación del control por parte de las masas de aire húmedo que habían mantenido a raya las brisas marítimas durante todo el verano. Denise pasó junto a una anciana en bata que aguardaba vigilando mientras dos hombres grisáceos descargaban comestibles Acme del maletero de un Ford Pinto oxidado. Los bloques de hormigón eran allí el material preferido para cegar ventanas. Había CAF T RIAS y P ZZ R AS destruidas por el fuego. Casas desmenuzables, con sábanas por cortinas. Tramos de asfalto fresco que parecían sellar el destino del barrio, más que prometer renovación.

A Denise no le interesaba mucho ver a Robin. Era casi mejor, en cierto sentido, anotarse el punto de manera sutil: que Robin se enterara por Brian de que se había tomado la molestia de acercarse andando hasta el Proyecto.

Llegó a una parcela dentro de cuyos confines, señalados con una cadena, había pequeñas colinas de abono orgánico y grandes montones de vegetación marchita. En el extremo más apartado de la parcela, detrás de la única casa que allí quedaba en pie, había alguien trabajando el rocoso suelo con una pala.

La puerta principal de la casa solitaria estaba abierta. En la recepción había una chica negra, en edad de ir a la universidad, y también un sofá a cuadros escoceses, grandísimo y espantosísimo y una pizarra con ruedas con una columna de nombres (Lateesha, Latoya, Tyrell) seguida de otras dos columnas, HORAS HASTA LA FECHA y DÓLARES HASTA LA FECHA.

—Vengo a ver a Robin —dijo Denise.

La chica indicó con la cabeza la puerta trasera de la casa, también abierta.

—Está detrás.

El huerto era sencillo pero tranquilo. Aparte de calabazas y similares, no había muchas cosas sembradas, pero las fracciones de vid eran extensas, y el olor del abono y de la tierra, junto con la brisa marítima otoñal, llegaba repleto de recuerdos infantiles.

Robin arrojaba paletadas de escombros en un cedazo improvisado. Tenía los brazos muy delgados y un metabolismo de colibrí y cargaba pequeñas cantidades de escombro en cada paletada, haciéndolo muy deprisa, en lugar de cargar más cantidad e ir más despacio. Llevaba un pañuelo negro y una camiseta muy sucia con el rótulo GUARDERÍA DE CALIDAD: PAGA AHORA O LO PAGARÁS MÁS TARDE. No dio la impresión de que la sorprendiera ni le desagradara la aparición de Denise.

—Es un proyecto grande, éste —dijo Denise.

Robin se encogió de hombros, sujetando la pala en suspenso, con ambas manos, como para dejar muy claro que estaba siendo interrumpida.

—¿Necesitas ayuda? —dijo Denise.

—No. Esto iban a hacerlo los chicos, pero hay un partido junto al río. Sólo estoy limpiando.

Removió los escombros que ya había en el cedazo, para acelerar la caída de tierra. Atrapados en la malla había fragmentos de ladrillo y de mortero, gargajos de alquitrán para techumbres, extremidades de ailanto, mierda de gato petrificada, etiquetas de Bacardí y de Yuengling pegadas a cristales rotos.

—Bueno, y ¿qué cultivas?

Robin volvió a encogerse de hombros.

—Nada que a ti pueda impresionarte.

—Ya, pero ¿qué?

—Calabacines y calabazas.

—Dos cosas que yo utilizo en la cocina.

—Sá.

—¿Quién es esa chica?

—Tengo un par de ayudantes a media jornada, con contrato. Sara es alumna de primer curso en Temple.

—Y ¿quiénes son los chicos que tendrían que haber estado aquí?

—Chicos del barrio, entre los doce y los dieciséis años.

Robin se quitó las gafas y se enjugó el sudor de la frente en la sucia manga de su camiseta. Denise se había olvidado de la boca tan bonita que tenía, o era la primera vez que se fijaba.

—Se les da el salario mínimo, más hortalizas, más una participación en cualquier suma de dinero que obtengamos.

—¿Deducís los gastos?

—Eso los desanimaría.

—Cierto.

Robin apartó la vista y miró hacia el otro lado de la calle, en dirección a una hilera de edificios muertos con cornisas de chapa, oxidándose.

—Brian dice que eres muy competitiva.

—¿De verdad dice eso?

—Dice que más vale no echarte un pulso.

Denise hizo una mueca de dolor.

—Dice que no querría trabajar en la misma cocina que tú.

—De eso no hay peligro —dijo Denise.

—Dice que no le gustaría jugar al Scrabble contigo.

—Ya.

—Dice que no le gustaría jugar al Trivial contigo.

«Vale, vale», pensó Denise.

Robin respiraba pesadamente.

—Lo que sea.

—Sí, lo que sea.

—Y ¿sabes por qué no fui a París? —dijo Robin—. Porque me pareció que Erin era demasiado joven. Sinéad se lo estaba pasando muy bien en su campamento artístico, y yo tenía montones de cosas que hacer aquí.

—Así lo comprendí en su momento, sí.

473

—Y vosotros dos ibais a pasaros el día hablando de cocina. Y Brian dijo que era un viaje de negocios. Por eso.

Denise levantó la vista del suelo, pero no logró mirar a Robin a los ojos.

—Era trabajo.

Robin, temblándole un labio, dijo:

—Da lo mismo.

Por encima del gueto, una escuadra de nubes con fondo cobrizo —marca Revere Ware— se había retirado hacia el noroeste. Era el momento en que el fondo azul del cielo adquiere el mismo tono de gris que las formaciones de estratos situadas delante, el momento en que la noche y el día se sitúan en equilibrio.

—La verdad es que no ando con hombre, sabes —dijo Denise.

—¿Perdón?

—Digo que no me acuesto con hombres. Desde que me divorcié.

Robin frunció el ceño como si aquello no tuviera el menor sentido para ella.

—¿Lo sabe Brian?

—No sé. No porque yo se lo haya dicho.

Robin se lo pensó un momento y luego se echó a reír. Dijo:

—¡Je je je!

Dijo:

—¡Ja ja ja!

Era una risa a mandíbula batiente y muy engorrosa y, al mismo tiempo, pensó Denise, encantadora. Hizo eco en las casas de las cornisas herrumbrosas.

—¡Pobre Brian! —dijo—. ¡Pobre Brian!

Robin optó inmediatamente por la cordialidad. Dejó la pala en el suelo y le enseñó la huerta —«mi pequeño reino encantado», lo llamaba— a Denise. Habiendo despertado, a su entender, el interés de Denise, ahora se arriesgaba al entusiasmo. Aquí un nuevo sembrado de espárragos, aquí dos hileras de manzanos y de perales jóvenes, que pensaba hacer crecer a espaldera, aquí las últimas cosechas de girasol, calabaza de bellota y col rizada. Ese verano sólo había plantado cosas seguras, con la esperanza de atraerse un primer núcleo de chicos de la localidad y poder pagarles la ingrata tarea infraestructural de preparar los macizos, tender tubos de riego, ajustar los drenajes y conectar los recolectores de lluvia al tejado de la casa.

—En el fondo, es un proyecto egoísta —dijo Robin—. Yo siempre quise tener un huerto grande, y ahora todo el interior de la ciudad se está reconvirtiendo en terreno cultivable. Pero los chicos a quienes más falta haría trabajar con las manos y enterarse de a qué saben los productos frescos como éstos, son precisamente quienes no lo hacen. Son chicos que pasan mucho tiempo solos en casa, porque ambos padres trabajan. Están colocándose, están con el sexo, o los tienen encerrados en un aula, con un ordenador, hasta las seis de la tarde. Pero siguen en edad de divertirse jugando con tierra.

—Aunque quizá no tanto como jugando con las drogas o con el sexo.

—Sí, eso es lo que le ocurre al noventa por ciento de los chicos —dijo Robin—. Pero yo quiero que esto sea para el diez por ciento restante. Ofrecerles una opción que no implique ordenadores. Quiero que Sinéad y Erin estén con chicos que no son como ellas. Quiero que aprendan a trabajar. Quiero que se enteren de que trabajar no es sólo apuntar y hacer clic con el ratón.

—Lo tuyo es admirable —dijo Denise.

Robin interpretó mal su tono y contestó:

—Da lo mismo.

Denise esperó sentada en el plástico de una bolsa de turba, mientras Robin se lavaba y se cambiaba de ropa. Quizá fuera porque podían contarse con los dedos de una mano las tardes de sábados otoñales que no se había pasado encerrada en la cocina, a partir de los veinte años, o quizá porque alguna faceta sentimental suya comulgara con aquel ideal igualitario que tan falso le parecía a Klaus Müller-Karltreu en St. Jude, pero el caso era que el calificativo que le apetecía aplicarle a Robin Passafaro, que toda su vida había vivido en Filadelfia, era «del Medio Oeste». Con lo cual quería decir *optimista* o *entusiasta* o *con espíritu comunitario*.

A fin de cuentas, no le daba mucha importancia al hecho de gustar o dejar de gustar. Ella se encontraba agradable. Cuando Robin salió y echó la llave a la casa, Denise le preguntó si tenía tiempo para que cenaran juntas.

—Brian y su padre han llevado a las niñas a ver a los Phillies —dijo Robin—. Volverán a casa con el estómago lleno de comida de estadio. O sea, que sí. Podemos cenar juntas.

—Tengo mucha comida en casa —dijo Denise—. ¿Te importa?

—Lo que sea. Da lo mismo.

Lo normal, cuando a uno lo invita a cenar un chef de cocina, es considerarse una persona con mucha suerte, y manifestarlo. Pero Robin parecía resuelta a no dejarse impresionar.

Había caído la noche. El aire de Catharine Street olía a último fin de semana con béisbol. Mientras caminaban hacia el este, Robin le contó a Denise la historia de su hermano Billy. Denise ya la conocía, por Brian, pero en la versión de Robin había partes nuevas para ella.

—Espera, espera —dijo—. Brian vendió su programa a W——, y entonces Billy agredió al vicepresidente de W——, ¿y tú crees que existe una relación entre ambas cosas?

—Cielos, sí —dijo Robin—. Eso es lo horrible.

—Este aspecto de la cuestión no me lo había mencionado Brian.

Una estridencia brotó de Robin.

—¡No me lo puedo creer! Pero ¡si ahí está *todo* el problema! ¡Cielos! Es muy, muy propio de Brian no habértelo mencionado. Porque, seguramente, esa parte podría dificultarle las cosas a él, comprendes, ponérselas tan difíciles como a mí. Podría haberle aguado la fiesta en París, o una cena con Harvey Keitel, o lo que sea. No me puedo creer que no te lo mencionara.

—Explícame el problema.

—Rick Flamburg quedó incapacitado de por vida —dijo Robin—. Mi hermano tiene para diez o quince años de cárcel, esa espantosa compañía está corrompiendo los colegios de la ciudad, mi padre está en tratamiento antipsicótico, y Brian, mientras, huy, mira lo que W—— ha hecho por nosotros, vámonos a vivir a Mendocino.

—Pero tú no has hecho nada malo —dijo Denise—. Nada de eso es culpa tuya.

Robin se dio la vuelta y la miró de frente.

—¿Para qué vivimos?

—No lo sé.

—Yo tampoco. Pero no creo que sea para triunfar.

Caminaron en silencio. Denise, a quien triunfar le importaba muchísimo, hubo de observar que, para colmo de su colmada suerte, Brian estaba casado con una mujer de principios y con carácter.

Pero también observó que Robin no se distinguía por su lealtad.

El salón de Denise no contenía muchas más cosas de las que quedaron allí tres años antes, tras haberlo vaciado Emile. En el concurso de a ver quién renunciaba más, en aquel Fin de Semana de las Lágrimas, Denise disfrutó de una doble ventaja: la de sentirse todavía más culpable que Emile y la de haber dado ya su acuerdo para quedarse con la casa. Al final, consiguió que Emile se llevara prácticamente todas las cosas que poseían en común y que a ella le gustaban o valoraba, y muchas otras cosas que no le gustaban, pero a las que habría podido sacar algún partido.

La vaciedad de la casa le había molestado mucho a Becky Hemerling. Según ella era *fría*, rezumaba *odio de sí misma*, era un *monasterio*.

—Muy agradable y muy despejada —comentó Robin.

Denise la instaló ante la media mesa de ping-pong que hacía las veces de mesa de cocina, abrió un vino de cincuenta dólares, y procedió a darle de comer. Denise rara vez había tenido que luchar con su peso, pero se habría puesto como una foca en un mes si alguna vez hubiese comido como Robin. Miró con espanto reverencial mientras su invitada, con mucho vuelo de codos, devoraba dos riñones y una salchicha casera, probaba cada una de las ensaladas de col y untaba mantequilla en la tercera rebanada del muy artesano y muy saludable pan de centeno.

Ella, en cambio, sentía un hormigueo en el estómago, y apenas comió nada.

—San Judas es uno de mis santos preferidos —comentó Robin—. ¿Te ha dicho Brian que últimamente estoy yendo a la iglesia?

—Lo ha mencionado, sí.

—Seguro que sí. ¡Y seguro que te lo contó con mucha comprensión y mucha paciencia! —Robin hablaba en tono alto y tenía la cara roja de vino. Denise sintió que algo se le apretaba en el pecho—. Total, que una de las cosas buenas de ser católico es tener a tu disposición un santo como san Judas Tadeo.

—¿Patrón de las causas imposibles?

—Exacto. ¿Para qué están las Iglesias, sino para las causas imposibles?

—Lo mismo me pasa a mí con el deporte —dijo Denise—. Los ganadores no necesitan que los ayudes.

Robin asintió.

—Ya me entiendes. Pero cuando vives con Brian acabas pensando que en los perdedores hay algo que no está bien. No es que llegue a criticarte. Nunca le faltarán ni la comprensión ni la paciencia. ¡Brian es estupendo! ¡Brian es intachable! Lo que pasa es que si tiene que quedarse con alguien, prefiere que sea un ganador. Y yo no soy tan ganadora. Ni quiero serlo.

Denise nunca se habría expresado así, hablando de Emile. Ni siquiera entonces.

—Tú, en cambio, sí que eres una ganadora —dijo Robin—. Por eso vi en ti una posible sustituta. Como si me estuvieras pidiendo la vez.

—No.

Robin emitió tímidos ruidos de placer.

—¡Ji ji ji!

—Digamos, en defensa de Brian —prosiguió Denise—, que no tengo la impresión de que te esté pidiendo que seas Brooke Astor. Creo que se conformaría con una buena burguesa.

—Puedo vivir siendo burguesa —dijo Robin—. Una casa como ésta es todo lo que necesito. Me encanta que tu mesa de cocina sea media mesa de ping-pong.

—Veinte dólares y te la llevas.

—Brian es maravilloso. Es la persona con quien quería vivir el resto de mi vida, el padre de mis hijas. El problema soy yo. Yo soy quien no está cumpliendo con el programa. Yo soy quien está asistiendo a los cursillos de preparación para la confirmación. Oye, ¿tienes una chaqueta, o algo? Me estoy quedando helada.

Las velas bajas goteaban cera en el plan de trabajo para octubre. Denise le dio su cazadora vaquera favorita, una Levi's que ya no se fabricaba, con forro de lana, y pudo observar lo grande que parecía cuando por sus mangas asomaban los finos brazos de Robin, cómo se tragaba sus delgados hombros, como el chándal deportivo que acaba de quitarse el jugador de fútbol para que lo lleve su chica.

Al día siguiente, se puso ella esa cazadora y la encontró más suave y más ligera de lo que recordaba. Se subió el cuello y se abrazó con ella.

Aquel otoño trabajó muchísimo, pero, aun así, dispuso de un tiempo libre y de una flexibilidad de horario que llevaba muchos años sin conocer. Adquirió la costumbre de dejarse caer por el Proyecto, con platos cocinados por ella misma. Se pasó por casa de Brian y Robin en Panama Street, y, como él no estaba, se quedó un rato. Unas cuantas noches más tarde, Brian se la encontró en casa, preparando magdalenas con las niñas, y se comportó como si la hubiera visto cien veces en su cocina.

Denise tenía detrás una vida entera de práctica en llegar tarde a una familia de cuatro personas y que todo el mundo la quisiera mucho. En Panama Street, su siguiente conquista fue Sinéad, la gran lectora, siempre a la moda. Denise se la llevaba de compras todos los sábados. Le compró joyas de bisutería, un joyero toscano antiguo, elepés de música disco y protodisco de mediados de los setenta, viejos libros sobre los modos de vestir, ilustrados, sobre la Antártida, sobre Jackie Kennedy y sobre construcción naval. Ayudó a Sinéad a elegir regalos de mayor tamaño, más resultones, más baratos, para Erin. Sinéad era igual que su padre: tenía un gusto impecable. Llevaba vaqueros negros, minifaldas y pichis de pana, ajorcas de plata y ristras de abalorios de plástico todavía más largas que su muy largo pelo. En la cocina de Denise, después de las compras, pelaba inmaculadamente las patatas o iba enroscando trozos de masa, mientras la cocinera inventaba cosas variadas para el paladar de una niña: recortes de pera, fajitas de mortadela casera, sorbete de saúco en un cuenco tamaño muñeca, raviolis de cordero con una cruz de aceite de oliva cargado de menta, cubitos de polenta frita.

Cuando —rara vez, en alguna boda, por ejemplo— Robin y Brian salían juntos, Denise se quedaba en Panama Street cuidando de las niñas. Les enseñó a hacer pasta con espinacas y a bailar el tango. Escuchó a Erin recitar la lista completa de los presidentes de Estados Unidos, en su orden. Ayudó a Sinéad a saquear los cajones en busca de ropa.

—Denise y yo somos etnólogas —dijo Sinéad—, y tú eres una Hmong.

Mientras observaba a Sinéad pactando con Erin el modo en que debía comportarse una mujer Hmong, mientras la veía bailar una canción de Donna Summer con su típico minimalismo mitad aburrido, mitad lánguido, sin apenas separar los pies del suelo, moviendo levemente los hombros y dejando que el pelo le resbalara y se le esparciera por la espalda (Erin, entretanto, padecía un ataque epiléptico tras otro), Denise no sólo sentía amor por la chica, sino también por los padres que habían hecho funcionar tamaña magia educativa en ella.

Robin no estaba tan impresionada.

—Pues sí, pues claro que te quieren —dijo—. Porque no eres tú quien le desenreda el pelo a Sinéad. Ni quien tiene que pelearse veinte minutos para llegar a un acuerdo sobre qué es y qué no es «hacer la cama». Y tú nunca ves las notas que trae Sinéad en matemáticas.

—¿No son buenas? —preguntó la canguro enamorada.

—Son espantosas. Vamos a castigarla a no verte si no mejora.

—Oye, no, no hagáis eso.

—Lo mismo te apetece hacer con ella unas cuantas divisiones de cálculo detallado.

—Lo que sea que haga falta.

Un domingo del mes de noviembre, mientras los cinco miembros de la familia paseaban por Fairmount Park, Brian le comentó a Denise:

—Robin te ha cogido verdadero cariño. No estaba yo muy seguro de que fuera a ocurrir eso.

—Me cae muy bien Robin —dijo Denise.

—Creo que al principio la intimidabas un poco.

—Y sus buenas razones tenía. ¿O no?

—Yo nunca le dije nada.

—Pues mira, muchas gracias.

A Denise no se le escapaba que las mismas cualidades que habrían capacitado a Brian para engañar a Robin —su noción de tener derecho a todo, su convicción, ya menguante, de que cual-

quier cosa que hiciese era exactamente la Buena Acción que Todos Deseamos Hacer— también hacían más fácil engañarlo a él.
Denise era consciente de que se estaba convirtiendo, dentro de la
mente de Brian, en una extensión de «Robin», y, dado que «Robin» gozaba de la permanente valoración de «estupenda» en la
estima de Brian, ninguna de las dos, ni «Denise», ni «Robin»,
requerirían que él les dedicase mucha reflexión, ni que se preocupa-
ra por ellas.

Brian parecía haber puesto, también, una absoluta fe en el
amigo de Denise, Rob Zito, como gerente de El Generador. Se
mantenía razonablemente bien informado, pero la mayor parte
del tiempo, ahora que iba haciendo más frío, permanecía ausente.
Denise llegó a preguntarse, aunque no por mucho tiempo, si se
habría enamorado de alguna otra; pero el nuevo amor resultó ser
un cineasta independiente, Jerry Schwartz, famoso por su exquisito gusto en materia de bandas sonoras y su talento para encontrar financiación, una y otra vez, para sus artísticos proyectos de
números rojos. («Para apreciar al máximo esta película —decía el
Entertainment Weekly de una lóbrega y ruinosa peli de puñaladas
traperas dirigida por Schwartz y titulada *Fruta enfurruñada*—,
hay que verla con los ojos cerrados.») Ferviente admirador de las
bandas sonoras de Schwartz, Brian había caído del cielo, como un
ángel con cincuenta mil importantísimos dólares en la mano,
justo cuando Schwartz empezaba la fotografía principal de una
adaptación moderna de *Crimen y castigo* en la que Raskolnikov,
interpretado por Giovanni Ribisi, era un joven anarquista y rabio-
so audiófilo, residente en la zona norte de Filadelfia. Mientras
Denise y Rob Zito decidían el equipamiento y la iluminación de
El Generador, Brian se fue con Schwartz, Ribisi *et al.* a un rodaje
en exteriores en las conmovedoras ruinas de Nicetown, y se dedicó a intercambiar cedés con Schwartz, sacándolos ambos de unos
estuches idénticos, de cremallera, y a cenar en el Pastis de Nueva
York con Schwartz y Greil Marcus y Stephen Malkmus.

Sin necesidad de pensar en ello, Denise había dado por supuesto que Brian y Robin ya no tenían vida sexual. De modo que
en la noche de Año Nuevo, cuando cuatro parejas, Denise y una
turbamulta de niños se juntaron en la casa de Panama Street, y
Denise vio a Robin y Brian haciéndose arrumacos en la cocina,

después de las doce, sacó su abrigo de debajo del montón de abrigos y salió corriendo de la casa. Se pasó más de una semana demasiado maltrecha como para llamar a Robin o ir a ver a las niñas. Estaba colgada de una mujer hetero casada con un hombre que a ella no le habría importado nada tener por marido. Era un caso razonablemente imposible. Lo que san Judas da, san Judas te lo quita.

Robin puso fin a la moratoria de Denise con una llamada telefónica. Estaba rechinante de rabia.

—¿*Sabes de qué trata la película de Jerry Schwartz?*

—Esto... ¿Dostoievsky en la avenida Germantown?

—¡Lo sabes! ¿Cómo puede ser que yo no lo supiera? Porque no quiso decírmelo, porque sabía lo que yo iba a pensar.

—Estamos hablando de Giovanni Ribisi con su barbita rala haciendo de Raskolnikov —dijo Denise.

—Mi marido —dijo Robin— ha puesto cincuenta mil dólares, *de los que recibió de la W—— Corporation*, en una película sobre un anarquista de la zona norte de Filadelfia que les parte la cabeza a dos mujeres y va a la cárcel por ello. Él no hace más que pavonearse de lo que farda andar por ahí con Giovanni Ribisi y Jerry Schwartz e Ian Comosellame y Stephen Quiensea, mientras mi hermano, el anarquista de la zona norte de Filadelfia, el que de verdad le partió la cabeza...

—Vale, ya comprendo —dijo Denise—. Hay una definitiva falta de sensibilidad en ello.

—Ni eso creo —dijo Robin—. Lo que creo es que está profundamente harto de mí y que ni siquiera lo sabe.

A partir de aquel día, Denise se convirtió en solapada defensora de la infidelidad. Se dio cuenta de que defendiendo determinados fallos menores de la sensibilidad de Brian, daba lugar a que Robin se lanzara a más graves acusaciones, en las que ella, luego, como a regañadientes, coincidía. Escuchaba y seguía escuchando. Puso especial cuidado en comprender a Robin como nadie la había comprendido antes. Asediaba a Robin con las preguntas que Brian no le hacía: sobre Billy, sobre su padre, sobre la Iglesia, sobre el Proyecto Huerta, sobre la media docena de adolescentes a quienes había picado el bicho de la horticultura y que pensaban volver el próximo verano, sobre las andanzas románticas y académicas de sus jóvenes ayudantes. Asistió a la Noche del Catálogo de Semillas, en el Proyecto, y puso rostro a los chicos favoritos de Robin. Hizo divisiones de cálculo detallado con Sinéad. Orientó las conversaciones hacia temas relacionados con las estrellas de cine o la música popular o la alta costura, asuntos todos extremadamente conflictivos en el matrimonio de Robin. Quien no estuviera al corriente, podría haber pensado, oyéndola, que Denise sólo aspiraba a estrechar sus lazos amistosos; pero había visto comer a Robin, y conocía el hambre de aquella mujer.

Un problema de aguas residuales obligó a retrasar la inauguración de El Generador, de modo que Brian aprovechó la oportunidad para asistir con Jerry Schwartz al Festival Cinematográfico de Kalamazoo, y Denise aprovechó la oportunidad para salir cinco noches seguidas con Robin y las niñas. La última de estas noches nos la descubre en una tienda de alquiler de vídeos, hecha un lío. Al final, se decidió por *Sola en la oscuridad* (un macho asqueroso amenaza a Audrey Hepburn, fecunda en ardides, cuyo color de piel, qué casualidad, recuerda al de Denise Lambert) y *Algo salvaje* (la espléndida, y rarita, Melanie Griffith libera a Jeff Daniels de un matrimonio muerto). Al llegar a Panama Street, Robin se ruborizó sólo con ver los títulos.

Entre película y película, pasada la medianoche, bebían whisky en el sofá del salón cuando Robin, en un tono de voz que incluso en ella resultaba insólitamente chillón, le pidió permiso a Denise para hacerle una pregunta personal.

—¿Cuántas veces, digamos a la semana —dijo—, solíais tontear Emile y tú?

—No soy la persona adecuada para averiguar lo que es o deja de ser normal —contestó Denise—. Yo la normalidad siempre la he visto por el espejo retrovisor.

—Ya, ya. —Robin tenía los ojos clavados en la pantalla azul del televisor—. Pero ¿qué es lo que tú considerabas normal?

—Creo que, en aquel momento, a mí me parecía normal —dijo Denise, mientras pensaba «una buena cantidad, dile una buena cantidad»— unas tres veces a la semana.

Robin suspiró ruidosamente. Cinco o seis centímetros cuadrados de su rodilla izquierda se apoyaban en la rodilla derecha de Denise.

—Y ¿qué es lo que ahora te parece normal? —insistió.

—Hay gente para quien lo correcto es una vez al día.

Robin habló con voz de cubito de hielo apretado entre los dientes.

—No me importaría nada. No me parece nada mal.

En la parte afectada de la rodilla de Denise se desataron cosquillas y entumecimiento y ardores.

—Entiendo que no es eso lo que sucede en este momento.

—¡Dos veces al MES! —dijo Robin entre dientes—. Dos veces al MES.

—¿Crees que Brian anda con otra mujer?

—No sé qué puede estar haciendo, pero desde luego no es conmigo. Me siento como una especie de monstruo.

—No eres ningún monstruo. Todo lo contrario.

—Bueno, ¿cuál era la otra película, que no me acuerdo?

—*Algo salvaje*.

—Vale, lo que sea. Vamos a verla.

Denise se pasó las dos horas siguientes con la atención puesta, más que nada, en la mano que había dejado sobre el cojín del sofá, al fácil alcance de Robin. La mano no se sentía a gusto, quería ser retirada, pero Denise se negaba a abandonar un territorio que con tanto esfuerzo había conquistado.

Cuando terminó la película, estuvieron un rato viendo la tele y luego permanecieron calladas durante un tiempo imposiblemente largo, cinco minutos, tal vez un año, y, aun así, Robin siguió sin picar aquel cebo de cinco dedos, tan calentito. Denise habría aceptado con gusto, en ese momento, un buen achuchón de comportamiento sexual masculino. En retrospectiva, la semana y media que hubo de esperar hasta que Brian se le echó encima, daba la impresión de haber transcurrido en un santiamén.

A las cuatro de la madrugada, harta de cansancio y de impaciencia, se levantó del sofá para marcharse. Robin se puso los zapatos y la parka morada y la acompañó al coche. Allí, por fin, asió una mano de Denise entre las suyas. Le frotó la palma con sus pulgares de mujer madura, ásperos. Dijo que se alegraba mucho de tener a Denise por amiga.

«Sigue la pauta —se urgió Denise—. Seamos hermanas.»

—Yo también me alegro —dijo.

484

Robin emitió el cacareo que Denise había aprendido a identificar como timidez químicamente pura. Dijo:

—¡Ji ji ji!

Luego miró la mano de Denise, que ahora amasaba nerviosamente entre las suyas.

—¿A que resultaría irónico que fuese yo quien engañara a Brian?

—Oh, cielos —se le escapó a Denise.

—No te preocupes. —Robin cerró el puño en torno al índice de Denise y lo apretó con fuerza, espasmódicamente—. Es pura broma.

Denise la miró. «¿Eres consciente de lo que estás diciendo? ¿Eres consciente de lo que estás haciendo con mi dedo?»

Robin, ahora, se llevó la mano de Denise a la boca y la mordisqueó suavemente, parapetando los dientes tras los labios; luego se apartó de Denise como a hurtadillas, tras haberle soltado la mano. Se puso a saltar de un pie al otro.

—Nos vemos —dijo.

Al día siguiente, Brian volvió de Michigan y puso fin a la fiesta.

Denise pasó un largo fin de semana en St. Jude, por Pascua, y Enid, como un piano de juguete con una sola nota, ni un solo día dejó de hablar de su antigua amiga Norma Green y de su trágica relación con un hombre casado. Denise, para cambiar de tema, comentó que Alfred estaba mucho más animado y con la cabeza más clara de lo que le contaba Enid en sus cartas y en sus llamadas dominicales.

—Porque hace un esfuerzo cuando tú estás aquí —replicó Enid—. Cuando nos quedamos solos se pone imposible.

—A lo mejor es que entonces tú te fijas demasiado en él.

—Denise, si vivieras con un hombre que se pasa el día entero durmiendo en un sillón...

—Cuanto más lo acoses, más va a resistirse, mamá.

—Tú no te das cuenta porque sólo estás aquí unos días, de vez en cuando. Pero yo sé de qué hablo. Y lo que no sé es lo que voy a hacer.

«Si yo viviera con una persona histéricamente inclinada a estarme criticando todo el rato —pensó Denise—, me echaría a dormir en un sillón.»

A su regreso a Filadelfia, la cocina de El Generador estaba por fin a punto de funcionamiento. La vida de Denise volvió a sus niveles normales de locura, mientras reunía y entrenaba a su equipo, provocaba una competencia frontal entre los últimos jefes de repostería que tenía preseleccionados y resolvía mil y un problemas de suministro, horarios, producción y precios de carta. Como pieza arquitectónica, el restaurante era punto por punto tan apabullante como había temido, pero, por una vez en su carrera, había preparado muy bien su carta y tenía en ella dos plenos seguros. El menú era un diálogo a tres entre París, Bolonia y Viena, una conferencia continental con la marca registrada de Denise, que consistía en privilegiar el sabor y preocuparse menos de la espectacularidad. Cuando volvió a ver a Brian en persona, y no a través de los ojos de Robin, recordó cuánto le gustaba. Despertó, hasta cierto punto, de sus sueños de conquista. Mientras encendía la Garland y formaba a sus empleados y afilaba sus cuchillos, pensó: «Una mente ociosa es el taller del diablo.» Si en los últimos tiempos hubiera trabajado tanto como Dios le mandaba trabajar, nunca habría tenido tiempo libre para perseguir a la mujer de otro.

Se puso en modo evitación total, trabajando desde las seis de la mañana hasta las doce de la noche. Cuantos más días pasaba lejos del embrujo a que la tenían sometida el cuerpo de Robin y el calor de ese cuerpo y el hambre de Robin, más dispuesta estaba a admitir lo poco que le gustaban la inquietud nerviosa de Robin, sus malos peinados y peores vestimentas, su voz de gozne oxidado, su risa forzada, su total y honda carencia de glamour. El benigno descuido en que Brian tenía a Robin, su actitud de no interferencia, de «Sí, Robin, estupendo», adquirirían ahora más sentido a ojos de Denise. Robin, en efecto, era estupenda; pero, estando casado con ella, también podía uno experimentar la necesidad de alejarse a veces de su energía incandescente, también podía uno disfrutar unos días a solas, en Nueva York, en París, en Sundance...

Pero el daño estaba hecho. La defensa de la infidelidad emprendida por Denise había surtido efecto. Con una persistencia tanto más irritante cuanto más la vestía de timidez y excusas, Robin empezó a buscar el encuentro. Se presentaba en El Generador. Llevaba a Denise a comer. La llamaba a las doce de la noche y se ponía a charlar sobre asuntos de muy leve interés en los que, durante mucho tiempo, Denise había fingido estar extremadamente interesada. Pilló a Denise en casa un domingo por la tarde y tomó té en la media mesa de ping-pong, ruborizándose y jijijeando todo el tiempo.

Y una parte de Denise pensaba, mientras se enfriaba el té: «Mierda, ahora se ha lanzado de veras por mí.» Esta parte de ella consideraba, como si hubieran sido una auténtica amenaza de daños, las circunstancias extenuantes: «Quiere sexo diario.» Esa misma parte de ella también estaba pensando: «Dios mío, qué mal come.» Y: «Yo no soy "lesbiana".»

Al mismo tiempo, otra parte de ella ardía en deseo. Nunca había percibido con tanta objetividad hasta qué punto el sexo podía convertirse en enfermedad, en un conjunto de síntomas físicos, porque nunca había estado tan enferma como Robin la ponía.

Durante una pausa de la charla, por debajo de la mesa de ping-pong, Robin atrapó el elegantemente ataviado pie de Denise entre sus zapatillas abultadas, blancas con ribetes morados y naranja. Un momento más tarde, se inclinó hacia delante y asió la mano de Denise. Su rubor parecía una amenaza de muerte.

—Bueno —dijo—, pues he estado pensando.

El Generador abrió el 23 de mayo, exactamente un año después de que Brian empezara a pagarle a Denise su sobredimensionado salario. Hubo una última semana de retraso en la inauguración, para que Brian y Jerry Schwartz pudieran asistir al Festival de Cannes. Todas las noches, mientras estuvo ausente, Denise le pagaba su generosidad y su fe en ella yendo a Panama Street a dormir con su mujer. Se sentía el cerebro como el de una vaca expuesto en la vitrina de una dudosa carnicería de «saldos» de la calle Nueve, pero Denise nunca se cansó tanto como al principio temió. Un beso, una mano en la rodilla, le despertaban el cuerpo a la noción de sí mismo. Se sintió habitada, animada, acelerada a tope, por el fantasma de todos y cada uno de los encuentros coitales que en su matrimonio había ninguneado. Cerraba los ojos contra la espalda de Robin, utilizando sus omoplatos por almohada para las mejillas, sujetando con las manos los pechos de Robin, que eran redondos y planos y raramente ligeros; se sentía como un gatito con una borla en cada pata. Se quedaba traspuesta un par de horas y luego se despegaba de las sábanas, abría la puerta que Robin había cerrado con llave, en previsión de posibles visitas sorpresa de Sinéad o Erin, y salía arrastrándose al alba húmeda de Filadelfia y empezaba a temblar violentamente.

Brian había insertado anuncios de El Generador, muy impactantes y muy crípticos, en las revistas locales y había puesto en marcha el runrún por medio de su red, pero, el primer día de trabajo, 26 servicios a mediodía y 45 por la noche no representaron nada que pudiera considerarse una ardua prueba para la cocina de Denise. El comedor acristalado, suspendido en radiación azul de Cherenkov, podía acoger 140 personas, y Denise esperaba noches de 300 servicios. Brian, Robin y las niñas fueron a cenar una noche y se pasaron un rato por la cocina. Denise produjo la positiva impresión de llevarse muy bien con las niñas, y Robin, magnífica con sus labios rojos recién pintados y un vestidito negro, produjo la positiva impresión de ser la mujer de Brian.

Denise arregló las cosas del mejor modo posible con las autoridades de su cabeza. Se obligó a recordar que Brian, en París, había estado de rodillas ante ella, que no estaba haciendo nada peor que jugar según las reglas de él, que no era ella quien había dado el primer paso, sino Robin. Pero esas minucias morales no bastaban para explicar su completa y total falta de remordimientos. En las conversaciones con Brian se mantenía distante, con la cabeza espesa. No captaba el sentido de sus palabras hasta el último momento, lo mismo que si le hubiera hablado en francés. Tenía sus buenas razones para estar un poco ida, por supuesto: normalmente dormía cuatro horas, y la cocina no tardó mucho en funcionar a plena máquina; y Brian, distraído con sus proyectos cinematográficos, resultó tan fácil de engañar como ella había previsto. Pero «engañar» tampoco era la palabra. Era más bien «disociar». Su relación amorosa era como un sueño que se desarrollara en la cámara insonorizada de su cerebro, donde, por su educación en St. Jude, había aprendido a esconder sus deseos.

Los periodistas especializados en gastronomía acudieron a El Generador a finales de junio y salieron muy satisfechos. El *Inquirer* invocó la institución conyugal: las «nupcias» entre un «entorno completamente único» y unos platos «serios y seriamente deliciosos», creados por la «muy perfeccionista» Denise Lambert, daban como resultado una experiencia «indispensable» que «de largo» situaba a Filadelfia en el «mapa de la excelencia». Brian cayó en éxtasis, pero no así Denise. A su parecer, ese modo de expresarse haría pensar a quien leyese la reseña que El Generador era una porquería de sitio para gente de medio pelo. Contó cuatro párrafos sobre arquitectura y decoración, tres párrafos sobre nada, dos sobre el servicio, uno sobre el vino, dos sobre los postres y sólo siete sobre su cocina.

—No comentan nada de mi chucrut —dijo, llena de rabia, con las lágrimas a punto de saltársele.

El teléfono de reservas sonaba día y noche, sin parar. Tenía que trabajar, trabajar y trabajar. Pero Robin la llamaba a media mañana o a media tarde, por la línea de dirección, con la voz pinzada de timidez, con las cadencias sincopadas de vergüenza.

—No, que decía, no sé qué te parece, si podemos vernos un minuto.

Y, en lugar de decir que no, Denise seguía diciendo que sí. Siguió delegando o posponiendo delicadas tareas de inventario, preasados problemáticos o indispensables llamadas a proveedores, para escaparse a ver a Robin en la franja de parque más cercana de Schuylkill. A veces no hacían más que sentarse en un banco, discretamente cogidas de la mano, y, aunque las conversaciones sobre temas no relacionados con el trabajo, en horas laborales, impacientaban tremendamente a Denise, hablaban del sentido de culpabilidad de la una, Robin, y de la carencia disociada de sentido de la culpabilidad de la otra, Denise, así como de qué podía significar que estuvieran haciendo lo que estaban haciendo, y de cómo había podido ocurrir. Pero las conversaciones no tardaron en ir menguando. La voz de Robin al teléfono había pasado a significar *lengua*. Apenas le escuchaba una o dos palabras, Denise desconectaba. La lengua y los labios de Robin seguían emitiendo las instrucciones requeridas por las exigencias de cada día, pero al oído de Denise ya estaban expresándose en el lenguaje de arriba y abajo y círculos y círculos que su cuerpo comprendía intuitivamente y de modo autonómico obedecía; a veces se derretía de tal modo ante el sonido de aquella voz, que se le ahuecaba el estómago y tenía que doblar el cuerpo hacia delante: durante la hora siguiente, no había en el mundo más que lengua —ni inventarios, ni faisanes a la mantequilla ni suministradores sin pagar; salía de El Generador en un estado hipnótico, zumbándole los oídos, sin reflejos, con el volumen del mundanal ruido reducido a casi cero, y menos mal que los restantes conductores sí que cumplían las normas de tráfico elementales. Su coche era como una lengua que se deslizaba por calles de asfalto derritiéndose, sus pies como lenguas gemelas que lamían la acera, la puerta principal de Panama Street era como una boca que la devoraba entera, la alfombra persa del recibidor, camino del dormitorio, era una lengua que le hacía señas, la cama, con su capa de colcha y almohadas, era una blanda lengua que solicitaba opresión. Y así.

Todo aquello era, sin duda, territorio por explorar. Denise nunca había deseado nada de semejante modo, y menos aún el sexo. El mero hecho de experimentar un orgasmo, mientras estuvo casada, había acabado convirtiéndosele en una especie de tarea culinaria, laboriosa, pero, a la vez, indispensable. Se pasaba catorce horas seguidas cocinando y luego, sistemáticamente, se quedaba dormida con la ropa de calle puesta. Lo último que le apetecía, a esas horas de la noche, era aplicar una receta muy complicada, y cada vez más premiosa, a la preparación de un plato que de todas formas no iba a disfrutar por exceso de cansancio. Tiempo de preparación: un mínimo de quince minutos. Transcurridos los cuales, luego resultaba que el proceso casi nunca marchaba como es debido. La sartén demasiado caliente, el fuego demasiado alto, el fuego demasiado bajo, las cebollas se negaban a caramelizarse o se quemaban ipso facto, para luego pegarse. Había que poner la sartén aparte para que se enfriara, había que emprender una dolorosa discusión con el ahora enfadado segundo chef, que se angustiaba, e inevitablemente la carne quedaba dura y correosa, la salsa perdía su complejidad en las sucesivas diluciones y desglaseados, y era puñeteramente tarde y le ardían los ojos, y, vale, sí, disponiendo del tiempo necesario y echándole las ganas pertinentes, siempre era posible conseguir que el jodido plato saliera bien, pero a menudo se quedaba en una cosa que se vacilaría en servir a los camareros. Había que echar el cierre («vale, ya me he corrido») y quedarse dormida con un dolor. Y, la verdad, tampoco era para *tanto* esfuerzo. Era, no obstante, un esfuerzo que hacía cada semana o cada quince días, porque el orgasmo de ella resultaba de vital importancia para Emile, y Denise se sentía culpable. A él podía darle satisfacción igual que aclaraba un consomé: con la misma pericia y el mismo grado de acierto (y, transcurrido no mucho tiempo, también con la cabeza en otro sitio). Y ¡qué orgullo, qué placer obtenía Denise del ejercicio de sus habilidades! Emile, no obstante, parecía pensar que sin unos cuantos estremecimientos y suspiros semivoluntarios por parte de ella, el matrimonio estaría en serios apuros; y aunque los acontecimientos posteriores habían de darle la razón a él, en un cien por cien, a Denise, en los años anteriores al día en que fijó los ojos en Becky Hemerling, le resultaba imposible no sentirse culpabilísima, no experimentar presión y resentimiento en el frente orgásmico.

Robin venía lista para consumir. No hace falta receta ni preparación para comerse un albaricoque. Aquí está el albaricoque y, bum, aquí está la gratificación. Denise había tenido barruntos de esta facilidad en su trato con Hemerling, pero hasta entonces, a sus treinta y dos años, no había entendido bien de qué iba la cosa. Una vez que lo entendió, empezaron los problemas. En agosto, las niñas se fueron a un campamento de verano y Brian se fue a Londres, y la jefa absoluta del más famoso, entre los nuevos, restaurante de la región, salía de la cama para al cabo de un rato encontrarse tendida en una alfombra, se vestía para enseguida desnudarse, llegaba hasta el vestíbulo en su intento de huida, para acabar corriéndose contra la puerta principal; con las rodillas temblorosas y los ojos amusgados, regresaba arrastrándose hasta el restaurante adonde había prometido regresar en cuarenta y cinco minutos. Y nada de ello era bueno. El restaurante padecía las consecuencias. Había atascos en la lista de espera, retrasos en el comedor. En dos ocasiones tuvo que retirar entrantes del menú porque la cocina, sin su participación, se quedaba sin margen de tiempo para atender los pedidos. Y, a pesar de ello, incurría en absentismo injustificado en mitad del segundo turno de noche. Pasando por el Refugio del Crack, el Camino de la Basura y el Callejón del Porro, llegaba al Proyecto Huerta, donde Robin tenía una manta. A estas alturas, la huerta, tras recibir los pertinentes abonos orgánicos y minerales, ya estaba plantada. Habían crecido los tomates en cilindros de malla metálica encajados en llantas viejas. Y los reflectores y las luces de posición de las aeronaves que aterrizaban, y las constelaciones atrofiadas por las nieblas tóxicas, y el crisol radioactivo del Veterans Stadium de béisbol, y la tormenta térmica sobre Tinicum, y la luna a la que el sucísimo Camden había ido contagiando de hepatitis según ascendía, todas estas luces urbanas comprometidas hallaban reflejo en la piel de las berenjenas adolescentes, de los jóvenes pimientos y pepinos, en el maíz tierno, en los cantalupos púberes. Denise, desnuda en mitad de la ciudad, extendía la manta sobre la tierra aún fresca de relente, una arena arcillosa, recién removida. Ponía en ella la mejilla, le introducía los Robinosos dedos.

—Para, para, por Dios —chillaba Robin—, que te cargas las lechugas nuevas.

Luego ya estaba Brian en casa, y empezaron a correr estúpidos riesgos. Robin le explicó a Erin que Denise no se encontraba bien y que había tenido que echarse un rato en el dormitorio. Hubo un febril episodio en la despensa de Panama Street, mientras Brian, a menos de diez metros, leía a E. B. White en voz alta. Por último, una semana antes del Día del Trabajo, una mañana, en el despacho de la directora del Proyecto Huerta, el peso de dos cuerpos sobre la silla de Robin, antigua y de madera, hizo que el respaldo se quebrara hacia atrás. Se reían ambas cuando oyeron la voz de Brian.

Robin se levantó de un salto, quitó el cierre de la puerta y la abrió en un solo movimiento, para que no se notara que había estado cerrada. Brian llevaba una cesta de erecciones verdes y con motitas. Se sorprendió al ver a Denise, pero se alegró mucho, como siempre.

—¿Qué está pasando aquí?

Denise de rodillas junto a la mesa de Robin, con la blusa fuera.

—Se jodió la silla de Robin —dijo—. Estoy viendo a ver.

—¡Yo le he pedido que intentara arreglarla! —chilló Robin.

—¿Qué haces aquí? —le preguntó Brian a Denise, con mucha curiosidad.

—He tenido la misma idea que tú —dijo ella—. He venido por calabacines.

—Pues Sara me ha dicho que no había nadie.

Robin iba alejándose poco a poco.

—Ya se lo diré. Lo menos que se espera de ella es que sepa si estoy o no estoy.

—¿Cómo ha roto Robin la silla? —le preguntó Brian a Denise.

—No sé —dijo ella, refrenando el impulso de echarse a llorar, como una niña mala sorprendida in fraganti.

Brian recogió la parte superior de la silla. Denise nunca antes había pensado concretamente en su padre al verlo, pero esta vez la impresionó el parecido con Alfred en su inteligente compasión por el objeto roto.

—Es roble bueno —dijo Brian—. Es raro que de pronto le haya dado por romperse.

Denise, que seguía de rodillas, se levantó del suelo y se perdió por el vestíbulo, metiéndose la blusa en el pantalón mientras andaba. Siguió andando, igual de perdida, hasta que se encontró en la calle y se metió en el coche. Subió por Bainbridge Street, en dirección al río. Se detuvo frente a una barandilla galvanizada y paró el motor levantando el pie del embrague; el coche saltó hacia delante y dio contra la barandilla y rebotó y se quedó inmóvil, y entonces, por fin, Denise se vino abajo y lloró por la silla rota.

Llegó a El Generador con la cabeza algo más clara. Vio que se estaba imponiendo el desbarajuste en todos los frentes. Había varios mensajes sin contestar, de un periodista gastronómico del *Times*, de un redactor jefe de *Gourmet* y del último dueño de restaurante con ganas de robarle la jefa de cocina a Brian. Mil dólares de pechugas de pato y chuletas de ternera se habían estropeado al fondo de la despensa por falta de rotación. La cocina entera lo sabía, y nadie se lo había dicho: había aparecido una jeringuilla en el cuarto de baño de empleados. El jefe de repostería aseguraba que le había dejado a Denise dos notas de su puño y letra, presumiblemente relacionadas con asuntos salariales, y Denise no tenía ni la menor noción de haberlas visto.

—¿Cómo es que nadie pide costillas a la campesina? —le preguntó Robin a Rob Zito—. ¿Cómo es que los camareros no proponen mis costillas a la campesina, con lo fenomenalmente deliciosas y lo insólitas que son?

—A la gente de aquí no le gusta el chucrut —dijo Zito.

—Una leche, no le gusta. Los platos vuelven como espejos, cuando alguien las pide. Se puede uno contar las pestañas mirándose en ellos.

—Será que nos visitan alemanes —dijo Zito—. Esos platos como espejos tienen que ser responsabilidad de individuos con pasaporte alemán.

—¿No será que a ti no te gusta el chucrut?

—Es un plato interesante —dijo Zito.

No supo nada de Robin y tampoco ella la llamó. Concedió una entrevista al *Times* y se dejó fotografiar, le dio unas palmaditas en el ego al jefe de repostería, se quedó hasta muy tarde y metió en una bolsa las piezas de carne estropeadas, sin que nadie se enterara, despidió al pinche que se había picado en el váter, y no dejó ni un almuerzo ni una cena sin seguir de cerca la lista de espera e ir resolviendo los problemas que se presentaban.

Día del Trabajo: la muerte negra. Se obligó a salir de la oficina y echar a andar por la ciudad desierta y calurosa, desviando sus pasos, por la fuerza de la soledad, hacia Panama Street. Experimentó una reacción pavloviana líquida cuando vio la casa. La fachada de arenisca seguía siendo una cara, y la puerta una lengua. El coche de Robin estaba aparcado delante, pero no el de Brian: se habían ido a Cape May. Denise tocó el timbre, aun sabiendo, por algo parecido al polvo en torno a la puerta, que no había nadie en casa. Abrió el cerrojo con la llave en que había escrito «R/B» y entró en la casa. Subió dos pisos hasta el dormitorio principal. Los antiguos acondicionadores de aire, rehabilitados a muy alto precio, cumplían con su cometido, y el aire fresco enlatado competía con los rayos del sol de aquel Día del Trabajo. Al acostarse en la cama de matrimonio, que estaba sin hacer, recordó el olor y la quietud de las tardes veraniegas de St. Jude, cuando la dejaban sola en casa y, durante un par de horas, podía ser todo lo rara que le viniese en gana. Se masturbó un poco. Yacía sobre sábanas revueltas, y una franja de sol le caía en el pecho. Se dobló la ración de sí misma y estiró mucho los brazos. Bajo la almohada de matrimonio, su mano rozó la esquina de papel de estaño de algo parecido a un envoltorio de condón.

Era un envoltorio de condón. Rasgado y vacío. Literalmente, lanzó un quejido al imaginar el penetrante acto de que ese objeto daba testimonio. Literalmente, se agarró la cabeza entre las manos.

Salió gateando de la cama y se alisó la falda por las caderas. Escudriñó las sábanas en busca de alguna otra sorpresa repugnante. Claro está que los matrimonios practican el sexo. Pero Robin le había dicho que no tomaba la píldora, que Brian y ella ya no tonteaban lo suficiente como para preocuparse al respecto; y en todo el verano Denise no había detectado, ni por sabor ni por olor, ninguna huella de marido en el cuerpo de su amante, y ello la condujo a olvidarse de lo obvio.

Se arrodilló junto a la papelera del lado de Brian. Movió varios Kleenex, comprobantes de compras y trozos de seda dental, hasta encontrar otra funda de preservativo. El odio a Robin, el odio y los celos, le ocupaban la cabeza como una migraña. Fue al cuarto de baño del dormitorio y encontró otros dos envases y una goma arrugada en la lata de debajo del lavabo.

Literalmente, se dio de puñetazos en las sienes. Oía el ruido de su propio aliento mientras bajaba corriendo las escaleras y salía a la calle vespertina. La temperatura andaba por los treinta y tantos grados y ella estaba temblando. Qué raro todo. Fue por su propio pie hasta El Generador y entró por la dársena de carga y descarga. Hizo inventario de aceites y quesos y harinas y especias, trazó muy minuciosas hojas de pedido, dejó veinte irónicos y fluidos y civilizados mensajes de voz, despachó su correo electrónico, se preparó unos riñones en la Garland, añadiéndoles un toque de grappa, y a medianoche llamó un taxi.

Robin se presentó a la mañana siguiente en la cocina, sin avisar. Llevaba una camisa blanca, muy grande, que daba la impresión de haber pertenecido a Brian. A Denise se le revolvió el estómago cuando la vio. La condujo al despacho de dirección y cerró la puerta.

—No puedo seguir haciendo esto —dijo Robin.

—Muy bien, porque yo tampoco.

La cara de Robin era un puro borrón. Se rascaba la cabeza y se estrujaba la nariz, con pertinacia de tic nervioso, y se subía las gafas.

—Llevo desde junio sin ir a la iglesia —dijo—. Sinéad me ha pillado en algo así como diez mentiras diferentes. Quiere saber por qué no apareces nunca. Ya no conozco ni a la mitad de los chicos que colaboran con el Proyecto. Es todo un lío tremendo, y no puedo seguir así.

Denise se desatragantó una pregunta:

—¿Cómo está Brian?

Robin se ruborizó.

—No tiene ni idea de nada. Es el mismo de siempre. Ya lo sabes: las dos le gustamos.

—Seguro que sí.

—Todo se ha vuelto muy raro.

—Bueno, tengo muchas cosas que hacer, de modo que...

—Brian nunca me hizo nada malo. No se merecía esto.

Sonó el teléfono y Denise lo dejó sonar. Se le estaba resquebrajando la cabeza, a punto de partirse en dos. No soportaba oír el nombre de Brian pronunciado por Robin.

Robin levantó la cara hacia el cielorraso, con perlas de lágrimas ensartadas en las pestañas.

—No sé para qué he venido. No sé qué estoy diciendo. Me siento fatal y estoy increíblemente sola.

—Supéralo —dijo Denise—. Como pienso hacer yo.

—¿Cómo puedes portarte con tanta frialdad?

—Porque soy fría.

—Si me hubieras llamado, si me hubieras dicho que me querías...

—¡Supéralo! ¡Por el amor de Dios, supéralo! ¡Supéralo!

Robin le imploró con la mirada; pero, la verdad, aun admitiendo que el asunto de los condones hubiera quedado más o menos aclarado, ¿qué iba a hacer Denise? ¿Dejar su trabajo en el restaurante que la estaba elevando al estrellato? ¿Irse a vivir al gueto y convertirse en una de las dos mamás de Sinéad y Erin? ¿Empezar a llevar zapatillones de deporte y a no preparar más que comida vegetariana?

Sabía que se estaba contando una sarta de mentiras, pero no sabía, en su cabeza, qué cosas eran mentira y qué cosas verdad. Permaneció con los ojos clavados en su mesa de despacho hasta que Robin abrió la puerta y se fue.

A la mañana siguiente, El Generador salió en la mitad inferior de la primera página de la sección de gastronomía del *New York Times*. Debajo del titular («Generando megavatios de admiración») había una foto de Denise, mientras que las fotografías del interior y del exterior del local quedaban relegadas a la página 6, donde también se resaltaban *sus chuletas a la campesina con chucrut*. Eso estaba mejor. Eso encajaba más en sus expectativas. Antes de las doce de la mañana ya le habían ofrecido ir como invitada al Food Channel, canal gastronómico, y escribir una columna mensual en la revista *Philadelphia*. Puenteando a Rob Zito, le indicó a la chica de las reservas que aceptara cuarenta comensales de más por noche. Gary y Caroline, cada uno por su lado, llamaron para felicitarla. Le echó una bronca a Zito por haber rechazado, aquel fin de semana, una reserva a nombre de una presentadora de la NBC local; se pasó un poco, pero le encantó hacerlo.

Ante el bar se acumulaba una multitud de tres en fondo —gente cara, de la que antes no abundaba en Filadelfia— cuando llegó Brian con una docena de rosas. Abrazó a Denise y ella se demoró entre sus brazos, dándole un poco de eso que tanto les gusta a los hombres.

—Necesitamos más mesas —dijo—. Tres de cuatro y una de seis, como mínimo. Necesitamos una chica a tiempo completo para las reservas, y que sepa filtrar. Necesitamos guardias de seguridad en el aparcamiento. Necesitamos un jefe de repostería con más imaginación y menos pretensiones. También hay que pensar en sustituir a Rob por alguien de Nueva York que sepa tratar con los clientes del perfil que vamos a obtener.

Brian se sorprendió.

—¿Vas a hacerle eso a Rob?

—No quiere dar preferencia a las costillas con chucrut —dijo Denise—. Y bien que le gustaron al *New York Times*. No está cumpliendo con su obligación, o sea que le den por culo.

La dureza de su tono de voz hizo que a Brian le brillaran los ojos. Daba la impresión de que así Denise le gustaba más.

—Haz lo que consideres oportuno —dijo.

El sábado por la noche, a última hora, se unió a Brian y Jerry Schwartz y dos rubias de pómulos altos y el cantante y el guitarrista de su grupo favorito, que estaban tomando copas en una especie de plataforma que Brian había instalado en el techo de El Generador, como un nido de cigüeñas. Hacía calor, y los bichos del río, allí abajo, hacían casi tanto ruido como la Schuylkill Expressway.

Las dos rubias hablaban por sus teléfonos. Denise le aceptó un cigarrillo al guitarrista, que estaba con ronquera porque acababa de actuar, y le permitió examinar sus cicatrices.

—¡Me cago en la! Tienes las manos peor que las mías.

—Este trabajo —dijo Denise— consiste en tolerar el dolor.

—Los cocineros tenéis fama de abusar de ciertas sustancias.

—Suelo tomar una copa al final del trabajo —dijo ella—. Y dos Tylenoles cuando me levanto, a las seis de la mañana.

—No hay nadie más duro que Denise —alardeó sosamente Brian, sobre las antenas de las rubias.

El guitarrista replicó sacando la lengua, agarrando el cigarrillo como si hubiera sido un cuentagotas y acercándose la brasa. El chisporroteo de la saliva fue lo suficientemente audible como para distraer a las dos rubias de sus teléfonos. La más alta chilló el nombre del guitarrista y le dijo que estaba loco.

—Ya me gustaría saber qué sustancia has ingerido tú —dijo Denise.

El guitarrista aplicó vodka frío directamente en la quemadura. La rubia, nada contenta con el numerito, contestó a la pregunta:

—Klonopin con Jameson y lo que sea que le toque ahora.

—Ya. Pero la lengua está húmeda —dijo Denise, mientras se apagaba el cigarrillo contra la suave piel de detrás de la oreja. Sintió como si le hubieran pegado un tiro en la cabeza, pero lanzó el cigarrillo al río con toda la tranquilidad del mundo.

Hubo un gran silencio en la plataforma. Estaba mostrando sus rarezas más de lo que nunca las había mostrado. No le hacía falta en absoluto —podría haberse puesto a trocear un costillar de cordero, o a conversar con su madre—, pero lanzó un grito estrangulado, un sonido cómico, para tranquilizar a su público.

—¿Te pasa algo? —le preguntó Brian luego, ya en el aparcamiento.

—Quemaduras peores me he hecho sin querer.

—Ya, pero insisto: ¿te pasa algo? Ha sido muy inquietante verte hacer eso.

—¿No acababas tú de llamarme dura? Pues ahí lo tienes.

—Estoy tratando de decir que lo siento.

No pudo dormir en toda la noche, por culpa del dolor.

A la semana siguiente, Brian y ella contrataron al gerente del Union Square Cafe y despidieron a Rob Zito.

Y otra semana después, acudieron al restaurante el alcalde de Filadelfia, el menos veterano de los dos senadores por Nueva Jersey, el administrador delegado de la W—— Corporation y Jodie Foster.

Y otra semana después, Brian llevó a Denise a casa desde el trabajo, y ella lo invitó a pasar. Tomando el mismo vino de cincuenta dólares que en cierta ocasión le había servido a su mujer, Brian le preguntó a Denise si Robin y ella estaban distanciadas.

Denise, sacando labios, dijo que no con la cabeza.

—He tenido mucho lío de trabajo.

—Eso me parecía a mí. No había pensado que fuese por ti. Robin está harta de todo, últimamente. Especialmente de todo lo que me concierne.

—Echo de menos salir por ahí con las niñas —dijo Denise.

—Pues puedes creerme, ellas también te echan de menos a ti —dijo Brian.

Luego añadió, con un ligero tartamudeo.

—Estoy pen... pensando en marcharme de casa.

Denise dijo que sentía mucho oírle decir tal cosa.

—Está de un beato descontrolado —dijo, sirviendo vino—. Lleva tres semanas yendo a misa nocturna. Yo ni sabía que semejante cosa existiese. Y no puedo nombrar El Generador sin provocar un estallido. Y, mientras, ella habla de sacar a las niñas del colegio y enseñarles en casa. Ha decidido que la casa es demasiado grande. Quiere mudarse a la casa del Proyecto y enseñar allí a las niñas, quizá con otros dos niños. Rasheed y Marilou, o algo sí. O sea, un sitio maravilloso para que se críen Sinéad y Erin, un solar abandonado de Point Breeze. Estamos un poco al borde de la chaladura pura y simple. No, en serio, Robin es estupenda. Las cosas en que ella cree son mejores que las cosas en que yo creo. Pero no estoy muy seguro de seguir queriéndola. Es como pasarse la vida discutiendo con Nicky Passafaro. Es Odio de Clase II, la continuación.

—Robin se siente demasiado culpable —dijo Denise.

—Pues está al borde de convertirse en una madre irresponsable.

499

Denise encontró aliento para preguntarle:

—¿Intentarías quedarte tú con las niñas, llegado el caso?

Brian asintió.

—Si llegara el caso, no sé si Robin querría, de hecho, la custodia. Más bien me la imagino renunciando a todo.

—No apuestes nada.

Denise pensó en Robin cepillándole el pelo a Sinéad y, de pronto —aguda, terriblemente—, echó en falta sus ansias locas, sus excesos y sus accesos, su inocencia. Acababa de entrar en acción algún mecanismo, y la cabeza de Denise se había convertido en una pantalla pasiva en la cual se proyectaba una película con el resumen de todas las excelencias de la persona a quien había apartado de sí. Ahora le volvían a gustar hasta los más nimios hábitos y gestos y señas distintivas de Robin, su preferencia por la leche hervida para añadir al café, el color descabalado, por culpa de la funda, del diente superior que su hermano le partió de una pedrada, cuando eran pequeños, el modo en que agachaba la cabeza como un carnero y a topetazos la hacía enloquecer de amor.

Denise, alegando agotamiento, hizo que Brian se marchase. A primera hora del día siguiente, una depresión tropical recorrió la costa en sentido ascendente, una perturbación húmeda y huracanada que puso a los árboles de mal humor, agitándolos, y que llenó de agua las aceras. Denise dejó El Generador en manos de su segundo de a bordo y se fue en tren a Nueva York, a relevar a su muy incompetente hermano de la tarea de atender a sus padres. Con la tensión del almuerzo, mientras Enid le repetía, palabra por palabra, las desventuras de Norma Greene, Denise no percibió ningún cambio en sí misma. Tenía un viejo yo que aún funcionaba, la Versión 3.2 o la Versión 4.0, que deploraba en Enid lo deplorable y apreciaba en Alfred lo apreciable. El alcance de la corrección que estaba experimentando no se le reveló hasta que estuvo en el muelle y su madre la besó y una Denise enteramente distinta, la versión 5.0, estuvo a punto de introducir la lengua en la boca de aquella adorable viejecita, estuvo a punto de acariciarle las caderas y los muslos, estuvo a punto de ceder por completo y prometerle seguir pasando las vacaciones de Navidad en St. Jude todas las veces que Enid quisiera.

Iba en el tren, camino del sur, y las estaciones intermedias, esmaltadas por la lluvia, desfilaban a velocidad de interurbano. Durante la comida, le pareció que su padre estaba loco. Y si, en efecto, ya iba perdiendo la cabeza, cabía admitir que Enid no hubiera exagerado las dificultades que tenía con él, cabía la posibilidad de que Alfred estuviera hecho un desastre y procurara recomponerse un poco delante de sus hijos, cabía la posibilidad de que Enid no fuera la plaga dañina e insoportable que Denise la había hecho ser durante veinte años, cabía la posibilidad de que los problemas de Alfred no fueran tan simples como haberse casado con quien no debía, cabía la posibilidad de que los problemas de Enid se limitaran a haberse casado con quien no debía, cabía la posibilidad de que Denise se pareciera mucho más a Enid de lo que había creído nunca. Iba escuchando el pa-dam-pa-dam-pa-dam de las ruedas en las vías y mirando oscurecerse el cielo de octubre. Puede que hubiera habido esperanza para ella si le hubiera sido posible seguir en el tren, pero el trayecto hasta Filadelfia era muy corto, y enseguida estuvo de vuelta en el trabajo y no tuvo tiempo de pensar en nada hasta que asistió a la presentación de la Axon con Gary y se sorprendió a sí misma defendiendo no sólo a Alfred, sino también a Enid, en la discusión posterior.

No recordaba un tiempo en que hubiera querido a su madre.

Estaba en remojo, en la bañera, hacia las nueve de aquella misma noche, cuando llamó Brian y la invitó a cenar con él y con Jerry Schwartz, Mira Sorvino, Stanley Tucci, un Famoso Director Norteamericano, un Famoso Autor Británico y otras luminarias. El Famoso Director acababa de terminar el rodaje de una película en Camden, y Brian y Schwartz lo habían liado para asistir a un pase privado de *Crimen y castigo y rock and roll*.

—Es mi noche libre —dijo Denise.

—Martin dice que te manda al chófer —dijo Brian—. Te agradecería mucho que vinieses. Se acabó mi matrimonio.

Se puso un vestido de cachemira gris, se comió un plátano para no parecer demasiado hambrienta a la hora de cenar, y se dejó llevar por el chófer del Director hasta una pizzería de Kensington llamada Tacconelli's. Una docena de famosos y asimilados, más Brian y Jerry Schwartz, tan simio y tan cuadrado de hombros como siempre, ocupaban tres mesas del fondo. Denise besó a Brian en la boca y tomó asiento entre él y el Famoso Autor Británico, que parecía tener almacenado un cargamento de ocurrencias golfísticas y criqueteras como para tener entretenida a Mira Sorvino durante toda la velada. El Famoso Director le dijo a Denise que había probado sus costillas con chucrut y que le habían encantado, pero ella cambió de tema en cuanto pudo. No había duda de que se encontraba allí como pareja de Brian; los del cine no tenían el más mínimo interés ni en el uno ni en la otra. Colocó la mano en la rodilla de Brian, como ofreciéndole consuelo.

—Raskolnikov con auriculares escuchando a Trent Reznor mientras se carga a la parienta: perfecto, perfecto, perfecto —le chorreó a Jerry Schwartz el menos famoso de los allí presentes, un chico en edad universitaria, meritorio del director.

—Son los Nomatics —lo corrigió Schwartz, con una falta de condescendencia verdaderamente devastadora.

—¿No son los Nine Inch Nails?

Schwartz bajó los párpados y movió mínimamente la cabeza para decir que no.

—Nomatics, 1980, *Held in Trust*. Más tarde utilizado sin suficiente acreditación de autoría por la persona cuyo nombre acabas de mencionar.

—Todo el mundo les roba cosas a los Nomatics —dijo Brian.

—Padecieron en la cruz de la oscuridad para que otros gozaran de la fama eterna —dijo Schwartz.

—¿Cuál es su mejor disco?

—Dame tu dirección. Te hago un cedé y te lo mando —dijo Brian.

—Todo lo que hicieron es brillantísimo —dijo Schwartz—, hasta *Thorazine Sunrise*. Cuando se marchó Tom Paquette, la banda tardó dos álbumes en darse cuenta de que estaba muerta. Alguien tuvo que decírselo.

—Supongo que un país donde se enseña el creacionismo en los colegios —observó el Famoso Autor Británico, dirigiéndose a Mira Sorvino— puede ser perdonado por ignorar que el béisbol viene del críquet.

Denise recordó entonces que Stanley Tucci era el director y protagonista de su preferida entre todas las películas de restaurantes. Se puso a hablar de cocina con él, muy contenta, algo menos injuriada por la belleza de la Sorvino y disfrutando, si no de la compañía, sí al menos de su no dejarse intimidar por ella.

Brian la llevó a casa en el Volvo. Denise se sentía con derecho a todo y atractiva y bien aireada y viva. Brian, por el contrario, estaba muy enfadado.

—Iba a venir Robin —dijo—. Fue una especie de ultimátum, podríamos decir. Pero había dicho que sí, que vendría a la cena. Que se interesaría mínimamente, aunque sólo fuera un poquito, en lo que estoy haciendo con mi vida. Y eso, constándome, como me constaba, que se vestiría deliberadamente de estudiante para hacerme sentir incómodo y demostrarme lo que sea que pretenda demostrarme. Y luego yo iba a pasar el sábado próximo en el Proyecto. Era un acuerdo. Y luego, esta mañana, decide que no viene a la cena, que va a asistir a una manifestación contra la pena de muerte. No me entusiasma la pena de muerte. Pero Khellye Withers no es exactamente quien yo pondría en un cartel a favor de la indulgencia. Y una promesa es una promesa. No me pareció a mí que una vela menos en la vigilia con velas fuera a significar tantísimo. Le dije que ya podía hacerlo por mí y perderse una sola manifestación en su vida. Le propuse darle un cheque a favor del sindicato pro libertades civiles, que ella misma me dijera cuánto. Lo cual resultó contraproducente, la verdad.

—Dar cheques no es bueno. No, no, no —dijo Denise.

—Sí, ya me di cuenta. Pero nos dijimos cosas que no van a ser fáciles de retirar. Y, francamente, tampoco me interesa mucho retirarlas.

—Nunca se sabe —dijo Denise.

Era un lunes, a las once de la noche, y Washington Avenue, entre el río y Broad, estaba muy solitaria. Brian parecía estar sufriendo su primer gran desengaño en la vida, y no paraba de hablar:

—¿Te acuerdas de cuando me dijiste que si yo no estuviera casado y tú no trabajaras para mí?

—Lo recuerdo.

—¿Sigue en pie?

—Vamos a tomar una copa —dijo Denise.

Lo que explicaba que Brian estuviese durmiendo en su cama a las nueve y media de la mañana del día siguiente, cuando sonó el timbre de la puerta.

Denise todavía estaba hasta las cejas de alcohol, y además acababa de completar el retrato de tía rara y caos moral a que su vida venía orientándose desde siempre, al parecer. No obstante, en la parte de abajo del embotamiento aún perduraba un repiqueteo de celebridad, procedente de la noche anterior. Era más fuerte que cualquier cosa que pudiera sentir por Brian.

Volvió a sonar el timbre. Se levantó y se puso una bata de seda marrón y miró por la ventana. Delante de la puerta estaba Robin Passafaro. Brian había aparcado el Volvo en la acera de enfrente.

Se le pasó por la cabeza no contestar, pero Robin no la habría estado buscando allí si no hubiera pasado antes por El Generador.

—Es Robin —dijo—. Quédate aquí y no te muevas.

Brian, a la luz del día, conservaba la expresión de cabreo de la noche anterior.

—Me da igual que sepa que estoy aquí.

—Sí, pero a mí no.

—Pues mi coche está en la acera de enfrente.

—Ya lo sé.

También ella se sentía extrañamente cabreada con Robin. Durante todo el verano, mientras estuvo engañando a Brian, nunca sintió por él nada parecido al desprecio que sentía ahora por su mujer, mientras bajaba a abrirle la puerta. Robin la molesta, Robin la cabezota, Robin la voz de pito, Robin la gritona, Robin la sin estilo, Robin la noseentera.

Y, sin embargo, nada más abrirse la puerta, su cuerpo supo lo que deseaba. Deseaba a Brian en la calle y a Robin en su cama.

No podía decirse que hiciera frío, pero a Robin le castañeteaban los dientes.

—¿Puedo entrar?

—Me voy a trabajar —dijo Denise.

—Cinco minutos —dijo Robin.

Parecía imposible que no hubiera visto el auto color pistacho, en la acera de enfrente. Denise la hizo pasar al zaguán y cerró la puerta.

—Se acabó mi matrimonio —dijo Robin—. Esta noche ni siquiera ha dormido en casa.

—Lo siento —dijo Denise.

—He rezado por mi matrimonio, pero me distraigo pensando en ti. Estoy de rodillas en la iglesia y me pongo a pensar en tu cuerpo.

El espanto se instaló en Denise. No era exactamente que se sintiera culpable de nada —en un matrimonio tambaleante, el reloj de cocer huevos había agotado su tiempo; ella, si acaso, había hecho que el reloj corriera un poco más—, pero lamentaba haber infligido daño a esa persona, lamentaba haber competido. Tomó las manos de Robin y le dijo:

—Quiero verte y quiero hablar contigo. No me gusta lo que ha pasado. Pero ahora tengo que irme a trabajar.

Sonó el teléfono en la sala. Robin se mordió el labio y dijo que sí con la cabeza.

—Vale.

—¿Nos vemos a las dos?

—Vale.

—Te llamo desde el trabajo.

Robin asintió de nuevo. Denise le abrió la puerta para que saliera, volvió a cerrar y soltó cinco alentadas de aire.

—Denise, soy Gary, no sé dónde estás, pero llámame cuando oigas esto, ha habido un accidente, papá se ha caído del barco, desde ocho pisos de altura, acabo de hablar con mamá...

Corrió al teléfono y lo levantó.

—Gary.

—Te he llamado al trabajo.

—¿Ha sobrevivido?

—No debería —dijo Gary—, pero sí.

Gary rendía al máximo en las emergencias. Los mismos rasgos suyos que el día antes la exasperaron, ahora le servían de consuelo. Denise quería que él lo supiese. Quería que su voz sonase satisfecha de su propia calma.

—Parece ser que el barco lo arrastró durante una milla, con el agua a siete grados, antes de lograr detenerse —dijo Gary—. Va para allá un helicóptero, que lo trasladará a New Brunswick. No se ha roto la columna. Le funciona el corazón. Puede hablar.

Es un viejo muy duro de roer. Hay posibilidades de que se recupere.

—¿Cómo está mamá?

—Preocupada porque el crucero está sufriendo un retraso mientras espera al helicóptero y eso está causando molestias a los demás pasajeros.

Denise rió con alivio.

—Pobre mamá. Mira que le apetecía este crucero.

—Pues me temo que sus días de crucero con papá pueden considerarse terminados.

Volvió a sonar el timbre. Enseguida empezaron a oírse golpes, un ruido de puñetazos y patadas en la puerta.

—Un segundo, Gary.

—¿Qué pasa?

—Ahora mismo te llamo.

El timbre llevaba tanto tiempo sonando, con tanta fuerza, que le cambió el tono, se hizo más plano y un poco áspero. Denise abrió la puerta y vio una boca trémula y unos ojos resplandecientes de odio.

—Quítate de delante —dijo Robin—. No quiero ni rozarme contigo.

—Anoche cometí un error muy malo.

—¡Quítate de delante!

Denise se apartó, y Robin se dirigió a la escalera. Denise se sentó en la única silla de su sala penitencial y se puso a escuchar los gritos. Con gran sorpresa, cayó en la cuenta de las pocas veces que había oído a sus padres, la otra pareja casada de su vida, aquel par de incompatibles, gritarse el uno al otro. Ellos mantenían la paz y dejaban que la guerra, por delegación, se desarrollase en la cabeza de su hija.

Cuando estaba con Brian, le entraba el ansia por el cuerpo y la sinceridad y las buenas obras de Robin, y le repelía la engreída autosuficiencia de Brian; cuando estaba con Robin, le entraba el ansia por el buen gusto de Brian y por las coincidencias con él, y deseaba que Robin también se diese cuenta de lo estupendamente que le sentaba la cachemira negra.

«Para vosotros es muy fácil, queridos —pensó—. Vosotros podéis partiros en dos.»

Cesaron los gritos. Robin bajó la escalera corriendo y siguió hacia la puerta sin aminorar la marcha.

Brian bajó unos minutos más tarde. Denise había contado con la desaprobación de Robin y no le resultaba imposible asimilarla; de Brian, en cambio, esperaba una palabra de comprensión.

—Estás despedida —le dijo.

DE: Denise3@cheapnet.com
PARA: exprof@gaddisfly.com
ASUNTO: La próxima vez saldrá mejor, esperemos

Me encantó verte el sábado. Muchas gracias por volver lo antes posible y echarme una mano.

Desde entonces, papá se cayó por la borda del crucero y el barco lo llevó en la estela, con un brazo roto, un hombro dislocado, una retina desprendida, pérdida de memoria inmediata y quizá un ligero ataque al corazón, todo ello con el agua helada, los han trasladado a los dos, a mamá y a él, en helicóptero a New Brunswick, a mí me han despedido del mejor trabajo que he tenido nunca, y Gary y yo nos hemos enterado de una nueva técnica medicinal que a ti sin duda alguna te parecería tan horrible como distópica y maligna, salvo que es buena para el Parkinson y puede venirle bien a papá.

Aparte de todo eso, sin novedad.

Espero que te vaya bien, donde coño estés. Julia dice que en Lituania y pretende que me lo crea.

DE: exprof@gaddisfly.com
PARA: Denise3@cheapnet.com
ASUNTO: Re: «La próxima vez saldrá mejor, esperemos»

Oportunidad de trabajo en Lituania. Gitanas, el marido de Julia, me paga por organizarle una web que dé beneficios. De hecho, es muy divertido y también ganancioso.

Aquí ponen en la radio todos los grupos que a ti te gustaban en los tiempos del instituto. Smiths, New Order, Billy Idol. Regreso al pasado. Vi cómo un tipo mataba de un tiro a un caballo en plena calle, cerca del aeropuerto. Llevaba en suelo báltico unos quince minutos. ¡Bienvenido a Lituania!

Esta mañana he hablado con mamá, me lo ha contado todo, le he pedido perdón, o sea que no te preocupes.

Lamento lo de tu trabajo. Para serte sincero, me he quedado de piedra. No puedo creer que nadie te despida a ti.

¿Dónde trabajas ahora?

DE: Denise3@cheapnet.com
PARA: exprof@gaddisfly.com
ASUNTO: Obligaciones vacacionales

Mamá dice que no te comprometes a venir en Navidades, y espera que me lo crea. Pero yo creo que de ninguna manera has podido hablarle así a una mujer que acaba de ver truncado por un accidente el momento culminante de este año, y que además lleva una vida de mierda con un anciano inválido, y que no ha conseguido pasar las Navidades en casa desde que Dan Quayle era vicepresidente, y que «sobrevive» a base de estar a la expectativa de cosas, y que le gustan las Navidades como a otros les gusta el sexo, y que te ha visto un total de cuarenta y cinco minutos en los tres últimos años: yo creo que de ninguna manera puedes haberle dicho a esa mujer, de ninguna manera, que lo sientes pero que te quedas en Vilnius.

(¡Vilnius!)

Mamá tiene que haberte entendido mal. Acláramelo, por favor.

Ya que me lo preguntas, no, no trabajo en ningún sitio. Colaboro de vez en cuando con los del Mare Scuro, pero, por lo demás, duermo todos los días hasta las dos de la tarde. Si esto continúa así, voy a tener que hacer alguna de esas cosas terapéuticas que te horrorizan. Tengo que recuperar el apetito de comprar cosas y de otros placeres venales del consumidor.

Lo último que supe del tal Gitanas Misevicius es que le había puesto negros los dos ojos a Julia. Pero vale.

DE: exprof@gaddisfly.com
PARA: Denise3@cheapnet.com
ASUNTO: Re: «Obligaciones vacacionales»

Pienso ir a St. Jude en cuanto reúna dinero. Puede incluso que para el cumpleaños de papá. Pero las Navidades son un infierno, y tú lo sabes muy bien. No hay peor momento. Dile a mamá que iré a principios de año.
Mamá dice que Caroline y los chicos van a pasar las Navidades en St. Jude. ¿Puede ser cierto?

No tomes psicotrópicos por mí.

DE: Denise3@cheapnet.com
PARA: exprof@gaddisfly.com
ASUNTO: Lo único que resultó dañado fue mi dignidad

Como intento, no ha estado mal, pero insisto en que vengas por Navidades.

He hablado con los de Axon y el plan es que papá empiece con Corecktall después de primeros de año y que lo siga durante seis meses. Mientras tanto, papá y mamá vivirán en mi casa. (Afortunadamente, mi vida es una ruina, de modo que no me resulta tan difícil ponerme a su servicio.) La única posibilidad de que esto no sea así es que el equipo médico de Axon dictamine que papá padece una demencia no relacionada con las medicinas. Hay que reconocer que cuando pasaron por Nueva Yorkestaba muy temblón, pero al teléfono suena bastante bien. «Lo único que resultó dañado fue mi dignidad», etc.
Le van a quitar la escayola del brazo una semana antes de lo previsto.

Total, que lo más probable es que esté conmigo en Filadelfia para su cumpleaños, y durante el resto del invierno y la primavera también, de manera que cuando tienes que ir a St. Jude es en Navidades, y por favor limítate a hacerlo y deja de discutir.

Espero ansiosamente (y confiando en ello) la confirmación de que vendrás.

P.D. Caroline, Aaron y Caleb no van. Gary irá con Jonah, y tiene previsto volverse a Filadelfia a las 12.00 del día 25.

P.P.D. No te preocupes: yo digo NO a las drogas.

DE: exprof@gaddisfly.com
PARA: Denise3@cheapnet.com
ASUNTO: Re: «Lo único que resultó dañado fue mi dignidad»

Anoche vi cómo le pegaban seis tiros en el estómago a un individuo. Un golpe pagado en un club que se llama Musmiryte. Nada que ver con nosotros, pero no me hizo ninguna gracia verlo.

No entiendo muy bien por qué se me requiere que vaya a St. Jude en una fecha concreta. Si papá y mamá fueran mis hijos, creados por mí sin haberles pedido permiso, aceptaría mi responsabilidad para con ellos. Los padres tienen impreso en su circuito genético darwiniano un abrumador interés por el bienestar de sus hijos. Pero no me parece a mí que los hijos estén en ninguna deuda con los padres.

En lo esencial, tengo poquísimo que decirles a esas personas. Y tampoco creo que a ellos les interese lo que yo pueda decirles.

Prefiero verlos cuando estén en Filadelfia. Suena algo más divertido, al menos. Así podremos juntarnos los nueve, en lugar de solamente seis.

DE: Denise3@cheapnet.com
PARA: exprof@gaddisfly.com
ASUNTO: Una bronca muy seria, de tu hermana que está harta.

Dios del cielo, cuantísima pena te das.

Digo que vengas por MÍ. Por MÍ. Y por TI también, porque estoy segura de que será muy guay y muy interesante y muy como de persona mayor ver pegarle seis tiros en el estómago a alguien, pero sólo tienes dos padres, y si no aprovechas el tiempo que les queda, no habrá segunda oportunidad.

Lo reconozco: soy un desastre total.

Te voy a contar —porque tengo que contárselo a alguien—, aunque no se te haya ocurrido preguntármelo, por qué me han despedido. Me han despedido por acostarme con la mujer del jefe.

Así que ¿qué crees tú que tengo *yo* que contarles a «esas personas»? ¿Cómo te imaginas tú mis pequeñas charlas con mamá todos los domingos?

En cuanto a tener o no tener una deuda, me debes 20.500 $. ¿Te parece suficiente deuda?

Compra el puñetero billete de una vez. Yo te lo pago.

Te quiero y te echo de menos. No me preguntes por qué.

DE: Denise3@cheapnet.com
PARA: exprof@gaddisfly.com
ASUNTO: Remordimiento

Siento haberte echado la bronca. Lo único que decía de verdad era la última línea. Carezco del temperamento adecuado para el correo electrónico. Contesta, por favor. Ven a casa por Navidades, por favor.

DE: Denise3@cheapnet.com
PARA: exprof@gaddisfly.com
ASUNTO: Preocupación

___

Por favor, por favor, por favor, no me hables de tiros a la gente para luego venirme con silencios.

DE: Denise3@cheapnet.com
PARA: exprof@gaddisfly.com
ASUNTO: Sólo faltan seis días laborables para la Navidad

___

Chip, ¿estás ahí? Escribe o llama por teléfono, por favor.

El calentamiento global incrementa el valor de Lithuania Incorporated

VILNIUS, 30 DE OCTUBRE. Teniendo en cuenta que el nivel de las aguas oceánicas sube cerca de tres centímetros al año y que, por ello, millones de metros cúbicos de playa desaparecen todos los días por efecto de la erosión, el Consejo de Europa para los Recursos Naturales ha advertido esta semana que Europa podría enfrentarse a una «catastrófica» escasez de arena y grava a finales de este decenio.

«La humanidad, a lo largo de la historia, siempre ha considerado que la arena y la grava son recursos inagotables», declara Jacques Dormand, presidente del CERN. «Desgraciadamente, nuestro exceso de confianza en los carburantes fósiles, productores de gases que generan el efecto invernadero va a traer como consecuencia que muchos países centroeuropeos, incluida Alemania, queden a merced del cártel de estados productores de arena y grava —en especial Lituania, que es muy rica en arena—, si quieren mantener el ritmo básico de la construcción, tanto pública como privada.»

513

Gitanas R. Misevičius, fundador y consejero delegado del Partido del Mercado Libre y Compañía, trazó un paralelo entre la inminente crisis de la arena y la grava y la crisis del petróleo de 1973: «En aquel momento», declara Misevičius, «los pequeños países productores de petróleo, como Bahrain y Brunei, se convirtieron en auténticos ratoncitos rugientes. Mañana le tocará a Lituania.»

El presidente Dormand afirma que el Partido del Mercado Libre y Compañía, pro occidental, pro negocios «es en este momento el único movimiento político lituano que está preparado para tratar de modo justo y responsable con los mercados occidentales de capital».

«Para desgracia nuestra —prosigue Dormand—, la mayor parte de la reserva europea de arena y grava se halla en manos de nacionalistas bálticos a cuyo lado Muammar el Gadhafi parece Charles De Gaulle. Apenas incurriré en exageración si digo que la futura estabilidad de la Comunidad Europea está en manos de unos pocos capitalistas valerosos de los países orientales, como el señor Misevičius...»

Lo bonito de internet, para Chip, era la posibilidad de inventarse de cabo a rabo cualquier patraña y de colgarla luego en la página, sin molestarse siquiera en pasar el corrector ortográfico. La credibilidad de internet dependía, en un noventa y ocho por ciento, de lo bien hecho y de lo guay que fuese el sitio web correspondiente. Chip no podía decirse que dominara el lenguaje web, pero sí era un norteamericano de menos de cuarenta años, y los norteamericanos de menos de cuarenta años son, todos ellos, infalibles jueces en materia de bien hecho y guay. Gitanas y él se metieron en un pub llamado Prie Universiteto, localizaron a cinco jóvenes lituanos con camisetas de Phish y de R.E.M. y los contrataron por treinta dólares diarios y varios millones de acciones carentes de valor. A continuación, Chip hizo currar de un modo despiadado a aquellos cinco ciberfrikis, obligándolos a estudiarse algunos sitios norteamericanos, como nbci.com y Oracle, y diciéndoles que lo hicieran *así*, que todo se pareciera a *eso*.

La presentación oficial de lithuania.com fue el 5 de noviembre. Un báner en alta resolución —LA DEMOCRACIA PAGA BUENOS DIVIDENDOS— se iba desplegando al ritmo de dieciséis alegres compases del «Baile de los cocheros y los mozos de cuadra», de *Petrushka*. En dos columnas paralelas, dentro del rico espacio gráfico de debajo del báner, iba una fotografía en blanco y negro de Vilnius Antes («La Vilnius socialista»: la Gedimino Prospektas con las fachadas corroídas por las bombas y los tilos hechos jirones) y una fotografía en exquisito color de Vilnius Después («La Vilnius del mercado libre: una lonja de boutiques y restaurantes junto al muelle, todo ello bañado en luz de miel). (La lonja, en realidad, estaba en Dinamarca.) Chip y Gitanas se pasaron una semana trabajando de noche, cerveza va, cerveza viene, componiendo las restantes páginas, donde se prometía a los inversores las diversas ventajas epónimas e inseminatorias del primer y amargo mensaje colgado por Gitanas, según el grado de compromiso financiero.

- ¡Derechos de ocupación temporal sobre chalets junto al mar, en Palanga!
- ¡Derechos minerales y forestales, según prorrata, sobre todos los parques nacionales!
- ¡Asistencia de jueces y magistrados locales selectos!
- ¡A perpetuidad! ¡24 horas al día, sin limitaciones! ¡Derechos de aparcamiento en el Casco Antiguo de Vilnius!
- ¡Cincuenta por ciento de descuento en el alquiler selectivo de tropas y armamento lituano, salvo en caso de guerra!
- ¡Sin pegas de ninguna clase! ¡Libre adopción de niñas lituanas!
- ¡Inmunidad discrecional en infracciones por torcer a la izquierda con el semáforo en rojo!
- ¡Inclusión de la efigie del inversor en sellos conmemorativos, monedas de edición limitada para coleccionistas, etiquetas de cerveza microprocesada, bajorrelieves en galletas lituanas cubiertas de chocolate, cromos coleccionables de Líder Heroico, papel de seda para envolver clementinas en Navidad!

- ¡Doctorado Honoris Causa en Letras Humanitarias por la Universidad de Vilnius, fundada en 1578!
- ¡Acceso «sin preguntas» a las cintas de control telefónico y otros instrumentos de seguridad del Estado!
- ¡Derecho, exigible ante los tribunales, mientras el inversor permanezca en suelo lituano, al tratamiento de «Su Excelencia» y «Su Ilustrísima»! ¡Los infractores serán castigados con una tanda de latigazos en plaza pública y sesenta días de reclusión!
- ¡Derecho a ocupar asientos ya ocupados en trenes y aviones, acontecimientos culturales, salas de fiesta y restaurantes de cinco estrellas incluidos en nuestro plan!
- ¡Prioridad de cabecera en todas las listas de trasplante de hígado, corazón y córnea en el reputado hospital Antakalnis de Vilnius!
- ¡Licencia de caza y pesca sin limitación alguna! ¡Privilegio de excepción en período de veda para todas las reservas nacionales de caza!
- ¡Su nombre en mayúsculas en el flanco de grandes embarcaciones!
- Etc., etc.

La lección que Gitanas había aprendido, y que Chip estaba aprendiendo ahora, era que cuanto más obviamente satíricas fuesen las promesas, más sana y robusta sería la afluencia de capital norteamericano. Día tras día, Chip iba largando comunicados de prensa, falsos informes financieros, muy serios tratados sobre la necesidad hegeliana de una política declaradamente comercial; iba acumulando testimonios sobre el boom económico lituano que ya se veía venir, solapadas preguntas en los chats sobre temas financieros, combinadas con contestaciones en espacios disponibles en línea con manejo desde el propio ordenador. Si le echaban la bronca por sus mentiras o su ignorancia, se limitaba a salir de ese chat y meterse en otro. Escribió los textos para los certificados de inversión y para los correspondientes folletos («¡Enhorabuena! ¡Acaba usted de convertirse en un@ Patriota del Mercado Libre de Lituania!») y los hizo imprimir en material muy rico en algodón. Era como si, de pronto, en el ámbito de la pura invención, hubiera descubierto su verdadero oficio. En exacto cumplimiento de lo que Melissa Paquette le había prometido hacía ya mucho tiempo, se pasa bomba creando una compañía, se pasa bomba viendo entrar el dinero.

Un periodista del *USA Today* le preguntó por correo electrónico: «¿Es verdad todo esto?»

Chip le contestó: «Es verdad. El estado nacional orientado al lucro, con una ciudadanía dispersa integrada por accionistas, es el próximo paso en la evolución de la economía política. El "neotecnofeudalismo ilustrado" florece en Lituania. Venga usted a verlo con sus propios ojos. Le garantizo un mínimo de noventa minutos con G. Misevičius.»

No hubo respuesta del *USA Today*. Chip se quedó preocupado, pensando que quizá se hubiera pasado un poco; pero los ingresos brutos habían alcanzado ya los cuarenta mil dólares semanales. El dinero llegaba en forma de transferencias bancarias, números de tarjeta de crédito, claves de encriptación de dinero electrónico, giros telegráficos al Crédit Suisse y billetes de cien dólares en sobre de correo aéreo. Gitanas reinvertía gran parte del dinero en sus empresas ancilares, pero, según lo pactado, le dobló el sueldo a Chip cuando fueron aumentando los ingresos.

Chip vivía, sin pagar alquiler, en un palacete estucado donde, en otros tiempos, el jefe de la guarnición militar soviética había comido faisanes y bebido Gewürztraminer y charlado con Moscú utilizando líneas telefónicas de alta seguridad. El palacete había sido apedreado y saqueado y cubierto de triunfadores grafitis en otoño de 1990, y así había permanecido, casi en ruinas, hasta después de las elecciones que apartaron al VIPPPAKJRIINPB17 del poder e hicieron regresar a Gitanas de su puesto en la sede de las Naciones Unidas. Lo que más atrajo a Gitanas del quebrantado palacete fue, en principio, el precio (imbatible: era gratis), las excelentes instalaciones de seguridad (había una torre fortificada y una valla de calidad tipo embajada norteamericana) y la oportunidad que le brindaba de ocupar el dormitorio donde había dormido el jefe militar que lo estuvo torturando durante seis meses en el cuartel soviético, allí al lado, como quien dice. Gitanas y otros miembros del partido invirtieron muchos fines de semana en restaurar el palacete, con paletas y rascadores, pero el propio partido quedó desmantelado antes de que concluyeran su tarea. Ahora, la mitad de las habitaciones estaban vacías, con el suelo salpicado de cristales rotos. Como era normal en el Casco Antiguo, la calefacción y el agua caliente procedían de un Servicio Central de Calderas y su vigor se disipaba, en gran parte, por el largo trayecto que había de recorrer, por cañerías subterráneas y tubos ascendentes con escapes, hasta las duchas y los radiadores del palacete. Gitanas montó las oficinas del Partido del Mercado Libre y Compañía en lo que antes había sido salón de baile, él se quedó con el dormitorio principal, instaló a Chip en el tercer piso, en la suite del antiguo ayuda de campo, y dejó que los ciberfrikis se buscaran acomodo por su cuenta.

Chip seguía pagando el apartamento de Nueva York y las cuotas mínimas mensuales de su Visa; pero en Vilnius se sentía muy agradablemente rico. Pedía lo más caro de la carta, compartía su alcohol y su tabaco con los menos afortunados y nunca miraba los precios en la tienda de productos naturales, no lejos de la Universidad, donde compraba la verdura.

Tal como Gitanas le había anunciado, en los bares y las pizzerías había un considerable despliegue de menores ultramaquilladas y disponibles, pero con su abandono de Nueva York y su escapatoria de *La academia púrpura*, Chip parecía haber perdido su necesidad de andarse enamorando de adolescentes desconocidas. Gitanas y él visitaban dos veces por semana el Club Metropol, donde, entre el masaje y la sauna, daban satisfacción a sus necesidades naturales en los colchones de espuma del Club, indiferentemente asépticos. Casi todas las sanitarias del Metropol eran mujeres de treinta y tantos años cuyas existencias diurnas giraban en torno al cuidado de los hijos o de los padres, o el programa de Periodismo Internacional de la Universidad, o la confección de arte en variantes políticas sin clientela posible. A Chip le sorprendía lo gustosamente que estas mujeres, mientras se vestían y se arreglaban el pelo, hablaban con él como seres humanos. Lo dejaba atónito el gran placer que parecían obtener de su existencia diurna, y lo banal y lo carente de todo significado que les resultaba, por contraste, aquel trabajo nocturno; y, dado que él también estaba empezando a tomarle gusto a su trabajo diurno, se fue haciendo, con cada (trans)acción terapéutica sobre la colchoneta de masaje, un poco más adepto a poner a su cuerpo en su sitio, a poner el sexo en su sitio, a comprender qué era y qué no era amor. Con cada eyaculación pagada de antemano, Chip se liberaba de una onza más de vergüenza hereditaria —la misma vergüenza que fue capaz de sobrevivir a quince años previos de sostenidas agresiones teóricas—. Le quedaba un agradecimiento que tendía a manifestar en propinas del doscientos por cien. A las dos o las tres de la madrugada, cuando la ciudad yacía bajo la opresión de una oscuridad que parecía haberse instalado semanas antes, Gitanas y él regresaban al palacete, entre humaredas de alto contenido sulfúrico y con nieve o con niebla o con llovizna.

Gitanas era el verdadero amor de Chip en Vilnius. Lo que más le gustaba a Chip de Gitanas era cuánto le gustaba Chip a Gitanas. Fueran a donde fuesen, la gente les preguntaba si eran hermanos, pero la verdad era que Chip se sentía menos hermano de Gitanas que novia suya. En muchos aspectos, se identificaba con Julia: constantemente agasajado, espléndidamente tratado y dependiendo casi por completo de Gitanas en lo tocante a los favores y la orientación y las necesidades básicas. Hacía lo mismo que Julia: cantaba para pagarse la cena. Era un empleado valioso, un encantador y vulnerable norteamericano, un objeto de diversión y de indulgencia e incluso de misterio; y qué placentero le resultaba, por una vez, ser él el perseguido: poseer cualidades y atributos que otra persona deseaba.

En conjunto, Vilnius se le antojaba un mundo encantador, hecho de carne a la brasa y repollo y pastel de patatas, de cerveza y vodka y tabaco, de camaradería, de acción empresarial subversiva y de coños. Le encantaba el modo en que el clima y la latitud sabían prescindir, en lo esencial, de la luz del día. Podía quedarse durmiendo hasta las tantísimas sin por ello dejar de levantarse con el sol y luego, recién desayunado, pasar a un reconstituyente vespertino a base de café y tabaco. Vivía una vida mitad de estudiante (y cuánto le había gustado siempre la vida de estudiante) y mitad de *start ups* lanzadas a toda velocidad, con el punto com a rastras. A seis mil quinientos kilómetros de distancia, todo lo que se había dejado atrás en Estados Unidos le parecía tolerablemente pequeño: sus padres, sus deudas, sus fracasos, su pérdida de Julia. Todo le iba tan bien en el frente laboral y en el frente sexual y en el frente de la amistad, que por un momento llegó a olvidar el sabor del infortunio. Tomó la resolución de quedarse en Vilnius hasta haber reunido dinero suficiente para saldar su deuda con Denise y con los emisores de sus tarjetas de crédito. Estaba convencido de que seis meses le bastarían a tal propósito.

Fue característico de su mala suerte que —sin haber llegado siquiera a disfrutar de dos meses enteros en Vilnius— a su padre y a Lituania les diera por venirse abajo.

Denise, en sus mensajes de correo electrónico, había insistido mucho en la mala condición física de Alfred, para intimidarlo y, así, obligarlo a hacer el viaje hasta St. Jude en Navidades; pero la idea no le resultaba a Chip nada atractiva. Tenía miedo de abandonar el palacete, aunque sólo fuera una semana, y no poder regresar por algún motivo estúpido; miedo de que se rompiera el hechizo, de que la magia se desvaneciese. Pero Denise, que era la persona más insistente que había conocido nunca, acabó enviándole un mensaje verdaderamente desesperado. Chip leyó por encima el texto antes de caer en la cuenta de que no habría debido ni mirarlo, porque en él se mencionaba la cantidad de dinero que le debía a Denise. El infortunio cuyo sabor creía haber olvidado, los problemas que en la distancia se le habían antojado pequeños, volvieron a llenarle la cabeza.

Borró el mensaje e inmediatamente se arrepintió de haberlo hecho. Recordaba, como en sueños, la frase «me han despedido por acostarme con la mujer del jefe». Pero era una frase tan improbable, viniendo de Denise, y su vista la había registrado tan deprisa, que no podía dar crédito a su memoria. Si su hermana acababa de emprender una carrera de lesbiana (lo cual, bien pensado, habría explicado ciertos aspectos de Denise que siempre lo habían desconcertado un poco), por supuesto que podría contar con el apoyo de su foucaltiano hermano mayor, pero Chip aún no estaba listo para volver a casa y, por consiguiente, dio por sentado que la memoria lo engañaba y que aquella frase se refería a cualquier otra cosa.

Fumó tres cigarrillos, disolviendo su ansiedad en racionalizaciones y contrarréplicas acusatorias y una airosa decisión de quedarse en Lituania hasta que pudiera pagarle a su hermana los 20.500 $ que le debía. Si Alfred vivía en casa de Denise hasta junio, eso significaba que Chip podía permanecer seis meses más en Lituania sin romper su promesa de reunión familiar en Filadelfia.

Lituania, por desgracia, iba camino de la anarquía.

De octubre a noviembre, a pesar de la crisis financiera mundial, una apariencia de normalidad se adhirió a Vilnius. Los campesinos seguían aportando aves y reses al mercado central y cobrándolas en litai, que luego se gastaban en gasolina rusa, en cerveza y vodka nacionales, en vaqueros lavados a la piedra y sudaderas de las Spice Girls, en episodios pirateados de *Expediente-X* importados de economías aún más enfermas que la lituana. Los camioneros que distribuían la gasolina y los trabajadores que destilaban el vodka y las mujeres con pañoleta que vendían las sudaderas de las Spice Girls en carros de madera... todos ellos compraban las aves y reses de los campesinos. La tierra producía, los litai circulaban y los pubs y los clubes seguían abiertos, al menos en Vilnius.

Pero, claro, la economía no terminaba en el ámbito local. Se podía pagar en litai al exportador ruso de petróleo que proveía al país de gasolina, pero éste se hallaba en su derecho cuando preguntaba en qué bienes o servicios lituanos pensaba el pagador que podía él gastarse los litai. Era fácil comprar litai a la cotización oficial de cuatro por dólar. Pero no era tan fácil, en cambio, comprar un dólar por cuatro litai. En cumplimiento de una conocida paradoja de la depresión, los bienes escaseaban *porque* no había compradores. Cuanto más difícil resultaba encontrar papel de aluminio o carne picada o aceite para motor, más fuerte era la tentación de secuestrar camiones de tales mercancías o entrometerse en su reparto. Entretanto, los funcionarios públicos (y muy en especial los miembros de la policía) seguían cobrando sus sueldos, fijos, en insignificantes litai. La economía sumergida pronto aprendió a calcular el precio de un comisario de policía, con menos margen de error que en la compra de una caja de bombillas.

A Chip lo sorprendió mucho la similitud que percibía, en términos generales, entre el mercado negro de Lituania y el mercado libre de Estados Unidos. En ambos países, la riqueza se concentraba en manos de unos pocos; se había desvanecido toda distinción significativa entre el sector público y el privado; los capitanes de industria vivían en un estado de permanente ansiedad que los empujaba a la despiadada expansión de sus imperios; los ciudadanos de a pie vivían en la permanente inquietud de perder sus trabajos y en la permanente confusión en cuanto a qué poderosos intereses privados eran dueños, en un momento dado, de qué antiguas instituciones públicas; y el principal carburante de la economía era la insaciable demanda de lujo por parte de las élites. (En Vilnius, hacia noviembre de aquel pésimo otoño, cinco delincuentes de la oligarquía, ellos solos, daban empleo a miles de carpinteros, albañiles, artesanos, cocineros, prostitutas, encargados de bar, mecánicos y guardaespaldas.) La principal diferencia entre Lituania y Estados Unidos, en lo que a Chip se le alcanzaba, era que en Norteamérica los pocos ricos sojuzgaban a los muchos no ricos por medio de diversiones y cachivaches y productos farmacéuticos capaces de embotar la mente y matar el alma, mientras que en Lituania, los pocos ricos sojuzgaban a los muchos pobres mediante amenazas de violencia.

Le reconfortaba el foucaultiano corazón, en cierto modo, vivir en un país donde la propiedad de las cosas y el control del discurso público dependían, a ojos vistas, de quién poseyera las armas.

El lituano con más pistolas era de origen ruso, se llamaba Victor Lichenkev y le había sacado tal partido al dinero procedente de su cuasimonopolio de la heroína y del éxtasis, que se había hecho con el control absoluto del Banco de Lituania, cuando el dueño anterior, el FrendLeeTrust de Atlanta, erró catastróficamente en su evaluación del apetito consumidor que podía despertar su Dilbert MasterCard. Los fondos en efectivo que poseía Victor Lichenkev le permitieron crear un cuerpo de quinientos «vigilantes» privados, con el cual tuvo la osadía de someter a sitio una central nuclear de características similares a la de Chernobyl, situada en Ignalina, a 120 kilómetros al noreste de Vilnius, que suministraba tres cuartas partes de la electricidad del país. El asedio proporcionó a Lichenkev un magnífico apoyo para negociar la compra del más importante servicio público de Lituania a un oligarca local que, a su vez, lo había comprado muy barato durante el período de las grandes privatizaciones. De un día para otro, Lichenkev se hizo con el control de todos y cada uno de los litai que saltaban en los contadores eléctricos del país; pero, temeroso de que su origen ruso le granjeara animosidades nacionalistas, puso muy buen cuidado en no abusar de su nuevo poder. En prueba de su buena voluntad, redujo en un quince por ciento el precio del suministro eléctrico, sobrecargado por el oligarca anterior. Subiéndose a la ola de popularidad que de tal medida se derivó, montó un partido político nuevo (Partido de la Energía Barata para el Pueblo) y presentó su lista de candidatos para los comicios nacionales de mediados de diciembre.

Y la tierra seguía produciendo, y los litai circulando. En el Lietuva y el Vingis se estrenó una película de puñaladas traperas titulada *La fruta enfurruñada*. En *Friends*, de la boca de Jennifer Aniston salían graciosas frases en lituano. Los empleados municipales volcaban contenedores de basura revestidos de cemento en la plaza de delante de Santa Catalina. Pero cada día era más corto y más oscuro que el anterior.

A escala mundial, Lituania venía perdiendo papel desde la muerte de Vytautas el Grande, ocurrida en 1430. Polonia, Prusia y Rusia estuvieron seiscientos años pasándose el país entre ellas, como un regalo de bodas muy reciclado (la cubitera con forro de símilcuero; las pinzas para ensalada). Sobrevivió la lengua del país y sobrevivió el recuerdo de tiempos mejores, pero el hecho más determinante de Lituania era no ser muy grande. Ya en el siglo XX, la Gestapo y las SS pudieron cargarse a 200.000 judíos lituanos, y los soviéticos pudieron deportar otro cuarto de millón de ciudadanos a Siberia, sin atraerse indebidamente la atención internacional.

Gitanas Misevičius procedía de una familia de sacerdotes y soldados y burócratas de cerca de la frontera con Bielorrusia. Su abuelo paterno, juez local, no logró pasar una sesión de Preguntas & Respuestas ante la nueva Administración comunista, en 1940, y lo mandaron a un gulag, y a su mujer también, y no se volvió a saber de ellos nunca más. El padre de Gitanas tenía un pub en Vidiskés y proporcionó ayuda y solaz a la resistencia partisana (los llamados Hermanos del Bosque) hasta que cesaron las hostilidades, en 1953.

Un año después del nacimiento de Gitanas, Vidiskés y otros ocho municipios vecinos fueron vaciados por el gobierno títere con objeto de dejar sitio para la primera de dos plantas nucleares previstas. A las quince mil personas así desplazadas («por razones de seguridad») se les ofreció alojamiento en una ciudad pequeña y nuevecita, llamada Khrushchevai, levantada a toda prisa en la zona lacustre del oeste de Ignalina.

—Algo espantoso de ver —le dijo Gitanas a Chip—: puro hormigón, ni un árbol a la vista. El nuevo pub de mi padre tenía la barra de hormigón, los compartimentos de hormigón, las estanterías de hormigón. La planificación económica socialista había dado lugar a que Bielorrusia produjera demasiados bloques de hormigón, y los daban gratis, o eso nos decían. Y allá que nos mudamos. Nos dieron nuestras camas de hormigón y nuestras zonas de juego de hormigón y nuestros bancos de hormigón en los parques. Pasan los años, acabo de cumplir los diez, y, de pronto, todos los padres y todas las madres empiezan a tener cáncer de pulmón. Quiero decir *todo el mundo*. Y mi padre también, claro, mi padre tiene un tumor en un pulmón, y por fin llegan las autoridades y le echan un vistazo a Khrushchevai, y, mira tú por dónde, tenemos un problema de radón. Un grave problema de radón. Un problema de radón verdaderamente de la hostia, un desastre total. Porque resulta que los bloques de hormigón son ligeramente radioactivos. Y el radón se acumula en todos los recintos cerrados de Khrushchevai. Especialmente en recintos como los pubs, no muy bien ventilados, donde el dueño se pasa el día encerrado, fumando. Como hace mi padre, por ejemplo. Bueno, pues Bielorrusia, república socialista hermana (que, por cierto, perteneció a los lituanos), dice que lo siente muchísimo. Por alguna razón, algo de pechblenda ha debido de ir a parar a esos bloques de hormigón, dice Bielorrusia. Un gran error. Perdón, perdón, perdón. Así que nos marchamos de Khrushchevai, todos, y mi padre muere, horriblemente, diez minutos después de la medianoche del día siguiente a su aniversario de boda, porque no quiere que mi madre rememore su muerte en la misma fecha de su matrimonio, y luego pasan otros treinta años, y cae Gorbachov, y por fin podemos echarles un vistazo a los viejos archivos, y ¿qué crees que descubrimos? Pues que no había habido ningún insólito exceso de hormigón por ningún error en los planes. Que no había sido por ninguna pifia del plan quinquenal. Que se hizo deliberadamente, que decidieron reciclar desechos nucleares de baja radiación y hacer con ellos material de construcción. Todo sobre la base teórica de que el cemento de los bloques de hormigón hace inofensivos los radioisótopos. Pero los bielorrusos tenían contadores Geiger, y ahí terminó ese feliz sueño de inocuidad, y por eso nos enviaron a nosotros, que no teníamos motivo alguno para sospechar nada malo, más de mil vagones de tren cargados de bloques de hormigón.

—Caray —dijo Chip.

—Es algo más que caray —dijo Gitanas—. Aquello mató a mi padre cuando yo tenía once años. Y al padre de mi mejor amigo. Y a otros varios cientos de personas, a lo largo de los años. Y todo encajaba. Siempre hubo un enemigo con una enorme diana roja colocada en la espalda. Había un papá muy grande y muy malo, la URSS, que todos pudimos odiar hasta los años noventa.

La plataforma del VIPPPAKJRIINPB17, del que Gitanas fue cofundador, tras la Independencia, era una especie de losa, grande y muy pesada: hay que hacer pagar a los rusos por su violación de Lituania. Durante cierto tiempo, en los años noventa, fue posible llevar el país a base de puro odio. Pero pronto surgieron otros partidos cuyas plataformas, sin renunciar al revanchismo, también apuntaban hacia delante. A finales de los noventa, cuando el VIPPPAKJRIINPB17 ya había perdido su último escaño en la Seimas, lo único que quedó del partido fue aquel palacete a medio rehabilitar.

Gitanas trató de encontrarle sentido político al mundo que lo rodeaba, y no pudo. El mundo tuvo sentido mientras el Ejército Rojo estuvo allí para detenerlo ilegalmente, para hacerle preguntas que se negaba contestar, para irle cubriendo poco a poco el lado izquierdo del cuerpo de quemaduras de tercer grado. Pero, tras la Independencia, la política perdió su coherencia. Incluso una cuestión tan simple y tan vital como las reparaciones soviéticas a Lituania quedaba malamente ensombrecida por el hecho de que durante la Segunda Guerra Mundial los propios lituanos ayudaran a perseguir a los judíos y por el hecho de que muchas de las personas que ahora gobernaban el Kremlin eran antiguos patriotas anti soviéticos que se merecían las reparaciones casi tanto como los lituanos.

—¿Qué puedo hacer ahora —le preguntó Gitanas a Chip— que el invasor es un sistema y una cultura, no un ejército? El mejor futuro que puedo desearle a mi nación es que se vaya pareciendo cada vez más a cualquier país occidental de segunda fila. Que se aproxime a los demás, en otras palabras.

—Que sea más como Dinamarca, con sus atractivos restaurantes y boutiques de la zona portuaria —dijo Chip.

—Nos sentíamos todos la mar de lituanos —dijo Gitanas— cuando podíamos señalar con el índice a los soviéticos y decir: «No, no somos así.» Pero decir «No, no pertenecemos al mercado libre; no, no estamos globalizados»... Eso no me hace sentirme más lituano. Me hace sentirme idiota y cavernícola. De modo que ¿cómo me las apaño para seguir siendo un patriota? ¿Qué cosa *positiva* propugno yo? ¿Cuál es la definición *positiva* de mi país?

Gitanas seguía viviendo en el palacete semiderruido. Le ofreció a su madre los aposentos del ayuda de campo, pero ella prefirió quedarse en su piso de las afueras de Ignalina. Como era de rigor para todos los funcionarios lituanos de aquella época, especialmente para los revanchistas como él, Gitanas compró un pedazo de propiedad ex comunista —una participación del veinte por ciento en Sucrosas, la refinería de azúcar de remolacha que era la segunda empresa empleadora de Lituania— y de sus dividendos vivía con bastante desahogo, en calidad de patriota retirado.

Durante cierto tiempo, como le ocurrió a Chip, Gitanas vislumbró la salvación en la persona de Julia Vrais: en su belleza, en su muy americana búsqueda del placer por el camino de menor resistencia. Pero Julia lo dejó tirado en un avión con destino a Berlín. La suya fue la última traición en una vida que había acabado por parecerse a una abotargante sucesión de traiciones. Le habían dado por culo los soviéticos, le habían dado por culo los electores lituanos, le había dado por culo Julia. Y, por último, le habían dado por culo el FMI y el Banco Mundial, y pudo aportar una carga de cuarenta años de amargura a la broma de Lithuania Incorporated.

Contratar a Chip para que llevara el Partido del Mercado Libre y Compañía había sido su mejor decisión en mucho tiempo. Gitanas había ido a Nueva York a conseguirse abogado divorcista y, quizá, a contratar a un actor norteamericano barato, ya maduro y en decadencia, que pudiera instalarse en Vilnius para dar confianza a los clientes y visitantes potenciales que Lithuania Incorporated pudiera atraer. Le costó trabajo creer que un hombre tan joven y con tanto talento como Chip estuviera dispuesto a trabajar para él. El hecho de que Chip hubiera estado acostándose con su mujer apenas llegó a desanimarlo. La experiencia le decía que todo el mundo acababa traicionándolo, tarde o temprano. Fue un tanto a favor de Chip que éste hubiera consumado su traición antes de conocer a Gitanas.

En cuanto a Chip, su sentido de inferioridad ante el hecho de estar en Vilnius y ser un «patético norteamericano» que no hablaba ni lituano ni ruso, cuyo padre no había muerto prematuramente de cáncer de pulmón y cuyos abuelos no habían desaparecido en Siberia, y que nunca había sido torturado por sus ideales en la celda de una prisión militar sin calefacción, quedaba contrarrestado por su competencia como empleado y por el recuerdo de ciertas comparaciones extremadamente halagüeñas que Julia había trazado entre Gitanas y él. En los pubs y los clubes donde ambos hombres ni se molestaban, a veces, en aclarar que no eran hermanos, Chip tenía la sensación de ser el más exitoso de los dos.

—Fui un viceprimer ministro buenísimo —decía Gitanas, en tono lúgubre—. No soy tan bueno como señor de la guerra y delincuente.

«Señor de la guerra» era un término un tanto excesivo, aplicado a las actividades de Gitanas, en quien empezaban a manifestarse síntomas de fracaso que demasiado bien conocía Chip. Pasaba una hora dándoles vueltas a las cosas por cada minuto que invertía en hacer algo concreto. Inversores de todo el mundo le enviaban estupendas sumas de dinero que todos los viernes por la tarde él ingresaba en su cuenta del Crédit Suisse, pero no acababa de decidirse entre utilizar el dinero «honradamente» (léase comprar escaños del Parlamento para los miembros del Partido del Mercado Libre y Compañía) o incurrir en el fraude más descarado y trasvasar sus divisas fuertes, tan arteramente conseguidas, a actividades aún menos conformes con la Ley. Pasó un tiempo haciendo ambas cosas, o ninguna de las dos. Finalmente, su investigación de mercado (llevada a cabo con una serie de desconocidos que, pasados de copas, le tomaban el pelo en los bares) lo convenció de que, dado el actual clima económico, hasta un bolchevique tenía más posibilidades de atraerse al electorado que un partido con «Mercado Libre» en el nombre.

Renunciando a toda idea de mantenerse en la legalidad, Gitanas contrató guardaespaldas. Victor Lichenkev no tardó en preguntarles a sus espías: ¿Por qué el antiguo patriota llamado Misevičius se afana tanto en su seguridad personal? Gitanas había gozado de mayor seguridad como patriota sin protección que ahora, como comandante en jefe de diez jóvenes con Kalashnikov en bandolera. Se vio obligado a contratar más guardaespaldas, y Chip, temeroso de que le pegaran un tiro, dejó de salir del recinto sin escolta.

—Tú no corres peligro —lo tranquilizaba Gitanas—. Lichenkev puede tratar de matarme a mí y quedarse con la compañía. Pero tú eres la gallina de los ovarios de oro.

Pero a Chip se le ponían los pelos de punta al pensar en su vulnerabilidad cuando aparecía en público. La noche del día en que Estados Unidos conmemoraba Acción de Gracias vio a dos hombres de Lichenkev abrirse paso entre la multitud de un club de suelo pringoso llamado Musmiryté y abrirle seis agujeros en la barriga a un pelirrojo «importador de vinos y licores». Que los hombres de Lichenkev pasaran rozando a Chip sin hacerle daño demostraba que Gitanas tenía razón. Pero el cuerpo del «importador de vinos y licores» le dio la impresión de ser tan blando, en comparación con las balas, como él siempre había temido que fuesen los cuerpos. Sobrecargas de corriente eléctrica inundaban los nervios del agonizante. Violentas convulsiones, reservas ocultas de energía galvánica, descargas electroquímicas inmensamente perturbadoras, llevaban toda la vida en el cableado de aquel hombre, esperando el momento de manifestarse.

Gitanas se presentó en el Musmiryté media hora más tarde.

—El problema —dijo, mirando las manchas de sangre— es que me cuesta menos trabajo que me peguen un tiro que pegarlo yo.

—Ya estás otra vez infravalorándote —le dijo Chip.

—Soy muy bueno aguantando el dolor, pero muy malo infligiéndolo.

—En serio. Deja de tratarte tan mal.

—Matar o que te maten. No es una idea muy fácil de asimilar.

Gitanas había hecho intentos de ser agresivo. Como señor de la guerra y delincuente tenía un buen punto a su favor: el dinero que producía el Partido del Mercado Libre y Compañía. Cuando Lichenkev sitió el reactor de Ignalina, forzando así la venta de la Compañía Eléctrica de Lituania, Gitanas vendió su lucrativa participación en Sucrosas, vació las arcas del Partido del Mercado Libre y Compañía y compró el control de la principal operadora de telefonía móvil implantada en Lituania. La compañía, Transbaltic Wireless, era el único servicio público que, por precio, estaba a su alcance. Regaló a sus guardaespaldas 1.000 minutos de llamadas locales al mes, con buzón de voz e identificación de llamada gratis, y los puso a monitorizar las llamadas que hacía Lichenkev por sus múltiples teléfonos móviles de la Transbaltic. Cuando se enteró de que Lichenkev estaba a punto de deshacerse de todo lo que tenía en la Tenería Nacional y en Productos Agropecuarios y en Subproductos S.A., tuvo tiempo de largar sus propias acciones. La medida le supuso un buen pellizco, pero, a la larga, sus consecuencias fueron fatales. Lichenkev, enterado, mediante el soborno correspondiente, de que le estaban controlando los teléfonos, se cambió a un sistema regional más seguro, con sede en Riga. Luego dio media vuelta y atacó a Gitanas.

El día antes de las elecciones del 20 de diciembre, un «accidente» en una subestación dejó sin servicio el centro de intercambio de Transbaltic Wireless y seis de sus torres de transmisión-recepción. Una turbamulta de jóvenes usuarios de telefonía móvil de Vilnius, con la cabeza rapada y con perilla, coléricos, móvil en mano, intentaron tomar al asalto las oficinas de la Transbaltic. Los directivos pidieron ayuda utilizando la red telefónica básica; la «policía» que atendió la llamada se unió al populacho y contribuyó al saqueo de las instalaciones y a poner sus tesoros en estado de sitio, hasta la llegada de tres camionetas de «policía» de la única comisaría que Gitanas pudo sobornar. Tras intenso combate, el primer grupo de «policía» decidió retirarse, y el segundo dispersó a la chusma.

Durante la noche del viernes y la mañana del sábado, el personal técnico de la compañía se afanó en reparar un generador de emergencia (de la época de Brezhnev) que podía suministrar tensión al centro de intercambio. El principal direccionador de transferencia del generador estaba en avanzado estado de corrosión, y el supervisor jefe, al moverlo un poco para verificar su integridad, lo arrancó de su base. A continuación, el supervisor, tratando de reparar aquello a la luz de las velas y de las linternas, agujereó con el soplete la bobina primaria de inducción, y, dada la inestabilidad política surgida en torno a las elecciones, no hubo manera de encontrar en Vilnius ningún otro generador de corriente alterna accionado por gas, ni pagándolo en oro (y menos todavía un generador trifásico del tipo al que en su momento había sido adaptado el centro de intercambio, por la sencilla razón de que en tiempos de Brezhnev los generadores trifásicos iban muy baratos), y, entretanto, los proveedores de material eléctrico de Polonia y Finlandia, dada la inestabilidad política imperante, ponían toda clase de pegas para enviar lo que fuese a Lituania sin haber recibido antes el pago correspondiente en divisas fuertes, y, por tanto, un país cuyos ciudadanos, como ocurría en otros varios países europeos, habían lisa y llanamente desconectado sus teléfonos de hilo de cobre en cuanto la telefonía móvil se hizo más barata y universal, se vieron inmersos en un silencio comunicativo de proporciones decimonónicas.

En una mañana de domingo verdaderamente tétrica, Lichenkev y la banda de contrabandistas y matones incluidos en la lista del Partido de la Energía Barata para el Pueblo obtuvieron 38 de los 141 escaños de la Seimas. Pero el presidente de Lituania, Audrius Vitkunas, un hombre muy carismático, ultranacionalista paranoico, que odiaba con igual vehemencia a los rusos y a los occidentales, se negó a sancionar el resultado de las elecciones.

—No será el hidrófobo de Lichenkev, con su jauría de perros infernales, echando espuma por la boca, quien va a intimidarme —gritó Vitkunas en un discurso televisivo que pronunció en la noche de aquel mismo domingo—. Los fallos energéticos localizados, la caída casi total de la red de comunicaciones de la capital y de su entorno, junto con la presencia errabunda de «vigilantes» fuertemente armados, todos ellos integrantes de la jauría de perros infernales a sueldo de Lichenkev, babeando y echando espuma por la boca, no contribuyen a que podamos confiar en que los resultados de los comicios de ayer reflejen la férrea voluntad y el inmenso sentido común del grande e inmortal y glorioso pueblo lituano. No quiero, no puedo, no debo, no oso sancionar los resultados de estas elecciones parlamentarias nacionales llenas de escoria, agusanadas y con sífilis de tercer grado.

Gitanas y Chip escucharon el discurso en el televisor del otrora salón de baile del palacete. Dos guardaespaldas jugaban tranquilamente al Dungeonmaster en un rincón de la estancia, mientras Gitanas le traducía a Chip los ricos meollos de la elocuencia vitkunasiana. La luz de turba del día más corto del año ya se había mustiado en las persianas.

—Me da muy mal fario todo esto —dijo Gitanas—. Me huelo que Lichenkev está pensando en pegarle un tiro a Vitkunas y ver qué pasa con quien le suceda.

Chip, que estaba haciendo lo posible por olvidarse de que faltaban cuatro días para Navidad, no tenía ganas de quedarse remoloneando en Vilnius para que luego lo expulsaran una semana después de las vacaciones. Le preguntó a Gitanas si se le había pasado por la cabeza la posibilidad de vaciar la cuenta del Crédit Suisse y abandonar Lituania.

—Sí, claro. —Gitanas llevaba puesta su cazadora de motocross y se sujetaba los hombros con los brazos cruzados sobre el pecho—. Todos los días pienso en ir de compras a Bloomingdale's. Y en el árbol de Navidad del Rockefeller Center.

—¿Pues qué es lo que te retiene aquí?

Gitanas se rascó el cuero cabelludo y se olió las uñas, mezclando el aroma del pelo con el olor de las segregaciones epidérmicas de alrededor de la nariz y hallando evidente satisfacción en el sebo.

—Si me marcho —dijo—, y el conflicto se dispara, ¿en qué situación voy a quedar? Lo tengo jodido por tres sitios al mismo tiempo. No puedo trabajar en Estados Unidos. El mes que viene ya no estaré casado con una ciudadana norteamericana. Y mi madre está en Ignalina. ¿Qué pinto en Nueva York?

—Podríamos llevar esto desde Nueva York.

—Allí hay leyes. Nos cerrarían en una semana. Lo tengo jodido por tres sitios.

Serían las doce de la noche cuando Chip subió a acostarse, es decir, a meterse entre las heladas sabanitas modelo bloque oriental que había en su cama. Su dormitorio olía a yeso húmedo y a tabaco y a las fuertes fragancias de champú sintético tan agradables al olfato báltico. Su cabeza tenía conciencia de su propia aceleración.

No llegaba a caer en el sueño, rebotaba en su superficie, una y otra vez, como una piedra en el agua. Constantemente tomaba la luz del alumbrado público por la luz del amanecer filtrándose ya por las persianas. Se trasladó a la planta baja y, una vez allí, comprendió que ya estaban a última hora de la tarde del día de Nochebuena: fue presa del pánico habitual de aquellos a quienes se les han pegado las sábanas y tienen la sensación de llegar tarde a todo, de no saber qué ocurre. Su madre estaba en la cocina preparando la cena de Nochebuena. Su padre, muy juvenil, con su cazadora de cuero, estaba sentado en la semipenumbra del salón de baile, viendo el telediario de la CBS presentado por Dan Rather. Chip, por pura amabilidad, le preguntaba qué novedades había.

—Dígale usted a Chip —le dijo Alfred a Chip, sin reconocerlo—, que hay lío en el este.

La auténtica luz diurna empezaba a las ocho. Lo despertó un grito procedente de la calle. Hacía frío en el dormitorio, pero no muy acusado: un olor templado y polvoriento llegaba del radiador; el Servicio Central de Calderas seguía funcionando, el orden social seguía intacto.

Entre las ramas de la picea que había frente a su ventana vio una muchedumbre de hombres y mujeres con abrigos muy abultados, arremolinándose por docenas ante la valla. Había caído nieve en polvo durante la noche. Dos de los guardias de seguridad de Gitanas, los hermanos Jonas y Aidaris —unos tipos grandes y rubios, con semiautomáticas en bandolera—, parlamentaban a través de las rejas de la puerta principal con dos mujeres maduras de pelo basto y cara roja, que bastaban, como el radiador de Chip, para dar testimonio de la persistencia de la vida ordinaria.

Abajo, en el salón de baile, reverberaban, enfáticas, las declaraciones lituanas televisadas en directo. Gitanas estaba sentado exactamente donde Chip lo dejó por la noche, pero llevaba otra ropa y parecía haber dormido.

La luz grisácea de la mañana y la nieve en los árboles y el sentido periférico de desbarajuste y quebranto hacían pensar en los últimos días del período académico de otoño, los últimos exámenes, antes de las vacaciones de Navidad. Chip se metió en la cocina y vertió Vitasoy Delite Vanilla, leche de soja, en un bol de cereales Barbara's All-Natural Shredded Oats Bite Size. Bebió un poco del viscoso zumo de frambuesas orgánicas que últimamente le estaba gustando mucho. Preparó dos tazones de café instantáneo y los llevó al salón de baile, donde Gitanas había apagado el televisor y estaba otra vez olisqueándose los dedos.

Chip le preguntó qué había de nuevo.

—Han huido todos los guardaespaldas, menos Jonas y Aidaris —dijo Gitanas—. Se han llevado el Volkswagen y el Lada. No creo que vuelvan.

—Con defensores así, sobran los atacantes —dijo Chip.

—Nos han dejado el Stomper, que es una especie de imán para delincuentes.

—¿Cuándo ha ocurrido?

—Debe de haber sido en cuanto el presidente Vitkunas ha puesto el ejército en estado de alerta.

Chip se echó a reír.

—Y ¿cuándo ha ocurrido eso?

—Esta mañana temprano. En la ciudad todo parece seguir funcionando. Menos, claro, la Transbaltic Wireless —dijo Gitanas.

Fuera, la muchedumbre había aumentado de tamaño. Podía haber ya unas cien personas, cada una con su móvil en alto, generando colectivamente un sonido entre siniestro y angelical. Hacían que sonara la secuencia tonal indicativa de SERVICIO INTERRUMPIDO.

—Quiero que te vuelvas a Nueva York —dijo Gitanas—. Ya veremos qué pasa, una vez allí. Puede que te siga, puede que no. Tengo que ver a mi madre en Navidades. Mientras sí mientras no, aquí tienes una indemnización por despido.

Le lanzó a Chip un sobre marrón, muy grueso, y, al mismo tiempo, empezó a oírse un golpeteo sordo en las paredes exteriores del palacete. A Chip se le cayó el sobre al suelo. Un objeto rompió una ventana y se detuvo un poco antes de llegar al televisor. Era una cosa de cuatro lados, un adoquín de granito, arrancado de la calzada. Venía rebozado en hostilidad recién hecha y daba la impresión de sentirse algo a disgusto.

Gitanas llamó a la «policía» por la red telefónica básica y habló en tono muy cansado. Los hermanos Jonas y Aidaris, con el dedo en el gatillo, entraron por la puerta delantera, seguidos por un aire frío con un toque de picea navideña. Los hermanos eran

primos de Gitanas: de ahí, cabía suponer, que no hubieran deser-
tado como todos los demás. Gitanas colgó el teléfono y conferen-
ció con ellos en lituano.

El sobre marrón contenía un pingüe relleno de billetes de
cincuenta y de cien dólares.

Chip continuaba, a plena luz del día, en la sensación del sueño, de haberse dado cuenta a última hora de que las Navidades
ya estaban encima. Ninguno de los jóvenes ciberfrikis había ido
al trabajo, y Gitanas acababa de hacerle un regalo, y la nieve se
agarraba a las ramas de picea, y a la puerta había gente cantando
villancicos.

—Recoge tus cosas —dijo Gitanas—. Jonas te va a llevar al
aeropuerto.

Chip subió a su cuarto con la cabeza y el corazón vacíos. Oyó
tiros en el porche delantero, el tintineo de los cartuchos expulsa-
dos: Jonas y Aidaris disparando al aire (o eso esperaba). Navidad,
Navidad, dulce Navidad.

Se puso los pantalones y el abrigo de cuero. Hacer el equipaje
lo devolvió al momento en que lo deshizo, a principios de octubre:
se completaba un ciclo temporal, se cerraba una cortina que hacía
desaparecer las doce semanas intermedias. Allí estaba otra vez,
haciendo el equipaje.

Gitanas se olía los dedos con la mirada en las noticias, cuando
Chip regresó al salón de baile. Los bigotes de Victor Lichenkev
subían y bajaban en la pantalla.

—¿Qué dice?

Gitanas se encogió de hombros.

—Que Vitkunas no está en pleno uso de sus facultades
mentales, etcétera. Que Vitkunas está montando un putsch para
invertir el sentido de la voluntad del pueblo lituano libremente
expresada en las urnas. Etcétera.

—Deberías venirte conmigo —dijo Chip.

—Voy a ver a mi madre —dijo Gitanas—. La semana que
viene te llamo.

Chip tomó a su amigo entre los brazos y lo apretó contra sí.
Le llegó el olor de las grasas del cuero cabelludo que Gitanas, con
los nervios, se olisqueaba. Tuvo la impresión de estarse abrazando
a sí mismo, palpando sus propios omoplatos de primate, sintiendo

el picor de la lana de su propio jersey. También percibió la desolación de su amigo, su modo de no estar allí, su alejamiento, su cerrazón; y ello lo hizo sentirse —él también— completamente perdido.

Jonas tocaba la bocina en el camino de grava que unía la entrada del palacete con la salida a la calle.

—Nos vemos en Nueva York —dijo Chip.

—A lo mejor, sí. —Gitanas se apartó de él y se encaminó hacia el televisor.

Ante la puerta sólo quedaban unos cuantos rezagados, que arrojaron piedras al Stomper cuando Jonas y Chip salieron a toda velocidad por la verja abierta. Se dirigieron al sur, desde el centro de la ciudad, por una calle bordeada de formidables gasolineras y edificios de paredes marrones, con cicatrices de tráfico, que parecían más felices y más ellos mismos en días como ése, con tiempo desabrido y luz escasa. Jonas hablaba muy poco inglés, pero logró expresar tolerancia con respecto a Chip, si no amistad, todo ello sin apartar los ojos del espejo retrovisor. Había muy poco tráfico aquella mañana, y los todoterreno, caballos de batalla de los señores de la guerra y de su clase, se hacían notar de un modo muy poco saludable en aquellos momentos de inestabilidad.

El pequeño aeropuerto estaba hasta los topes de jóvenes expresándose en las lenguas de occidente. Tras la liquidación de la Lietuvos Avialinijos por parte del Quad Cities Fund, otras líneas aéreas se habían hecho cargo de algunas rutas, pero el limitado horario de viajes (catorce salidas diarias con destino a alguna capital europea) no estaba equipado para atender el pasaje de ese día. Cientos de estudiantes y empresarios británicos, alemanes y norteamericanos —Chip reconoció muchas caras que había visto en sus vagabundeos con Gitanas, de pub en pub— convergían en el mostrador de reservas de Finnair y de Lufthansa, Aeroflot y LOT Líneas Aéreas Polacas.

Aguerridos autobuses urbanos llegaban con nuevos cargamentos de súbditos extranjeros. Chip no percibía el más leve movimiento en ninguna de las colas. Repasó el panel de salidas y decidió volar en Finnair, la compañía que más vuelos tenía.

Al final de la larguísima cola de la Finnair había dos universitarias norteamericanas con vaqueros pata de elefante y otras piezas indumentarias de Vuelta a los Sesenta. Según las etiquetas de su equipaje, se llamaban Tiffany y Cheryl.

—¿Tenéis billetes? —les preguntó Chip.

—Para mañana —dijo Tiffany—. Pero es que las cosas se están poniendo muy feas.

—¿Se mueve algo esta cola?

—No sé. Sólo llevamos diez minutos.

—¿No se ha movido en diez minutos?

—Sólo hay una persona atendiendo —dijo Tiffany—. Pero no parece haber ningún otro mostrador de Finnair que ofrezca mejores perspectivas.

Chip se sentía desorientado y tuvo que hacer un esfuerzo enorme para no meterse en un taxi y volver con Gitanas.

Cheryl le dijo a Tiffany:

—O sea que mi padre me suelta vas a tener que alquilar si te marchas a Europa y yo le digo, digo, le he prometido a Anna que podía utilizarlo los fines de semana, cuando el equipo juega en casa, para que pueda dormir con Jason, ¿no? No voy a incumplir una promesa, ¿no? Pero mi padre se puso total, y, oye, la que me echó, que a ver si te enteras, que de quién es el piso, que mío, ¿no? Es que ni se me había pasado por la cabeza que alguien desconocido fuera a freír patatas en mi cocina y a dormir en mi cama.

Tiffany dijo:

—Qué rollo más chungo.

Cheryl dijo:

—¡Y poner la cabeza en mi almohada!

Otros dos no lituanos, belgas, se incorporaron a la cola detrás de Chip. El mero hecho de no ser ya el último de la fila le aportó cierto consuelo. Chip, en francés, les pidió a los belgas que por favor le vigilaran la bolsa y que le guardaran el sitio. Fue al servicio de caballeros, se encerró en un excusado y contó el dinero que le había dado Gitanas.

Eran 29.250 dólares.

Se irritó un poco. Se asustó.

Por el altavoz de los servicios anunciaron, primero en lituano, luego en ruso y al final en inglés, que el vuelo 331 de la LOT, procedente de Varsovia, había sido cancelado.

Chip se guardó veinte billetes de cien en el bolsillo de la camiseta y veinte billetes de cien en la bota izquierda, y se escondió el sobre debajo de la ropa, contra el estómago. Ojalá no le hubiera dado Gitanas ese dinero. Sin dinero, habría tenido una buena razón para quedarse en Vilnius. Ahora, a falta de tal razón, un simple hecho que había permanecido oculto durante las doce semanas anteriores se presentó desnudo en aquel tenderete fecal y urinario. El simple hecho de que le daba miedo volver a casa.

A nadie le gusta percibir la propia cobardía con tanta claridad como Chip percibía ahora la suya. Se puso furioso con el dinero, y con Gitanas por habérselo dado, y con Lituania por haberse venido abajo, pero lo que verdaderamente seguía en pie era el hecho de que le daba miedo volver a casa, y de eso nadie tenía la culpa, sino él.

Recuperó su puesto en la cola de la Finnair, que no se había movido un palmo. Los altavoces anunciaban la cancelación del vuelo 1048 procedente de Helsinki. Se levantó una queja colectiva y los cuerpos se proyectaron hacia delante, dando lugar a que el principio de la cola se achatara contra el mostrador, como un delta.

Cheryl y Tiffany empujaron sus bultos con el pie, para adelantarlos. Chip echó su bolsa hacia atrás. Se sentía de regreso en el mundo, y no hallaba placer en ello. Una especie de luz clínica, una luz de sensatez y fatalidad, cayó sobre las chicas y el equipaje y los empleados de la Finnair, con sus uniformes. Chip no tenía dónde esconderse. A su alrededor, todo el mundo estaba leyendo una novela. Él llevaba como mínimo un año sin leer una novela. La perspectiva lo asustaba casi tanto como las Navidades en St. Jude. Lo que él quería era salir de allí y subirse a un taxi, pero lo más probable era que a esas alturas Gitanas ya hubiese abandonado la ciudad.

Permaneció bajo aquella luz tan dura hasta las dos de la tarde, luego hasta las dos y media, primera hora de la mañana en St. Jude. Mientras los belgas le guardaban la bolsa, se puso a otra cola e hizo una llamada telefónica pagando con la tarjeta de crédito.

La voz de Enid sonaba lejana y mal articulada.

—¿Higa?

—Hola, mamá, soy yo.

Inmediatamente le subió la voz, en tono y en volumen.

—¿Chip? ¡Chip! ¡Es Chip, Al! ¡Es Chip! ¿Dónde estás, Chip?

—Estoy en el aeropuerto de Vilnius. Voy camino de casa.

—¡Maravilloso, maravilloso, maravilloso! ¿Cuándo llegas?

—Todavía no tengo billete —dijo él—. Aquí se está viniendo todo abajo. Pero llegaré mañana por la tarde, seguramente, en algún momento. El miércoles, a más tardar.

—¡Maravilloso!

Lo había pillado por sorpresa tanta alegría en la voz de su madre. Si alguna vez supo que podía proporcionar tanta alegría a una persona, llevaba mucho tiempo sin acordarse de ello. Puso buen cuidado en asentar la voz y no pasarse en el número de palabras empleadas. Dijo que volvería a llamar tan pronto como estuviera en un aeropuerto mejor.

—¡Qué noticia tan maravillosa! —dijo Enid—. ¡Estoy muy contenta!

—Vale, pues nos vemos pronto.

La gran noche báltica invernal ya venía a la carga desde el norte. Veteranos de la cola Finnair ponían en general conocimiento que todos los vuelos del día estaban ya completos y que por lo menos uno de ellos era probable que lo cancelasen, pero Chip esperaba que le bastase con airear un par de billetes de cien dólares para conseguir ese «derecho a ocupar plazas ya ocupadas» que él había escarnecido en lithuania.com. Si no, también podía comprarle el billete a alguien por muchísimo dinero.

Cheryl dijo:

—¡Es que te deja un trasero total, el StairMaster, Tiffany! ¡Total!

Tiffany dijo:

—Ya, pero tienes que ponerlo en pompa.

Cheryl dijo:

—Todo el mundo lo pone en pompa. No se puede evitar. Las piernas se cansan.

Tiffany dijo:

—¡Hua! ¡Es un StairMaster! Para eso está, para que se te cansen las piernas.

Cheryl miró por una ventana y preguntó, con un fulminante desdén universitario:

—Oye, ¿por qué hay un tanque en la pista de despegue?

Un minuto más tarde, las luces se apagaron y los teléfonos murieron.

UNAS ÚLTIMAS NAVIDADES

Abajo, en el sótano, en el lado oriental de la mesa de ping-pong, Alfred estaba abriendo una caja de whisky Maker's Mark llena de luces de Navidad. Ya estaban encima de la mesa las medicinas que tenía que tomar y los artilugios para el enema. Tenía una galleta de azúcar que acababa de prepararle Enid y que parecía un terrier, pero que tendría que haber parecido un reno. Tenía una caja de jarabe Log Cabin y dentro de ella las luces grandes de colores con que antes adornaba los tejos del jardín. Tenía una escopeta de corredera en su estuche de lona, y una caja de cartuchos del veinte. Tenía una rara lucidez y estaba dispuesto a utilizarla mientras durase.

La luz umbría de última hora de la tarde permanecía cautiva en los huecos de las ventanas. La caldera se ponía en marcha a cada rato, la casa dejaba escapar calor. El jersey rojo de Alfred le colgaba encima, haciendo pliegues y bultos agudos, como en una percha o en una silla. Sus pantalones de lana gris padecían manchas que a Alfred no le quedaba más remedio que tolerar, porque la única opción era renunciar a sus sentidos, y aún no estaba dispuesto a tanto.

Nada más abrir la caja de Maker's Mark apareció una larga ristra de luces blancas de Navidad, enrollada sin mucho miramiento en un rectángulo de cartón. Olía a moho —por haber estado en el trastero de debajo del porche— y en cuanto la conectó a un enchufe se dio cuenta de que algo no marchaba bien. Casi todas las bombillas se iluminaba correctamente, pero hacia el centro de la maraña había una zona de bombillas apagadas, una *substantia nigra* situada a mucha profundidad. Desenrolló la bobina con manos vacilantes, extendiendo el cable sobre la mesa de ping-pong. Al final del todo había un impresentable tramo de bombillas muertas.

Se le hizo evidente lo que esperaba de él la modernidad. La modernidad esperaba que se metiese en el coche y que fuese a una gran superficie y que comprase una ristra nueva. Pero las grandes superficies estaban abarrotadas de gente en esta época del año: tendría que hacer colas de veinte minutos. No era que le molestara esperar, pero Enid no le permitiría coger el coche, y a Enid sí que le molestaba esperar. Estaba arriba, flagelándose con la adaptación de la casa a los festejos navideños.

Era mejor mantenerse lejos de su vista, pensó Alfred, en el sótano, y trabajar con lo que buenamente tenía. Ofendía su sentido de la proporción y del ahorro tirar a la basura una ristra de luces que estaba bien en un noventa por ciento. Ofendía su sentido de su propia persona, porque Alfred era un individuo de una época de individuos, y una ristra de luces también era, como él, algo individual. Lo de menos era cuánto hubiesen pagado por las luces, poco o mucho: tirarlas era negar su valor y, por ende, en general, el valor de los individuos; incluir voluntariamente en la calificación de basura un objeto que no es basura, y a uno le consta que no lo es.

La modernidad esperaba esa designación, pero Alfred se resistía.

Pero, desgraciadamente, no se le ocurría cómo arreglar las luces. No veía razón para que dejara de funcionar un tramo de quince bombillas. Examinó la transición de luz a oscuridad y no percibió ningún cambio en el cableado entre la última bombilla que se encendía y la primera que no se encendía. Podía seguir los vericuetos y trenzados de los tres cables. Era un circuito semiparalelo, de una complejidad cuyo motivo no alcanzaba a discernir.

En los viejos tiempos, las luces de Navidad venían en ristras cortas que luego se conectaban en serie. Bastaba con que una sola bombilla se fundiera, o se aflojara, para que saltase el circuito entero y todo el conjunto se apagara. Uno de los rituales navideños de Gary y Chip consistía en ir apretando uno por uno cada pequeño bulbo con casquillo de cobre, cuando una ristra no funcionaba, hasta localizar al culpable del apagón. (¡Qué alegría se llevaban los chicos cada vez que resucitaba una ristra!) Cuando Denise fue lo bastante mayor como para echar una mano en la tarea, la tecnología ya había evolucionado. Los cables iban en paralelo, y las bombillas llevaban bases de plástico en las que encajaban a presión. El hecho de que una bombilla fallase no afectaba al resto de la comunidad, y además el fallo se localizaba instantáneamente, permitiendo una rápida sustitución.

Las manos de Alfred rotaban en sus muñecas como las aspas gemelas de una batidora de huevos. Apañándoselas del mejor modo posible, fue recorriendo el cable con los dedos, apretando y retorciendo los hilos según avanzaba... ¡Y el tramo apagado se encendió! El conjunto quedaba completo.

¿Qué había hecho?

Alisó la ristra contra la mesa de ping-pong. Casi inmediatamente, el tramo defectuoso volvió a apagarse. Intentó resucitarlo como antes, a base de presionar y de aplicar golpecitos por aquí y por allá, pero esta vez no tuvo suerte.

(Te metes el cañón de la escopeta en la boca y le das al gatillo.)

Repasó el trenzado de aquellos cables de insípido color oliváceo. Incluso ahora, en lo más extremo de su aflicción, se sentía capaz de sentarse a la mesa, con lápiz y papel, y volver a inventar los principios básicos del circuito eléctrico. Por el momento, estaba seguro de su capacidad para conseguirlo; pero la tarea de descifrar un circuito paralelo era mucho más desalentadora que, pongamos por caso, la tarea de coger el coche, ir a una gran superficie y ponerse a la cola. La tarea mental requería el redescubrimiento inductivo de preceptos básicos; requería el recableado de su propio circuito cerebral. Ya era maravilloso que semejante cosa pudiera concebirse —que un anciano desmemoriado, solo en el sótano de su casa, con su escopeta y su galleta de azúcar y su sillón azul de buen tamaño, pudiera espontáneamente regenerar un circuito orgánico lo bastante complejo como para comprender la electricidad—, pero la *energía* que semejante inversión de entropía podía costarle rebasaba con mucho la energía a que le era dado acceder comiéndose la galleta de azúcar. Quizá comiéndose de golpe una caja entera de galletas de azúcar lograra recuperar su conocimiento de los circuitos paralelos y, así, comprender el extraño cableado triple de aquellas lucecitas infernales. Pero, Dios mío, lo que podía uno cansarse.

Sacudió los cables y las luces apagadas recuperaron la lozanía. Volvió a sacudirlos y volvió a sacudirlos, sin que se apagaran las luces. Pero, cuando acabó de enrollar otra vez la ristra en su improvisado carrete, lo más profundo estaba oscuro de nuevo. Doscientas bombillitas resplandecían, y la modernidad se empeñaba en que las tirase a la basura.

Le vino la sospecha de que aquella técnica, en algo, en alguna de sus partes, era una estupidez, o un truco de perezosos. Un ingeniero joven había eliminado algún paso intermedio, sin pensar en las consecuencias que él, ahora, estaba padeciendo. Pero, como no comprendía la técnica, tampoco podía averiguar la naturaleza del fallo, ni tomar las medidas necesarias para subsanarlo.

O sea que las puñeteras lucecitas lo tenían convertido en una víctima, y no había puñetera cosa que él pudiera hacer para solucionarlo, excepto echarse a la calle y gastar dinero.

Desde pequeño, viene uno provisto de una voluntad de arreglar las cosas por sí mismo y de un respeto hacia los objetos físicos individuales, pero, al final, hay algo en la maquinaria interna (incluida la maquinaria mental, como esa voluntad y ese respeto) que se queda obsoleto, y, en consecuencia, por mucho que a uno le queden aún ciertas partes que siguen funcionando bien, no sería descabellado defender la opción de arrojar la máquina humana entera a la basura.

Lo cual era otro modo de decir que estaba cansado.

Se colocó la galleta en la boca. La masticó cuidadosamente y se la tragó. Era un infierno envejecer.

Afortunadamente, había varios cientos de lucecitas más en la caja de Maker's Mark. Alfred, metódicamente, fue probando cada juego en el enchufe. Encontró tres ristras cortas que funcionaban a la perfección, pero todas las demás estaban inexplicablemente muertas o eran tan viejas que brillaban en tono apagado y amarillento; y tres ristras cortas no alcanzaban a cubrir el árbol entero.

En el fondo de la caja aparecieron varios paquetes de bombillas de repuesto, todos ellos minuciosamente rotulados. Encontró ristras que él había empalmado tras seccionarles aquel trozo defectuoso. Encontró viejas ristras seriales cuyas tomas rotas había recompuesto con unas gotitas de soldadura. Le sorprendía, retrospectivamente, haber tenido tiempo de efectuar todas esas reparaciones, con lo ocupado que estuvo siempre.

¡Los mitos, el optimismo infantil del arreglo! La esperanza de que un objeto nunca llegara a pasarse. La boba fe en que siempre habría un futuro en el que él, Alfred, no sólo seguiría vivo, sino también con fuerzas para hacer reparaciones. La callada convicción de que la frugalidad y la pasión por conservar las cosas acabarían teniendo sentido alguna vez, más adelante: de que algún día se iba a despertar convertido en una persona completamente distinta, poseedor de infinitas fuerzas y no menos infinito tiempo libre para prestar la debida atención a todos los objetos que había salvado, para mantenerlos en funcionamiento, para que siguieran todos juntos.

—Lo que tendría que hacer es tirarlo todo de una puñetera vez —dijo en voz alta.

Las manos asintieron con sus movimientos. Las manos siempre asentían.

Llevó la escopeta al taller y la apoyó contra el banco del laboratorio.

El problema era insoluble. Había estado en agua salada extremadamente fría, con los pulmones medio inundados y con calambres en las pesadas piernas y con un hombro inútil, colgando de la articulación, y lo único que tendría que haber hecho era no hacer nada. Dejarse ir y ahogarse. Pero movió las piernas, fue un reflejo. No le gustaban las profundidades y, por consiguiente, movió las piernas, y luego, desde arriba, llovieron artilugios flotadores de color naranja, en uno de cuyos agujeros metió el brazo hábil que le quedaba, al mismo tiempo que una combinación verdaderamente grave de ola y resaca —la estela del *Gunnar Myrdal*— lo sometía a un centrifugado gigantesco. Todo lo que habría tenido que hacer, en aquel momento, era dejarse ir. Y, sin embargo, allí, mientras se ahogaba, en pleno Atlántico Norte, también tenía muy claro que en el *otro* sitio no iba a haber objetos de ninguna clase; que aquel miserable artefacto flotador de color naranja por cuyo agujereo había metido el brazo, aquel trozo de espuma recubierto, fundamentalmente inescrutable y falto de generosidad, sería un DIOS en el mundo sin objetos, en el mundo de muerte hacia el cual se encaminaba, sería el SUPREMO-YO-SOY-EL-QUE-SOY en aquel universo de no ser. Durante unos minutos, el artefacto flotador de color naranja fue el único objeto que poseía. Era su último objeto y, por ende, instintivamente, lo amaba, y lo atraía hacia sí.

Luego lo izaron del agua y lo secaron y lo envolvieron. Lo trataron como a un niño, mientras él reconsideraba lo pertinente de haber sobrevivido. No le había pasado nada, salvo la ceguera de un ojo y el no funcionamiento del hombro y otras cosas de menor consideración, pero le hablaban como si hubiera sido un idiota, o un muchachito, o un loco. En esa fingida solicitud, ese desprecio apenas disimulado, vio el futuro por el que había optado estando en el agua. Era un futuro de clínica geriátrica, y lo hizo llorar. Más le habría valido haberse ahogado.

Cerró con llave la puerta del laboratorio, porque, en el fondo, todo se reducía a la intimidad, ¿o no? Sin la intimidad, no tenía sentido ser individuo. Y poca intimidad iban a consentirle en una clínica geriátrica. Serían todos como los del helicóptero, y no lo dejarían en paz.

Se desabrochó los pantalones, se sacó el andrajo que guardaba en los calzoncillos, plisadito, y orinó en una lata de café Yuban.

Había comprado la escopeta un año antes de retirarse. Imaginó que el retiro le aportaría una radical transformación. Se imaginó cazando y pescando, se imaginó de vuelta en Kansas y Nebraska, en un pequeño bote, al amanecer; imaginó una vida ridícula e improbable, una especie de recreación de sí mismo.

La escopeta poseía un mecanismo aterciopelado, que invitaba a la acción, pero, cuando ya la había comprado, un estornino se rompió el cuello contra la ventana de la cocina, mientras en casa estaban almorzando. No pudo terminar de comer, pero tampoco pudo utilizar la escopeta.

La especie humana dominaba la Tierra y aprovechaba este dominio para exterminar otras especies y calentar la atmósfera y, en general, estropearlo todo, modificándolo a semejanza del hombre; pero también pagaba su precio por tales privilegios: que el cuerpo animal de su especie, finito y concreto, contuviera un cerebro capaz de concebir lo infinito, y ansioso de serlo.

Llegó un momento, sin embargo, en que la muerte dejaba de ser quien imponía la finitud para trocarse en la última oportunidad de transformación radical, el único portal practicable que conducía al infinito.

Pero ser visto como armazón finito en un mar de sangre y astillas de huesos y materia gris —infligir esta versión de uno mismo a los demás— era una violación de la intimidad: tan profunda, que parecía capaz de sobrevivirle.

También lo asustaba que doliese.

Y había una pregunta importante cuya respuesta aún necesitaba oír. Iban a venir sus hijos, Gary y Denise, quizá incluso Chip, el intelectual. Era posible que Chip, si venía, supiese contestar la pregunta importante.

Y la pregunta era.

La pregunta era:

Enid no se avergonzó en absoluto, ni siquiera un poquito, mientras sonaban las bocinas de aviso y el *Gunnar Myrdal* se estremecía con la inversión de sus propulsores y Sylvia Roth la llevaba entre la multitud que atestaba el salón Pippi Calzaslargas, gritando: «¡Es la mujer, es la mujer! ¡Déjennos pasar!» Tampoco se sintió a disgusto viendo de nuevo al doctor Hibbard, cómo se ponía de rodillas en la pista de *shuffleboard* e iba cortando la ropa húmeda de su marido con unas finas tijeras quirúrgicas. Ni siquiera cuando el director adjunto del crucero la estaba ayudando a hacer las maletas de Alfred y encontró un pañal amarillo en un cubo para hielo; ni siquiera cuando Alfred se puso a insultar a las enfermeras y los camilleros —ya en tierra firme—; ni siquiera cuando el rostro de Khellye Withers, en la tele, en la habitación del hospital, la hizo pensar que era el día antes de la ejecución de Withers y ella no le había expresado una palabra de consuelo a Sylvia.

Volvió a St. Jude de tan buen talante, que fue capaz de llamar a Gary y confesarle que no había enviado por correo a la Axon Corporation la certificación notarial de cesión de licencia firmada por Alfred, que la había escondido en el lavadero. Cuando Gary le dio la decepcionante noticia de que, a fin de cuentas, cinco mil dólares no estaban mal como pago por la licencia, bajó al sótano a buscar la certificación notarial de cesión y no la encontró donde la había escondido. Con rara desenvoltura, llamó a Schwenksville y pidió a los de Axon que le enviaran un duplicado de los contratos. Alfred se quedó sorprendido cuando se los puso delante para que los firmara, pero ella se limitó a mover las manos como diciendo que, bueno, ya se sabe, hay cosas que se pierden en el correo. Dave Schumpert volvió a hacer de notario, y Enid siguió tan campante hasta que se le terminó el Aslan y creyó morirse de vergüenza.

Era una vergüenza paralizadora y atroz. Ahora le parecía muy grave lo que una semana antes no se lo parecía: que mil pasajeros felices del *Gunnar Myrdal* hubieran podido ver con sus propios ojos lo raros que eran ella y Alfred. En el barco, todo el mundo comprendió que la escala en la histórica Gasté se había retrasado, y que habían tenido que cancelar la visita a la pintoresca isla de Bonaventure porque el tullido del impermeable espantoso se había metido donde no debía, mientras su mujer se lo pasaba de rechupete en una conferencia sobre inversiones, porque acababa de tomarse una pastilla tan mala que ningún médico norteamericano estaba autorizado a recetarla, porque no creía en Dios y no respetaba las leyes, porque era horrible e indeciblemente *distinta* de los demás.

Se pasaba las noches sin dormir, aguantando la vergüenza y viendo en su imaginación las tabletas doradas. La abochornaba su ansia por las tabletas, pero también estaba convencida de que sólo ellas podrían aportarle confortación.

A principios de noviembre llevó a Alfred al Corporate Woods Medical Complex, para la revisión neurológica bimestral. Denise, que había apuntado a Alfred en la experimentación de Fase Dos del Corecktall, le preguntaba con frecuencia a Enid si su padre daba la impresión de estar «demente». Enid le pasó la pregunta al doctor Hedgpeth durante una entrevista privada y Hedgpeth le contestó que la confusión periódica de Alfred hacía pensar en un Alzheimer incipiente o en la demencia de Lewy Body, momento en que Enid lo interrumpió para preguntarle si la causa de las alucinaciones podía estar en los reforzadores de dopamina. Hedgpeth no negó que fuera posible. Dijo que el único modo de descartar la demencia con toda seguridad era ingresar a Alfred en el hospital para una pausa de diez días en la medicación.

Enid, en su vergüenza, no le mencionó a Hedgpeth que la idea de meter a Alfred en un hospital le causaba cierto recelo. No mencionó la rabieta ni las cosas que volaron por los aires ni las maldiciones del hospital canadiense, ni tampoco el vuelco de las jarras de agua de poliestireno o los gota a gota con ruedas, hasta que sedaron a Alfred. Tampoco mencionó lo que Alfred le había pedido: que le pegase un tiro antes de volverlo a internar en un sitio así.

Tampoco quiso mencionar, cuando Hedgpeth le preguntó qué tal le iba a ella su problemilla con el Aslan. Temiendo que Hedgpeth la pusiera en la lista de personas sin voluntad, que van por ahí con los ojos fuera de las órbitas, deseando pillar algún fármaco, ni siquiera le preguntó si podía recetarle alguna «ayuda para dormir» que no fuese el Aslan. Pero sí mencionó que dormía mal. De hecho, lo subrayó bastante: *duermo muy mal*. Pero Hedgpeth se limitó a sugerirle que cambiara de cama. Y que tomara Tylenol PM.

A Enid, ahí acostada a oscuras, con los ojos de par en par y su marido roncando al lado, le parecía injusto que un fármaco de venta legal en tantos países no pudiera comprarlo ella en Estados Unidos. Le parecía injusto que tantas amigas suyas dispusieran de una «ayuda para dormir» de las que Hedgpeth no se había tomado la molestia de ofrecerle. ¡Qué cruel era Hedgpeth, con sus escrúpulos! Podría haber ido a otro médico, claro, y pedirle una «ayuda para dormir», pero ese otro facultativo, seguramente, habría querido saber por qué no se la recetaban sus propios médicos.

Así estaban las cosas cuando los Meisner, Bea y Chuck, se fueron a pasárselo bien a Austria, seis semanas de vacaciones familiares. El día anterior a la marcha de los Meisner, Enid almorzó con Bea en Deepmire y le pidió que le hiciese un favor en Viena. Le puso en la mano a Bea un papelito en que había copiado los datos de un paquete de muestras vacío: —*Aslan «Crucero» (citrato de radamantina 88%, cloruro de 3-metil-radamantina 12%)*— con la anotación: *Temporalmente no disponible en Estados Unidos. Necesito reservas para seis meses.*

—Oye, pero si te supone algún inconveniente déjalo —le dijo a Bea—. Lo que pasa es que si Klaus te hace una receta, siempre será mucho más fácil que importarla desde aquí, por mediación de mi médico. Pero, vamos, lo que verdaderamente deseo es que os lo paséis muy bien en mi país favorito.

Enid no podría haberle pedido tan bochornoso favor a nadie más que a Bea. Y sólo se atrevió a pedírselo porque (a) Bea era un poco tontita, y (b) el marido de Bea, en cierta ocasión, había utilizado información reservada para efectuar una vergonzosa compra de acciones de Erie Belt, y (c) Enid tenía la impresión de que Chuck nunca le había agradecido lo suficiente a Alfred, ni compensado, aquella confidencia desde dentro.

Y, sin embargo, apenas se habían marchado los Meisner cuando la vergüenza de Enid experimentó un misterioso alivio. Como si algún mal de ojo hubiera cesado en sus efectos, empezó a dormir mejor y a pensar menos en el fármaco. Puso en juego sus facultades de desmemoria selectiva para sobrellevar el favor que le había pedido a Bea. Empezó otra vez a sentirse la misma de siempre, es decir, optimista.

Compró dos billetes de avión a Filadelfia para el 15 de enero. Les contó a sus amigas que la Axon Corporation estaba poniendo a prueba una nueva terapia cerebral, interesantísima, que se llamaba Corecktall, y que Alfred iba a tomar parte en las pruebas, por haberle vendido la patente a la Axon. Dijo que Denise se estaba portando como un encanto y que los iba a tener a los dos, a Alfred y a ella, en su casa de Filadelfia, mientras duraran las pruebas. Dijo que no, que Corecktall no era un laxante, sino un nuevo y revolucionario tratamiento del mal de Parkinson. Dijo que sí, que el nombre se prestaba a confusión, pero que no era un laxante.

—Diles a los de la Axon —le comunicó a Denise— que papá tiene síntomas leves de alucinación, pero que su médico los considera probablemente *relacionados con los fármacos.* Así que, mira, si el Corecktall le sienta bien, lo que hacemos es quitarle la medicación y se le pasarán las alucinaciones.

Les contó no sólo a sus amigas, sino a todos sus conocidos de St. Jude, incluido el carnicero, el broker y el cartero, que su nieto Jonah pasaría las vacaciones de Navidad con ellos. Ni que decir tiene que le disgustaba la idea de que Jonah y Gary sólo fueran a estar tres días y de que se marcharan a media mañana del mismo día de Navidad, pero había un montón de cosas muy divertidas que bien podían caber, apretadas, en esos tres días. Tenía entradas para el espectáculo de luz de Christmasland y para *El Cascanueces*; también estaban en programa el arreglo del árbol, el trineo, los villancicos y los servicios de Nochebuena en la iglesia. Desenterró recetas de dulces que llevaba veinte años sin utilizar. Se proveyó de ponche de huevo.

El domingo antes de Navidad se despertó a las 3.05 de la madrugada y pensó: «Treinta y seis horas.» Cuatro horas más tarde se despertó pensando: «Treinta y dos horas.» Luego llevó a Alfred a la fiesta de Navidad de la asociación de vecinos de su calle, que se celebraba en casa de los Driblett, Dale y Honey, le encontró un sitio seguro junto a Kirby Root, y procedió a recordar al vecindario que su nieto preferido, que llevaba todo el año soñando con pasar las Navidades en St. Jude, llegaba al día siguiente por la tarde. Localizó a Alfred en el servicio que tenían los Driblett en la planta baja y tuvo una inesperada discusión con él a propósito de su supuesto estreñimiento. Se lo llevó a casa y lo metió en la cama, borró la discusión de su memoria y tomó asiento en el comedor, con intención de despachar otra docenita de tarjetas de Navidad.

La cesta de mimbre con las felicitaciones recibidas ya contenía un rimero de tarjetas de más de cuatro dedos de alto, enviadas por viejas amigas como Norma Greene o nuevas amigas como Sylvia Roth. Cada vez había más gente que hacía fotocopias o que utilizaba el procesador de textos del ordenador para confeccionar sus felicitaciones de Navidad, pero no iba a ser ella quien hiciera semejante cosa, desde luego. Aun a costa de retrasarse en los envíos, se había impuesto la tarea de escribir a mano el texto de cien tarjetas y la dirección de doscientos sobres. Además de su texto normal, de Dos Párrafos, y del texto completo, de Cuatro Párrafos, tenía una especie de Nota Breve, muy corta:

Nos encantó el crucero para ver los colores del otoño en Nueva Inglaterra y aguas territoriales de Canadá. Al se dio un «baño» fuera de programa en el Golfo de San Lorenzo, pero ya está en plena forma otra vez. El restaurante de Denise, un establecimiento de superlujo, en Filadelfia, ha salido dos veces en el NY Times. Chip sigue con su bufete de NY, invirtiendo también en el este de Europa.

Fue una gran alegría recibir la visita de Gary y de nuestro «precoz» nieto pequeño, Jonah. Esperamos que la familia entera se reúna en St. Jude estas Navidades. ¡Un maravilloso regalo para mí! Os quiere a todos...

Eras las diez de la noche y estaba estirando la mano de escribir, acalambrada, cuando Gary llamó desde Filadelfia:

—¡Aquí estoy, esperando a que pasen las diecisiete horas que faltan para que lleguéis! —canturreó Enid al teléfono.

—Aquí tenemos malas noticias —dijo Gary—. Jonah está con vómitos y tiene fiebre. No creo que pueda meterlo en el avión.

Ese camello de decepción pasó por el ojo de la aguja gracias a la voluntad que puso Enid en enhebrarlo.

—A ver si está mejor mañana por la mañana —dijo—. A esa edad, todo se pasa en veinticuatro horas. Seguro que se recupera. Puede descansar en el avión, si hace falta. Puede acostarse temprano y levantarse tarde el martes.

—Madre.

—Si de veras está enfermo, no te preocupes, Gary, lo comprendo perfectamente. Pero si se le pasa la fiebre...

—Todos lo sentimos muchísimo, créeme. Y especialmente Jonah.

—Bueno, tampoco hay que tomar la decisión ahora. Mañana será otro día.

—Lo más seguro es que vaya yo solo, te lo advierto.

—Sí, Gary, pero las cosas pueden cambiar de la noche a la mañana. No tomes ninguna decisión por el momento, y luego sorpréndeme. ¡Seguro que todo sale bien!

Era la estación del gozo y los milagros, y Enid se fue a la cama henchida de esperanza.

A primera hora de la mañana se despertó —*gratificada*— por el timbre del teléfono, la voz de Chip, la noticia de que regresaba de Lituania en veinticuatro horas y la familia estaría completa en Nochebuena. Bajó las escaleras canturreando y pinchó otro adorno del calendario de Adviento que colgaba de la puerta principal.

El grupo de Señoras de los Martes llevaba desde tiempo inmemorial recaudando dinero para la iglesia mediante la manufactura y venta de calendarios de Adviento. No eran éstos, como Enid solía apresurarse a aclarar, las baratijas de cartón con ventanitas que venden en las tiendas, por cinco dólares, envueltas en papel de celofán. Eran calendarios primorosamente cosidos a mano y reutilizables. Un árbol de Navidad de fieltro verde iba cosido a un rectángulo de lona decolorada, con una fila de doce bolsillitos numerados en la parte de arriba y otra en la parte de abajo. Cada mañana de Adviento, los niños cogían un adorno de un bolsillo —un diminuto caballo de balancín, de fieltro y lentejuelas, o una tórtola de fieltro amarillo, o un soldadito cubierto de lentejuelas— y lo pinchaban en el árbol. Todavía ahora, con sus hijos ya bien crecidos, Enid, todos los 30 de noviembre, seguía mezclando los adornos y distribuyéndolos por los bolsillos del calendario. El único adorno que no cambiaba nunca era el del vigésimo cuarto bolsillo: un Niño Jesús muy pequeñito, de plástico, adherido a un soporte de madera de nogal pintado de purpurina. No era que la fe cristiana de Enid fuese muy allá, pero de ese Niño Jesús sí que era devota. Para ella, no era solamente un icono del Señor, sino también de sus tres hijos y de todos los bebés que había en el Universo, oliendo a bebé. Llevaba treinta años llenando el vigésimo cuarto bolsillito, sabía muy bien lo que contenía, y aún la dejaba sin aliento la emoción cuando estaba a punto de abrirlo.

—Qué estupendo lo de Chip, ¿verdad? —le comentó a Alfred durante el desayuno.

Alfred tomaba grandes cucharadas de sus cereales All-Bran, parecidos a la comida de hámster, y bebiendo su leche caliente con agua de todas las mañanas. Su expresión era como una regresión perspectiva hacia el punto de fuga de la desgracia.

—Chip estará aquí mañana —repitió Enid—. ¿No es maravilloso? ¿No estás contento?

Alfred consultó a los pegotes de All-Bran que había en su cuchara errática.

—Bueno —dijo—. Si viene.

—Ha dicho que estará aquí mañana por la tarde —dijo Enid—. A lo mejor, si no está muy cansado, se puede venir con todos a *El Cascanueces*. Sigo teniendo seis entradas.

—Lo dudo —dijo Alfred.

Que sus comentarios verdaderamente correspondieran a las preguntas de ella —que, a pesar de la infinitud de sus ojos, estuviera tomando parte en una conversación finita— compensaba la amargura de su rostro.

Enid había pinchado sus esperanzas —como un Niño Jesús en soporte de nogal— en el Corecktall. Si el estado de confusión de Alfred le impedía participar en las pruebas, no sabría qué hacer. Su vida, por consiguiente, tenía cierto parecido con las vidas de esos amigos suyos, sobre todo Chuck Meisner y Joe Person, que eran adictos al seguimiento permanente de sus inversiones. Según contaba Bea, Chuck, de puro ansioso, tenía que comprobar las cotizaciones en el ordenador dos o tres veces por hora, y la última ocasión en que Alfred y Enid salieron con los Person, Joe la había sacado de sus casillas llamando a tres brokers diferentes desde el propio restaurante, con el móvil. Pero a ella le ocurría lo mismo con Alfred: estaba en dolorosa y permanente sintonía con todas las incidencias, temerosa de que ocurriese alguna desgracia.

Su hora de mayor libertad a lo largo de la jornada se producía después del desayuno. Todas las mañanas, en cuanto terminaba de beberse la taza de agua caliente lechosa, Alfred bajaba al sótano y se concentraba en la evacuación. Ningún intento de conversación por parte de Enid era aceptado de buen grado durante la hora punta de la ansiedad de Alfred, pero tampoco había inconveniente en dejarlo solo. Sus preocupaciones colónicas eran una locura, pero no la clase de locura que podía descalificarlo para el Corecktall.

En la ventana de la cocina, los copos de nieve de un cielo siniestramente azul nuboso revoloteaban entre las desmedradas ramas del cornejo plantado por Chuck Meisner (con lo cual quedaba dicho lo antiguo que era). Enid mezcló y refrigeró un pastel de carne, para hornearlo luego, y preparó una ensalada de plátanos, uvas, rodajas de piña en lata, malvavisco y gelatina de limón. Estos platos, junto con las patatas recochas, eran los favoritos oficiales de Jonah en St. Jude, y ambos estaban en el menú de la cena.

Llevaba meses esperando que Jonah pinchara el Niño Jesús del calendario de Adviento, en la mañana del 24.

Con la euforia de la segunda taza de café, subió a la planta superior y se puso de rodillas junto al viejo aparador de madera de cerezo —de Gary, en tiempos— donde guardaba los regalos y los detallitos. Hacía semanas que había dado por concluidas las compras de Navidad, pero a Chip sólo le había comprado una bata de lana de Pendleton, marrón y roja, a precio de oferta. Chip había malbaratado sus buenas intenciones hacia varias Navidades, cuando le envió un libro con toda la pinta de ser de segunda mano, *La cocina de Marruecos*, envuelto en papel de aluminio y decorado a base de pegatinas de perchas tachadas con un trazo rojo. Pero ahora que regresaba de Lituania, Enid quería otorgarle una recompensa, dentro de los límites de su presupuesto para regalos. Que era:

Alfred: sin límite establecido

Chip, Denise: 100 dólares cada uno, más pomelos

Gary, Caroline: 60 dólares cada uno, como máximo, más pomelos

Aaron, Caleb: 30 dólares cada uno, como máximo

Jonah (sólo por este año): sin límite establecido.

Teniendo en cuenta que la bata le había costado 55 dólares, le faltaban 45 dólares de regalos adicionales para Chip. Revolvió los cajones del aparador. Descartó los floreros de Honk Kong estropeados en la tienda, las muchas barajas de bridge con libretitas de tanteo a juego, los muchos servilleteros temáticos de cóctel, los muy bonitos y muy inútiles estuches de pluma y bolígrafo, los muchos despertadores de viaje que se plegaban o que sonaban de modos insólitos, el calzador de asa telescópica, los cuchillos coreanos, inexplicablemente sosos, los posavasos de bronce con base de corcho y con locomotoras grabadas en el haz, el marco de cerámica 13x18 con la palabra «Recuerdos» en letra esmaltada de color lavanda, las tortuguitas mexicanas de ónice y la ingeniosa caja de cinta y papel de envolver llamada El Arte de Regalar. Sopesó la pertinencia de las despabiladeras de peltre y del salero de metacrilato con molino de pimienta. Recordando lo muy escaso del ajuar de Chip, llegó a la conclusión de que las despabiladeras y el salero/molino serían lo más adecuado.

En plena estación del gozo y los milagros, envolviendo sus regalos, se olvidó del laboratorio, de su olor a orines y de sus muy nocivos grillos. Logró incluso no inmutarse ante el hecho de que Alfred hubiera colocado el árbol de Navidad con una inclinación de veinte grados. Y llegó al convencimiento de que Jonah, aquella mañana, tenía que encontrarse tan bien de salud como se encontraba ella.

Cuando terminó de envolver, la luz, en el cielo color pluma de gaviota, caía en un ángulo e intensidad de mediodía. Bajó al sótano y se encontró la mesa de ping-pong enterrada en verdes ristras de lucecitas, como un chasis devorado por la vegetación, y a Alfred sentado en el suelo, con cinta aislante, alicates y alargadores.

—¡Malditas luces! —dijo.

—¿Qué haces en el suelo, Al?

—¡Estas malditas luces modernas de cuatro perras!

—No te preocupes por ellas. Déjalas. Que lo hagan entre Gary y Jonah. Vente arriba a comer.

El vuelo de Filadelfia tenía que llegar a la una y media. Gary, que pensaba alquilar un coche, llegaría a casa a las tres, y Enid tenía la intención de dejar dormir a Alfred mientras tanto, porque esa noche iba a tener refuerzos. Esa noche, si se levantaba y se iba por ahí, ella no sería la única de guardia.

La tranquilidad de la casa, después de comer, era tan densa que casi alcanzaba a parar los relojes. Esas horas de espera final tendrían que haber sido perfectas para escribir unas cuantas tarjetas de Navidad, una ocasión de esas que no tienen desperdicio, porque, una de dos, o los minutos se le pasaban volando, o conseguía sacar adelante un montón de trabajo; pero con el tiempo no cabían esas trampas. Nada más empezar una Nota Breve, fue como escribir con melaza, en vez de tinta. Perdió la noción de lo que escribía, puso «Al se dio un "baño" fuera de "baño"», y tuvo que desperdiciar la tarjeta. Se levantó a mirar el reloj de la cocina y resultó que habían pasado cinco minutos desde la última vez. Dispuso un surtido de galletas en una fuente de madera lacada. Colocó un cuchillo y una pera enorme en una tabla de tajar. Agitó un tetrabrik de ponche. Cargó la cafetera por si Gary quería café. Se sentó a escribir una Nota Breve y vio en la blanca palidez de la tarjeta un reflejo de su propia mente. Fue a la ventana y miró el césped espeso, virado al amarillo. El cartero, bregando con un verdadero cargamento festivo, llegó por la acera arriba y metió en el buzón un enorme fajo de correo, en tres veces. Enid miró las cartas, separando el trigo de la paja, pero estaba demasiado distraída como para abrir las felicitaciones. Bajó al sillón azul del sótano.

—¡Al —gritó—, me parece que ya tienes que levantarte!

Él se enderezó en el asiento, con el pelo revuelto y la mirada vacía.

—¿Ya han llegado?

—Están al caer. Más vale que te refresques un poco.

—¿Quién viene?

—Gary y Jonah, salvo que Jonah se encuentre demasiado mal.

—Gary —dijo Alfred—. Y Jonah.

—¿Por qué no te das una ducha?

Él dijo que no con la cabeza.

—Ni hablar de duchas.

—Si lo que quieres es estar encajado en la bañera cuando lleguen...

—Creo que tengo derecho a un buen baño, con todo lo que he trabajado.

Había una ducha estupenda en el cuarto de baño de la planta baja, pero a Alfred nunca le había gustado lavarse de pie. Y como ahora Enid se negaba a ayudarlo a salir de la bañera del piso de arriba, allí se quedaba, a veces, durante una hora, con el agua en las ancas, fría y gris de jabón, hasta que conseguía desencajarse, y todo por lo cabezota que era.

Tenía abierto el grifo de la bañera del piso de arriba cuando por fin se produjo el tan esperado toc-toc.

Enid corrió a la puerta y la abrió a la visión de su apuesto hijo, solo en la entrada. Llevaba su chaquetón de piel de becerro, una maleta con ruedas y una bolsa de papel de las que dan en las tiendas. La luz del sol, baja y polarizada, se había abierto paso entre las nubes, como solía ocurrir al terminar el día, en invierno. Inundaba la calle una luz dorada, absurda, como la que utilizaría cualquier pintor de tres al cuarto para iluminar el paso del mar Rojo. Los ladrillos de la casa de los Person, las nubes invernales, cárdenas y azules, los arbustos resinosos, de color verde oscuro, eran cosas tan falsamente vivas que ni siquiera llegaban a bonitas, que se quedaban en ajenas y de mal presagio.

—¿Dónde está Jonah? —gritó Enid.

Gary entró y dejó los bultos en el suelo.

—Sigue con fiebre.

Enid aceptó un beso. Necesitaba un momento para recuperar la compostura, de modo que le dijo a Gary que mientras metiera la otra maleta.

—Sólo traigo una —le dijo, con voz de estar declarando en un juicio.

Ella miró la pequeña pieza de equipaje.

—¿Eso es todo lo que traes?

—Mira, ya sé que te has llevado una decepción con lo de Jonah...

—¿Qué fiebre tenía?

—Treinta y siete ocho, esta mañana.

—Treinta y siete ocho no es mucha fiebre.

Gary lanzó un suspiro y miró en otra dirección, ladeando la cabeza para alinearla con el eje de árbol de Navidad.

—Mira —dijo—, Jonah se ha llevado una desilusión. Yo me he llevado una desilusión. Tú te has llevado una desilusión. Vamos a dejarlo así. Todos nos hemos llevado una desilusión.

—Pero es que se lo tenía todo preparado —dijo Enid—. Le he preparado sus platos preferidos...

—Te advertí muy claramente...

—¡Tengo entradas para ir al parque Waindell esta noche!

Gary negó con la cabeza y echó a andar hacia la cocina.

—Muy bien, pues iremos al parque —dijo—. Y mañana llega Denise.

—¡Y Chip también!

Gary se echó a reír.

—¿Desde Lituania?

—Ha llamado esta mañana.

—Lo creeré cuando lo vea —dijo.

El mundo, en las ventanas, parecía menos real de lo que a Enid le habría gustado. El foco de sol que asomaba bajo el techo de nubes era la iluminación soñada para un momento no familiar del día. Comprendió que la familia que se había empeñado en reunir ya no era la familia que ella recordaba, que aquellas Navidades no se parecerían nada a las Navidades de antaño. Pero estaba haciendo lo posible por ajustarse a la nueva realidad. De pronto le entró una emoción tremenda porque venía Chip. Y, dado que los regalos de Jonah se irían con Gary a Filadelfia, dentro de sus correspondientes paquetes, ahora tenía que ponerse a envolver despertadores y estuches de pluma y bolígrafo para Caleb y Aaron, en un intento de aminorar el contraste. Así podría entretenerse mientras llegaban Denise y Chip.

—Tengo muchas galletas —le dijo a Gary, que se lavaba las manos en el fregadero de la cocina, con mucha minucia—. Tengo una pera que puedo partir en rebanadas y hay café negro, como os gusta a vosotros.

Gary olió el trapo de cocina antes de secarse las manos con él.

Alfred empezó a llamar a su mujer a alaridos, en el piso de arriba.

—Ay, Gary —dijo ella—. Ya ha vuelto a quedarse encajado en la bañera. Ve a ayudarlo. Yo no pienso hacerlo ni una vez más.

Gary se secó las manos con sumo cuidado.

—Pero ¿qué pasa? ¿No está utilizando la ducha, como habíamos quedado?

—Dice que a él le gusta sentarse.

—Bueno, pues mala suerte —dijo Gary—. Él mismo te está relevando de toda responsabilidad.

Alfred volvió a llamarla con un alarido.

—Ve a echarle una mano, Gary —dijo ella.

Gary, con una calma nada tranquilizadora, alisó el trapo de cocina, lo plegó y lo puso en su estantería.

—Vamos a ver. Éstas son las reglas básicas, madre —dijo con su voz de declarar en un juicio—. ¿Me estás escuchando? Éstas son las reglas básicas. Durante los tres próximos días, haré todo lo que quieras que haga, menos ocuparme de papá cuando se encuentre en situaciones en que no debería encontrarse. Si quiere subirse a una escalera y caerse, lo dejaré ahí tendido. Si se desangra, que se desangre. Si no puede salir de la bañera sin mi ayuda, que pase las Navidades en la bañera. ¿Me he expresado con suficiente claridad? Aparte de eso, haré todo lo que quieras que haga. Y luego, el día de Navidad por la mañana, vamos a sentarnos los tres, a charlar un rato...

—*ENID*. —La voz de Alfred llegaba a un asombroso volumen—. *HAY ALGUIEN EN LA PUERTA.*

Enid suspiró pesadamente y se situó al pie de la escalera.

—¡Es Gary, Al!

—¿Puedes ayudarme? —insistió el grito.

—Ve a ver qué es lo que quiere, Gary.

Gary estaba plantado en el comedor, con los brazos cruzados.

—¿No he dejado suficientemente claras las reglas básicas?

Enid estaba recordando cosas de su hijo mayor que prefería no recordar en su ausencia. Subió las escaleras lentamente, tratando de deshacer un nudo de dolor que se le formaba en la cadera.

—Yo no puedo ayudarte a salir de la bañera, Al —dijo, al tiempo que entraba en el cuarto de baño—. Tendrás que arreglártelas solo.

Estaba en un palmo de agua, con los brazos extendidos y moviendo los dedos.

—Dame eso —dijo.

—¿El qué?

—El frasco.

Se le había caído al suelo, por detrás, el frasco de Snowy Mane, blanqueador de cabello. Enid se arrodilló cuidadosamente en la alfombrilla, colocando bien la cadera, y le puso el frasco en las manos. Él le dio vueltas vagamente, como si estuviera considerando la posibilidad de comprárselo, o haciendo un esfuerzo por recordar cómo se abría. No tenía pelos en las piernas y las manos se le habían llenado de manchas, pero sus hombros seguían fuertes.

—Que me aspen —dijo, sonriéndole a la botella.

El calor que en principio hubiera podido haber en el agua ya se había disipado por completo en el decembrino frío del cuarto de baño. Olía a jabón Dial y, más levemente, a vejez. Enid se había arrodillado miles de veces en aquel mismo sitio exactamente, para lavarles la cabeza a los chicos y enjuagársela con agua caliente de un cazo de litro y medio que a tal efecto se subía desde la cocina. Observó a su marido mientras le daba vueltas al frasco entre las manos.

—Ay, Al —dijo—. No sé qué vamos a hacer.

—Ayúdame con esto.

—Vale, te ayudo.

Sonó el timbre de la puerta.

—Otra vez.

—Gary —llamó Enid—, ve a ver quién es.

Se vertió champú en la palma de la mano.

—Vas a tener que pasarte a la ducha.

—Las piernas no me sostienen bien.

—Anda, mójate el pelo.

Removió una mano en el agua tibia, para indicarle a Alfred lo que tenía que hacer. Él se mojó un poco la cabeza. Le llegaba la voz de Gary hablando con una de sus amigas, una mujer, charlatana y sanjudeana, Esther Root, probablemente.

—Podemos poner un asiento en la ducha —dijo, enjabonándole el pelo—. Y hacer lo que nos dijo el doctor Hedgpeth, poner una barra para que puedas agarrarte. A ver si se ocupa de ello Gary, mañana.

La voz de Alfred resonó en su cráneo y subió por los dedos de Enid.

—¿Han llegado bien Gary y Jonah?

—No, sólo ha venido Gary —dijo Enid—. Jonah está con muchísima fiebre y con una vomitona tremenda. El pobre chico no estaba en condiciones de volar.

Alfred hizo una mueca de comprensión.

—Inclina la cabeza hacia delante, que te voy a enjuagar el pelo.

En caso de que Alfred estuviera intentando obedecer, sólo se le notaba en el temblor de las piernas, no en ningún cambio de postura.

—Tienes que hacer muchos más estiramientos —le dijo Enid—. ¿Has mirado siquiera el papel que te dio el doctor Hedgpeth?

Alfred negó con la cabeza.

—No sirve para nada.

—A ver si Denise puede enseñarte a hacer esos ejercicios. Lo mismo te gustan.

Cogió el vaso de agua que tenía detrás, en el lavabo. Lo llenó y lo volvió a llenar del grifo de la bañera, vertiendo el agua caliente sobre la cabeza de su marido. Él, con los ojos muy apretados, parecía un niño pequeño.

—Ahora tendrás que salir tú solo —dijo Enid—, porque yo no voy a ayudarte.

—Tengo mi propio método —dijo él.

Abajo, en el salón, Gary estaba de rodillas, tratando de enderezar el árbol torcido.

—¿Quién era? —le preguntó Enid.

—Bea Meisner —dijo él, sin levantar la cabeza—. Hay un regalo en la repisa de la chimenea.

—¿Bea Meisner? —Un rescoldo de vergüenza alumbró en el interior de Enid—. Creí que se iban a quedar en Austria hasta el final de las fiestas.

—No. Van a estar aquí un día, y mañana se marchan a La Jolla.

—Ahí viven Katie y Stew. ¿Ha traído algo?

—Está en la repisa de la chimenea —repitió.

Era una botella de algo presumiblemente austriaco, envuelta en papel de regalo.

—¿Nada más? —preguntó Enid.

Gary, sacudiéndose agujas de pino de las manos, la miró de un modo raro.

—¿Esperabas alguna otra cosa?

—No, no —dijo ella—. Le pedí que me trajese una tonteriíta de Viena, pero debe de habérsele olvidado.

A Gary se le estrecharon los ojos.

—¿Qué tonteriíta?

—Nada, nada.

Enid examinó la botella para ver si traía algún añadido. Había sobrevivido a su pasión por Aslan, había hecho lo necesario por olvidarlo, y ni siquiera estaba muy segura de que le apeteciera volver a ver al León. Pero el León aún poseía cierto poder sobre ella. Le vino una sensación de tiempos remotos, la placentera aprensión ante el retorno del amado. La hizo echar de menos el modo en que antes echaba de menos a Alfred.

Optó por regañar a Gary.

—¿Por qué no le has dicho que pasara?

—Chuck la estaba esperando en el Jaguar —dijo Gary—. Supongo que estarían haciendo la ronda.

—Ya —dijo Enid, mientras desenvolvía la botella para asegurarse de que no venía ningún otro paquete oculto. Era un champán austriaco, Halb-Trocken, semiseco.

—Vaya pinta de azucarado que tiene ese vino —dijo Gary.

Enid le pidió que encendiera la chimenea y se quedó mirando, maravillada, mientras su muy competente y canoso hijo mayor caminaba firmemente hacia el montón de leña, volvía con un cargamento de troncos en un brazo, los distribuía hábilmente en el hogar y encendía una cerilla al primer intento. Fue cosa de cinco minutos. Lo único que estaba haciendo Gary era funcionar como se supone que ha de funcionar un hombre; y, sin embargo, comparado con el hombre con quien vivía Enid, parecía poseer la capacidad de un dios. Su más pequeño gesto resultaba maravilloso de observar.

Junto con el alivio de tenerlo en casa le llegó la noción de lo pronto que se marcharía.

Alfred, con chaqueta sport, hizo un alto en el salón para saludar a Gary, antes de retirarse a su madriguera para una sesión de noticiero local a todo decibelio. La edad y el encorvamiento le habían quitado cinco o seis centímetros de estatura, que hasta no hacía mucho había sido igual que la de Gary.

Mientras Gary, con su exquisito control de movimientos, colgaba las luces en el árbol, Enid, sentada junto al fuego, sacaba los regalos de las cajas de cartón de bebidas alcohólicas donde los guardaba. Nunca había estado en ningún sitio sin gastarse en adornos una gran parte de su dinero de bolsillo. Mentalmente, mientras Gary los colgaba, viajó por una Suecia poblada de renos de paja y caballitos rojos, por una Noruega cuyos ciudadanos utilizaban auténticas botas laponas de piel de reno, por una Venecia donde todos los animales eran de cristal, por una Alemania de casita de muñecas llena de Santa Claus y ángeles de madera esmaltada, por una Austria de soldados de madera e iglesias diminutas. En Bélgica, las palomas de la paz eran de chocolate e iban envueltas en papel metálico decorado, en Francia, los muñecos de gendarmes y de artistas iban impecablemente vestidos, y en Suiza, las campanas de bronce repicaban sobre mini portales de Belén declaradamente religiosos. Andalucía era una ebullición de pájaros de colores chillones; México, una discordancia de figuritas de estaño pintadas a mano. En las mesetas chinas, el galope insonoro de una manada de caballos de seda. En Japón, el silencio zen de sus abstracciones laqueadas.

Gary fue colgando los adornos donde Enid le decía. Su madre lo encontraba diferente: más tranquilo, más maduro, más resuelto. Hasta que se le ocurrió pedirle que al día siguiente le hiciera un pequeño favor.

—Instalar una barra en la ducha no es un «pequeño favor» —contestó él—. Habría estado bien hace un año, pero no ahora. Papá puede utilizar la bañera unos cuantos días más, hasta que nos ocupemos de esta casa.

—Faltan cuatro semanas para que nos vayamos a Filadelfia —dijo Enid—. Quiero que se acostumbre a usar la ducha. Lo que quiero es que nos compres un asiento y que coloques una barra, y así queda hecho.

Gary suspiró.

—¿De veras piensas que papá y tú podéis seguir en esta casa?

—Si el Corecktall le va bien...

—Madre, lo van a examinar buscando síntomas de demencia. ¿Verdaderamente crees...?

—De demencia no relacionada con los fármacos.

—Mira, no quiero desilusionarte, pero...

—Denise lo ha organizado todo. Tenemos que intentarlo.

—Vale, y luego ¿qué? —dijo Gary—. Se cura milagrosamente y vivís felices para siempre, ¿no?

La luz de las ventanas había muerto del todo. Enid no lograba entender la razón de que aquel hijo suyo, el primogénito, tan cariñoso, tan responsable, a quien siempre se había sentido tan unida desde la infancia, se enfadara tantísimo ahora, cuando acudía a él en busca de ayuda. Desenvolvió una pelota de poliestireno que el propio Gary, a los nueve o diez años, había adornado con tela y lentejuelas.

—¿Te acuerdas de esto?

Gary cogió la pelota.

—Estas cosas las hacíamos en la clase de la señora Ostriker.

—Me lo trajiste de regalo.

—¿Sí?

—Antes has dicho que harías todo lo que te pidiese —dijo Enid—. Y eso es lo que te pido.

—¡Está bien, está bien! —Gary alzó las manos al aire—. ¡Compraré el asiento! ¡Instalaré la barra!

Después de cenar, Gary sacó el Oldsmobile del garaje y fueron los tres a Christmasland.

Sentada detrás, Enid veía los bajos de las nubes que absorbían la luz urbana; los parches de cielo despejado eran más oscuros, los acribillaban las estrellas. Gary condujo el automóvil por estrechos caminos de las afueras de la ciudad, hasta detenerlo frente a la entrada de piedra caliza del Waindell Park, donde una larga cola de coches, camiones y furgonetas hacía cola para entrar.

—Cuántos coches —dijo Alfred, sin un resto siquiera de su antigua impaciencia.

El condado contribuía a sufragar los costes de aquella fantasía anual, Christmasland, mediante el procedimiento de cobrar la entrada. Un guarda del parque recogió los tiquets de los Lambert y le indicó a Gary que no dejara encendidas más que las luces de posición. El Oldsmobile se colocó sigilosamente en una cola de vehículos oscurecidos, que nunca habían tenido un aspecto más animal que entonces, colectivamente, en su humilde procesión a través del parque.

Waindell era, durante casi todo el año, un sitio muy poco boyante, de hierba quemada, estanques de color ocre y pabellones de piedra caliza sin pretensión alguna. En diciembre, durante el día, alcanzaba sus peores momentos. Cables brillantes y líneas de alta tensión se entrecruzaban sobre las praderas. Armazones y andamios quedaban expuestos en toda su endeblez, su provisionalidad, con los metálicos nudos de sus junturas. Cientos de árboles y arbustos se mostraban recogidos en manojos mediante ligeras ataduras, con los miembros combados, como bajo una lluvia de cristal y plástico.

De noche, el parque se convertía en Christmasland, el país de las Navidades. Enid soltaba el aire con admiración mientras el Oldsmobile trepaba por una montaña de luz, para luego atravesar un paisaje alumbrado. Si es verdad que los animales adquieren el don del habla en la víspera de Navidad, también el orden natural de los alrededores de la ciudad aparecía allí alterado: las tierras circundantes, por lo general oscuras, bullían de luz, y la carretera, siempre animada, se convertía en una oscura y lenta caravana.

Las suaves pendientes de Waindell y la íntima relación entre sus contornos y el cielo eran típicas del Medio Oeste. También lo eran, al entender de Enid, el silencio y la paciencia de los conductores, así como el aislamiento fronterizo y entrelazado de los robles y los arces. Había pasado las ocho últimas Navidades exiliada en el ajeno Este, y ahora, por fin, se encontraba en casa. Imaginó que la enterraban en aquel paisaje. Le gustaba mucho la idea de que sus restos descansaran en aquellas laderas.

Luego vinieron resplandecientes pabellones, renos luminosos, una concentración de colgantes y lazos de fotones, rostros de Santa Claus electropuntillistas y bastones de caramelo como torreones resplandecientes.

—Hay muchas horas de trabajo en todo esto —comentó Alfred.

—Es una pena que Jonah no haya podido venir —dijo Gary, como si hasta entonces no lo hubiera lamentado.

El espectáculo no era más que luces en la oscuridad, pero Enid estaba sin palabras. Es mucha la frecuencia con que se nos exige credulidad, y pocas las veces en que podemos entregarla por completo; pero allí, en el parque Waindell, Enid se sentía capaz de creérselo todo. Alguien se había propuesto fascinar a los visitantes, y fascinada se sentía Enid. Y al día siguiente llegaban Denise y Chip, y verían *El Cascanueces*, y el miércoles sacarían al Niño Jesús de su bolsillito y lo colocarían en el árbol. La esperaban muchas cosas buenas.

A la mañana siguiente, Gary fue en coche a la Ciudad Hospital, una zona cerrada donde estaban concentrados todos los grandes centros médicos de St. Jude, y pasó conteniendo el aliento entre hombrecillos de cuarenta kilos en sillas de ruedas y mujeres de doscientos cincuenta kilos vestidas con tiendas de campaña, que obstruían los pasillos del Economato Central de Suministros Sanitarios. Gary odiaba a su madre por haberlo enviado a semejante sitio, pero también tenía conciencia de lo afortunado que era en comparación con ella, de lo libre y ventajosa que su situación parecía, y, por tanto, apretó los dientes y se mantuvo a distancia máxima de los cuerpos de todos aquellos lugareños haciendo acopio de jeringuillas y guantes de goma, de caramelos de azúcar moreno y mantequilla, jarabe de maíz y agua para la mesilla de noche, de pañales de todas las tallas y formas imaginables, de enormes paquetes de 144 unidades de tarjetas con votos de recuperación y de cedés de música de flauta y vídeos con ejercicios de visualización, de fundas de plástico desechables y de bolsas para conectar a placas de plástico duro cosidas a la carne viva.

El problema de Gary ante la enfermedad no era sólo el hecho de que implicaba grandes cantidades de cuerpos humanos y que a él no le gustaban los cuerpos humanos en grandes cantidades, era sobre todo que le parecía cosa de las clases inferiores. Los pobres fumaban, los pobres comían carretadas de rosquillas Krispy Kreme. Las pobres se dejaban preñar por familiares próximos. Los pobres tenían deplorables hábitos higiénicos y vivían en barrios tóxicos. Los pobres, con sus achaques y dolencias, integraban una subespecie de la humanidad que, gracias a Dios, se mantenía aislada en los hospitales y en sitios como aquel Economato Central, lejos de la vista de Gary. Eran una grey de gente triste, gorda, estúpida, resignada al sufrimiento. Una clase inferior y enferma de la que Gary se complacía en mantenerse alejado.

No obstante, había llegado a St. Jude sintiéndose culpable por varias circunstancias que le había ocultado a Enid, y se había prometido ser un buen hijo durante tres días, y, por tanto, a pesar de su disgusto, se adentró en la multitud de cojos y tullidos, entró en el muy vasto salón de mobiliario auxiliar del Economato y se puso a buscar un asiento que permitiera a su padre ducharse sentado.

Por los altavoces ocultos del salón chorreaba una versión sinfónica de la canción de Navidad más pesada jamás escrita, es decir *El tamborilero*. Más allá del cristal doble de los ventanales del salón, la mañana era fría, ventosa, resplandeciente. Una hoja de papel de periódico envolvía un parquímetro con erótica desesperación. Los toldos crujían y los faldones antisalpicaduras de los automóviles se estremecían.

El amplio surtido de asientos médicos y la variedad de aflicciones de que daban muestra podrían haber enojado mucho a Gary, si no hubiera sido capaz de aplicar juicios estéticos.

Así, por ejemplo, se preguntó que por qué beige. El plástico para uso clínico era, por lo común, de color beige o, como mucho, de un gris más bien repugnante. ¿Por qué no rojo? ¿Por qué no negro? ¿Por qué no verde azulado?

Puede que el color beige se utilizase para excluir que aquellos enseres tuvieran otras aplicaciones, además de las médicas. Puede que el fabricante temiese, si los hacía demasiado bonitos, que la gente se los comprara para fines no médicos.

Menudo problema, desde luego: evitar que haya demasiada gente con ganas de comprar nuestros productos.

Gary negó con la cabeza. Lo idiota que puede ser un fabricante.

Escogió un taburete muy sólido, rechoncho, de aluminio, con un amplio asiento de color beige. Eligió para la ducha una barra de sujeción muy fuerte y muy beige. Atónito ante los precios, tipo atraco, agarró ambos objetos y los llevó a la caja de salida, donde una chica típica del Medio Oeste, muy amable, evangélica seguramente (llevaba un jersey de brocado, y el flequillo desfilado) le mostró el código de barras al lector láser y le comentó a Gary, con deje del interior del estado, que aquellos asientos de aluminio eran verdaderamente súper.

—Ligerísimos. Prácticamente indestructibles —dijo—. ¿Es para su papá o su mamá?

Gary acusó la invasión de su territorio privado y no le dio a la chica el gusto de responderle con palabras. Dijo que sí con la cabeza, sin embargo.

—Llega un momento en que nuestros ancianos se vuelven un poco temblones en la ducha. Ya nos llegará el turno a todos, al final.

La joven filósofa pasó la American Express de Gary por un surco.

—Está usted echando una manita en casa durante las vacaciones, ¿no?

—¿Sabe usted para qué serían verdaderamente útiles estos taburetes? —le preguntó Gary—. Para ahorcarse. ¿No le parece?

A la pobre muchacha, la sonrisa se le quedó sin vida.

—No lo sé.

—Ligero, agradable. Fácil de apartar con un solo pie.

—Firme aquí, por favor.

Tuvo que luchar con el viento para abrir la puerta de Salida. Venía con dientes, ese día, el viento: le mordió a través del chaquetón de piel de becerro. Era un viento que llegaba directamente del Ártico a St. Jude, sin accidente topográfico de importancia que se le opusiera.

Mientras iba en el coche hacia el norte, hacia la zona del aeropuerto, con el sol misericordiosamente situado a su espalda, se preguntó si no habría sido demasiado cruel con la muchacha. Seguramente sí. Pero se hallaba bajo estrés, y le parecía que una persona que se halla bajo estrés tiene todo el derecho del mundo a ser muy estricto en la demarcación de fronteras: muy estricto en su contabilidad moral, muy estricto en lo que hace o no hace, muy estricto en cómo es y cómo no es, muy estricto en la elección de sus interlocutores. Si una chiquita de la tierra, pizpireta y evangélica, se empeñaba en hablar con él, Gary tenía todo el derecho del mundo a elegir el tema.

Era consciente, no obstante, de que si la muchacha hubiera sido algo más atractiva, él habría sido menos cruel.

No había nada, en St. Jude, que no hiciera todo lo posible por dejarlo mal. Pero en los meses transcurridos desde el día en que se sometió a Caroline (la mano se había curado bien, gracias, sin apenas cicatriz) había tenido tiempo de hacerse a la idea de ser el villano de St. Jude. Cuando sabes de antemano que tu madre va a considerarte el villano de la función, hagas lo que hagas, se te quitan las ganas de respetar sus reglas del juego. Estableces tus propias reglas. Haces todo lo que haga falta para protegerte. Incluso pretendes, si hace falta, que un hijo tuyo, en perfecto estado de salud, se encuentra muy enfermo.

En cuanto a Jonah, la verdad era que el propio chico había decidido no ir a St. Jude. Lo cual estaba en perfecta sintonía con los términos de la rendición de Gary ante Caroline, ocurrida el pasado mes de octubre. Con cinco billetes de avión en la mano —ida y vuelta a St. Jude, no reembolsables—, Gary comunicó a la familia su deseo de que todos ellos viajaran con él en Navidades, pero advirtiendo que *nadie debía sentirse obligado*. Caroline, Caleb y Aaron dijeron al instante, en voz alta y clara, que no, que muchas gracias; Jonah, todavía bajo el embrujo del entusiasmo de su abuela, declaró que iría «con mucho gusto». Gary nunca llegó a prometerle a Enid que Jonah iría, pero tampoco la avisó nunca de que podía no ir.

En noviembre, Caroline compró cuatro entradas para la función del mago Alain Gregarius del 22 de diciembre, y otras cuatro para ir a ver *El rey León* el 23 de diciembre.

—Así, Jonah puede venir, si está aquí —explicó—. Si no, ya se traerán Caleb y Aaron a algún amigo.

A Gary se le ocurrió preguntar por qué no había comprado las entradas para la semana de después de las Navidades, evitando así que Jonah se encontrara en un aprieto. Pero, desde la rendición de octubre, Caroline y él estaban disfrutando de una especie de segunda luna de miel, y, aun habiendo quedado claro que Gary, como un buen hijo, pasaría tres días en St. Jude, la verdad era que una sombra caía sobre la felicidad doméstica cada vez que el tema salía a colación. Cuantos más días pasaban sin mención de Enid ni de las Navidades, más cariñosa se mostraba Caroline, más lo incluía en sus chistes privados con Aaron y Caleb, y menos deprimido se sentía él. De hecho, el tema de su depresión no había vuelto a surgir desde la mañana en que Alfred se cayó al mar. La omisión del tema Navidades era un pequeño precio a pagar por tantísima armonía familiar.

Y, durante cierto tiempo, los regalos y atenciones que Enid le había prometido a Jonah cuando fuera a St. Jude bastaron para contrarrestar los atractivos de Alain Gregarius y *El rey León*. Jonah hablaba en la mesa del Christmasland y del Calendario de Adviento que tanto le alababa Enid, pasando por alto, quizá sin verlos, los guiños y sonrisitas que Aaron y Caleb intercambiaban al respecto. Pero Caroline fomentaba cada vez más descaradamente el hecho de que sus dos hijos mayores se mofaran de sus abuelos y de que contaran toda clase de anécdotas sobre el despiste total de Alfred («¡lo llama "Intendo"!») y el puritanismo de Enid («quería saber si la peli era apta») y la mezquindad de Enid («quedaban dos judías verdes y las envolvió en papel de plata»), y Gary, desde su rendición, había empezado a unirse a las carcajadas («qué rara es la abuela, ¿verdad?»), y Jonah, al final, no tuvo más remedio que poner sus planes en duda. A la edad de ocho años cayó bajo la tiranía de lo que mola y lo que no mola. Primero, dejó de mencionar las Navidades en la mesa; luego, cuando Caleb, con su retranca marca de la casa, le preguntó si estaba deseando que llegase el día del Christmasland, Jonah le contestó, con una vocecilla forzadamente malvada: «Tiene que ser una completa estupidez.»

—Un montón de gordos dentro de unos coches enooormes, dando vueltas a oscuras —dijo Aaron.

—Diciéndose unos a otros «oh, qué maravilloso» —dijo Caroline, imitando el acento de St. Jude.

—Maravilloso, maravilloso —repitió Caleb.

—No está bien que os burléis de la abuela —dijo Gary.

—No es de la abuela de quien se están burlando —dijo Caroline.

—Pues no —dijo Caleb—. Nos estamos burlando de lo raros que son los de St. Jude. ¿A que sí, Jonah?

—Son muy gordos —dijo Jonah.

El sábado por la noche, cuando faltaban tres días para la marcha, Jonah vomitó después de cenar y se fue a la cama con un poco de fiebre. El sábado por la noche ya estaba bien, había recuperado el color y el apetito, y Caroline puso en juego su última baza. A principios de mes, para el cumpleaños de Aaron, había comprado un juego de ordenador muy caro, el *God Project II*, en el que los jugadores primero proyectaban unos organismos y luego controlaban su funcionamiento dentro del ecosistema donde habían de competir por la supervivencia. Caroline no había permitido que Caleb y Aaron pusieran en marcha el juego antes de que acabaran las clases, y ahora, cuando por fin lo empezaron, insistió en que dejaran a Jonah ser los Microbios, porque los Microbios son quienes mejor se lo pasan y quienes nunca pierden, en cualquier ecosistema.

A la hora de irse a la cama, el domingo, Jonah estaba fascinado con su equipo de bacterias asesinas, deseando hacerlas entrar en batalla al día siguiente. Cuando Gary lo despertó, el lunes por la mañana, para preguntarle si se iba con él a St. Jude, Jonah contestó que prefería quedarse.

—La elección es tuya —dijo Gary—. Pero ten en cuenta que para tu abuela es muy importante que vengas.

—¿Y si no me divierto?

—Nunca hay garantía de divertirse, en ninguna parte —dijo Gary—. Pero harás feliz a la abuela. Eso sí que te lo garantizo.

El rostro de Jonah se ensombreció.

—¿Me das una hora para pensármelo?

—Una hora, vale. Pero luego hay que hacer el equipaje y salir pitando.

Se cumplió la hora con Jonah profundamente inmerso en *God Project II*. Una cepa de sus bacterias había dejado ciegos a ocho de cada diez pequeños mamíferos con pezuñas gestionados por Aaron.

—No pasa nada si no vas —le aseguró Caroline—. Aquí lo que cuenta es que decidas tú. Son tus vacaciones.

«Nadie debe sentirse obligado a ir.»

—Voy a recordártelo otra vez —dijo Gary—. Tu abuela está muriéndose de ganas de verte.

En el rostro de Caroline apareció una desolación, un gemebundo estado, que hacía pensar en los problemas de septiembre. Se puso en pie sin decir una palabra y salió del cuarto de jugar.

La respuesta de Jonah llegó en un tono de voz no muy por encima del susurro:

—Creo que voy a quedarme.

Si esto hubiera ocurrido en septiembre, Gary habría visto en la decisión de Jonah una parábola de la crisis del sentido del deber moral en la cultura orientada por las elecciones de consumo. Y ello podría haberlo deprimido mucho. Pero a esas alturas ese camino ya lo tenía recorrido, y sabía que no lo conducía a ninguna parte.

Hizo el equipaje y le dio un beso a Caroline.

—No estaré contenta hasta que vuelvas —dijo ella.

Gary sabía que no había hecho nada malo contra ningún principio moral, ni siquiera el más estricto. Nunca le había prometido a Enid que Jonah iría. La mentira de la fiebre era sólo una legítima excusa para evitar discusiones.

También, para no herir a Enid, había omitido mencionarle que en los seis días laborables transcurridos desde la OPV, sus cinco mil acciones de la Axon Corporation, que le habían costado 60.000 dólares, habían subido hasta alcanzar un valor de 118.000. Tampoco había obrado mal a este respecto, desde luego, pero, dado el pequeño pellizco que se llevaba Alfred por la cesión de su patente a la Axon, lo más prudente, sin duda, era callarse.

Tres cuartos de lo mismo cabía decir del paquetito que Gary se había guardado en el bolsillo interior del chaquetón, cerrando luego la cremallera.

Los reactores se deslizaban por el cielo resplandeciente, felices en sus pellejos metálicos, mientras él maniobraba por el atasco de tráfico que confluía hacia el aeropuerto. Los días inmediatamente anteriores a la Navidad eran el mejor momento del aeropuerto de St. Jude, como quien dice su razón de ser. Todos los aparcamientos estaban ocupados y los aviones se sucedían sin pausa en las pistas de despegue.

Denise, sin embargo, llegó puntualmente. Los mismísimos aviones conspiraban del disgusto de llegar tarde y que la recibiera un hermano harto de esperar. Aguardaba, como era costumbre en la familia, frente a una puerta poco utilizada de la planta de Salidas. Llevaba un abrigo demencial, color granate, de lana, con vuelta de terciopelo rosa, y Gary percibió algo diferente en ella —más maquillaje de lo habitual, tal vez; más pintura de labios—. Durante el pasado año, cada vez que veía a Denise (en Acción de Gracias, la más reciente) la encontraba más rotundamente distinta de la persona que él había imaginado que llegaría a ser.

Cuando se besaron, notó que olía a tabaco.

—Has empezado a fumar —le dijo, mientras hacía sitio en el maletero del coche para su maleta y su bolsa de compras.

Denise sonrió.

—Quita el seguro de la puerta, que me estoy helando.

Gary se puso las gafas de sol. Iban hacia el sur, con la luz en los ojos, de modo que estuvo a punto de chocar lateralmente al incorporarse al tráfico principal. La agresión viaria rebasaba todos los límites en St. Jude. Ya no era como antes, cuando un conductor del Este se divertía haciendo eslalon por el lentísimo tráfico.

—Mamá estará feliz con Jonah en casa —dijo Denise.

—Pues no, porque Jonah no ha venido.

Ella volvió la cabeza bruscamente.

—¿No lo has traído?

—Se puso malo.

—No me lo puedo creer. ¡No lo has traído!

No dio la impresión de considerar, ni por un momento, la posibilidad de que fuera cierto lo que Gary le decía.

—Hay cinco personas en mi casa —dijo él—. En la tuya, que yo sepa, hay una sola. Las cosas son más complicadas cuando se multiplican las responsabilidades.

—Lo que siento es que hayas ilusionado a mamá dejándola creer que venía.

—No es culpa mía que ella prefiera vivir en el futuro.

—Tienes razón —dijo Denise—. No es culpa tuya. Pero ojalá no hubiera ocurrido.

—Hablando de mamá —dijo Gary—. Tengo que contarte una cosa muy rara. Pero prométeme que no vas a decírselo.

—¿Qué cosa rara?

—Promete que no vas a decírselo.

Denise lo prometió, y Gary abrió la cremallera del bolsillo interior de su chaquetón y le enseñó el paquete que Bea Meisner le había dado el día antes. Había sido un momento muy pintoresco: el Jaguar de Chuck Meisner junto a la acera, en punto muerto, entre cetáceos resoplidos de tubo de escape en invierno; Bea Meisner en la entrada, pisando el felpudo, con su loden verde bordado, mientras sacaba de las profundidades de su bolso un paquetito muy manoseado y muy cutre; Gary depositando la botella de champán envuelta para regalo y aceptando la entrega del contrabando.

—Esto es para tu madre —dijo Bea—. Pero dile que Klaus dice que se ande con mucho ojo. Al principio no quería dármelo. Dice que es muy, muy adictivo. Por eso no le traigo más que un poquito. Ella quería para seis meses, pero Klaus sólo me ha dado para uno. Así que dile que tenga cuidado, que hable con su médico. Quizá fuera mejor, incluso, que no se lo dieras hasta que no lo haga, Gary, hasta que no hable con el médico. Bueno, pues ¡que paséis una Navidades maravillosas! —En ese momento sonó la bocina del Jaguar—. Dale un abrazo a todo el mundo.

Gary le contaba todo esto a Denise mientras ella abría el paquetito. Bea lo había envuelto en una hoja de periódico alemán y lo había sellado con celo. En un lado de la página había una vaca alemana con gafas promocionando leche ultrapasteurizada. Dentro había treinta tabletas doradas.

—¡Cielo santo! —rió Denise—. Es Mexican A.

—Nunca lo he oído nombrar —dijo Gary.

—Una droga de discoteca. Para gente muy joven.

—Y Bea Meisner se la trae a mamá y la entrega a domicilio.

—¿Sabe mamá que se la has cogido?

—Todavía no. Todavía no sé qué es lo que hace esta cosa.

Denise alargó los nicotinosos dedos y le acercó una tableta a la boca.

—Prueba una.

Gary apartó la cabeza bruscamente. Daba la impresión de que también su hermana estuviera enganchada a alguna droga, no precisamente la nicotina. Estaba enormemente feliz, o enormemente infeliz, o una peligrosa combinación de ambas posibilidades. Llevaba anillos de plata en tres dedos y en el pulgar.

—¿Es una droga que tú hayas probado? —le preguntó.

—No, yo del alcohol no paso.

Volvió a envolver las tabletas y Gary recuperó el control del paquete.

—Quiero estar seguro de que me respaldas en esto —dijo—. ¿Estás de acuerdo en que mamá no debería recibir sustancias adictivas de Bea Meisner?

—No —dijo Denise—. No estoy de acuerdo. Es una persona adulta y puede hacer lo que le apetezca. No creo que sea justo quitarle las tabletas sin decírselo. Si no se lo dices tú, se lo diré yo.

—Perdona, pero estaba en la idea de que habías prometido no decir nada —dijo Gary.

Denise se lo pensó. Por la ventanilla pasaban a toda prisa unos terraplenes salpicados de sal.

—Vale, quizá lo haya prometido —dijo—. Pero ¿a qué viene que pretendas controlarle la vida?

—Ya verás, supongo —dijo él—, que las cosas aquí andan bastante desmadradas. Y también verás, supongo, que alguien tiene que dar un paso al frente y controlarle la vida.

Denise no discutió con él. Se puso las gafas de sol y miró las torres de la Ciudad Hospital, contra el brutal horizonte sur. Gary había esperado más cooperación por parte de ella. Ya tenía un hermano «alternativo», y maldita la falta que le hacía una hermana igual. Lo frustraba mucho que la gente se desgajara tan alegremente del mundo de las expectativas convencionales; le echaba a perder el placer que obtenía de su casa y de su trabajo y de su familia; era como si le volvieran a redactar las normas de la vida, dejándolo en desventaja. Y lo mortificaba especialmente el hecho de que el último tránsfuga que se pasaba a lo «alternativo» no fuera algún desharrapado «Cualquiera» de una familia de «Cualquieras», o de una clase de «Cualquieras», sino su propia hermana, con todo su estilo y todo su talento, que acababa de destacar, allá por septiembre, sin ir más lejos, en una actividad convencional sobre la que sus amigos podían informarse en el *New York Times*. Ahora había dejado su trabajo y llevaba cuatro anillos y un abrigo chillón y apestaba a tabaco...

Con el taburete de aluminio a cuestas, la siguió hasta el interior de la casa. Comparó la acogida que le brindaba Enid con la acogida que el día antes le había brindado a él. Tomó nota de la duración del abrazo, de la ausencia de crítica instantánea, de las sonrisas a tutiplén.

Enid gritó:

—Pensé que a lo mejor os encontrabais con Chip en el aeropuerto y veníais los tres juntos.

—Era un guión altamente improbable, por ocho motivos diferentes —dijo Gary.

—¿Te dijo que llegaba hoy? —le preguntó Denise.

—Después de comer —contestó Enid—. Mañana, como muy tarde.

—Hoy, mañana, el mes de abril —dijo Gary—. Cualquier cosa.

—Me comentó que las cosas andaban revueltas en Lituania —dijo Enid.

Mientras Denise iba a saludar a Alfred, Gary fue a la madriguera a coger el *Chronicle* de la mañana. En un recuadro de noticias internacionales, puesto entre artículos más extensos («Con la pedicura para perros nuestras mascotas lucirán garras de colores» y «¿Son demasiado caros los oftalmólogos? Los médicos dicen que no, los ópticos dicen que sí»), localizó un párrafo sobre Lituania: «Disturbios tras los discutidos comicios parlamentarios y el intento de asesinato del presidente Vitkunas... el treinta y cuatro por ciento del país sin electricidad... enfrentamientos entre grupos paramilitares rivales en las calles de Vilnius... y el aeropuerto...»

—El aeropuerto está cerrado —leyó en voz alta, muy satisfecho—. ¿Me oyes, mamá?

—Ya estaba en el aeropuerto ayer —dijo Enid—. Seguro que salió.

—¿Por qué no ha llamado, entonces?

—Habrá tenido que correr mucho para coger el vuelo.

La capacidad de Enid para la fantasía alcanzaba un grado que a Gary le resultaba físicamente doloroso. Abrió la cartera y le entregó la factura del asiento para ducha y la barra de sujeción.

—Luego te hago un cheque —dijo ella.

—Mejor ahora, que luego se te olvida.

Mascullando y rezongando, Enid se avino a sus exigencias. Gary examinó el talón.

—¿Por qué le has puesto fecha de veintiséis de diciembre?

—Porque eso es lo más pronto que puedes ingresarlo en tu cuenta de Filadelfia.

La escaramuza se prolongó durante el almuerzo. Gary se bebió poco a poco una cerveza y se bebió poco a poco otra cerveza, deleitándose en el disgusto que le causaba a Enid, según la iba obligando a decirle una vez, y luego otra, y luego otra, que ya iba siendo hora de que empezase con los arreglos en la ducha. Cuando por fin se levantó de la mesa, se le ocurrió que su afán de controlarle la vida a Enid era una respuesta lógica al afán de ella de controlársela a él.

La barra de seguridad era un tubo esmaltado de cuarenta centímetros, color beige, acodado en ambos extremos. Venía con unos tornillos retacos que podrían haber bastado para fijar la barra a una pared de madera, pero que de nada servían en el alicatado del cuarto de baño. Para asegurar la barra iba a tener que perforar la pared con pernos de quince centímetros, llegando hasta el pequeño armario del otro lado del tabique de la ducha.

Abajo, en el taller de Alfred, pudo encontrar brocas de albañilería para la taladradora eléctrica, pero las cajas de puros que él recordaba como auténticas cornucopias de material útil, ahora sólo parecían contener tornillos huérfanos y corroídos, cerraderos de puertas y accesorios para la cisterna del váter. Ningún perno de quince centímetros, desde luego.

Cuando salía hacia la ferretería, con su sonrisa de qué gilipollas soy, vio a Enid junto a las ventanas del comedor, espiando la calle a través de los visillos.

—Madre —dijo Gary—, sería muy de desear que no siguieras haciéndote ilusiones con respecto a Chip.

—Me ha parecido oír un coche.

«Vale, no te prives —pensó Gary, saliendo de la casa—: concéntrate en quien no está y hazles la vida imposible a quienes sí están.»

En el camino de delante se topó con Denise, que volvía del supermercado con cosas de comer.

—Espero que todo eso se lo cobres a mamá —dijo Gary.

Su hermana se le rió en la cara.

—¿Y a ti qué más te da?

—Siempre se escaquea a la hora de pagar. Me pone de los nervios.

—Pues redobla la vigilancia —dijo Denise, echando a andar hacia la casa.

¿Por qué, exactamente, estaba sintiéndose culpable? Él nunca había prometido que llevaría a Jonah, y aunque el valor de su inversión en la Axon ya superaba en 58.000 dólares lo que había pagado, era él quien se había esforzado por hacerse con las acciones y él quien había corrido el riesgo, y la propia Bea Meisner le había recomendado que no le diese la droga a Enid. O sea que ¿de qué se sentía culpable?

Yendo en el coche, imaginó la aguja de su medidor de presión craneal avanzando lentamente en el sentido de las agujas del reloj. Se arrepentía de haberle ofrecido sus servicios a Enid. Dada la brevedad de su visita, era una estupidez desperdiciar una tarde entera en un trabajo que su madre muy bien podía haber encargado a cualquier operario.

En la ferretería, le tocó hacer cola en la caja, detrás de las personas más gordas y más lentas de todo el gajo de los estados centrales. Habían ido a comprar Santa Claus de malvavisco, una caja de hilo de cobre, persianas graduables, secadores de pelo de ocho dólares y manoplas de cocina con motivos navideños. Con dedos como salchichas, hurgaban en sus diminutos monederos, buscando el importe exacto. Gary echaba humo por las orejas, como en los dibujos animados. Todas las cosas divertidas que podía estar haciendo, en lugar de perder media hora en comprar pernos de quince centímetros, adquirieron formas encantadoras en su imaginación. Podía estar en la Sala del Coleccionista de la tienda de regalos del Museo del Transporte, o clasificando los viejos bocetos de puentes y vías férreas que dibujó su padre cuando estaba empezando en la Midland Pacific, o registrando el trastero de debajo del porche, a ver si encontraba su tren eléctrico de cuando era pequeño. Tras el levantamiento de su «depresión» había contraído un nuevo interés, intenso, como de hobby, en coleccionar y enmarcar objetos relativos al ferrocarril, y la verdad era que se podía haber pasado el día entero —por no decir la semana entera— buscándolos.

A la vuelta, mientras subía por el camino de entrada, vio separarse las cortinas: su madre, espiando otra vez. Dentro, llenaba el aire, adensándolo, el olor de las viandas que Denise horneaba, hervía a fuego lento y doraba en la cocina. Gary le presentó a Enid la factura de los pernos, y ella se quedó mirándola como lo que era, es decir, una muestra de hostilidad.

—¿No puedes pagar tú cuatro dólares y noventa y seis centavos?

—Madre —dijo él—, estoy haciendo el trabajo, como te prometí. Pero el cuarto de baño no es mío. Ni la barra de sujeción.

—Luego te doy el dinero.

—Se te olvidará.

—Gary, *luego* te daré el dinero.

Denise, con el delantal puesto, siguió este diálogo desde la puerta de la cocina, con una sonrisa en los ojos.

En su segundo descenso al sótano, Gary se encontró a Alfred roncando en el sillón azul. Entró en el taller y enseguida frenó en seco ante el nuevo descubrimiento. Dentro de su funda, y apoyada en el banco de trabajo, había una escopeta. No recordaba haberla visto antes. Quizá le hubiera pasado inadvertida. Normalmente, la escopeta se guardaba en el trastero de debajo del porche. Lamentó de veras el traslado.

«¿Dejo que se pegue un tiro?»

La pregunta resonó con tanta claridad en su mente, que a punto estuvo de pronunciarla en voz alta. Y se lo pensó. Era muy distinto intervenirle la droga a Enid, por su propio bien, porque en ella había mucha vida y esperanza y placer que preservar. El viejo, en cambio, estaba kaputt.

Por otra parte, tampoco le apetecía nada oír un tiro y bajar y ponerse a chapotear en la sangre.

Y, sin embargo, por horrible que resultara todo, después vendría una enorme ganancia en la calidad de vida de su madre.

Abrió la caja de cartuchos que había encima del banco y comprobó que no faltaba ninguno. Ojalá no le hubiera tocado a él, sino a algún otro, haberse dado cuenta del traslado de la escopeta. Pero la decisión, cuando le sobrevino, resonó con tanta claridad en su mente, que esta vez sí que la expresó en voz alta. En el silencio polvoriento, úrico, sin eco, del laboratorio, dijo:

—Si eso es lo que quieres, allá tú. No seré yo quien te detenga.

Antes de abrir los agujeros en la ducha, tuvo que vaciar las estanterías del armarito del cuarto de baño. Eso, en sí, ya suponía un trabajo considerable. En una caja de zapatos, Enid guardaba todas las bolitas de algodón que a lo largo de los años había ido sacando de los botes de aspirina y otros medicamentos. Había quinientas, o quizá mil bolitas. Había tubos de pomada a medio estrujar, petrificados. Había recipientes de plástico y utensilios (de colores aún más feos que el beige, si tal cosa era posible) de los períodos que Enid pasó en el hospital para sendas operaciones del pie, de la rodilla y de flebitis. Había unas botellitas monísimas de mercurio cromo y Ambesol que llevaban secas desde los años sesenta. Había una bolsa de papel que Gary, por salvaguardar su compostura, se apresuró a empujar hacia el fondo de la estantería más alta, porque daban la impresión de contener vetustos cinturones y compresas menstruales.

Caía la tarde cuando terminó de vaciar el armarito y tuvo todo dispuesto para hacer seis agujeros. Entonces descubrió que las viejas brocas de albañilería tenían menos punta que un remache. Se apoyó en la taladradora con todo su peso, la punta de la broca se ponía entre azul y negra y perdía el temple, y la vieja máquina empezó a echar humo. Le chorreaba el sudor por la cara y el pecho.

Alfred fue a elegir precisamente ese momento para entrar en el cuarto de baño.

—Vaya, mira esto —dijo.

—Menudas brocas tienes aquí, todas sin punta —dijo Gary, jadeante—. Tendría que haberlas comprado nuevas cuando estuve en la ferretería.

—Déjame ver —dijo Alfred.

Gary no había tenido intención de atraer al viejo y, con él, a los dos animales gemelos y dactilados y agitados que integraban su vanguardia. Lo echaban para atrás la incapacidad y la ansiosa apertura de aquellas manos, pero los ojos de Alfred estaban ahora clavados en la taladradora, y le resplandecía el rostro ante la posibilidad de resolver un problema. Gary soltó la taladradora. Le habría gustado saber cómo hacía su padre para ver lo que se traía entre manos, dadas las violentas sacudidas a que sometía a la máquina. Los dedos del anciano reptaron por la pulida superficie, tanteando, como gusanos ciegos.

—Lo tienes en Atrás —dijo.

Con la amarillenta uña del dedo pulgar, Alfred empujó el interruptor de polaridad para ponerlo en Adelante y le devolvió la taladradora a Gary, y por primera vez desde la llegada de éste, los ojos de ambos hombres se encontraron. El escalofrío que recorrió a Gary se debió sólo en parte al enfriamiento del sudor. «Al viejo —pensó— todavía se le enciende alguna lucecita en la mollera.» Alfred, de hecho, parecía descaradamente feliz: de haber arreglado algo y, sospechó Gary, más aún de haber demostrado que era más listo que su hijo, en aquella pequeña oportunidad.

—Ya ves por qué no me metí a ingeniero —dijo Gary.

—¿Qué intentas hacer?

—Quiero colocar esta barra de sujeción. ¿Utilizarás la ducha si ponemos un asiento y una barra de sujeción?

—No sé qué estarán planeando —dijo Alfred, mientras salía.

«Ha sido tu regalo de Navidad —se dijo Gary, sin palabras—. Accionar ese interruptor ha sido tu regalo de Navidad.»

Una hora más tarde, había vuelto a poner orden en el cuarto de baño y, de paso, había recuperado su máximo nivel de mal humor. Enid había criticado la colocación de la barra, y Alfred, cuando Gary le propuso que probara el nuevo taburete, puso en general conocimiento que prefería bañarse.

—Yo ya he cumplido, y se terminó —dijo Gary en la cocina, sirviéndose alcohol—. Mañana hay varias cosas que *yo* quiero hacer.

—Es una maravillosa mejora del cuarto de baño —dijo Enid.

Gary siguió sirviéndose. Más y más.

—Ah, Gary, podríamos abrir el champán que nos trajo Bea —dijo Enid.

—Mejor no —dijo Denise, que había hecho un *stollen*, una tarta de café y dos hogazas de pan de queso, y que ahora estaba preparando, si Gary no se equivocaba, conejo cocido a fuego lento, con polenta. Ni que decir tiene que era la primera vez que esa cocina había visto un conejo.

Enid regresó a su puesto de observación en la ventana del comedor.

—Me preocupa que no llame —dijo.

Gary se situó junto a ella, con la primera y dulce lubricación del alcohol zumbándole en las células gliales. Le preguntó a su madre si había oído hablar de la navaja de Occam.

—El principio de la navaja de Occam —dijo en un tono sentencioso, muy adecuado para un cóctel— nos aconseja que entre dos posibles explicaciones de un fenómeno siempre optemos por la más sencilla.

—Bueno, eso es lo que a ti te parece —dijo Enid.

—Lo que a mí me parece —dijo él— es que Chip puede no haberte llamado por algún complicadísimo motivo del que nada sabemos. Pero también puede haber sido por algo muy sencillo y que todos conocemos bien, es decir: su increíble carencia de sentido de la responsabilidad.

—Dijo que vendría y dijo que llamaría —contestó Enid, categóricamente—. Dijo «vuelvo a casa».

—Muy bien. Estupendo. Quédate en la ventana. Tú decides.

Era Gary quien tenía que llevarlos a todos en coche a ver *El Cascanueces*, y ello le impidió beber todo lo que le habría gustado beber antes de la cena. De modo que se despachó a gusto en cuanto volvieron del ballet y Alfred se precipitó escaleras arriba, como quien dice, y Enid se acostó en la madriguera, con intención de dejar que sus hijos se ocuparan de todo eventual problema nocturno. Gary bebió más whisky y llamó a Caroline. Bebió más whisky y buscó a Denise por la casa, sin encontrar rastro de ella. Fue a su cuarto a buscar los regalos de Navidad y los colocó al pie del árbol. Traía el mismo regalo para todo el mundo: un ejemplar encuadernado del álbum de los Mejores Doscientos Momentos de los Lambert. Había tenido que insistir mucho para que la imprenta le tuviera a tiempo los ejemplares, y ahora que había completado el álbum, su intención era desmantelar el cuarto oscuro e invertir una parte de sus ganancias de la Axon en montar un tren eléctrico en el segundo piso del garaje. Era un hobby que había elegido por propia iniciativa, sin que nadie se lo impusiera, y ahora, mientras apoyaba la whiskífora cabeza en la fría almohada y apagaba la luz de su viejo cuarto sanjudeano, lo asaltó una emoción que venía de muy atrás en el tiempo, ante la idea de hacer rodar los trenes por montes de cartón piedra, por puentecillos hechos con palos de helado...

Soñó diez Navidades en la casa. Soñó habitaciones y personas, habitaciones y personas. Soñó que Denise no era su hermana y que iba a matarlo. Su única esperanza de salvación era la escopeta del sótano. Examinaba la escopeta para comprobar que estaba cargada, cuando sintió una maligna presencia, a sus espaldas, en el taller. Se dio media vuelta y no reconoció a Denise. La mujer a quien vio era otra mujer, y tenía que matarla para evitar que ella lo matase a él. Y el gatillo de la escopeta no ofreció resistencia alguna: colgaba inerte y fútil. El arma estaba en Atrás, y mientras conseguía ponerla Adelante, la mujer se aproximaba a él para darle muerte...

Se despertó con ganas de orinar.

La oscuridad del cuarto sólo encontraba alivio en la esfera del radiodespertador digital, que no miró, porque no quería enterarse de lo temprano que era aún. En la penumbra, alcanzaba a distinguir el bulto de la antigua cama de Chip en la pared de enfrente. El silencio de la casa se percibía como algo momentáneo y no pacífico. De creación reciente.

Rindiendo pleitesía al silencio, Gary salió de la cama y avanzó muy lentamente hacia la puerta. Y entonces, el terror hizo presa en él.

Temía abrir la puerta.

Aguzó el oído para captar lo que estuviera ocurriendo fuera. Creyó oír vagos cambios de posición y traslados sigilosos, voces distantes.

Temía ir al cuarto de baño porque ignoraba qué podía encontrarse allí. Temía salir de la habitación, porque al volver podía encontrarse en la cama con alguien que de ningún modo debía ocuparla, quizá su madre, quizá su hermana o su padre.

Llegó al convencimiento de que en el vestíbulo había alguien yendo de acá para allá. En su vigilia imperfecta y nebulosa, estableció una conexión entre la Denise que había desaparecido antes de meterse él en la cama y el espectro de Denise que pretendía matarlo en su sueño.

La posibilidad de que ese espectro asesino se mantuviese ahora al acecho en el vestíbulo, sólo le pareció fantástica en un noventa por ciento.

En general, era más seguro quedarse en la habitación, pensó, y mear en una de las grandes jarras austriacas de cerveza que había en su cómoda.

Pero ¿y si el ruidito llamaba la atención de quien merodeaba junto a su puerta?

Andando de puntillas, se metió con una jarra en la mano dentro del armario que Chip y él habían compartido desde el día en que a Denise la instalaron en el dormitorio pequeño y a ellos dos los pusieron juntos en el mismo cuarto. Cerró la puerta tras él, se apretó contra las prendas colgadas en sus fundas de tintorería y contra las rebosantes bolsas de Nordstrom con objetos diversos que Enid había adquirido la costumbre de guardar allí, y orinó en la jarra de cerveza. Situó un dedo en el borde para así notar la subida del líquido, no fuera a rebosar. Justo cuando el calor de la orina creciente empezaba a llegarle a la punta del dedo, se le acabó de vaciar la vejiga, por fin. Depositó la jarra en el suelo del armario, sacó un sobre de una bolsa Nordstrom y tapó el receptáculo con él.

Silenciosa, muy silenciosamente, salió a continuación del armario y volvió a la cama. Cuando levantaba los pies del suelo para subirlos, oyó la voz de Denise. Le llegaba tan clara, tan de mera conversación, que bien podría haberse encontrado allí, en el cuarto, con él. Dijo:

—¿Gary?

Trató de no moverse, pero crujieron los muelles del somier.

—¿Gary? Perdona que te moleste. ¿Estás despierto?

No le quedaba más remedio, ahora, que levantarse y abrir la puerta. Denise estaba pegada a ella, con un pijama de franela y dentro de un rectángulo de luz procedente de su cuarto.

—Perdona —dijo—, papá está llamándote.

—¡Gary! —llegó la voz de Alfred, desde el cuarto de baño contiguo al dormitorio de Denise.

Gary, con el corazón saliéndosele por la boca, preguntó qué hora era.

—Ni idea —dijo ella—. Me ha despertado llamando a Chip a gritos. Luego ha empezado a llamarte a ti. No a mí. Supongo que se encontrará más cómodo contigo.

El aliento le olía a tabaco, otra vez.

—¡Gary! ¡Gary! —llegaban los gritos del cuarto de baño.

—Joder —dijo Gary.

—Puede ser por las medicinas.

—Y una mierda.

Desde el cuarto de baño:

—¡Gary!

—Sí, papá, ya te he oído, voy.

La voz sin cuerpo de Enid llegó flotando desde el pie de la escalera.

—Gary, ayuda a tu padre.

—Sí, mamá, yo me ocupo. Vuelve a la cama.

—¿Qué quiere? —preguntó Enid.

—Tú vuélvete a la cama.

Una vez en el pasillo, le llegó el olor del árbol de Navidad y de la chimenea. Llamó a la puerta del cuarto de baño y entró sin esperar respuesta. Su padre estaba de pie en la bañera, desnudo de cintura para abajo, y lo único que tenía en la cara era psicosis. Hasta ese momento, Gary sólo había visto expresiones así en las paradas de autobús y en los servicios del Burger King del centro de Filadelfia.

—Gary —dijo Alfred—, están por todas partes.

El anciano señaló el suelo con un dedo tembloroso.

—¿Lo ves?

—Estás alucinando, papá.

—¡Cógelo, cógelo!

—Estás alucinando, y ya es hora de que salgas de la bañera y te vuelvas a la cama.

—¿No los ves?

—Estás alucinando. Vuelve a la cama.

En esas siguieron, durante diez o quince minutos, hasta que Gary logró sacar a Alfred del cuarto de baño. Había una luz encendida en el dormitorio de matrimonio, y varios pañales sin usar desparramados por el suelo. A Gary le pareció que su padre soñaba despierto, un sueño quizá tan real como el suyo con Denise, y que despabilarse le estaba costando media hora, en lugar de un instante, como le había costado a él.

—¿Qué es «alucinar»? —preguntó Alfred, finalmente.

—Es como soñar, pero estando despierto.

Alfred amusgó los ojos.

—Me preocupa el asunto.

—Sí, y con razón.

—Ayúdame a ponerme el pañal.

—Sí, de acuerdo —dijo Gary.

—Me preocupa que algo no me esté funcionando bien en la cabeza.

—Ay, papá.

—Los pensamientos se me desconciertan.

—Ya lo sé. Ya lo sé.

Pero el propio Gary se había contagiado, allí, en plena noche, de la enfermedad de su padre. Mientras ambos colaboraban en la resolución del problema que suponía el pañal (su padre parecía considerarlo más bien un motivo de conversación enloquecida que una prenda interior), también Gary tuvo la sensación de que las cosas se le disolvían en torno, de que toda la noche se había trocado en cambios de posición y traslados sigilosos y metamorfosis. Estaba persuadido de que había más, muchas más de dos personas en la casa, al otro lado de la puerta del dormitorio. Sentía la presencia de un nutrido censo de fantasmas, y sólo tenuemente los veía.

A Alfred le cayó sobre la cara su pelo polar, al tenderse. Gary le subió la manta hasta los hombros. Era difícil creer que hasta hacía tres meses escasos hubiera estado luchando contra aquel hombre, tomándoselo en serio como rival.

El radiodespertador señalaba las 2.55 cuando volvió a su cuarto. La casa volvía a estar en calma; la puerta de Denise, cerrada; lo único que se oía era el ruido de un camión de ocho ejes, a menos de un kilómetro, en la autopista. Gary se preguntó que por qué olería a tabaco su cuarto, levemente, como el aliento de una persona.

Pero quizá no fuera ningún aliento de tabaco. Quizá fuera la jarra austriaca, llena de orines en vez de cerveza, que había dejado en el suelo del armario.

«Mañana es para mí —pensó—. Mañana es el día del Recreo de Gary. Y luego, el jueves por la mañana, vamos a poner esta casa patas para arriba. Hay que terminar de una vez con esta pantomima.»

Tras su despido por Brian Callahan, Denise primero se despiezó a sí misma y luego puso los trozos encima de la mesa. Se contó el cuento de una hija que nació en una familia con muchísima hambre de hija y que tuvo que salir huyendo para que no se la comieran viva. Se contó a sí misma el cuento de una hija que, en su desesperación por escapar, se iba refugiando en el primer escondite temporal que encontraba: hacerse cocinera, casarse con Emile Berger, vivir como una viejecita en Filadelfia, liarse con Robin Passafaro. Ni que decir tiene, sin embargo, que, a la larga, tales refugios, escogidos a toda prisa, resultaron impracticables. En su empeño por protegerse del hambre de su familia, la hija consiguió exactamente lo contrario. Puso todo de su parte para que el apogeo del hambre de su familia coincidiera con el momento en que la vida se le vino abajo, dejándola sin pareja, sin hijos, sin trabajo, sin responsabilidades, sin ninguna clase de defensa. Fue como si se hubiera pasado el tiempo conspirando para estar disponible cuando sus padres necesitaran sus cuidados.

Sus hermanos, mientras, habían conspirado para no estar disponibles. Chip se había largado al este de Europa, y Gary había puesto el cuello bajo el pie de Caroline. Cierto que Gary sí que se hacía «responsable» de sus padres, sólo que para él hacerse responsable consistía en coaccionarlos y darles órdenes. La carga de escuchar a Enid y a Alfred y de ser paciente y comprensivo recaía exclusivamente sobre los hombros de la hija. Ya estaba claro que Denise sería la única de los tres hermanos que estaría en casa para la cena del día de Navidad, y que a ella le tocaría estar de guardia, sola, durante las semanas y meses y años venideros. Sus padres no eran tan maleducados como para pedirle que se fuera a vivir con ellos, pero estaba claro que eso era lo que querían. Tan pronto como Denise inscribió a su padre en las pruebas de la Fase Dos de Corecktall, ofreciéndole además su casa, Enid decretó el cese unilateral de las hostilidades con su hija. Nunca más volvió a mencionar el adulterio de su amiga Norma Greene. Nunca le preguntó a Denise por qué había «dejado» su trabajo de El Generador. Enid estaba en apuros, su hija le ofrecía ayuda, de manera que no podía permitirse el lujo de seguir sacándole defectos a cada rato. Y ahora, según el cuento que Denise se contaba sobre sí misma, había llegado el momento de que la jefa de cocina se despiezara sobre la mesa y calmara el hambre de sus padres arrojándoles pedazos de su propia carne.

A falta de un cuento mejor, estuvo a punto de quedarse con éste. El único problema era que no lograba reconocerse en la protagonista.

Cuando se ponía una blusa blanca y un vestido gris de los de toda la vida, y se pintaba los labios y se colocaba un sombrerito negro con velo negro, sí se reconocía. Cuando se ponía una camiseta blanca, sin mangas y unos vaqueros de chico y se recogía el pelo hacia atrás, tan tirante que le dolía la cabeza, sí se reconocía. Cuando se ponía joyas de plata y sombra de ojos color turquesa, y se daba un esmalte de uñas color labio de cadáver, y vestía un jersey amarillo virulento, con zapatillas naranja, sí se reconocía como persona viviente y sí se quedaba sin respiración por la pura dicha de estar viva.

Fue a Nueva York para salir en el Canal Gastronómico y para visitar un club para personas como ella, que estaban Empezando a Entender y necesitaban práctica. Se alojó en el estupendo piso que Julia Vrais tenía en la calle Hudson. Julia le explicó que durante la instrucción del proceso de divorcio había podido averiguar que Gitanas Misevičius había comprado el piso con dinero defraudado al gobierno de Lituania.

—El abogado de Gitanas dice que fue un «descuido» —le dijo Julia a Denise—, pero se me hace muy difícil creerlo.

—¿Significa eso que vas a quedarte sin el piso?

—Pues no —dijo Julia—. De hecho, la cosa hace más probable que me lo pueda quedar sin pagar nada. Pero, la verdad, me da una vergüenza horrible. ¡El legítimo dueño de este piso es el pueblo de Lituania!

En el cuarto de huéspedes había una temperatura de más de treinta grados, pero Julia le dio a Denise un cobertor de un palmo de grueso y le preguntó si quería una manta.

—No, gracias, con esto es más que suficiente —dijo Denise.

Julia le dio sábanas de franela y cuatro almohadas con funda de lo mismo. Le preguntó a Denise qué tal le iba a Chip en Vilnius.

—Parece que Gitanas y él se han hecho íntimos.

—Miedo me da pensar lo que dirán de mí cuando se junten —exclamó Julia, muy contenta.

Denise dijo que no sería de extrañar que Gitanas y Chip evitaran el tema Julia en sus conversaciones.

Julia frunció el entrecejo.

—¿Y por qué no van a hablar de mí?

—Pues porque los dejaste dolorosamente colgados a los dos.

—Ya, por eso pueden hablar de lo muchísimo que me odian.

—No creo que nadie pueda odiarte.

—Pues la verdad es que pensé que me odiarías tú, cuando rompí con Chip.

—No, nunca me interesé para nada en vuestro asunto.

Claramente aliviada al oír esto último, Julia le confió a Denise que ahora salía con un abogado que estaba muy bien, un poco calvo, que se lo había puesto a tiro Eden Procuro.

—Me siento muy segura con él —dijo—. Es de un desenvuelto, en los restaurantes... Y tiene carretadas de trabajo, así que no anda todo el día detrás de mí pidiéndome, bueno, eso, favores.

—La verdad —dijo Denise—, cuanto menos me cuentes de tus relaciones con Chip, mejor para todos.

Cuando, a continuación, Julia le preguntó si salía con alguien, no tendría que haber sido tan difícil contarle lo de Robin Passafaro, pero fue dificilísimo. Denise no quería que su amiga se sintiera incómoda, no quería que la voz de ésta se le empequeñeciera y ablandara, de tan comprensiva. Quería disfrutar de la compañía de Julia en su familiar inocencia. De modo que dijo:

—No, no salgo con nadie.

Nadie, excepto, la noche anterior, en una fastuosa reserva sáfica a doscientos pasos de casa de Julia, una chica de diecisiete años recién bajada del autobús de Plattsburgh, Nueva York, con un drástico corte de pelo y dos 800/1000 en su reciente SAT, prueba normalizada de aptitud (llevaba encima una copia impresa del ETS oficial —servicio de evaluación del nivel educativo individual—, como si hubiera sido un certificado de buen juicio, o quizá de locura); y luego, la noche siguiente, una estudiante de la rama de estudios religiosos de la universidad de Columbia, cuyo padre (decía ella) gestionaba el mayor banco de esperma de California del Sur.

Habiendo así cumplido, Denise acudió a un estudio del centro a grabar su participación en *Cocina popular para gente de hoy*, preparando raviolis de cordero y otros platos representativos del Mare Scuro. Se entrevistó con alguno de los neoyorquinos que habían intentado quitársela a Brian: una pareja de trillonarios de Central Park West, que buscaban establecer una especie de relación feudal con ella, un banquero de Munich que la tomaba por la mesías de las salchichas Weißwurst, capaz de devolver su prístino esplendor manhattanita a la cocina alemana, y un joven restaurador, Nick Razza, que la impresionó detallándole y desmenuzándole todos y cada uno de los platos que había probado en el Mare Scuro y en El Generador. Razza procedía de una familia de proveedores de Nueva Jersey y ya era dueño de una marisquería de nivel medio en el Upper East End. Ahora quería dar el salto al escenario gastronómico de la calle Smith, en Brooklyn, con un restaurante cuya estrella fuese, si llegaban a un acuerdo, Denise Lambert. Ella le pidió una semana para pensárselo.

En una soleada tarde de domingo otoñal, tomó el metro a Brooklyn. El barrio le pareció una Filadelfia redimida por la proximidad con Manhattan. En media hora vio más mujeres guapas e interesantes que en medio año paseando por el sur de Filadelfia. Vio sus casas de arenisca y las botas tan monísimas que llevaban.

En un tren de Amtrak, camino a casa, lamentó haberse escondido durante tanto tiempo en Filadelfia. La pequeña estación de metro bajo el ayuntamiento estaba tan vacía y tan reverberante como un acorazado entre bolas de naftalina, con todos los suelos y paredes y vigas y barandillas pintados de gris. Desconsolador el pequeño tren que por fin hizo su entrada, tras quince minutos de espera, poblado de viajeros que, por su paciencia y su aislamiento más parecían suplicantes de sala de espera que simples viajeros de cercanías. Denise emergió a la superficie en la estación de Federal Street, entre hojas de sicómoro y envoltorios de hamburguesa que corrían en oleadas por las aceras de Broad Street, arremolinándose ante las meadas paredes de las casas y las ventanas enrejadas, y desperdigándose entre los parachoques, reparados con Bondo, de los coches aparcados. El vacío urbano de Filadelfia, lo hegemónico, allí, de los vientos y los cielos, se le antojó cosa de encantamiento. Algo propio de Narnia. Amaba Filadelfia como amaba a Robin Passafaro. Tenía el corazón lleno y los sentidos aguzados, pero la cabeza estaba a punto de estallarle en el vacío de su soledad.

Franqueó la puerta de su penitenciaría de ladrillo y recogió el correo del suelo. Entre las veinte personas que le habían dejado mensajes en el contestador estaba Robin Passafaro, que rompía su silencio para preguntarle si le apetecía «charlar un rato», y también Emile Berger, poniendo en su conocimiento, con mucha amabilidad, que acababa de aceptar la oferta de Brian Callahan para incorporarse a El Generador en calidad de jefe de cocina ejecutivo y que, por consiguiente, regresaba a Filadelfia.

Tras haber escuchado el mensaje de Emile, Denise la emprendió a patadas contra la pared sur de su cocina, hasta que le entró miedo de romperse un dedo del pie. Dijo:

—¡Tengo que salir de aquí!

Pero no era tan fácil. Robin había tenido un mes para que se le pasara el cabreo y para llegar a la conclusión de que si acostarse con Brian era pecado, en la misma culpa había incurrido ella. Brian había alquilado un ático en la parte vieja de la ciudad, y Robin, como Denise imaginó en su momento, estaba totalmente decidida a conservar la custodia de Sinéad y Erin. Para reforzar su posición jurídica, seguía instalada en la casa grande de Panama Street, consagrada otra vez a sus tareas de madre. Pero estaba libre durante las horas de colegio y también los sábados, cuando Brian se llevaba a las niñas, y, tras madura reflexión, había decidido que la mejor manera de ocupar esas horas libres era pasarlas en la cama de Denise.

Denise aún no era capaz de decir no a la droga Robin. Seguía deseando las manos de Robin por su cuerpo y para su cuerpo y en su cuerpo, en una especie de *smörgåsbord* o buffet libre en que no faltara una sola preposición. Pero había algo en Robin, seguramente su propensión a considerarse culpable, ella, de los males que otras personas le infligían, que invitaba a la traición y al engaño. Denise, ahora, ponía especial interés en fumar en la cama, sólo porque a Robin le molestaba el humo en los ojos. Se vestía de punta en blanco cuando quedaba a comer con ella, se esmeraba en que resaltase el mal gusto de Robin, y le sostenía la mirada a todo el que se volviera a mirarla, hombre o mujer. Ponía cara de rechazo ante el volumen de voz de Robin. Se comportaba como una adolescente con su madre, salvo en el detalle de que a una adolescente le sale de modo espontáneo lo de elevar los ojos al cielo, mientras que el desprecio de Denise era una forma de crueldad llena de intención y cálculo. Le chistaba para que se callase cuando, en la cama, Robin se ponía a ulular tímidamente. Le decía: «Baja la voz, por favor. *Por favor.*» Excitada por su propia crueldad, se quedaba mirando fijamente el Gore-Tex de Robin para la lluvia, hasta que la otra le preguntaba por qué. Y Denise le decía: «Me estoy preguntando si alguna vez no te entrarán ganas de ir *un poco menos* desaliñada.» Robin le contestaba que nunca se vestiría a la última y que prefería ir cómoda. Denise dejaba a continuación que el labio superior se le arrugase un poco.

Robin estaba deseando que su amante reanudara el contacto con Sinéad y Erin, pero Denise, por razones que ni ella misma terminaba de averiguar, se negaba a ver a las niñas. No se imaginaba mirándolas a los ojos; la mera idea de una convivencia tetrafemenina la ponía enferma.

—Las niñas te adoran —dijo Robin.

—No puedo.

—¿Por qué no?

—Porque no. No me apetece. Ésa es la razón.

—Vale. Lo que sea.

—¿Hasta cuándo vas a seguir diciendo «lo que sea»? ¿Vas a dejarlo alguna vez? ¿O es de por vida?

—Denise, las niñas te adoran —chillaba Robin—. Te echan de menos. Y a ti te gustaba estar con ellas.

—Bueno, pues ahora no tengo ganas de niñas. Y, francamente, no sé si alguna vez volveré a tenerlas. Así que deja de pedírmelo.

A esas alturas, casi todo el mundo habría acusado recibo del mensaje; casi todo el mundo se habría largado para no volver. Pero resultó que a Robin le gustaba que la tratasen con crueldad. Solía decir, y Denise la creía, que nunca se habría separado de Brian si él no la hubiese abandonado. Le encantaba que la lamiesen y frotasen hasta una micra del orgasmo y que luego la abandonaran, y verse obligada a implorar. Y a Denise le encantaba hacerle eso. A Denise le encantaba levantarse de la cama y vestirse e irse a la planta baja mientras Robin esperaba su alivio sexual, porque además sabía que era incapaz de hacer trampas, que no se tocaría. Denise se sentaba en la cocina y se ponía a leer un libro y a fumar hasta que Robin, trémula y humillada, bajaba a implorarle. El desprecio de Denise era entonces tan puro y tan fuerte, que casi lo prefería al sexo.

Y así sucesivamente. Cuanto más aceptaba Robin los malos tratos, más disfrutaba Denise maltratándola. Hizo caso omiso de los mensajes de Nick Razza. Se quedaba en la cama hasta las dos de la tarde. Su hábito de fumar pasó de meramente social a necesidad ansiosa. Se concedió la pereza acumulada de quince años: vivía de sus ahorros. Todos los días repasaba mentalmente el esfuerzo que iba a tener que hacer para acondicionar la casa antes de que vinieran sus padres —poner una barra en la ducha y alfombra en las escaleras, comprar muebles para el salón, buscar una mesa de cocina algo mejor, bajar su cama del tercer piso e instalarla en el cuarto de huéspedes—, y todos los días llegaba a la conclusión de que le faltaban fuerzas. Su vida consistía en esperar que cayera el hacha. Sus padres iban a pasar seis meses en su casa, de modo que no tenía el menor sentido empezar con algo nuevo. No le quedaba más remedio que gastar ahora toda su capacidad de gandulería.

Qué pensaba su padre, exactamente, de Corecktall, era algo difícil de averiguar. Le preguntó una vez por teléfono, directamente, y no le contestó.

—¿Al? —terció Enid—. Denise te pregunta QUÉ TE PARECE LO DE CORECKTALL.

Alfred habló con amargura:

—Ya podían haberle puesto otro nombrecito.

—Pero no se escribe igual que el laxante —dijo Enid—. Denise quiere saber si tienes MUCHAS GANAS DE EMPEZAR CON EL TRATAMIENTO.

Silencio.

—Al, cuéntale las ganas que tienes.

—Soy consciente de que mi enfermedad va un poco peor cada semana que pasa. No creo que otra medicina más vaya a servir de mucho.

—No es otra medicina, Al. Es una terapia radicalmente nueva, que utiliza tu patente, además.

—He aprendido a soportar cierta dosis de optimismo. De modo que nos atendremos a lo planeado.

—Denise —dijo Enid—, yo puedo ser de muchísima ayuda. Yo me ocuparé de la cocina y de la ropa. ¡Va a ser una gran aventura! Es un detalle tuyo tan maravilloso, que nos hayas ofrecido tu casa.

Denise no lograba concebir seis meses con sus padres en una casa y en una ciudad de las que ya no quería saber nada, seis meses de invisibilidad en el papel de hija acomodaticia y responsable que a duras penas lograría interpretar. Pero lo había prometido; y tenía que descargar su rabia en Robin.

El sábado antes de las Navidades estaba en su cocina, por la noche, echándole el humo en la cara a Robin, que la sacaba de quicio con sus intentos de animarla.

—Es un regalo enorme el que les haces —dijo Robin—, alojándolos en tu casa.

—Sería un regalo si yo no fuera un desastre —dijo Denise—. No se debe ofrecer lo que no es uno capaz de dar.

—Sí puedes darlo —dijo Robin—. Yo te ayudaré. Puedo pasar alguna mañana con tu padre, echarle una mano a tu madre, y tú mientras puede irte por ahí y hacer lo que quieras. Con tres o cuatro mañanas a la semana que yo venga...

Para Denise, la oferta de Robin convertía aquellas mañanas en algo sofocante y desolador.

—Pero ¿es que no lo comprendes? —dijo—. Odio esta casa. Odio esta ciudad. Odio vivir aquí. Odio la familia. Odio el hogar. Estoy deseando marcharme. *No soy una buena persona.* Y, si pretendo serlo, sólo consigo empeorar las cosas.

—Yo creo que sí eres una buena persona —dijo Robin.

—¡Te estoy tratando como si fueras una mierda pisada! ¿Es que no te das cuenta?

—Pero eso es por lo desgraciada que te sientes.

Robin rodeó la mesa, acercándosele, y trató de tocarla; Denise la apartó con el codo. Robin volvió a intentarlo, y, esta vez, Denise le dio de lleno en el pómulo con los nudillos de su mano abierta.

Robin retrocedió, roja como la grana, como sangrando por dentro.

—Me has pegado —dijo.

—Ya lo sé.

—Me has pegado fuerte. ¿Por qué lo has hecho?

—Porque no te quiero aquí. No quiero ser parte de tu vida. No quiero ser parte de la vida de nadie. Estoy harta de ver la crueldad con que te trato.

Girándulas de orgullo y de amor rotaban en el fondo de los ojos de Robin. Pasó un tiempo antes de que hablara:

—Vale, muy bien —dijo—. Voy a dejarte en paz.

Denise no hizo nada por impedir que se marchase, pero al oír que la puerta se cerraba, comprendió que acababa de perder a la única persona que podría haberla ayudado cuando vinieran sus padres. Se había quedado sin la compañía de Robin, sin su consuelo. Quería que le devolviesen todo lo que un minuto antes desdeñaba.

Voló a St. Jude.

En su primer día de estancia, como en todos los primeros días de todas sus visitas anteriores, se dejó caldear el ánimo por el calor de sus padres e hizo todo lo que su madre le pidió. No aceptó que Enid le pagara los comestibles. Se abstuvo de todo comentario sobre el hecho de que en la cocina no hubiese más prueba viva de la existencia del aceite que una botella de pegamento rancio y amarillo. Se puso el jersey lavanda de cuello vuelto, de fibra sintética, y el collar de matrona, de plata dorada, que su madre le había regalado recientemente. Estuvo muy efusiva, sin necesidad de forzarse, al hablar de las bailarinas adolescentes de *El Cascanueces*, agarró de la mano enguantada a su padre mientras cruzaban el aparcamiento del teatro regional, amó a sus padres como nunca antes había amado; y, en cuanto los tuvo a ambos acostados, se cambió de ropa y salió corriendo de la casa.

Ya en la calle, se detuvo con un cigarrillo entre los labios y una caja de cerillas (*Dean & Trish* ♦ *13 de junio de 1987*) temblándole en los dedos. Fue andando hasta el campito de detrás de la escuela primaria donde Don Armour y ella se sentaron una vez, oliendo a junco y a verbena. Golpeó el suelo con los pies, se frotó las manos, miró las nubes ocultar las constelaciones y tomó grandes bocanadas vigorizantes de sí misma.

Más tarde, aquella misma noche, llevó a cabo una operación clandestina por cuenta de su madre: entró en el dormitorio de Gary mientras él se ocupaba de Alfred, descorrió la cremallera del bolsillo interior de su chaquetón, cambió el Mexican A por un puñadito de tabletas de Advil y puso a buen recaudo la droga de Enid, antes de caer en brazos de Morfeo como una niña buena.

En la mañana de su segundo día de estancia en St. Jude, como en todas las mañanas del segundo día de sus visitas anteriores, amaneció cabreada. El cabreo, como tal, era un hecho neuroquímico autónomo; imposible cortarlo. Durante el desayuno padeció tortura por todas y cada una de las palabras que su madre pronunció. La cabreó tener que dorar las costillas y remojar el chucrut según la costumbre ancestral, en lugar de hacerlo a su moderna manera, igual que en El Generador. (Tantísima grasa, tamaño sacrificio de la textura.) La cabreó la languidez bradicinética de la cocina eléctrica de Enid, que el día antes no le había molestado nada. La llenaron de rabia los mil y un imanes de la nevera, con su iconografía de cachorritos amorosos, dotados, además, de tan escaso agarre, que era imposible abrir la puerta sin que fueran a parar al suelo, cayendo en picado una foto de Jonah o una postal de Viena. Bajó al sótano a buscar la ancestral olla holandesa de diez litros, y la puso furiosa el desorden que encontró en los armarios del lavadero. Se trajo a rastras, desde el garaje, un cubo de basura y empezó a vaciarle dentro todas las porquerías de su madre. Era una actividad que bien podía considerarse de ayuda a Enid, así que la llevó a cabo con verdadero entusiasmo. Tiró las queascobuesas coreanas; los cincuenta tiestos de plástico más evidentemente inútiles; todo el surtido de trozos de dólares de arena, como llaman a los erizos de mar de aspecto redondeado; y el manojo de dólares de plata, *plectranthus argentatus*, al que se le habían desprendido todos los dólares. Tiró un tesoro entero de piñas pintadas de purpurina que alguien se había dedicado a desmenuzar. Tiró la «pasta» de calabaza al brandy que se había puesto de color moco, entre verde y gris. Tiró las neolíticas latas de corazones de palmitos y de gambas arroceras y de mazorquitas chinas, y la túrbida botella de litro de vino rumano con el corcho podrido, y la botella de mezcla Mai Tai de tiempos de Nixon, con un collarín de costra churretosa en el gañote, la colección de jarras de chablís Paul Masson, con trozos de araña y alas de polilla en el fondo, el bastidor profundamente corroído de lo que en tiempos fue una campana tubular. Tiró la botella de cuarto de Vess Diet Cola que se había puesto de color plasma, el tarro ornamental de kumquats al brandy trocado en fantasía de dulce pétreo y porquería amorfa de color marrón, el termo apestoso cuyo interior hecho añicos tintineó al sacudirlo ella, el mohoso cesto para verduras repleto de cajas de yogur malolientes, las linternas de emergencia pegajosas de óxido y rebosantes de alas de polilla, los imperios perdidos de barro de florista y de cinta de florista que colgaban en compañía, cayéndose a pedazos y oxidándose...

Muy al fondo del armario, entre las telarañas de detrás de la balda más baja, encontró un grueso sobre que no parecía antiguo, sin franquear. Iba dirigido a la Axon Corporation, 24 East Industrial Serpentine, Schwenksville, Pensilvania. El remitente era Alfred Lambert. También se leía, en el envés, la palabra CERTIFICADO.

Corría agua en el pequeño servicio del laboratorio de su padre, se estaba llenando la cisterna del váter, había leves olores de azufre en el aire. La puerta del laboratorio estaba entreabierta, y Denise se asomó.

—Sí —dijo Alfred.

Estaba de pie junto a la estantería de metales «exóticos», el galio y el bismuto, abrochándose el cinturón. Denise le enseñó el sobre y le dijo dónde lo había encontrado.

Alfred le dio vueltas en las temblonas manos, como esperando que de pronto, por arte de birlibirloque, fuera a ocurrírsele una explicación.

—Es un misterio —dijo.

—¿Puedo abrirlo?

—Puedes hacer lo que quieras.

El sobre contenía el original y dos copias de un acuerdo de licencia fechado el 13 de septiembre, firmado por Alfred y elevado a documento notarial por David Schumpert.

—¿Qué estaba haciendo esto en el armario del lavadero? —preguntó Denise.

Alfred negó con la cabeza.

—Que te lo diga tu madre.

Denise se acercó al hueco de la escalera y llamó:

—¡Mamá! ¿Puedes bajar un segundo?

Apareció Enid en lo alto de las escaleras, secándose las manos en una toalla de cocina.

—¿Qué pasa? ¿No encuentras la olla?

Alfred, en el laboratorio, seguía con los documentos en la mano, sin agarrarlos con fuerza y sin leerlos. Apareció Enid en la entrada, con cara de culpable.

—¿Qué?

—Papá pregunta qué hacía este sobre en el armario del lavadero.

—Dame eso —dijo Enid. Le arrebató los papeles a Alfred e hizo una bola con ellos—. Es un asunto resuelto. Papá firmó otras copias del acuerdo, y enseguida recibimos el cheque. No hay de qué preocuparse.

Denise amusgó los ojos.

—¿No me dijiste que los habías enviado? Cuando nos vimos en Nueva York, a principios de octubre. Me dijiste que los habías enviado.

—Sí, eso creía yo. Pero se perderían en el correo.

—¿En el *correo*?

Enid agitó las manos vagamente.

—Bueno, en el correo pensaba yo que estarían. Pero, ya ves, estaban en el armario. Seguro que aquel día bajé al lavadero con el correo, antes de ir a la estafeta, y este sobre se me despistó. No puede una estar en todo, lo sabes muy bien, Denise. Las cosas se pierden, a veces. Esta casa es muy grande, y a veces se pierden cosas.

Denise cogió el sobre, que había quedado en el banco de trabajo de Alfred.

—Dice «certificado». Si estuviste en la estafeta de correos, ¿cómo pudiste no darte cuenta de que te faltaba precisamente lo que tenías que enviar certificado? ¿Cómo pudiste no darte cuenta de que no te dieron ningún resguardo?

—Denise —había resonancias de enfado en la voz de Alfred—, ya basta.

—No sé qué pudo ocurrir —dijo Enid—. Aquellos días andaba de cabeza. Es un completo misterio para mí, y vamos a dejarlo como está. Porque, además, da lo mismo. Papá ya recibió sus cinco mil dólares. Da lo mismo.

Acabó de arrugar los papeles del acuerdo y salió del laboratorio.

«Me está entrando *garyitis*», pensó Denise.

—No tienes por qué hablarle así a tu madre —le dijo Alfred.

—Ya lo sé. Lo siento.

Pero Enid estaba dando gritos en el lavadero, dando gritos junto a la mesa de ping-pong, dando gritos al entrar de nuevo en el laboratorio.

—¡Denise! ¡Has dejado el armario completamente patas arriba! ¿Qué demonios estás haciendo?

—Estoy tirando cosas de comer y otras porquerías putrefactas.

—Vale, pero ¿a qué viene hacerlo ahora? Tenemos todo el fin de semana por delante si quieres ayudarme a ordenar los armarios. Será maravilloso, si quieres ayudarme. Pero no hoy. Vamos a no meternos en eso *hoy*.

—Son cosas de comer, mamá, y están echadas a perder. Cuando se dejan demasiado tiempo, se convierten en veneno. Os van a matar las bacterias anaeróbicas.

—Bueno, pues déjalo ahora y ocupémonos de ello este fin de semana. Hoy no tenemos tiempo. Tienes que ocuparte de la cena, para que esté todo listo y puedas quitártelo de la cabeza, y luego lo que de verdad quiero es que ayudes a papá a hacer sus ejercicios. ¡Dijiste que lo harías!

—Lo haré, lo haré.

—¡Al! —gritó Enid, asomándose por detrás de su hija—. ¡Denise va a ayudarte a hacer los ejercicios, después de comer!

Alfred negó con la cabeza, como disgustado.

—Lo que tú digas.

Amontonadas sobre una vieja colcha de las que durante mucho tiempo hicieron las veces de fundas para muebles, había sillas de mimbre y mesas en estadios iniciales de raspado y pintura. Había una concentración de latas de café, tapadas, encima de un periódico abierto. Apoyada en el banco de trabajo, se veía una escopeta, dentro de su funda.

—¿Qué estás haciendo con la escopeta, papá? —preguntó Denise.

—Lleva años pensando en venderla —dijo Enid—. ¿CUÁNDO VAS A VENDER LA ESCOPETA DE UNA VEZ, AL?

Alfred dio la impresión de pasarse varias veces la pregunta por la cabeza, a ver si le extraía el significado exacto. Muy lentamente, asintió.

—Sí —dijo—, voy a venderla.

—Odio tenerla en la casa —dijo Enid, dando media vuelta para marcharse—. Nunca la ha usado. Ni una vez. Está sin estrenar.

Alfred se aproximó a Denise, sonriendo y forzándola a recular hacia la puerta.

—Dejadme terminar aquí —dijo.

Arriba era Nochebuena. Se acumulaban los paquetes al pie del árbol. En el jardín delantero, las ramas casi desnudas del roble blanco de los pantanos se mecían al viento, que viraba hacia direcciones más indicativas de posible nevada. La hierba muerta agarraba hojas muertas.

Enid volvía a mirar por las cortinas transparentes.

—No sé si empezar a preocuparme por Chip —dijo.

—Si lo que puede preocuparte es que no venga, estoy de acuerdo contigo —dijo Denise—. Pero no pienses que le pasa nada malo.

—El periódico dice que hay facciones rivales luchando por el control del centro de Vilnius.

—Ya se andará Chip con cuidado.

—Ah, mira —dijo Enid, llevando a Denise hacia la puerta principal—. Quiero que cuelgues el último adorno del calendario de Adviento.

—Mamá, ¿por qué no lo cuelgas tú?

—No, no, quiero verte hacerlo.

El último adorno era el Niño Jesús en su soporte de nogal. Prenderlo del árbol era tarea para un niño, para alguien que poseyera credulidad y esperanza, y Denise percibió entonces con toda claridad que su programa incluía un blindaje total contra todos los sentimientos de aquella casa, contra la saturación de recuerdos y significados infantiles. Ella no podía ser el niño para esa tarea.

—Es tu calendario —dijo—, así que hazlo tú.

En el rostro de Enid, la desilusión rebasó todas las proporciones. Era una desilusión muy antigua ante el modo en que el mundo en general y sus hijos en particular se negaban a participar en sus encantamientos favoritos.

—Bueno, pues le pediré a Gary que lo haga él —dijo, con el ceño fruncido.

—Lo siento —dijo Denise.

—Recuerdo muy bien que de pequeña te *encantaba* colgar los adornos. Te *encantaba*. Pero si no quieres hacerlo, pues no quieres hacerlo.

—Mamá —a Denise le vacilaba la voz—, no me obligues.

—Si hubiera sabido que te lo ibas a tomar así —dijo Enid—, ni se me habría pasado por la cabeza pedírtelo.

—Déjame ver cómo lo haces tú —rogó Denise.

Enid dijo que no con la cabeza y se alejó.

—Se lo pediré a Gary cuando vuelva de sus compras.

—Lo siento mucho.

Salió de la casa y se sentó en la escalinata frontal a fumar un cigarrillo. El aire traía un alterado olor a nieve sureña. Calle abajo, Kirby Root adornaba con espumillón navideño el poste de su farola. La saludó con la mano, y ella le devolvió el saludo.

—¿Desde cuándo fumas? —le preguntó Enid, nada más entrar de nuevo en la casa.

—Desde hace unos quince años.

—No te lo tomes a mal —dijo Enid—, pero es un hábito muy perjudicial para tu salud. Muy malo para la piel. Y, la verdad, no es un olor muy agradable para los demás.

Denise, con un suspiro, se lavó las manos y se puso a dorar la harina para la salsa del chucrut.

—Si vais a vivir conmigo —dijo—, habrá que poner en claro unas cuantas cosas.

—Te he dicho que no te lo tomaras a mal.

—Lo primero que hay que dejar claro es que estoy pasando por un mal momento. Por ejemplo: no he dejado El Generador, me han despedido.

—¿Despedido?

—Sí. Desgraciadamente. ¿Quieres saber por qué?

—¡No!

—¿Seguro?

—¡Seguro!

Denise, sonriendo, removió más grasa de beicon en el fondo de la olla holandesa.

—Te lo prometo, Denise —dijo su madre—, nunca nos meteremos en lo que haces. Lo único que tienes que hacer es enseñarme dónde está el supermercado y cómo funciona la lavadora, y luego puedes entrar y salir como te parezca. Ya sé que tienes tu vida. No quiero obligarte a cambiar nada. Si viera algún otro modo de que papá entrase en el programa ese, lo haría encantada, créeme. Pero Gary no nos lo ha ofrecido, y no creo que Caroline nos quiera en su casa.

La grasa de beicon y las costillas doradas y las coles hirviendo olían bien. El plato preparado en aquella cocina guardaba muy escasa relación con la versión de alta escuela que Denise había servido a miles de desconocidos. Tenían más puntos en común las costillas de El Generador y el rape americano de El Generador que las costillas de El Generador y aquellas costillas hechas en casa. Cree uno saber lo que es la comida, cree uno que es una cosa elemental. Se olvida uno de cuánto restaurante hay en la comida de restaurante y de cuánta casa hay en la comida casera.

Le dijo a su madre:

—¿Cómo es que no me cuentas lo de Norma Greene?

—Pues porque la última vez te enfadaste muchísimo conmigo —dijo Enid.

—Era más bien con Gary con quien estaba enfadada.

—Lo único que me preocupa es que no sufras tanto como Norma Greene tuvo que sufrir. Quiero verte asentada y feliz.

—Nunca volveré a casarme, mamá.

—Eso no lo sabes.

—Sí, sí que lo sé.

—La vida está llena de sorpresas. Todavía eres muy joven, y estás guapísima.

Denise añadió grasa de beicon a la olla. No había razón alguna para dar marcha atrás. Dijo:

—Óyeme bien: nunca volveré a casarme.

Pero había sonado la puerta de un coche, en la calle, y Enid se precipitó a separar las cortinas.

—Es Gary —dijo desilusionada—. No es más que Gary.

Gary entró tan campante en la cocina, con los objetos ferroviarios que acababa de comprar en el Museo del Transporte. Obviamente remozado por aquella mañana a solas, accedió con mucho gusto a la petición de Enid y prendió el Niño Jesús al calendario de Adviento; lo cual hizo que la simpatía de Enid abandonase de inmediato a la hija para volver con el hijo. Se deshizo en elogios del trabajo tan estupendo que Gary había efectuado en la ducha de la planta baja, con especial mención de la *enorme* mejora que el asiento representaba. Denise, sintiéndose fatal, terminó de preparar la cena, apañó algo ligero para comer y fregó una montaña de platos sucios mientras el cielo, en la ventana, viraba enteramente a gris.

Después de comer, se metió en su habitación —que Enid, finalmente, había redecorado, convirtiéndola en un dormitorio casi perfectamente anónimo— y se puso a envolver los regalos. (Ropa para todos: conocía muy bien lo que a cada uno le gustaba llevar puesto.) Abrió el burujo de Kleenex donde había guardado las treinta tabletas doradas de Mexican A y le pasó por la cabeza la idea de envolverlas para regalo y entregárselas a Enid, pero tenía que respetar los límites de lo prometido a Gary. Hizo un gurruño con el Kleenex y las tabletas, salió a hurtadillas de la habitación, bajó las escaleras y encajó la droga en el vigésimo cuarto bolsillito del calendario de Adviento, el que acababa de quedarse vacío. Todos los demás estaban en el sótano. Pudo escabullirse escaleras arriba y volver a encerrarse en su cuarto, como si no lo hubiera abandonado ni por un instante.

En sus años jóvenes, cuando era la madre de Enid quien se ocupaba de dorar las costillas en la cocina, y Gary y Chip traían a casa unas novias increíblemente guapas, y todo el mundo parecía pensar que el mejor modo de pasárselo bien era regalarle un montón de cosas a Denise, esa tarde siempre acababa siendo la más larga del año. Por algún precepto natural de origen desconocido, no se toleraba la celebración de plenos familiares antes del anochecer: cada cual esperaba en su cuarto. A veces, durante su adolescencia, Chip se apiadaba de la última criatura de la casa, y jugaba con ella al ajedrez o al Monopoly. Luego, cuando Denise ya fue un poco mayor, se la llevaba al centro comercial con la novia de turno. No había bendición mayor en esta vida, para la Denise de diez o doce años, que aquel privilegio de acompañamiento: que Chip la aleccionara sobre los males del tardocapitalismo, que la novieta le pasara datos sobre el mejor modo de vestir, estudiarse el largo del flequillo y la altura de los tacones que llevaba la chica, que la dejasen sola durante toda una hora en la librería, y luego volver la vista, desde lo alto de la colina que dominaba el centro comercial, y mirar la lenta coreografía silenciosa del tráfico en la luz que ya titubeaba.

También ahora la tarde se alargaba más que ninguna otra. Empezaban a caer en gran cantidad copos un punto más oscuros que el cielo del color de la nieve. Su frío alcanzaba a colarse por las ventanas aislantes y, esquivando los flujos y las masas del aire recalentado, como de horno, procedente de los registros del acondicionador, llegaba directamente al cuello. Denise, por miedo a ponerse enferma, se tendió en la cama y se tapó con la manta.

Durmió profundamente, sin sueños, y despertó —¿dónde?, ¿qué hora era?, ¿qué día?— con el ruido de voces airadas. La nieve se había amontonado en el alféizar de las ventanas y cubría de escarcha el roble blanco. Quedaba luz en el cielo, pero no duraría mucho.

Mira, Al, Gary se ha tomado muchísimas molestias...
¡Sin que yo se lo pidiera!

Pero ¿por qué no pruebas, aunque sólo sea una vez? Con la paliza que se pegó ayer...

Tengo todo el derecho del mundo a darme un baño cada vez que me parezca bien.

Es sólo cuestión de tiempo, papá. Tarde o temprano vas a caerte por las escaleras y te vas a romper la crisma.

No estoy pidiéndole ayuda a nadie.

¡Y desde luego que nadie va a ayudarte! Le he prohibido a mamá que se acerque a la bañera. Terminantemente prohibido...

Al, por favor, prueba la ducha.

Olvídalo, mamá; que se rompa el cuello. Será lo mejor para todos.

Gary...

Las voces se iban acercando según la riña ascendía por la escalera. Denise oyó el pesado andar de su padre al pasar por delante de su cuarto. Se puso las gafas y abrió la puerta, justo cuando Enid, más lenta, por culpa de la cadera, alcanzaba el pasillo.

—¿Qué haces, Denise?

—Me he quedado dormida un rato.

—Habla con tu padre. Explícale lo importante que es que pruebe la ducha, con el trabajo que le ha costado a Gary instalarla. A ti siempre te escucha.

Lo profundo de su sueño y el modo de despertarse habían colocado a Denise en situación de desfase con la realidad exterior: el panorama del pasillo y el panorama de las ventanas del pasillo arrojaban leves sombras de antimateria; los ruidos eran, al mismo tiempo, demasiado altos y apenas audibles.

—¿A qué viene —dijo, a qué viene pelearos por una cosa así precisamente hoy?

—Es que Gary se marcha mañana y quiero que compruebe si a papá le va a servir o no le va a servir la ducha.

—Ya, pero vuelve a explicármelo: ¿por qué no puede bañarse?

—Pues porque se queda atascado. Y las escaleras se le dan fatal.

Denise cerró los ojos, pero con ello no hizo sino contribuir al empeoramiento de su desincronización de fase. Los volvió a abrir.

—Ah, Denise —dijo Enid—, y además no has cumplido tu promesa de trabajar los ejercicios con él.

—Vale. Ya lo haremos.

—Mejor ahora mismo, antes de que se arregle. Espera, que te voy a dar el papel con las instrucciones del doctor Hedgpeth.

Enid volvió a bajar las escaleras, cojeando. Denise levantó la voz:

—¿Papá?

Sin respuesta.

Enid subió hasta la mitad de las escaleras y pasó por los travesaños de la barandilla un pliego de papel violeta («LA MOVILIDAD ES ORO») donde los siete ejercicios de estiramiento venían ilustrados por medio de figurillas muy esquemáticas.

—Tienes que enseñarle —dijo—. Conmigo enseguida pierde la paciencia, pero a ti sí que te hará caso. El doctor Hedgpeth siempre me está preguntando si papá hace los ejercicios. Es muy importante que se los aprenda bien. Ni se me había pasado por la cabeza que estuvieras durmiendo tanto rato.

Denise cogió el pliego de instrucciones y se dirigió al dormitorio principal y allí estaba Alfred, desnudo de cintura para abajo.

—Ay, perdona, papá —dijo, retirándose.

—¿Qué pasa?

—Tenemos que trabajar en tus ejercicios.

—Ya me he desnudado.

—Ponte el pijama. Es mejor hacerlos con ropa suelta.

Le costó cinco minutos calmarlo y hacer que se tumbase sobre el colchón, con la camisa de franela y los pantalones del pijama puestos; y en ese momento, por fin, la verdad se abrió camino.

El primer ejercicio requería que Alfred se agarrase la rodilla derecha con ambas manos y que tirara de ella hacia el pecho, para a continuación hacer lo mismo con la rodilla izquierda. Denise le guió las extraviadas manos hasta la rodilla derecha, desanimándose mucho al comprobar lo rígido que se estaba poniendo, pero Alfred, con su ayuda, logró forzar la cadera unos noventa grados.

—Ahora la izquierda —dijo Denise.

Alfred volvió a colocar las manos en la rodilla derecha y tiró de ella hacia el pecho.

—Estupendo, muy bien —dijo Denise—; pero ahora vamos a intentarlo con la izquierda.

Él se quedó quieto, con la respiración alterada. Tenía la expresión de un hombre que acaba de recordar un tremendo desastre.

—Papá... Inténtalo con la rodilla izquierda.

Le tocó la rodilla izquierda, sin resultado. En sus ojos vio un ansia desesperada de aclaraciones e instrucciones. Denise le trasladó las manos de la rodilla derecha a la izquierda, y de inmediato se le cayeron. ¿Sería más acusada la rigidez en el lado izquierdo? Le volvió a colocar las manos en la rodilla y lo ayudo a levantar ésta.

En todo caso, tenía más flexibilidad en la izquierda.

—Ahora, inténtalo —dijo Denise.

Él sonrió, respirando como quien está muy asustado.

—¿Qué es lo que intento?

—Sujetarte la rodilla izquierda con las manos y levantarla.

—Ya estoy harto de esto, Denise.

—Vas a sentirte mucho mejor con los estiramientos, papá —dijo Denise—. Sólo tienes que hacer lo que te digo. Sujétate la rodilla izquierda con las manos y levántala.

Recibió confusión como respuesta a su sonrisa de ánimo. Sus ojos se encontraron en silencio.

—¿Cuál es la izquierda? —dijo él.

Denise le tocó la rodilla izquierda.

—Ésta.

—Y ¿qué tengo que hacer?

—Agárrala con las manos y tira de ella hacia ti.

Los ojos de Alfred se movían ansiosamente, como leyendo malos presagios en el techo.

—Tienes que concentrarte, papá.

—Es inútil.

—Vale. —Denise suspiró profundamente—. Vamos a saltarnos éste, pasemos directamente al segundo ejercicio. ¿Vale?

La miró como si a ella, su última esperanza, le estuvieran creciendo colmillos y cuernos.

—Vamos a ver —dijo Denise, tratando de pasar por alto aquella expresión—. Cruzas la pierna derecha sobre la izquierda y luego haces que las dos piernas juntas se desplacen todo lo que puedas hacia la derecha. Este ejercicio me gusta. Sirve para mejorar el movimiento flector de la cadera. Le sienta a uno estupendamente.

Tras habérselo explicado otras dos veces, le pidió que levantara la pierna derecha.

Alzó ambas piernas unos centímetros por encima del nivel del colchón.

—La pierna derecha, nada más —dijo ella, suavemente—. Y mantén dobladas las rodillas.

—¡Denise! —en su voz resonaba una aguda pesadumbre—. ¡Es inútil, Denise!

—Así —dijo ella—. Así.

Lo empujó por la planta de los pies para hacer que doblara la rodilla. Le levantó la pierna derecha, asiéndola por la pantorrilla, y la cruzó sobre la rodilla izquierda. Al principio no encontró resistencia, pero luego, de pronto, Alfred se contrajo como por efecto de un calambre.

—Denise, por favor.

—Relájate, papá.

En aquel momento Denise ya era consciente de que no habría viaje a Filadelfia. Pero ahora se levantaba de él una especie de humedad tropical, un casi olor penetrante, de dejarse ir. A la altura del muslo, notó en su mano el calor y la humedad que invadían el pijama. A Alfred le temblaba todo el cuerpo.

—Sigue, no te preocupes —dijo ella, soltándole la pierna.

La nieve se arremolinaba frente a las ventanas, iban encendiéndose luces en las casas vecinas. Denise se secó la mano en los vaqueros y bajó la mirada al propio regazo y escuchó, con el corazón saliéndosele del pecho, la elaborada respiración de su padre y el crujido rítmico de sus extremidades contra la colcha. Había una zona empapada en la colcha, un arco que partía de sus ingles, y, por efecto de la acción capilar, otra zona más amplia de humedad a lo largo de una pernera del pijama. El casi olor inicial del pis fresco se había trocado, al enfriarse a la temperatura no suficientemente caldeada del cuarto, en un aroma muy definido y agradable.

—Lo siento, papá —dijo Denise—. Ahora te traigo una toalla.

Alfred sonrió al cielorraso y habló en tono algo menos agitado:

—Aquí acostado lo veo muy bien. ¿Tú lo ves?

—¿Qué es lo que tengo que ver?

Apuntó vagamente hacia arriba, con el índice.

—Debajo del asiento. Debajo del banco —dijo—. Escrito. ¿Lo ves?

Ahora le tocaba a ella estar desconcertada, y él no. Alfred arqueó una ceja y le lanzó una mirada astuta.

—¿Sabes quién lo escribió, verdad? El tib. El tib. El tipo de las. Ya sabes.

Sin apartar la mirada de los ojos de Denise, le hizo un significativo gesto con la cabeza.

—No comprendo de qué me hablas —dijo Denise.

—Tu amigo —dijo él—. El tipo de las mejillas azules.

A Denise le nació en la nuca el primer uno por ciento de comprensión, que enseguida inició su crecimiento hacia el norte y hacia el sur.

—Voy a buscar una toalla —dijo, sin irse a ningún sitio.

Los ojos de su padre volvieron a elevarse al techo.

—Escribió eso debajo del banco. Debjode... Debajodelbanco. Y yo lo estoy viendo, aquí acostado.

—¿De quién hablamos, papá?

—De tu amigo el de Señalización. El de las mejillas azules.

—Estás confundido, papá. Estás soñando. Voy a buscar una toalla —dijo ella.

—No tenía sentido decir nada, sabes.

—Voy a buscar una toalla.

Fue al cuarto de baño, atravesando el dormitorio. Su cabeza seguía sin despertar de la siesta anterior, y el problema se iba agravando. Cada vez era más acusada su falta de sincronización con las ondas de realidad que emitían la suavidad de la toalla, la oscuridad del cielo, la dureza del suelo, la claridad del aire. ¿A qué venía esa alusión a Don Armour? ¿Por qué a esas alturas?

Su padre había logrado colgar las piernas fuera de la cama y se había quitado el pantalón del pijama. Alargó la mano para recibir la toalla cuando vio volver a Denise.

—Yo limpiaré todo esto —dijo—. Tú ve a ayudar a tu madre.

—No, no, ya lo hago yo —dijo ella—. Tú mejor te das un baño.

—Dame el trapo. No es cosa tuya.

—Date un baño, papá.

—No quería que te vieras envuelta en esto.

Su mano, aún extendida, se desplomó. Denise apartó los ojos de su culpable pene, creador de humedad.

—Levántate —le dijo—, que voy a quitar la colcha.

Alfred se cubrió el pene con la toalla.

—Que lo haga tu madre —dijo—. Ya le dije que era inútil, lo de Filadelfia. Nunca pretendí que te vieras envuelta en nada de esto. Tú tienes tu propia vida. Diviértete y ve con cuidado.

Seguía sentado al borde de la cama, con la cabeza gacha, con las manos en el regazo, como un par de cucharas carnosas y vacías.

—¿Te abro el grifo de la bañera? —dijo Denise.

—Nonono —dijo—. Le contesté al tío ese que estaba diciendo disparates, pero ¿qué podía hacer? —Trazó un ademán de evidencia o inevitabilidad—. Estaba convencido de que iba a Little Rock. ¿Usted?, le dije. Le falta antigüedad. Una sarta de disparates. Le dije que se fuera al diablo. —Lanzó una mirada a Denise, como pidiéndole perdón—. ¿Qué otra cosa podía hacer?

Denise ya se había sentido invisible otras veces, pero nunca como entonces.

—No sé si comprendo bien lo que estás diciendo —dijo.

—Bueno. —Alfred hizo un vago gesto de explicación—. Me dijo que mirara debajo de mi banco. Tan sencillo como eso. En la cara inferior de mi banco, si no creía lo que me estaba diciendo.

—¿Qué banco?

—Era una sarta de disparates —dijo—. Lo más sencillo era que yo lo dejara. Eso no se le había ocurrido a él.

—¿Estamos hablando del ferrocarril?

Alfred negó con la cabeza.

—No es asunto tuyo. Nunca tuve la más leve intención de meterte en nada de eso. Lo que quiero es que salgas por ahí a divertirte. *Y ten cuidado.* Dile a tu madre que suba con algo para limpiar.

Tras estas palabras, caminó sobre la alfombra, se metió en el cuarto de baño y cerró la puerta. Denise, por hacer algo, deshizo la cama y amontonó la ropa, incluido el pijama mojado de su padre, y se lo llevó todo abajo.

—¿Cómo va la cosa por ahí arriba? —preguntó Enid desde el despacho de felicitaciones de Navidad que tenía instalado en el comedor.

—Ha mojado la cama —dijo Denise.

—Ay, mecachis.

—No distingue entre la pierna izquierda y la derecha.

A Enid se le ensombreció el rostro.

—Pensé que a lo mejor a ti te hacía más caso.

—Mamá, *no distingue entre la pierna izquierda y la derecha*.

—Hay veces que las medicinas...

—¡Sí, sí! —En la voz de Denise había un principio de llanto—. ¡Las medicinas!

Una vez silenciada su madre, bajó al lavadero a clasificar las piezas de ropa y ponerlas en remojo. Gary, todo sonrisa, se le acercó con una miniatura de locomotora en la mano.

—La he encontrado —dijo.

—¿Qué es lo que has encontrado?

Gary parecía ofendido por el hecho de que Denise no hubiera prestado suficiente atención a sus actividades y deseos. Le explicó que la mitad del tren eléctrico de su infancia —«la mitad más importante, incluidos los vagones y el transformador»— faltaba desde hacía decenios, y que la había dado por perdida.

—He tenido que registrar todo el trastero —dijo—. Y ¿sabes dónde la he encontrado?

—Dónde.

—Adivínalo —dijo él.

—En el fondo de la caja de cables —dijo ella.

Gary abrió los ojos de par en par.

—¿Cómo lo sabes? Llevo *decenios* buscándola.

—Pues haberme preguntado. Hay una caja pequeña con cosas del tren en la caja grande de los cables.

—Bueno, pues vale. —Gary se encogió de hombros para obtener un cambio de foco, quitándoselo a ella y volviéndolo sobre él—. Me alegra haber tenido la satisfacción de encontrarla, aunque habría sido más fácil si me lo hubieras dicho.

—Pues haber preguntado.

—Me lo estoy pasando pipa con lo del tren. Te puedes comprar unas cosas estupendas.

—Qué bien. Me alegro por ti.

Gary estaba maravillado con su locomotora.

—Nunca pensé que volvería a verla.

En cuanto Gary se marchó, dejándola sola en el sótano, Denise entró en el laboratorio de Alfred con una linterna, se arrodilló entre las latas de café Yuban y examinó la parte de abajo del banco. Allí, hecho con un lápiz de punta astillada, había un corazón tamaño corazón humano:

Se dejó caer sobre los talones, con las rodillas en el suelo de piedra fría. *Little Rock. Antigüedad. Lo más sencillo era que yo lo dejara.*

Sin detenerse a pensar en ello, levantó la tapa de un bote de Yuban. Estaba lleno hasta el borde de pis fermentado, de un espeluznante color naranja.

—¡Qué barbaridad! —le dijo a la escopeta.

Mientras subía corriendo a su dormitorio y, luego, mientras se ponía el abrigo y los guantes, sintió una pena enorme por su madre, porque, a pesar de lo mucho y lo muy amargamente que Enid se había lamentado ante ella, Denise nunca había acabado de asimilar que la vida en St. Jude se pudiera haber convertido en semejante pesadilla; y ¿qué derecho tiene nadie a respirar, por no decir a reír o dormir o comer bien, cuando no se es capaz de imaginar las durísimas condiciones en que otro ser humano está viviendo?

Enid estaba otra vez pegada a la cortina del comedor, acechando la llegada de Chip.

—¡Voy a dar un paseo! —avisó Denise, ya fuera, mientras cerraba la puerta de la calle.

Cinco centímetros de nieve yacían sobre el césped. Por el oeste se abrían las nubes: violentos matices de lavanda y turquesa, como sombra de ojos, hacían resaltar el filo del último frente frío.

Denise paseó por el centro de las calles, por donde otros habían dejado ya sus huellas, bajo una luz de crepúsculo a destiempo, hasta que la nicotina le abotargó los pesares y fue capaz de pensar con más lucidez.

Se figuró que Don Armour, tras la compra de la Midland Pacific por los hermanos Wroth y el consiguiente proceso de redimensionamiento de la firma, no fue incluido en el grupito de los que iban trasladados a Little Rock, y acudió al despacho de Alfred a protestar. Quizá lo amenazara con ponerse a contar por ahí la conquista de su hija, o quizá hubiera reivindicado sus derechos en calidad de casi miembro de la familia Lambert; en cualquier caso, lo que ocurrió fue que Alfred lo mandó al diablo. Luego, al llegar a casa, Alfred examinó la parte de abajo de su banco.

Denise creía que tenía que haberse producido una escena entre Don Armour y su padre, pero le daba espanto imaginarla. Cuánto debió de despreciarse Don Armour por haberse arrastrado hasta el despacho del jefe del jefe de su jefe para tratar de arrancarle, mediante la súplica o el chantaje, que lo incluyeran en el traslado del ferrocarril a Little Rock. Qué traicionado por su hija tuvo que sentirse Alfred, tras haberle alabado tanto el modo de trabajar. Hasta qué pésimo grado de intolerabilidad tuvo que llegar la escena cuando en ella quedó incluida la inserción de la polla de Don Armour en uno y otro orificio, culpable y nada excitado, de Denise. Le daba espanto imaginar a su padre allí, de rodillas, debajo del banco de trabajo y tratando de localizar el corazón de lápiz, le daba espanto la idea de que las mierdosas insinuaciones de Don Armour hubieran penetrado en los castos oídos de Alfred, le daba espanto imaginar hasta qué punto habían tenido que resultar ofensivas, para un hombre de tanta disciplina y tan reservado como Alfred, enterarse de que Don Armour había andado fisgoneando libremente por su casa.

«Nunca tuve la más leve intención de meterte en nada de eso.»

Bien; y, en efecto, su padre se despidió del ferrocarril, poniendo con ello a salvo la vida privada de Denise. Nunca le llegó a decir una sola palabra de ello a su hija, nunca dio la impresión de apreciarla menos por lo que había hecho. Denise había estado quince años esforzándose por parecer una hija perfectamente responsable y cuidadosa, y él, durante todo ese tiempo, sabía muy bien que no era así.

Pensó que podía haber cierto consuelo en esa idea, si lograba que no se le fuese de la cabeza.

Al salir de la zona donde vivían sus padres, las casas se iban haciendo más nuevas y mayores y más cuadradas. Por las ventanas sin parteluz, o con falso parteluz de plástico, se veían pantallas luminosas, unas gigantescas, otras miniatura. Evidentemente, cualquier momento del año, incluido aquél, era bueno para mirar pantallas. Denise se desabrochó el abrigo y echó a andar hacia su casa, atajando por el campito de detrás de su antiguo colegio.

Nunca había conocido de verdad a su padre. Seguramente, nadie lo había conocido. Su timidez y su formalidad y sus tiránicos arranques de cólera le sirvieron para proteger su intimidad de un modo tan feroz, que, queriéndolo como Denise lo quería, uno se daba cuenta de que el mayor bien que podía hacérsele era respetar su intimidad.

Alfred había hecho lo mismo, había demostrado tener fe en ella, aceptándola tal como ella misma se presentaba, sin tratar de averiguar nunca lo que se escondía tras la fachada. Cuando más a gusto se encontró Denise con él fue reivindicando en público la fe que su padre tenía en ella: cuando sacaba sobresalientes, cuando sus restaurantes tenían éxito, cuando los críticos gastronómicos la adoraban.

Entendía, mejor de lo que le habría gustado entenderlo, el desastre que para su padre tenía que haber significado el hecho de orinarse delante de ella. Estar tumbado sobre una mancha de orina que se iba enfriando rápidamente no debía de ser el modo en que Alfred deseaba encontrarse con su hija delante. Sólo tenían una buena forma de estar juntos, y no les iba a valer durante mucho tiempo más.

La extraña verdad, en lo que a Alfred respectaba, era que el amor, para él, no consistía en acercarse, sino en mantenerse alejado. Denise lo entendía mejor que Gary y que Chip y, por consiguiente, se sentía en una especial obligación de dar la cara por su padre.

Chip, desgraciadamente, creía que Alfred sólo se interesaba por sus hijos en la medida en que tuvieran éxito. Chip estaba tan ocupado sintiéndose incomprendido, que jamás había llegado a darse cuenta de lo mal que comprendía él a su padre. Para Chip, la incapacidad de Alfred ante la ternura era prueba de que su padre no sabía, ni le importaba un bledo, quién era él. Chip no veía lo que sí veían todas las personas de su entorno: que si había alguien en el mundo a quien Alfred amaba puramente por sí mismo, ése era Chip. Denise era consciente de que ella no le gustaba a Alfred del mismo modo, quizá porque no tenía gran cosa en común con su padre, más allá de los formalismos y de los éxitos. Chip era a quien Alfred llamaba en mitad de la noche, aun sabiendo muy bien que no estaba en casa.

«Te lo he puesto tan claro como me ha sido posible —le decía al idiota de su hermano, mentalmente, mientras atravesaba el campo nevado—. No puedo ponértelo más claro.»

Regresó a una casa llena de luz. Gary o Enid habían barrido la nieve de la entrada. Denise estaba limpiándose los zapatos en la alfombrilla de cáñamo cuando se abrió la puerta.

—Ah, eres tú —dijo Enid—. Pensaba que a lo mejor era Chip.

—No. Sólo yo.

Entró y se sacudió las botas. Gary había encendido la chimenea y ocupaba un sillón muy cerca del fuego, con un montón de fotos antiguas a los pies.

—Hazme caso —le dijo a Enid— y olvídate de Chip.

—Tiene que estar en algún apuro —dijo Enid—. Si no, habría llamado.

—Es un sociópata, madre. A ver si se te mete en la cabeza.

—Tú no tienes ni idea de cómo es Chip —le dijo Denise a Gary.

—Pero me doy perfecta cuenta de cuando alguien se niega a hacerse cargo de sus responsabilidades.

—¡Lo único que yo quiero es que estemos todos juntos! —dijo Enid.

Gary lanzó un gruñido de tiernos sentimientos.

—Oh, Denise —dijo—. Oh, oh. Ven a ver este bebé.

—En algún otro momento, si no te importa.

Pero Gary atravesó el salón con el álbum de fotos y se lo plantó a Denise ante los ojos, señalándole la imagen, incluida en una tarjeta navideña de la familia. Aquella niñita regordeta, con su buena mata de pelo, vagamente semítica en el aspecto, era Denise, más o menos a los dieciocho meses. No había una sola partícula de desazón en su sonrisa, ni tampoco en las de Gary y Chip. Denise estaba entre los dos, sentados todos en el sofá del salón, en su momentaneidad previa a que lo retapizaran. Ambos hermanos la tenían asida por el hombro, y sus cabezas, de piel clara en el rostro, como corresponde a chicos de la edad que ellos tenían, casi llegaban a juntarse por encima de Denise.

—Qué niña tan monísima. ¿A que sí? —dijo Gary.

—Sí, qué preciosidad —dijo Enid, incorporándose.

De las páginas centrales del álbum cayó al suelo un sobre con una etiqueta adhesiva de «Correo certificado». Enid lo recogió, se lo llevó a la chimenea y lo arrojó directamente a las llamas.

—¿Qué era eso? —quiso saber Gary.

—Lo de Axon, recibiendo el trato que merece.

—¿Llegó papá a remitirle la mitad del dinero a la Orfic Midland?

—Me dijo que me encargara yo, pero no lo he hecho. Estoy agobiada con los impresos del seguro.

Gary echó a andar escaleras arriba, riéndose.

—Que no se os vaya a agujerear el bolsillo por dos mil quinientos dólares.

Denise se sonó la nariz y se encerró en la cocina a pelar patatas.

—Por si acaso —dijo Enid, que la siguió—, que haya también para Chip. Dijo que llegaría esta tarde, a más tardar.

—Me parece que según la hora oficial ya no es por la tarde —dijo Denise.

—Vale, pero que haya *muchas* patatas.

Los cuchillos de su madre estaban todos más romos que un cuchillo de untar mantequilla. Denise recurrió al pelazanahorias.

—¿Te contó papá alguna vez por qué no fue a Little Rock con la Orfic Midland?

—No —dijo Enid, rotundamente—. ¿Por qué?

—No, por nada: se me acaba de ocurrir la pregunta.

—Les dijo que sí, que iba. Y, la verdad, Denise, para nosotros habría supuesto una enorme diferencia desde el punto de vista financiero. Sólo esos dos años más, y su pensión de retiro habría subido al doble. Me dijo que lo iba a hacer, estaba de acuerdo en que era lo mejor, y tres noches más tarde llegó a casa diciendo que había cambiado de opinión y que lo dejaba.

Denise miró los ojos semirreflejados en la ventana de encima del fregadero.

—Y nunca te explicó por qué.

—Bueno, no sé, no aguantaba a los Wroth esos. Me figuré que había una especie de incompatibilidad de caracteres. Pero nunca me habló del asunto. Nunca me ha contado nada, en realidad, sabes. Él toma las decisiones. Aunque suponga un desastre financiero, es decisión suya, y la mantiene.

Y ahí se abrieron todas las esclusas. Denise dejó caer las patatas y el cuchillo en el fregadero. Pensó en las drogas que había escondido en el calendario de Adviento, pensó que podrían detener sus lágrimas por lo menos durante el tiempo suficiente para salir de la ciudad, pero se encontraba demasiado lejos del escondite. La habían pillado indefensa en la cocina.

—Cariño mío, ¿qué te pasa? —dijo Enid.

Por un momento, no hubo Denise en la cocina: sólo blandenguería y humedad y remordimiento. Se encontró de hinojos en la alfombrilla, junto al fregadero, rodeada de gurruños de Kleenex empapados. No quería mirar a su madre, pero Enid se había sentado en una silla, a su lado, y le pasaba pañuelos secos.

—Hay muchas cosas que uno considera muy importantes —dijo Enid, con una sobriedad como recién adquirida—, y que luego no importan nada.

—Hay cosas que sí siguen importando —dijo Denise.

Enid miraba, con la desolación en los ojos, las patatas del fregadero.

—No va a mejorar, ¿verdad?

Denise no tuvo inconveniente en dejar que su madre pensara que su llanto se debía a la mala salud de Alfred.

—No creo —dijo.

—No es por las medicinas, seguramente.

—No, seguramente no.

—Y tampoco tiene sentido ir a Filadelfia, seguramente —dijo Enid—, si no es capaz de cumplir las instrucciones.

—Seguramente no.

—¿Qué vamos a hacer, Denise?

—No lo sé.

—Esta mañana he sabido que algo iba mal —dijo Enid—. Si hubieras encontrado ese sobre hace tres meses, se habría puesto como una fiera conmigo. Pero ya has visto, hoy. No ha reaccionado.

—Lamento haberte puesto en una situación difícil.

—Da igual. Ni siquiera se ha enterado.

—De todos modos, lo siento.

La tapa de la cazuela donde hervían las judías empezó a castañetear. Enid se incorporó para bajar el fuego. Denise, aún de rodillas, dijo:

—Me parece que en el calendario de Adviento hay algo para ti.

—No, Gary ya ha colgado el último adorno.

—En el bolsillo número veinticuatro hay algo para ti.

—Pero ¿qué?

—No sé, pero tú ve a ver.

Oyó que su madre iba a la puerta y enseguida regresaba. Aunque el dibujo de la esterilla era bastante complicado, Denise pensó que iba a aprendérselo de memoria, de tanto mirarlo.

—¿De dónde ha salido esto? —preguntó Enid.

—No lo sé.

—¿Lo has puesto tú?

—Es un misterio.

—Tienes que haberlo puesto tú.

—No.

Enid dejó las tabletas en la repisa, se alejó dos pasos de ellas y las miró con el ceño severamente fruncido.

—Estoy segura de que quienquiera que las haya puesto ahí, lo ha hecho con la mejor intención del mundo —dijo—. Pero no las quiero en esta casa.

—Eso es buena idea, seguramente.

—Quiero las auténticas o no quiero nada.

Con la mano derecha, Enid depositó las tabletas en el cuenco de su mano izquierda. Las arrojó al triturador de basura, abrió el grifo, y las pulverizó.

—¿Cuáles son las auténticas? —preguntó Denise, cuando el ruido se apagó.

—Quiero que pasemos todos juntos las últimas Navidades.

Gary, duchado y afeitado y vestido a su aristocrática manera, entró en la cocina a tiempo de oír esta última declaración.

—Más vale que te conformes con cuatro de cinco —dijo, abriendo el armarito de las bebidas alcohólicas—. ¿Qué le pasa a Denise?

—Está muy preocupada por papá.

—Pues ya iba siendo hora —dijo Gary—. Anda, que no hay de qué estar preocupado.

Denise recogió los gurruños de Kleenex.

—Ponme una buena cantidad de lo que te sirvas —dijo.

—Yo pensaba guardar el champán de Bea para esta noche.

—No —dijo Denise.

—No —dijo Gary.

—Vamos a guardarlo por si viene Chip —dijo Enid—. Y, por cierto, ¿qué es lo que está haciendo vuestro padre ahí arriba, que no baja?

—No está arriba —dijo Gary.

—¿Seguro?

—Sí, seguro.

—¡Al! —gritó Enid—. ¿Al?

Restallaban gases en la chimenea del salón, cuyo fuego nadie atendía. Las habichuelas hervían a fuego lento; los respiraderos exhalaban aire caliente. Fuera, en la calle, a alguien le resbalaban las ruedas en la nieve.

—Ve a ver si está en el sótano, Denise.

Denise no preguntó «y ¿por qué yo?», pero le vinieron ganas de hacerlo. Se acercó al hueco de la escalera del sótano y llamó a su padre. Las luces del sótano estaban encendidas, y se oían unos crípticos crujidos, bastante ligeros, procedentes del taller.

Volvió a llamar:

—¿Papá?

No hubo respuesta.

Su miedo, mientras bajaba las escaleras, era como un miedo procedente de aquel desdichado año de su niñez en que había implorado que le reglasen un animalito y recibió una jaula con dos hámsters dentro. Un perro o un gato podrían haber hecho destrozos en los diversos textiles de Enid, pero aquellos dos jóvenes hámsters, hermanos y procedentes de una limpieza en la residencia de los Driblett, podían tolerarse en la casa. Denise bajaba al sótano todas las mañanas para echarles comida y cambiarles el agua, y siempre iba con el miedo de descubrir qué nueva maldad habrían maquinado aquella noche, para su exclusivo deleite: quizá un nido de crías ciegas, inquietas, amoratadas de puro incestuosas, quizá un desesperado e inútil reacondicionamiento total de virutas de roble en un único montón de buen tamaño, junto al cual permanecían ambos padres, temblando sobre el metal desnudo del suelo de la jaula, abotargados y disimulando, tras haberse zampado a sus hijos, algo que ni siquiera a un hámster le puede dejar buen sabor de boca.

La puerta del taller de Alfred estaba cerrada. Denise picó en ella:

—¿Papá?

La respuesta de Alfred le llegó inmediatamente, en forma de ladrido estrangulado y tenso:

—¡No entres!

Al otro lado de la puerta, algo duro arañaba el cemento.

—¿Qué estás haciendo, papá?

—¡He dicho que no entres!

Bueno, Denise había visto antes la escopeta, y ahora estaba pensando que, por supuesto, tenía que haberle tocado a ella, y que no tenía ni idea de qué podía hacer.

—Tengo que entrar, papá.

—Denise...

—Voy a entrar —dijo ella.

Tras la puerta, la iluminación era muy brillante. Al primer vistazo, captó la vieja colcha manchada de pintura, en el suelo, y, echado sobre ella, al anciano, con las caderas levantadas y las rodillas temblorosas, con los ojos muy abiertos, fijos en la parte de abajo del banco, y luchando con una lavativa de plástico, muy grande, que se había insertado en el recto.

—¡Oh, perdón! —dijo Denise, dándose la vuelta, con las manos levantadas.

Alfred soltó como un estertor y no dijo nada.

Denise tiró de la puerta hasta entornarla y se llenó los pulmones de aire. Arriba sonaba el timbre de la calle. A través de paredes y techos oía un ruido de pasos acercándose a la casa.

—¡Es él, es él! —gritó Enid.

Pero estalló una canción —«*It's Beginning to Look a Lot Like Christmas*»— y se malogró su esperanza.

Denise se unió a su madre y a su hermano, que ya estaban en la puerta. Se había juntado un buen grupo de caras familiares en la nevada escalinata frontal: Dale Driblett, Honey Driblett, Steve y Ashley Driblett, Kirby Root, más varias hijas y cuñados con el pelo al uno, y el clan Person al completo. Enid abarcó con los brazos a Denise y Gary y se los acercó, brincando sobre las puntas de los pies de pura compenetración con el momento.

—Corre a avisar a papá —dijo—. Le encantan las canciones de Navidad.

—Papá está ocupado —dijo Denise.

Teniendo en cuenta que aquel hombre se había alzado en protector de la intimidad de Denise y que lo único que había pedido a cambio era que respetasen también la suya, ¿acaso no era lo más justo y bondadoso permitirle sufrir a solas, sin agravarle el sufrimiento con la vergüenza de tener un testigo? ¿No se había él ganado, con cada pregunta que nunca le hizo a Denise, el derecho a que lo aliviase de cualquier pregunta incómoda que ella deseara hacerle ahora? ¿Por ejemplo? «¿A qué viene la lavativa, papá?»

El coro parecía cantar directamente para ella. Enid se balanceaba con la melodía, Gary tenía lágrimas en los ojos, pero Denise se sentía público objetivo. Le habría gustado estar en el lado feliz de su familia: qué tendría lo difícil que tamaña lealtad le reclamaba. Pero mientras Kirby Root, que dirigía el coro de la iglesia metodista de Chiltsville, iniciaba el *segue* a «Hark, the Herald Angels Sing», Denise empezó a preguntarse si respetar la intimidad de Alfred no sería un poco demasiado fácil. ¿Quería que lo dejasen en paz? ¡Pues qué bien para ella! Podía volverse a Filadelfia, vivir su vida y hacer exactamente lo que él quería. ¿Le daba vergüenza que lo viesen con un pitorro de plástico metido en el culo? ¡Pues qué cómodo! Porque también a ella le daba una vergüenza espantosa verlo.

Se destrabó de su madre, saludó con la mano a los vecinos y volvió al sótano.

La puerta del taller permanecía entornada, como ella la había dejado.

—¿Papá?

—¡No entres!

—Lo siento —dijo—, pero tengo que entrar.

—Nunca tuve intención de meterte en esto. No es asunto tuyo.

—Lo sé. Pero tengo que entrar, de todas maneras.

Lo halló más o menos en la misma postura, con una vieja toalla de playa puesta en el hueco de las piernas. Denise se arrodilló entre olores a mierda y olores a pis y le puso una mano en el hombro tembloroso.

—Lo siento —le dijo.

Él tenía el rostro cubierto de sudor. Le destellaba la locura en los ojos.

—Busca un teléfono —dijo— y llama al jefe de zona.

La gran revelación de Chip ocurrió más o menos a las seis de la madrugada del martes, mientras avanzaba en la casi perfecta oscuridad por un camino cubierto de grava lituana, entre las diminutas aldeas de Neravai y Miŝkiniai, a pocos kilómetros de la frontera con Polonia.

Quince horas antes había salido del aeropuerto dando tumbos y había estado en un tris de que lo atropellaran Jonas, Aidaris y Gitanas al virar hacia la acera con el Ford Stomper. Estaban los tres saliendo de Vilnius cuando oyeron la noticia del cierre del aeropuerto. Dieron media vuelta en la carretera a Ignalina y regresaron en busca del patético americano. La parte trasera del Stomper iba abarrotada de bultos y de equipo informático y telefónico, pero sujetando dos maletas al techo por medio de un pulpo lograron hacer sitio para Chip y su bolsa de viaje.

—Vamos a dejarte en un control pequeño —dijo Gitanas—. Están bloqueando todas las carreteras principales. Y se les cae la baba cuando ven un Stomper.

A continuación, Jonas llevó el coche, a velocidad nada segura, por unos vericuetos espantosos del oeste de Vilnius, bordeando las localidades de Jieznas y Alytus. Las horas pasaron entre oscuridad y baches. En ninguna parte vieron alumbrado público en funcionamiento, ni vehículos de las fuerzas del orden. Jonas y Aidaris iban escuchando música de Metallica en los asientos delanteros, y Gitanas pulsaba las teclas de su móvil en la loca esperanza de que la Transbaltic Wireless, cuyo principal accionista seguía siendo él, al menos en teoría, hubiera logrado restablecer la energía en su central de transmisión-recepción, en medio de un apagón nacional y en plena movilización de las fuerzas armadas lituanas.

—Esto va a ser calamitoso para Vitkunas —dijo Gitanas—. Con la movilización, lo único que consigue es parecerse más a los soviéticos. El ejército en la calle y las casas sin luz eléctrica. Te vas a ganar así el corazón del pueblo lituano.

—¿Están disparando contra la gente? —preguntó Chip.

—No, lo están fingiendo. Una tragedia vuelta a escribir en clave de farsa.

Hacia la medianoche, el Stomper, al salir de una curva cerrada, en las cercanías de Lazdijai, última de cierta importancia antes de llegar a la frontera con Polonia, se encontró con un convoy de tres jeeps que iba en dirección contraria. Jonas aceleró sobre aquel camino corrugado e intercambió unas palabras en lituano con Gitanas. En aquella región, la morrena glacial estaba prácticamente desforestada. Mirando hacia atrás, fue posible ver que dos de los jeeps habían dado la vuelta para ir en persecución del Stomper. También fue posible ver, desde los jeeps, que Jonas se desviaba bruscamente hacia la izquierda para tomar por un camino de gravilla y seguir a toda velocidad, bordeando la blancura de un lago helado.

—No nos alcanzarán —le aseguró Gitanas a Chip, quizá dos segundos antes de que el Stomper se encontrara con una curva en ángulo recto y Jonas no pudiera impedir que se saliese del camino.

«Esto es un accidente», pensó Chip mientras el vehículo surcaba los aires. Sintió un enorme afecto retroactivo por la buena tracción, los centros de gravedad bajos y las variedades no angulares del impulso. Hubo tiempo para la sosegada reflexión y el rechinar de dientes, y, luego, no hubo tiempo, sino un golpe detrás de otro, un ruido detrás de otro. El Stomper ensayó varias versiones de la vertical —noventa, dos-setenta, tres-sesenta, uno-ochenta— antes de quedar volcado sobre el lado izquierdo, con el motor muerto y los faros encendidos.

Ambas secciones del cinturón de seguridad, la vertical y la horizontal, le produjeron graves magulladuras a Chip. Por lo demás, parecía seguir entero, igual que Jonas y Aidaris.

Gitanas se había visto zarandeado y vapuleado por las piezas sueltas del equipaje. Tenía sangre en la barbilla y en la frente. Se dirigió a Jonas en tono conminatorio, indicándole, al parecer, que apagara las luces, pero ya era demasiado tarde. Se oyeron fuertes ruidos de reducción de marchas en la carretera que acababan de recorrer. Los jeeps perseguidores se detuvieron al final de la curva en ángulo recto y de ellos bajaron varios hombres uniformados y con pasamontañas.

—Policía con pasamontañas —dijo Chip—. Me cuesta formular una interpretación positiva.

El Stomper había quedado en la superficie helada de un pantano. En la intersección de las luces largas de ambos jeeps, ocho o diez «agentes» enmascarados rodearon el vehículo y dieron orden de que saliera todo el mundo. Chip, mientras empujaba hacia arriba la puerta de su lado, se sintió como una especie de muñeco saliendo de su caja de sorpresas.

Jonas y Aidaris fueron despojados de sus armas. El contenido del vehículo fue metódicamente vaciado sobre la nieve crujiente y los juncos quebrados que cubrían el suelo. Un «policía» le puso a Chip en la mejilla el cañón de su fusil, y Chip recibió una orden de una sola palabra que Gitanas le tradujo:

—Te está diciendo que te quites la ropa.

La muerte, esa prima de ultramar, esa mujer de mal aliento que se mantiene con lo que le mandan de casa, se había presentado de pronto en el barrio. Chip se asustó mucho ante el fusil. Le temblaban las manos, y no las sentía. Hubo de invertir su saldo entero de voluntad en desabrocharse los botones y en descorrerse las cremalleras. Al parecer, lo habían elegido para semejante humillación simplemente por la calidad de su ropa de cuero. A nadie parecía interesarle la cazadora roja de Gitanas, la de motocross, ni las prendas vaqueras de Jonas. Pero los «policías» enmascarados se congregaron en torno a Chip y se pusieron a palpar la fina flor de los pantalones y el chaquetón de Chip. Echando escarcha por sus bocas en forma de *O*, provistas de labios insólitamente descontextualizados, agarraron la bota izquierda de Chip y probaron la flexibilidad de su suela.

Un grito se alzó cuando de la bota fue a caer un fajo de billetes norteamericanos. El cañón del fusil volvió a ocupar su sitio en la mejilla de Chip. Unos dedos helados localizaron bajo la camiseta el sobre que contenía el dinero. La «policía» también le registró la cartera, pero no hizo caso de los litai, ni de las tarjetas de crédito. Sólo admitían dólares.

Gitanas, con sangre congelándosele en diversos cuadrantes de la cabeza, presentó una protesta ante el capitán de la «policía». La consiguiente discusión, durante cuyo transcurso tanto el capitán como Gitanas señalaron repetidamente a Chip y utilizaron mucho las palabras «dólar» y «americano», concluyó en cuanto el capitán le puso una pistola a Gitanas en la ensangrentada frente y Gitanas levantó las manos en reconocimiento de que el capitán tenía su punto de razón.

El esfínter de Chip, entretanto, se había dilatado hasta alcanzar el grado de rendición incondicional. Le pareció muy importante contenerse, de modo que ahí siguió, en calcetines y ropa interior, apretándose los cachetes del culo con las manos temblorosas. Aprieta que te apretarás, mano a mano con los retortijones. Se le daba un ardite estar haciendo el ridículo.

Los «policías» estaban encontrando mucho que robar en el Stomper. Vaciaron la bolsa de Chip en el nevado suelo y se pusieron a elegir entre sus pertenencias. Gitanas y él miraban mientras los «agentes» desgarraban la tapicería del Stomper, levantaban el suelo y localizaban las reservas de Gitanas en dinero y tabaco.

—¿Con qué pretexto actúan, exactamente? —dijo Chip, temblando violentamente, pero ganando la batalla que de verdad importaba.

—Se nos acusa de contrabando de divisas y de tabaco —dijo Gitanas.

—¿Quién nos acusa?

—Me temo que son lo que parecen ser —dijo Gitanas—: agentes de la policía nacional con pasamontañas. Hay ambiente de carnaval, hoy, en el país. Una actitud de todo vale, por decirlo de otro modo.

Había dado la una de la mañana cuando la «policía», por fin, se alejó en sus rugientes jeeps. Chip y Gitanas y Jonas y Aidaris quedaron allí, con los pies congelados, un Stomper hecho polvo, la ropa húmeda y todo el equipaje demolido.

«Anotemos en el haber que por lo menos no me he cagado encima», pensó Chip.

Conservaba el pasaporte y dos mil dólares que llevaba en el bolsillo de la camiseta y que la «policía» no le había encontrado. También tenía las zapatillas de deporte, unos vaqueros anchos, su mejor chaqueta sport de tweed y su jersey favorito. Todo lo cual se apresuró a ponerse encima.

—Pues aquí termina mi carrera como señor de la guerra y delincuente —comentó Gitanas—. No tengo más ambición en ese sentido.

A la luz de sus mecheros, Jonas y Aidaris estaban inspeccionando los bajos del Stomper. Aidaris tradujo su veredicto a algo que Chip pudiera entender:

—Camión kaputt.

Gitanas se brindó a acompañar a Chip andando hasta el paso fronterizo de la carretera de Sejny, quince kilómetros al oeste, pero Chip era dolorosamente consciente de que si sus amigos no hubieran dado media vuelta para recogerlo a él del aeropuerto, ahora habrían estado ya con sus familiares de Ignalina, sanos y salvos, con sus reservas de dinero y su vehículo intactos.

—Bah —dijo Gitanas, encogiéndose de hombros—. Igual nos podían haber pegado unos cuantos tiros camino de Ignalina. Quién te dice que no nos has salvado la vida.

—Camión kaputt —repitió Aidaris, entre encantado y resentido.

—Nos vemos en Nueva York, pues —dijo Chip.

Gitanas se sentó ante un monitor de diecisiete pulgadas con la pantalla rota. Se tocó con mucho cuidado la frente ensangrentada.

—Sí, eso, en Nueva York.

—Puedes alojarte en mi piso.

—Me lo pensaré.

—Hazlo, sin más —dijo Chip, con cierta desesperación.

—Soy lituano —dijo Gitanas.

Chip se sintió más herido, más desilusionado y más abandonado de lo que, según la situación, correspondía. Pero se contuvo. Aceptó un mapa de carreteras, un encendedor, una manzana y los mejores deseos de los lituanos. Luego echó a andar en la oscuridad.

Una vez solo, se sintió mejor. Cuanto más andaba, más apreciaba la comodidad de sus vaqueros y de sus zapatillas de deporte para ir por el campo, comparados con las botas y los pantalones de cuero. Llevaba una marcha mucho más ligera y más suelta. Le vinieron ganas de ponerse a dar brincos por la carretera. Era un placer caminar con aquellas zapatillas.

Pero no fue ésa la gran revelación. La gran revelación le vino cuando se encontraba a pocos kilómetros de la frontera con Polonia. Estaba esforzándose en comprobar, escuchando, si andaba suelto en la oscuridad algún perro homicida de los que guardaban las fincas del entorno e iba con las manos extendidas hacia delante, sintiéndose algo más que un poco ridículo, cuando recordó la observación de Gitanas: «una tragedia vuelta a escribir en clave de farsa». De pronto, comprendió por qué a nadie —tampoco a él— le había gustado nunca su guión: había hecho un *thriller* de lo que debería haber sido una farsa.

Le iba llegando la tenue luz del alba. Allá en Nueva York había retocado y pulido las treinta primeras páginas de *La academia púrpura* hasta que su recuerdo se le hizo casi eidético; y ahora, según iba aclarándose el cielo báltico, aplicó el lápiz rojo de su cabeza a la reconstrucción de aquellas páginas en su cabeza, cortó un poquito por aquí, añadió énfasis o hipérbole por allá, y las secuencias experimentaron una transformación en su mente, hasta convertirse en lo que siempre quiso que fueran: algo ridículo. El muy trágico BILL QUAINTENCE se trocaba en el bobo de la comedia.

Chip apretó el paso, como si su destino hubiera sido una mesa de trabajo donde ponerse inmediatamente a revisar el manuscrito. Al remontar una pendiente, quedó ante su vista la ciudad lituana de Eisiskès, oscurecida, y más allá, en la distancia, al otro lado de la frontera, algunas luces exteriores de Polonia. Dos caballos de carga, con la cabeza asomando por encima de una alambrada, le relincharon con mucho optimismo.

Lo dijo en voz alta:

—Que sea ridículo. Que sea ridículo.

A cargo del diminuto puesto fronterizo había dos aduaneros y dos «policías» lituanos. Le devolvieron el pasaporte a Chip sin el abultado fajo de litai que llevaba dentro cuando lo presentó. Sin motivo discernible, fuera de la más mezquina crueldad, lo tuvieron sentado varias horas en una habitación recalentada, mientras entraban y salían hormigoneras, camiones de transportes cargados de pollos y ciclistas. Hasta muy entrada la mañana no le permitieron entrar en Polonia.

Unos kilómetros más adelante, en Sejny, compró zlotys y, con ellos, se pagó el almuerzo. Las tiendas estaban bien surtidas, era Navidad. Los lugareños eran todos viejos y se parecían muchísimo al Papa.

Tres camiones y un taxi urbano le costó llegar al aeropuerto de Varsovia a las doce de la mañana del miércoles. Los improbables empleados del mostrador de las Líneas Aéreas Polacas LOT, con sus mofletes rosados, se alegraron muchísimo de verlo. LOT había incrementado su número de vuelos durante las vacaciones, para acomodar a los miles de trabajadores polacos en el extranjero que venían a pasar las vacaciones de Navidad con sus familias, y muchos de los vuelos a occidente iban por debajo de su capacidad. Todas las chicas del mostrador, con sus mofletes rosados, llevaban sombreritos de majorette tamborilera. Cogieron el dinero de Chip, le dieron un billete y le dijeron *Corra*.

Corrió hacia la puerta y embarcó en un 767 que a continuación se tiró cuatro horas en la pista, mientras revisaban un instrumento de la cabina y, al final, sin ningún entusiasmo, lo sustituían.

El plan de vuelo era una gran ruta circular hasta la gran urbe polaca de Chicago, sin escalas. Chip se pasó el viaje durmiendo, para olvidar que le debía 20.500 dólares a Denise, que había rebasado el máximo de todas sus tarjetas de crédito y que no tenía trabajo ni visos de encontrarlo.

La buena noticia, en Chicago, tras haber pasado la aduana, fue que aún quedaban abiertas dos agencias de alquiler de coches; la mala noticia —que le llegó cuando ya se había tirado media hora en la cola, de pie— fue que las personas que han rebasado el máximo de sus tarjetas de crédito no pueden alquilar coches.

Pasó revista a las líneas aéreas de la guía de teléfonos hasta que encontró una —Prairie Hopper, el saltamontes de la pradera, jamás la había oído nombrar— que podía ofrecerle asiento en el vuelo a St. Jude de las siete de la mañana del día siguiente.

En aquel momento era ya muy tarde para llamar a St. Jude. Escogió un trozo de moqueta poco transitada, en el aeropuerto, y se echó a dormir. No le entraba en la cabeza lo que acababa de ocurrirle. Se sentía como un fragmento de papel en el que alguna vez hubo algo coherente escrito, pero que lo han echado a lavar. Se sintió sin tersura, pasado por la lejía, desgastado por los dobleces. Tuvo un casi sueño en el que vio ojos separados del cuerpo y bocas aisladas tras los pasamontañas. Había perdido la pista de lo que deseaba, y una persona es eso, precisamente lo que desea, de modo que la conclusión estaba clara: también había perdido la pista de sí mismo.

Qué extraño, pues, que el anciano que le abrió la puerta delantera a las nueve y media de la mañana, al día siguiente, en St. Jude, pareciera saber exactamente quién era Chip.

Había una corona de acebo en el dintel de la puerta. El camino de acceso tenía linderos de nieve y marcas de escoba separadas a intervalos regulares. Aquella calle del Medio Oeste le producía al viajero la asombrosa impresión de un país maravilloso, rico, plantado de robles y con espacios descaradamente inútiles. Al viajero no le entraba en la cabeza que semejante sitio pudiera existir en un mundo de Lituanias y Polonias. Había que remitirse a la eficacia aislante de las fronteras políticas para comprender que la energía no saltara naturalmente sobre la distancia que separaba tan divergentes voltajes económicos. La vieja calle, con su humo de roble y sus setos techados de nieve y sus aleros festoneados de carámbanos, parecía una realidad precaria. Parecía un espejismo. Parecía el recuerdo excepcionalmente vivo de algo que alguna vez amamos y que ahora está muerto.

—¡Vaya! —dijo Alfred, con el rostro deslumbrante de alegría, tomando entre sus manos la de Chip—. ¡Mira quién está aquí!

Enid trataba de abrirse paso a fuerza de pronunciar el nombre de Chip, pero Alfred no soltaba la mano de su hijo. Lo dijo otras dos veces:

—¡Mira quién está aquí, mira quién está aquí!

—Déjalo pasar, Alfred, y cierra la puerta —dijo Enid.

Chip estaba plantado, allí afuera, delante de la puerta. El mundo exterior era negro y blanco y gris, y lo barría un aire fresco y claro; el interior era un paraje encantado, denso de objetos y olores y colores, de humedad, de personalidades grandes. Le daba miedo entrar.

—Entra, entra —chilló Enid—, y cierra la puerta.

A fin de protegerse del embrujo, Chip entonó para su fuero interno el siguiente sortilegio: «Me quedo tres días y me vuelvo a Nueva York, encuentro un trabajo, ahorro quinientos dólares al mes, como mínimo, hasta saldar todas mis deudas, y trabajo todas las noches en el guión.»

Invocando este sortilegio, que era, por el momento, todo lo que tenía, la despreciable suma total de su ser, cruzó el umbral.

—Qué bárbaro, cómo picas y cómo hueles —dijo Enid, dándole un beso—. Y ¿dónde has dejado la maleta?

—Está junto a un camino de grava, en el oeste de Lituania.

—Qué alegría que hayas llegado a casa sano y salvo.

En ninguna parte de la nación lituana existía una habitación como el cuarto de estar de los Lambert. Sólo en aquel hemisferio cabía encontrar alfombras tan suntuosamente tejidas y muebles tan grandes y tan bien fabricados y con tanta opulencia tapizados en una habitación de tan sencillo diseño y tan ordinaria índole. La luz en las ventanas de marco de madera, aun siendo gris, poseía un optimismo de pradera: no había, en mil kilómetros a la redonda, ningún mar que pudiese perturbar la atmósfera. Y en la postura de los viejos robles, lanzados hacia el cielo, había un resalte, una rusticidad y un derecho a ser que por sí mismos se adueñaban de la permanencia: recuerdos de un mundo sin cercados podían leerse en la cursiva de sus ramas.

Chip lo comprendió todo en un solo latido del corazón. El continente, su patria. Dispersos por el cuarto de estar había nidos de regalos abiertos y pequeños restos de cintas desechadas, fragmentos de papel de regalo, etiquetas. Al pie del sillón contiguo a la chimenea que Alfred siempre reivindicaba para sí, estaba Denise, de rodillas junto al mayor nido de regalos.

—Mira quién está aquí, Denise —dijo Enid.

Como por obligación, con los párpados bajos, Denise se puso en pie y atravesó la habitación. Pero cuando hubo colocado los brazos en torno a su hermano, cuando su hermano la apretó contra sí, devolviéndole el gesto (la altura de Denise, como siempre, pillaba desprevenido a Chip), entonces ya no pudo soltarse. Aferrada a él, le besaba el cuello, le clavaba los ojos, le daba las gracias.

Gary se acercó y le dio un abrazo a Chip, con gran torpeza, hurtando la cara.

—No creí que lo lograses —le dijo.

—Ni yo tampoco —dijo Chip.

—¡Vaya! —dijo Alfred, mirándolo con asombro.

—Gary tiene que salir de casa a las once —dijo Enid—, pero podemos desayunar juntos. Tú refréscate un poco, mientras Denise y yo ponemos en marcha el desayuno. Ay, esto es *justo* lo que quería —dijo, corriendo hacia la cocina—. El mejor regalo de Navidad que me han hecho nunca.

Gary se volvió hacia Chip con su cara de qué gilipollas soy.

—Ahí lo tienes —dijo—. El mejor regalo que le han hecho nunca.

—Creo que se refiere a que estemos aquí los cinco, juntos —dijo Denise.

—Bueno, pues más vale que se dé prisa en disfrutarlo —dijo Gary—, porque me debe una conversación, y no voy a renunciar a que me la pague.

Chip, desprendido de su propio cuerpo, flotaba tras él, preguntándose qué pensaría hacer. Retiró un asiento de aluminio de la ducha de la planta baja. El chorro de agua era fuerte y cálido. Sus impresiones eran frescas, de un modo que iba a recordar toda la vida, o a olvidar de inmediato. Había un límite para las impresiones que un cerebro podía absorber antes de quedarse sin capacidad para descifrarlas, para imponerles un orden y una forma coherentes. Su noche casi insomne sobre un trozo de moqueta aeroportuaria, por ejemplo, aún seguía en gran manera con él, y reclamaba que la procesase. Y ahora venía una ducha caliente en la mañana de Navidad. Ahora venían los azulejos tostados del baño, tan familiares. Los azulejos, igual que todas las demás cosas constitutivas de la casa, quedaban subsumidos en el hecho de pertenecer a Enid y Alfred, saturados del aura de pertenecer a aquella familia. Más parecía la casa un cuerpo —suave, mortal y orgánico— que un edificio.

En el champú de Denise se contenían los aromas, sutiles y gozosos, del capitalismo occidental último modelo. En los segundos que le tomó enjabonarse el pelo, Chip olvidó dónde estaba. Olvidó el continente, olvidó el año, olvidó la hora del día, olvidó las circunstancias. Su cerebro, bajo la ducha, era de pez o de anfibio: recogía impresiones, reaccionaba al momento. No se hallaba muy lejos del terror. Al mismo tiempo, se sentía bien. Tenía hambre de desayuno y, en especial, sed de café.

Con una toalla alrededor de la cintura, se detuvo en el cuarto de estar, donde Alfred saltó sobre los pies. La visión del rostro de Alfred, súbitamente envejecido, su desintegración en marcha, sus rojeces y asimetrías, frenó a Chip igual que un rebencazo.

—¡Vaya! —dijo Alfred—. Qué prisa te has dado.

—¿Me puedes prestar algo tuyo que ponerme?

—Lo dejo a tu elección.

Arriba, en el armario de su padre, los vetustos aparatos de afeitar, calzadores, maquinillas eléctricas, hormas para zapatos y corbateros estaban en su sitio de siempre. Llevaban allí, de guardia, desde la última vez que Chip había estado en la casa, hacía mil quinientos días, hora por hora. Por un momento, lo encolerizó (¿cómo podía haber sido de otra manera?) que sus padres no se hubieran mudado nunca a ningún otro sitio. Que se hubieran quedado allí, esperando.

Se llevó ropa interior, calcetines, un pantalón de lana, una camisa blanca y una chaqueta gris de punto a la habitación que compartió con Gary en los años que transcurrieron entre la llegada de Denise a la familia y la marcha de Gary a la universidad. Gary tenía una bolsa de viaje abierta sobre «su» cama gemela y estaba metiendo sus cosas en ella.

—No sé si te habrás dado cuenta —dijo—, pero papá está en muy mala forma.

—Ya. Me he dado cuenta.

Gary colocó una caja pequeña sobre la cajonera de Chip. Era un paquete de munición, cartuchos del veinte para escopeta.

—Los tenía con la escopeta, en el taller —dijo Gary—. He bajado esta mañana y he pensado que más valía prevenir.

Chip miró el paquete y siguió su instinto al hablar:

—¿No debería ser él quien tomara la decisión?

—Eso pensé ayer —dijo Gary—. Pero tiene otras opciones, si quiere hacerlo. Se supone que ahí afuera va a haber esta noche una temperatura de veinte grados bajo cero. Que salga al jardín con una botella de whisky. No quiero que mamá lo encuentre con el cráneo reventado.

Chip no supo qué decir. Se puso en silencio la ropa del anciano. La camisa y los calzoncillos maravillaban por su limpieza y le estaban mejor de lo que había previsto. Lo sorprendió, al ponerse la chaqueta de punto, que no le empezaran a temblar las manos, lo sorprendió ver una cara tan joven en el espejo.

—Bueno y ¿en qué has andado? —dijo Gary.

—He estado colaborando con un amigo lituano en estafar a los inversores occidentales.

—Joder, Chip. Esas cosas no deberían ni ocurrírsete.

Todo podía haberse vuelto extraño en ese mundo, pero la superioridad de Gary cabreó a Chip como siempre lo había cabreado.

—Desde un punto de vista estrictamente moral —dijo Chip—, me cae mejor Lituania que los inversores norteamericanos.

—¿Vas a meterte a bolchevique? —preguntó Gary, cerrando la cremallera de su bolsa—. Pues muy bien, métete a bolchevique. Pero a mí no me llames cuando te encierren en la cárcel.

—Jamás se me pasaría por la cabeza llamarte —dijo Chip.

—¿Estáis ya listos para el desayuno, chicos? —canturreó Enid, a media escalera.

El mantel de fiesta, de hilo, cubría la mesa del comedor. En el centro había un adorno de piñas, acebo blanco y acebo verde, velas rojas y campanitas de plata. Denise estaba trayendo las cosas de comer: pomelos tejanos, huevos revueltos, beicon y un *stollen* y unos panecillos preparados por ella misma.

La cubierta de nieve reforzaba la fuerte luz de la pradera.

Según la costumbre, Gary ocupaba él solo un lado de la mesa. El lado opuesto lo ocupaban Denise junto a Enid y Chip junto a Alfred.

—¡Felices, felices, felices Pascuas! —dijo Enid, mirando a los ojos, sucesivamente, a sus tres hijos.

Alfred, con la cabeza gacha, ya se había puesto a comer.

También Gary empezó, rápidamente, tras haber mirado de reojo el reloj.

Chip no recordaba que el café fuese tan bebible por aquellos parajes.

Denise le preguntó cómo había vuelto. Él le contó lo sucedido, sin omitir más que el asalto a mano armada.

Enid, con el ceño fruncido de quien está juzgando a alguien, seguía atentamente los movimientos de Gary.

—Tranquilízate —le dijo—. No tienes que salir de casa hasta las once.

—De hecho —dijo Gary—, dije las once menos cuarto. Y son las diez y media, y tenemos cosas de que hablar.

—Por fin estamos todos juntos —dijo Enid—. Vamos a relajarnos y disfrutarlo.

Gary dejó el tenedor sobre el mantel.

—*Yo* llevo aquí desde el lunes, madre, esperando a que estemos todos juntos. Denise lleva aquí desde el martes por la mañana. No es culpa mía que Chip se haya entretenido estafando a inversores norteamericanos y no haya podido llegar antes.

—Acabo de explicar por qué he llegado tarde —dijo Chip—. Haber escuchado.

—De acuerdo, pero también podrías haber salido un poco antes.

—¿Qué quiere decir Gary con eso de estafar? —dijo Enid—. Yo creí que trabajas en algo de ordenadores.

—Luego te lo explico, mamá.

—No —dijo Gary—, explícaselo ahora.

—Gary —dijo Denise.

—No, perdona —dijo Gary, arrojando la servilleta como quien arroja el guante—. ¡Estoy harto de esta familia! ¡Estoy harto de esperar! ¡Quiero respuestas ya!

—Trabajaba con ordenadores —dijo Chip—. Pero Gary tiene razón: estrictamente hablando, la intención era estafar a los inversores norteamericanos.

—No puedo estar de acuerdo con algo así —dijo Enid.

—Ya sé que no —dijo Chip—. Aunque es un poco más complicado de lo que...

—¿*Qué puede haber de complicado en cumplir la ley?*

—Gary, por el amor de Dios —dijo Denise con un suspiro—. ¡Es Navidad!

—Y tú eres una ladrona —dijo Gary, revolviéndose contra ella.

—¿Qué?

—Sabes muy bien de qué te estoy hablando. Te has metido en un cuarto ajeno y has cogido algo que no te pertenecía.

—Perdón —dijo Denise acaloradamente—, he *restituido* algo que le había sido robado a su legítima...

—¡Mierda, mierda, mierda!

—¡No! ¡No voy a quedarme aquí sentada oyendo esto! —dijo Enid—. ¡No en la mañana de Navidad!

—No, madre, lo siento, pero no te vas a ninguna parte —dijo Gary—. Vamos a quedarnos aquí sentados y a tener *ahora mismo* nuestra conversación pendiente.

Alfred le dirigió a Chip una sonrisa cómplice y señaló a los demás con un gesto:

—¿Te das cuenta de lo que tengo que aguantar?

Chip adoptó una expresión de comprensión y avenencia.

—¿Cuánto piensas quedarte, Chip? —preguntó Gary.

—Tres días.

—Y tú, Denise, te marchas el...

—El domingo, Gary. Me marcho el domingo.

—Y, vamos a ver, ¿qué pasa el lunes, mamá? ¿Cómo vas a conseguir que esta casa siga funcionando el lunes?

—Lo pensaré cuando llegue el lunes.

Alfred, aún sonriente, le preguntó a Chip que de qué hablaba Gary.

—No lo sé, papá.

—¿De veras pensáis que vais a ir a Filadelfia? —dijo Gary—. ¿Pensáis que el Corecktall va a arreglarlo todo?

—No, Gary, no pienso nada de eso —dijo Enid.

Gary no pareció oír su respuesta.

—Hazme un favor, papá —dijo—: pon la mano derecha en el hombro izquierdo.

—Para ya, Gary —dijo Denise.

Alfred se inclinó hacia Chip y le preguntó, en tono de confidencia:

—¿Qué está diciendo?

—Que te pongas la mano derecha en el hombro izquierdo.

—Qué estupidez.

—Papá —dijo Gary—, venga: mano derecha, hombro izquierdo.

—*Para ya* —dijo Denise.

—Adelante, papá. Mano derecha, hombro izquierdo. ¿Puedes hacerlo? ¿Puedes demostrarnos que eres capaz de seguir unas sencillas instrucciones? ¡Venga! *Mano derecha. Hombro izquierdo.*

Alfred negó con la cabeza.

—Lo único que necesitamos es un dormitorio y una cocina.

—Yo no quiero *un* dormitorio y una cocina —dijo Enid.

El anciano apartó su silla de la mesa y se volvió de nuevo hacia Chip:

—Ya ves que la cosa no deja de tener sus dificultades.

Al ponerse en pie se le trabó la pierna y se cayó, arrastrando en su caída el plato y el salvamanteles y la taza y el platito de café. El estrépito bien habría podido ser el último compás de alguna sinfonía. Alfred quedó tendido de costado sobre las ruinas, como un gladiador herido, como un caballo caído.

Chip se puso de rodillas a su lado y lo ayudó a sentarse, mientras Denise corría hacia la cocina.

—Son las once menos cuarto —dijo Gary, como si nada insólito hubiera ocurrido—. Antes de irme, voy a resumir. Papá padece demencia e incontinencia. Mamá no puede tenerlo en esta casa sin contar con mucha ayuda, que no admitiría aunque pudiese pagarla. El Corecktall, evidentemente, queda excluido. De modo que me gustaría que me contaras lo que piensas hacer. *Ahora*, madre. Quiero saberlo *ahora*.

Alfred apoyó las temblorosas manos en los hombros de Chip y miró con asombro los muebles de la habitación. A pesar de su estado de agitación, conservaba la sonrisa.

—Lo que yo pregunto —dijo— es lo siguiente: ¿De quién es esta casa? ¿Quién se ocupa de todo esto?

—La casa es tuya, papá.

Alfred negó con la cabeza, como si la respuesta recibida no hubiera encajado con su interpretación de los hechos.

Gary exigía una respuesta.

—Habrá que probar con una pausa en la medicación —dijo Enid.

—Muy bien, prueba —dijo Gary—. Métchilo en el hospital, a ver si luego lo dejan volver a casa. Y, ya que hablas de pausa en la medicación, podrías aplicarte el cuento y dejar esa medicación tan especial que tomas tú.

—Las ha tirado, Gary —dijo Denise, que limpiaba el suelo con una bayeta—. Las metió en la trituradora. Así que déjalo estar.

—Bueno, pues espero que hayas aprendido la lección, madre.

Chip, vestido con ropa de su padre, no alcanzaba a seguir la conversación. Le pesaban en los hombros las manos de su padre. Por segunda vez en una hora, alguien se agarraba a él, como si él hubiera sido una persona de *fuste*, como si en él hubiera algo. De hecho, tan poco era lo que había, que ni siquiera llegaba a discernir si su hermana y su padre no se equivocaban con respecto a él. Era como si le hubieran arrancado de la conciencia todas las señas de identidad, para luego trasplantárselas, metempsicóticamente, al cuerpo de un hijo estable y sólido, de un hermano digno de toda confianza...

Gary se había acuclillado junto a Alfred.

—Siento que las cosas hayan tenido que terminar así, papá —dijo—. Te quiero, y nos veremos pronto.

—Beno. Yans vremos. Beno —replicó Alfred.

Agachó la cabeza y miró en derredor con una paranoia desatada.

—En cuanto a ti, mi querido e incompetente hermano —Gary separó los dedos, engarfiándolos, por encima de la cabeza de Chip, en un gesto que, aparentemente, pretendía ser afectuoso—, espero que eches una mano aquí.

—Haré lo que pueda —dijo Chip, en un tono mucho menos irónico de lo que él habría querido.

Gary se enderezó.

—Lamento haberte echado a perder el desayuno, mamá. Pero al menos me he desahogado, y ahora me siento mucho mejor.

—Podías haber esperado hasta que pasaran las Navidades —murmuró Enid.

Gary la besó en la mejilla.

—Llama a Hedgpeth mañana mismo. Luego me llamas a mí y me cuentas los planes. Voy a seguir todo esto muy de cerca.

A Chip le parecía inverosímil que Gary pudiera largarse de la casa dejando a Alfred tirado en el suelo y el desayuno de Navidad de Enid hecho trizas, pero Gary mantuvo su disposición racional, expresándose de un modo formal y hueco, sin mirar de frente a nadie, mientras se ponía el abrigo y recogía su bolsa y la que Enid le había preparado con los regalos para Filadelfia; todo porque tenía miedo. Chip lo percibió claramente en ese momento, tras el frente frío de la muda despedida de Gary. Su hermano tenía miedo.

Tan pronto como se cerró la puerta principal, Alfred se encaminó al cuarto de baño.

—Alegrémonos todos —dijo Denise—: Gary ha podido desahogarse y ya se encuentra mucho mejor.

—Pero tiene razón —dijo Enid, mirando desolada el acebo del centro de mesa—. Algo tiene que cambiar aquí.

Concluido el desayuno, las horas transcurrieron en la morbidez y la inválida expectativa de los días de fiesta. Chip, por el excesivo cansancio que traía, estaba muy destemplado, pero, al mismo tiempo, con la cara roja, por el calor de la cocina y el olor a pavo horneándose que llenaba la casa. Cada vez que entraba en el campo de visión de su padre, una sonrisa de reconocimiento y placer se extendía por el rostro de Alfred. El reconocimiento podría haber revestido un carácter de identificación errónea, si no hubiera venido acompañado, cada vez, por una exclamación de Alfred en que se contenía el nombre de Chip. Daba toda la impresión de que el anciano *adoraba* a Chip. Llevaba casi toda su vida discutiendo con Alfred y quejándose de Alfred y sintiendo en las carnes el aguijón de su rechazo, y, por otra parte, sus fracasos personales y sus opiniones políticas eran ahora más extremados que nunca; y, sin embargo, era Gary quien se peleaba con el anciano, era Chip quien le iluminaba el rostro.

Durante la cena, se tomó la molestia de describir con algún detalle sus actividades en Lituania. Habría dado igual que recitara la tabla de multiplicar. Denise, que normalmente era un verdadero modelo de escucha ejemplar, estaba absorbida en ayudar a Alfred a comer, y Enid sólo tenía ojos para las deficiencias de su marido. Se estremecía o suspiraba o meneaba la cabeza cada vez que un trozo de comida caía en el mantel, cada vez que la situación entraba en un atasco. Resultaba muy obvio que Alfred estaba convirtiendo su vida en un infierno.

«Soy la persona menos desdichada de esta mesa», pensó Chip.

Ayudó a Denise con los platos mientras Enid hablaba con sus nietos por teléfono y Alfred se iba a la cama.

—¿Cuánto tiempo lleva así papá? —le preguntó a Denise.

—¿Así? Desde ayer. Pero tampoco es que antes estuviera muy bien.

Chip se puso un abrigo muy grueso, de Alfred, y salió con un cigarrillo en la mano. En Vilnius no había experimentado un frío tan intenso como el de St. Jude. El viento agitaba las espesas hojas marrones que aún se aferraban a los robles, siempre más conservadores que ningún otro árbol; la nieve rechinaba bajo sus pies. «Veinte bajo cero —había dicho Gary—. Que se salga al jardín con una botella de whisky.» Chip deseaba abordar la cuestión del suicidio, tan importante, mientras disponía de un cigarrillo que le mejorara el rendimiento mental, pero tenía los bronquios y las vías nasales tan traumatizados por el frío, que el humo apenas le hacía efecto, y pronto se le hizo insoportable el dolor en los dedos y las orejas —los malditos pendientes—. Optó por abandonar y meterse a toda prisa en casa, justo cuando Denise salía.

—¿Adónde vas? —le preguntó Chip.

—Ahora vuelvo.

Enid, junto a la chimenea del cuarto de estar, se mordía los labios de pura desolación.

—No has abierto tus regalos —dijo.

—A lo mejor los abro mañana por la mañana —dijo Chip.

—Seguro que no van a gustarte nada.

—Lo que cuenta es el hecho de que me regales algo.

Enid negó con la cabeza.

—No son éstas las Navidades que yo quería. Así, de pronto, papá se ha quedado inútil. Completamente inútil.

—Vamos a probar con la pausa en la medicación, a ver si le sienta bien.

Enid quizá estuviera leyendo malos pronósticos en el fuego de la chimenea.

—¿Podrás quedarte una semana, para ayudarme a llevarlo al hospital?

La mano de Chip requirió el pendiente de la oreja, como quien acude a un talismán. Se sentía como un niño de los hermanos Grimm, irresistiblemente atraído hacia la casa embrujada por el calor y la comida; y ahora la bruja iba a encerrarlo en una jaula, a cebarlo y a comérselo.

Repitió el sortilegio que ya había utilizado en la puerta, antes de entrar:

—No puedo estar más de tres días —dijo—. Necesito ponerme enseguida a trabajar. Le debo dinero a Denise y tengo que pagárselo.

—Sólo una semana —dijo la bruja—. Sólo una semana, hasta que veamos cómo va todo en el hospital.

—No creo, mamá. Tengo que volver a Nueva York.

La desolación de Enid se hizo más profunda, pero la negativa de Chip no pareció sorprenderla.

—Bueno, pues tendré que ocuparme yo —dijo—. Siempre he sabido que tendría que ocuparme yo.

Se retiró a la madriguera, y Chip añadió unos cuantos leños a la chimenea. Ráfagas de frío lograban colarse por las ventanas, haciendo que se moviesen las cortinas. La caldera funcionaba sin parar. El mundo era más frío y estaba más vacío de lo que Chip había imaginado nunca, las personas mayores ya no estaban allí.

Hacia las once, entró Denise apestando a tabaco y con pinta de haberse congelado en un setenta por ciento. Saludó a Chip con la mano e intentó subir inmediatamente a su cuarto, pero él insistió en que se sentara junto a la chimenea. Se puso de rodillas y agachó la cabeza, sorbiendo por la nariz cada vez que respiraba, y extendió las manos hacia las brasas. Mantenía la vista fija en las llamas, como para no correr el riesgo de mirarlo a él. Se sonó la nariz en un jirón de Kleenex ya húmedo.

—¿Adónde has ido? —preguntó él.

—Nada más que a dar un paseo.

—Bastante largo.

—Sa.

—Algunos de los mensajes que me enviaste los borré sin leerlos de veras.

—Ah.

—O sea, que cuéntame qué ocurre —dijo Chip.

Ella meneó la cabeza.

—Todo. Ocurre todo.

—El sábado tenía casi treinta mil dólares en la mano. De los cuales pensaba darte veinticuatro a ti. Pero nos asaltaron unos individuos de uniforme y con pasamontañas. Por inverosímil que resulte.

—Voy a dar esa deuda por olvidada —dijo Denise.

La mano de Chip volvió a requerir el pendiente.

—Voy a empezar a pagarte un mínimo de cuatrocientos dólares al mes hasta cubrir el capital y los intereses. Ésa es mi prioridad número uno. Absolutamente la número uno.

Su hermana se volvió y levantó el rostro hacia él. Tenía los ojos inyectados en sangre y la frente más roja que la de un recién nacido.

—Te he dicho que te perdono la deuda. No me debes nada.

—Te lo agradezco mucho —se apresuró a decir él, mirando hacia otro lado—. Pero voy a pagártela de todos modos.

—No —dijo ella—. No pienso aceptar tu dinero. Te perdono la deuda. ¿Sabes lo que significa «perdonar»?

Con aquel talante suyo tan peculiar, con sus inesperadas palabras, estaba poniendo muy nervioso a Chip. Dio un tirón al pendiente y dijo:

—Venga ya, Denise, por favor. Respétame lo suficiente, al menos, como para dejar que te pague. Sé lo mierda que he sido. Pero no quiero seguir siéndolo toda mi vida.

—Quiero perdonarte la deuda —dijo ella.

—Por favor, de veras. —Chip sonreía desesperadamente—. Déjame que te pague.

—¿Eres capaz de soportar que te perdonen?

—No —dijo él—. Básicamente, no. No puedo soportarlo. Será mucho mejor, en todos los sentidos, que te pague.

Aún de rodillas, Denise se inclinó hacia delante y recogió los brazos y se convirtió en oliva, en huevo, en cebolla. Del interior de aquella forma redondeada salió una voz en tono bajo:

—¿Te haces cargo del inmenso favor que me harías si me permitieses perdonarte la deuda? ¿Te haces cargo de lo difícil que me resulta pedirte semejante favor? ¿Te haces cargo de que venir aquí estas Navidades es el único favor que te había pedido nunca? ¿Te haces cargo de que no pretendo insultarte? ¿Te haces cargo de que nunca he puesto en duda que quisieras pagarme, y que sé que te estoy pidiendo algo muy difícil? ¿Te haces cargo de que no te pediría algo tan difícil si de veras, pero de veras, no lo necesitara?

Chip miró la trémula forma humana ovillada que tenía a los pies.

—Cuéntame lo que te pasa.

—Tengo problemas en varios frentes —dijo ella.

—Mal momento para hablar del dinero, pues. Olvidémoslo por ahora. Quiero oírte contar lo que está pasando.

Todavía hecha un ovillo, Denise negó enfáticamente con la cabeza, una vez.

—Necesito que me lo digas aquí y ahora. Di: «Sí, gracias.»

Chip hizo un gesto de desconcierto total. Iban a dar las doce de la noche y su padre empezaba ya a dar golpes en el piso de arriba y su hermana estaba allí, recogida como un huevo e implorándole que aceptara el alivio al principal tormento de su vida.

—Mañana hablamos —dijo.

—¿Serviría de ayuda si te pidiera además otra cosa?

—Mañana, ¿vale?

—Mamá quiere que haya aquí alguien la semana que viene —dijo Denise—. Podrías quedarte una semana y echarle una mano. Eso significaría un enorme alivio para mí. Porque yo es que me muero si tengo que quedarme después del sábado. Literalmente, dejaré de existir.

A Chip le costaba trabajo respirar. La puerta de su jaula se cerraba con él dentro, muy deprisa. La sensación que había tenido en el servicio de caballeros del aeropuerto de Vilnius, la idea de que su deuda con Denise, lejos de constituir una carga, era su última defensa, le volvió en forma de espanto ante la perspectiva de ser perdonado. Llevaba tanto tiempo viviendo con ella, que la aflicción por esa deuda había asumido el carácter de un neuroblastoma, tan intrincadamente implicado en su arquitectura cerebral, que quizá no lograra sobrevivir a su extirpación.

Se preguntó si los últimos vuelos al este ya habrían despegado y si aún estaba a tiempo de marcharse esa misma noche.

—¿Por qué no partimos la deuda por la mitad? —dijo—. Así sólo te debo diez mil. ¿Por qué no nos quedamos ambos hasta el miércoles?

—Ni hablar.

—Si digo que sí, ¿dejarás de estar tan rara y te animarás un poco?

—Primero di que sí.

Alfred gritaba el nombre de Chip en el piso de arriba. Decía:

—Chip, ¿puedes ayudarme?

—Te llama hasta cuando no estás —dijo Denise.

Las ventanas se estremecían al viento. ¿Cuándo había ocurrido eso de que sus padres se convirtieran en niños que se acuestan pronto y llaman pidiendo ayuda desde el piso de arriba? ¿Cuándo había ocurrido?

—Chip —llamó Alfred—, no logro entender esta manta. ¿PUEDES AYUDARME?

La casa entera se estremeció y las protecciones contra el temporal vibraron y se intensificó la corriente de aire de la ventana más próxima a Chip; y, en una ráfaga de memoria, recordó las cortinas. Se acordó de cuando salió de St. Jude con destino a la universidad. Se vio metiendo en la maleta las piezas austriacas de ajedrez, hechas a mano, que sus padres le regalaron al terminar la secundaria, y la biografía de Lincoln en seis volúmenes, la clásica de Carl Sandburg, que le regalaron por su décimo octavo cumpleaños, y su nuevo blazer azul marino comprado en Brooks Brothers («Pareces un médico muy joven y muy guapo», le dejó caer Enid), los grandes montones de camisetas blancas y slips blancos y calzoncillos largos blancos, y una foto de Denise enmarcada en acrílico, de cuando estaba en quinto, la mismísima manta Hudson Bay, de óptima calidad, que Alfred había llevado consigo al incorporarse a la Universidad de Kansas, cuatro decenios atrás, y unas manoplas de lana con refuerzos de cuero que también databan del más remoto pasado kansiano de Alfred, y un juego de cortinas térmicas muy resistentes que Alfred le había comprado en Sears. Leyendo la documentación que el college enviaba para orientación de sus nuevos alumnos, Alfred se había quedado impresionado ante la frase «Los inviernos pueden ser muy fríos en Nueva Inglaterra». Las cortinas de Sears eran material plastificado, marrón y rosa, con vuelta de espuma de caucho. Eran pesadas y voluminosas y rígidas.

—Aprenderás a valorarlas cuando llegue la primera noche de verdadero frío —le dijo a Chip—. Te sorprenderá lo eficaces que pueden ser eliminando las corrientes.

Pero el compañero de habitación de Chip en primer curso resultó ser un producto de colegio privado que se llamaba Roan McCorkle y que pronto estaría dejando huellas dactilares, de vaselina, al parecer, en la foto de Denise de cuando estaba en quinto. Roan se reía de las cortinas, y Chip se reía también. Las devolvió a su caja y arrumbó la caja en el sótano de la residencia y la dejó ahí, cogiendo moho, durante los cuatro años siguientes. No tenía nada personal contra las cortinas. No eran más que cortinas, y querían lo que todas las cortinas quieren: colgar bien, dejar fuera la luz con toda la eficacia posible, no ser demasiado pequeñas ni demasiado grandes para la ventana a cuya cobertura han de consagrar sus desvelos; que las corran hacia allá por las mañanas y hacia acá por las noches; agitarse con las brisas que anuncian la lluvia en las noches de verano; ser de mucho uso y poco estorbo. Había innumerables hospitales y asilos y moteles baratos, no sólo en el Medio Oeste, sino también en el Este, donde aquellas cortinas con vuelta en espuma de caucho habrían podido disfrutar de una existencia muy larga y muy útil. No era culpa suya no tener sitio en una residencia de estudiantes. No habían traicionado ningún afán de elevarse por encima de su condición; no había en el material de que estaban hechas, ni en su diseño, el más leve atisbo de injustificable ambición. Eran lo que eran. En todo caso, cuando por fin las devolvió Chip a la luz del día, en vísperas de su graduación, aquellos virginales pliegues de color de rosa resultaron estar menos plastificados y ser menos caseros y tener menos pinta de Sears de lo que él recordaba. No eran como para abochornarse tanto.

—No entiendo estas mantas —dijo Alfred.

—Muy bien —le dijo Chip a Denise mientras empezaba a subir la escalera—. Si te vas a sentir mejor, no te pago.

• • •

La cuestión era: ¿cómo salir de aquella cárcel?

Con quien había que andarse con muchísimo ojo era con la señora negra y grande, la mala, la hijaputa. Pretendía convertir su vida en un infierno. Estaba ahí, en la otra punta del patio de la cárcel, echándole miradas significativas, para recordarle que no se había olvidado de él, que seguía persiguiendo con toda vehemencia su venganza. Era una hijaputa negra, una gandula, y así se lo dijo, a gritos. Lanzó maldiciones contra todos los hijosputa, blancos y negros, que lo rodeaban. Malditos hijosputa sigilosos, con sus minuciosas regulaciones. Burócratas de la EPA (Agencia de Protección Ambiental), funcionarios de la OSHA (Oficina para la Seguridad y la Salud en el Trabajo), sinvergüenzas insolentes. Ahora se mantenían a distancia, claro, porque sabían que los tenía calados, pero que se durmiera un segundo, que bajara la guardia, e ibas a ver lo que le hacían. Ardían en deseos de decirle que no era nadie. Ardían en deseos de comunicarle su desprecio. La hijaputa gorda y negra, esa hija de perra de ahí, le sostenía la mirada y asentía, por encima de las cabezas blancas de los demás reclusos: «Te cogeré.» Eso es lo que le decía con el gesto. Y nadie más veía lo que le estaba haciendo. Todos los demás eran extraños, gente tímida e inútil, que no hacían más que decir sandeces. Le había dicho hola a uno de aquellos tipos, le había hecho una pregunta muy sencilla. El tipo ni siquiera hablaba inglés. Tenía que haber sido la mar de sencillo, hacer una pregunta sencilla, obtener una respuesta sencilla, pero no, evidentemente. Ahora tenía que apañárselas solo, estaba solo en un rincón; y los hijos de puta iban por él.

No comprendía dónde estaba Chip. Chip era un intelectual y conocía el modo de entenderse con esa gente. Chip había hecho un buen trabajo el día anterior, mejor del que habría hecho él mismo. Hizo una pregunta sencilla, obtuvo una respuesta sencilla, y luego lo explicó de un modo al alcance de cualquiera. Pero no había ni rastro de Chip, ahora. Presos intercambiando señales, moviendo los brazos como guardias de tráfico. Tú prueba a darle una orden sencilla a esta gente. Prueba. Harían como si no existieras. La negra gorda hijaputa los tiene aterrorizados. Si se imaginara que los reclusos están de su parte, si descubriera que lo habían ayudado de algún modo, los haría pagar por ello. Oh, sí, se le veía en los ojos. Tenía una mirada de esas de «te voy a hacer mucho daño». Y él, a esas alturas de la vida, ya estaba harto de mujeres como esa negra insolente; pero ¿qué remedio le quedaba? Era la cárcel. Una institución pública. No se privarían de encerrar a nadie. Mujeres de pelo blanco intercambiando señales. Hadas pelonas tocándose la punta de los pies. Pero, por amor de Dios, ¿por qué *él*? ¿Por qué *él*? Lo hacía llorar que lo tuviesen en un lugar así. Suficiente infierno es la vejez, sin necesidad de que encima lo persiga a uno esa hija de mala madre, andando como los patos.

Y ahí venía otra vez.

—¿Alfred? —descarada, insolente—. ¿Vas a dejar ahora que te estire las piernas?

—¡Eres una maldita hija de puta! —le dijo él.

—Yo soy quien soy, Alfred. Pero conozco a mis padres. Ahora, ¿por qué no bajas las manos, sin más complicaciones, y me dejas estirarte las piernas, y ya verás lo bien que te sienta?

Trató de arremeter contra ella cuando se acercó, pero se le había trabado el cinturón en la silla, en la silla, de algún modo, en la silla. Se quedó trabado en la silla, sin poder moverse.

—Si sigues en ésas, Alfred —dijo la malvada—, vamos a tener que llevarte de nuevo a tu habitación.

—¡Hijaputa, hijaputa, hijaputa!

Le puso cara de insolencia y se fue, pero él sabía que volvería. Siempre vuelven. Su única esperanza era encontrar el modo de liberar el cinturón de la silla. Liberarse, salir corriendo, poner fin a aquello. Un error de proyecto, poner el patio de la prisión a tantos pisos de altura. Se veía hasta Illinois. Grande, la ventana de ahí. Error de proyecto, si pensaban alojar allí a los reclusos. Por la pinta, el cristal era térmico, de dos capas. Si se lanzaba contra él de cabeza y le pegaba fuerte, podía lograrlo. Pero antes tenía que liberar el cinturón.

Porfió con su pequeña anchura de nailon, siempre del mismo modo, una y otra vez. Hubo un tiempo en que se enfrentó filosóficamente a los obstáculos, pero ese tiempo había pasado para siempre. Se notó los dedos más frágiles que tallos de hierba, cuando intentó pasarlos por debajo del cinturón, para tirar de él. Se doblaban como plátanos pochos. Introducirlos por debajo del cinturón era tan *obvia y extremadamente imposible* —tan abrumadora era la ventaja del cinturón en cuanto a resistencia y dureza—, que sus esfuerzos pronto se convirtieron en una mera exhibición de despecho y rabia e incapacidad. Enganchó las uñas en el cinturón y luego *separó* los brazos, haciendo que sus manos chocaran contra los brazos de su silla carcelera y rebotaran, con dolor, de un sitio a otro, porque estaba tan tremendamente cabreado...

—Papá, papá, papá, ya basta, cálmate —dijo la voz.

—¡Coge a esa hijaputa! ¡Coge a esa hijaputa!

—Papá, ya basta, soy yo. Chip.

Sí, la voz le resultaba familiar. Miró a Chip cuidadosamente para estar seguro de que era su segundo hijo quien le hablaba, porque los hijosputa se aprovechan de ti en cuanto te descuidas. Sí, si quien le hablaba hubiera sido cualquier otra persona de este mundo, y no Chip, no habría valido la pena confiar en él. Demasiado arriesgado. Pero había algo en Chipper que los hijosputa no podían simular. A Chipper, bastaba con mirarlo a la cara para saber que nunca te mentiría. Había en él un encanto que nadie lograría simular.

Según viraba hacia la certeza su identificación de Chip, se le fue tranquilizando la respiración y algo parecido a una sonrisa se abrió camino entre las demás fuerzas que peleaban en su rostro.

—¡Vaya! —dijo, por fin.

Chip se acercó una silla y le ofreció un vaso de agua helada, de la cual, como pudo comprobar, tenía gran sed. Alfred sorbió largamente por la paja y le devolvió el agua a Chip.

—¿Dónde está tu madre?

Chip dejó el vaso en el suelo.

—Se ha despertado resfriada. Le he dicho que se quede en la cama.

—¿Dónde vive ahora?

—Está en casa. Exactamente en el mismo sitio que hace dos días.

Chip ya le había explicado por qué tenía que estar allí, y la explicación se mantenía en pie mientras pudiera verle la cara a Chip y oír su voz, pero se venía abajo en cuanto faltaba Chip.

La negra grande y mala daba vueltas en torno a ambos, con la maldad en los ojos.

—Esto es una sala de fisioterapia —dijo Chip—. Estamos en el octavo piso del St. Luke. Aquí fue donde operaron del pie a mamá. Te acuerdas, ¿no?

—Esa mujer es una hija de puta —dijo Alfred, señalando.

—No. Es una fisioterapeuta —dijo Chip—. Y está tratando de ayudarte.

—No, mírala. ¿No ves cómo es? ¿No lo ves?

—Es una fisioterapeuta, papá.

—¿Es qué? ¿Ésa?

Por un lado, confiaba en la inteligencia y la seguridad de su hijo el intelectual. Por otro, la hijaputa negra le estaba echando el Ojo, avisándolo del mal que pensaba infligirle a la menor oportunidad: había una gran malevolencia en su comportamiento, eso estaba más claro que el agua. Alfred no era capaz ni de empezar a conciliar esta contradicción: su fe en que Chip tenía toda la razón y su convencimiento de que aquella hijaputa no era fisioterapeuta ni por el forro.

La contradicción se abrió en un abismo sin fondo. Miró sus profundidades, con la boca abierta, colgante. Algo caliente le resbalaba por la barbilla.

Y ahora se le acercaba la mano de algún hijoputa. Trató de apartársela de un golpe y se dio cuenta, justo a tiempo, de que la mano pertenecía a Chip.

—Tranquilo, papá. Sólo te estoy limpiando la barbilla.

—Ay, Dios.

—¿Quieres estarte un rato aquí sentado, o prefieres volver a tu habitación?

—Lo dejo a tu discreción.

Esta práctica frase le vino lista para ser dicha, esmerada a más no poder.

—Entonces nos volvemos.

Chip se situó detrás de la silla e hizo unos ajustes. Evidentemente, la silla tenía engranajes y palancas de enorme complejidad.

—Mira a ver si me puedes desenganchar el cinturón —dijo.

—Vamos a la habitación, y allí puedes andar un poco.

Chip lo sacó del patio en la silla de ruedas y lo llevó, de celda en celda, hasta su celda. No conseguía superar el asombro ante el lujo de las instalaciones. Aquello era como un hotel de cinco estrellas, dejando aparte las barras de las camas y las ataduras y las radios, el equipo para controlar a los reclusos.

Chip lo dejó aparcado junto a la ventana, salió de la habitación con una jarra de poliestireno y regresó al poco tiempo en compañía de una guapa muchachita de chaqueta blanca.

—¿Señor Lambert? —dijo. Era guapa al estilo de Denise, con el pelo negro y rizado, y con gafas de aro, pero más pequeña—. Soy la doctora Schulman. Nos conocimos ayer, ¿recuerda?

—¡Vaya! —dijo él, sonriendo de oreja a oreja.

Recordaba un mundo donde había chicas así, chiquitas y guapas, con los ojos brillantes y la expresión inteligente, un mundo de esperanza.

Ella le puso una mano en la cabeza y se inclinó como para darle un beso. Le dio un susto de muerte. Estuvo a punto de darle un golpe.

—No pretendía asustarlo —dijo—. Lo único que quiero es mirarle los ojos. ¿Le parece bien?

Él se volvió hacia Chip para que lo tranquilizara, pero Chip tenía la mirada puesta en la chica.

—¡Chip! —llamó.

Chip apartó la mirada de la chica.

—Sí, papá.

Bueno, ahora que había atraído la atención de Chip, tenía que decir algo, y lo que dijo fue:

—Dile a tu madre que no se preocupe del follón que ha quedado allí. Que ya lo arreglaré yo.

—Vale, se lo diré.

En torno a la cabeza le revoloteaban los hábiles dedos de la chica, su suave rostro. Le pidió que cerrara la mano, le dio un pellizco, le aplicó un golpecito. Hablaba como la televisión que llega desde el cuarto de otro.

—Papá —dijo Chip.

—No lo he oído.

—La doctora Schulman quiere saber si prefieres «Alfred» o «señor Lambert». ¿Cómo quieres que te trate?

Él sonrió dolorosamente.

—No te sigo.

—Creo que preferirá «señor Lambert» —dijo Chip.

—Señor Lambert —dijo la chiquita—, ¿puede decirme dónde estamos?

Él se volvió de nuevo a Chip, cuya expresión era expectante, pero no de ayuda. Señaló la ventana:

—Por ahí está Illinois —le dijo a la chica y a su hijo.

Ambos escuchaban con mucho interés, ahora, y se consideró en la obligación de decir más:

—Hay una ventana... que... si la abre usted... sería lo que quiero. No he podido desabrocharme el cinturón. Y eso.

Estaba fallando, y lo sabía.

La chiquita lo miró desde lo alto, con cara de bondad.

—¿Puede decirme quién es nuestro actual presidente?

Sonrió: ésa era fácil.

—Bueno —dijo—. Con la cantidad de cosas que tiene ahí abajo. Seguro que ni sabe lo que tiene. Tendríamos que tirarlo todo.

La chiquita asintió con la cabeza, como si aquello hubiera sido una respuesta razonable. Luego levantó ambas manos. Era igual de guapa que Enid, pero Enid llevaba una alianza, Enid no necesitaba gafas, Enid se había puesto vieja, últimamente, y a Enid, con toda probabilidad, sí que la habría reconocido, aunque, siéndole mucho más familiar que Chip, también era mucho más difícil de ver.

—¿Cuántos dedos hay aquí? —le preguntó la chica.

Contempló los dedos. Por lo que él entendía, el mensaje que le estaban comunicando era Relájate. Desténsate. Tranquilo.

Con una sonrisa, dejó que se le vaciara la vejiga.

—Señor Lambert, ¿cuántos dedos hay aquí?

Los dedos estaban allí. Era bonito verlos. El alivio de no ser responsable. Cuanto menos supiera, mejor estaría. No saber nada en absoluto sería el paraíso.

—Papá.

—Tendría que saberlo —dijo él—. ¿Cómo se me va a olvidar una cosa así?

La chiquita y Chip intercambiaron una mirada y a continuación salieron al pasillo.

Había disfrutado destensándose, pero un minuto después empezó a sentirse pegajoso. Ahora necesitaba cambiarse, y no podía. Se quedó sentado sobre su propia excreción, mientras ésta se enfriaba.

—Chip —dijo.

Había descendido la quietud sobre el ala de las celdas. No podía confiar en Chip, se pasaba el tiempo desapareciendo. No podía confiar en nadie más que en sí mismo. Sin planes en la mente y sin fuerza en las manos, intentó aflojar el cinturón para poder quitarse los pantalones y secarse. Pero el cinturón estaba tan antipático como siempre. Veinte veces lo recorrió con las manos y otras tantas falló en el intento de localizar la hebilla. Era como una persona en dos dimensiones que busca la libertad en una tercera dimensión. Podía pasarse la eternidad buscando, que nunca iba a encontrar la maldita hebilla.

—Chip —llamó, pero no muy alto, porque la hijaputa negra andaba merodeando por allí, y podía castigarlo con mucha severidad—. Chip, ven a ayudarme.

Le habría gustado quitarse del todo las piernas. Eran flojas y no paraban quietas y estaban húmedas y las tenía atrapadas. Dio unas patadas y se balanceó en su silla de no balancín. Tenía las manos sublevadas. Cuanto menos podía hacer con las piernas, más le bailaban las manos. Los hijosputa lo tenían atrapado, lo habían traicionado, y se echó a llorar. ¡Si lo hubiera sabido! Si lo hubiera sabido, habría podido dar los pasos necesarios, había tenido la escopeta, había tenido el océano insondable. Si lo hubiera sabido.

Estrelló una jarra de agua contra la pared y por fin vino alguien corriendo.

—Papá, papá, papá. ¿Qué pasa?

Alfred miró a los ojos a su hijo. Abrió la boca, pero la única palabra que pudo pronunciar fue «Yo...».

Yo...

He cometido errores...

Estoy solo...

Estoy mojado...

Quiero morirme...

Lo siento...

He hecho lo que he podido...

Amo a mis hijos...

Necesito tu ayuda...

Quiero morirme...

—No puedo estar aquí —dijo.

Chip se acuclilló junto a la silla.

—Escucha —dijo—. Tienes que estar aquí una semana más para que puedan hacerte el seguimiento. Hay que averiguar qué pasa.

Él negó con la cabeza.

—¡No! ¡Tienes que sacarme de aquí ahora mismo!

—Lo siento mucho, papá —dijo Chip—, pero no puedo llevarte a casa. Tienes que estar aquí una semana más, como mínimo.

¡Ay, cómo le ponía a prueba la paciencia ese hijo suyo! A esas alturas, Chip ya debería haber comprendido lo que le estaba pidiendo, sin que hubiera necesidad de volver a explicárselo.

—¡Te estoy diciendo que pongas fin a esto! —Pegó un puñetazo en el brazo de su silla carcelera—. ¡Tienes que ayudarme a poner fin a esto!

Miró la ventana por la cual, al fin, estaba dispuesto a arrojarse. O que le dieran una escopeta, o que le dieran un hacha, o que le dieran lo que fuese, pero que lo sacaran de allí. Tenía que conseguir que Chip lo comprendiese.

Chip cubrió con sus manos las suyas trémulas.

—Me voy a quedar contigo, papá —dijo—. Pero eso no puedo hacerlo por ti. No puedo terminar con esto de ese modo. Lo siento.

Como la esposa muerta o la casa quemada, así de vivo permanecía en su memoria el recuerdo de la claridad mental y de la capacidad de acción. Por una ventana que daba al otro mundo, aún alcanzaba a ver la claridad y ver la capacidad, sólo que fuera de su alcance, más allá de los cristales térmicos de la ventana. Alcanzaba a ver los desenlaces deseados, ahogarse en el mar, un tiro de escopeta, lanzarse desde una altura, todos ellos tan cerca, que se negaba a creer que había perdido la oportunidad de procurarse tal alivio.

Lloró por la injusticia de su condena.

—Por el amor de Dios, Chip —dijo en voz alta, porque se daba cuenta de que aquélla podía ser su última oportunidad de liberarse, antes de perder por completo el contacto con la claridad y la capacidad, y era por consiguiente indispensable que Chip comprendiera *exactamente* lo que quería—. Te estoy pidiendo ayuda. Tienes que sacarme de esto. ¡Tienes que poner fin a esto!

Con los ojos enrojecidos, anegado en lágrimas, el rostro de Chip seguía lleno de capacidad y claridad. Ahí tenía un hijo en quien podía confiar para que lo comprendiese como se comprendía a sí mismo; y, por consiguiente, la respuesta de Chip, cuando se produjo, fue absoluta. La respuesta de Chip le dijo que allí terminaba la historia. Terminaba con Chip moviendo la cabeza, con Chip diciéndole:

—No puedo, papá. No puedo.

LAS CORRECCIONES

La corrección, cuando finalmente llegó, no fue el estallido súbito de una burbuja, sino un irse desinflando, muy suavemente; un escape, durante todo un año, en el valor de los mercados financieros clave; una contracción demasiado gradual como para generar titulares en los periódicos y demasiado predecible como para dañar seriamente a nadie más que a los tontos y a los trabajadores pobres.

Le parecía a Enid que los hechos cotidianos, en general, eran más apagados o insípidos de lo que lo fueron en su juventud. Recordaba los años treinta, había visto con sus propios ojos lo que puede ocurrirle a un país cuando la economía mundial se quita los guantes: recordaba haber ayudado a su madre en la distribución de sobras a los desamparados, en el callejón de detrás del hostal. Pero desastres de esa magnitud ya no parecían acontecer en Estados Unidos. Habían instalado elementos de seguridad, como los cuadrados de goma con que se pavimentan los modernos patios de recreo, para suavizar los impactos.

El mercado, no obstante, sí que se desmoronó, y Enid, a quien jamás se le había pasado por la cabeza que llegaría a *alegrarse* de que Alfred hubiera encerrado sus activos en rentas vitalicias y en bonos del Tesoro, capeó el temporal con menos apuros que sus amigos más dados a los altos vuelos. La Orfic Midland cumplió su amenaza y, en efecto, le rescindió el seguro médico tradicional y forzó su paso a un centro de salud, pero su antiguo vecino, Dean Driblett, de un plumazo —bendito él—, los ascendió a ella y a Alfred al plan Selecto Plus de DeeDeeCare, que le permitía conservar sus médicos preferidos. Aún quedaban por cubrir muy considerables gastos clínicos mensuales, no reembolsables, pero, ahorrando de aquí y de allá, la pensión de Alfred y el Retiro Ferroviario le bastaban para cubrirlos; y, mientras tanto, su casa, que era ya del todo suya, seguía apreciándose. La verdad, pura y simple: aunque no era rica, tampoco era pobre. Por alguna razón, esta verdad se le había escapado durante los años de ansiedad e incertidumbre por Alfred, pero tan pronto como él estuvo fuera de la casa y ella recuperó el sueño, la percibió con claridad.

Ahora lo veía todo con más claridad, en especial a sus hijos. Cuando Gary volvió a St. Jude, con Jonah, unos meses después de aquellas catastróficas Navidades, entre él y ella no hubo más que buenos momentos. Gary seguía insistiendo en que vendiera la casa, pero ya no podía alegar que Alfred iba a caerse por las escaleras y matarse, y para aquel entonces Chip se había ocupado de muchas cosas (pintar los muebles de mimbre, sellar, limpiar los desagües, parchear las grietas) que, mientras estuvieron descuidadas, también le sirvieron de buen argumento a Gary para vender la casa. Enid y él discutieron un poco por cuestiones de dinero, pero fue más bien por pasar el rato. Gary le reclamaba insistentemente los 4,96 dólares que aún le «debía» por los pernos de quince centímetros, y ella contraatacaba preguntándole: «¿Es nuevo ese reloj?» Él reconocía que sí, que Caroline le había regalado un Rolex en Navidades, pero el caso era que acababa de llevarse un palo por culpa de una OPV biotecnológica cuyas acciones no podía vender antes del 15 de junio, y además era una cuestión de principios, mamá, una cuestión de principios. Pero Enid, por principios, se negaba a darle los 4,96 dólares. Disfrutaba pensando que se iría a la tumba sin haberle pagado aquellos seis pernos. Le preguntó a Gary que con qué acciones biotecnológicas, exactamente, se había llevado el palo. Gary le contestó que lo dejara estar.

Después de las Navidades, Denise se fue a vivir a Brooklyn y empezó a trabajar en un restaurante nuevo, y en abril le regaló a Enid, por su cumpleaños, un billete de avión. Enid le dio las gracias y le dijo que no podía ir, que no podía dejar solo a Alfred, que no habría estado bien. Luego sí fue, y pasó cuatro maravillosos días en Nueva York. Denise parecía muchísimo más contenta que en Navidades, de modo que a Enid no le importó que aún no hubiera un hombre en su vida, ni se le viesen ganas de conseguirlo.

Ya en St. Jude, Enid estaba jugando al bridge en casa de Mary Beth Schumpert, una tarde, cuando Bea Meisner se puso a airear su cristiano rechazo de una famosa actriz «lesbiana».

—Es un pésimo modelo de conducta para la gente joven —dijo Bea—. Creo yo que si eliges mal en la vida, lo menos que puedes hacer es no presumir de ello. Sobre todo habiendo todos esos programas que tanto pueden ayudar a la gente así.

Enid, que jugaba aquella manga de compañera de Bea y ya estaba molesta porque no le había seguido una declaración de dos bazas, contestó suavemente que, en su opinión, los «gays» no podían evitar ser «gays».

—Claro que sí. Es claramente una elección por su parte —dijo Bea—. Es una debilidad y empieza en la adolescencia. No cabe la menor duda. Todos los expertos están de acuerdo.

—A mí me gustó el *thriller* que hizo su novia con Harrison Ford —dijo Mary Beth Schumpert—. ¿Cómo se llamaba?

—Yo no creo que sea elección —porfió Enid, muy tranquila—. Chip me dijo una vez una cosa muy interesante. Me dijo: con el odio que les tiene la gente y el rechazo que provocan, ¿por qué va nadie a preferir ser «gay», pudiendo evitarlo? Me pareció un punto de vista interesante.

—Pues no, es porque piden una legislación especial —dijo Bea—, porque quieren «orgullo gay». Por eso le caen mal a tanta gente, dejando aparte la inmoralidad de lo que hacen. No se contentan con haber hecho una mala elección. Encima tienen que presumir de ello.

—Ni me acuerdo ya de cuándo fue la última vez que vi una película buena —dijo Mary Beth.

Enid no era precisamente una defensora a ultranza de los modos de vida «alternativos», y las cosas que no le gustaban de Bea Meisner llevaban cuarenta años sin gustarle. No habría sabido explicar la razón de que aquella charla de bridge, en concreto, la llevara a decidir que ya no le hacía ninguna falta seguir siendo amiga de Bea Meisner. Tampoco habría sabido explicar la razón de que el materialismo de Gary y los fracasos de Chip y la falta de hijos de Denise, que a lo largo de los años le habían costado incontables horas nocturnas de preocupación y juicios desaprobatorios, la desazonaran muchísimo menos ahora que Alfred no estaba en casa.

Tenía su importancia, desde luego, que ahora los tres hijos estuvieran echando una mano. La transformación de Chip, en concreto, era casi un milagro. Después de las Navidades, se quedó seis semanas con Enid, visitando a Alfred todos los días, antes de volverse a Nueva York. Un mes más tarde regresó a St. Jude sin aquellos espantosos pendientes. Propuso ampliar su visita en unos términos que tuvieron tan asombrada como encantada a Enid, al menos hasta que salió a relucir que estaba liado con la jefa de los residentes de neurología del hospital de St. Luke.

La neuróloga, Alison Schulman, era una chica judía, de Chicago, con el pelo muy rizadito y no especialmente guapa. A Enid le gustaba bastante, pero también la dejaba perpleja que una médica joven y bien colocada quisiera tener algo que ver con su medioempleado hijo. El misterio se hizo más hondo en junio, cuando Chip anunció que se iba a vivir a Chicago y empezar una cohabitación inmoral con Alison, que acababa de incorporarse a un consultorio privado de Skokie. Chip ni confirmó ni dejó de confirmar que tuviera nada parecido a un verdadero trabajo ni que pensara contribuir a los gastos de la casa. Dijo estar trabajando en un guión cinematográfico. Dijo que a «su» productora de Nueva York le había «encantado» la «nueva» versión y le había pedido que lo reelaborara. No obstante, su único empleo lucrativo, por lo que Enid sabía, consistía en dar clases, haciendo sustituciones. Enid le agradecía que fuera en coche desde Chicago a St. Jude una vez al mes y que pasara varios largos días acompañando a Alfred; le encantaba tener de nuevo un hijo en el Medio Oeste. Pero cuando Chip le comunicó que iba a tener gemelos de una mujer con quien ni siquiera estaba casado, y cuando luego invitó a Enid a una boda cuya novia *estaba embarazada de siete meses* y cuyo novio tenía como única «ocupación» actual la cuarta o quinta reelaboración de un guión cinematográfico y cuyos invitados, en su gran mayoría, no sólo eran extremadamente judíos sino que parecían *encantados* con la feliz pareja, no fue precisamente material lo que le faltó a Enid para encontrarlo todo mal y dictar sentencia condenatoria. Y no la hizo sentirse orgullosa de sí misma, no la hizo sentirse a gusto con sus casi cincuenta años de matrimonio, pensar que si Alfred hubiera estado en la boda, ella lo habría encontrado todo mal y habría dictado sentencia condenatoria. Si Alfred hubiera ocupado el asiento contiguo al de ella, quienes hubieran puesto los ojos en Enid le habrían notado la amargura en el rostro y se habrían apartado de ella, y seguramente no la habrían levantado del suelo con silla y todo para pasearla por toda la sala mientras sonaba la música *klezmer*, y seguramente a ella no le habría podido encantar.

Lo triste era, al parecer, que la vida sin Alfred en casa resultaba mejor para todo el mundo menos para Alfred.

Hedgpeth y los demás médicos, incluida Alison Schulman, mantuvieron al anciano en St. Luke durante todo el mes de enero y parte de febrero, asestando codiciosas facturas al seguro médico de la Orfic Midland, que pronto dejaría de ser tal, y explorando todos los tratamientos posibles, desde la terapia electroconvulsiva a las inyecciones de Haldol. Al final, Alfred fue dado de alta con un diagnóstico de Parkinson, demencia, depresión y neuropatía de los miembros inferiores y del tracto urinario. Enid se sintió en la obligación moral de brindarse a cuidarlo en casa, pero sus hijos, gracias a Dios, no quisieron ni oír hablar del asunto. Alfred fue instalado en el Hogar Deepmire, un servicio para enfermos crónicos que estaba justo al lado del club de campo, y Enid se impuso la obligación de visitarlo todos los días, mantenerlo bien vestido y llevarle comida cocinada en casa.

La alegraba el hecho de que al menos le hubiesen devuelto el cuerpo de Alfred. Siempre le había encantado su tamaño, su forma, su olor, y ahora lo tenía mucho más a su disposición, limitado a una silla geriátrica e incapaz de poner reparos coherentes a ser tocado. Se dejaba besar, sin ponerse esquivo cuando los labios de Enid se demoraban un poco; y no retrocedía cuando le acariciaba el pelo.

El cuerpo de Alfred era lo que Enid siempre había querido. Lo demás era el problema. Se sentía desdichada antes de ir a verlo, desdichada mientras permanecía a su lado y desdichada varias horas después. Alfred había entrado en una fase de intensa aleatoriedad. Al llegar, Enid lo mismo podía encontrárselo profundamente sumido en el estupor, con la barbilla en el pecho y una mancha de baba, tamaño galleta, en la pernera del pantalón, que charlando animadamente con un paciente que acababa de sufrir un ataque al corazón, o con una maceta. Podía pasarse horas pelando la fruta invisible que le ocupaba la atención. Podía estar dormido. Pero, fuese lo que fuese lo que estuviera haciendo, nunca era nada que tuviese ningún sentido.

De algún modo, Chip y Denise tenían la paciencia necesaria para sentarse a su lado y hablar con él de cualquier situación demencial que estuviese viviendo, descarrilamiento o cárcel o crucero de lujo; pero Enid no le toleraba el más leve error. Si la confundía con su madre, inmediatamente lo corregía, muy enfadada: «Soy yo, Al, *Enid,* tu mujer desde hace *cuarenta y ocho años.*» Si la confundía con Denise, utilizaba exactamente las mismas palabras. Había vivido la vida entera con la sensación de hacerlo todo Mal, y ahora le llegaba la oportunidad de decirle *a él* lo Mal que lo hacía. Mientras se iba ablandando y haciendo menos crítica en otras áreas de la vida, en el Hogar Deepmire mantenía la más estricta de las vigilancias. Tenía que decirle a Alfred que hacía mal manchándose de helado los pantalones limpios y recién planchados. Que hacía mal no reconociendo a Joe Person cuando Joe Person tenía el detalle de hacerle una visita. Hacía mal en no mirar las fotos de Aaron y Caleb y Jonah. Hacía mal en no alegrarse mucho de que Alison hubiera dado a luz dos niñas algo faltas de peso, pero en buen estado de salud. Hacía mal en no sentirse feliz, ni mostrar agradecimiento, ni estar siquiera remotamente lúcido, cuando su mujer y su hija se tomaban la enorme molestia de llevarlo a casa para la cena de Acción de Gracias. Hacía mal diciendo lo que dijo, al regresar a Deepmire, tras la cena: «Más vale no salir de aquí, si tengo que volver.» Hacía mal, si estaba lo suficientemente lúcido como para expresar una frase así, en no estar igual de lúcido en otros momentos. Hacía mal en tratar de ahorcarse con las sábanas durante la noche. Hacía mal en lanzarse contra una ventana. Hacía mal en tratar de cortarse las venas con un tenedor. En conjunto, eran tantas las cosas que *hacía mal,* que ella, quitados los cuatro días de Nueva York y las dos Navidades en Filadelfia y las tres semanas que tardó en recuperarse de la operación de cadera, nunca dejó de visitarlo. Tenía que decirle, mientras aún estaba a tiempo, lo mal que lo había hecho él y lo bien que lo había hecho ella. Lo mal que había hecho no queriéndola más, lo mal que había hecho no tratándola con cariño y no aprovechando todas las oportunidades para tener relaciones sexuales con ella, lo mal que había hecho no confiando en su instinto financiero, lo mal que había hecho pasando tanto tiempo en el trabajo y tan poco con sus hijos, lo mal que había hecho siendo tan negativo, lo mal que había hecho siendo tan melancólico, lo mal había hecho escapando de la vida, lo mal que había hecho diciendo una y otra vez que no, en lugar de sí: tenía que decirle todo eso, todos los días, sin faltar uno. Aunque no la escuchara, tenía que decírselo.

Llevaba dos años en el Hogar Deepmire cuando dejó de aceptar comida. Chip restó tiempo a sus deberes paternos y su nuevo trabajo de profesor en un instituto privado y su octava revisión del guión cinematográfico, para viajar desde Chicago para decirle adiós. Después de eso, Alfred aguantó más de lo que nadie había esperado. Fue un verdadero león hasta el final. Apenas podía apreciársele tensión sanguínea cuando fueron Denise y Gary, y todavía duró una semana. Permanecía acurrucado en la cama, respirando apenas. No se movía por nada ni respondía a nada, salvo en una ocasión, para rechazar rotundamente, con un movimiento de cabeza, el intento de Enid de ponerle un trozo de hielo en la boca. Rechazar fue lo único que nunca olvidó. De nada había servido que ella lo corrigiera tanto. Seguía tan testarudo como el día en que se conocieron. Y, sin embargo, cuando estaba muerto, cuando le apoyó los labios en la frente y salió con Denise y Gary a la cálida noche de primavera, tuvo la sensación de que ya nada podría matar su esperanza. Tenía setenta y cinco años e iba a introducir unos cuantos cambios en su vida.